V. L. Bovalino

The Second Death of Locke

V. L. Bovalino

The Second Death of Locke

Roman

Aus dem Englischen von Diana Bürgel und Julian Müller

Mit einer Karte

PIPER

Entdecke die Welt der Piper Fantasy:

PiperFantasy.de

Wenn Ihnen dieser Roman gefallen hat, schreiben Sie uns unter Nennung des Titels »The Second Death of Locke« an *empfehlungen@piper.de*, und wir empfehlen Ihnen gerne vergleichbare Bücher.

MIX
Papier | Fördert gute Waldnutzung
FSC® C014496

PRODUZIERT MIT VERANTWORTUNG

Deutsche Erstausgabe
ISBN 978-3-492-71031-2

Titel der englischen Originalausgabe:
»The Second Death of Locke«, Orbit, London 2025

Piper Verlag GmbH,
Georgenstraße 4, 80799 München, *www.piper.de*
Für einen direkten Kontakt und Fragen zum Produkt
wenden Sie sich bitte an: *info@piper.de*
Redaktion: Wiebke Bach
Illustration: Jaria Rambaran
Vignetten: Bitter/Getty Images (Herz),
Cannasue/Getty Images (Rahmen),
duncan1890/Getty Images (Panzerhandschuh)
Karte: Rebecka Champion (Lampblack Art)
Satz: Satz für Satz, Wangen im Allgäu
Gesetzt aus der Adobe Garamond Pro
Druck und Bindung: GGP Media GmbH, Pößneck
Printed in Germany

Für Matt

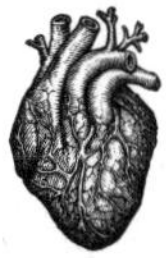

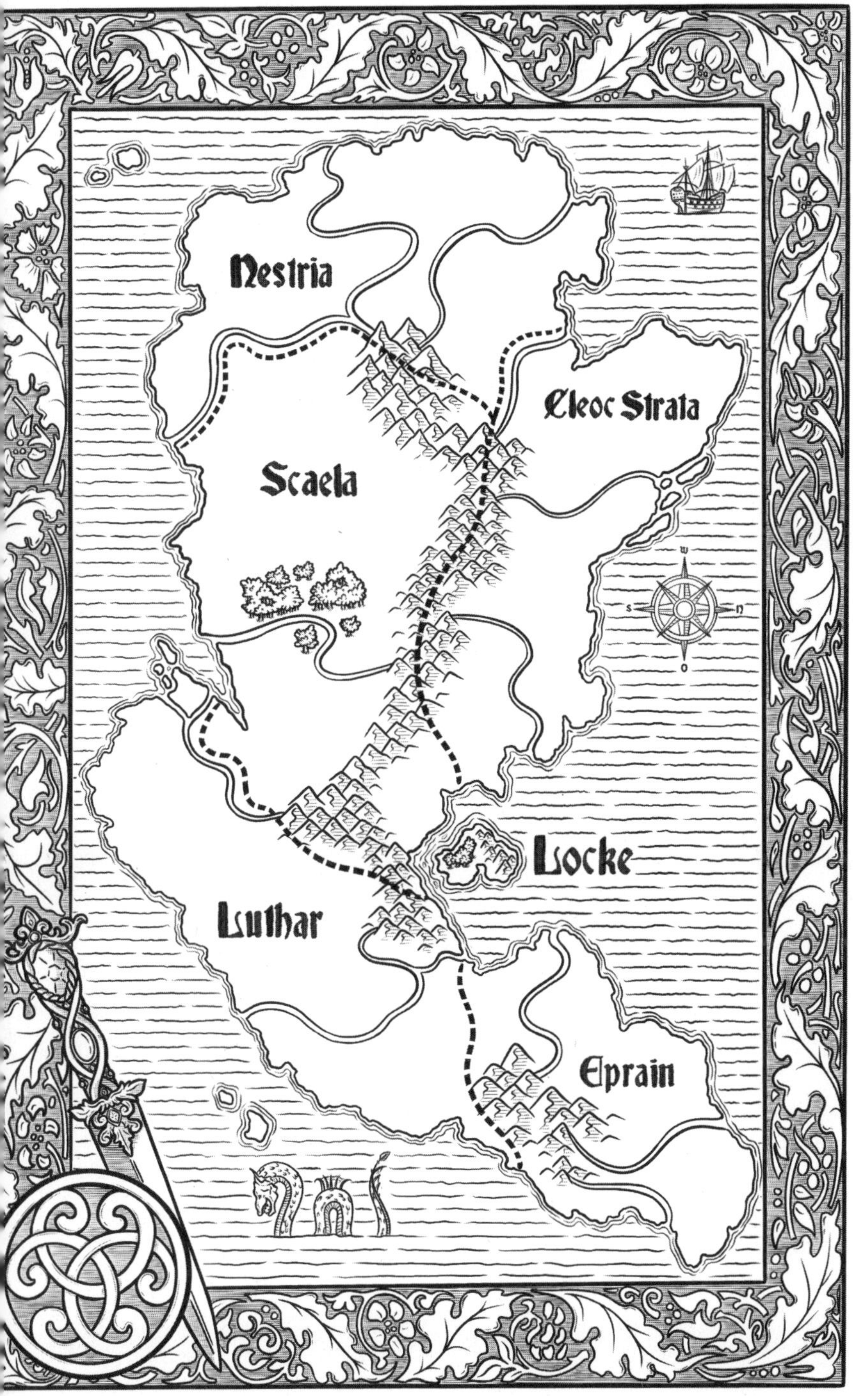
Nestria
Cleoc Strata
Scaela
w
s
n
o
Locke
Luthar
Eprain

Erster Teil

Hand
und
Herz

Eine Quelle ohne Magier ist nichts wert. Wozu nützt Macht, wenn man sie nicht nutzen kann? Auf sich gestellt ist eine Quelle keinen Deut besser als ein Fußsoldat; untrainiert im Kampf und in der Heilkunst und noch weniger nützlich als ein magieloser Soldat.

Wer seinen Meister, seinen Magier nicht beschützen kann, hat es nicht verdient, Kräfte zu besitzen.

Vom Umgang mit der Macht,
Band 1: Dritte Ausgabe, überarbeitet nach der Vernichtung

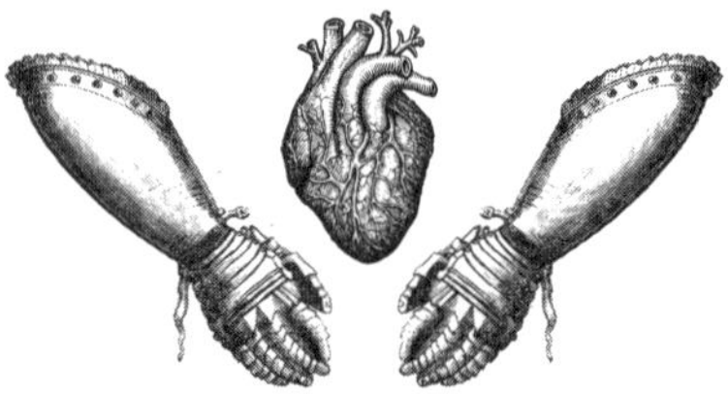

Eins

Es regnete wieder einmal in Mecketer. Grey stapfte durch das Feldlager in Richtung Kommandozelt. Sie war fast mit dem Waschen fertig gewesen, war zum ersten Mal seit Tagen wieder richtig sauber, als Kier die Verbindung zu ihr aufgenommen und einen Impuls hindurchgeschickt hatte. Sie verbrachten so wenig Zeit ohne einander, dass er sie für gewöhnlich nicht bei der Körperpflege störte, also konnte das nur eins bedeuten: Er brauchte sie ganz offiziell. Es war zu kalt, und ihre Haare waren noch nass; der chaotische Haarknoten tropfte ihr auf den Mantel, aber wenn er hier irgendwo war … also schön. Das bedeutete, dass man sie auch brauchte.

Sie gehörten zusammen, und sie nahmen diese Aufgabe ernst.

Jeder Schritt durch das aufgeweichte Lager fühlte sich an wie ein unendlicher Kampf gegen einen unsichtbaren Feind, als wäre das Blut derer, die sie bezwungen, und derer, die sie verloren hatten, fest entschlossen, ihre Stiefel für ihre Knochen einzufordern. Ähnlich unangenehm waren jedoch das Flattern ihres Herzens und der Kloß im Hals – sie war nicht *ängstlich*, bestimmt nicht, aber für den Rang, den sie und Kier sich teilten, brauchte es eine gewisse ungesunde Co-Abhängigkeit, über die sie nur nachts nachzudenken wagte, wenn sie sicher sein konnte, dass Kier bereits schlief.

Sie wusste nicht, ob es dem Captain in ihrer Abwesenheit genauso ging. Sie hatte nie nachgefragt.

Grey schlüpfte durch die aufgeklappte Plane ins Kommandozelt – das streng genommen gar kein Zelt war, sondern ein schäbiges Sammelsurium aus Stofftunneln, die schon bessere Tage gesehen hatten. Einst mussten die Zeltbahnen eine natürliche Farbe gehabt haben, aber vom Rauch der Wachfeuer waren sie grau und mit braunen Schlammspritzern gesprenkelt. Sie hasste die Zelte. In ihnen miefte es nach Feuchtigkeit und Schimmel, die unausweichliche Folge von Regen, der in jede Falte drang, und das löste bei ihr immer wieder Juckreiz aus. Bei anderen Missionen waren sie manchmal in einer von Scaelas alten Burgen gewesen, umgeben von Kerzenlicht, dicken Mauern und echten Böden, aber Mecketer war anders. Es war noch nicht einmal in der Nähe einer Stadt – das Feldlager war eine Stadt für sich, und obwohl es während des Großteils des jahrelangen Grenzkriegs zwischen Luthar und Scaela bestanden hatte, war es schon zu oft niedergebrannt oder verlegt worden, um auf dauerhaften Strukturen zu fußen. Der Grund für seine Existenz war wie eh und je, den Versorgungsweg vom Meer zu schützen, der zwischen Scaela und einem von Luthars alten Häfen verlief und mal zu einem Reich, dann zu einem anderen gehörte.

Was sie darum geben würde, wieder in einer der Burgen zu sein, mit einem Dach über dem Kopf und Stein unter den Füßen! Was sie nicht alles für trockene Stiefel und einen wärmeren Mantel geben würde!

Der Schreiber sah auf, als sie eintrat. Ihm stand die Erschöpfung ins Gesicht geschrieben – obwohl er gar kein Schreiber war, sondern entweder ein Magieloser, der mit Schreibarbeiten bestraft wurde, oder ein junger Soldat, der wegen seiner Verletzungen nicht auf Patrouille gehen konnte. Er stand auf und neigte den Kopf. »Kann ich helfen, Hand Captain?« Seine Stimme klang so gleichgültig, als wäre ihm seit einem Dutzend Toten alles egal.

»Ich soll zu Captain Seward kommen«, sagte Grey. Weder Attis noch Concord hatten sie kommen lassen, aber das musste auch nicht sein. Wenn Kier hier war, gehörte sie auch hierher.

Der Schreiber seufzte, führte sie aber aus dem Verwaltungszelt durch drei durchnässte, hauchdünne Tunnel und blieb vor einem Zelt stehen, auf dem das Siegel des High Lord von Scaela prangte: eine offene Hand, die über einem hellblauen Feld das Zeichen der Gerechtigkeit zeigte. Dort blieb er stehen, straffte die Schultern – Grey versuchte, nicht zu viel in die Geste hineinzudeuten – und rief: »Master Attis, Hand Captain Flynn ist hier.«

Von der anderen Seite kam kein Geräusch. Master Attis kannte sich mit Standardzaubern aus, und ihre Quelle war stark genug, also konnte sie einen Schallschutzschild lange genug aufrechterhalten, um den größten Teil ihrer Angelegenheiten vor neugierigen Ohren zu schützen. Sie war gründlich. Grey bewunderte das, auch wenn ihr die Frau irgendwie Angst einjagte, sie wusste nur noch nicht, wieso.

»Herein«, ertönte schließlich eine Stimme.

Grey bedankte sich mit einem kurzen Murmeln bei dem Schreiber. Ihr fiel auf, wie er humpelte, die linke Seite bevorzugte. Kurz dachte sie darüber nach, ihn zu Leonie zu schicken, aber die Heiler waren bereits überlastet.

Sie schüttelte den Gedanken ab und schlüpfte an Scaelas Siegel vorbei. Bevor sie weiter ins Zelt trat, nickte sie Master Attis und ihrer Hand zu. Es ploppte ein wenig in ihren Ohren, als sie durch Attis' Schild lief, und sie musste sich sehr zusammenreißen, nicht die Nase krauszuziehen oder sich die Ohren zu reiben.

Wie in den meisten Zelten in Mecketer gab es auch hier fast kein Mobiliar und vor allem nichts, das als permanent oder vernünftig gebaut zählen konnte. In einer Feuerschale an der Seite, gefüllt bis zum Rand mit magiegespeisten, leicht violetten Flammen, loderte es, und die Wärme brachte Grey etwas Entspannung. Es war ein kleines Zelt, in dem nur ein mit Karten überladener Tisch stand, ein Schreibtisch und zwei Stühle. Attis saß kerzengerade am Schreibtisch, die grau melierten schwarzen Haare zu einem festen Dutt gebunden, der ihre Gesichtszüge noch strenger aussehen ließ. Ihre Hand lauerte wie ein schräger Schatten hinter dem Schreibtisch. Kier saß auf dem anderen Stuhl und wirkte zerzaust, aber unbekümmert, obwohl er genauso gerade wie Attis saß. Es lag wohl an der unsauber geschwungenen Linie seines Mundes, an der Haarlocke, die nie dort bleiben wollte, wo er sie hintat.

»Tut mir leid, dass wir ohne Euch angefangen haben, Hand Captain«, sagte Attis und klang dabei kein bisschen, als würde sie sich entschuldigen wollen. Sie ordnete die Papiere auf dem Schreibtisch und sah Grey dabei kaum an.

Wer bin ich, dass Ihr meinetwegen warten müsst?, wollte Grey sagen, aber sie hatte wegen ihrer vorlauten Art hier schon mehrfach Schwierigkeiten bekommen. Der Schlamm machte sie reizbar, und die salzige Luft vom Meer, das nur wenige Kilometer entfernt war, ruhelos, aber Attis war auch nicht gerade Balsam für ihre Seele. Das war einer der vielen Gründe, wieso ihr diese Mission auf die Nerven ging: Sie musste ihre wahren Gefühle für sich behalten, es sei denn, Kier war der Einzige in Hörweite. Da ihnen entweder ein gewaltsamer Tod oder eine lebenslange Schlacht drohten, hatten ihre Vorgesetzten normalerweise einen besseren Sinn für Humor.

Grey nickte einmal und widmete sich Kier. Sie ließ den Blick kurz über ihn wandern wie immer, wenn sie wieder vereint waren, egal, wie kurz sie sich nicht gesehen hatten. Das war eine weitere ihrer angstbesetzten Eigenschaften. Kiers Aussehen war fest in ihrem Kopf gespeichert und ihr genauso vertraut wie ihr eigenes Spiegelbild: das ungleiche Haselnussbraun seiner Augen, die dunklen Haare, die wegen der salzigen Luft lockiger waren als üblich, genau wie zu der Zeit, als sie noch Kinder waren; die unterschiedlichen Töne seiner Haut, die ein dunkles Oliv annahm, wenn die Sonne mehr als eine Stunde am Tag schien (außer hier in Mecketer, wo sie kaum zu sehen war und Kier, der die Sonne am Himmel genauso liebte wie diese ihn, untypisch blass war). Die Fülle seiner Lippen und die krumme Nase, der Schatten seiner Wimpern auf seinen Wangenknochen.

Kein neuer Bruch. Keine Wunde, abgesehen von dem Kratzer am Kinn von einem Gefecht vergangene Woche.

Sie schlüpfte auf ihre Position hinter ihm.

Kiers Schultern entspannten sich, weil Grey da war, wenn auch nur einen Hauch.

In der erprobten Haltung von Magiern und ihren Händen, ihren Quellen, ihrer Macht, legte Grey eine Hand auf Kiers linke Schulter, die Finger gekrümmt, sodass ihre Fingerspitzen gerade so sein Schlüsselbein berührten, der Daumen wenige Zentimeter von seiner Haut am Mantelkragen entfernt. Unterwerfung und Schutz, Treue und Macht, alles in einem.

»Wie ich bereits gesagt habe, das hier wird nicht einfach werden«, sagte Attis.

»Das ist es doch nie«, erwiderte Kier mit seiner ruhigen, weichen Stimme, die so anders klang als der Terror, zu dem er in der Lage war. Der kleine Teil von Grey, der noch vor Angst kribbelte, beruhigte sich sofort. »Aber bitte, fahrt fort.«

Grey warf einen Blick auf die Papiere auf Attis' Schreibtisch. Der größte Teil davon waren Karten, versehen mit Pfeilen, Siegen und Verlusten, auf denen zu sehen war, wo die scaelanischen Armeen an der Grenze stationiert waren. Auf der Hauptkarte sah man die Aufteilung der Insel Idistra in ihre Staaten. Greys Blick wanderte über die Ecken: Kämpfe mit Cleoc Strata im Norden, mit Eprain im Osten, mit Luthar im Süden. An der westlichen Grenze mit Nestria herrschte glücklicherweise Frieden – ihr neuer High Lord hatte kein Interesse am Blutvergießen –, aber wer konnte schon sagen, wie lange er halten würde.

Sie brauchte eine halbe Sekunde, um zu registrieren, dass zwischen Kier und Attis noch eine weitere Karte lag, die mit unsauberer Schrift verunstaltet worden war. Sie war viel kleiner als die, die Attis' großen Schreibtisch bedeckte. Grey wagte nicht, sich vorzubeugen, um sie genauer in Augenschein zu nehmen – das war nicht ihre Aufgabe. Denken war nicht ihre Aufgabe. Strategie war nicht ihre Aufgabe.

Grey war eine magische Quelle und darüber hinaus Kiers offizielle Hand. Sie war ihm als Quelle zugeteilt. Und als solche hatte sie zwei Aufgaben: erstens, ihrem Magier die Energie zufließen zu lassen, die er für seine Zauber brauchte. Und zweitens, ihn am Leben zu erhalten, koste es, was es wolle. In der Vergangenheit war es eine lebenslange Aufgabe gewesen, Hand eines Magiers zu sein, und sie war durch ein Bindungsritual besiegelt worden, aber diese Praxis war seit Langem schon verpönt und vor Kurzem erst verboten worden.

»Das ist ihre Route«, sagte Attis und fuhr mit dem Finger über einen markierten Höhenzug. Offensichtlich hatte Grey einen Teil des Gesprächs verpasst. »Und hier ist das Zielobjekt. Sie reisen mit einem Gefolge aus achtzehn Magiern« – was hieß, dass auch achtzehn Quellen mitreisten, denn in Idistras Magiesystem konnte ein Teil ohne den anderen nichts ausrichten, aber Attis erwähnte die Quellen nicht, und Grey konnte nicht anders, als Attis' eigene Hand anzusehen – »und scheinen in Schichten eingeteilt zu sein, um schneller voranzukommen. Vier identische Kutschen, alle gleich geschützt. Der Befehl lautet auf eine vollständige Dezimierung, angeordnet vom High Lord.«

Kier zuckte nicht mit der Wimper. Natürlich nicht, nachdem er seit Jahren diese Befehle ausführte. Grey hatte aufgehört zu zählen, wie viele Tode auf ihr Konto gingen, wie viel Blut in jedem einzelnen der Gefechte vergossen worden war, aus denen sie stets gerade so lebendig herausgekommen waren.

»Es könnte schwierig werden mit der Dezimierung«, sagte Kier. »Wie viele führe ich in die Schlacht?«

»Ihre ganze Kompanie, Captain.«

Er gab ein erstauntes Geräusch von sich. »Alle?«

»Befehl des High Lord.«

Grey bemerkte nicht, wie sehr sich ihre Finger in Kiers Schulter gruben, bis er sie unauffällig absenkte, sein Signal, um ihr zu zeigen, wie angespannt sie war.

Es hatte schon immer deutlich mehr Quellen als Magier auf Idistra gegeben, aber durch die ständigen Kriege und die schwindende Macht konnte man sich dessen nicht mehr sicher sein –

noch nicht einmal in Scaela, der Nation, die die meiste Macht innegehabt hatte, bevor alles anders geworden war.

»In Anbetracht der letzten Zählung der Quellen scheint mir das nicht wie eine besonders gute Strategie …«, setzte Grey an.

»Es könnte klüger sein, einige unserer Quellen zurückzulassen«, pflichtete Kier ihr bei, hielt den Kopf für ihre Kühnheit hin und bügelte gekonnt ihren Fehler aus. Sie spürte ein leichtes Ziehen in der Verbindung zwischen ihnen, ein Warnsignal, und presste die Lippen aufeinander. Obwohl sie und Kier so gut austariert waren wie nur möglich und sich als Ebenbürtige behandelten, gingen nicht alle Magier mit ihrer Kraftquelle so um.

Und natürlich wusste sie, was Kier sagen würde, wenn sie allein wären: *Wenn du nicht aufhörst, Autoritäten infrage zu stellen, wirst du Aufmerksamkeit auf dich ziehen*, was sie üblicherweise mit *Wir ziehen immer die Aufmerksamkeit auf uns* konterte. *Das liegt an dir, weil du so erschreckend grotesk bist.* Woraufhin er vermutlich mit *Erschreckend gutaussehend, meinst du* reagieren würde.

Attis schüttelte den Kopf und warf Grey einen warnenden Blick zu, bevor sie sich wieder Kier zuwandte. »Nicht jede Spezialfähigkeit ist so fortgeschritten wie Eure. Jeder Magier in Eurer Kompanie wird von seiner Hand begleitet werden, dazu genügend magielose Soldaten zum Schutz, und alle werden bei Euch bleiben. Ich gehe kein Risiko ein.«

Kier protestierte nicht, aber Grey wusste, was er dachte. Als die Magie in Idistras Nationen noch stark war, war die einzige Begrenzung eines Magiers seine Quelle gewesen. Doch jetzt hatte sich alles verändert – alles war schwächer geworden. Obwohl Magier stets eine Affinität zu Fleisch und Blut gehabt hatten, zu Materialien oder natürlichen Kräften, waren sie nun beschränkt darin, was sie mit ihrer Magie ausrichten konnten. Die Magier mit einer Affinität zu Fleisch und Blut hatten alle eine Spezialfähigkeit, einen Körperteil, den sie in ihren Gegnern beeinflussen konnten; Materialisten konnten sich nur noch auf ein bestimmtes Metall, Holz oder Objekt konzentrieren. In ihrer Zeit als Heilerin in Scaelas Armee hatte Grey das ganze blutige Sortiment erlebt: diejenigen, die ihren Gegnern die Luft abschnüren konnten und Tote mit blauen Lippen und gequälten Gesichtern zurückließen; Fleischmagier, die riesige Hautstränge über die Münder nähten, die Grey dann mit einer schmalen Klinge unter viel Blutverlust wieder auftrennen musste; Knochenmagier, die Kiefer sperren und Knochen mit einem einzigen Blick brechen lassen konnten. Internistische Affinitäten waren selten, aber wenn sie auftraten, waren ihre Fähigkeiten einfach nur grauenhaft.

Vielleicht war Kiers Affinität zum Herzen da besser. Sauber. Natürlich gab es auch für sie Grenzen – eine Aorta komplett zu durchtrennen, kostete Grey so viel von ihrer Kraft, dass sie nur zehnmal in der Stunde dazu in der Lage war, eventuell ein Dutzend Mal, aber es gab schließlich auch andere Wege, das Herz zu verletzen. Andere Möglichkeiten, dafür zu sorgen, dass ein Feind sich nicht wehrte. Und obwohl sich Kier auf den Muskel selbst konzentrierte, beherrschte er auch die grundlegenden Zauber.

»Sie werden auf dieser Handelsroute reisen. Wenn sie das Objekt über den Fluss nach Luthar bringen, ist es für uns unrettbar verloren. Habt Ihr das verstanden, Captain Seward?«

»Absolut«, erwiderte Kier und sah mit finsterer Miene auf die Karte. Was gut war, denn Grey verstand fast nichts. Sie schickte einen Impuls über ihre Verbindung zu ihm. Sätze zu formulieren, dazu waren sie nicht in der Lage, aber sie waren schon so lange als Magier und Quelle verbunden, dass Kier an der Art, wie sie ihre Gefühle durch die Verbindung zu ihm schickte, ihre Intentionen ablesen konnte. Dasselbe traf auf ihn zu. Er bemerkte ihre Neugier und begriff sofort.

»Und was genau ist das Zielobjekt?«

»Das geht Euch nichts an, Captain Seward.«

Es entstand ein kurzes Schweigen. Grey wünschte, sie könnte Kiers Gesicht sehen, anstatt es sich anhand seines Hinterkopfs vorstellen zu müssen. »Master Attis«, sagte Kier sehr behutsam. »Ihr seid Euch sicher der Tatsache bewusst, dass ich das Zielobjekt nicht holen kann, wenn ich nicht weiß, was es *ist.*«

Wieder herrschte Schweigen. Grey blickte geradeaus, das Gesicht teilnahmslos, und versuchte, wieder in das Bild einer perfekten Hand zu passen, was Kiers Rang besser entsprach. Gegenüber von ihr folgte Attis' Quelle demselben Prinzip. Ihr Name war Mare Concord, und sie war achtunddreißig Jahre alt. Sie war seit achtzehn Jahren Attis' Hand, lange genug, um sogar ihre Gedanken von jemand anderem bestimmen zu lassen. Grey hatte das herausgefunden, als Attis sie vor zwei Jahren für eine andere Mission ausgeborgt hatte, weil Mare verletzt worden war und medizinischer Hilfe bedurfte.

»Ihr werdet es erkennen, wenn Ihr es seht«, sagte Attis knapp. »Mehr müsst Ihr nicht wissen. Ihr brecht noch vor Tagesanbruch auf. Habe ich mich klar ausgedrückt?«

Grey erkannte anhand der Pause, die entstand, dass Kier nachbohren wollte. Aber er wusste es besser. Das war der Unterschied zwischen ihr und Kier – ihm war klar, wann der Bogen überspannt war.

»Ja, Master«, sagte er.

»Gut«, erwiderte Attis, nahm bereits das nächste Blatt von ihrer Hand entgegen und widmete sich der nächsten Aufgabe. »Wegtreten.«

Für einen kurzen Augenblick nur trafen sich die Blicke von ihr und der Hand von Attis. Grey sah noch Mares Gesicht vor sich, grau vom Blutverlust, die Lippen aufgeplatzt und spröde, wie sie aus dem Becher in Greys Hand trank. Mare war bewusstlos gewesen, als Grey die Wunde in ihrer Leber vernäht hatte, aber als sie bei der äußeren Verletzung angekommen war, hatte die Betäubung nachgelassen, und Mare hatte mit leerem, kraftlosem Blick hingenommen, dass Grey Stich um Stich um die gezackte Schnittwunde über ihren Rippen setzte. Sie erinnerte sich noch daran, was Mare gesagt hatte, als sie fertig war. Mit den blutigen Fingern hatte sie ihr Handgelenk gepackt. *Hör auf. Sofort. So schnell du kannst. Sie brauchen dich nie so sehr wie du sie.*

Damals hatte sie Mare erwidert, dass Kier anders sei, und hatte einen so mütterlich mitleidigen Blick geerntet, dass ihr Herz schmerzte. *Keiner ist anders. Sie sind alle gleich.*

Mare war ohne eine Infektion genesen, dank Greys sorgfältigem Vorgehen. In jener Nacht hatte Grey noch lange wach gelegen, nachdem Kiers Atem schon gleichmäßig geworden war, und sein Gesicht betrachtet.

Wir werden in dieser Rüstung sterben, hatte Mare gesagt und nach ihrer blutigen Hand gegriffen. *Wir werden unter Scaelas Banner sterben, und wofür?*

Für das, was sie Locke angetan haben, hatte Grey nicht erwidert, obwohl die Wahrheit dieser Aussage ihr bis in die Knochen brannte.

Kier war bereits auf dem Weg, und Grey kämpfte sich schnell aus ihren Erinnerungen, um ihm zu folgen. Er ging quer durch den Raum, durch die Stofftunnel und aus dem Zelt. Grey blieb so knapp hinter ihm, wie sie konnte – Magier und Quellen wurden nicht aufgrund ihrer Schrittlänge zusammengetan, aber vielleicht hätte man das berücksichtigen sollen –, bis sie in den Lärm des Feldlagers traten.

»Kier …«, setzte sie an.

»Nicht hier«, sagte er, ohne sich umzudrehen. Es war auch nicht nötig. Sie war so gut auf seine Stimme eingestellt und spürte ihn so deutlich, dass sie ihn sogar hörte, wenn er mitten in der Schlacht etwas flüsterte.

Sie blieben an einem der offenen Feuer stehen, um sich mit heißem Tee und Essen zu versorgen, und machten sich dann mit eingewickeltem Brot, Käse und Rauchfleisch in den Taschen und den heißen Bechern in den Händen zu ihrem Zelt auf. Als sie am Feldlazarett vorbeikamen, konnte Grey die Schreie der Verletzten hören. Sie wollte helfen, aber sie tat es nicht. Ihre Pflicht wartete nicht in diesem Zelt oder einem ähnlichen, seit sie vor sechs Jahren von ihrem Posten als Heilerin abgezogen und Kier als Quelle zugewiesen worden war. In ihrer Freizeit half sie trotzdem noch, aber sie litten beide bereits unter Schlafmangel, und gemessen daran, was sie von dem Gespräch mitbekommen hatte, würde sich daran heute Nacht nichts ändern. Grey eilte weiter.

Sie durchquerten das Lager. Das Meer von Gesichtern war

bunt, aber die Erschöpfung und die hartnäckige Kriegsmüdigkeit verliehen ihnen allen ein vertrautes Erscheinungsbild. Wie im Rest von Idistra gab es auch in Scaela kein einheitliches Aussehen. Vor eintausend Jahren war die ganze Insel noch unbewohnt gewesen. Dann kamen die ersten Schiffe und mit ihnen die Magie. Vor den Kriegen waren die Staaten bekannt für Fischfang, Textilien und Handel mit dem Norden gewesen; fast alle hier stammten von irgendwo anders her und sahen dementsprechend aus. Grey selbst war wie ein Mosaik: Wenn überhaupt, konnte sie ihre Abstammung zu Lindan zurückverfolgen, möglicherweise auch ein wenig Ruskaya, aber noch wichtiger zu den alten Familien, die die Insel erreicht und die Magie erlernt hatten. Das kühle Stahlblau ihrer Augen, die blasse Haut und die dunkelbraunen Haare passten zu der Mischung der Soldaten von überall aus Scaela, ganz anders als damals, als sie an der Küste aufgewachsen war, wo nicht wenige von den Händlern Isbetans und Maroushans abstammten und Kiers Farbtöne hatten.

Zurück in ihrem Zelt war alles einfach. So war es immer, wenn sie allein waren, wenn die Ränge unwichtig waren und sie nicht *nachdenken* musste.

So ruhig wie immer öffnete Kier die Spange an ihrem Hals und half ihr aus dem Mantel. Dann hängte er seinen darüber. Er zog die kleine Feuerschale zwischen ihre Bettpritschen und griff nach ihrer Hand, um sie zu entzünden. Grey spürte, wie magische Energie aus ihr floss, ein Zwicken und dann einen warmen Schauder auf ihrem Rücken. Er musste sie nicht berühren, um ihre Magie zu nutzen, aber es war immer leichter, wenn irgendeine Art von Kontakt zwischen ihnen bestand: Er verbrauchte weniger von ihrer beider Energie, und wenn sie allein waren, gab es keinen Grund, sie ohne Kontakt abzuschöpfen. Wen sollte es stören?

Sie zog die Stiefel aus und stellte sie neben ihre Pritsche. Er rutschte beiseite und machte ihr auf seiner Platz, baute aus seiner Decke einen Kokon für sie. Grey setzte sich im Schneidersitz hin, die Knie vom Feuer gewärmt, seine linke Seite dicht an ihre rechte gedrückt. Er hatte den kleinen Beistelltisch für den Tee und das Essen herangezogen.

»Also?«, fragte sie.

Er gab ein kehliges Geräusch von sich, sein Blick war in die Ferne gerichtet. Sie stupste ihn mit der Schulter an, und er reichte ihr Käse und Brot, als wollte er sagen: *Iss, ich komme schon drauf zu sprechen.*

»Die Nummer gefällt mir nicht«, sagte er schließlich. »Fühlt sich seltsam an.«

»Wieso?«, fragte Grey.

»Wegen des High Lord zum Beispiel. Das kann nichts Gutes bedeuten, wenn er involviert ist.«

Grey kaute auf ihrer Lippe. Er hatte nicht unrecht – Grey und Kier kämpften an der südlichen Grenze gegen Luthar; der High Lord, der nach Art aller Herrscher Idistras nur Scaelas genannt wurde, war im Nordosten. Wenn er sich hier einschaltete, musste die Mission *wichtig* sein.

Aber das war nicht das Einzige, was sie und womöglich Kier an der Beteiligung des High Lord störte. Grey, Kier und sein Bruder Lot waren in einem Dorf an Scaelas Nordostküste aufgewachsen, in der Nähe der Hauptstadt und des Sitzes des High Lord. Es war Jahre her, dass sich Grey Gedanken über die Anwesenheit Scaelas' in ihrem Leben machen musste.

»Das bedeutet, man vertraut dir«, sagte sie.

Kier warf ihr einen Blick zu. »Das bedeutet, dass wir *aufgefallen sind.*«

»Das könnte ja auch etwas Gutes sein«, sagte sie bestimmt.

»Vertraust *du* mir?« Keine andere Frage war so überflüssig wie diese.

»Auf ewig«, sagte Grey. Sie beobachtete, wie er das Brot zerteilte. Seine Finger waren lang und vernarbt, und er trug einen silbernen Ring am rechten Mittelfinger, obwohl das nicht erlaubt war angesichts des ständigen Risikos, im Kampf den Handschuh zu verlieren. Der Ring hatte einst Lot gehört, bevor er in einem Gefecht gegen Eprain gefallen war.

Kier seufzte, legte die trockene Rinde seines Brots beiseite und warf ein paar Krumen ins Feuer. »Ich habe Angst vor dieser Mission. Mein Gefühl sagt mir … Ich weiß nicht, Grey. Es gefällt mir nicht.«

Die Tatsache, dass er ihren Namen gebrauchte, ließ sie aufhorchen. »Ich wusste gar nicht, dass du die Gabe der Prophetie bekommen hast, als ich gebadet habe«, erwiderte sie reflexartig, weil er ihn so selten sagte.

Das genügte, um ihm ein halbherziges Lächeln zu entlocken. Grey betrachtete sein Gesicht, die Falten um die Augen, die erst kürzlich dazugekommen waren. Er hatte vergangenes Jahr angefangen, an den Schläfen zu ergrauen. Sie zog ihn unablässig deswegen auf, auch wenn sie dabei Bauchschmerzen hatte. Mit sechsundzwanzig gehörte er zu den jüngsten Captains in Scaela, und es machte sie wütend, wie jeder Tag seines Dienstes diese Tatsache mehr und mehr verblassen ließ.

Kier sah finster drein. »Mir hat Attis' Gesichtsausdruck auch nicht gefallen … und da lag noch etwas auf ihrem Schreibtisch. Ich hätte es nicht lesen dürfen, aber ich habe es trotzdem getan.«

Grey stieß ihn mit der Schulter an. »Kier Seward, du Scharlatan. Du liest die geheime Korrespondenz unserer Vorgesetzten? Das passt überhaupt nicht zu dir.«

Er lächelte, aber das Lächeln erreichte nicht seine Augen. »Es sieht aus, als hätte Luthar etwas entdeckt, mit dem sie *glauben*, neue Quellen schaffen zu können. Gegen den Verfall anzukämpfen. Wenn sie wirklich glauben, dass sie neue Quellen erzeugen können, die Macht wiederherstellen … dann ist es kein Wunder, dass der High Lord sich einschaltet.«

Grey erstarrte kurz – Kier sah sie aufmerksam an, betrachtete ihr Gesicht, und er würde sofort merken, wenn sie Unbehagen zeigte. Also unterdrückte sie es. »Der einzige Weg, wie sie die Macht wiederherstellen können, ist, wenn sie den Erben der Insel gefunden haben.«

»Ich weiß«, sagte Kier.

Grey spielte mit ihrem Deckenzipfel. Sie wollte nicht darüber nachdenken, was passieren würde, wenn sie den Erben der Isle of Locke finden würden, eine Heldentat, die schon seit langem quasi unmöglich geworden war, weil jemand die Insel, die Quelle der Macht der fünf anderen Nationen, angegriffen und völlig zerstört hatte.

Ob nun detoniert oder untergegangen – als die Isle of Locke vor sechzehn Jahren im Meer versunken war, war der brüchige Frieden zwischen den verbleibenden Staaten endgültig dahin gewesen. Die Jagd hatte begonnen, als Scaelas einen Brief von Severin von Locke bekommen hatte, unterzeichnet mit seinem echten Namen, der bewies, dass der Erbe offensichtlich den Angriff überlebt hatte.

Grey erinnerte sich noch an die Patrouillen in den Dörfern und wie die Soldaten Scaelas jeden Jungen zwischen zwölf und zwanzig Jahren verhört hatten, nur um sicherzugehen. Sie erinnerte sich daran, wie sie ein halbes Dutzend Mal Lot geholt hatten, und an seinen leeren Blick, wenn er spätabends nach dem Verhör zurückgekehrt war. Sie wusste noch, wie sie zusammen mit Kier an der Tür gelauscht hatte, wenn Kiers Mutter leise versuchte, Lots Fragen über den Krieg zu beantworten: *Wieso haben die mich verhört? Weil du das richtige Alter hast. Wen suchen sie denn? Den einzigen Menschen, der diesen Krieg beenden kann – aber er ist selbst noch ein Kind. Was hätten sie denn mit mir gemacht? Was werden sie mit ihm machen? Ich weiß es nicht, mein Junge. Ich weiß es nicht.*

Es war eine traurige Wahrheit und eine, die zum Krieg zwischen den Staaten von Idistra geführt hatte. Die Isle of Locke war stets der Ursprung der Macht für Idistras Staaten gewesen: Scaela, Cleoc Strata, Nestria, Eprain und Luthar. Die Quellen, bei denen sich die Magier dieser Länder bedienten, bezogen hier ihre Kraft.

Niemand wusste genau, wie oder wieso Locke zerstört worden war, noch, welchem Land die Schuld für die Zerstörung zukam, aber eine Sache war offensichtlich: Ohne seine physische Existenz und ohne die Möglichkeit, dass der Erbe eine Verbindung zum Hauptquell aufnahm, war seit sechzehn Jahren in ganz Idistra nicht eine einzige Quelle geboren worden.

Kier ließ nicht locker. »Es sei denn, sie haben einen anderen Weg gefunden. Vielleicht irgendeinen Urahn? Einen Blutsverwandten? Irgendeinen vergessenen Cousin?«

»Ich glaube nicht, dass die Kräfte so funktionieren«, wiegelte Grey ab. »Eine solche Verbindung, ein vergessener Cousin der Insel, wäre nicht stark genug, um all die Macht wiederherzustellen.«

»Dann vielleicht jemand mit einer direkteren Verbindung? Ein Bastard?«

»Alle, in denen das Blut der Insel floss, wurden getötet«, sagte Grey scharf.

Jede Nation hatte ihre eigenen Allianzen mit Locke, aber Scaela war durch Blut und Schwur an die Insel gebunden. Scaelas, der High Lord, der den Namen seines Staates trug, war der Erste gewesen, der in dem Versuch, das Schicksal von Lockes verlorenem Sohn aufzudecken, einen Krieg angezettelt hatte – zuerst mit Epras, weil sie jeden Cousin mit dem Blut der Insel jagten, dann mit Nestria, weil sie nach der Zerstörung die High Lady von Lockes Schwester getötet hatten – und dann war es nur eine Frage der Zeit, bis Cleoc Strata und Luthar folgten.

Kier schwieg einen langen Augenblick. »Über den Teil denke ich lieber nicht nach.«

Er war unmöglich zu vergessen, schließlich war genau das der Grund, wieso Krieg herrschte. »Ich weiß«, sagte Grey dennoch.

»Also glauben sie tatsächlich, den Erben gefunden zu haben«, sagte Kier und drehte seinen Ring. »Das ist die einzig mögliche Erklärung.«

»So sieht es aus.«

Er zuckte die Achseln. »Dann ist das nicht mein Problem. Und deins genauso wenig. Sollen sich andere den Kopf darüber zerbrechen. Wir werden uns holen, was auch immer sie haben wollen, und dann weitersehen. Es ist ein dummes Unterfangen, aber wenn Attis glaubt, dass wir etwas Großes vollbringen können, dann wirft das zumindest ein gutes Licht auf deine Kräfte. Vielleicht werden wir an einen netteren Ort versetzt.«

Sie legte ihm eine Hand an die Schläfe und fuhr über die silberne Strähne in seinen dicken, dunklen Haaren. Er hatte einen Haarschnitt dringend nötig – sie waren seit Wochen pausenlos in der Defensive, weil Luthar die Kontrolle über die Nachschubroute erlangen wollte, die von der Brücke am Fluss bis zum Hafen verlief. Kier befehligte sechzig Mann (obwohl er immer sagte: »Du hast genauso das Kommando wie ich«, und sie darüber immer lachen musste), also war es verständlich, dass die Haare ganz unten auf seiner Liste standen. Wenn sie eine bessere Hand wäre, eine militantere, würde sie die Sache jetzt erledigen. Sie hatte alles Nötige dafür in ihrer Tasche. Aber bei allem Pflichtbewusstsein liebte sie einfach das Gefühl seiner zu langen Haare, wenn sie sich um ihre Finger wickelten.

»Attis hat uns die Mission erteilt, weil wir dazu in der Lage sind«, sagte sie.

Er seufzte. »Sie hat uns die Mission erteilt, weil du die beste Quelle bist, die wir haben, und weil sie das endlich begriffen hat, obwohl es sie wütend macht, sich einzugestehen, dass du stärker als Concord bist.«

Grey zuckte die Achseln. Es gab keine richtige Antwort darauf. »Ruh dich aus, Captain«, sagte sie. Dann stupste sie seine Hand in Richtung der Brotkrumen. Schließlich war sie seiner Gesundheit verpflichtet. »Und iss.«

Kier zog eine Grimasse, aber er gehorchte.

Der Krieg dauerte nun schon fast zwanzig Jahre und dominierte ihre Erinnerungen für den größten Teil ihres Lebens. Davor, als Locke noch als neutrales Territorium existierte, waren die sechs Staaten von Idistra genauso friedlich wie der ganze Kontinent gewesen. Grey konnte sich nicht mehr daran erinnern, wie sich das angefühlt hatte.

Greys Eltern und ihr Bruder waren Opfer des Krieges. Nach der Tradition in Scaela war das Waisenmädchen, das an jenem düsteren Tag am Ufer angespült und halb verhungert und verwahrlost im Wald gefunden worden war, einer Kriegswitwe anvertraut worden. Man hoffte, dass dies das Leid lindern konnte – und es löste das Problem der Waisenkinder, denen man trotz des empfindlichen Mangels an Pflegeeltern so ein Heim bieten konnte. Es war nur weniger hilfreich, dass Greys neuer Vormund gerade erst achtzehn geworden war, vor Kurzem geheiratet hatte und genauso schnell zur Witwe geworden war. Sie war kaum in der Lage, sich um sich selbst zu kümmern, geschweige denn um ein trauerndes Kind.

Daher war es eine glückliche Fügung des Schicksals, dass das nette Paar neben Imarta zwei Jungen hatte, die nur etwas älter waren als Grey, und sich bereit erklärte, noch zwei weitere Nachzügler liebevoll aufzunehmen. Grey konnte sich an ihre ersten Tage in Imartas Haus nur noch in Bruchstücken erinnern: wie Kiers Großmutter einen großen Topf auf dem Herd umrührte, während seine Mutter die Schnürsenkel an Greys Stiefeln schnürte; wie der ältere Junge ihren Namen beim ersten Mal missverstand und sie immer nur Grape nannte; wie sie an Imarta gekuschelt schlafen wollte, weil sie kaum durch die Nacht kam, ohne vor Angst zu schreien; wie sie am Tisch einen Stapel weitergereichter Hemden durchwühlte, während sie die Jungs beobachteten.

Sie war froh, dass sie noch wusste, wie sie ihn kennengelernt hatte. Dass sie eine vage Erinnerung an das Leben ohne Kier hatte, und sei es nur, um besser zu verstehen, wieso sie sich ohne ihn fühlte wie ein nicht vertäutes Schiff. Sie kannten sich schon so lange und waren miteinander verwachsen wie Wurzeln benachbarter Bäume, nicht wie benachbarte Kinder, bis Kier so sehr mit ihrem Verständnis von Magie verknüpft war, dass sie die beiden manchmal kaum auseinanderhalten konnte.

Vielleicht war es Schicksal. Eine selbsterfüllende Prophezeiung. Kier war ihr inzwischen so nah, wie sie der wahren Magie je kommen würde.

Es war später Abend, als sie endlich wieder allein waren, nach einer Diskussion mit ihren Offizieren über die richtige Strategie beim Hinterhalt und einer Runde Training.

Grey war müde, und ihr tat alles weh. Sie lag mit dem Rücken auf dem kratzigen Teppich, der ihren Zeltboden vor dem Schlamm schützte. Sie hatte ihren Mantel und den größten Teil ihrer Kleidungsschichten abgelegt und trug nur noch ihre eng anliegende Trainingshose und ein enges Hemd. Grey starrte gerade nach oben und betrachtete die Bewegungen der Zeltbahn im Wind.

Kier legte den Schleifstein und seine Klinge beiseite und setzte sich neben sie. Als seine Hände ihre Waden nahmen und die Verhärtungen herausmassierten, war das Geräusch, das sie machte, fast unanständig. Er antwortete mit einem leisen Lachen. Sie schlug sich schnell eine Hand vor den Mund, bevor noch mehr herauskam und sie sich voller Scham und unehrenhaft aus der Situation, ihrer Position und vielleicht ganz Scaela entfernen musste.

»Umdrehen«, murmelte Kier.

Grey presste die Lippen aufeinander, aber tat wie ihr geheißen. Sie schob die Träger über die Schultern, und Kier half ihr, das Hemd bis zur Hüfte herunterzuziehen und ihren Rücken freizulegen. Grey fröstelte und verschränkte die Arme unter ihrem Kopf. Kier setzte sich auf sie und widmete sich ihrem Rücken. Das Problem damit, darauf trainiert zu sein, ihn rund um die Uhr zu beschützen, koste es, was es wolle, war, dass ihr Körper einen ziemlich hohen Preis zahlte. Anders als die meisten Magier versuchte sich Kier zumindest erkenntlich zu zeigen.

»Ich versuche immer noch, mir einen Reim darauf zu machen«, sagte er und bearbeitete mit den Fingerknöcheln die Verhärtungen in ihrem unteren Rücken. »Du bist dir *sicher*, dass es nichts gibt, was einfach so eine Quelle erzeugen kann, richtig?«

»Das weißt du genauso gut wie ich.«

»Lügen, Blasphemie, üble Nachrede.«

Sie seufzte. »Nein. Es gibt nichts, was eine Quelle *erzeugen* kann.« Sie kaute auf der Lippe und war von den sanften Berührungen abgelenkt, die seine Finger auf dem Weg nach oben verursachten, bis sie die verspannten Muskeln an den Schultern erreichten.

Er dachte nach. »Dann kommt es aus irgendeinem anderen System.« Die idistranische Magie beruhte auf einer Quelle und einem Magier, aber andere Magiesysteme an anderen Orten funktionierten nicht so. »Vielleicht ein Stein?«

»Ein *Stein*?« Grey sah ihn über die Schulter an.

Er grinste sie an und *oh*. Oft konnte sie so tun, als wären Kier und sie nichts weiter als sehr enge Freunde, aber manchmal war dieses Ziehen in der Brust schwer zu ignorieren.

»Oder ein Elixier«, überlegte er.

»Kiernan Seward, wenn wir unser Leben für einen Stein oder ein Elixier aufs Spiel setzen müssen, dann werde ich dich und dieses verfluchte Lager verlassen und desertieren.«

Er lachte und legte die Hände um ihre Taille. Seine Daumen drückten links und rechts ihres Rückgrats ins Fleisch. Sie biss sich auf die Lippen, um keine unangemessenen Geräusche von sich zu geben. »Mich würdest du nicht verlassen«, sagte er.

Sie schloss die Augen und verbarg das Gesicht im Arm. Nein, sie würde ihn nicht verlassen. Aber eines Tages vielleicht würde es das Beste für ihr Herz sein, wenn sie es tat.

»Vermutlich ist es ein Fehler«, sagte Kier. Für einen kurzen Augenblick dachte sie, er meinte das, was sie gerade taten, und ihr Herz setzte kurz aus – obwohl es nicht ungewöhnlich für ihn war, so liebevoll und sanft mit ihrem Körper umzugehen. »Eine Ente.«

»Mag sein«, sagte Grey.

Er machte sich wieder an die Arbeit, und die Stille zwischen ihnen wuchs. Grey wechselte die Position, aber bewusst unauffällig, denn diese Art der Pflege bewirkte vielleicht nichts bei ihm, aber bei ihr dafür auf eine Art und Weise, die ihr unendlich unangenehm wäre, wenn er es herausfände.

Es sei denn, die Reaktion war gewollt. In diesem Fall wäre es ein ziemlich guter Augenblick für ihn, um das herauszufinden, einen Schritt weiterzugehen oder eine Grenze zu überschreiten, die sie ohne Gewissheit nie überschreiten würde – aber die Position, in der sie sich befanden, und die Tatsache, dass er diese Grenze *nicht* überschritt, war ihr Antwort genug.

»Du hattest einen Albtraum heute Nacht«, sagte Kier auf einmal.

Sie rollte unter ihm herum, die Augen schmal, der Arm schützend über die Brüste gelegt. Kier bewegte sich nach oben, um ihr Platz zu machen. Wenn ihr Anblick etwas bei ihm auslöste, so obenherum frei unter ihm, dann verbarg er es geschickt.

Er beugte sich vor und legte ihre Haare so, dass sie nicht unter ihr klemmten. Dann nahm er sich ihren freien rechten Arm vor und fing an, den Unterarm zu massieren. Nach all den Jahren wusste er leider immer genau, wo sie die größten Schmerzen hatte.

»Tut mir leid, dass ich dich durcheinandergebracht habe«, sagte sie.

»Ist schon in Ordnung«, sagte Kier und tat es ab, als wäre es irgendeine Kleinigkeit wie sonst. »Was hast du geträumt?«

Grey legte den Kopf zurück und starrte wieder an die Zeltdecke. »Habe ich vergessen.«

Er stupste sie hart in den Bauch.

»Was? Das stimmt.«

»Flynn«, seufzte er und strich ihr die Haare aus dem Gesicht.

Sie schob seine Hand beiseite und zog ihr Hemd hoch. Jetzt wagte er doch einen kurzen Blick, bevor er wegsah und schluckte.

»Du erinnerst dich an jedes Detail«, sagte er leise.

Ich will mich aber nicht daran erinnern, wollte sie sagen, aber das war es nicht wert. Sie schwieg, bis er von ihr heruntergestiegen war und sich neben ihr ausstreckte. Er hasste es, so viel wusste sie, weil er immer befürchtete, dass die Feuchtigkeit durch den Teppich gekrochen war (was nie passierte), und schwor daher auf die Pritschen, weil diese bequemer waren als der Boden (was nicht stimmte; sie würde einfach hier auf dem Boden schlafen, wenn er nicht so ein Riesenfass deswegen aufmachte). Sein Arm drückte gegen ihren; sie verschränkte ihre Finger mit seinen und spürte die lockere Verbindung zwischen ihnen. Ihre Kraft floss leicht in ihn hinein und fiel dort in einen Schlummer. Der Raum fing an, wärmer zu werden, und das Violett des Feuers wurde eine Stufe heller, als sie ihre Kraft auf ihn richtete.

Kier, wollte sie sagen, *was soll das? Wieso kämpfen wir?*

Aber er würde nur sagen, dass sie für Scaela kämpften, weil es ihr Zuhause war und weil alle anderen auch kämpften. Scaela gegen Luthar um die Häfen und gegen Cleoc Strata um die fruchtbaren Äcker und gegen Eprain um den Zugang zum östlichen Meer. Es war Scaela gegen die anderen und die anderen Staaten auch gegeneinander. Der einzige Weg, irgendwo Frieden auf dieser verfluchten Insel zu finden, war vielleicht Nestria, weil die nur gegen Cleoc Strata kämpften und ansonsten fast frei waren.

Scaela gegen alle, weil irgendjemand vor Jahrzehnten Locke in dem gescheiterten Versuch, Idistras Macht an sich zu reißen, zerstört hatte, und Scaelas, der High Lord, würde dies nie vergessen.

Denn bald würde überhaupt keine magische Kraft mehr übrig sein, es sei denn, der Erbe der Insel kehrte zurück, um Locke wiederzubeleben. Und irgendjemand hatte den Rest der Familie umgebracht, und niemand wusste, wer das wie getan hatte oder ob es überhaupt möglich war, die Kräfte wiederherzustellen.

Grey spürte, wie all das auf ihrer Brust lastete. Die Hoffnungslosigkeit und ihr Albtraum machten es nur noch schwerer.

»Captain«, sagte sie mit belegter Stimme.

»Hand«, erwiderte er, schlüpfte wieder in seine Rolle und erwartete ihre Beichte. Er legte so viel Zärtlichkeit in dieses eine Wort, dass sie zweimal schwer schlucken musste, bevor sie überhaupt ans Reden denken konnte.

Sie schloss die Augen, konzentrierte sich nur auf seine Hand in ihrer, auf das Auf und Ab der Kräfte, die zwischen ihnen flossen.

»Feuer«, sagte sie. »Ich habe von Feuer geträumt.«

»In der Vergangenheit oder der Gegenwart?«

»Vergangenheit«, sagte sie. »Überall. Meine Haare sind versengt, meine Kleider verbrannt.«

»Und dann?«

Sie zuckte die Achseln. Worte konnten das nicht beschreiben. Es gab kein »und dann«. Sie stand in Flammen. Sie war wach, saß auf ihrer Bettpritsche, die Finger in die Decke gekrallt, schweißgebadet, und keuchte ins Nichts. Dazwischen war kaum eine Sekunde vergangen.

Und sie schrien. Das war das Einzige, was sie Kier nicht verraten wollte: Um sie herum waren nur noch Schreie zu hören.

»Das ist alles«, sagte sie und drückte ihm die Hand.

Er bohrte nicht nach. Er konnte sie mittlerweile einschätzen.

Sie lagen einige Zeit so da und lauschten den Geräuschen des Lagers: Stiefel im Schlamm, halb mitgehörte Gespräche und der Wind in den Zelten.

Irgendwann schließlich seufzte Kier. »Wir sollten schlafen.« Seine Finger lösten sich von ihren, und er setzte sich auf. Sie beobachtete ihn. Sein Hemd war aus der Hose gerutscht und offenbarte einen Streifen nackter Haut am Rücken.

»Ja, sollten wir.«

Kier packte sie an der Hand und zog sie vom Boden hoch. Dabei schöpfte er gerade genug Macht ab, um das Feuer für eine angenehme Schlaftemperatur einzustellen. Sie ging zu ihrem Koffer, um ein sauberes Schlafgewand zu finden. Kier zog die Stiefel aus, schlüpfte aus seiner Kleidung und legte sie auf seinem Koffer zusammen. Er hatte sich schon immer mit seinem Körper wohlgefühlt, ganz anders als sie mit ihrem; selbst heute noch drehte sie sich zur Wand, um sich umzuziehen.

Im Grunde war es überflüssig. Ob es ihr egal war oder nicht (und um ehrlich zu sein, *egal* war das falsche Wort), sie hatten jeden Zentimeter voneinander gesehen. Sie kannte jede Narbe auf seinem Körper genauso gut wie ihre eigenen, jede Mimik, zu der sein Gesicht in der Lage war. Zwischen ihnen herrschte kein echter Anstand. Es war schlichtweg nicht möglich, selbst wenn sie so taten, als ob.

Es machte alles noch viel schwieriger, dieses Wissen. Am allermeisten für ihr verräterisches Herz.

»Flynn?«

»Hm?«

Sie drehte sich um und sah, wie er unter die Decke kroch. Nachdem sie ihr Nachthemd angezogen hatte, schlüpfte sie unter ihre eigene Decke und nahm spiegelverkehrt dieselbe Position ein. Zur Übung hatten sie damals ihre Betten so eng aneinandergestellt, damit sie jedes Detail seines Gesichts betrachten konnte, wenn sie so lagen.

»Letzte Nacht«, fing er unsicher an. »Dein Albtraum.«

»Kiernan.«

»Du hast den Namen deines Bruders geschrien.«

Grey sog die Luft durch die Zähne ein. »Na und? Du schreist auch den Namen deines Bruders, wenn du schläfst.«

Seine Miene blieb unverändert. Jeder von ihnen hatte einen Bruder verloren – was gab es da noch zu sagen?

»Du hast nur … schon länger nicht mehr so einen schlimmen Traum gehabt. Wenn irgendetwas geschieht … wenn sich irgendetwas *ändert* …«

Sie drehte sich wütend auf den Rücken, damit er ihr Gesicht nicht sehen oder weiterreden konnte. »Schlaf jetzt«, sagte sie. »Du verbrauchst so viel von mir, wenn du müde bist.«

Danach sagte er nichts mehr, und sie spürte, wie ihre Worte verletzend in der Luft hingen. Er nutzte nie zu viel von ihr, egal, was sie sagte, und das war die Wahrheit – das, was er brauchte, entsprach immer genau dem, was sie geben wollte.

Die Ritter des idistranischen Ordens treten als Waffenknechte in den Dienst des High Sovereign. Die Reihenfolge der Ränge ist wie folgt: Waffenknecht, Offizier, Lieutenant, Captain, Master, Commander. Magier und einfache Soldaten werden aufgrund ihrer Verdienste befördert. Quellen, die als Hand zugewiesen wurden, teilen den Rang ihres Magiers – die Ehrerbietung gebührt jedoch in allen Fällen, Todesfall ausgenommen, dem Magier, der den Rang erreicht hat.

Der militärische Orden Idistras
von Master Aluna Hutchins

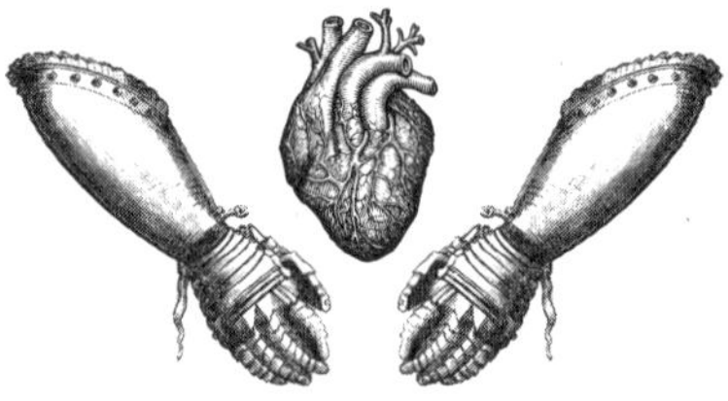

Zwei

Grey war vier gewesen, als sie gelernt hatte, was eine Quelle war. Es gab keine Magie ohne Quellen: Um Magie zu wirken, mussten die Magier eine Verbindung zu einer Quelle herstellen und Kraft von ihr abschöpfen. Es war wie ein Wasserrad, das Strom erzeugte. Als Quelle war sie der Fluss, der Ursprung, der die Magie in Bewegung brachte.

Sie sah sich noch auf dem Schoß ihrer Mutter sitzen, die Hände miteinander verschränkt, die Köpfe zusammengesteckt. Als Erstes nahm eine Wache ihres Vaters Verbindung zu ihr auf, als sie noch ein Kind war. Sein Name war Iowain, und er hatte ein dröhnendes Lachen, silbergraue Haare und einen Bart, der ihm bis zum Bauch reichte. Er hatte sich neben sie gehockt, die Miene offen und ernst, die Hände mit den Handflächen nach oben auf den Knien, als wollte er beweisen, dass er harmlos war.

»Das wird zuerst etwas wehtun«, hatte Alma, ihre Mutter, ihr in den Haarschopf gemurmelt, »aber nur, weil es sich wie ein Verlust anfühlt. Dein Körper weiß noch nicht, was er tut.«

»Mach ganz in Ruhe, mein Kind«, sagte Iowain.

Grey sog die Luft ein. Sie merkte, wie sich das magische Band nach ihr ausstreckte, und wollte zurückweichen, aber ihr Wunsch, ihre Mutter stolz zu machen, war noch stärker. Also spürte sie dem magischen Faden in sich nach, der sich warm und endlos immer weiter entrollte, und irgendetwas in ihr fühlte sich an, als wäre es aufgeknackt worden. Sie merkte es genau, als sich die Verbindung straffte, die Bauchschmerzen, die sie verursachte, und wie sie wieder nachließen.

»Siehst du?«, sagte Alma und strich ihr die Haare aus dem Gesicht. Grey spürte die Gegenwart ihres Bruders hinter sich, wie er ausharrte für den Fall, dass sie Unterstützung brauchte. Seine Hand lag fest an ihrem Rücken. »Nichts, wovor du Angst haben musst.«

Iowain legte die Hände zusammen, und Grey spürte, wie es in ihr zu ziehen begann. Alma nickte ihr zu. Grey ließ einen hauchdünnen Faden aus Kraft in die Verbindung wandern. Als Iowain die Hände mit einem Lächeln öffnete, lag ein leuchtender Opal in seiner Handfläche. Iowain war Materialist, und nach diesem Tag hatte er ihr immer wieder Opale und Perlen gemacht, Saphire und Rubine, und immer präsentierte er sie ihr wie ein Magier, der vor Kindern zauberte. Noch heute dachte sie an ihn, wenn sie einen funkelnden Edelstein an einem Adligen sah.

Nur wenige Jahre später waren sie alle tot. Grey hatte überlebt. Sie saß mit einem Jungen, den sie erst wenige Tage zuvor kennengelernt hatte, auf einem Hügel. Fast genauso lange hatte sie kein Wort mehr gesprochen. Aber er war freundlich und stellte keine Fragen. Schweigen schien ihm genauso wenig auszumachen wie ihr.

Sie saßen auf dem Hügel und sahen aufs Meer hinaus. Die weite Eintönigkeit war noch ungewohnt für sie. Als sie ihm ihre Hand anbot, griff er ohne zu zögern danach. Sie ließ eine magische Verbindung folgen, und auch diese nahm er an. Grey wusste bereits, dass er Magier war. Es war unübersehbar: Die knisternde Energie unerfüllter Magie umgab ihn.

Einen Augenblick später zog der Junge die Augenbrauen zusammen. Kurz darauf entstand eine winzige Flamme zwischen ihnen, der einfachste Standardzauber, den Magier beigebracht bekamen. Kier wich zurück und sagte: *»Oh.«* Erst sah er auf ihre Hand, dann in ihre Augen. »Was *bist* du?«

Grey sah ihn bloß an. Das war die erste Frage, die er ihr stellte, und sie spürte das Bedürfnis, ihm zu antworten. Sie konnte sich nicht erklären, wieso sie ihre Kräfte offengelegt hatte. Sie wusste nur, dass sie ihm vertraute, den süßen Grübchen in seinen Wangen, den Knien und Ellbogen, die stets vom wilden Spielen mit seinem Bruder und nun mit ihr verschrammt waren, den Augen, die außen grün und innen braun waren. Haselnussbraun, aber nur gerade so.

»Du musst das nicht beantworten«, stammelte Kier. »Tut mir leid, dass ich gefragt habe.« Er war damals immer so gewesen – voller Zweifel, unsicher. Diese Unvollkommenheit hatten ihm die jahrelangen Kämpfe und die Verantwortung über andere Soldaten längst ausgetrieben.

Manchmal sah sie ihn heute an und *vermisste* seine Unvollkommenheiten. Sie vermisste sogar seine Zweifel, denn sie bedeuteten, Platz für Fehler zu haben, die nicht den Tod bedeuteten.

»Ist schon in Ordnung«, sagte sie und meinte es auch so. Sie sah aufs offene Meer hinaus, wo einst die Insel gelegen hatte. »Ich weiß es selbst nicht.«

Der Schlamm war dickflüssig und kalt und durchnässte das Wappen von Scaela auf ihrer Brust. Grey spürte es kaum, so sehr war sie für die Schlacht gerüstet. Sie hatte ihr Wehrgehänge und die meisten ihrer Klingen auf den Rücken geschoben, als sie sich hingekauert hatten. Trotzdem war es blankes Elend, zwischen Kier und Eron Fastria, einem seiner Offiziere, auf der Erde zu liegen, die Augen auf die Straße am Fuß des Hügels gerichtet. Weiter die Straße hinunter drohte der Iolis vom anhaltenden Regen über die Ufer zu treten.

Kier hatte ihre Kompanie in vier Gruppen zu je fünfzehn Soldaten eingeteilt, zur Hälfte verteilt über diesen Hügelausläufer, zur Hälfte auf der anderen Straßenseite, versteckt im wuchernden Kraut und Unterholz und den kahlen Bäumen des Waldes. Die

Geheimdienstinformationen, die Attis und später auch Kier bekommen hatte, besagten, dass der Konvoi aus Kutschen zwei Stunden nach Sonnenaufgang vorbeikommen würde. Sie warteten nun schon seit drei Stunden, um sicherzugehen, dass der Hinterhalt auch gelang.

Das vertraute Gewicht von Stahl auf ihrem Rücken beruhigte sie – es war idiotisch, bis zu den Zähnen bewaffnet durchs Lager zu laufen, aber sie hatte ihre Waffen gern bei sich und fühlte sich am wohlsten, wenn ihr Schwert immer griffbereit war. Das erinnerte sie an ihren Vater, der ihr den Umgang mit dem Schwert beigebracht hatte, sobald sie auf zwei Beinen stehen und eine Übungsklinge aus Holz anheben konnte.

Sie brauchte die Gewissheit, sich selbst verteidigen zu können. Und Kier, falls nötig. Als Gegenleistung tat er alles in seiner Macht Stehende, um sie zu beschützen.

Sie wagte einen Blick die Reihe entlang. Die Sonne schimmerte düster durch die Wolken, und das Tröpfeln wurde zu einem Prasseln. Sie war bereits bis auf die Haut durchnässt, und der Regen sickerte durch die Nähte ihrer Lederrüstung, durch das wattierte Wams und das Unterhemd. Eron neben ihr lächelte verkniffen. Er war sonst niemand, dem ein Lächeln leichtfiel, also musste er gemerkt haben, wie angespannt sie war. Grey zog nur eine Grimasse. Fastria seufzte. Seine dunklen Augen hatten etwas von ihrem Funkeln verloren.

Es fiel Grey schwer, sich in einer Situation wie dieser zu konzentrieren. Sie versuchte, die verschiedenen Muskelgruppen durchzugehen, dann die Organe, schließlich die Knochen. Als sie noch jünger war und ihre Zusatzausbildung als Heilerin gerade abgeschlossen hatte, stellte sie sich oft Eingeweide in Diagrammen und behandelte Verletzungen aus ihren Zeiten vor, in denen sie bis zum Ellbogen im Blut gesteckt hatte. Jetzt, Jahre später, sah sie all diese Dinge bei Kier. Wie sie seinen Brustkorb öffnete, den Pectoralis major in der Mitte zertrennte. Wie sie die Rippen zählte. Grey stellte sich das Rosaweiß seines Manubriums vor, die Kante seines Processus xiphoideus. Es war unmöglich, sich nicht alle

Körper als Kiers Körper vorzustellen, als wären es alle Teile von ihm. Sie hatte schon zu viel von ihm gesehen, ihn schon zu oft aufgeschnitten und wieder zugenäht, die Knötchen seiner Knochen gespürt und die glitschige Hitze seiner freigelegten Muskeln.

Das bedeutete es, Hand zu sein. Genauso vertraut und genauso *fähig,* mit der Innenseite seines Körpers umzugehen wie mit der Außenseite.

Bevor sie alle Knochen aufgezählt hatte, erklang von einem Feld die Straße nach rechts hinunter ein kurzes Geräusch. Es klang wie ein Vogelruf und war gerade laut genug, um auf der anderen Seite des Flusses noch gehört zu werden. Grey zog geräuschlos ihr Schwert. Links von ihr hörte Kier auf, sich zu bewegen.

»Captain?«, fragte eine leise Stimme.

»Bereit machen zum Angriff«, erwiderte Kier kaum lauter als ein Flüstern. Es genügte – Grey hörte, wie die Anspannung in den Soldaten stieg und sie ihre Positionen einnahmen. Das Signal bedeutete, dass jemand eine Staubwolke ausgemacht hatte und der Konvoi in Sichtweite war. In ihren Adern pulsierte die innere Unruhe vor einer Schlacht.

Ihr Griff um das Schwert wurde fester. Die Muskeln in den ledernen Armschienen arbeiteten. Ihre Hände waren nackt, ohne Handschuh, für den Fall, dass Kier während der Schlacht direkten Hautkontakt brauchte. Sie konzentrierte sich auf das Stampfen der Stiefel auf der Straße. Bald konnte auch sie die Staubwolke erkennen, die vier Kutschen, die von ordentlichen Soldatenreihen umgeben waren. Zu ihrer Rechten holte Fastria Luft und murmelte ein Gebet auf Arkunish, vermutlich zu einem seiner Götter.

»Erste Zielmarke erreicht, Captain«, murmelte er sofort hinterher.

»Warten«, sagte Kier. »Ich gebe das Signal.«

Der Konvoi kam näher, und jeder Muskel in Greys Körper war zum Zerreißen gespannt. Sie betraten jetzt die Gefahrenzone – wenn irgendein Magier im Konvoi einen ähnlichen Schwerpunkt hatte wie Kier und eine Quelle dabei war, die stark genug war, konnten sie andere Lebewesen, andere *Magie* auf ihrem Weg spüren. Wenn das geschah und ihre Tarnung aufflog – nun, dann waren sie nicht völlig aufgeschmissen, aber der Kampf würde gerechter verlaufen, als ihr lieb war.

Die erste Kutsche passierte die nächste Zielmarke. Grey zweifelte für gewöhnlich nicht an Kier, doch sie warf ihm einen fragenden Blick zu. Seine Kiefermuskeln waren fest, und er wirkte unruhig.

»Dritte Zielmarke erreicht, Captain«, sagte Fastria.

»Kier?«, raunte Grey.

Er pfiff zweimal laut durch die Zähne. Mehr Signal bedurfte es nicht – Grey sah, wie Bewegung in die Gruppe kam, die dem Konvoi am nächsten war. Sie traten sofort in Aktion, und auch das zweite Team raste den Hügel hinunter. Kier legte ihr eine Hand auf die Schulter und packte ihre Schulterplatte, während Fastria und die anderen losrannten.

Ihre Aufgabe war abseits der ersten Welle. Obwohl Kier begierig war, sich in den Kampf zu stürzen, hatten er und Grey in diesem Scharmützel einen besonderen Auftrag.

Grey beobachtete, wie die erste Welle von Soldaten gegen den nichts ahnenden Konvoi prallte. Sie biss die Zähne aufeinander, als Stahl aufblitzte und Fleisch auf Fleisch traf. Blut spritzte und besprenkelte die Seite der ersten Kutsche. Grey sah zu, wie die Soldaten mit ihren Klingen, die Magier mit ihren Quellen mit den sechsunddreißig gegnerischen Magiern und Quellen kämpften. Sie musste zusehen, denn wenn sie es nicht tat, würde sie in Panik verfallen – und das durfte nicht passieren.

»Grey, jetzt«, sagte Kier.

Sie hielt hügelabwärts Schritt mit ihm. Eine dunkle Gestalt tauchte links neben ihr auf, eine Quelle ohne Magier, aber sie fällte sie mit einem schnellen Schwertstreich und zuckte nur kurz zusammen, als das warme Blut sie im Gesicht traf. Sie spürte Kiers Magie, wie sie an ihrem Zentrum sog und Kräfte aus ihrem Brustkorb entfaltete. Er durchtrennte keine Aorten mit diesem Rinnsal von Magie, aber Grey hörte einen Schrei und sah noch, wie ein Magier an der Seite ohne sichtbare Verletzung auf die Knie fiel und Blut aus seinem Mund rann. Kier beendete es mit seinem Schwert.

Sie hörte nicht auf. Immer mehr Kraft schob sie in Richtung Kier und blieb in Bewegung.

Es war ihre Aufgabe, ihn zu beschützen, ihn am Leben zu erhalten. Als Quelle konnte Grey selbst nicht mit magischen Mitteln verletzt werden, aber die anderen Magier und Soldaten in ihrer Kompanie waren nicht so geschützt. Sie hielt sich eng an Kier und ließ immer weiter Kraft zu ihm fließen, während er auf strategische Weise ihre Gegner angriff. Mit ihrem Schwert hielt sie ihm alle anderen vom Leib, die ihm gefährlich werden konnten.

Sie tötete einen weiteren Magier – ihre Schwerter knallten über ihren Köpfen gegeneinander, der Dolch in seine Seite, sie holte mit dem Schwert aus, suchte eine Naht in seiner Rüstung, rammte ihm die Klinge in den Bauch – und drang weiter in Richtung der Kutschen vor. Überall um sie tobte die Magie, war so deutlich, dass sie sie schmecken konnte, während ein Dutzend Gefechte gewonnen und verloren wurden und sich neue Duelle entspannen. Es war ein heftiges Gefühl, wie die Magie in der Luft um sie herum ihr eigenes Reservoir sogar noch schneller wieder auflud.

Kier trat die Tür der ersten Kutsche auf, und Grey versenkte ihre Klinge in der Wache, die herausgesprungen kam, um das zu schützen, was darin war – und was sich als heiße Luft entpuppte. Grey spürte, wie er sich von ihr löste, und sah gerade noch, wie er zusammenzuckte und einen Zauber abblockte.

»Alles in Ordnung?«, fragte sie.

»Geht schon.«

Sie durften keine Zeit verlieren und warfen sich wieder in die Schlacht. Grey riss den Mund auf, als Kier in ungestümer Menge ihre Magie abschöpfte, während sie gerade dabei war, einem Mann die Kehle zu durchtrennen. In der nächsten Kutsche befand sich auch nichts, und Grey spürte unangenehme Verzweiflung in ihrer Bauchgegend aufkeimen. Obwohl sie gut war, hasste sie das Kämpfen, hasste es, wenn sie beide verletzlich waren. Im Augenwinkel nahm sie eine Bewegung wahr und drehte sich um. Die Schneide einer Klinge erwischte gerade Kiers Wangenknochen, ein Knauf schlug ihm die Nase krumm und blutig – da griff seine glitschige Hand nach ihrer Linken und stellte blutüberströmten Hautkontakt her. Ein großer Riss tat sich in ihr auf, als ihre Macht wie ein Sturzbach aus ihr floss. Auf Kiers Seite fielen der angreifende Soldat und noch drei weitere tot um.

»Nicht übertreiben, Captain«, krächzte Grey durch zusammengebissene Zähne. Sie sah, wie eine Quelle sich hinkniete und vergebens versuchte, ihren Magier wiederzubeleben. Wenn Kier zielte, dann traf er.

Grey und Kier arbeiteten sich durch das Chaos aus Schlamm und Blut und versuchten, dem schlimmsten Gemetzel aus dem Weg zu gehen.

»Aller guten Dinge sind drei?«, murmelte Kier und schob eine Leiche von Greys Schwert. Dann sprang er herum und schlitzte einen weiteren Angreifer auf. Mittlerweile zog er seine Klinge ihrer Magie vor, damit sie sich darauf konzentrieren konnte, ihre Kräfte wieder zu sammeln. Auf beiden Seiten des Konvois kamen die Kämpfe langsam zum Erliegen; sie sah mit innerem Abstand und vertrautem Schrecken, wie einer ihrer Männer einen Hieb ausführte, der den gegnerischen Soldaten fast enthauptete, aber sie blieb nicht stehen. Das war das Schreckliche am Krieg und der Grund, wieso sie nachts wach lag und an die Decke jedes Raums starrte, vom regendurchnässten Zelt bis zur Burgkammer hinter dicken Mauern: Sie musste es alles mit ansehen, beobachten und dann weitermachen. In diesem Krieg ging es nicht um Sieg oder Niederlage. Es ging ums Erdulden und Ertragen. Zuzusehen, wie Körper zerrissen wurden, das Blut von Fremden zu schmecken, mit den eigenen Händen anderen das Leben zu nehmen und immer weiter in diesen ewigen Schlund vorzudringen in der Hoffnung, dass das Töten irgendwann enden würde.

Kier trat die Tür der dritten Kutsche auf. Grey schlüpfte zuerst hinein, packte die Quelle, die gerade vorspringen wollte, an den Haaren und schlitzte ihr in einer sauberen Bewegung die Kehle auf, bevor sie die Klinge hochreißen konnte. Dieses Mal wartete auch ein Magier auf sie, aber Kier beseitigte ihn mit einem Trick, der Grey überrascht den Mund aufreißen ließ, weil sie sich fühlte, als wäre etwas von ihrer Körpermitte abgebissen worden.

Dort, in der Mitte der Kutsche, unverkennbar – dort war das Zielobjekt.

Sie brauchten beide einen Augenblick, um zu begreifen, blinzelten stumm vor sich hin, denn es war kein Stein, keine vergessene Tante, kein Elixier. Es war ein Mädchen. Ein dürres Ding, so dünn, dass es fast nur aus Haut und Knochen bestand, mit rabenschwarzen Haaren, die ihm in zackigen Fransen bis zum Kinn reichten, und Augen, so blau wie Eissplitter. Grey konnte nicht genau sagen, wie alt das Mädchen war, aber höchstens achtzehn oder zwanzig. Sie sah es mit finsterem Blick an – viel mehr konnte sie auch nicht, da es an den Handgelenken und Füßen gefesselt und der Mund geknebelt war.

»Captain …?«, fragte Grey.

Aber Kier hatte seine Starre bereits überwunden. »Wir werden dir nicht wehtun«, sagte er flüchtig und warf es sich über die Schulter. »Los«, gab er Grey das Signal, und Grey ließ sich von der Kutsche wieder in das Gefecht gleiten, das zum Glück nachgelassen hatte. Lieutenant Chappelle hatte die Verwundeten ihrer Kompanie hinter dem Konvoi versammelt. Alle, die noch in der Lage waren zu stehen, säuberten das Schlachtfeld und stellten sicher, dass keine Überlebenden zurückblieben.

Attis hatte um die vollständige Vernichtung gebeten, und die sollte sie bekommen. Grey schluckte und wandte das Gesicht ab. Sie war schon zu oft an Säuberungen beteiligt gewesen und konnte es nicht ertragen, sie mit anzusehen.

»Zielobjekt aufgenommen«, rief sie Chappelle zu und folgte Kier in engem Abstand. »Schnappt Euch, wen Ihr könnt, und los.«

Sie behielt ihr Schwert in der Hand, während sich die Kompanie neu formierte und die Verletzten und Toten auflud. Grey ließ den Blick über die Soldaten schweifen und biss sich auf die Lippen. »Fünf Tote«, sagte sie in Richtung Kier und kämpfte gegen das schwere Unbehagen in ihrer Bauchgegend.

Aber Kier war nicht neben ihr. Er hatte die junge Frau zum Hügel getragen, fort von all dem Blut und dem Gemetzel, und sie mit dem Gesicht in eine andere Richtung abgesetzt. Er hatte bereits seinen Helm und seine Schulterplatten abgelegt und arbeitete mit flinken Fingern an seiner Lederrüstung. Grey stapfte schnell zu ihm hinüber – vorbei oder nicht, sie waren noch immer in Gefahr, und es war zu riskant, Abstand zu ihm zuzulassen.

Er redete so leise auf die junge Frau ein, dass Grey nichts verstehen konnte. Ihr Magen zog sich zusammen, als er ihr die Brustplatte über den Kopf zog, diese festschnallte und ihr so mehr Schutz verlieh. Grey stand wie angewurzelt da und sah zu, wie er seine Rüstung der jungen Frau abtrat, die sie retten sollten. Vertrauensselig, wie er war, schnitt er ihr die Fesseln auf und massierte ihr das Blut zurück in die Handgelenke, genau auf dieselbe Art und Weise, wie er nach einem langen Tag das Gefühl in Greys Gliedmaßen zurückbrachte.

Er hatte schon immer eine Schwäche für Zärtlichkeit gehabt.

Sie wandte den Blick ab, nur für einen Moment. Unten bei den Kutschen war die Kompanie fast abmarschbereit.

»Auf dein Signal, Captain«, rief sie Kier zu. »Wir sollten los.«

Irgendetwas in ihr prickelte – es war keine Magie, die kräftig in ihrer Mitte waberte. Da war eine seltsame Freundlichkeit auf seinem Gesicht gewesen, und sie … es war schwer zu sagen. Es erinnerte sie zu sehr daran, als sie selbst noch ein Mädchen gewesen und weit weg von hier von einem Soldaten gerettet worden war. Sie wollte es nicht sehen, solange sie selbst noch voller Blut war und es noch wehtat von der Macht, die er von ihr abgeschöpft hatte. Sie wollte sich nicht eingestehen, dass sie genau zu der Person geworden war, von der sie so viele Albträume gehabt hatte.

Hinter ihr kam kein Geräusch, keine Bestätigung von Kier. Lieutenant Chappelle sagte gerade etwas zur Spitze der Kolonne – sie sah ihn die Worte mit den Lippen formen –, da hörte sie Kier hinter sich sehr deutlich. *»Hand.«*

Grey drehte sich um. Er hatte das Mädchen an den Handgelenken gepackt und führte sie in einer linkischen Haltung den Hügel herab. Sie schluchzte; schwere Atemzüge ließen ihre Schultern erzittern. In Kiers Rüstung sah sie aus wie ein Kind, das Ritter spielte. Kiers Gesicht war seltsam verzerrt. Er sah fast aus, als hätte er einen Schock erlitten. Er verband sich mit Grey, und sie spürte etwas Ungewohntes von seiner Seite aus: Schmerz, Schuldgefühle, Rechtfertigung, Überraschung.

Irgendetwas stimmte ganz und gar nicht.

»Kearns, Pacet«, rief sie, und zwei der Soldaten lösten sich auf ihr Kommando hin vom Ende der Kolonne. »Übernehmt das Zielobjekt.«

Es dauerte einen Augenblick, bis sie das Mädchen geschnappt und weggeführt hatten. Kier machte einen Schritt und stolperte. Er packte Greys Arm für besseren Halt und umklammerte ihre Schulterplatte. Grey nahm ihn mit beiden Händen am Oberarm, hielt ihn instinktiv aufrecht. Ihre Finger gruben sich in sein wattiertes Wams.

»Was? Was ist los?«, fragte sie und suchte die Antwort in seinem Gesicht. Es war nicht leicht – er war bereits voller Blut, auch wenn die Verletzungen neben dem Schnitt in der Wange und vielleicht einer gebrochenen Nase mehr Theater als echte Gefahr waren, aber nichts davon erklärte seinen glasigen Blick.

»Sie wollte mich erstechen«, sagte er. Er ging näher an Grey heran und schützte seinen Körper vor den neugierigen Blicken der Kompanie. Sehr vorsichtig hob er das untere Ende seines Wamses an und offenbarte den wachsenden Blutfleck auf seinem Unterhemd.

»Wie schlimm?«, fragte Grey.

Er zuckte zusammen.

»Ich bringe sie um«, zischte Grey und drückte die Finger in Kiers Seite. »Ich werde sie verdammt noch mal umbringen.«

»Nein …«, erwiderte Kier und festigte den Griff an ihrem Arm.

Sie durfte das Zielobjekt nicht töten. Sie durfte die Zielperson nicht töten, weil dieser Befehl nicht gegeben wurde, und doch – und *doch* – als sie sich umdrehte, waren die Hände des Mädchens rot von Kiers Blut. Kier lehnte sich an; Grey spürte seinen unregelmäßigen Atem an ihrer schlammigen Wange. Alles, woran sie denken konnte, war, wie ihr Versagen über ihr hereinbrach; alles, was sie hören konnte, war das Hämmern ihres Herzens in den Ohren.

»Du hast ihr deine *Rüstung* gegeben«, kochte sie.

»Sie ist nur ein Mädchen«, sagte Kier mühsam. »Sie war – ist – völlig verängstigt.«

Grey war auch einst »nur ein Mädchen« gewesen, und was war aus ihr geworden? Sie fragte sich, ob Kier sie damals auch unterschätzt hätte – oder ob sie dieselbe Entscheidung getroffen hätte wie ihre Gefangene. Auszuteilen. Zu verletzen. Und abzuhauen.

»Wieso hast du nicht überprüft, ob sie bewaffnet war?«

»Grey«, sagte er. »Es war mein eigener Dolch. Er … er hat beim Herausziehen wahrscheinlich ziemlich viel Schaden angerichtet, und ich will nicht, dass du dich für mich in Gefahr begibst.«

Sie kannte den Dolch. Dunkles Metall, Widerhaken auf der Unterseite. Sie selbst hatte ihn Kier gegeben – als Geschenk zum fünfundzwanzigsten Geburtstag, mit einem Zettel dazu, auf dem stand: *Damit du auch ohne mich tödlich bist* – teilweise als Witz gemeint. Er musste ihn wieder an sich genommen haben, bevor er die Zielperson übergeben hatte – was gut war, schließlich wäre es wenig clever, sie bewaffnet zu lassen –, denn er reichte ihn mit zitternder Hand an Grey weiter. Wenn das Mädchen ihn nur in seiner Bauchgegend stecken gelassen hätte, müsste sie jetzt nicht solche Angst haben. Ihn herauszuziehen, hatte es nur noch schlimmer gemacht.

»Hör mir zu«, sagte sie, steckte den Dolch ein und zwang ihn dann mit der Hand an seinem Kinn, sie anzusehen. Das war sicher nur der Schock – er würde es überleben. Er hatte schon Schlimmeres durchgemacht. Er würde *überleben.*

»Grey …«

»Nicht«, fiel sie ihm ins Wort. Das war nicht seine erste Stichwunde und längst nicht seine schlimmste. Sie hatten *beide* schon Schlimmeres durchgemacht. Grey drückte eine Hand auf die

Wunde und schickte einen Schub magischer Energie zu ihm. Kier entfuhr ein fürchterliches Geräusch, und er taumelte gegen sie. Sein Blick wurde sehr trüb.

»Ich muss dich nur ins Lager bringen«, sagte sie. »Sobald wir dort sind, kriege ich dich wieder hin. In Ordnung?«

»Grey«, sagte er und tastete nach ihrer Hand. Sie ließ es zu. Seine Hand war glitschig und feucht von seinem eigenen Blut.

»Nein«, sagte sie und spürte, wie er sich gegen ihre Verbindung wehrte. »Nimm sie. Schöpf die Kraft von mir ab. Nimm alles – und *guck mich verflucht noch mal nicht so an.*«

Er hatte Blut zwischen den Zähnen. Es dauerte einen Augenblick, bis sie die Mullbinde aus ihrem Arzneibeutel geholt hatte, und noch eine Weile, bis sie ihn unter dem Hemd so fest verbunden hatte wie möglich. Dann nahm sie ihn an der Hand, zwang ihn, einen Fuß vor den anderen zu setzen, legte ihm einen Arm um die Schultern. Er war so schwerfällig, zu schwer – sie taumelte und ließ ihn fast fallen. Eine der anderen Quellen eilte herbei, bevor sie unten an der Straße waren, und nahm ihn an der anderen Seite. Grey hatte nun eine Hand frei und konnte sie fest auf seine Wunde drücken. Viel konnte sie hier nicht tun, nicht, ohne die Wunde zu reinigen und zu untersuchen, aber wenn sie kontinuierlich Kräfte in ihn hineinfließen ließ, würde es zumindest nicht schlimmer werden.

Magier konnten sich nicht selbst heilen, nicht einmal mit einer konstanten Magiequelle. Es war so, als würde man versuchen, sich selbst zu kitzeln – es war schlichtweg unmöglich. Genauso wenig konnte man eine Quelle mit Magie verletzen; die magischen Kräfte flossen nicht in diese Richtung. Aber Greys Hände, gepaart mit Greys Kräften … Obwohl sie nicht in der Lage war, eigene Magie zu wirken, konnte sie mit ihrer medizinischen Ausbildung und purer magischer Energie Kier wieder zusammenflicken. Und bis sie ihn gründlich untersuchen und ihm tatsächlich *helfen* konnte, konnte sie ihn mit ihren Kräften allein unbegrenzt stabilisieren.

Wenn ihr die Kräfte nicht ausgingen.

»Los, Bewegung!«, rief sie und hasste den schrillen Unterton in ihrer Stimme. Aber sie war seine Hand, seine Stimme – sie hatte das Kommando, wenn er nicht dazu in der Lage war.

»Captain Seward, Ihr müsst die Füße bewegen«, sagte die Quelle auf Kiers anderer Seite leise. Grey bemerkte, dass es Ola Et-Kiltar war, eine scharfzüngige Quelle, die ihr schon so oft positiv aufgefallen war, dass sie und Kier ihren Magier Brit für eine Beförderung vorschlagen wollten. Grey konnte Brit gerade nicht sehen – normalerweise konnte man Brits blasse Haare in der wogenden Menge der Soldaten leicht entdecken –, aber Grey zwang sich, ruhig zu bleiben, denn wenn Ola nicht in Panik verfiel, war Brit vermutlich nicht tot.

Aber Kier wehrte sich immer noch gegen sie und verlor wertvolle Zeit. *»Nimm sie schon an«,* fauchte Grey gegen seine Schulter. Er zischte durch die Zähne, musste husten und spuckte Blut. Sie drückte die Hand fest auf den Verband, spürte seine Bauchmuskeln und einen weiteren Schwall heißen, klebrigen Bluts.

Dieses Mal gehorchte er ihr jedoch. Sie merkte, wie der Faden ihrer Macht in ihn überging und sich dort entrollte wie das lose Ende eines Wollpullovers. Er holte mühsam Luft.

Sie stützten ihn und schlurften voran, während Greys Kopf vor Qualen dröhnte, die er nicht davon abhalten konnte, über ihre Verbindung zu wandern. Sie spürte, wie sich der Faden immer weiter abspulte, wie er an ihr zog. Sie hatte noch viele Reserven, aber sie musste sich genügend aufsparen, um ihn zu heilen, wenn sie im Feldlager waren, und das Ganze noch unauffällig.

Nach der Hälfte der Strecke tauschte Ola mit Brit; die beiden bildeten ein Magier-Quelle-Paar. Es war eine Erleichterung für Grey, weil das bestätigte, dass Brit nicht tot war, aber es sorgte zugleich für ein neues Problem. Kier stolperte, und Brit sog scharf die Luft ein. Grey spürte Brits bohrenden Blick auf sich.

»Schöpft er etwa von dir ab? Hat er die ganze Zeit schon von dir Magie bezogen?«

»Das geht dich nichts an«, blaffte Grey. Aber Kier zerrte an ihrer Verbindungsleine wie ein Sterbender – er tat es nicht absichtlich, doch er brauchte *viel*. Eine normale Quelle würde das bereits überfordern.

Ola hatte alles mitgehört und eilte an Greys andere Seite. »Das wird zu viel – Hand Captain Flynn, Ihr dürft nicht zulassen, dass er Eure Quelle erschöpft.«

Grey warf Ola einen strengen Blick zu. »Ich weiß, was ich tue.«

»Hand«, sagte Kier sehr leise. Er war in Fragen des Anstands schon immer besser gewesen. Eine furchtbare Ironie, wenn man darüber nachdachte.

Sie kannte die Grenzen ihrer Kraft nicht, die Barriere – es war schon lange her, dass sie sie gesucht hatte. Nur einmal hatte sie die Müdigkeit völliger Leere verspürt, nach einem besonders schrecklichen Kampf vor einigen Jahren, als Kier es übertrieben hatte. Sie hatte drei Tage am Stück geschlafen und war bei einem schuldbewussten Kier erwacht.

Seitdem hatten sie entsprechende Maßnahmen ergriffen, legal und anderswie. Und er war stets vorsichtig gewesen. Sie glaubte nicht, dass ihr die Kräfte ausgehen würden, aber sie waren noch weit weg von zu Hause.

Sie durfte nicht daran denken. Nicht jetzt.

»Hand Captain«, wiederholte Ola noch dringlicher.

Ihr Blickfeld wurde an den Rändern allmählich grau und körnig von der Intensität ihrer Konzentration. Ihre Kiefer waren so sehr aufeinandergepresst, dass es sich anfühlte, als würden ihre Zähne zerbersten. Die Spule rollte und rollte, doch Kiers Füße bewegten sich, und sein Herz pumpte, und wenn er aufhörte, ihre Kraft abzuschöpfen …

»Er wird Euch umbringen«, sagte Ola scharf. Sie warf ihrem Magier einen Blick zu und streckte eine Hand aus. »Lasst mich. Bitte.«

Die Vorstellung, Kier jemand anderem zu übergeben, war zuckersüß – und schlichtweg unmöglich. Grey sah ihn an. Seine Augen waren halb geschlossen. Die Narbe in seiner Augenbraue stammte davon, dass er als Neunjähriger von einem Apfelbaum gefallen war. Das Blut im Kratzer auf der Wange war mittlerweile geronnen und fast schwarz.

»Ich schaffe das«, sagte sie hartnäckig. Sie veränderte die Haltung ihres Arms um seine Schultern und packte die Hand, die schlaff auf ihrer Brust lag. Sie war kalt, so kalt.

»Hand Captain«, sagte Brit betont vorsichtig, »wenn Ihr nicht die Verbindung kappt, werden wir zwei Leichen nach Hause tragen müssen. Lasst Ola ihn übernehmen.«

Sie wollte nichts lieber, als ihn aufgeben. Ihn von sich wegschieben. Ihn gehen lassen. Aber sie konnte ihn noch halten; ihre Kraftquelle war noch nicht versiegt.

Wenn sie ihn weiter hielt, würden sie es erfahren. Sie würden merken, dass sie nicht normal war, dass irgendetwas nicht stimmte.

Wenn sie ihn gehen ließ, würde Ola versuchen, eine Verbindung zu Kier aufzubauen, und sie würde merken, dass es nicht ging.

»Aufhören«, sagte er zu einem oder beiden von ihnen. Seine Stimme klang überhaupt nicht mehr nach ihm – Kier klang wie eine Version von sich, die schon seit Jahren im Grab lag. Sein Kopf rollte zu einer Seite, und seine Stirn drückte gegen Greys Schläfe. »Lass los«, murmelte er.

»Niemals«, erwiderte sie. Gleich würde sie sich übergeben. Es floss so viel aus ihr heraus und war bereits verschwunden, dass sie das Gefühl hatte, ihr würden die Eingeweide durch den Nabel gezogen. »Das kannst du nicht von mir verlangen.«

Er sog die Luft ein. Sie stolperte und drückte fester mit der Hand zu. Seine Lippen waren an ihrer Schläfe, aufgeplatzt, zitternd vor Schmerz. »Hand Captain«, sagte er, und seine kalten Lippen berührten ihre Haut. »Das ist ein Befehl.«

»Du hast keinen höheren Rang als ich.« Wenn sie die Verbindung kappte, gab es keine Garantie dafür, dass er das Feldlager lebend erreichte. Keine Garantie, dass er es überhaupt erreichte.

»Das kannst du vergessen.« Wenn sie ihn nicht losließ, würden sie noch mehr Aufmerksamkeit erregen. Noch verdächtiger wirken.

Eine Pause entstand. Eine Atempause. Wie schön es wäre, dachte Grey, sich neben ihn zu legen und zu sterben. Dann wäre all das hier vorbei.

»Ich habe genug«, sagte Kier.

Sie kappte die Verbindung.

Die Erleichterung war so schwindelerregend, dass sie fast das Bewusstsein verlor, und in einem Augenblick der Panik wurde ihr bewusst, *wie* viel sie ihm gegeben hatte und dass sie nicht so mächtig war, wie sie dachte. Ihr Hals war schweißnass unter Kiers Arm, ihr Magen elend vor Galle, ihr Kopf dröhnte. In ihr klaffte eine große, höhlenartige Leere, und die magische Quelle war fast leer. Da hörte sie, wie Kier um Luft rang. Sie wollte es sich nicht einmal vorstellen – ohne die Kraft über eine Verbindung mussten die Schmerzen, die er in Schach gehalten hatte, über ihm hereinbrechen, sich verdoppeln, vervielfachen.

»Wenn du mir hier krepierst«, zischte Grey gegen Kiers Schulter, »dann werde ich dir folgen und deine Knochen heimsuchen, du verfluchter Scheißkerl.«

Sein Lachen war schwach, hauchig und voller Blut. »Ich werde dich daran erinnern.«

Die Beziehung zwischen einem Magier und seiner Quelle ist aufgrund des empfindlichen Machtgleichgewichts auch ohne emotionale Verstrickung bereits kompliziert genug. Für eine gute Arbeitsbeziehung wird empfohlen, die Paarbildung im Sinne des Vertrauens so eng wie möglich zu gestalten, zugleich aber allen Gefühlen, die freundlichen Respekt übersteigen, aus dem Weg zu gehen.

Magierkodex,
Fünfte Ausgabe, vier Jahre nach der Vernichtung

Dein ist meine Liebe, dein ist, was in meinem
Herzen schlägt, und dein ist, was das Gewebe der Welt
in Bewegung hält, durch meine eigene Hand.
Nimm von mir, damit ich die deine bin.

Binderitual von Locke,
Autor unbekannt, Datum unbekannt

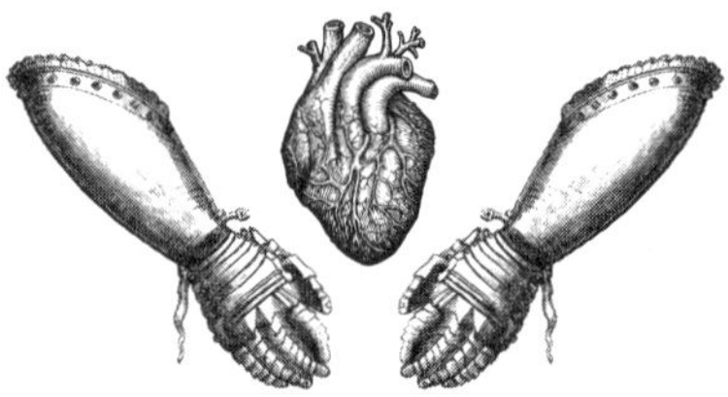

Drei

Dass sie seine Quelle wurde, war keineswegs ein Selbstläufer gewesen. Zwei Wochen nach ihrem achtzehnten Geburtstag, in einer Zeit, die sich inzwischen wie ein ganz anderes Leben anfühlte, öffnete sich die Tür zum Lazarett, und ein Offizier trat ein. Grey steckte gerade bis zu den Handgelenken in einem verwundeten Brustkorb.

»Flynn?«, rief dieser und ließ den Blick suchend durch die Station schweifen.

Grey sah auf. »Ich kann gerade nicht salutieren«, sagte sie entschuldigend. Unter ihren sorgfältigen Händen gab der Magier auf dem Behandlungstisch ein ersticktes Geräusch von sich. Grey nickte dem Heilerlehrling zu, der dem Magier einen mit Kräuteranästhetikum getränkten Lappen unter die Nase hielt.

Der Offizier verzog das Gesicht. »Eure Anwesenheit wird verlangt. Captain Pickett wünscht, Euch zu sehen.«

Grey holte Luft, schmeckte das Blut und die Krankheit, die schwer in der Luft lag. Sie hatte mit gerade einmal sechzehn das Training mit Kier durchlaufen. Kier hatte damals mit ruhiger Hand die Unterschrift ihrer Pflegemutter auf dem nötigen Pergament gefälscht. Die beiden waren getrennt worden, als man sie für zu jung erachtet hatte, um nach der Ausbildung in den Tod geschickt zu werden, und sie hatte man zur Heilerin gemacht, während Kier mit einer Kompanie Magier in den Krieg gezogen war.

Bis vor einigen Wochen hatte sie geglaubt, alle hätten vergessen, dass eine leistungsfähige Quelle in der Krankenstation arbeitete – Quellen waren schließlich die besten Heiler und Heilerinnen, obwohl man sie normalerweise erst vom Schlachtfeld nahm, wenn sie mindestens eine ihrer Gliedmaßen verloren hatten. Und Grey hielt sich nicht mit ihrem Talent zurück – sie war eine *gute* Heilerin. Gut genug, um von Captains und Masters verlangt zu werden; gut genug, um kleine Fläschchen mit Alkohol oder ein paar Pergamentstücke für ihre Briefe in ihrer Schürzentasche zu finden, wenn ihre Patienten überlebt hatten.

Das wird langweilig, hatte sie Kier in ihrem letzten Brief geschrieben, *aber dafür sterbe ich nicht vor meinem zwanzigsten Geburtstag, wenn ich hierbleibe. Vielleicht.*

Er hatte ihr nicht zurückgeschrieben. Sie hatte sogar monatelang nichts von ihm gehört, was ihre Sorge jeden Tag ein wenig wachsen ließ. Alles, was sie tun konnte, war, zu ihren Göttern zu beten, dass er nicht gefallen sein möge, und immer besorgtere Briefe an ihre Pflegemutter Imarta zu schreiben, ob Kiers Mütter schon etwas gehört hatten.

In jedem Brief von Imarta stand: *Laurella und Pia haben nichts von ihm gehört, aber er lebt.* Besser als nichts, dachte sie. Keine Nachrichten sind gute Nachrichten. Als Lot gefallen war, hatten sie es sofort erfahren. Außerdem konnte Kier nicht tot sein, denn wenn es so war, würde sie es wissen, so viel war sicher. Sie würde es bis in die Knochen spüren, eine ewige Qual, egal, wie weit sie voneinander entfernt waren.

Grey beendete ihr Werk und sah dabei finster drein. Sie konnte sich nicht einmal daran erinnern, irgendetwas anderes als Heilerin sein zu wollen. Aber als sie den Magier verarztet, das Blut abgewaschen und den Weg bis zum alten Bauernhaus gemacht hatte, wo die Offiziere arbeiteten, waren all die Dinge, die sie einst gewollt hatte, wie weggeblasen.

Sie wurde zu Captain Pickett geführt. Der reizbare, verdrießliche Mann, der die Heilerinnen im Lager befehligte, saß hinter seinem Schreibtisch und sah launenhaft wie immer aus und …

Noch ein Mann stand vor dem Fenster und wurde von der Nachmittagssonne eingerahmt – seine Haare hatten einen dunklen Schimmer, die polierte Nadel an seinem Hals glänzte. Er trug das rot umrandete Gewand eines Magiers und hatte die Hände vor dem Körper verschränkt.

Grey erstarrte in der Tür und konnte kaum atmen. Ihr halbes Leben war sie um ihn gekreist, ein winziger Planet um diese große Sonne. Zwei Jahre lang hatte sie jeden seiner Briefe ein Dutzend Mal gelesen, bis das Pergament dünn geworden war. Jeden einzelnen hatte sie in der Innentasche ihres Mantels aufbewahrt. Fast drei Monate hatte er ihr Stunden voller Sorge beschert, während sie auf Neuigkeiten von ihm wartete.

Und jetzt war er wieder da, und sie war wie erstarrt. Sie wusste nicht, ob sie ihn überhaupt noch kannte.

»Heilerin Flynn«, sagte Pickett beiläufig und war offensichtlich darauf bedacht, das hier hinter sich zu bringen. »Ihr werdet versetzt. Ein Lieutenant hat Euch als Hand angefordert.«

Grey machte einen Knicks, bevor man sie wieder für mangelnde Ehrerbietigkeit bestrafen konnte – sie war nicht einmal unabsichtlich despektierlich, nur vergesslich, weil ihr Gehirn immer von einer Verletzung zur nächsten sprang, von einem Patienten zum nächsten, ohne darüber nachzudenken, wer gerade im Raum wichtiger war als sie –, und trat drei Schritte weiter in den Raum, damit sie die Tür hinter sich schließen konnte.

»Kier?« Das Wort kam ihr über die Lippen, bevor sie es aufhalten konnte. Sie hatte ihn seit dem Tag, an dem er an die Grenze zu Nestria geschickt worden war, nicht mehr gesehen. Vor zwei Jahren war er nicht so breitschultrig gewesen, nicht so ernst, und auch die Narbe am Mundwinkel war nicht da gewesen, genauso wenig wie die, die auf seiner linken Hand unter dem Ärmel verschwand.

»Das ist Lieutenant Seward«, saget Pickett. »Noch eine Warnung wird es nicht geben, Heilerin.«

»Es tut mir leid. Ich …« Sie schüttelte sich, zwang sich, sich zu konzentrieren, und straffte die Schultern. Sie hatte von seinen Beförderungen gehört. Natürlich. Er hatte ihr selbst davon geschrieben. Jeder Anschein von kohärentem Denken verflüchtigte sich. »Lieutenant. Ich … Verzeihung. Eure Hand? Ich?«

»Wenn Ihr das wünscht«, sagte Kier mit fester Stimme wie eh und je. Sein Gesicht war anders geworden, auch wenn ihre Erinnerung die neuen Linien als bekannt abspeichern wollte. Seine Stimme war ganz die alte.

»Sie hat überhaupt nicht die Wahl, Seward«, sagte Pickett. Kier zuckte zusammen.

»Natürlich«, sagte Grey und schluckte schwer. »Natürlich.«

»Dann ist das hiermit erledigt«, sagte der Captain und widmete sich wieder seinem Stapel mit Sendschreiben. »Ihr werdet sofort aufbrechen, Flynn. Packt Eure Sachen. Die Kutsche steht bereit, um Euch zu Lieutenant Sewards Posten zu bringen.«

Ihr Kopf war völlig leer. Sie machte einen Knicks und folgte Kier die Stufen hinunter. Sie brauchte lange, um zu bemerken, dass er vom Weg abgewichen war und sie in eine Besenkammer geführt hatte, und dann, bevor sie auch nur mehr verarbeiten konnte als den Geruch nach Bleiche, zog er sie in seine Arme.

Für mehrere Sekunden war sie steif und still – dann schlang sie die Arme um ihn, vergrub die Finger in seinen kurz geschorenen Haaren, drückte das Gesicht an seine Brust.

»Du lebst«, sagte sie und atmete schwer, als müsste sie sich ihrer selbst versichern. Er roch wie immer nach Sonne, sauberem Leinen und der Lavendelseife seiner Mutter. Er roch nach *Zuhause*. »Du lebst.«

»Ich lebe«, sagte er genauso aufgewühlt, als bräuchte er ebenfalls Überzeugungsarbeit. »Gerade so, aber ich bin hier. Ich lebe.«

»Du hast mir nicht geschrieben.«

Sein Blick flackerte. »Es war nicht einfach«, sagte er. »Es tut mir leid. Wirklich, sehr leid. Ich konnte nicht einmal denken, geschweige denn schreiben.«

»Und du willst *mich*?«

»Ich wollte dich nicht aus deiner sicheren Position herausholen«, sagte er, »aber als ich gesehen habe, dass du auf einer Liste von Quellen zur Versetzung stehst – o Grey, das hätte ich nicht tun sollen. Du musst mich für egoistisch halten.«

Sie griff ihn an den Schultern und schob ihn so weit von sich, dass sie im Dämmerlicht das Glänzen in seinen Augen sehen konnte. Er sah aus – sie konnte nicht denken, sich nicht konzentrieren. Er sah aus wie alle Träume, in denen er aufgetaucht war, verteilt über zwei Jahre und so viele Augenblicke, in denen sie befürchtet hatte, ihn nie wiederzusehen. Er sah aus wie ein völlig Fremder.

Sie legte ihm die Hände ans Gesicht. »Es tut mir so leid«, sagte sie. Die Worte kamen unaufgefordert – und sie musste sie ihm persönlich sagen, sie in die Leere zwischen sich und ihn stellen, wie sie es niemals in Briefen gekonnt hätte. »Es tut mir so leid mit Lot.«

Er schloss die Augen, drehte den Kopf weg und drückte die Lippen auf ihre Hand. Er war schon immer liebevoll gewesen, sogar schon als Kind, war immer derjenige gewesen, der ihr einen Kuss auf die Schläfe gegeben, sich untergehakt oder ihr eine Hand auf die Schulter gelegt hatte. Sie hatte lange Zeit etwas hineininterpretiert, bis sie zu dem Schluss gekommen war, dass dies wohl der einzige Weg war, ihr zu beweisen, dass sie ihm vertrauen konnte.

»Schon gut«, murmelte er an ihrer Haut.

Seine Schultern bebten, und er war wieder der kleine Junge. Sie zog ihn zu sich herunter – wann er so viel größer geworden war als sie, wusste sie nicht; es sei denn, er war es schon immer gewesen und sie hatte es vergessen, was undenkbar war – und vergrub ihr Gesicht an seinem Hals. Niemand sprach seine Tränen an.

Bald darauf, sobald sie ihre einzige Tasche mit Habseligkeiten gepackt und ihren neuen, schlecht sitzenden Umhang in Schwarz, wie ihn die Hände trugen, geholt hatte, sagte er: »Pickett hat unrecht. Du hättest Nein sagen können.«

»Du hast gesagt, sie hätten mich sowieso versetzt. Dann doch am besten mit dir.«

»Ja, aber … wo unsere Reise hingeht. Das ist nicht jedermanns erste Wahl.«

»Wieso?«

»Es ist … schlimm dort. Blutig. Furchtbar. Und ich … ich sollte dich da nicht mit hineinziehen.« Er sah sie in der dunklen Kutsche an. Sie spürte das Verlangen, mit dem Daumen über seine neue Narbe zu streichen, die Rundung seiner Lippe nachzufahren.

»Und wieso hast du es getan?«

Er sagte eine lange Zeit nichts und sah sie nur an. »Wir sind nicht gebunden«, setzte er an.

Grey lachte. Gebunden zu sein erhöhte die Macht, die ein Magier und seine Quelle miteinander teilten, beträchtlich. Der Magier konnte so nur aus einer einzigen Quelle Kraft schöpfen und die Quelle nur auf diesen Magier reagieren. Und im Gegenzug war die Verbindung viel sensibler: Grey konnte Kier viel mehr von sich zur Verfügung stellen und Kier selbst mit dem kleinsten Machtschub arbeiten.

Es war aber auch illegal und verboten. Darauf stand die Todesstrafe.

Sie rammte ihm einen Ellbogen in die Rippen und lachte über sein Schmollgesicht. »Das dürfen wir nicht.«

Kier zuckte die Achseln. *Niemand* durfte gebunden werden. Schon seit zehn Jahren nicht mehr; nicht, seit die High Sovereigns bemerkt hatten, dass die Magie tatsächlich schwächer wurde. Magiern und Quellen die Möglichkeit zu nehmen, austauschbar zu sein, bedeutete, ihre Nützlichkeit dramatisch zu reduzieren. Grey machte sich da keine Illusionen. Die Armee schätzte sie nur wegen ihrer Nützlichkeit.

»Ich will nicht, dass dir jemand wehtut«, sagte Kier, »und ich kenne dich genauso gut wie mich selbst.«

Er wandte sich ihr mit einer Dringlichkeit zu, die er sonst nicht an den Tag legte. Das hier war nicht der Kier, an den sie sich erinnerte, aber der Kier, den sie kannte, der Junge, mit dem sie groß geworden war, war niemals knapp dem Tod entronnen. Der Bruder jenes Kier war noch am Leben und lag nicht neben dem Baum begraben, auf dem sie als Kinder gespielt hatten. Er griff nach ihrer Hand, und sie ließ es geschehen. Sofort spürte sie die Anziehung, dieses Ziehen, dieses Aufblühen von magischer Kraft in ihrer Brust. Kiers Miene war unlesbar.

»Wie einfach du mir deine Macht überlässt«, murmelte er.

Sie wurde rot, ohne es zu wollen, und zog beschämt ihre Hand zurück. »Es ist keine Magie, wenn ich sie habe. Sie braucht dich, damit daraus etwas wird.«

»Wir sind nicht gebunden«, sagte Kier wieder und rang die Hände im Schoß, als würde er die Worte nicht über die Lippen bringen. »Aber so gut, wie du mich kennst – das ist doch fast so, oder nicht? Sich zu binden, macht die Verbindung stärker. Wenn du jemand anderem zugewiesen werden würdest – er würde zu viel von dir erfahren, Grey, und ich könnte das nicht ertragen. Die Vorstellung, in welcher Gefahr du schweben würdest.«

Sie kaute auf ihrer Lippe. In Wahrheit war sie dankbar für seinen Antrag, und er hatte recht. Wenn sie die Hand eines anderen Magiers werden würde, müsste sie sehr viel verstecken. Oder sehr viel erklären.

»Willst du meine Hand werden?«, fragte Kier. »Meine Begleiterin?«

Wie konnte sie ihm das abschlagen? Was sollte sie jemals anderes darauf antworten als Ja?

Ihre Augen wurden schmal. »Und was habe ich davon?«

Er lachte auf, und sie war dankbar dafür. Sie wusste nicht, was sie mit dieser ernsten Version des Jungen, den sie schon seit Ewigkeiten kannte, anfangen sollte. »Ein besseres Quartier? Meine Käseportionen?«

»Da musst du dich noch besser ins Zeug legen.«

»Ungehinderten Zugang zu meinen Hemden?«

Grey zuckte die Achseln. »Darüber lässt sich reden«, sagte sie schließlich. Das Lächeln auf seinem Gesicht als Antwort war nichts weniger als umwerfend.

Ich habe weitere Berichte erhalten, nach denen die Insel vollständig zerstört ist. Es gibt keine Überlebenden. Ich habe die leere Bucht mit eigenen Augen gesehen, und obwohl nun schon mehrere Tage vergangen sind, wurden noch keine Leichen angespült. Den Berichten zufolge sind die High Lady, der Lord Consort und beide Kinder tot, zusammen mit ihrem Hofstaat.

Eine persönliche Bemerkung: Es tut mir so leid, Majestät. Ich weiß, wie viel sie Euch bedeutet haben.

Brief von Commander Finnegan an Scaelas, zwei Tage nach der Vernichtung

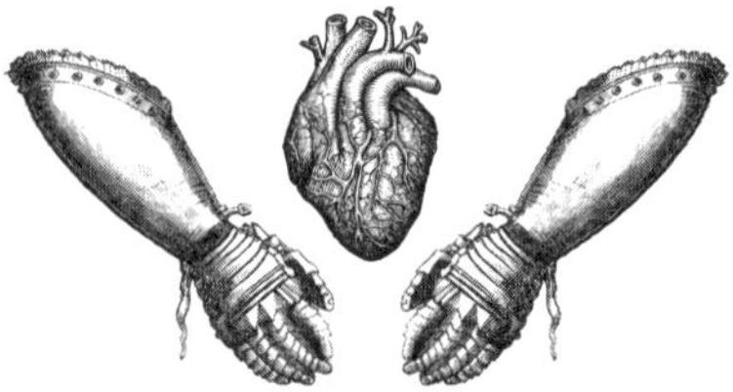

Vier

Kier starb nicht auf dem Marsch zurück ins Feldlager, was allein schon ein kleines Wunder war. Ola und Brit schleppten ihn ins Lazarettzelt. Er war schon fast nicht mehr bei Bewusstsein.

In einer Ecke wartete Leonie, die Erste Heilerin, schon auf Grey. Leonies dunkle Locken türmten sich auf ihrem Kopf auf, von einem Bleistift gehalten. Sie trug eine dunkelblaue Heilerschürze über ihrem schwarzen Kleid, die Taschen voller Binden, Utensilien und Kräutern.

»Du hast schon besser ausgesehen«, sagte sie mit einem Seufzen, als Grey eintrat.

Grey runzelte die Stirn. »Und du siehst aus, als hättest du tagelang nicht geschlafen.«

»Nur zwei«, sagte Leonie. Sie kam näher und half Grey, ihre Rüstung auszuziehen und Stück für Stück auf einem Tisch mit Tischdecke abzulegen. »Du bist dreckig.«

»Danke, Liebes.«

Leonies Finger verweilten einen Augenblick zu lange an Greys Taille, als sie den Ledergurt löste, der die Brustplatte hielt. Grey empfand einen seltsamen Trost in den festen Bewegungen ihrer

Hände, dem ruhigen Blick ihrer braunen Augen, als sie Grey kurz inspizierte. »Das ganze Blut ist nicht von dir?«

»Es ist vom Captain«, sagte Grey knapp und trat zurück. Dann erzählte sie von Kiers Dummheit, während sie ihr Schwert sauber wischte.

»Soll ich ohne dich anfangen?«, fragte Leonie und sammelte medizinische Instrumente auf einem Tablett zusammen, nachdem Grey das Ausmaß von Kiers Verletzungen mit flacher, emotionsloser Stimme zusammengefasst hatte. »Oder soll ich warten? Eine Stunde wird sicher keinen Unterschied machen. Du siehst wirklich …«

»Nein.« Grey nahm die drei Packungen mit nährstoffreicher Paste, die Leonie ihr hinhielt. Sie verfluchte die Magier, die sich diesen Müll vor Jahren ausgedacht hatten, verfluchte sich selbst dafür, sie jetzt zu brauchen, und dann gleich noch einmal dafür, sich nicht zuerst gewaschen zu haben – der Schlamm gab eine Geschmacksnote der übelsten Sorte dazu.

Aber sie musste ihre Kräfte so schnell wie möglich wiederherstellen, koste es, was es wolle.

Als sie sich die Paste in unangenehmen Schlucken einverleibt hatte, kämpfte sie sich aus ihrem wattierten Wams und zog auch das durchnässte Unterhemd und die Weste aus. Nun war sie bis zur Hüfte nackt und versuchte, so gut es ging, die kalte Luft zu ignorieren und sich den Dreck und das Blut abzuwaschen. Jeder einzelne Muskel *tat ihr weh*: vom Kampf, vom beschwerlichen Weg zurück mit Kier, von ihren erschöpften Kraftreserven. Sie spülte den Schlamm ab, bis ihr das Wasser sauber vom Brustkorb und den Armen floss, und wiederholte den Vorgang sicherheitshalber noch einmal. Danach zog sie das saubere Hemd an, das ihr Leonie reichte. Zusammen schlugen sie die Zeltbahn beiseite, die in den hinteren Teil des Lazaretts führte.

Ein Assistent hatte Kier bereits entkleidet, seine Wunden gewaschen und ihn mit einem in anästhetischem Kräutersud gebadeten Tuch auf Mund und Nase bewusstlos gemacht. Er saß nun am Kopfende und behielt die Atmung sorgfältig im Auge. Grey fielen die dunklen Streifen unter seinen Augen auf, die verbleibende Blutkruste auf der Wange, die schiefe Nase unter dem feuchten weißen Tuch – aber sie zu richten, darum würde sie sich später kümmern.

»Der Captain hat seinen Letzten Willen hinterlassen«, sagte er leise, als Grey den Raum betrat, und Grey hätte ihn fast vor Wut hinausgeworfen, obwohl es nicht sein Fehler war, dass Kier in diesem desaströsen Zustand war.

Aber es war gut, überhaupt irgendetwas zu fühlen. Starke Gefühle, Ärger, Wut und Verzweiflung sorgten dafür, dass ihre Kraftreserven sich schneller füllten. Sie spürte bereits, wie es tief in ihrem Bauch kriechend zu quellen begann.

Gut. Sie würde ihre Kräfte brauchen.

»Das kann er mir selbst sagen«, murmelte sie mit Blick auf das gefaltete Stück Pergament, »wenn er wieder wach ist.«

Damit war die Diskussion beendet. Leonie legte die Instrumente für Grey aus, die sich sterile Handschuhe anzog und einen Überblick über Kiers Verletzungen verschaffte. Seit sechs Jahren flickte sie ihn zusammen. Es war ihre Pflicht, es noch einmal zu tun.

Sie betrachtete ihn, die abfallenden Flächen seiner Brustmuskeln, die schattigen Hügel und Täler seiner Rippen, die Narbe von einem weiteren Beinahetreffer ins Herz.

Grey richtete ihre Aufmerksamkeit auf ihr eigenes Wohlbefinden. Ihre Kräfte waren einigermaßen erholt – sie hasste diesen klebrigen Brei, aber er *war* effektiv –, das hier konnte sich jedoch hinziehen. Ihre Untersuchung seiner Stichwunde hatte ergeben, dass die Klinge seinen Darm verletzt hatte, also musste sie sich auch um alle Verunreinigungen kümmern, damit die Wunde nicht septisch wurde.

Sie legte ihre Hand flach auf seine Brust und konzentrierte sich. Ihre Kräfte kamen zuerst langsam, ein erschöpftes Tröpfeln. Aber mehr brauchte sie nicht. Sie spürte seine Fäden zwischen ihren Fingern, spürte, wie die Verbindung fester wurde.

Grey nahm ein Skalpell und schnitt ihn auf.

Sie hatte ihn schon öfter nach einem Kampf zusammengeflickt, allerdings benahm Kier sich normalerweise besser als heute. Dreimal erst hatte sie bis zu den Handgelenken in ihm gesteckt: einmal, nachdem ein Magier mit beachtlichen Fähigkeiten aus Cleoc Strata versucht hatte, seine Milz umzukrempeln, ein anderes Mal, als er von einem Soldaten aus Eprain in den Bauch gestochen worden war, und das letzte Mal bei einer Wunde im Brustkorb, die ihm eine Hand zufügte, nachdem er ihren Magier getötet hatte. Diese Verletzungen hatten sie völlig verängstigt. Bei jeder Bewegung befürchtete sie, irgendetwas in ihm unwiderruflich zu zerstören.

Sie hatte sehr viel Erfahrung mit chirurgischen Eingriffen, aber wenn sie an Kier arbeitete, wenn er vor ihr auf dem Tisch lag … dann war es, als wäre all ihr Training verflogen und von der Erkenntnis überlagert worden, dass er zwar etwas ganz Besonderes, aber ebenfalls auch nur ein Mensch aus Fleisch und Blut war.

Dieses Mal war sie zu müde, um sich zu fürchten. Sie konzentrierte sich auf diesen winzigen Faden aus magischer Kraft und spann ihn weiter, während sie arbeitete. Leonie half ihr und reichte ihr Instrumente, wenn sie darum bat, drückte Gewebe zusammen und wischte Blut weg. Sie bot nicht an, Kier mit ihren eigenen Kräften zu versorgen, um Grey zu entlasten – sie arbeitete schon lange genug mit Grey und wusste es besser.

Der Assistent an Kiers Kopf stellte wenigstens keine Fragen oder wurde ohnmächtig, selbst als Greys geführte Kräfte Kiers Körper vorzeitig zusammenwachsen ließen und sie ihn erneut aufschneiden mussten.

Grey verlor jedes Zeitgefühl. Sie konzentrierte sich nur auf das glitschige Gefühl in seinem Bauchraum und darauf, gleichmäßig zu atmen. Irgendwann schließlich betrachtete sie ihr Werk, prüfte, ob alles an Ort und Stelle war, und seufzte erleichtert. »Dann machen wir ihn mal zu«, sagte sie und sah Leonie an – nur war es überhaupt nicht Leonie.

Hand Master Mare Concord stand auf der anderen Seite von Kier und wartete auf Anweisungen. Grey wusste nicht, wie lange sie dort schon stand. Es blieben ihr nur wenige Sekunden, um sich von dem Schreck zu erholen, bevor Mare ihr eine Nadel und Faden reichte.

Grey war zu erschöpft für diese Spielchen. Sie konzentrierte sich darauf, diesen letzten kleinen Faden nicht zu verlieren, während sie die Schichten von Kier zusammennähte. Wenigstens war Mare eine große Hilfe; sie hatte die Instrumente schon parat, bevor Grey danach fragte.

Natürlich war sie das. Sie hatte vermutlich sehr ähnliche Operationen an ihrem Magier durchgeführt.

Grey säuberte die Wundnaht ein letztes Mal und verband sie. Dann wusch sie sich dreimal die Hände, um jede Spur von Kiers Eingeweiden von ihrer Haut zu tilgen, wenn auch nicht von ihrem Hemd.

»Gute Arbeit, Hand Captain«, sagte Mare. »Saubere Naht.« Irgendwann musste der Assistent auch gegangen sein – sie waren nur noch zu zweit. Zu dritt, wenn man Kier mitzählte.

»Sockenstopfen ist auch eine meiner Stärken«, erwiderte Grey und sortierte die Instrumente in ihre jeweiligen Waschzuber. Sie prüfte ihre eigene Quelle. Sie nahm ab, war aber nicht leer. So schlimm war es seit Jahren nicht gewesen, doch sie kam damit zurecht. Grey gab sich alle Mühe, das Gespräch zu beenden – je früher sie sich auf ihrem Bett zusammenrollen konnte, desto besser. Sie würde sich sogar mit dem Pausenraum im hinteren Teil des Lazaretts zufriedengeben.

»Ihr zwei spielt ein gefährliches Spiel. Dein Magier sollte es besser wissen, als so viel von dir zu verbrauchen. Falls du Beschwerde einreichen willst mit der Bitte, umtrainiert zu werden …«

»Er zieht nicht mehr von mir, als ich bereit bin zu geben«, schnappte Grey. Sie war diese Diskussionen so leid.

»Du hast … ziemliche Reserven«, sagte Mare vorsichtig. »Wir sollen Quellen mit hoher Kapazität melden, wie du weißt. Falls ein hochrangiger Offizier sie braucht.«

Grey erstarrte. Mare war die Sorte von abgehärtet, die Quellen normalerweise überhaupt nicht schafften, weil sie vorher starben.

Grey zwang sich, sich zu konzentrieren, ihr Gesicht zu studieren nach einem Anzeichen von … nun, irgendetwas. »Ich diene bereits einem Captain, Hand Master.«

Mare zuckte die Achseln. »Es sei denn, es gibt einen anderen Grund für die Kraftmenge, die du Captain Seward zur Verfügung stellen kannst.«

Grey zeigte keinerlei Emotionen. »Was willst du damit andeuten?«

»Ich sage ja nur«, erwiderte Mare bestimmt und mit stählerner Stimme, »es ist auffällig ungewöhnlich, und es gibt nur sehr wenige Gründe für ungewöhnliche Kräfte.«

Das war zu viel für ihr Gehirn. »Ich weiß nicht, wovon Ihr sprecht, Hand Master, aber ich habe mich ziemlich verausgabt heute und brauche jetzt Ruhe.«

»Hand Captain Flynn …« Mare nahm Grey an der Schulter, aber Grey entwand sich ihrem Griff. Sie traf immer die schlechtesten Entscheidungen, wenn Kier unpässlich war.

Es war Gehorsamsverweigerung, diesen Raum zu verlassen, ein zusätzliches Risiko, aber sie tat es trotzdem. Grey schleppte sich frierend aus dem Lazarett und durch das Feldlager. Als sie bei ihrem Zelt ankam, ging sie kaum noch aufrecht. Sobald die Zeltklappe hinter ihr zugefallen war, sackte sie auf die Knie und dann ganz zu Boden. Die Luft entwich aus ihrer Lunge. Sie zwang sich nach oben, zerrte sich auf ihre Bettpritsche. Ihr Hemd klebte noch von Kiers Blut.

Das würde ein Nachspiel haben, so viel stand fest. Zu gehen, ohne wegtreten zu dürfen. Mares Fragen auszuweichen. Aber zu bleiben und zu versuchen, sich irgendetwas Zusammenhängendes aus den Fingern zu saugen – das war eine noch viel größere Gefahr.

Sie gab auf und ließ sich ins Nichts sinken.

Feuer. Wenn sie träumte, dann hatte es immer mit Feuer zu tun.

Dieses Mal brannte es in Gestalt eines Jungen vor ihr. Er saß im Schneidersitz, und sie war keine Soldatin mehr, keine Frau mehr, keine Quelle. Sie war ein Mädchen, ein Kind. Vielleicht war sie auch aus Feuer.

»Sei leise«, sagte der Feuerjunge.

Sie war leise. Sie saßen auf festgestampftem Boden in einem Raum aus Stein. Ein Keller. Es roch nach Salz und Asche. Als sie die Nase hochzog und mit der Faust abwischen wollte, packte er ihre Hand. Es brannte nicht, doch es hätte brennen müssen.

Über ihnen donnerte es. Sie war blutverschmiert, völlig überströmt. Sie wusste, wessen Blut es war, aber sie versuchte, nicht daran zu denken.

»Versprichst du«, raunte der Feuerjunge, »uns loszulassen?«

»Nein«, wimmerte sie. Sie wollte ihn umarmen, hatte aber zu viel Angst. Sie hatte solche Angst, dass ihr Herz wie wild in der Brust hämmerte, die Hände schwitzig wurden und die Zähne vom Aufeinanderpressen wehtaten. Eine Stunde zuvor hatten sie noch am Tisch gesessen, sie und der Junge, und sich wegen des Nachtischs gestritten. Sie hatte noch den säuerlichen Geschmack des Zuckers im Mund.

Er drückte ihr beide Hände, und dieses Mal tat es weh.

»Du musst aber«, sagt er und lehnte den feurigen Kopf nach vorn. Sie konnte noch die Farbe seiner Augen unter all den Flammen sehen: Sie waren schlammbraun, muschelbraun, sargassumbraun. »Ich kann es nicht mehr lange aufhalten, aber ich werde es tun, bis du es mir versprichst.«

Sie schluchzte, und er ließ es geschehen, obwohl es so laut war. Über ihnen rief jemand etwas, und dann waren donnernde Schritte auf der Treppe zu hören und jemand vor der Tür.

»Ich verspreche es«, sagte sie. Der Feuerjunge küsste sie auf die Stirn und hielt ihre Hände umklammert.

Dann explodierte die Welt um sie herum.

Grey wachte in einem leeren Zelt und mit trockenem Mund auf. Neben ihr war Kiers Bett schrecklich verlassen, und einen Augenblick lang schlug ihr das Herz bis zum Hals.

Dann merkte sie, dass ihr Hemd noch immer von seinem Blut

befleckt war und jetzt auch ihre Decke, und das genügte, um der Erinnerung auf die Sprünge zu helfen. Sie setzte sich auf, zog die Beine an und starrte in die Luft.

Das Feuer war aus. Die Kälte tat gut; sie ließ die Angst in ihrer Brust zu einem erträglichen Surren werden. Eilig zog sie sich ein sauberes Hemd aus Kiers Truhe an, dazu ihre Hose – sie musste sich bald vernünftig waschen, aber das konnte warten – und schnürte die noch feuchten Stiefel über ein Paar von Kier stibitzte Socken. Dann warf sie sich den Umhang über die Schultern und trat in den kalten Morgen hinaus. Es steckte kein Zettel an ihrem Zelt, kein Entlassungsbrief wartete auf sie. Ihr Gespräch mit Concord hatte offensichtlich nicht nach einer *sofortigen* Maßnahme gerufen.

Im Lazarett befüllte Leonie gerade am Tisch des Kräuterheilkundigen in der Nähe des Eingangs ein Tablett mit abgemessenen Kräuterpillen und Salben. Sie sah auf die halb weggeschrubbten Blutspuren auf Greys Händen, die Ringe unter ihren Augen, und seufzte. Dabei flogen die Fransen ihres lockigen Ponys hoch. Anders als Grey sah Leonie etwas ausgeruhter aus. Ihre tiefbraune Haut hatte einen gesunden Glanz, die Schatten unter den Augen waren weniger ausgeprägt.

»Ist es zu viel verlangt«, fragte sie vorsichtig, »wenn ich dich bitte, dich um dich selbst zu kümmern?«

»Ja«, sagte Grey, zog das kleine Büchlein mit den Notizen der Nacht aus Leonies Schürzentasche und suchte nach Kiers Namen. Der einzige Grund, wieso sie das ohne tadelnden Blick von Leonie tun konnte, war, weil diese wusste, dass Grey ihr helfen würde, solange Kier im Lazarett lag. »Wie geht es ihm?«

»Er lebt. Wie geht es *dir*?«

»Ich lebe«, murmelte Grey und las die Notizen der Nachtwache durch. Es war zumindest hilfreich zu erfahren, dass sie nur etwa zwölf Stunden geschlafen hatte.

»Hand Captain, hast du überhaupt etwas gegessen?«

Grey riskierte keine Antwort. Es war nichts Persönliches – sie *mochte* Leonie. Sie hatte Leonie sogar noch etwas mehr als gemocht, in einem fiebrigen Traum vor drei Monaten, als Kier das letzte Mal mit einer gebrochenen Rippe im Lazarett gewesen war.

Als wollte sie diese Erinnerung noch etwas stärker hervorkitzeln, legte Leonie ihr eine Hand auf den Arm. Sie hatte kurze Finger, doch sie waren flink und stark, gepflegt und sauber und vollkommen fähig.

»Du riechst nach altem Blut und trägst immer noch das Schlachtfeld herum«, sagte sie. »Iss etwas. Wasch dich. Er wird noch da sein, wenn du zurückkommst.«

Sie erwiderte Greys Blick, hielt ihm für einen unermesslichen Augenblick stand und murmelte etwas Unhöfliches über die zwanghafte Art von Händen, bis sich Grey an ihr vorbeidrückte und in die Tiefen des Feldlazaretts vordrang.

Grey blieb auf dem Weg kurz stehen, um nach den drei anderen ihrer Kompanie zu sehen, die auch noch mit Verletzungen des Vortags hier lagen. Wenn Kier wach war, würde er überprüfen, ob sie zuerst nach ihnen geschaut hatte.

Sobald sie ihre Pflicht getan hatte, ging sie zu seinem Bett.

Seine Haut, sonst in einem mittleren Olivton, war fast so bleich wie das Laken. Er war am Oberkörper nackt. Die Decke hatte man ihm bis über die Brust gezogen. Grey entledigte sich ihres Umhangs und wollte ihn schon auf die leere Pritsche neben Kier werfen, aber das würde Leonie nur noch mehr Arbeit bereiten, also legte sie ihn zusammen und auf Kiers Füßen ab.

Sie prüfte seinen Puls und die Atemfrequenz. Als er wegen ihrer kalten Hände zusammenzuckte, atmete sie einen Augenblick erleichtert durch. Er war trocken, nicht vom Fieber durchgeschwitzt. Sie zog die Decke herunter und sah unter den Verband. Die Wunde war nicht entzündet. Ihre Machtquelle hatte sich etwas erholt, also ließ sie ihren Faden abspulen, suchte eine Verbindung zu ihm und ließ ihre Kräfte in die Wunde strömen. Dabei behielt sie die Augen geöffnet, für den Fall, dass Mare Concord vorbeikam – oder falls jemand sie tatsächlich beobachtete.

In Augenblicken wie diesen, wenn er außer Gefecht gesetzt war, erlaubte sie sich, zärtlich zu sein. Kier fiel es stets leicht, ihr die

Haare hinters Ohr zu streichen oder ihre Hand zu nehmen, vermutlich, weil selbst die flüchtigste Berührung zu einem Machtschub führte, aber sie hatte nicht dieselbe Freiheit. Es schien ihm nie etwas zu bedeuten, wenn er ihre Hand nahm, wenn sich ihre und seine Haut berührten. Jedenfalls nicht so wie ihr.

Sie sah sich um – Leonie war im vorderen Teil der Station und behandelte einen Verletzten mit einer Salbe. Alle anderen schliefen. Kein Zeichen von Mare.

Sie strich sanft mit den Fingern über seinen Wangenknochen. Unter ihrer Berührung verschwand der Kratzer auf seiner Wange. Sie sah sich schnell noch einmal um, schätzte Leonies Vorankommen ein und ließ ihre Hand unter die Decke wandern, um sie flach auf die unebene Wundnaht zu legen.

»Hand.«

Sie sah zu ihm hinunter. Noch immer berührte sie seine Wange, ihr Daumen strich über seine Augenbraue, ohne dass sie ihm den Befehl dazu gegeben hatte. Sie zog beide Hände zurück. Er zuckte zusammen, als der Kontakt zwischen ihnen abbrach, und sie schickte ihm schnell etwas mehr Macht.

»Du machst es schon wieder«, murmelte er und ließ die Augen zufallen.

»Behalte das mal lieber für dich«, schalt sie – aber sie legte eine Hand wieder auf seine Wunde, woraufhin er sich sofort entspannte.

»Du siehst scheiße aus«, sagte er.

»Deine Augen sind doch zu.«

»Damit ich nicht sehen muss, wie scheiße du aussiehst.«

»Unfair. Ich bin der Grund, wieso du überhaupt noch lebst.«

»Ändert aber nichts daran.«

Grey seufzte und zog die Hand zurück. Sie musste aufhören – wenn sie ihn noch mehr heilte, würden die Leute anfangen, Fragen zu stellen. Kier öffnete wieder die Augen. »Danke«, sagte er.

»Ein Schluck gegen die Schmerzen, Captain«, sagte Leonie. Greys Blick schnellte zu ihr, ihrer Schürze, dem Tablett, dem neutralen Gesichtsausdruck. Sie belastete wieder ihr rechtes Bein mehr – wie immer, wenn es regnete, und es regnete hier fast ununterbrochen –, aber es würde nichts bringen, wenn Grey sie fragte, wie es ihr ging. Leonies linkes Bein war schon vor Jahren am Knie amputiert und mit einer von einem Materialisten hergestellten Holzprothese ersetzt worden, und Leonie hatte Grey einmal gebeichtet, dass der Regen ihre schlecht verheilte Hüfte vor Schmerzen pochen ließ.

»Danke«, sagte Kier und trank wie ein braver Patient. Grey und Leonies Blicke begegneten sich. Keiner von ihnen beiden hätte die Medizin genommen. Keiner von ihnen beiden war ein braver Patient.

»Und sobald Ihr aufstehen könnt, hat Attis nach Euch verlangt.«

»Er kann noch nicht aufstehen«, sagte Grey schnell, was Kier nicht davon abhielt, es zu versuchen. Erst ein kräftiger Druck auf seine Schulter war effektiv genug.

»Ist notiert«, sagte Leonie. »Das kann warten.«

»Hat sie gesagt, wieso?«, fragte Grey.

Leonie schüttelte den Kopf. »Das hat mit der Gefangenen zu tun, die ihr befreit habt, vermute ich.«

Es war keine Garantie, aber vielleicht saß Grey mit ihrem Verhalten am Vortag doch nicht völlig in der Tinte. Vielleicht schuldete ihr Concord doch noch etwas dafür, dass sie ihr das Leben gerettet hatte. Vielleicht – auch wenn sie sehr daran zweifelte – kam sie dieses Mal ungeschoren davon.

Leonie bemerkte ihre Unruhe. »Hand Captain, wenn du hier sowieso herumlungern willst, könnte ich deine Hilfe gebrauchen. Aber dafür musst du dich erst waschen und etwas essen.«

»Und das ist ein Befehl«, sagte Kier.

»Du stehst immer noch nicht höher im Rang als ich«, erwiderte Grey, aber sie gab trotzdem nach.

Torrin –

Es ist vorbei. Es ist getan. Lasst mich in Frieden ziehen, ich flehe Euch an. Es ist ohnehin kein Leben und ist es nicht mehr gewesen, seit sie an meiner Seite gestorben sind. Das Letzte, worum ich Euch bitte, ist, es ein für alle Mal hinter Euch zu lassen, wie ich es hätte tun sollen.

Ich weiß um Eure Starrköpfigkeit und dass Ihr vermutlich nie aufhören werdet, mich zu suchen, aber als der letzte Träger dieses Namens bitte ich Euch, davon abzusehen.

Brief von Severin von Locke an Scaelas, drei Monate nach der Vernichtung

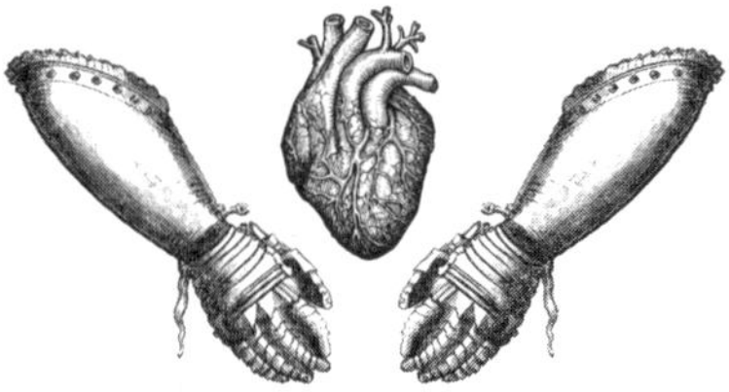

Fünf

Gebt mir nur einen Grund, Captain«, sagte Attis und legte die Hände so auf den Tisch vor sich, dass sich die Fingerkuppen berührten. Ihre klaren, strengen Augen waren allein auf Kier gerichtet, als wäre Grey nicht mal anwesend, und Grey biss sich angesichts des Gewichts dieses Blicks auf die Innenseite der Wange, froh darüber, dass er nicht ihr galt. »Einen Grund, warum ich Euch nicht zurückstufen und von Eurer Hand trennen und sie dem erstbesten Konvoi zuteilen sollte, damit sie zu einem Feldlazarett geschickt wird, das so weit entfernt ist, wie ich es nur einrichten kann, während ich Euch als einfachen Soldaten an die Front schicke. Nur ein Grund.«

Weil Kier erstens ein selbstgefälliger Mistkerl und zweitens ein Magier war, antwortete er: »Weil wir dafür zu gut sind.«

Fast hätte Grey seinem Stuhlbein einen Tritt verpasst.

Sie befanden sich in Attis' Büro, Kier saß vor dem Schreibtisch, und Grey stand hinter ihm, eine Hand auf seine Schulter gelegt. Er war vollständig angezogen, was eine Verbesserung war, und er verzog nur gelegentlich den Mund, wenn er sich bewegte – zum Teil wegen des dramatischen Effekts. Wahrscheinlich war sie bei seiner Heilung zu weit gegangen und in ein Gebiet vorgedrungen, das für eine normale Quelle praktisch unerreichbar war. Ihn jedoch heil und gesund zu sehen, war wichtiger als alles andere.

Sie hatte ihn gewarnt und ihm erzählt, was Concord gesagt hatte, doch schockierenderweise war es nicht Grey, die zurechtgewiesen wurde, und niemand hatte sie nach ihren Fähigkeiten gefragt. Hoffentlich spielte Kier so gut, dass Attis nicht auf die Idee kam, sich seine Wunde genauer anzusehen.

»Ihr hättet Eure Hand um ein Haar getötet.«

»Hand Captain Flynn kennt ihre Grenzen.« Eine gefährliche Richtung der Unterhaltung, falls jemand auf die Idee kommen sollte, Greys Grenzen auszuloten.

»Gilt das auch für *Euch*?«

Grey grub die Finger in Kiers Schulter: eine Warnung. »Ich vertraue ihr«, sagte er sehr vorsichtig. »Sobald es ihr zu viel wurde, hat sie die Verbindung zu mir unterbrochen, Master Attis, genauso, wie man es ihr antrainiert hat.«

Hinter Attis lief ein Zucken über Mares Gesicht – das einzige Anzeichen dafür, dass sie der Unterhaltung folgte. Am liebsten wäre Grey über den Schreibtisch gesprungen und hätte sie geschüttelt: *Was hast du ihnen gesagt?*

»Ihr wart unvorsichtig«, fauchte Attis, und in diesem Punkt konnte Grey nicht widersprechen. Da Kier im Feldlazarett gelegen hatte, war es unmöglich gewesen, auch nur einen Moment unter vier Augen mit ihm zu sprechen. Warum hatte er dem Mädchen seine Rüstung gegeben? Warum hatte er ihre Fesseln gelöst? Was hatte das Mädchen zu ihm gesagt? Mit diesen Fragen hatte sie die ganze vorhergegangene Nacht gerungen, allein und schlaflos in ihrem Zelt.

»Sie war nur ein verängstigtes Mädchen«, gab Kier zurück. »Ich habe meine Pflicht getan und versucht zu helfen.«

»Sie ist eine *Gefangene,* Captain.«

Die Stille hing schwer zwischen ihnen, und Grey schluckte jeden Protest hinunter. Sie fühlte, wie sie weich wurde und ihre eigenen wütenden Fragen zu Staub zerfielen.

Dies war die Grenze, die eine Sache, über die Kier und sie sich nie richtig einigen konnten: die Leute, gegen die sie kämpften, die Leute, die sie *töteten …* Es spielte keine Rolle, was Attis oder die anderen Befehlshaber behaupteten. Es waren einfach nur Menschen. Diese Kriege, diese endlosen Schlachten um Land und Territorien, die alle zu nichts führten. Seit sie sechzehn gewesen und der erste Soldat unter ihren Händen gestorben war, machte sie sich keine Illusionen mehr über den Krieg, aber schließlich gab es auch keine Alternative. Das Kämpfen hörte nie auf. Die Armeen bekamen nie genug. Niemand würde Lockes Untergang jemals sühnen, und Scaelas und die anderen hohen Herrscher würden deshalb nie zufrieden sein. Sie selbst, Kier und Lot hatten schon als Kinder begriffen, dass sie entweder darauf warten konnten, dass eine Armee ihr Dorf überrannte und niederbrannte, oder dass sie selbst zur Armee gehen und zurückschlagen konnten. Eine andere Möglichkeit gab es nicht. Hatte es nie gegeben.

Die Soldaten, gegen die sie kämpften, hatten dieselbe Entscheidung getroffen. Die Gefangene war nur eine weitere Person, die ebenfalls eine Entscheidung hatte treffen müssen.

Attis seufzte. »Ich muss wissen, dass Ihr Befehle befolgen könnt, Captain Seward.«

»Ich glaube nicht, dass ich daran jemals Zweifel geweckt habe. Meine Methoden mögen Euch zwar missfallen, aber ich habe Euch gebracht, was Ihr wolltet.«

»Was Eure Hand fast das Leben gekostet hätte«, zischte Attis. »Captain Seward, ich kenne Euren Hintergrund. Ich weiß, dass Hand Captain Flynn und Ihr schon lange ein Paar bildet. Ich weiß, dass Ihr *sehr gut* in dem seid, was Ihr tut.«

Grey spannte sich an, ihr Blick huschte zu Mare. Doch die Miene der Hand blieb ungerührt. Falls sie Attis etwas gesagt hatte, dann würde Grey es nie erfahren.

»Eure Macht entspricht der eines gebundenen Paars«, fuhr Attis fort. »Wofür man Euch befragen könnte, sollte jemand Anschuldigungen erheben.«

Es kostete Grey eine Menge, sich keine Reaktion anmerken zu lassen. Sich zu binden, war dumm und verboten, und dem Militär waren die Werte geheiligter Rituale oder echter Hingabe gleichgültig.

Es war eine Schande, dass ihnen dies verboten war. Und eine noch größere Schande war es, dass sie sich diesem Befehl schon vor Jahren widersetzt hatten.

Doch dies war die einzige Garantie für Greys Sicherheit gewesen. Und sie bereute es nicht.

Kier gab nicht nach. »Hier geht es nicht um mein Kommando oder darum, dass Ihr nicht akzeptieren könnt, wie mächtig meine Hand ist. Hier geht es um die Gefangene. Und Ihr habt uns losgeschickt, ohne jede Andeutung, was auf dem Spiel steht oder was es uns kosten könnte. Kein Wunder, dass meine Hand gezwungen war, so viel von sich selbst zu geben, dass es sie beinahe getötet hat – wir wussten nicht, wofür sie gekämpft haben, und wir wissen es immer noch nicht.«

Seine Vorwürfe waren gerechtfertigt, trotzdem war dies vielleicht nicht der beste Weg, an die Sache heranzugehen. Grey hätte gern darauf hingewiesen, dass sie wirklich größere Probleme hatten – falls Attis ihren Verdacht, dass Kier und sie gebunden waren, beweisen konnte, dann könnten sie möglicherweise bestraft oder herabgestuft oder sogar vor den High Court geschickt werden, je nachdem, wie wütend die Befehlshaberin war. Dies war *keine* Kleinigkeit.

Attis' Mund zuckte. »Dann reden wir über die Gefangene.«

Langsam hob Grey das Kinn. Während sie Kier am Leben gehalten, sich selbst wieder zusammengesetzt und Leonie mit den Verletzten geholfen hatte, war ihr keine Zeit geblieben, mehr über das Mädchen herauszufinden – oder es aufzuspüren und ihm einen kräftigen Tritt in den Magen zu versetzen für das, was es Kier angetan hatte.

»Also gut«, willigte Kier ein.

Attis schwieg einen Moment, um ihre Gedanken zu sammeln. Grey beobachtete Mares Hand auf Attis' Schulter – sie hatte gezuckt und damit Greys Aufmerksamkeit erregt, und nun beobachtete sie, wie fest die Hand ihre Magierin gepackt hielt.

»Hand Master Concord und ich haben unseren eigenen Verdacht, sind in diesem Fall jedoch bereit, ihn zu ignorieren. Im Moment gehen wichtigere Dinge vor, und es steht außer Frage, dass Eure Hand und Ihr ein starkes Paar bildet, aus welchem Grund auch immer.«

»Master Attis, ich kann Euch versichern …«

»Hebt Euch das für jemand anderen auf, Seward. Wir haben einen Auftrag, der offenbar nur von Flynn und Euch ausgeführt werden kann.«

Das war … alles andere als eine Rüge, und Grey wurde das Gefühl nicht los, dass sie gerade hereingelegt wurden. Sie wünschte, sie könnte Kier ermahnen, vorsichtig zu sein. Ihr gefiel nicht, wie schmal Attis' Mund geworden war, wie sie den Blick auf ihre eigenen Hände gerichtet hielt und wie fest Mares Griff um ihre Schulter wurde.

»Werden wir neu zugeteilt?«, fragte Kier, und Grey kannte ihn gut genug, um die Erleichterung in seiner Stimme herauszuhören. Immerhin waren sie seit sechs Monaten hier, an der Front gegen Luthar, und davor hatten sie sich fast ein Jahr lang genau an der Grenze zu Cleoc Strata aufgehalten. Sie hatten sich eine leichtere Aufgabe verdient.

»Nicht ganz«, entgegnete Attis. Grey brauchte einen Moment, um die Gefühlsregung im Gesicht ihrer Befehlshaberin richtig zu deuten, doch als sie begriff, senkte sich Eiseskälte in ihre Brust. Master Klara Attis, die Gefassteste unter allen Befehlshabern, denen sie je begegnet waren, hatte *Angst.*

»Master«, sagte Kier schließlich, und sein Tonfall verriet, wie erschöpft er war. »Ich möchte Euch nicht drängen, aber in den letzten achtundvierzig Stunden wurde auf mich eingestochen, und ich bin mindestens zweimal fast gestorben. Ich bin müde. Meine Hand ist müde. Ich habe jede Eurer Anweisungen bis ins kleinste Detail befolgt. Das Mindeste, was ich von Euch erwarten kann, ist, das Ihr uns offen sagt, um was für eine Aufgabe es sich handelt.«

»Ich muss um Eure Diskretion bitten. Dieser Auftrag – die Zukunft von Scaela, die Hoffnungen unserer Militärs, das Versprechen auf eine Zukunft ohne Schlachten, das alles hängt davon ab. Versteht Ihr das Ausmaß dessen, was ich Euch sage, Captain?«

Kier gab einen leisen Laut von sich, ein halbes Seufzen. Grey interpretierte es als eine seiner Lieblingsäußerungen, reserviert für jene Gelegenheiten, in denen er krank war und sie ihn anwies, wenigstens das Allermindeste zu tun, wie etwas zu essen: *Ich leide und leide, und trotzdem … Und trotzdem verlangst du von mir, dass ich noch mehr leide?* Sie fühlte, wie sein Puls kaum merklich schneller wurde, und stirnrunzelnd sah sie ihre Befehlshaberin vor ihnen an.

»Ja«, gab Kier resigniert zurück, weil er Master Attis kaum offen beschuldigen konnte, sie würde sein Leiden nur noch verschlimmern. Was sollten sie schon ausrichten können, um Scaelas Zukunft zu schützen?

Versprichst du, uns loszulassen?

Grey kämpfte mit der Erinnerung wie mit einem körperlichen Angreifer, sie stieß sie von sich, bevor sie Wurzeln schlagen konnte. Sie biss die Zähne zusammen. Heute Nacht würde sie Leonie um einen Schlaftrank bitten müssen. Sie konnte diese Träume nicht mehr ertragen.

»Was wisst Ihr von der Isle of Locke?«

Eine Pause. Greys Rücken wurde stockstarr, und ihre Finger gruben sich zweifellos so fest in Kiers Schulter, dass sie blaue Flecken hinterlassen würde. Als Kier wieder das Wort ergriff, klang seine Stimme beherrscht, vorsichtig. »Ich war noch ein Kind, als die Insel vernichtet wurde, Master, aber meine Hand und ich stammen aus einem Dorf an der Ostküste – wir wissen genug.«

»Dann erinnert Ihr Euch also an die Vernichtung.«

Grey biss sich auf die Wange, als Kier antwortete: »Nachdem die Insel verschwunden war, hat die Luft noch tagelang nach Asche geschmeckt.«

»Das kann ich mir vorstellen«, stimmte Attis zu und wischte diese traumatische Erfahrung damit einfach beiseite. »Captain Seward, jede Nation sucht seit Jahren nach dem verlorenen Erben von Locke, jedoch vergeblich. Könnt Ihr Euch vorstellen, welches Ausmaß an Macht es für Scaela bedeuten würde, wenn unser eigener High Lord Severin finden und Locke wieder auferstehen lassen würde?«

Grey konnte sich das Ausmaß dieser Macht *durchaus* vorstellen. Sie befürchtete schon, Kiers Schulter unter der Jacke ernsthaft zu verletzen. Als könnte er das wilde Pochen ihres Herzens fühlen, griff er unter der Tischplatte nach hinten und umschloss ihren Oberschenkel.

Vielleicht lag es an der Kombination von Lockes Namen in ihren Ohren, Kiers Beinahetod und der Wärme seiner Hand auf ihrem Bein, doch es reichte, damit sie sich vergaß.

»Das hätte niemand überleben können«, sagte sie, bevor sie sich beherrschen konnte.

Stille. Mare und Attis betrachteten sie wie etwas, das schon seit geraumer Weile auf einem Schlachtfeld vor sich hin rottete. »Nicht doch, Hand.« Attis hob eine ihrer dunklen Augenbrauen. »Von jemandem Eures Rangs würde ich mehr … Diskretion erwarten.«

Grey biss sich auf die Zunge, bevor ihr eine scharfe Erwiderung entkam. Schon wieder. Sie wich einen halben Schritt zurück, um Kiers Hand abzuschütteln.

»Niemand kommt so weit wie wir«, mischte sich Kier ein – stets diplomatisch, selbst wenn er mit ihrer scharfen Zunge konfrontiert wurde –, »wenn man das Offensichtliche ignoriert, egal, wie unbequem es ist.«

Was Master Attis nicht sonderlich zu beeindrucken schien. »Wenn ich Euch die Wahrheit dieser Mission offenlege, Captain Seward, Hand Captain Flynn, vertraue ich Euch damit eine Menge an. Mir ist bewusst, dass Ihr möglicherweise einen ungeheuerlichen Fehler begangen habt, doch ich werde nicht hinterfragen, ob Ihr gebunden seid, denn für diese Mission *brauche* ich die Art von Macht, über die Ihr verfügt. Solltet Ihr den Auftrag jedoch ablehnen, kann ich nicht garantieren, dass es *keine* Ermittlungen geben wird, was diese prekäre Lage betrifft.«

Sie saßen in der Falle, und sie konnten nichts dagegen tun. Kier rieb sich übers Gesicht, leidgeprüft wie immer. »Ich verstehe. Und worum geht es?«

»Das Mädchen«, erwiderte Attis, »ist Maryse von Locke, Tochter der letzten High Lady der Insel.«

Jemand schnappte nach Luft – Grey wusste nicht, ob es Kier war oder sie selbst oder beide, denn sie kannten die Wahrheit, und keiner von ihnen konnte es aussprechen. Kier war unter ihrer Hand vollkommen still geworden. Wieder schlich sich seine eigene Hand nach hinten und legte sich mit neuer Entschlossenheit um ihren Schenkel.

»Aber Maryse von Locke ist tot«, gab er zurück. »Falls jemand den Tod der Insel überlebt hat, dann Severin. Der Junge. Er *muss* der Erbe sein. Er hat Scaelas geschrieben, nachdem …«

»Möglicherweise war der Brief gefälscht«, antwortete Attis. »Immerhin hat man Severin Locke niemals gefunden.«

Kier sah Grey nicht an, doch sie fühlte seine Anspannung unter ihrer Hand. »Er *wollte* nicht gefunden werden. So viel war klar, als die Auszüge veröffentlicht wurden. Das kann nur Spekulation sein.«

Attis winkte ab. »Es ist *alles* nur Spekulation. Ja, der High Lord hat einen Brief erhalten, vermutlich vom älteren Kind – aber was, wenn es doch das Mädchen war, das überlebt hat? Was, wenn der Brief wirklich eine Fälschung war? Was, wenn wir die ganze Zeit nach dem Falschen gesucht haben?«

»Und was genau sollen wir tun?«, fragte Kier, und Grey war in diesem Moment unendlich dankbar dafür, dass nicht sie es war, die dieses Gespräch führen musste.

»Ich erwarte von Euch und Eurer Hand, dass Ihr Lady Maryse dem High Lord Scaelas überbringt, der Euch an der Ostküste erwarten wird. Dort wird er mit seiner Patentochter wiedervereint werden, um mit ihr eine Möglichkeit zu erarbeiten, die Insel wieder zurückzuholen. Ihr werdet das Mädchen auf der Reise beschützen und Scaelas zur Verfügung stehen, sobald Ihr bei ihm eintrefft«, erklärte Attis. »Es sei denn, eine solche Reise ist in Eurem derzeitigen Zustand zu beschwerlich.«

Der High Lord. Sie sollten das Mädchen zur Küste bringen, zu der Küste, die für Grey immer ihr Kindheitszuhause gewesen war – und noch mehr. Der High Lord, Scaelas, der mittlerweile vermutlich grau war vom Alter und verändert vom Schmerz des Verlusts, anders als sie ihn zuletzt gesehen hatte …

Nein. Sie weigerte sich, daran zu denken, als könnten Mare und Attis sie durchschauen und in ihrer Miene lesen, obwohl sie versuchte, vollkommen gleichgültig zu wirken.

Wenn Kier sie jetzt losließ, würde sie jeden Halt verlieren. »Es ist nicht zu beschwerlich«, sagte er wie der letzte Idiot.

Er hatte darauf bestanden, in ihr gemeinsames Zelt zu kommen und nicht ins Feldlazarett zurückzukehren, und Grey war nicht in der Position, dagegen zu protestieren. Als sie ihr Zelt betraten, fand Grey ein Tablett auf ihrem Bett, mit einer Nachricht von Leonie, die sie davor warnte, was passieren würde, falls sie sich nicht die Zeit zum Essen nahm. Also setzte sie sich, halb katatonisch, wickelte das Brot aus und aß mit mechanischer Präzision. Sie brauchte fast eine volle Minute, um zu begreifen, dass Kier seine Tasche aus der Truhe am Fuß seiner Liege geholt hatte und nun ohne viel Federlesen Kleider hineinstopfte.

»Hey, hey«, sagte sie, ließ das Brot liegen und griff nach seiner Hand. »Attis hat nicht gesagt, dass wir *sofort* aufbrechen müssen.«

Verwirrt sah er sie an. Von dem Schnitt auf seiner Wange war nichts mehr zu sehen, nicht mal eine Narbe, und sie war stolz auf ihre Arbeit – auch wenn seine Nase immer noch ein bisschen schief war.

»Grey«, gab er perplex zurück. »Wir werden nicht gehen.«

Ihr Blick wanderte zu seiner halb vollen Tasche, dann wieder zurück zu ihm, und sie fragte sich, ob sie endlich doch komplett den Verstand verloren hatte. Irgendwann hatte das ja passieren müssen – kein Wunder, dass es nun so weit war.

»Wir *verschwinden*«, fuhr er fort, sah ebenfalls auf seine Tasche hinab und stopfte seine Rasiersachen hinein.

Seine Worte trafen Grey wie ein Schlag in den Magen – wie der

Treffer, den sie immer noch dieser verdammten Gefangenen schuldete, falls sie diese jemals finden sollte. »Verschwinden?«, wiederholte sie und überlegte, ob sie vielleicht auch die Fähigkeit verloren hatte, der menschlichen Sprache einen Sinn abzuringen.

Kier richtete sich auf, stieß ein Schnauben aus und sah sie unverwandt an, was durchaus eindrucksvoll war. Als kleines Mädchen hatte sie sich selbst davon überzeugt, dass sie ihn mehr mochte als er sie, und manchmal glaubte sie immer doch daran – aber wenn er sie so ansah, so voller offener Zuneigung, die ihrer eigenen in nichts nachstand, dann war alles andere egal.

»Zwing mich nicht dazu, es auszusprechen.«

»Kier … willst du etwa *desertieren*?«

Er lachte, kurz und harsch, und dieser Klang fuhr ihr direkt in die Brust. Die Realität rauschte wieder heran und hämmerte auf sie ein wie eine Migräne, die auf die Rückseite ihrer Augen drückte. »Was haben wir denn für eine Wahl?«

Blinzelnd starrte sie ihn an und wartete auf eine Erklärung. Auf den Rest des Satzes. Er erwiderte ihren Blick, ebenso verwirrt, und sie begriff, dass sie vielleicht zum ersten Mal ganz und gar nicht einer Meinung waren.

»Wohin denn überhaupt?«

»Auf den Kontinent: Lindan oder Nisielle oder Arkun«, antwortete Kier vollkommen ernsthaft. »Zwei Reisende, ganz unauffällig … Wir können uns zur Südküste durchschlagen und dort auf einem Schiff zum Kontinent anheuern, so wie wir es schon vor Jahren hätten tun sollen.«

Ihr Gehirn kam einfach nicht mehr mit. Auch wenn Scaela dazu verdammt war, seine Macht für immer zu verlieren, auch wenn all die Nationen, die zusammen Idistra bildeten, verdammt waren, war dies immer noch ihr Zuhause. Es gehörte *ihr*. Kier und Lot und sie mochten vielleicht früher als Kinder davon gesprochen haben, wegzulaufen, oder auch später zu Beginn ihrer Zeit beim Militär, wenn sie sich nach einer Schlacht erholten, doch jetzt konnte sie diesen Gedanken nicht mehr ertragen. Außerdem fehlten ihnen dafür die nötigen Mittel.

»Du kannst es nicht einfach hinter dir lassen«, erklärte sie gedämpft. Sie beherrschte sich, damit ihre eigene Panik sie nicht überrollte, und strich nicht existente Stofffalten auf seiner Schulter glatt. »Dafür haben wir nicht genug Geld, bei Weitem nicht.«

Er packte ihre Hand. Sie sah ihn nicht an, denn wenn sie es tun würde, dann wäre dies der Todesstoß für ihre Beherrschung, und dann wäre alles vorbei. Auf einmal überkam sie die grauenvolle Erinnerung daran, wie sie vor nicht mal zwei Tagen in seinen Eingeweiden gewühlt hatte – es war ein Wunder, dass er jetzt vor ihr stand. Es war ein Wunder, das sie bewirkt hatte.

»Ich habe es dir versprochen«, sagte er.

»Versprechen sind nicht …«

»Ich habe beim Grab meines Bruders geschworen, dass du nie wieder dorthin zurückkehren musst, Grey.«

»Ich würde niemals von dir verlangen, alles aufzugeben.«

»Das musst du auch gar nicht.« Eine ganz neue Art der Dringlichkeit hatte sich in seine Stimme gestohlen. »Wenn wir beim Einbruch der Nacht aufbrechen, dann haben wir Zeit …«

Sie wollte mit etwas um sich werfen. Plötzlich züngelte eine vollkommen unvernünftige Wut in ihr hoch, die Flammen schlugen von ihrem Bauch in ihre Kehle und in ihren Mund, und sie wollte dieses Zelt und das ganze Lager einreißen und ins Meer schleudern. Letztendlich war Grey nicht mehr als eine bodenlose Quelle der Wut, und es gab nichts, worauf sie diese Wut richten konnte.

»Wir gehen nicht«, fauchte sie und wandte sich ab. Aus Protest zog sie sich den Mantel aus, als würde das Kier aufhalten, und drapierte ihn über ihrer Truhe, wobei sie den kalten Schauer genoss, der ihr über die Arme prickelte.

»Und dann was? Brechen wir zu diesem sinnlosen Auftrag auf? Und was passiert, wenn wir dort ankommen?«

»Ich *weiß* es nicht«, rief Grey verzweifelt.

»Nachdem Locke gefallen ist, haben sie die Schwester der High Lady in Nestria gefunden und sie und ihre drei kleinen Söhne in der Bucht ertränkt, um die Insel zurückzuholen. Die haben die

Leichen zerhackt, um herauszufinden, ob ihr Blut oder ihr Fleisch Locke wieder auferstehen lassen könnten. Sie haben die Diener ermordet, den gesamten Haushalt abgeschlachtet.«

»Kier ...«

»Diese Cousine in Eprain. Verbrannt als Opfer an die Götter. In Luthar haben sie ein Kind eines der Onkel der toten High Lady erwischt und versucht, mit seiner Hilfe die Macht zurückzugewinnen. Erst haben sie den Onkel und dann das Kind getötet, nachdem es sich als nutzlos erwiesen hatte. In ganz Idistra wurden Hunderte von Jungen entführt, bloß weil sie eine entfernte Ähnlichkeit mit der Beschreibung von Severin Locke hatten, alles nur, um die Insel und ihre Macht zurückzuerlangen. Soll ich sie alle einzeln aufzählen? Jeder mit auch nur einem Tropfen Locke-Blut wurde gejagt, gefoltert und *getestet,* um die Insel zurückzuholen.«

Wie viel davon war meine Schuld? Deine? Lots? Sie schob den Gedanken von sich, und ihre Wut wuchs immer weiter. »Scaelas hat nie jemanden getötet, Kiernan«, sagte sie. »So etwas würde er *niemals* tun.«

»Aber er konnte sie auch nicht beschützen. Wie oft hast du mir das gesagt? Man kann es nicht wissen, man kann niemandem trauen, weil das unser Untergang sein könnte. Wenn wir das Mädchen zu Scaelas bringen, dann wird sie identifiziert, und dann? Sie werden versuchen, sie zu benutzen, um die Insel zurückzuholen, und dann werden sie herausfinden, dass es nicht funktioniert, und dann? Oder schlimmer, was, wenn jemand anderes sie entführt und sie tötet, um Locke auferstehen zu lassen?«

»Das geht mich nichts an«, gab Grey knapp zurück. »Wenn wir die Verantwortung für sie los sind ...«

»Wenn wir die Verantwortung für sie los sind, dann werden sie wissen, dass nicht wirklich das Blut von Locke durch ihre Adern fließt.«

Grey wusste, was er da tat: Immerhin hatte sie ihm jede einzelne Spitze, die er ihr nun entgegenschleuderte, selbst geliefert.

»Grey«, sagte er. »Im Moment bist du nur deshalb sicher, weil alle zu wissen glauben, dass du tot bist. Ich versuche bloß ...«

»… mich zu retten?«, zischte sie und fuhr zu ihm herum. Seine Wangen loderten zornrot, und seine Augen leuchteten vor Wut. Sie stritten sich so selten, dass man diese Wirkung auskosten musste. Mit verzweifelter Eindringlichkeit fragte sie sich, ob er so wohl auch aussah, wenn ihn eine ganz andere Leidenschaft im Griff hatte, doch dann stieß sie diesen Gedanken sofort wieder von sich – in diese Vorstellung durfte sie sich auf keinen Fall verwickeln.

Er streckte die Hand nach ihr aus und zog sie an sich. Etwas ungeschickt, weil die Pritsche zwischen ihnen stand, die nun gegen ihre Schienbeine drückte. Sie stieß sich mit beiden Händen von seiner Brust ab. Und er legte eine Hand um ihren Hinterkopf, beinahe groß genug, um ihr von einem Ohr zum anderen zu reichen. Er senkte den Mund, sodass sie seine Lippen an ihrer Ohrmuschel fühlen konnte, und dann sprach er den Namen aus, den sie ihm nur so wenige Male gesagt hatte, immer im Schutz der Dunkelheit.

»Was sollen wir tun«, fragte Kier, »wenn sie herausfinden, dass *du* Maryse von Locke bist?«

Sie hat meine Augen und die Kräfte ihrer Mutter, und was wir auch tun, sie will einfach nicht aufhören zu schreien. Wir sind alle – wie abzusehen war – vollkommen hingerissen.

Brief von Isaak Masidic Locke an seine Mutter Genevieve Masidic, acht Jahre vor der Vernichtung

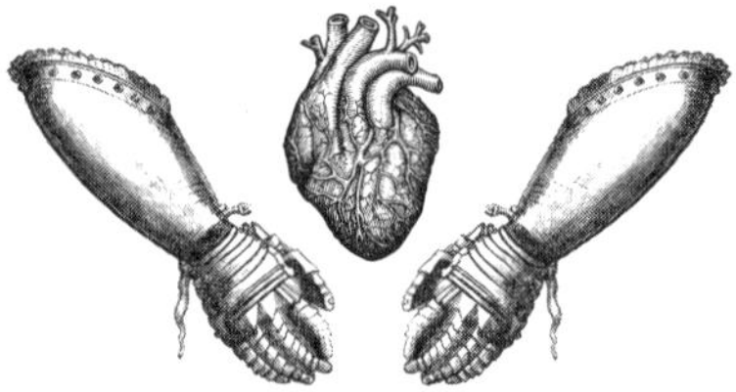

Sechs

Als Grey im Feldlazarett ankam, fand sie dort Leonie, die mit ein paar ihrer Helfer durch die Reihen der Kranken schritt, Verbände prüfte, Fäden zog, Salben auftrug und Heiltränke verabreichte und alles in ihrer Macht Stehende tat, um es den Patienten möglichst angenehm zu machen. Seit der Rückkehr von Greys Einheit hatte es kaum mehr als ein kleines Scharmützel gegeben, weshalb die meisten der Verletzten hier entweder schon sehr lange behandelt wurden oder nur kleine Wunden bei einem Trainingskampf davongetragen hatten.

Leonie sah auf, als Grey die Station betrat. »Bereit für die nächste Runde?«, fragte sie.

Grey schnaubte und schob sich an Leonie und den Betten vorbei in einen kleinen Raum ganz hinten, in dem Kleider zum Wechseln lagerten und ein paar Liegen standen für die Heiler, die gerade eine Pause machten. Sie zog ihren Mantel aus und band sich eine der marineblauen Schürzen um, mit denen die Heiler ihre Kleidung vor Blut und Körperflüssigkeiten schützten.

»Wann hast du das letzte Mal Pause gemacht?«, fragte sie, nachdem sie zur Bettreihe zurückgekehrt war, dann nahm sie Leonie ein Tablett voller beschrifteter Salben und Wickel ab.

»Gestern«, antwortete Leonie. Sie mochte vieles sein, doch eine Lügnerin war sie nicht – und sie hatte keinen Grund, ihre Erschöpfung vor Grey zu verbergen.

»Geh. Ich kümmere mich um alles. Ich habe ein paar Stunden Zeit.«

Leonie sah sie an und schürzte die Lippen. »Alles in Ordnung?«, fragte sie. »Du siehst …«

»Geh.«

Leonie seufzte, widersprach jedoch nicht. »Wir reden, wenn ich wieder da bin«, sagte sie. Dann zögerte sie und legte die Hand einen Moment lang auf Greys Arm. »Danke.«

Grey nickte nur. Leonie brauchte nicht zu wissen, dass sie nicht bloß hier war, um zu helfen – sie wollte sich verstecken.

Sobald Leonie fort war, verfiel Grey in den vertrauten Rhythmus des Feldlazaretts, was ihr die tröstliche Erleichterung wohlbekannter Routinen bescherte. Wenn Kier verletzt war, wurde im Grunde nichts von ihr erwartet – als seine Hand und als Hand Captain erstreckten sich ihre Pflichten nur genauso weit wie seine, doch sie war noch nie sonderlich gut darin gewesen, einfach still zu sitzen, und sie hatte lange genug in Scaelas Feldlazaretten gearbeitet, um zu wissen, dass zusätzliche Helfer dort immer gebraucht wurden, besonders wenn sie etwas vom Heilen verstanden. Also hatte sie es sich zur Gewohnheit gemacht, einzuspringen, wann immer sie konnte. Wenn sie zwischen Gefechten ein paar Tage freihatten oder wenn Kier Zeit brauchte, um sich zu erholen, zog es sie unwillkürlich hierher. Im Gegensatz zu ihrer früheren Tätigkeit als Heilerin war sie als Kiers Hand nicht dazu verpflichtet (oder in der Lage), ihre Fähigkeiten dazu einzusetzen, die Heilung anderer Magier zu beschleunigen. Dafür stand ihr nicht mehr zur Verfügung als ihr natürliches Talent. Was ihr nur recht war.

Sie erlaubte sich nicht, an Kiers und ihre übliche Routine zu denken: Oft begleitete er sie und leistete den Verletzten Gesellschaft, während sie arbeitete, oder er erledigte einen Teil seiner endlosen Papierarbeit und setzte sich zum Schreiben an einen der leeren Tische. Viel zu oft sah sie auf, um ihn in die Luft starren zu sehen, gedankenverloren an einem Stift kauend. Manchmal folgte ihr der Blick seiner haselnussbraunen Augen, unter denen dunkle Schatten lagen, auch durchs Lazarett.

Vielleicht war es ja eine Erleichterung, zur Abwechslung mal allein zu sein. Die Zeit und den Raum zu haben, um nachdenken zu können. Also verteilte sie Medikamente, und nachdem dies erledigt war, begann sie zu putzen. Der herankriechende Schmutz war eine ständige Bedrohung für die Lazarette, und bei all dem Schlamm war dieses hier keine Ausnahme – trotz Leonies sorgfältig ausgearbeitetem Putzplan war es praktisch unmöglich, alles steril und sauber zu halten.

Während Grey putzte, kehrten ihre Gedanken zu dem Streit zurück: Kiers Griff um ihren Kopf, die Worte, die er ihr ins Ohr geflüstert hatte: *Maryse,* immer Maryse; dabei war dies nicht einmal ihr wahrer Name. Kier wusste auch das, doch er war nicht so dumm, ihren wahren Namen laut auszusprechen.

Als sie noch klein gewesen war, hatte sie ihn gehasst: Gremaryse, nach der alten Göttin der Meere, eine der mythologischen Beschützerinnen der Insel. Dies war ihr wahrer Name, jedenfalls der erste, und während der kurzen Zeit, in der Grey eine Mutter gehabt hatte, war einer ihrer häufigsten Ratschläge folgender gewesen: *Hüte ihn immer gut, Maryse. Wahre Namen sind nur etwas für Hände und Ehemänner.*

Wenn ihr Bruder Severin in der Nähe gewesen war, hatte er immer gelacht und entgegnet: *Wohl eher für Magier und Mätressen,* womit er sich jedes Mal einen liebevollen Klaps aufs Ohr und ein kleines Lächeln verdient hatte.

Also hatte Grey ihren wahren Namen gut gehütet. Für den öffentlichen Gebrauch war er abgekürzt worden, und sie war Maryse von Locke gewesen, bis die Insel unter ihren Füßen gestorben war.

Tage nach der Zerstörung war sie von einem scaelanischen Regiment gefunden worden. Sie war gefährlich nah an den brennenden Ruinen eines Dorfes umhergewandert, dass Eprain niedergemacht hatte, also hatte man sie zu den anderen geretteten

Waisenkindern gebracht. Als man sie danach nach ihrem Namen gefragt hatte, war Schweigen ihre einzige Antwort gewesen. Erst später, als man sie Imarta übergeben hatte, war das Problem deutlich geworden.

Hände und Ehemänner. Magier und Mätressen. Locke ist fort, und ich bin es auch.

Grey, hatte sie beschlossen, was ohnehin die bessere Abkürzung war. Sie konnte es weder ertragen noch riskieren, weiterhin Maryse zu sein. Und Grey war nahe genug, um sich verzweifelt an etwas aus ihrem früheren Leben klammern zu können, nah genug, um es nicht völlig zu vergessen.

Grey von Locke, flüsterte sie sich selbst manchmal zu, allein in den frühen Morgenstunden. Der Name eines Mädchens, das es nie gegeben hatte.

Sobald sie erwachsen und ganz sie selbst war, würde sie ohnehin weder Grey noch Maryse sein – wenn ein Herrscher in Idistra volljährig wurde, nahm er eine Kurzform oder Abwandlung des Namens seines Reichs an. Nur die engsten Familienmitglieder kannten seinen wahren Namen. Scaela hatte Scaelas; Cleoc Strata hatte Cleoc; Eprain gehörte zu Epras, Luthar zu Luthos, und Nestria wurde von Nestrias regiert. Nur der High Sovereign von Locke, der ältesten und traditionellsten aller Nationen in Idistra, nahm den Namen der Insel einfach unverändert an.

Greys Mutter selbst war Locke gewesen, sowohl das Herz der Nation als auch dessen High Lady. Es war nur passend, dachte Grey erschöpft, dass dieser Name mit ihr gestorben war.

Nun, während sie putzte, flüsterte sie keinen ihrer verlorenen Namen vor sich hin – sie war nicht dumm. Niemand sprach den Namen »Locke« noch leichtfertig aus.

Grey fand Trost in ihrer Arbeit. Als endlich alles still und ruhig wurde, brach draußen bereits die Nacht herein. Leonie kehrte zurück und fand Grey an einem der Tische ganz hinten im Lazarett vor, wo sie einen Brief an Imarta verfasste.

»Wenn du dir die Zeit nimmst, an deine Mutter zu schreiben, dann weiß ich, dass du dich vor etwas drücken willst«, kommentierte Leonie. »Irgendwelche Flächenbrände, während ich weg war?«

»Alles in Ordnung«, entgegnete Grey, faltete den Brief zusammen und schob ihn sich in die Tasche.

»Gut. Ich habe dir was zu essen mitgebracht.«

Grey seufzte, als wäre das sehr unwillkommen, dabei hatte sie tatsächlich Hunger. Den ganzen Nachmittag über war sie so konzentriert gewesen, dass sie nicht mal ans Essen gedacht hatte.

»Komm mit nach hinten«, forderte Leonie sie auf. »Hier draußen wird eine Weile lang schon alles gut gehen.«

Grey betrat das Hinterzimmer, während Leonie noch kurz mit einer der Pflegerinnen sprach. Während sie ein paar Minuten allein war, zog Grey die Schürze aus und legte sie in den bereits vollen Wäschekorb, dann fiel ihr Blick auf ihren Mantel. Es wäre eine gute Idee, ihn anzuziehen, doch einen Moment lang genoss sie einfach die Kühle. Die kalte Luft, das eisige Meer – das gehörte zu den wenigen Dingen, die ihr von Locke noch geblieben waren und die sie auch in Scaela finden konnte. Mit Gänsehaut auf den Armen und der kühlen Frische in der Brust fühlte sie sich immer etwas mehr wie sie selbst.

»Wie war euer Treffen mit Attis?«, frage Leonie, als sie hereingeeilt kam und den Vorhang zuzog. Sie hatte ihre tiefschwarzen Locken wieder hochgebunden und im Nacken zu einem straffen Knoten zusammengefasst, doch wenn sie ihr Haar offen trug, dann waberte es wie eine Wolke aus Onyx um ihre Schultern und ihr Gesicht. Grey erinnerte sich daran, wie es sich zwischen ihren Fingern angefühlt hatte, sie erinnerte sich an Leonies Mund auf ihrer Haut. Stirnrunzelnd schob sie diese Gedanken beiseite.

»Wie es unter den Umständen zu erwarten war«, antwortete sie und musste schon wieder gegen den Impuls ankämpfen, etwas durchs Zimmer zu werfen.

»Möchtest du darüber reden?«, fragte Leonie und setzte sich auf eines der zusätzlichen Betten. Grey zwang sich dazu, sich ebenfalls zu setzen, sich ein Stück Brot in den Mund zu schieben, zu kauen und zu schlucken, anstatt Dinge gegen die Wand zu schleudern.

»Worüber denn?«

»Captain Seward.«

»Warum sollte ich das wollen?«

»Flynn.« Es klang müde, ein Seufzen in einem Meer aus Erschöpfung.

»Wir müssen nicht über ihn reden.« Grey sah von ihrem Teller mit Brot und Haferbrei und getrockneten Früchten auf und betrachtete Leonie unter ihren gesenkten Wimpern hervor. »Wir könnten … über dich reden? Über uns?«

»Grey Flynn, du Wüstling.« Leonie lachte. »Es gibt kein *Uns.* Wir haben nur ein einziges Mal …«

»Zweimal«, korrigierte Grey sie pedantisch.

»Zählt das, wenn es am selben Abend war? Einmal, und wir wussten beide, was es zu bedeuten hat, und zwar davor, währenddessen und auch danach. Ich bin tief gekränkt, Hand – ich dachte, wir wären Freundinnen.«

Leonie hatte recht, und sie funktionierten besser als enge Vertraute. Wenn man ständig umherreiste, so wie sie es taten, knüpfte man nur schwer Freundschaften, und noch schwerer war es, sie zu ertragen, doch Leonie hatte etwas an sich, dem Grey vertraute.

Und außerdem wirkte ihre Miene alles andere als gekränkt. Da war dieses spitzbübische Lächeln, und sie sah Grey aus Augen wie dunkle, polierte Flusskiesel an. »Ich wusste von Anfang an, dass du nicht frei bist.«

Grey schob den halb aufgegessenen Teller von sich. »Ich weiß nicht, was du meinst.«

»Du versteckst dich hier im Lazarett. Und vor wem solltest du dich verstecken, wenn nicht vor Captain Seward? Und schau mich nicht so an – iss auf, sonst zwinge ich dich dazu, eine ganze Ladung Vitamintränke zu schlucken.«

»Wer behauptet denn, ich würde mich verstecken?«, brummte Grey.

Leonie schüttelte ein Päckchen Kräuter in ihre Richtung und brachte es irgendwie fertig, diese Handlung bedrohlich wirken zu lassen.

Grey seufzte, wandte sich aber wieder ihrem Essen zu. »Er ist stur«, erklärte sie und beschränkte sich damit auf das Offensichtliche. »Manchmal zu stur.«

Leonie stand auf, um die abendlichen Medikamente für die Patienten vorzubereiten. Sie gab Kräuter in winzige Kapseln, damit sie leichter zu schlucken waren, und überprüfte dabei immer wieder ihre Notizen. »Ja, kann ich mir vorstellen. Du aber auch.«

Grey zuckte mit den Schultern, stritt es jedoch nicht ab. »Und wir kennen einander zu gut, glaube ich.«

»Das ist nun mal so bei Quellen und Magiern – ihr müsst ein gewisses Maß an … Intimität teilen.«

Grey rümpfte die Nase. »So ist Kier aber nicht.« Dabei wusste sie eigentlich selbst nicht, wogegen sie genau protestierte.

»Ihr beide lebt ja quasi aufeinander.«

»Wie wir alle.«

Leonie redete weiter, ohne auf diesen Kommentar einzugehen. »Du hast dich von ihm fast völlig erschöpfen lassen, Grey. Und das Schlimmste dabei ist, dass du nicht einfach nur von ihm besessen bist. Er ist dir genauso verfallen.«

Grey biss sich auf die Innenseite ihrer Wange. »Er würde für mich sterben«, sagte sie. Oder jedenfalls würde er für sie desertieren, was durchaus einem Todesurteil gleichkommen konnte.

»Zweifellos«, bestätigte Leonie, und es klang nicht so, als würde sie darin etwas Positives sehen. »Aber … Grey, du weißt, wie Quellen sind.«

Das wusste sie. Es hatte schon etwas, über eine solche Macht zu verfügen – tatsächlich war es sogar recht verlockend. Und genau das war der Punkt, wenn es um Kier ging. Sie wusste nicht, ob er sie bewunderte oder nur die Macht, die sie ihm bot.

»Mein Vertrag läuft erst in so vielen Jahren aus«, entgegnete sie, als wäre dies das Problem. Was es nicht war. »Ich kann … nirgendwo hin. Das hier ist mein Leben, ob es mir nun gefällt oder nicht.«

»Vielleicht«, bestätigte Leonie, belud ein Tablett mit den vorbereiteten Medikamenten und legte es auf einen der Rollwagen. »Aber du *bist* eine gute Heilerin. Du könntest an eine der Städte auf dem Kontinent schreiben und dir dort Arbeit suchen, oder du könntest dir eine Auszeit an einer der Universitäten weiter weg nehmen. Du müsstest nicht bleiben, wenn sie deinen Vertrag ablösen.«

Grey seufzte. Daran hatte sie auch schon gedacht, verzweifelt, in jenen Nächten, in denen Kier verletzt gewesen war. Sie hatte daran gedacht, zu gehen und zu arbeiten, bis sie genug Geld zusammenhatte, um auch seinen Vertrag abzulösen.

»Eine Quelle werden sie niemals gehen lassen«, sagte sie, und es war die schlichte Wahrheit. Da die Magie immer mehr versiegte, waren unter Vertrag stehende Quellen etwas, was Scaelas nicht verlieren konnte.

»Möglicherweise doch«, widersprach Leonie.

Grey schüttelte den Kopf. Nicht nach dem, was sie getan hatte. Nicht, nachdem Attis und Concord begriffen hatten, welchen Wert sie tatsächlich darstellte. »Ich weiß deine Sorge zu schätzen«, sagte sie. »Aber ich habe mich für das hier entschieden.«

»Es kommt mir eher so vor«, warf Leonie vorsichtig ein, »als wäre es das, wofür sich der Captain entschieden hat.«

Grey schloss die Augen. Es war unmöglich zu erklären, ohne dabei zu viel zu enthüllen. Doch die Wahrheit war, dass Kier sich ohne sie niemals für dies hier entschieden hätte. Es ging nicht darum, dass er in der Rangfolge des Militärs aufsteigen wollte oder sie als seine Hand brauchte. Vor allem ging es darum, dass sie, solange sie beim Militär waren, solange sie nur zwei Gesichter in einem Meer aus Rüstungen waren, auch wenn er immer weiter aufstieg – solange sie unauffällig blieben –, nie entdeckt werden würde. Sie würde niemals zurückgehen müssen. Trotz Kiers Beförderungen war sie immer nur das Mädchen im Schatten, das hinter ihm stand. Es war ein Balanceakt. Sie versuchten, weit genug aufzusteigen, um die schlimmsten Schlachten sicher überstehen zu können, sich dabei aber so weit zurückzuhalten, dass niemand ihre Macht hinterfragen würde. Damit niemandem jemals der Verdacht kam, die Hand des Captains könnte die lang verschollene Tochter von Locke sein.

Er hatte ihr allerdings versprochen, dass sie niemals zurückgehen würden.

Grey stand auf und fasste Leonie am Ärmel, bevor sie durch den Vorhang ins Lazarett hinaustreten konnte, um weiterzuarbeiten. Die Überraschung stand Leonie ins Gesicht geschrieben, als Grey eine Hand an ihre Wange legte und ihr zärtlich den Mund auf die Lippen drückte.

»Danke«, flüsterte sie. »Dass es dir wichtig ist.«

Als sie wieder zurückwich, sah wie, wie Leonie mit einem Lächeln kämpfte, die Unterlippe zwischen den Zähnen. »Mach, dass du aus meinem Lazarett kommst, und krieg dein Leben auf die Reihe«, schnauzte sie, doch dann schlug sie Grey beim Hinausgehen auf den Hintern. Also war ihr offenbar vergeben.

Bei Kier lag der Fall anders.

Grey fand ihn im Verwaltungszelt, das er sich mit zwei weiteren Captains teilte. Im Zelt gab es nichts außer drei wackligen Schreibtischen und vier Stühlen. Es war nur schwach erleuchtet vom Feuer in der Kohlenpfanne. Grey hatte von sich aus Verbindung zu ihm aufgenommen und das magische Zupfen seiner Antwort gespürt. Da war eine Spur eines tief vergrabenen Schmerzes in ihm, ein Echo in ihrem eigenen Körper – und im Moment wusste sie nicht, ob es ein körperlicher oder emotionaler Schmerz war oder beides.

Durch die Verbindung zu ihrer Macht konnte sie so viel von ihm sehen – doch gleichzeitig blieb so vieles zwischen ihnen ungesagt.

Als sie zögernd in der Tür stehen blieb und sich räusperte, hob er den Kopf. Sie presste die Lippen aufeinander. In seinem Blick glaubte sie eine Entschuldigung zu erkennen, und sie nickte in Richtung ihres Zelts. Hier konnten sie nicht offen sprechen. Kier erhob sich, verabschiedete sich leise von den anderen und schlang sich seinen Mantel um die Schultern.

In ihrem Zelt angekommen, legte er den Mantel wieder ab und entzündete das Feuer, ohne sie zu berühren. »Ich dachte, du würdest heute Nacht bei Leonie bleiben.«

»Warum?«

Er musterte sie mit einem langen, abschätzenden Blick.

»Woher *weißt* du das überhaupt?«

»Gerüchte verbreiten sich schnell«, kommentierte er beiläufig und zog sich das Hemd aus. Sie wandte den Blick von den frisch verheilten Narben auf seinem Bauch ab und von der feinen Spur aus dunklen Härchen, die von seinem Nabel nach unten verlief, auch wenn dies alles ohnehin in ihr Gedächtnis eingebrannt war, ob es ihr nun gefiel oder nicht.

»Ich bin nicht hinter Leonie her.« Sie seufzte, zog sich die Stiefel aus und ließ sich voll bekleidet auf ihre Liege fallen. Sie wand sich aus ihrem Mantel und breitete die Arme weit aus, damit die Wärme des Feuers in ihren Körper sickern konnte.

Er setzte sich auf das Fußende ihrer Pritsche und hob ihre Füße auf seinen Schoß. »Es würde mir nichts ausmachen«, sagte er, »wenn du es wärst.«

Sie legte sich einen Arm übers Gesicht, um ihre Grimasse zu verbergen. Genau genommen hätte er kaum etwas Falscheres sagen können. Sie wollte, dass es ihm etwas ausmachte. Sie hätte hier und jetzt auf die Knie fallen und ihn beschwören können, dass es ihm etwas ausmachen sollte.

Kier hatte ihr seine Version der zwischenmenschlichen Anziehungskraft schon damals erklärt, als sie noch Teenager gewesen waren: Ihm ging es weniger um das Geschlecht als um die Person an sich. Sein Geschmack beschränkte sich nicht auf das eine oder das andere, seine Wahl fiel einfach auf denjenigen, der ihn im Moment am meisten faszinierte. Grey bevorzugte ebenfalls weder Männer noch Frauen, aber mehr als alles andere wünschte sie sich, es gäbe etwas an ihr, das *ihn* fesselte. Doch diese Sehnsucht blieb unerwidert.

»Tut mir leid«, sagte Kier, »wegen vorhin.«

Grey seufzte erneut. Sie hatte die Entschuldigung durch die Verbindung kommen gefühlt, vielleicht hatte sie sogar ein schlechtes Gewissen gespürt.

»Flynn?«

»Was?«

»Wir sollten darüber reden, was passiert ist. Während der Schlacht.«

»Ich hätte dich sterben lassen sollen«, beschwerte sich Grey.

»Hättest du wohl«, stimmte Kier ihr zu, trotzdem umfasste er ihre Hand und zog sie ins Sitzen hoch, dann arrangierte er sie so, dass sie Knie an Knie im Schneidersitz voreinander saßen. »Du hast mir viel zu viel von dir gegeben. Du hättest die Verbindung früher trennen sollen, viel früher.«

»Wenn du mal die Quelle bist«, gab Grey zurück, »kannst du mir ja erklären, wie man es richtig macht.«

»Grey«, sagte er so sanft, dass es ihr das Herz brach. Er griff nach ihrer Hand und strich mit den Lippen über ihre Fingerknöchel. »Du darfst dein Leben nicht für mich aufs Spiel setzen. Ich kann ohne dich nicht leben. Okay?«

»Und ich werde ohne dich nicht leben«, sagte sie, als wäre es so einfach. »Aber ich werde versuchen, besser auf mich aufzupassen, für uns beide.«

Seine Augen wirkten sehr ernst, die dunklen Schatten darunter verschwanden nie ganz. Wieder erinnerte sie sich daran, wie es sich angefühlt hatte, ihn zum ersten Mal zu sehen, in diesem sonnigen Büro. Sie legte das Bild des Jungen von damals über den Mann, der aus ihm geworden war. Manchmal sah sie ihn an, und es war, als würde ihn nichts je wirklich verändern. Weder seine Narben noch die Silbersträhnen in seinem Haar.

»Concord hat mich heute zur Seite genommen«, erzählte Kier. »Sie hat mir ernsthaft gedroht, mich umzutrainieren.«

Grey schnaubte. Sie konnte es sich lebhaft vorstellen: Mare war vermutlich eine Macht, mit der man rechnen musste. »Ich war nicht sonderlich nett zu ihr, als sie das Thema mir gegenüber angeschnitten hat.«

Er hob eine Augenbraue. »Wann war das?«

Grey winkte ab. »Während ich dich zusammengeflickt habe. Nachdem ich dich nicht habe sterben lassen – was äußerst großmütig von mir war, wie ich hinzufügen könnte.«

Langsam legte er beide Hände um ihr Gesicht. Es war leicht, in diese Geste etwas hineinzulesen, was nicht da war, und sie ballte die eigenen Hände in ihrem Schoß zu Fäusten, lehnte sich jedoch unwillkürlich in seine Wärme hinein – Magier fühlten sich für gewöhnlich sehr heiß an, und Kier war da keine Ausnahme. »Du«, sagte er, »bist eine Zierde deines Berufsstands.«

»Ach, verpiss dich«, fauchte sie, ließ jedoch zu, dass er ihr einen Kuss auf die Stirn drückte. Wobei sie sich selbst verbat, darüber nachzudenken, was wohl passieren würde, wenn sie mehr von ihm verlangen würde.

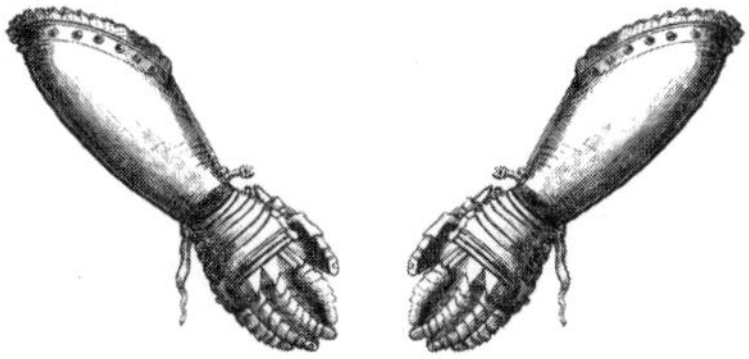

Man muss sich eine Hand wie einen ergebenen Jagdhund vorstellen. Im Lehrbuch wird ein »gesunder Respekt« empfohlen, das schon, doch oft scheint es eher eine Art Obsession zu sein. Eine gute Hand wird alles in ihrer Macht Stehende tun, um ihren Magier zu schützen, und auch vor Mord nicht zurückschrecken. Im eigenen Interesse der Magier sollten diese ihre Hand dazu ermutigen, stets den Weg der Gnade und Vernunft zu wählen, nicht den der Rache. Man will den lodernden Zorn einer Hand nicht auf sich gerichtet wissen, und genauso wenig sollte man diese Macht ohne sorgfältiges Abwägen entfesseln.

Überleben an der Front:
Ein inoffizieller militärischer Ratgeber,
von Captain Iowain Jessop,
veröffentlicht vier Jahre nach der Vernichtung

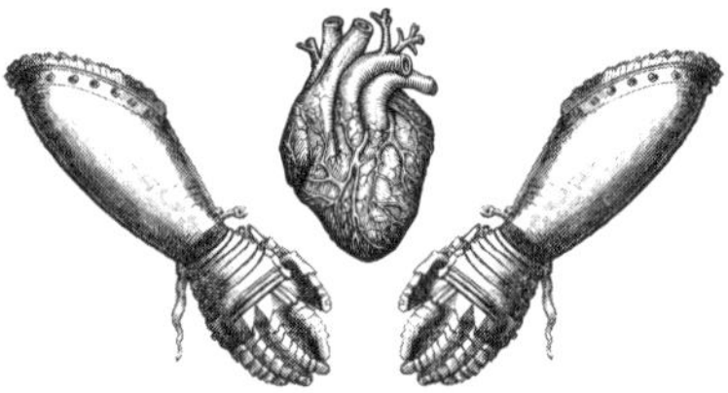

Sieben

In dieser Nacht wartete Grey, bis Kiers Atem schwer und gleichmäßig geworden war. Dann setzte sie sich auf und betrachtete sein Gesicht, suchte nach Anzeichen dafür, dass er wach war. Eigentlich war sein Schlaf immer sehr leicht, doch möglicherweise drangen Geräusche einfach nicht zu ihm durch, wenn Grey die Verursacherin war. Und er erwachte auch jetzt nicht. Er schlief auf der Seite, das Gesicht ihr zugewandt, ein Knie fast bis an die Brust hochgezogen.

Sie machte sich nicht die Mühe, sich ein Licht mitzunehmen. Der Mond hing rund und voll am Himmel, als sie sich vollständig bekleidet aus dem Zelt schlich. Im Lager war es ruhig auf dieser Seite: Ihr Zelt war eines von vielen kleine Zelten für die Befehlshaber und die Massen an Hilfskräften, die mit den Kompanien reisten. Eine Reihe von Feuerstellen trennte sie von den großen Zelten, in denen alle anderen schliefen. Grey suchte sich ihren Weg zwischen den Feuern hindurch und nickte einem Soldaten zu, der in der Nähe der Küche Wache stand. Einen winzigen Moment zögerte sie vor dem Lazarett und dachte an Leonie, doch dann eilte sie weiter.

Die Gefangenen befanden sich in der Mitte des Lagers, in einem Zelt, das Tag und Nacht bewacht wurde. Die beiden niederen Soldaten vor dem Zelteingang musterten Grey, als sie sich näherte wie ein Geist, der durch das dunkle Lager strich. Einer von ihnen neigte den Kopf, als sie näher kam, und der andere, der vermutlich kaum älter war als Grey damals, als sie sich zu Kier gesellt hatte und der Armee beigetreten war, folgte hastig seinem Beispiel.

»Kann ich Euch helfen, Hand Captain Flynn?«, fragte der Ältere der beiden. Grey erkannte ihn nicht – er gehörte nicht zu ihrer Kompanie. Besser so. Kier war unter den Befehlshabern sehr beliebt, es war nicht schwer, sich vorzustellen, dass sie der Gefangenen gegenüber unnötig grausam waren.

»Ich habe den Befehl, den Gesundheitszustand des Mädchens zu überprüfen«, log sie.

Der Mann hob die Augenbrauen. »Mitten in der Nacht?«

Sie zog Verbandsmaterial und einen Salbentiegel aus der Tasche und zeigte beides den Soldaten. Die Sachen hatte sie vorhin aus dem Lazarett geklaut – man würde diese Vorräte dort nicht vermissen, und irgendwann würde Grey sie verwenden können, also würden sie nicht verschwendet werden. »Wenn ihr mir nicht glaubt, könnt ihr Master Attis gern selbst wecken«, sagte sie. »Aber ich verspreche euch, dass sie davon nicht besonders begeistert sein wird.«

Die Soldaten tauschten einen Blick, und der Jüngere von ihnen biss sich auf die Unterlippe. Schließlich seufzte der Ältere. »Ihr habt fünf Minuten«, sagte er.

»Mir genügen auch zwei Minuten. Und Eure Diskretion.« Im Vorbeigehen streckte sie ihm ein kleines Fläschchen Schnaps zu. Er sah sie an und presste die Lippen aufeinander, doch er protestierte nicht und reichte ihr auch ihr Bestechungsgeschenk nicht zurück.

Flackerndes orangerotes Magielicht erhellte das Zelt und warf lange Schatten an die Wände. Das Mädchen saß allein in der Mitte, Hände und Füße gefesselt, doch geknebelt war sie nicht. Sie hob den Kopf, als Grey eintrat, ihr Blick schweifte über sie auf eine Art, die Grey das Gefühl gab, offen taxiert zu werden. Wieder fragte sie sich, wie alt die Gefangene wohl war – sie wirkte jetzt jünger als zuvor in der Kutsche, inmitten der Schlacht. Sie war ein Teenager, doch Grey konnte nicht einschätzen, wie alt sie genau war.

Im Grunde wusste sie selbst nicht richtig, warum sie hergekommen war. Der Gedanke war ihr vorhin gekommen, so eindringlich wie eine Migräne, während sie im Lazarett von Bett zu Bett gegangen war. Etwas in ihr wollte – nein, *musste* sie sehen. Das Mädchen, das behauptete, Grey zu sein. Das Mädchen, das versucht hatte, Kier zu töten.

Vielleicht war es einfach nur krankhafte Neugier – vielleicht würde sie die Wahrheit über dieses Mädchen erspüren können, wenn sie ihr nur nah genug kam. Dies konnte nicht Maryse von Locke sein, also war sie jemand anderes. Und Grey wollte wissen, *wer.*

Das Schweigen dehnte sich zwischen ihnen aus. Grey versuchte, ihre kühle Gefasstheit beizubehalten. Sie versuchte, wie ein Captain zu wirken, nicht wie ein erschöpftes Mädchen, das nie ganz zu sich selbst gefunden hatte. Die Gefangene schien nicht mal viel jünger als sie selbst zu sein, und Grey fühlte jedes einzelne ihrer vierundzwanzig Jahre wie ein ganzes Jahrzehnt.

Der Blick des Mädchens blieb nicht auf ihrem Gesicht ruhen, sondern huschte zu dem Dolch an ihrem Gürtel, zu dem Schwert an ihrer Hüfte und der schimmernden Goldnadel über ihrer linken Brust, die ihren Rang anzeigte.

»Du bist die Quelle«, sagte sie schließlich. »Ich rieche die Macht in dir.«

Grey verzog den Mund zu einem grimmigen, boshaften Lächeln. Quellen konnten die schlafende Macht in anderen nicht *riechen.* Nicht mal Locke selbst war dazu in der Lage gewesen. Das Mädchen versuchte nur, sie einzuschüchtern.

Im nächsten Moment hatte sie die Gefangene an den Haaren gepackt und drückte ihr den Dolch an die Kehle. Sie würde das Mädchen nicht töten – *das* würde sie nicht riskieren, nicht mal nach allem, was sie erfahren hatte –, doch die Gefangene musste einen gesunden Respekt vor ihr entwickeln.

Das Mädchen sah zu ihr auf und stieß den Atem zwischen den Zähnen hervor, ihre Augen waren weit aufgerissen vor Angst. *Genau darum treibt man keine Spielchen, die man nicht gewinnen kann*, dachte Grey.

»Dann weißt du auch, wozu ich fähig bin«, sagte sie. »Wozu er durch mich fähig ist. Und ich schwöre dir – solltest du je wieder versuchen, dem Captain etwas anzutun, wenn du ihm auch nur ein Haar krümmst, dann werde ich dich töten. Mir ist egal, wer du bist. Mir bedeutest du nichts.«

Du hast ein Kind *bedroht, Hand,* würde Kier sie tadeln. Doch Kier war nicht da.

Das Mädchen wimmerte. Grey ließ es los und trat zurück, um wieder mit den Schatten zu verschmelzen. Bevor die Gefangene sich wieder gefasst hatte, machte Grey auf dem Absatz kehrt und verließ das Zelt. Ihre Handflächen waren schweißnass, ihre Zähne klapperten vor aufgestauter Kraft. Sie wünschte, Kier wäre hier, damit sie mit ihm in Verbindung treten könnte, doch diese ganze Macht zischte einfach aus ihr heraus, ungenutzt und verschwendet, unbefriedigend.

Zurück im Zelt zog sie sich bis auf Weste und Unterhose aus und warf ihre Kleider auf ihre Liege. In wenigen Stunden würde sie sich wieder anziehen müssen. Mit den Knien drängte sie Kier zur Seite und kroch zu ihm in den Schlafsack, der kaum groß genug für ihn allein war, von ihnen beiden ganz zu schweigen. Kier gab einen leisen, kehligen Laut von sich, als sie ihre kalten Hände auf seine Haut drückte, dann schlug er müde die Augen auf.

»Du darfst nicht sterben und mich allein lassen«, flüsterte Grey, das Gesicht fest an seinen Hals gepresst. Aus reinem Körpergedächtnis schlang er die Arme um sie.

»Ich gehe nirgendwo hin«, murmelte er in ihr Haar, immer noch halb schlafend.

Eine lange Zeit lag sie wach, seine Fingerspitzen strichen über die lange Linie ihrer Wirbelsäule, und sie krallte sich in sein Hemd.

Ihre Beine waren ineinander verschlungen, und irgendwann wusste Grey nicht mehr, wessen Glieder zu wem gehörten.

»Versprich es mir«, flüsterte sie. »Schwöre es.«

»Ich glaube nicht, dass man so etwas …«

»Ich schwöre es bei deinem Namen Kiernan Trevaine Seward, geschworener Locke. Als deine Hand und deine Macht.«

Er rückte gerade weit genug von ihr ab, um ihr ins Gesicht sehen zu können. »Alles in Ordnung?«

»Schwöre es.«

Er nahm ihrer Hand von seiner Brust und schob seine Finger zwischen ihre. »Ich schwöre bei deinem wahren und deinem angenommenen Namen Gremaryse Pellatisa Carnelion Masidic Locke, geschworene Seward, Grey Flynn, dass ich nicht sterben und dich allein lassen werde.« Er betonte jede einzelne Silbe sorgfältig und raunte ihr diesen Schwur direkt ins Ohr. Sie erbebte – es hatte keinen Schwur mehr zwischen ihnen gegeben, seit sie sich gebunden hatten, und zum ersten Mal hörte sie seinen vollen Namen zusammen mit ihrem eigenen. »Zufrieden?«

Grey ließ den Kopf an seine Schulter sinken, Trost suchend, und nickte. In der Dunkelheit war es leicht, sich überzeugen zu lassen.

Ich fürchte mich davor, diese Worte niederzuschreiben, aber ich kann es nicht ignorieren: Meine Magie ist … eingeschränkt. Wenn man den Mut dazu aufbringt, könnte man sogar sagen, sie schwindet. Immer wieder höre ich Gerüchte, und ich muss ehrlich mit mir selbst sein, auch wenn ich dies vor keinem anderen zugeben kann: Ich glaube, unsere Magie stirbt. Mare hat sich für mich noch nie so schwach angefühlt.

Tagebuch von Master Klara Attis,
drei Monate nach der Vernichtung

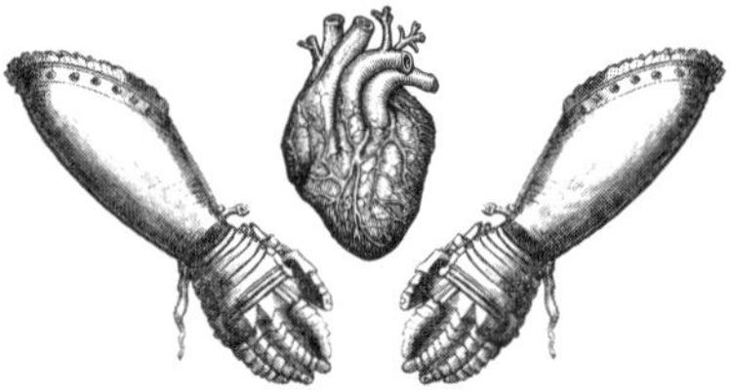

Acht

Egal, wann man Grey das nächste Mal in Attis Büro gerufen hätte, es wäre zu früh gewesen.

Dieses Mal setzten sie sich beide vor den Schreibtisch, Grey saß Mare gegenüber, Kier der Befehlshaberin. Die Karte ihres letzten Treffens war durch eine neue, sogar noch kleinere ersetzt worden – bei diesem Einsatz wurden die Karten ständig erneuert. Ein notwendiges Übel bei dem unablässigen Gerangel um die Territorien zwischen dem Hafen und dem Lager. Kier zufolge gaben Kartografinnen besonders gute Bettgefährtinnen ab. Eine Theorie, die Grey noch nie überprüft hatte.

Diese Karte konzentrierte sich auf den Osten von Scaela und zeigte die Routen des südlichsten Punkts, an dem sie sich alle befanden, den ganzen Weg hinauf, über Bergpässe, zwischen Luthar und Cleoc Strata hindurch bis zur Bucht von Locke. Grey folgte dem eingezeichneten Pfad mit dem Blick und versuchte, sich an die Orte zu erinnern, die sie bereits zu Gesicht bekommen hatte. Weiter im Norden, wo das Dorf lag, in dem sie aufgewachsen waren, verwandelte sich die Landschaft, und die dichten Wälder wichen erst buschbewachsenen Vulkanklippen und spärlichen Baumbeständen, dann folgten karge Berge und Ginsterbüsche.

Die Meeresküste war von braungrünem Felsengras und Kiesstränden geprägt, hinter denen sich die Schieferriffe erhoben und die Bucht einfassten.

Scaela war ein freundlicherer Ort als Locke, das hatte sie schon immer gedacht, obwohl die Insel gar nicht weit vor der Küste Scaelas gelegen hatte. Manchmal, wenn sie sich zu Hause in Leota befand, in dem Dorf am Meer, in dem Kier und sie aufgewachsen waren, hob sie den Blick zu den dunklen Klippen und stellte sie sich sogar noch zerklüfteter und felsiger vor wie an dem Ort ihrer Geburt. Man hatte Locke die »Obsidianinsel« genannt wegen der kahlen schwarzen Felshänge, die aus dem Meer ragten und die es sonst nirgendwo auf der Welt gab.

»Ihr habt Euch vorher in Grislar aufgehalten, ist das korrekt?«, sagte Attis und strich mit den Fingerspitzen über die buchtenreiche Küste Scaelas. Grislar war das Lager bei Easlar, der Hauptstadt von Scaela, und es lag gefährlich nah an der Grenze zu Luthar – gleichzeitig war dies der Einsatzort gewesen, der Leota am nächsten war.

»Fast ein Jahr lang«, bestätigte Kier. Stirnrunzelnd musterte er die Karte. »Es ist ein bisschen spät im Jahr, um das Gebirge zu überqueren.«

»Tut mir leid, Captain«, kommentiert Attis trocken. »Auf das Wetter habe ich keinen Einfluss.« Sie hielt kurz inne, um sich die Augen zu reiben, und Grey betrachtete sie. Attis wirkte erschöpft. Offenbar war sie die ganze Nacht wach und mit den Vorbereitungen beschäftigt gewesen. Ein Glück, dass sie Grey nicht erwischt hatte, als sie aufgebrochen war, um die Gefangene zu bedrohen. »Es dauert zwei Wochen, um zu Fuß von hier nach Grislar zu gelangen, drei, falls das Wetter umschlägt.«

»Zu Fuß?«, fragte Grey. Das Laufen machte ihr nichts aus, aber … Sie ließ den Blick über die Karte schweifen. Sie war schon im ganzen Land gewesen, hatte an Kiers Seite an jeder Küste gekämpft, aber noch nie war sie dazu aufgefordert worden, *zu Fuß* zu gehen.

Attis presste die Lippen zusammen. »Kutschen sind zu auffällig.

Und die letzten Ernten sind im Gang – Zivilisten auf Pferden würden zwangsläufig verdächtig wirken.« Unwillkürlich nickte Grey. Attis hatte recht. Zu dieser Jahreszeit wurden Pferde entweder für die Feldarbeit benötigt, oder sie waren vom Militär eingezogen worden. Die übrigen Tiere gehörten Adligen, die ohne die Begleitung von Wachen nicht sicher reisen könnten, und auch das würde Aufmerksamkeit erregen.

»Wir können Euch mit genug Mitteln für die Reise ausstatten, um die Überquerung der Bergpässe, so weit es geht, zu vereinfachen, trotzdem müsst Ihr so unauffällig wie möglich bleiben. Kaufleute oder besser noch Pilger, die zur Abtei in Pontille unterwegs sind. Wir haben keine Zeit – Luthos weiß bereits, dass die Gefangene verschwunden ist und dass ihre Leiche nicht unter den Toten gefunden wurde. Natürlich könnte auch eine andere Nation unter Verdacht geraten, aber die einfachste Erklärung ist nun mal, dass wir sie haben.«

Kier sah auf. »Eine andere Nation?«

Attis' Lächeln wurde schmaler. »Wir müssen davon ausgehen, dass Cleoc Strata, Eprain und Nestria mittlerweile ebenfalls über die Existenz des Mädchens Bescheid wissen – und wenn man bedenkt, über welche Kräfte sie möglicherweise verfügt, werden sie sich die Sache sicher genauer ansehen. Deshalb müsst Ihr sofort aufbrechen, den Weg über die Berge nehmen und so unauffällig wie möglich bleiben.«

Kier lehnte sich zurück und kniff sich in die Nasenwurzel. Er hatte sich an diesem Morgen nicht rasiert, und ein leichter Bartschatten überzog bereits seine Wangen. Grey musste sich auf die Zunge beißen, um Attis nicht ins Gesicht zu sagen, dass sie Kier und sie damit praktisch zur Schlachtbank führte.

»Und wie viele von uns werden gehen? Mit der Gefangenen?«

»Wir haben Euch und einen weiteren Soldaten vorgesehen.«

»Gebt mir drei.«

»Captain.«

Kier sah Attis direkt an, und der Blick seiner haselnussbraunen Augen wirkte unbeugsam. So kannte ihn Grey am besten. Er war so gottverdammt stur, und zum Teufel, wenn er diese Sturheit nicht gerade auf sie richtete, dann fand Grey ihn einfach unwiderstehlich.

»Ich werde dies nicht ohne ein weiteres Magier-Quelle-Paar machen, und ich will einen Soldaten dazu. Wenn die Unternehmung so gefährlich ist, wie Ihr sagt, dann muss ich sichergehen, dass wir in den Bergen nicht an Erschöpfung sterben. Ich muss dafür sorgen, dass wir regelmäßig schlafen können. Ich muss dafür sorgen, dass meine Leute und die Gefangene beschützt werden können, und wenn Ihr meine Hand in Gefahr bringt …«

»Niemand verlangt von Euch, Eure Hand in Gefahr zu bringen«, knurrte Attis. »Also schön. Drei. Ihr habt die Wahl.«

Grey erwiderte Kiers Blick nicht. Attis würde sich nie an Mare wenden und den Eindruck vermitteln, die Hand hätte einen Einfluss auf die Entscheidungen der Befehlshaberin. Kier sollte sich in der Öffentlichkeit an dieselben Regeln halten, auch wenn er sie unter vier Augen immer nach ihrer Meinung fragte.

Er seufzte, als er merkte, dass sie ihm auswich. »Also gut. Aber eins noch: Was passiert, nachdem wir in Grislar angekommen sind und die Gefangene übergeben haben? Werden wir dann neu zugeteilt?«

Ausdruckslos hielt Attis seinen Blick. »Wenn Ihr und Euer Team tut, was von Euch verlangt wird«, erklärte sie, »dann wird man Euch für sechs Monate beurlauben. Jeden, der an diesem Auftrag beteiligt ist.«

Grey schnappte nach Luft. Während ihrer ganzen Zeit in Scaelas' Armee waren sie noch nie länger als einen Monat beurlaubt worden – ein halbes Jahr war eine unfassbar lange Zeit. Sie konnte sich nicht vorstellen, wie man für diese Dauer auf sie verzichten wollte.

Ihr blieb fast das Herz stehen, als Kier daraufhin sagte: »Ich verlange die Auflösung unseres Vertrags. Eine ehrenhafte Entlassung aus dem Dienst. Für mich *und* Hand Captain Flynn. Falls wir Grislar lebend erreichen und die Gefangene unverletzt an Scaelas übergeben, verlange ich, dass uns unverzüglich unsere Anerkennungsschreiben übergeben werden.«

»Captain?« Noch nie hatte sie Attis so vollkommen überrumpelt erlebt. Die darauffolgende Stille war undurchdringlich, und Grey war nicht mal sicher, ob sie überhaupt noch atmete …

Und Kier sah sie immer noch unverwandt an, mit diesem sorglosen Schwung des Mundes, den er mehr seiner Narbe und weniger seiner Haltung verdankte. Ihr schlug das Herz bis zum Hals – wenn sie ehrenhaft entlassen wurden, dann würden sie auch ihren Lohn erhalten. Sie würden nicht mehr kämpfen müssen. Sie würden nicht mehr nur von einem Tag zum anderen leben, beim ersten Tageslicht aufstehen und ihre Körper dieser nie endenden Tortur aussetzen müssen.

Es würde keinen logischen Grund mehr dafür geben, dass sie zusammen sein mussten.

Wenn sie nicht seine Hand war, was war sie dann? Hatte sie es zu weit getrieben? Hatte sie ihn zu sehr verletzt? Vielleicht war dies ein als Befreiungsschlag getarnter Verrat. Vielleicht zog Kier es vor, nie wieder Magie auszuüben und dafür nicht mehr an ihrer Seite bleiben zu müssen.

Bevor sie zu tief abstürzen konnte, fing sie sich wieder. Was auch immer er vorhatte, sie glaubte fest daran, dass sie irgendwie Teil seines Plans war. Wenn er seinen Willen bekam – tausend Möglichkeiten rasten durch ihre Gedanken und drohten eine Freude zu entfachen, die ihre ganze Brust in Flammen aufgehen lassen würde –, dann konnte sie es vor sich sehen: Vielleicht würden sie ein kleines Haus an der Südwestküste finden, fern von den Schlachtfeldern, und sie könnte als Heilerin in einem Dorf arbeiten. Oder sie könnten zusammen auf den Kontinent fliehen. Ihretwegen konnte er mit so vielen Kartografinnen schlafen, wie er nur wollte – es wäre ihr egal. Es würde *keine Rolle* spielen.

Sie würden den Namen »Locke« nie wieder aussprechen. Sie würde nie wieder fühlen müssen, wie das Lebenslicht einer anderen Quelle neben ihr auf dem Schlachtfeld erlosch. Nie wieder ein bluttriefendes Schwert in der Hand, nie wieder halb wahnsinnig vor Angst.

Vielleicht, wenn sie zusammen allein waren, würde er endlich mehr in ihr sehen als seine Freundin, seine Hand, sein Schwert.

»Könnte ich Euch stattdessen für eine Beförderung gewinnen?«, fragte Attis leicht verzweifelt.

Grey fühlte den Zweifel durch ihre Verbindung – er stellte ihr eine Frage. Sie schickte Gewissheit zurück, begleitet von einem Funken Freude.

»Nein.«

»Captain Seward, ich … Ihr wisst, wie hoch Ihr geschätzt werdet. Ihr *wisst*, dass Ihr für eine Beförderung vorgeschlagen wurdet und sehr nah dran seid, selbst zum Master zu werden. Wenn Ihr diesen Auftrag erfüllt, werdet Ihr jeden Posten bekommen, den Ihr verlangt. Ich bin sicher, Ihr könntet sogar um einen Platz in Scaelas persönlicher Garde ersuchen oder direkt unter Commander Reggin dienen.«

»Das interessiert mich nicht«, sagte Kier. »Nach dem, was Ihr sagt, ist diese Mission ein Himmelfahrtskommando. Wir haben eine Zielscheibe auf dem Rücken. Luthar, Cleoc Strata, Eprain, die alle hinter uns her sind? Nestria wird sich sicher auch dazugesellen. Sie alle sind mindestens genauso clever, wie wir es von uns selbst glauben. Nach allem, was ich weiß, werden ihre Soldaten uns auflauern, sobald wir auch nur einen Fuß aus dem Lager setzen. Falls ich es schaffe – falls wir es schaffen –, dann kommen wir nicht zurück.«

Er war so gut in diesen Dingen, trotzdem packte er unter dem Tisch Greys Hand. Seine Finger waren klamm vor Schweiß, und sie begriff, dass er trotz seiner zur Schau gestellten Großspurigkeit grässliche Angst hatte.

Mit grimmiger Miene starrte Attis ihn an, eine volle Minute lang. Schließlich zog sie unter wütendem Geklapper ihre Schreibtischschublade auf. Mare hatte die Augenbrauen zusammengezogen und die Stirn gerunzelt. Ihr dünnlippiger Mund verzog sich zu einem Ausdruck der Überraschung.

Grey sah zu, wie Attis nachdrücklich eine Nachricht auf einen frischen Papierbogen schrieb. Als sie fertig war, las sie das Schreiben zweimal durch, dann faltete sie es zusammen und verschloss es mit Wachs, in das sie ihr Siegel drückte.

»Solltet Ihr den Einsatz überleben«, sagte sie und reichte Kier die Nachricht, »dann seid Ihr frei zu gehen.«

Kier drückte Greys Hand so fest, dass sie bestimmt einen blauen Fleck davon bekommen würde. Mit der freien Hand nahm er den Brief vollkommen gelassen entgegen und reichte ihn an Grey weiter. Ruhig steckte sie ihn in die Innentasche ihres Mantels.

»Sucht Euch Eure Mannschaft aus«, sagte Attis. Ihr Gesicht war ungewöhnlich rot – und fast hätte sie Grey leidgetan. Wenn Attis nicht gerade dabei wäre, Kier und sie auf ein Selbstmordkommando mit einer Gefangenen zu schicken, die Kier ein Messer in den Körper gerammt hatte (und die so tat, als wäre sie Grey), dann könnte Grey bestimmt ein gewisses Maß an Mitgefühl aufbringen.

Doch Kier hatte recht. Attis stimmte diesen Bedingungen nur zu, weil die Chance darauf, dass sie die Sache lebend und einsatzfähig überstanden … gering war.

»Hand Ola Et-Kiltar. Brit Wyvern. Officer Eron Fastria.« Grey schickte ihm eine Welle der Zustimmung, weil er Brit und Ola ausgewählt hatte – sie waren ein starkes Paar, und sie hatten das Blut gesehen. Sie wussten, wozu das Mädchen fähig war. Grey hatte geglaubt, Kier würde Chappelle den Vorzug vor Fastria geben, doch wahrscheinlich würde Chappelle in Kiers Abwesenheit das Kommando übernehmen.

Mare notierte sich die Namen und kaute dabei auf ihrer Unterlippe. Grey widerstand dem Drang, ihr die Zunge rauszustrecken und *Ich hab's dir doch gesagt. Ich habe dir gesagt, dass wir anders sind* zu rufen.

»Ich werde sie informieren. Ihr brecht auf, sobald die Vorbereitungen abgeschlossen sind. Meldet Euch für eine Untersuchung im Lazarett.«

Kier nickte, dankte der Befehlshaberin und verabschiedete sich mit einem Salut. Sie waren schon fast aus dem Zelt, als Attis noch »Seward« rief.

Er drehte sich zu ihr um, wobei er mit einer Hand die Zeltklappe aufhielt. Grey wartete in dem schattigen Durchgang zwischen den Zelten.

»Es ist nicht immer leicht«, sagte Attis, »wenn man nicht mehr im Dienst ist.«

»Nicht alles dreht sich nur um den Dienst«, entgegnete Kier. Ein seltsames Flackern huschte über Mares Gesicht – vielleicht war sie da anderer Meinung. Grey hatte ein festes Bild von ihnen, diesen beiden Frauen, die mehr Zeit miteinander verbracht hatten als jedes andere Hand-Magier-Paar, das sie kannte und die sie nie richtig verstanden hatte.

»Freiheit garantiert einem nicht die Welt«, sagte Attis leise.

Kier lächelte, doch das Lächeln erreichte seine Augen nicht ganz. »Ich würde Freiheit über alles andere stellen, Master.«

Attis neigte den Kopf, sowohl um Kiers Antwort anzuerkennen als auch, um sie beide zu entlassen.

Grey wartete, bis sie die Hälfte des Wegs zum Lazarett zurückgelegt hatten, bevor sie sagte: »Du hättest das nicht für mich tun müssen.«

Kier sah sie nicht an, doch sein Mundwinkel zuckte nach oben. »Wer sagt denn, dass das irgendwas mit dir zu tun hatte? Mit jedem Einsatz büße ich mehr von meiner Schönheit ein.«

»Du warst noch nie schön.«

»Das ist eine dreiste Lüge, Flynn.«

War es, was sie aber nicht kümmerte. Etwas kämpfte sich in ihr nach oben, und es fühlte sich verdächtig nach Glück an. Sie schob ihm einen Kraftstoß zu, eine strahlend helle Supernova der Macht, so mächtig, dass er stolperte und fast mit einem Knie im Matsch landete.

»Bei den Göttern und den Meeren«, murmelte er und rieb sich wie beiläufig die Brust. »Wenn du das tust, kann ich praktisch jeden Herzschlag im ganzen Lager fühlen.«

Also schob sie ihm noch etwas mehr zu, einfach, um ein bisschen gemein zu sein.

»Freu dich nicht zu früh«, mahnte er. »Erst müssen wir die Sache überleben und uns etwas einfallen lassen, damit uns auch ganz sicher niemand auf die Schliche kommt.«

»Da immerhin deine grobschlächtige Schönheit auf dem Spiel steht, wirst du dir bestimmt etwas einfallen lassen.«

Sie betraten das Lazarett, wo sie drei Assistenten und eine Heilerin vorfanden, die Grey nicht kannte, die jedoch das Lazarett zu betreuen schien. »Wo ist Leonie?«, fragte sie, bevor sie sich zurückhalten konnte, was ihr ein hinterhältiges Grinsen von Kier eintrug, der von einfach nichts eine Ahnung hatte.

Die Heilerin erhob sich, knickste und sagte: »Sie erledigt Büroarbeit im Hinterzimmer. Und sie hat darum gebeten, nicht gestört zu werden.«

»Aber …«

»Schick sie rein«, rief Leonie und streckte den Kopf hinter einem Vorhang hervor.

Grey bahnte sich ihren Weg zwischen den Betten hindurch zu Leonie, die im Hinterzimmer auf einem kleinen Hocker saß und ein Rezept für eine Kräutermischung las. Ohne aufzusehen, klopfte sie auf das Bett neben sich, als Grey und Kier eintraten. »Wer zuerst?«

»Willst du denn nicht wissen, was wir hier tun?«, fragte Kier, zog seinen Mantel aus und hängte ihn ordentlich über einen Stuhl.

»Chappelle hat den Befehl erhalten, die Leitung über die Kompanie zu übernehmen. Ihr werdet versetzt?«

»So was Ähnliches«, antwortete Grey, verschränkte die Arme vor der Brust und lehnte sich an einen Medikamentenschrank. Gott, wie sie es vermisste, sich irgendwo *anzulehnen!* Feste Wände. Einen Boden, der nicht aus festgetretener Erde, wasserfesten Unterlagen, kratzigen Teppichen und den Tränen jener bestand, die zuvor hier gewesen waren.

Leonie piekte und drückte an Kier herum, schaute ihm in den Mund und in die Ohren, musterte seine Augen, hörte sein Herz und seine Lunge ab und testete seine Reflexe. Außerdem untersuchte sie seine fast verheilte Wunde und stieß einen leisen Pfiff aus. »Das nenne ich mal eine Hand, die Ihr da habt«, kommentierte sie.

»Sie ist viel zu gut für mich«, stimmte Kier zu.

»Wenigstens wisst Ihr es selbst. Ihr seid einsatzbereit, Seward. Flynn?«

Grey hasste diese Untersuchungen, auch wenn nie etwas dabei herauskam. Sie ließ Leonies Prozedur über sich ergehen. »Wann hattest du deine letzte Periode?«, fragte Leonie, während sie sich eine alte Wunde an Greys Arm genauer ansah, die sie bei einem Scharmützel vor mehreren Wochen davongetragen hatte.

»Ähm …«

Leonie seufzte. »Hattest du in letzter Zeit sexuellen Kontakt mit einer Person, die in der Lage ist, Sperma zu produzieren?«

»Das kommt darauf an, ob …«, begann Kier.

»Götter, nein«, fiel Grey ihm ins Wort, bevor sie es sich genauer überlegen konnte.

»Interessant«, kommentierte Leonie förmlich und mied dabei sehr sorgsam Kiers Blick.

Grey trat ihr gegen das Schienbein und tat so, als wäre es ein Reflex gewesen.

»Ich bin aber nicht sicher, ob man über den Captain dasselbe sagen kann«, warf Grey ein, denn wenn er sie wegen Leonie aufziehen konnte, dann war sie durchaus in der Lage, zurückzuschießen. Kier zuckte nur mit den Schultern.

»Das geht mich nichts an«, sagte Leonie. »Wahrscheinlich wird deine Periode auf eurer Reise einsetzen – ich gebe dir Binden mit.«

Sie verschwand in einem schmalen Korridor zwischen den Vorratsräumen.

»Sie ist sehr hübsch«, kommentierte Kier, und Grey konnte das Funkeln in seinen Augen nicht recht deuten.

»Und viel zu gut für mich«, wiederholte sie seine vorherige Bemerkung, damit sie nicht aus Versehen *Ja, genau wie du – bist du übrigens zufällig an sexuellem Kontakt interessiert?* sagte.

»Glaube ich nicht«, sagte Kier. »Soll ich gehen, damit du dich angemessen von ihr verabschieden kannst?«

Grey rollte angesichts dieses Winks mit dem Zaunpfahl mit den Augen. »Ach, damit du dich angemessen von den Dutzenden von Geliebten verabschieden kannst, die du hier im Lager angesammelt hast?«

»Das war sehr verletzend, Flynn.«

»Ich kenne dich einfach, Seward. Das ist nicht dasselbe.«

»Wenn mir nur einer von ihnen wirklich das Herz gestohlen hätte, aber ich fürchte, dafür bin ich einfach zu idiotisch«, lamentierte er, und sein Blick ruhte einen Moment zu lange auf ihr. Diese Worte trafen sie direkt in den Magen, aber sie hatte keine Ahnung, was sie darauf erwidern sollte. Dann fuhr er fort, leiser dieses Mal: »Ich habe dich vorhin bei Attis doch nicht überrumpelt, oder? Bin ich von falschen Annahmen ausgegangen? Ich weiß, das tue ich manchmal.«

»Wie meinst du das?«

Er durchquerte den Raum, nahm dabei seinen Mantel von der Stuhllehne und legte ihn ihr um die Schultern – er musste gesehen haben, wie eine Gänsehaut ihre Arme überzog. »Ich zwinge dich doch nicht gegen deinen Willen dazu, vorzeitig aus dem Dienst auszuscheiden?«

Das Lachen, das aus ihrem Mund sprudelte, war halb hysterisch, halb erschöpft. »Ich? Hierbleiben? Ohne dich? Keine Chance.«

Doch diese Unsicherheit zwischen ihnen war immer noch nicht verschwunden. Er griff nach dem kleinen Hammer, mit dem Leonie ihre Reflexe getestet hatte, und spielte damit herum, rieb mit dem Daumen über das Metall. »Sechs Monate wären nett gewesen«, sagte er zweifelnd.

Sie legte ihre Finger auf seine und schickte ihm einen weiteren Kraftstrom, woraufhin er flackernd die Augen schloss. »Für immer ist schöner.«

Als er die Augen wieder aufschlug, war sein Blick verschleiert und unscharf. »Grey, als ich gesagt habe …«

Ein Päckchen traf Grey am Arm. Kier zuckte zurück. Grey hob das Päckchen auf, warf einen Blick hinein und nickte. »Danke«, sagte sie zu Leonie, die gerade wieder hereingekommen war, und rutschte vom Untersuchungstisch.

»Kann ich einen Moment unter vier Augen mit dir reden, Hand?«, fragte Leonie. »Ich habe eine Arzneitasche für eure Reise, außerdem gibt es noch ein paar Dinge zu klären. Attis hat ein Schreiben geschickt – du wirst die Heilerin sein?«

»Da wisst Ihr mehr als wir«, sagte Kier.

»Geh schon mal vor«, sagte Grey. »Ich komme gleich nach.«

Einen Moment lang sah sie ihn an, und ihr fiel wieder ein, dass er gerade etwas hatte sagen wollen – wahrscheinlich etwas Wichtiges. Aber er protestierte nicht. Er nahm seinen Mantel zurück und reichte ihr ihren eigenen. »Ich fange schon mal mit dem Packen an«, erklärte er.

Leonie rührte sich nicht, bis sie allein waren. Sobald Kier fort und genug Zeit verstrichen war, damit er auch wirklich außer Hörweite sein musste, lehnte sie sich mit der heilen Seite der Hüfte gegen den Untersuchungstisch.

»Ihr beide werdet nicht versetzt, oder?«, fragte Leonie. Sie stellte die Arzneitasche auf den Tisch und öffnete sie. Neugierig warf Grey einen Blick hinein und betrachtete die Kräutersäckchen und die winzigen Salbentiegel.

»Ich darf nicht darüber reden.«

Leonie gab ein leises, kehliges Geräusch von sich. »Ich sollte die Gefangene nach Verletzungen absuchen.«

Das traf Grey unvorbereitet. »Und? Ist sie gesund?«

»Ja, im Großen und Ganzen schon. Ein paar Schnitte und Blutergüsse, und ihre Schulter war ausgekugelt, als sie hier angekommen ist – was auch immer Luthar mit ihr angestellt hat, sanft waren sie nicht. Sie hat eine Zahnbehandlung bekommen. Sieht aus, als wäre das auf dem Kontinent gemacht worden.«

»Auf dem Kontinent?«

»Mmh. Dort verwendet man andere Materialien. Wenn man weiß, wonach man sucht, ist es nicht schwer zu erkennen.«

Darüber dachte Grey nach.

Es wäre nicht verwunderlich, wenn die verlorene Tochter von

Locke Zuflucht auf dem Kontinent gesucht hätte – nur war es eben nicht so gewesen.

»Und ein paar weitere Ungereimtheiten. Ich habe dir eine Liste mit Anmerkungen gemacht.«

Grey biss sich auf die Unterlippe. »Warum erzählst du mir das?«

»Weil wir Freundinnen sind«, sagte Leonie mit einem Anflug von Ironie. Sie zögerte, dann sah sie ernst zu Grey auf. »Und ich hoffe, eines Tages, wenn du mich brauchst …«

»Leonie …«

Doch Leonie hob nur die Hand an Greys Wange. »Du bist keine normale Quelle, Hand Captain.«

Sechs Jahre lang hatte sie Kier bei fast einem Dutzend Einsätzen gedient, und niemand hatte je erkannt, was sie war – in diesem Lager schienen jedoch einfach alle misstrauisch zu sein. Was hatte sich verändert? Was war durchgesickert? Oder war sie einfach zu unvorsichtig geworden und hatte die anderen zu nah an sich herangelassen?

Grey lächelte traurig und griff nach Leonies Hand. »Stimmt, ich bin viel hübscher als normale Quellen.«

Leonie rollte mit den Augen, und der Moment war vorbei. »Du verbringst eindeutig zu viel Zeit mit dem Captain. Und jetzt hör auf zu flirten und komm her, um dich richtig zu verabschieden.«

In der Armee umarmte man sich nicht, doch Grey fand bei ihren Einsätzen so selten jemanden, der ihr etwas bedeutete, den sie *mochte,* und als Leonie nun die Arme öffnete, schmiegte sich Grey ohne zu zögern an sie.

»Schreib mir, wenn du kannst«, sagte Leonie.

»Wenn ich kann«, versprach Grey und verbiss sich eine klugscheißerische Bemerkung, was sie sehr nobel von sich fand.

»Und pass gut auf dich auf«, murmelte Leonie in ihr Haar. Grey machte sich nicht die Mühe, darauf zu antworten, weil es bei diesem Einsatz vielleicht nicht reichen würde, gut auf sich aufzupassen.

Zweiter Teil

Das Blut der Entourage

Verzeih, dass ich so lange nicht geschrieben habe. Du weißt, wie es ist. Kier geht es gut, mir auch, und es gibt nichts zu vermelden, was ich später wieder wegstreichen müsste. Du weißt wahrscheinlich sowieso schon zu viel, weil Kier es dir/Lo/Pia ohnehin schreibt. Also will ich nur sagen, dass wir nach wie vor leider am Leben und im Krieg sind.

Brief von Hand Captain Grey Flynn an Imarta Flynn, fünfzehn Jahre nach der Vernichtung

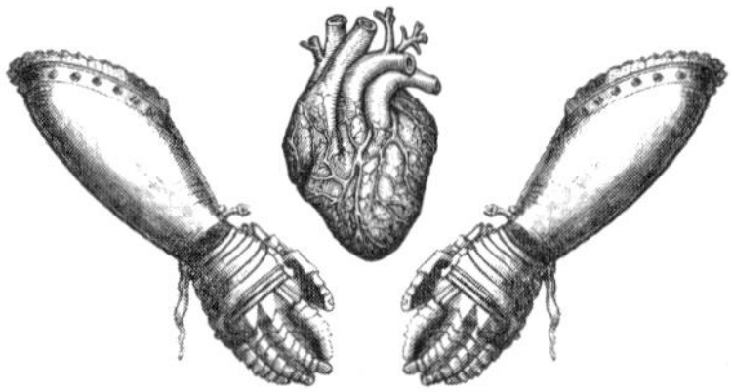

Neun

Eine Stunde später machten sie sich auf den Weg und verließen das Feldlager am anderen Ende unbehelligt nach Norden. Das war die einzige Anweisung, die Attis ihnen gegeben hatte, abgesehen von *Bleibt am Leben und liefert das Mädchen ab*: zuerst nach Norden, um Abstand zwischen sich und das Lager zu bringen; dann nach Osten in Richtung Berge und Meer. Alles andere, hatte sie steif gesagt, hänge von Kier ab.

Später, als er die Gurte ihrer Tasche nachgestellt hatte, hatten Grey und er sich in die Augen gesehen. Er vertraute auf ihr Urteil wie sonst auch.

»Folgen wir erst einmal Attis' Anweisungen«, sagte sie leise. Kier nickte.

Nun stapften sie weiter, abseits der großen Straßen, auf einem schmalen Weg, auf dem die Bauern dieser Gegend einst ihre Waren zum Hafen gebracht hatten, als der Hafen noch Scaela gehört hatte. Der Pfad war zugewachsen, aber immerhin steckten sie nicht bis zu den Knien im Schlamm.

Grey konnte sich kaum noch daran erinnern, wie sie ohne den Umhang der Hände mit seiner schwarzen Umrandung oder die Rüstung der scaelanischen Armee aussah. Sie würde es niemals zugeben, aber sie vermisste das vertraute Gewicht des Leders, der abgewetzten Rüstung, die von den Jahren aus Schweiß und Kampf geschmeidig geworden war. Jetzt trug sie ein lockeres, grob gewebtes Hemd und eine Lederweste, die über Brust und Bauch geschnürt war – das, was einer Rüstung am nächsten kam, ohne nach ihrem Brustpanzer und dem Helm zu greifen. Die Hose war schwarz, etwas zu dünn für die Jahreszeit, aber wenigstens hatte sie ihre eingelaufenen Stiefel, und die waren endlich einmal trocken. Sie hatte sich die Dolche in den Gürtel gesteckt und das Schwert auf den Rücken geschnallt, so wie die Händler es taten. Es war nicht unüblich in dieser Gegend, dass Reisende bewaffnet waren: Weil die Armee ihre Aufmerksamkeit woandershin richtete, gab es niemanden, der die Straßen und Wege von Banditen freihielt.

Sie und Kier liefen vorn, gefolgt von Ola und Brit jeweils an der Seite des Mädchens. Hinten ging Eron. Die Gefangene hatte ihre dreckigen Kleider gegen ein neues, dickes graues Kleid und einen zu großen Mantel getauscht. Grey drehte sich um und wurde an das unheimliche Gefühl erinnert, wie es war, sie auf dem Schlachtfeld zu sehen, in Kiers Rüstung. Sie hatte ausgesehen wie ein kleines Kind.

Attis hatte Kier bei der Abreise mit leisen Worten etwas überreicht. Kier hatte später zur Erklärung die Hände geöffnet und Handschellen offenbart.

»Sie werden wehtun«, erklärte er ihnen und dem Mädchen, als er sie ihr mit festem Griff anlegte. Es schien ihm nichts auszumachen, dass sie ihn erst vor wenigen Tagen hatte erstechen wollen. »Es muss ununterbrochen Magie durch sie fließen – Grey und ich werden die erste Schicht übernehmen, dann Ola und Brit. Wenn sie sich zu weit wegbewegt, werden ihr die Handschellen Schaden zufügen.«

Ola war zusammengezuckt. Grey nicht.

Nachdem die Handschellen angelegt waren, hatte Grey dem Mädchen direkt in die Augen gesehen. »Sag mir deinen Namen.«

»Maryse«, erwiderte sie mit hoher und klarer Stimme. Grey hatte ihren Akzent nicht zuordnen können. Sie selbst hatte Monate gebraucht, nachdem sie sich in Scaela niedergelassen hatte, um das Nuscheln ihres Akzents loszuwerden, aber die Sprache der Gefangenen zeigte keine Spur der Insel.

»Einen anderen«, sagte Grey barsch.

Erst da sah sie das Mädchen an, die eisblauen Augen traurig und leer. »Ist doch egal.«

Grey biss die Zähne zusammen. »Uns nicht«, sagte Ola. Sie sah Kier an, und weil sie bei ihm kein Anzeichen für Protest sah, machte sie einen Schritt nach vorn. Sie zog den Mantel des Mädchens enger – erinnerte sich niemand daran, dass sie Kier erst niedergestochen hatte? War sie die Einzige, die das mit sich herumtrug? – und legte ihr einen Schal um. »Wie sollen wir dich nennen?«

»Sela«, sagte das Mädchen schließlich.

Also war sie Sela, und der Marsch begann.

»Also«, sagte Brit nach einer Weile, nachdem sie Mecketer verlassen hatten, laut genug, dass alle es hörten. Grey war in Gedanken gewesen und erschrak. »Was sind unsere Rollen, Captain?«

Kier sah Brit an, dann Grey, dann wieder Brit. Er schien genauso überfordert zu sein wie Grey. »Was?«

»Unsere Rollen. Unsere Aufgaben. Wofür sind wir zuständig?«

»Die Gefangene«, sagte Grey platt und ignorierte den ängstlichen Blick, den ihr Sela zuwarf. »Wir sind für die Gefangene zuständig und sollen dafür sorgen, dass sie nicht stirbt. Genauso wenig wie wir.«

Die Gruppe wurde schmaler und formte mehr eine Linie als eine Traube. »Das ist kein richtiges Abenteuer, wenn wir keine Rollen zugewiesen bekommen.« Brit schmunzelte Grey an. Die blauen Augen blitzten. Neben ihnen verdrehte Ola die ihren. Grey waren Olas Kräfte aufgefallen, als die beiden Kiers Kompanie zugewiesen worden waren, und außerdem Brits Humor. Sie wusste nie wirklich, wie sie mit Menschen umgehen sollte, die witzig waren und nicht nur verbittert, selbstironisch oder sarkastisch – sie hatte immer das Gefühl, in der Defensive zu sein, unsicher, ob man ihnen wirklich vertrauen konnte.

Sie war sich nicht sicher, ob sie *Brit* vertrauen konnte.

»Es ist kein Abenteuer«, sagte Grey. »Es ist eine Mission.«

Aber Kier drehte sich um und sah die anderen an, dann Grey, schließlich das Mädchen, und da begriff Grey, dass er ihr Spielchen tatsächlich mitspielen würde. »Flynn ist die Heilerin, offensichtlich. Dafür wurde sie zumindest ausgewählt. Und ich leite die Gruppe. Welche anderen Rollen gibt es noch?«

Eine Pause entstand.

Brit gab Ola einen Stoß in die Rippen. »Ich könnte … den Weg bestimmen?«, bot Ola unsicher an.

»Das würde bedeuten, dass ich die Karten aus der Hand gebe«, sagte Kier.

»Wenn ich die Navigation übernehme, dann müsst Ihr keine Sorge haben, uns in die falsche Richtung zu führen.«

»Kier ist selbst gut in Orientierung«, sagte Grey und hoffte, diese alberne Diskussion damit beendet zu haben. Sie brauchten keine *Aufgaben* – sie mussten nur überleben. »Und alle anderen können sich ja im Zuhören üben.«

»Ich kümmere mich um die Waffen«, sagte Brit und schlug den Mantel auf. Gürtel voller Klingen glänzten im Sonnenlicht, Äxte aus dunklem Metall und dünne Stangen aus Rohmetall. Grey blieb schockiert mitten auf der Straße stehen.

»Woher *hast* du das alles?«, fragte Kier. »Attis hat nichts von …«

Brit zuckte die Achseln. »Habe ich gemacht. Ich bin Materialist. Ein Metallarbeiter.« Was Grey natürlich wusste – sie kannte die Affinitäten von jedem in ihrer Kompanie. Aber ihr war nicht bewusst gewesen, wozu Brit in der Lage war.

Sie und Kier warfen sich einen langen Blick zu. *Ich habe dir gesagt, dass Ola mächtig ist*, versuchte sie ihm zu schicken. *Brit hätte das alles nicht ohne eine starke Quelle machen können. Ich wusste, dass sie gut ist, und das habe ich dir auch gesagt.*

Diese Mission ist zum Scheitern verurteilt, sagte Kiers Gesichtsausdruck. Seine Lippen waren schmal. Irgendwann schließlich seufzte er und sah gen Himmel. »Also schön. Ola, du führst uns. Brit, du bist für die Waffen zuständig. Fastria?«

Eron sah auf. Er war stiller als die anderen, schon immer – als er zu einem von Kiers Offizieren befördert wurde, hatte Grey das zunächst hinterfragt. Aber immer wenn er den Mund aufmachte, sagte er irgendwie genau das Richtige zum richtigen Zeitpunkt. Manchmal fragte sie sich, wie er war, wenn sie sein Vertrauen hatte. Vielleicht würde sie es auf dieser Mission herausfinden.

Nein. Sie ermahnte sich selbst. Sie waren nicht hier, um Freunde oder Vertraute zu werden. Grey schickte einen genervten Impuls in Richtung Kier und hoffte, dass er dieser Albernheit bald ein Ende bereitete.

»Dann koche ich wohl«, sagte Eron.

Kier zog eine Augenbraue hoch. »Kannst du kochen?«

»Das werden wir sehen«, sagte Eron. »Ich wollte es schon immer mal versuchen.«

Kiernan, dachte Grey mit aller Kraft.

»Und was ist mit mir?«, fragte Sela. Schlechtes Timing – Grey funkelte sie böse an. Zu ihrer Rechten seufzte Kier.

»Deine Aufgabe ist es, zu gehorchen«, sagte Kier. »Und Flynn nicht auf den Geist zu gehen«, fügte er eine Sekunde später hinzu.

»Nicht noch mehr auf den Geist zu gehen«, berichtigte Brit. Das war die erste vernünftige Aussage, die aus their Mund gekommen war, seit der Tross Mecketer verlassen hatte.

»Konzentriert euch lieber alle mal«, sagte Grey. Sie nickte Kier zu, und sie formten die Traube um das Mädchen neu und verfielen in Schweigen.

Die Anzeichen des Scheiterns waren wohl offensichtlich, denn es war zu ihrer Überraschung Eron, der die Mission als Erster infrage stellte – Eron, der sonst viel bedächtiger war.

Er holte zu Grey und Kier auf, als sie den sicheren Wald erreicht hatten. Eron räusperte sich, und sein Blick wanderte zwischen den beiden hin und her. »Captains? Auf ein Wort?«

Grey und Kier sahen sich an. Kier nickte. »Ja, Fastria?«

»Es ist geheim«, sagte Eron und rieb mit dem Daumen der einen Hand die Handfläche der anderen. Ein nervöser Tick war sich Grey sicher.

Kier ließ sich ein Rinnsal ihrer Macht zufließen und errichtete einen Schallschutzschild um sie herum. »Wir sind geschützt«, sagte er, und seine Stimme klang für einen kurzen Augenblick undeutlich.

»Gut.« Eron holte tief Luft. »Die Gefangene. Sie soll die Erbin von Locke sein. Aber ist Maryse nicht … tot?«

Grey zuckte zusammen. »Sagt man, ja.« Es gefiel ihr nicht, ihren Namen nach so langer Zeit aus so vielen Mündern zu hören, entstellt vom scaelanischen Akzent.

»Severin hat überlebt«, sagte Eron energisch. »Er hat sogar Scaelas geschrieben. Ist auf den Kontinent geflohen. Niemand hat jemals vermutet, dass Maryse noch überlebt haben könnte, angesichts der Beweise. Also weshalb sind wir hier auf einem Himmelfahrtskommando, um sie zu beschützen?«

»Den jüngsten Enthüllungen zufolge«, sagte Kier knapp, »geht man jetzt davon aus, dass der Brief von Severin eine Fälschung war.«

Er klang so, dachte Grey grimmig, weil er *wusste*, dass es stimmte.

»Wir sollen das Mädchen beschützen und sie sicher abliefern. Wenn Scaelas davon überzeugt ist, dass sie die Erbin von Locke ist, dann steht es uns nicht zu, das zu hinterfragen.«

Eine Pause entstand. Eine Lücke. Eron fuhr sich mit der Hand über die raspelkurzen Haare – wieder so ein unruhiger Tick. Vielleicht zeigte sich seine Nervosität wie bei Grey darin, dass er nicht stillhalten konnte. »Ja, Captain. Habe verstanden.«

»Danke für deine Ehrlichkeit, Eron«, sagte Kier und hatte ihn damit mehr als deutlich entlassen. Als Eron sich zurückfallen ließ, warf Kier einen langen, vielsagenden Blick in Richtung Grey.

Die Wahrheit war, es gab tatsächlich einen Brief. Das erste Mal, als die Armeen Scaelas nach Leota kamen und alle Kinder nach Überlebenden der Insel überprüften, war Grey so schwer an Windpocken erkrankt, dass man sie kaum erkennen konnte.

Imarta hatte sie zu den Soldaten getragen und ihr Gesicht nur für einen kurzen Augenblick gezeigt, bevor diese befahlen, das ansteckende Mädchen wegzubringen. Es war ein Glück gewesen, dass sie viel zu krank war, um eine magische Verbindung zu empfangen.

Das zweite Mal, als die Soldaten kamen, Wochen später, packte sie solche Angst, dass sie sich kaum bewegen konnte. Wenn sie sie sahen, würden sie es merken. Wenn sie eine magische Verbindung zu ihr aufnahmen, würden sie es *wissen*.

Sie überschüttete Kier mit ihren Ängsten, der Lot zu ihrer geschützten kleinen Bucht kommen ließ. Lot lief auf und ab, während Grey redete, von Severins Tod erzählte, von ihrer Identität, von der Vernichtung von Locke.

Aber tief unter all diesen Offenbarungen behielt sie eine Lüge für sich.

»Severin«, sagte sie am Ende. »Er war der Erbe der Insel. Er war auch eine Quelle. Ich war nur … Plan B. Ein Ersatz.« Sie ließ sich von Lot trösten und ignorierte das kleine Schuldgefühl, das in ihr wuchs. Sie sah Kier an, während er die Lüge hörte, sie glaubte, sie sich einverleibte.

»Willst du nach Scaelas gehen?«, fragte Lot schließlich.

»Nein«, sagte sie mit brüchiger Stimme. »Ich weiß nicht, ob ich dort sicher bin.«

Da nickte er und hatte eine Entscheidung getroffen. Er war zwölf, fast dreizehn, und für Kier und Grey war er der klügste Mensch, den sie kannten.

»Dann werden wir Folgendes tun«, sagte er. »Grape, du holst Pergament. *Gutes* Pergament. Kier, du holst Mas Siegelwachs. Ich werde einen Brief an den High Lord schreiben und behaupten, dass ich dein Bruder sei. Ich werde ihn bitten, mich in Ruhe zu lassen. So wird es aussehen, als ob Severin überlebt hat, und vielleicht nehmen sie sich den Brief zu Herzen und hören mit der Suche ganz auf.«

Grey blinzelte. »Wie sollen wir dafür sorgen, dass sie dem Brief glauben?«

»Kennst du den wahren Namen deines Bruders?«

Wahre Namen sind nur etwas für Hände und Ehemänner. Aber Severin war tot, also was machte es schon?

»Ja«, sagte sie. Sie kaute auf ihrer Lippe. »Und die diplomatischen Symbole. Ich kenne das der Blutlinie meiner Mutter. So erreicht der Brief Scaelas schneller.«

»Dann kennt Scaelas es auch, und er wird es glauben.«

»Ja. Ich kann dir zeigen, wie man es malt«, sagte Grey. »Und Sevs Unterschrift.«

Das war die einzige gute Option. Eine andere fiel ihnen nicht ein. Also holte Grey Pergament und Schreibutensilien, Kier das Siegelwachs. Lot schrieb den Brief, weil er der Älteste war und seine Handschrift am elegantesten. Grey brachte ihm Sevs richtigen Namen und seine Unterschrift bei, und dann malte sie Lockes Symbol unter die Fälschung.

Danach beschloss Lot, dass es zu gefährlich war, den Brief von Leota aus abzuschicken, also packten sie sich zu dritt eine Tasche und schlichen sich nach Einbruch der Dunkelheit aus dem Haus der Sewards. Sie liefen die ganze Nacht landeinwärts und hockten sich in Gräben und hinter Büsche, wenn sie jemanden auf der Straße sahen.

Eine Stunde nach Sonnenaufgang erreichten sie ein winziges Dorf. Lot ging allein hinein, um den Brief aufzugeben. Als er zurückkam, nahm er Greys Hand, und sie machten sich auf den Weg nach Hause. Bei ihrer Rückkehr waren Pia und Laurella und Imarta wütender als je zuvor gewesen. Imarta hatte die Bestrafung Pia und Lo überlassen, weil sie selbst kaum älter als ein Kind war und noch wenig Erfahrung darin hatte, Kinder großzuziehen.

In dieser Nacht gingen sie schweigend und mit grimmigem Blick schlafen, behielten ihr Geheimnis für sich und waren wütend aufeinander und auf sich selbst, wie unartige Kinder es sind – aber das war es wert. Der Plan ging auf, zumindest teilweise. Nach dieser Nacht suchte nie wieder jemand nach Maryse.

Er ging aber auch teilweise schief – denn die Suche nach Severin kam nie zu einem Ende.

Nach einigen Stunden wechselte Ola an die Spitze der Gruppe und tauschte den Platz mit Grey, damit sie und Kier wegen der Karte diskutieren konnten. Sie kamen an einen Ort, wo der Weg parallel zum Wald verlief. Kier drehte sich um, suchte Greys Blick, und sie nickte. Die Route durch das Unterholz war zu schmal, um zu dritt nebeneinanderher zu laufen, also ließen Brit und Grey Eron und die Gefangene vorgehen. Grey wartete angespannt – sie war sich sicher, dass Brit das Schweigen zwischen ihnen bald brechen würde.

Sie war nicht überrascht, als they den Mund aufmachte. »Was wirst du mit deinen sechs Monaten Fronturlaub anfangen?«

Attis hatte also den anderen nichts von Kiers Vorschlag erzählt und was ihm und Grey winkte. Grey speicherte das im Hinterkopf ab.

»Schlafen«, sagte sie. Sie war immer noch etwas gereizt, aber es tat ihr auch leid, wie barsch sie gewesen war. Ein Gespräch mit Brit würde sie nicht umbringen – und vielleicht konnte sie so sogar erfahren, was der Grund für their Humor war.

Brit schnaubte. »Ja, das wär's. Und dann eine neue Mission … Ich trauere dem Feldlager nicht hinterher. Dieser Ort war ein Drecksloch.«

Grey zog die Nase kraus und stieg vorsichtig über eine Baumwurzel. Das Letzte, was sie jetzt brauchte, war, sich gleich am ersten Tag den Knöchel zu verstauchen. »Ich bin einfach froh, diesen Schlamm hinter mir zu lassen.«

»Wo wart ihr davor?«

»Karlot. Und davor Orakey. Unser erster Einsatz war in Grislar.«

»Ah. Vertrautes Gelände also.«

Grey zuckte die Achseln. Sie hatte Grislar nie besonders gemocht – es war zu nah an Locke. Sie war in Küstennähe aufgewachsen, immer in dem Wissen, dass Locke da war, aber in Grislar hatte sie den Ort sehen müssen, wo sie einst gelebt hatte. Sie befanden sich oben auf den Klippen, das Lager direkt am Steilufer, und manchmal wachte sie auf und hatte den Geruch von Phantomrauch in der Nase. Das ging allen Quellen so, wie sie mit ängstlichen Blicken über die Schulter beim morgendlichen Haferbrei bestätigten.

Die anderen, so viel merkte Grey bald, hörten aber nicht die Schreie im Rauch.

Das war der Einsatz, nachdem sie Nacht für Nacht Albträume gehabt hatte, bei dem Kier ihr versprochen hatte, dass sie nie wieder dorthin zurückkehren würden.

Grey betrachtete seinen Hinterkopf. Sie nahm es ihm nicht übel, dass er sein Versprechen nicht halten konnte. Vielleicht sollte sie einfach aufhören, ihn um Dinge zu bitten, die nicht in seiner Hand lagen.

»Es ist genauso ein Drecksloch«, sagte sie verächtlich. »Zumindest war es das, als wir dort stationiert waren, und ich bezweifle, dass sich die Situation verbessert hat.«

Brit seufzte und sah nach oben in die Baumkronen. »Mein erster Einsatz war Lanavin.«

Grey zog eine Augenbraue hoch. »Oh?« Sie hatte davon gehört; niemand wollte nach Lanavin. Genauer gesagt war es nicht unüblich, dass Soldaten dorthin strafversetzt wurden. Ihr war es nicht nur einmal angedroht worden. »Wie war es dort?«

Brit sah sie nur an. Es hatte keinen Zweck, über das Blut zu reden, wenn they es hinter sich gelassen hatte.

»Hoffentlich ist es in Grislar besser geworden«, sagte Brit.

Grey schnaubte. »Das bezweifle ich.«

Etwas leiser – obwohl das nicht nötig war, dachte Grey, weil Olas und Kiers Diskussion über die Karte zu einem Streit ausgeartet war und Eron Arm in Arm mit ihrer Gefangenen lief und sie vergeblich nach ihrer Schulbildung ausfragte – fügte Brit hinzu: »Was weißt du über Locke?«

Grey musste aufhören, jedes Mal zusammenzuzucken, wenn jemand die Insel erwähnte. Sie musste sich daran gewöhnen. Nicht in der Öffentlichkeit, aber in ihrem Tross würde es sowieso Thema werden. Dass Ola und Brit und Eron kein Wort über ihre Mission verlieren würden, diese Möglichkeit bestand schlichtweg nicht.

Vielleicht vertraute sie ihnen nicht, doch sie musste trotzdem einen Weg finden, das Thema geschickt zu umgehen.

»Nicht viel«, log sie. »Ich war noch ein Kind, als es passiert ist.«

»Aber du und der Captain – ihr kommt doch von der Küste, oder nicht?«

»Ja. Kier weiß noch mehr als ich darüber.«

»Wer, glaubst du, steckt dahinter?«

Grey sah zum Himmel, betrachtete das scheckige Sonnenlicht, das durch die Baumkronen drang. Selbst nach all diesen Jahren war das noch die große Frage. Niemand wusste genau, *wie* die Insel verschwunden war – aber die übergreifende Theorie war, dass es einen Auslöser gegeben hatte. Alles, was die wenigen Zeugen der Zerstörung berichtet hatten, war dies: Ein Schiff war von einer der scaelanischen Hafenwachen gesichtet worden, wie es von einem unbekannten Ort aus durch die Bucht auf Locke zugehalten hatte. Dann, eine Stunde später, schien fast die ganze Insel in Flammen zu stehen. Gerade als Scaelas seine Schiffe zu Hilfe schickte, gab es eine Explosion, und als sich der Rauch gelichtet hatte, war die Insel verschwunden gewesen.

In tausend Stücke zersprungen oder untergegangen, das spielte keine Rolle – Locke war an diesem Tag spurlos verschwunden. Keine Leichen. Keine Trümmer. Keine Überlebenden. Nur ein leerer Bereich in der Bucht von Locke und keine Überbleibsel der Obsidianinsel und ihrer tausendjährigen Geschichte der Macht.

Abgesehen von ihr.

»Ich hoffe«, sagte sie, »dass wir es nie erfahren. Eigentlich ist es auch egal. Locke ist fort.«

»*Sie* könnte es wissen«, sagte Brit leise und warf einen heimlichen Blick in Richtung Sela.

Grey zuckte die Achseln. »Mag sein.«

Brit musste ihr Unbehagen gespürt haben, selbst wenn they nicht den Grund kannte. »Der Captain«, sagte Brit und änderte das Thema. »Ihr seid aus derselben Stadt?«

Dieses Gespräch war viel leichter zu führen. »Fast aus demselben Haus.«

»Wie war er denn so als Junge?«

Grey überlegte. Normalerweise unterhielt sie sich nicht mit anderen Magiern, wenn es nicht sein musste, und seit Kier zum Befehlshaber ernannt worden war, war es definitiv nicht mehr vorgekommen. Es lag nicht daran, dass sie sie nicht mochte – aber sie merkte, wie es ihm ging, wenn sich jemand widerspenstig zeigte, der viel älter war als er, und wie viel Kraft es ihn kostete, wieder so etwas wie Autorität herzustellen. Sie spürte es auch, aber bei Quellen war die Macht ein Zeichen für Autorität, nicht das Alter, und sie war schon immer in aller Stille fähig gewesen. Sie wurde respektiert, weil sie Macht hatte. Trotz aller wundersamen Siege, die Kier mit ihren Kräften auf dem Schlachtfeld errungen hatte, musste er sich jedes kleine bisschen Respekt erarbeiten.

Aber das hier war anders. Erstens sammelte Brit keine Munition, die they gegen ihn verwenden konnte, was Grey sonst vermutet hätte – dass Brit nach Material suchte, um sich über ihn lustig zu machen. They respektierte Kier bereits. Und viel älter als er war Brit auch nicht, also konnte das auch nicht der Grund sein.

Hör auf, so misstrauisch zu sein, schalt sich Grey selbst. *Nicht alle versuchen, dir zu schaden.* Aber ihr Blick schnellte zu der Gefangenen hinüber, zu dem *Mädchen*, Sela, und sie verkniff sich eine Antwort.

»Genauso wie heute eigentlich«, sagte sie. Dann fügte sie hinzu, bevor sie es sich anders überlegen konnte: »Er war schon immer freundlich. Sogar zu mir. Und zu seinem Bruder. Selbst wenn er nicht musste.«

»Hm.« Brit lief einige Schritte schweigend weiter, lange genug, dass Grey zu der Überzeugung kam, dass das Gespräch beendet war und sie den Rest der Tagesetappe in Ruhe beenden konnten. »Ich glaube, ich habe vergessen, wie man freundlich ist.«

Grey sah Brit an, als würde sie them zum ersten Mal sehen, bemerkte das Schimmern der kahl geschorenen blassen Haare, die über und um längst vernarbte Wunden herumwuchsen. Jetzt begriff sie auch Brits Humor. Es war eine Maske, die they über all der Wut trug, über der Angst. Humor war eine eigene Art von Rüstung.

Grey betrachtete die vier vor sich, Olas lachendes Gesicht – sie und Kier hatten ihren Streit erfolgreich beigelegt – und die nach unten verzogenen Mundwinkel der Gefangenen. Sie streckte die Finger und erinnerte sich an das Gefühl der Haare des Mädchens in ihrem Griff. »Ich konnte es wohl noch nie«, beichtete sie.

Es war einfach, sich in falscher Sicherheit zu wiegen und zu vergessen, dass dies nicht nur ein Abenteuer war, vor allem jetzt, da sie Gefallen an Brits unerschütterlichem Optimismus gefunden und bemerkt hatte, wie schnell er die anderen ansteckte.

Der Süden von Scaela war kein besonders schöner Anblick, aber im Vergleich mit Greys Erinnerungen an Locke war er üppig und grün. In wenigen Tagen würden sie laut Kiers Berechnungen die Ausläufer der Aloducans erreicht haben, doch im Augenblick führte sie der Weg kilometerweit durch den Wald, der immer wieder von sanften Hügeln mit grünen Wiesen und weidenden Schafen unterbrochen wurde, und vorbei an dichten Baumgruppen. Sie achteten darauf, die Dörfer zu umgehen, und liefen über Felder und durch Wäldchen.

Die Nacht brach viel zu schnell zwischen den Bäumen herein, und Kier blieb auf einer kleinen Lichtung stehen, auf der sie zu sechst gerade so Platz hatten. »Besser als nichts.«

»Keine Stadt?«, fragte Eron. Grey sah sich die Farne an, die ihre Blätter auf die Lichtung schoben, auf das schattige Laubdach der Birken und Eschen über ihnen. Der Boden war nicht schlammig, und das allein war gegenüber Mecketer schon eine Verbesserung.

»Heute Nacht nicht«, sagte Kier. »Ich will noch etwas in der Wildnis bleiben.«

Sie rollten ihre Schlafsäcke aus, und Eron machte sich an die Essensvorbereitungen. Brit und Ola mussten den Topf mit fest gewordenem Haferschleim erhitzen, ohne ein Feuer zu machen. Eron rührte pfeifend darin, wühlte im Essensvorrat und warf eine geheimnisvolle Kombination aus Dingen in den Topf. Grey sah resigniert zu, wie der Haferschleim eine beängstigende Graufärbung annahm, gesprenkelt mit unbekannten Kräutern.

»Sicher, dass das eine gute Idee war?«, murmelte sie Kier zu. »Eron zum Koch für alle zu machen?«

»Ich wollte nicht derjenige sein, der ihm das Herz bricht«, flüsterte Kier zurück. Aber er ging zu seinem Gepäck und steckte ihr ein paar Trockenfrüchte zu, als niemand hinsah.

»Wir übernehmen die erste Wache«, sagte er so laut, dass alle es hörten. Grey drehte sich um, tat, als würde sie in ihrem Gepäck nach einem Messer suchen, und kaute auf den ledrigen Apfel- und Aprikosenstreifen. »Ola, kannst du mit Brit die Handschellen bewachen?«

»Natürlich, Captain«, sagte Ola.

»Kier«, korrigierte er. Alle hielten inne und sahen ihn an. Kier trat von einem Bein aufs andere. »Hier nützen uns die Ränge überhaupt nichts. Also Kier. Nur Kier oder Seward, wenn es sein muss.«

»In Ordnung. Verzeihung.«

Als sie den letzten Bissen hinuntergeschluckt hatte, wartete Grey, bis alle beschäftigt waren, und holte ihren Arzneibeutel heraus. »Sela?«

Das Mädchen hatte Eron beim Umrühren beobachtet. Grey spürte Kiers Blick auf ihr und die Frage, die damit einherging.

»Leonie hat gesagt, du hättest einige Verletzungen, die sich jemand ansehen sollte«, sagte sie kurz angebunden wie immer. Sie stellte hier Nachforschungen an, und sie würde ihre Aufgabe peinlich genau ausführen – aber das bedeutete nicht, dass sie es besonders nett tun musste. »Ola, würdest du sie bitte festhalten?«

»Ist das wirklich nötig?«, fragte Ola.

Grey stand auf, den Arzneibeutel in einer Hand, der Blick unerbittlich. »Muss ich dich daran erinnern«, sagte sie und bediente sich ihrer Autorität, die sie sonst selten nutzte, »dass sie Kier fast umgebracht hat?« War sie die Einzige, die das noch wusste?

»Flynn«, seufzte Kier.

Aber Grey ließ nicht locker. Leonie wusste nicht, wer dieses Mädchen war – und bis Grey es in Erfahrung gebracht hatte, würde sie nicht aufhören, wachsam zu sein. Es gab keinen Grund für jemanden ohne Hintergedanken, *so zu tun*, als wäre er Locke.

»Sie trägt doch die Handschellen«, kam von Eron.

»Das hält sie nicht davon ab, mich anzugreifen«, sagte Grey.

»Ich tue Euch nicht weh«, sagte Sela leise. Grey machte sich nicht die Mühe einer Antwort – das Mädchen sollte es nur versuchen.

Ola erwiderte jedoch Greys Blick noch für einen kurzen Moment und kramte dann in ihrem Sack nach einem Seil.

»Bitte nach vorn«, sagte Grey. Ihre Schulter war vermutlich noch verletzt, und so viel konnte sie ihr entgegenkommen. Als Sela gefesselt war, ging Grey zu ihr und zog sie an ihrem gesunden Arm nach oben. »Ich gehe mit ihr etwas abseits. Kier, Licht?«

Sie spürte das leichte Rinnsal ihrer Macht, und eine kühle blaue Flamme entstand in Kiers Hand. »Brauchst du Hilfe?«, fragte er.

Sie konnte an seinem Blick ablesen, dass es ihm nicht gefiel, dass Sela gefesselt war, aber er würde vor den anderen nichts sagen. Sie wollte es allerdings auch nicht abseits der anderen hören.

»Nein.«

Sie führte die Gefangene zum Rand der Lichtung. Dann deutete sie auf einen mit Moos bewachsenen Baumstamm. »Dort«, sagte sie. »Bitte.«

Das Mädchen setzte sich. Kiers Magielicht war wie immer sehr nützlich: Grey konnte etwas sehen, das Mädchen vermutlich auch, aber niemand, der sich außerhalb seines Scheins befand, würde etwas mitbekommen. Sie spürte das magische Gewebe darin, wie immer sauber und ordentlich ausgeführt. Grey stellte das Magielicht neben Sela ab und hockte sich vor sie.

Leonie hatte ihr einen Bericht ihrer Untersuchung überlassen. »Ich sollte deinen Arm in eine Schlinge legen«, murmelte sie und überflog die Notizen. Sela war klein, zierlich – sie sah zu zerbrechlich aus, um Soldatin zu sein. Grey vermutete, dass sie überhaupt nicht zwangsverpflichtet worden war, bevor sie gefangen genommen wurde. »Ich muss einmal die Schwellung überprüfen.«

Sie zog vorsichtig den Umhang von den Schultern des Mädchens – ein seltsames Unterfangen bei gefesselten Händen, aber so weit war sie noch nicht bereit zu gehen – und drückte vorsichtig mit den Fingerspitzen in die Haut. Als Sela nach Luft schnappte, ließ sie kurz locker.

»Das ist noch immer empfindlich«, sagte Grey.

»Könnt Ihr mir irgendetwas gegen die Schmerzen geben?«, fragte Sela. Grey war überrascht, dass sie ihr vertraute. Sie konnte ihr genauso gut Gift verabreichen. »Pollakraut? Oder etwas in dieser Richtung?«

Grey blinzelte und zögerte einen Augenblick. »Ja«, sagte sie. »Ich mache dir eine Tinktur, wenn wir wieder bei den anderen sind.«

Sie ließ Selas Schulter los und zog den Umhang wieder hoch. Dann arbeitete sie sich durch die restlichen Verletzungen, trug antiseptische Salbe auf und erneuerte den Verband an ihrem Schienbein. Sie wickelte eine Bandage um die aufgeplatzte Haut an ihren Fingerknöcheln. Sela ließ es schweigend über sich ergehen; ihr Herz pochte dabei viel zu schnell.

»Fertig«, sagte Grey und lehnte sich zurück.

Selas Kopf schnellte hoch. Sie war auf der Hut, angespannt. Und das aus gutem Grund. Grey hatte schließlich angedroht, sie umzubringen.

Irgendetwas in ihr bewegte sich, etwas, das ihr überhaupt nicht gefiel und das sie vor Kier und den anderen nicht gewillt war, zuzugeben. Selas Augen waren groß und blau, das Kinn kantig, das Gesicht rund und jung. Der schlimme Haarschnitt trug nicht dazu bei, dass sie älter aussah – wenn überhaupt, wirkte sie wie ein Mädchen, das man beschützen musste.

Grey seufzte. Sie schnürte die Fesseln auf und bewegte vorsichtig den Arm des Mädchens. Aus dem Seil knüpfte sie eine Schlinge. Nachtragend sein konnte sie wie keine Zweite, aber Grausamkeit passte nicht zu ihr.

»Gib mir bloß keinen Grund, dir zu misstrauen«, sagte sie und ärgerte sich über sich selbst. »Bevor du einmal blinzeln kannst, bist du wieder gefesselt.«

»Verstanden«, sagte Sela kleinlaut.

Grey nickte und richtete das Mädchen auf. Eron hatte derweil die beige Pampe fertig gekocht und verteilte sie auf eine Reihe von Schalen. Grey vermischte etwas von Leonies Schmerzmittel mit Wasser und reichte es Sela. Danach nahm sie mit einem kurzen Nicken ihre Schale entgegen und ließ sich mit ihrem Essen, dem Magielicht und dem Stapel von Leonies Notizen über alle früheren Verletzungen an einem Baum am Rande des Lagers nieder. Wenn sie die Heilerin der Gruppe werden sollte, war es besser, sie war auf dem neuesten Stand.

Es brauchte nur zwei Löffel voll für die Erkenntnis, dass es eine furchtbare Entscheidung gewesen war, Eron zum Koch zu machen, doch nun war es zu spät. Grey lehnte sich zurück und stellte die Schale beiseite. Dann lauschte sie den nächtlichen Waldgeräuschen: dem Rascheln kleiner Tiere unter den Farnen und im Gebüsch, dem Plätschern eines nahe gelegenen Bachs. An ihrem Baum roch die Luft nach Herbst: nach Blättern, die zu Erde wurden, dazu das kleine winterliche Beißen des Winds.

Die anderen unterhielten sich beim Essen. Eron und Brit verglichen ihre Erfahrungen aus früheren Einsätzen; Ola führte ein einseitiges Gespräch mit dem schweigenden Mädchen über einen Bäcker in Grislar. Kier machte einen Wachrundgang um das Lager, war mit Grey verbunden, hatte aber keine Macht mehr von ihr abgeschöpft, seit Brit und Ola sich um Selas Handschellen kümmerten. Ihre Verbindung ruhte und war beruhigend zugleich.

Grey blätterte Leonies Notizen durch. Es lag nichts Dramatisches an: Eron hatte vor drei Monaten eine Gehirnerschütterung gehabt und sollte besonders auf Kopfverletzungen achten. Ola war bei einem ihrer letzten Einsätze fast der linke Arm abgeschlagen worden, und der Muskel tat hin und wieder noch weh; Grey machte sich eine Notiz, dass sie ihr in der nächsten Stadt eine Wärmekompresse besorgen wollte. Brit hatte auch vor fünf Monaten eine Gehirnerschütterung gehabt, während des vorletzten Einsatzes einen gebrochenen Knöchel und wegen eines Zusammenstoßes mit einem auf innere Organe fixierten Magier an der Front nahe Nestria wiederkehrende, aber gut behandelbare Nierensteine. Und dann war da noch Kier: ein Sammelsurium aus so vielen Verletzungen im Lauf der Jahre, dass sie den Überblick verloren hatte. Es war nicht nötig, sie zu lesen; sie kannte sie alle auswendig.

Sie machte sich wieder an die Unterlagen über das Mädchen und suchte nach Leonies Aufzeichnungen über verheilte Verletzungen. Der Eintrag war kurz, genauer gesagt sehr kurz: keine. Nichts. Keine früheren Verletzungen. Noch nicht einmal eine interessante Narbe. Sela hatte noch nie gekämpft, so viel stand fest: Ein leeres Verletzungsregister war fast unmöglich zu behalten, wenn doch. Und Leonie war gründlich – ihr war sogar Kiers Narbe an der Augenbraue aufgefallen, obwohl er sie sich schon in der Kindheit eingehandelt hatte.

In Gedanken kaute Grey auf ihrer Lippe und blätterte zurück: Leonies Notizen über Selas generellen Gesundheitszustand. Sie fuhr mit dem Finger über die Schrift und achtete darauf, die Tinte nicht zu verschmieren. Dann las sie noch einmal. *Fehlender Weisheitszahn, keine Anzeichen für eine Operation.* Ihre Zunge ging sofort an den Ort, wo ihre eigenen Weisheitszähne vor einigen Jahren gekommen und gezogen worden waren. Weiter unten hatte Leonie notiert, dass sie sich von einem Knochenmagier Hilfe geholt hatte, um zu bestätigen, dass das Mädchen keine Knochenbrüche gehabt hatte. *Humoralkopf ohne Fusion* hatte sie geschrieben und ein Diagramm gezeichnet.

Das löste eine Erinnerung in Grey aus, an einen ihrer schlimmsten Tage als Heilerin. Sie war aus dem Bett geholt und in ein Hinterzimmer in der Burg gebracht worden, wo man auf mehreren Tischen Knochen verteilt hatte. Die Erste Heilerin hatte sie um ihre Hilfe gebeten: Man hatte die Überreste in einem nahe gelegenen Dorf gefunden. Das Fleisch war von Aasfressern schon weggepickt worden. Es war Greys Aufgabe, herauszufinden, wie viele

Knochen zu Kindern gehörten, welches Geschlecht die Leichen hatten, und sonstige Details in den Überresten zu finden in der Hoffnung, Angehörige informieren zu können. Sie hatten stundenlang versucht, die Überreste zusammenzusetzen. In Greys Kopf war es nur noch um die Abfolge der Knochen gegangen und wie sie im Körper wuchsen, bis sie kaum noch an etwas anderes denken konnte.

Jetzt starrte sie ins Leere, bis ihre Augen trocken wurden. Sie starrte vor sich hin, bis jemand sie anstupste. Eron stand vor ihr.

»Du solltest aufessen«, sagte er freundlich. »Willst du den Cap… Kier bei der ersten Wache unterstützen?«

Sie nestelte nervös an den Notizen und sortierte sie, bevor sie sie unten in den Arzneibeutel stopfte. »Ja, ich darf nicht schlafen, wenn er Wache hat – ohne mich kann er nirgendwo Energie zapfen«, sagte sie. Eron wusste wahrscheinlich selbst genug über Magier und ihre Quellen, aber da er selbst keine war, konnte sie schwer einschätzen, wie gut er die Einzelheiten kannte. Es stimmte, dass ein normaler Magier seine Quelle nicht anzapfen konnte, wenn sie schlief, aber weil Kier an sie gebunden war, blieb ihnen ein anderes Schlupfloch. Sie stand auf, und ihre Knie knackten. Dann brachte sie den Arzneibeutel zu ihrem Schlafplatz.

Die anderen hatten inzwischen aufgegessen und richteten sich für die Nacht ein. Grey hätte sich mehr Mühe geben müssen, ein Gespräch anzufangen, die anderen kennenzulernen – aber bei dieser Mission ging es nicht um Freundschaft.

Sie hatten ihre Schlafsäcke willkürlich ausgerollt, nur Sela lag in der Mitte. Das Mädchen hatte sich bereits hingelegt, auf ihre unversehrte Schulter, die Augen geschlossen, aber sie schlief nicht. Brit und Ola lagen jeweils auf einer Seite von ihr, Eron an ihrem Kopf.

»Geht es allen gut, bevor ich mich an die Wache mache?«, fragte Grey. Sie suchte in ihrem Gepäck nach einem Bleistiftstummel und einem abgewetzten Notizbuch, das sie vor drei Missionen in einem Bergdorf erstanden hatte.

»Grmpf«, machte Brit und vergrub das Gesicht in dem zusammengeknüllten Umhang, den they als Kissen benutzte.

»Eine Tasse Tee wäre toll«, kam es von Ola. Sie hatte einen Arm über das Gesicht gelegt, um das immer schwächer werdende Magielicht abzublocken.

»Nerv jemand anderen«, sagte Grey freundlich. Sie drückte die Hand auf das Magielicht, um die Kraft wieder in sich aufzunehmen, und erstickte die Lichtquelle. Dann ging sie an den Rand des Lagers, wo Kier auf der Lauer lag, und blieb kurz stehen, um etwas zu notieren.

Sie fand ihn auf einem Baumstumpf sitzend. Er spielte mit einem Messergriff herum und starrte in die Dunkelheit. Grey reichte ihm einen Becher mit Haferschleim und ihren kleinen Brief. »Ich übernehme die andere Seite«, sagte sie. »Gib mir ein Signal durch unsere Verbindung, wenn du mich brauchst. Sag Bescheid, wenn du tauschen willst.«

Kier mühte sich mit dem ersten Löffel des Haferschleims ab. Sie hätte ihn verdünnen sollen. »Verflucht! Und das jetzt drei Wochen lang?«

»Zwei, wenn wir Glück haben.«

»Haben wir nicht.« Hatten sie noch nie.

»Das hast du dir selbst zuzuschreiben«, murmelte sie. »Du hast zugelassen, dass sie es wie eine Abenteuerreise sehen.«

Kier warf ihr einen verletzten Blick zu. »Wenn es bei ihnen die nötige Moral auslöst, um überleben zu wollen? Ich mache jetzt keinen Rückzieher.«

Grey verkniff sich eine Antwort. Sie bewegte sich leise am Rand des Lagers entlang und spähte in die Dunkelheit hinaus. Es hatte einige Zeit gedauert, bis sie sich an die Wälder Scaelas gewöhnt hatte. Die Isle of Locke war ein zerfurchtes, bergiges Fleckchen Erde und bestand zur Hälfte aus Klippen und Gischt. Die Bäume, die dort wuchsen, waren karg und groß. Sie konnte ihren Bruder selbst dann noch sehen, wenn er durch das halbe Wäldchen gelaufen war, das sie Geisterwald nannten und das die Burg von den Dörfern trennte. Severin, sieben Jahre älter als sie und selbst fast noch ein Junge, als er starb, war oft mit ihr in das größte der Dörfer gelaufen, wenn sie keinen Unterricht hatten. Sie erinnerte sich noch, wie er sie an die Hand genommen hatte, wenn sie durch den dürftigen Wald gelaufen waren und dem Heulen des Windes gelauscht hatten (auf Locke heulte der Wind immer). Dabei gab Sev sein Bestes, sie davon zu überzeugen, dass sie nicht von Geistern verschlungen werden würden. Manchmal hatten sie den Weg verlassen und waren zwischen die Bäume gelaufen, vorbei an dem kleinen Bach bis zu der kreisrunden Lichtung, wo sie auf die Ruinen des Klosters geklettert waren, die an den Klippen aufragten. Dort waren alle Bewohner von Locke beerdigt worden, schon seit Urzeiten, bis zurück zur ersten Quelle.

Da wird mir schlecht, hatte Grey, damals noch Maryse, immer gesagt, wenn sie dort waren. Sie ging nicht gern dorthin, mochte dieses Gefühl nicht, wenn sich in ihr ein Abgrund auftat, der sie umzukrempeln und zu verschlingen drohte.

Schön hier, hatte Sev gesagt. Er züchtete dort Blumen und kleine Bäume, die sich ihm zuneigten. Das war der einzige Ort auf der Insel, der ihrer Erinnerung nach voller Farben war, dank Sevs Blumen. Alles andere war unveränderlich und stahlgrau, vom Himmel und den felsigen Klippen bis hin zum wütenden Meer.

In der Ferne konnte man Cleoc Strata oder Scaela, Luthar oder Eprain sehen, je nachdem, wo auf der Insel man sich befand. Es gab nur eine Stelle weit oben im Ödland, dem unbewohnten Teil der Insel, wo es ausschließlich steinige Klippen und karge Bäume gab, von wo man nichts weiter sah als das Meer.

Da will ich hin, sagte Sev.

Wohin?

Egal wohin, nur nicht hier.

Damals als Mädchen hatte sie nicht begriffen, wie schwer es für Severin gewesen war. Der Tradition der Insel nach durfte der Thronfolger erst öffentlich benannt werden, wenn alle möglichen Kandidaten erwachsen waren. Bis dahin durften alle geeigneten Kinder aus Sicherheitsgründen die Insel nicht verlassen, abgesehen von scharf bewachten diplomatischen Reisen. Weil zwischen Grey und ihrem Bruder sieben Jahre lagen, musste er lange warten, bevor er entweder Locke werden oder die Insel und ihre Bräuche hinter sich lassen konnte, falls sie die Herrscherin wurde.

Bis dahin hatten sie es nie geschafft. Der Erbe der Insel war nie verkündet worden. Auf dem Festland ging man davon aus, dass Severin der wahre Nachfolger war und alles erben würde; schließlich folgte man im Rest von Idistra dem Erstgeburtsrecht.

In Leota hatte es auch kaum Wald gegeben. Über dem steinigen Ufer ragten Klippen auf, und der Rest war Seegras und steiniges Gebüsch. Sie erinnerte sich noch an den langen Ritt zu den Trainingslagern, ihr Arm fest an Kiers in der Kolonne, die sich langsam auf die Berge zubewegte. So weit war sie noch nie von Locke entfernt gewesen. Sie machten eine Pause, um sich die Beine zu vertreten, und waren mittendrin im Wald, die Bäume auf jeder Seite hoch, dicht und eng beieinander, sodass sie befürchtete, sie würden alle auf sie stürzen.

Aber jetzt war sie überall gewesen, hatte jedes Gelände gesehen, das Scaela zu bieten hatte. Wälder waren ihr nicht mehr fremd, und sie hatte sogar begonnen, sie zu mögen. Sie hatten etwas Friedliches an sich, das sie am Meer nie gefunden hatte – sie konnte sich zwischen den Bäumen bewegen, ohne dass ihr das Herz im Hals klopfte.

Seit Jahren sog sie jeden Anblick auf und verdrängte den furchtbaren Gedanken, dass Severin nichts davon jemals zu Gesicht bekommen hatte. Dass er sterben musste, ohne mehr zu kennen als die Insel.

Grey ließ sich auf die Monotonie der Wache ein und das Unbehagen ihrer unerbittlichen Schuldgefühle. Sie spähte in den Wald und bewegte sich hin und wieder. Das Schwert hatte sie gezogen, doch es gab keinen Grund, es zu gebrauchen.

Als ihre Glieder allmählich zu schmerzen begannen, hörte sie ein Geräusch. Sie suchte nach seinem Ursprung und entdeckte Kier, wie er vor ihr durchs Unterholz kam. Er gab ihr den Zettel, in den er den Grafitstummel eingewickelt hatte.

»Tauschen«, sagte er. Grey nickte und lief los. Auf ihrem neuen Posten las sie den Zettel und runzelte die Stirn.

Das Schultergelenk des Mädchens ist nicht fusioniert.

UND DAS BEDEUTET? ERKLÄR ES MIR WIE EINEM KIND.

Es hatte keinen Zweck, ihn darauf hinzuweisen, dass sie ihm den Prozess aus Langeweile schon hundert Mal erklärt hatte. Kier hatte nicht ihr Leben gelebt, nicht ihre Erfahrungen gesammelt; ihm hatte man nicht die Knochen ausradierter Dörfer gebracht; ihn hatte man nie gefragt, ob auch Kinder unter den Toten waren.

Zweimal in dieser Nacht tauschten sie noch die Positionen und ihr Briefchen. Als Grey die Lider schwer wurden, packte sie die Verbindung zwischen ihnen und schickte zwei erschöpfte Impulse in Kiers Richtung. Sie spürte seine doppelte Antwort und machte sich in Richtung Lager auf.

Er holte kurz vor der Lichtung auf und reichte ihr das Briefchen.

Wie für ein Kind: Das Kugelgelenk der Schulter wächst mit dem Armknochen zusammen. Die volle Fusion ist im späten Teenageralter erreicht. Die Wachstumsfuge des Mädchens ist zu groß. Ihre Knochen sind zu jung.

WANN IST L. VERSCHWUNDEN?

Vor 16 Jahren.

DU HAST BALD GEBURTSTAG.

Sie sah ihn mit strengem Blick an. »Darum geht es nicht.«

Kier zuckte die Achseln. Er nahm das Briefchen an sich, und nach einer gekonnten Fingerbewegung verbrannte das Papier in einem schnellen, flammenlosen Feuerstoß und wurde zu Asche.

»Sie war vermutlich noch ein Baby, als Locke verschwand, wenn überhaupt«, sagte Kier. »Und das hast du alles woher? Aus den *Knochen*?«

»Mm-hm.«

Er seufzte.

»Wir reden später darüber«, sagte sie und lief in Richtung Lager.

»Mit allen?«

Grey zögerte. »Noch nicht.«

Sie folgte seinen Spuren durch die Dunkelheit zurück zu den anderen. Kier weckte Ola und Brit, während sie sich bereits auf ihrem Platz ausstreckte. Das grob gewebte Hemd kratzte auf der Haut, aber sie musste es aushalten: Sie hatten in ihrem Gepäck nur Platz für eine Garnitur Ersatzkleidung, also konnte sie erst tauschen, wenn sie die Zeit und die Mittel hatten, sich ordentlich zu waschen.

Sela und Eron schliefen tief und fest, Eron schnarchte sogar leise. Nach kurzer Überlegung verließ Grey ihren eigenen Platz und schlüpfte unter Olas Deckenstapel, damit sie näher an Sela war, falls das Mädchen in der Nacht versuchte zu fliehen. Die vielen Jahre der Übung hatten Grey einen leichten Schlaf beschert. Außerdem waren Olas Decken bereits warm.

Kier tat es ihr gleich und legte sich auf Brits Bettlager. Dann drehte er sich um und sah Grey über Selas Kopf hinweg an.

Sie erwiderte seinen Blick.

Einer seiner Mundwinkel kroch nach oben, und sie versuchte, nicht zu viel hineinzulesen, erstens, weil es zur Hälfte Narbengewebe war, und zweitens, weil sie schließlich seit Jahren so einschliefen, mit direktem Blickkontakt und manchmal noch enger, obwohl noch nie jemand zwischen ihnen gelegen hatte wie Sela gerade. Vielleicht lag es daran, dass sie das Feldlager verlassen hatten und bloß noch drei Wochen Haferschleim und Fußmarsch zwischen ihnen und ihrem restlichen Leben standen, aber sie sehnte sich danach, dass er ihr die Haare aus dem Gesicht strich wie manchmal kurz vor dem Einschlafen, als würde er nicht ertragen, in den Schlaf zu gleiten, ohne ihr in die Augen sehen zu können.

Irgendwo zwischen dem unbestimmten Schleier aus Erons Schnarchen, Selas gleichmäßigem Atmen und dem flüssigen Haselnussbraun von Kiers Augen sank Grey in den Schlaf.

Die Situation in Idistra ist mehr als instabil geworden. Sie sind selbst daran schuld, wenn sie die Quelle ihrer Macht zerstören – ich kann mir nicht vorstellen, dass irgendeine andere Nation so einen verheerenden Fehler machen würde. Es würde mich überraschen, wenn überhaupt ein Magier diesen Krieg überlebt, so wie die Nationalstaaten übereinander herfallen. Seit Jahren gibt es keine Spur von dem Jungen – entweder er ist sehr weit weg oder tot.

Nirgendwo auf dieser verdammten Insel fühlt man sich sicher. Unser eigener Herr handelt vor lauter Zorn noch immer impulsiv und ist vor Trauer verbittert.

Offizieller Bericht von Piotr Ralkonikov,
Botschafter Ruskayans in Scaela,
drei Jahre nach der Vernichtung

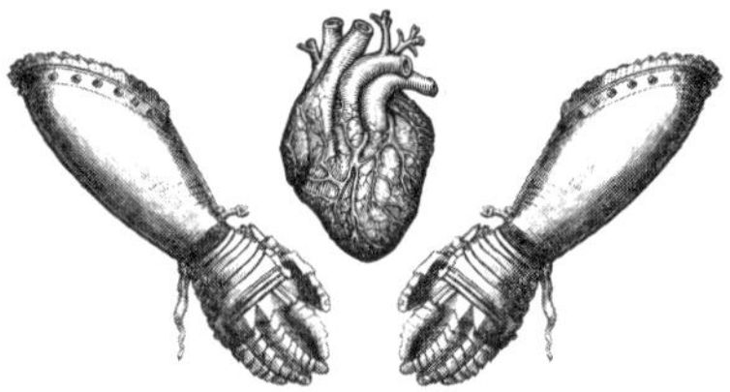

Zehn

Drei Tage lang folgten sie dem Gezänk von Kier und Ola durch den Wald. Grey war einigermaßen erstaunt. Sie selbst hatte die Orientierung eines Kleinkinds mit verbundenen Augen, das man ohne Karte in der Mitte Nestrias abgesetzt hatte. Sie wusste nicht, wie die beiden das hinbekamen (obwohl sie die Vermutung hatte, dass es womöglich irgendeine magische Übertragung gegeben hatte, bei all den Kartografinnen die Kier den Gerüchten zufolge vernascht hatte). Nach dem ersten Tag mit monotonem Fußmarsch und einer Nacht mit wechselnden Wachen schien alle die Plauderlaune verlassen zu haben, also liefen sie größtenteils schweigend, nur hin und wieder wiesen Ola oder Eron auf einen hübschen Vogel oder eine Pflanze hin.

Wenn Sela überhaupt etwas von sich gab, dann bekam Grey nichts davon mit.

»Seid wachsam«, war alles, was Kier zu der Gruppe sagte.

Als sie am Vormittag eine Rast machten, um sich zu stärken, zeigte er Grey, wo sie sich auf der Karte befanden. Die Entfernung zwischen ihnen und dem Feldlager war jämmerlich klein, die Entfernung zwischen ihnen und Grislar frustrierend groß, und dann warteten noch die Berge auf sie.

»Wir werden unser Marschpensum steigern müssen«, murmelte er.

Wenn sie nicht im Wald waren, hielten sie penibel Ausschau nach anderen Reisenden. Sie befanden sich auf einer unregelmäßig genutzten Handelsroute, also dauerte es Stunden, bis sie jemandem begegneten; und selbst dann waren es nur eine Handvoll Wanderer, die alle in die entgegengesetzte Richtung unterwegs waren. Nur wenige machten sich zu dieser Jahreszeit in die Berge auf, jetzt, da die Schafhirten ihre Herden von den Hügeln herabführten, was ihre Gruppe verdächtiger aussehen ließ, als Kier lieb war. Am Morgen des vierten Tages führte er sie zurück in den Wald, der parallel zur Straße verlief, bis er sich lichtete.

Grey hatte solche Rückenschmerzen, dass Kier immer wieder ein Auge auf sie hatte. Er spürte ihr Unbehagen mit Sicherheit durch ihre Verbindung. Als sie am Nachmittag rasteten, bestand er darauf, ihr Gepäck zu schultern. Bei der nächsten Pinkelpause entdeckte Grey wenig überrascht, dass ihre Monatsblutung begonnen hatte, und ärgerte sich sofort darüber, Kier ihre Sachen abgetreten zu haben.

»Brauchst du irgendwas?«, fragte Eron, nachdem er ihren grimmigen Gesichtsausdruck gesehen hatte. Er nahm seinen Rucksack ab und kramte darin herum. »Nimm, was du brauchst. Ich bin damit durch.«

Grey bedankte sich aufrichtig bei ihm, so gut es mit heruntergelassener Hose ging.

Als sie wieder bei der Gruppe waren, ließ sie Kier die Verbindung wieder aufnehmen und verfluchte die Trägheit ihrer Kräfte und ihre schroffe Reizbarkeit, die vermutlich auch mit der Tatsache zu tun hatte, dass sie seit Tagen auf dem nackten Boden schlief und genauso lange ihre Kleidung nicht gewechselt hatte. Kier sah sie nur kurz an und seufzte.

»Ich denke, wir sollten neue Vorräte fassen. Eine Nacht in einer Taverne, wenn es geht. Morgen fangen die Hügel an – ich will, dass wir alle ausgeruht sind.«

Niemand jubelte, aber die hängenden Schultern und das müde

Lächeln auf den Gesichtern waren ein genauso deutliches Zeichen der Erleichterung. Nach Kiers Feststellung beugten er und Ola sich über die Karte und fuhren die Route erneut nach. »Das sollte klappen. Es muss auf der Straße nach Pista irgendetwas für Reisende geben.«

Grey hatte noch nie von Pista gehört. Es war keine Überraschung – sie waren weit im Inland, im Nirgendwo aus Feldern, dem Rückzugsort für die Erschöpften, die nicht mehr kämpfen wollten oder die Armee vor Jahren verlassen hatten, aber noch immer das Getreide für sie anbauten und Steuern zahlten.

Am Spätnachmittag hatten sie eine Schenke gefunden. Sie war freistehend, noch nicht einmal innerhalb eines Dorfes, was vermutlich der Grund war, wieso Kier sie ausgewählt hatte.

»Werden wir hier auffallen?«, wollte Grey wissen.

Er seufzte. »Hoffentlich nicht. Es scheinen nur normale Reisende hier zu sein.« Er sagte nicht, dass sie nur einkehrten, weil sie müde und gereizt war, weil sie Schmerzen hatte und weil er wollte, dass sie sich ausruhte – das war nicht nötig.

Mit einem Seufzen stieß sie ihn mit der Schulter an.

Aus den Fenstern der Taverne drang warmes Licht, und der Duft nach Grillfleisch und geröstetem Korn genügte, um Greys Magen in dem Augenblick knurren zu lassen, als er ihr in die Nase stieg. Die anderen vier zogen zwei Tische zusammen, während Grey mit Kier zum Tresen ging, um nach Zimmern zu fragen. Es waren noch vereinzelte andere Gäste im Schankraum. Grey betrachtete sie sorgfältig, während sie warteten: zwei Bauern mit sonnenverbrannter Haut und Bierkrügen in einer Ecke und eine Frau, die nahe der Tür mit ihrem Kind aß. Grey versuchte, wachsam zu bleiben, aber ihr Gefühl sagte ihr, dass von ihnen keine Gefahr ausging.

Die Wirtin tauchte auf, eine kräftige Frau mit Hakennase. An der linken Hand fehlten ihr drei Finger. Eine ehemalige Soldatin, nahm Grey anhand der fehlenden Finger und dem Schwert an, das hinter ihr an der Wand hing und denen, die Grey und Kier auf dem Rücken trugen, zum Verwechseln ähnlich sah, nur dass ihres von einer vermutlich weit zurückliegenden Schlacht schartig und verbogen war.

»Meine Gefährten und ich sind auf der Durchreise. Habt Ihr noch Zimmer frei?«, fragte Kier mit seiner weichen, angenehmen Stimme, die Grey insgeheim als seinen Charmeurton, »der die Mütterherzen höherschlagen ließ«, bezeichnete. Leider hatte er bei mehr als einer Mutter funktioniert und mindestens einem Vater, obwohl sie nicht mit Gewissheit sagen konnte, dass sie alle ein Faible für Landkarten hatten.

Die Wirtin beäugte ihn scheel. »In welcher Mission seid Ihr unterwegs?«, fragte sie mit einer Schärfe in der Stimme, die Glas schneiden konnte.

Kier stützte einen Arm auf den Tresen und schmunzelte. »Ich bin gerade ehrenhaft entlassen worden«, sagte er, ohne genauer darauf einzugehen. Es gab nur eine Laufbahn, aus der man in Scaela entlassen werden konnte. Kier war zwar noch viel zu jung dafür, es sei denn, er war ernsthaft verwundet worden, aber man konnte schließlich nicht alle Kriegsverletzungen, die das Ende der Soldatenlaufbahn bedeuteten, sehen. »Meine Frau« – dazu legte er einen Arm um Grey und zog sie an sich, und sie ignorierte, wie ihr Herz bei diesem Titel aussetzte – »und ihre Schwestern und ihre Familien, wir ziehen um. Wir suchen nach einem Fleckchen Erde in den Bergen, das noch in Familienhand ist.«

Die Geschichte war nicht ungewöhnlich. Viel Familienbesitz war im Stich gelassen worden, als die Kinder in den Krieg ziehen mussten. Nicht alle hatten das Glück einer Rückkehr.

Die Wirtin sah sie für einen langen Augenblick an. Grey wurde es unbehaglich, aber die Frau wollte ihre Zimmer vermutlich bloß nicht an Räuber vermieten, die alles mitgehen ließen, was nicht niet- und nagelfest war. Dass hier noch viele andere Reisende eingekehrt waren, konnte Grey sich nicht vorstellen.

Sie versuchte, so unschuldig wie möglich auszusehen, lehnte sich enger an Kier. Sein Griff um sie wurde fester.

Die Wirtin nickte und zog eine Schublade mit Schlüsseln auf. »Wie viele Zimmer?«

»Zwei genügen«, sagte Kier, vermutlich, weil er nicht *eins* sagen konnte, ohne sich mit der Frage konfrontiert zu sehen, wie sechs Erwachsene in ein Bett passen sollten. »Wir sind gerade nicht besonders gut bei Kasse.«

Eine weitere Lüge. Grey hatte den dicken Beutel voller Münzen gesehen, den Attis Kier vor der Abreise gegeben hatte. Sie hatten definitiv genug für drei Doppelzimmer – wenn nicht sogar für Einzelzimmer, inklusive Sela, aber Sela stand unter ständiger Bewachung, was nicht funktionierte, wenn sie sich aufteilten.

Grey seufzte, weil Kier ein Lügner war. Zwei Zimmer hin oder her, sie bezweifelte, dass er es ihnen erlauben würde, sich aufzuteilen. Sie würden sich zu sechst in ein Bett quetschen, das war verdammt noch mal klar.

Als sie ihre Schlüssel bekommen hatten und die Wirtin sich daranmachte, Essen und Trinken zu beschaffen, sah Grey auf und ließ ihre Nasenspitze über die Bartstoppeln auf seinem Kinn streifen – normalerweise rasierte er sich täglich, und ihn so zu sehen, mit einem Fünftagebart, war definitiv etwas Neues. »Irgendwelche aufregenden Pläne für die Nacht, mein lieber Ehemann?«

Sein Lachen traf sie direkt in der Bauchgegend. Er rutschte mit seiner Hand unter ihren Umhang und zog sie eng an sich heran. Dann drückte er ihr einen Kuss auf die Schläfe, und weil sie nicht geradeaus denken konnte, lief ihr ein aufgeregter Schauder über den Rücken. »Du bringst mich in Versuchung.«

Sie verdrehte die Augen und löste sich, bevor ihr zerschrammtes, zerknittertes Herz es wagte, ihm zu glauben.

Die Wirtin kehrte mit zwei Bierkrügen und einem Stapel Becher zurück und rettete Grey. Sie brachte die Getränke an die Tische und verteilte sie, während Kier sich nach den besten Orten erkundigte, um Vorräte zu kaufen, und sich den Weg zum übernächsten Dorf beschreiben ließ. Grey gab sich Mühe, ihn nicht anzugucken, während sie sich setzte und so tat, als würde sie die Diskussion von Eron und Ola über die Vorteile von Knöchelschonern gegenüber Handschuhen interessieren.

Dann lehnte sie sich zurück, hielt sich an ihrem Bier fest und versuchte, wieder zur Vernunft zu kommen.

Flirten war nichts Neues. Sie flirteten schon *seit Ewigkeiten.* Und Kier war jemand, der für alles Zuneigung brauchte: Sobald sie allein waren, nahm er ihre Hand, zog ihre Füße auf seinen Schoß, massierte ihr die Schultern oder setzte sich zu ihren Füßen und legte den Kopf auf ihre Oberschenkel, und es gab kaum eine Nacht, in der sie ohne einen Kuss auf ihre Hand, ihre Stirn oder ihre Schläfe einschliefen. Aber so war er nun mal. War es schon immer gewesen.

Darüber hinaus? Nichts. Er war immer ihre rechte Hand gewesen, ihre bessere Hälfte, ihr bester Freund, der Mensch, den sie körperlich und mental besser kannte als jeden anderen auf der Welt, und in jedem wachen Augenblick war klar, dass er sich ihr genauso verschrieben hatte wie sie sich ihm. Aber es gab diese … diese Grenze, die sie einfach nicht überschritten.

Natürlich redeten sie lang und breit über ihre Liebeleien oder die Nächte, die sie ohne einander verbrachten. Nur manchmal, wenn er nach dem Training oder einem späten Wachrundgang erst in den frühen Morgenstunden zurückkam, die Haare noch nass vom Waschen, musste sie sich zwingen, nichts zu sagen, und vermied es tunlichst, die Verbindung zu ihm aufzunehmen, damit kein Gefühl von Eifersucht bei ihm ankam. Sie wartete damit bis zum Morgen, wo es einfacher war, ihn deswegen aufzuziehen, ohne ihre wahren Gefühle zu zeigen.

Sie konnte ihm einfach keinen Vorwurf machen. Es war so gut, sich lebendig zu fühlen, zu spüren, dass da noch *jemand* mit einem lebte, wenn sie dem Tod so oft ins Auge sahen. Wegen seines Rangs und seines unleugbar guten Aussehens mangelte es ihm nie an Angeboten. Und sie war nicht viel anders, wenn auch nicht so häufig, und hatte sich heimlich mit jemandem getroffen wie Leonie oder einer Hand aus einer anderen Kompanie, während der kurzen, unregelmäßigen Phasen, in denen sie sicher sein konnte, dass Kier sie nicht brauchte. Ihre Gefühle jedoch konnte sie nicht davon trennen, es sei denn, sie war verzweifelt, aber wenn es so war, dann fiel es ihr fast leicht. Zu ihrer Überraschung und zu ihrem Schock mit sechzehn Jahren fand *ziemlich* viel Vögelei in der Armee statt.

Aber eine Frage blieb immer. Er wusste alles über sie, nur nichts von diesem heftigen, verzweifelten Verlangen. Er kannte das Ausmaß ihrer Kräfte, das Gefühl, kannte sie ohne ihren emotionalen Schutzpanzer, ihren wahren Namen. Und manchmal fragte sie sich – viel öfter, als sie jemals zugeben würde, sogar vor sich selbst –, wie es wohl wäre, mit ihm zusammen zu sein.

Und sie war genauso eine Lügnerin, weil sie sich nach ihm verzehrte. Endlos, maßlos, pausenlos.

Sie schob diese Gedanken von sich, als Kier zurückkam, aber es war wie der Versuch, die Flut aufzuhalten. Als er sich neben sie setzte und sein Bein beiläufig an ihres drückte, dachte sie aktiv über den Tod als Ausweg nach.

Normalerweise war es leichter zu ertragen. Sie kam zu dem Schluss, dass es am bevorstehenden Ausscheiden aus der Armee liegen musste. Wenn sie nicht mehr gezwungenermaßen zusammen sein mussten, was würde dann passieren?

Ihre Gedanken wurden von der Ankunft des Essens unterbrochen. Schweigend nahm die Gruppe ihre erste nicht beige Mahlzeit seit Tagen zu sich. Grey war fast stolz auf sich, keine zufriedenen Geräusche wegen des dicken Eintopfs und des warmen Brots zu machen, obwohl das zarte Fleisch und die Kartoffeln auf der Zunge zergingen. Dieses Essen war kein Vergleich zu Erons Haferschleim und Greys heimlichen Trockenfrüchten und Streifen von getrocknetem Fisch.

»Ich bin eine Katastrophe«, seufzte Eron laut.

»Insgesamt, oder …?«, kommentierte Ola.

Er lehnte sich mit einem Stöhnen zurück und legte die Hände auf den Bauch. Auch Grey hatte viel zu schnell gegessen. Sie versuchte sich Platz zu verschaffen, aber das brachte sie nur noch näher an Kier, also beschloss sie, im Augenblick lieber die Enge im Bauch zu ertragen. »Gebt mir eine neue Aufgabe, ich will etwas anderes«, sagte Eron. »Ich kann nicht für euch kochen.«

»Deswegen bist du auch Soldat und nicht Koch«, sagte Brit.

Grey versetzte them unter dem Tisch einen Tritt – sie waren keine Soldaten, nicht hier.

»Wir hatten alle keine Wahl«, murmelte Ola.

»Hattest du dich nicht freiwillig gemeldet?«, fragte Kier und nahm einen Schluck Bier.

»Ich bin eben gern nützlich«, erwiderte Eron.

»Ihr leistet ja auch gute Arbeit«, sagte Sela, »mit dem, was Euch zur Verfügung steht.«

Die Worte, die sich auf Greys Zunge gebildet hatten, waren verschwunden. Sie sah das Mädchen an – sie und alle anderen auch –, während es gesittet weiteraß, auf eine Art und Weise, die in Greys Kopf die Alarmglocken läuten ließ. Aber es hatte gesprochen. Es hatte ohne Aufforderung gesprochen und etwas *Nettes* gesagt.

Sela sah von ihrem Teller auf, bemerkte all die Blicke und wurde rot wie eine Tomate. »Verzeihung, Captain«, murmelte sie und zog den Kopf ein.

»Nein, nein, die Beobachtung ist gut«, sagte Kier und trank noch einen Schluck. Grey kannte diesen Blick. Es arbeitete in seinem Kopf. Beinahe hätte sie ihn auch unter dem Tisch getreten.

Obwohl sie abgesehen von den Notizen während der Wachen keine Zeit gehabt hatten, um unter vier Augen miteinander zu reden, wusste sie, dass die Neugier ihn umbrachte. Sie konnten nicht einfach verkünden, dass Sela nicht diejenige war, für die sie sich ausgab, nicht ohne zu verraten, dass sie selbst verbotenerweise etwas über Maryse von Locke wussten.

Er zog die Augenbrauen hoch und sah Grey an. Sie seufzte, nickte aber. Vorerst, in *dieser Situation*, konnte sie nett sein.

»Wenn wir schon von Aufgaben reden«, sagte sie. »Wenn wir hier fertig sind, wer übernimmt was?«

»Also, für unseren *Abenteuer*, meinst du?«, fragte Brit mit glänzenden Augen.

»Ganz und gar nicht«, erwiderte Grey, weil sie sich immer noch weigerte, dieses Unterfangen als Abenteuer zu betrachten. »Ich rede vom Auffüllen der Vorräte.«

»Könnten du und Brit hierbleiben?«, fragte Eron. »Ich könnte den Proviant besorgen – danke für den guten Zuspruch, Sela. Ola könnte neue Kleidung kaufen, wenn wir welche finden. Kier, Ihr könntet unser gutaussehender Gönner sein.«

»Eine nette Art, mich zu fragen, ob ich mit Geld um mich werfen kann«, sagte Kier. »Antrag angenommen.«

Grey schluckte. »Ola sollte bleiben«, sagte sie. »Ich kann mitkommen, falls ihr noch jemanden zum Tragen braucht.«

»Grey«, sagte Kier. »Du solltest dich ausruhen.«

Sie sah ihn an und fühlte sich verraten. Obwohl er um ihre Erschöpfung wusste – sie hatte sie in ihrer Verbindung nicht unterdrückt –, konnte sie die Vorstellung, dass er ohne sie ging, nicht ertragen. »Kier …«

»Bitte«, sagte er etwas leiser.

Die anderen sahen sie an. Kiers Miene war unlesbar, aber natürlich wusste er, was sie meinte. Sie *hasste* es, seine Autorität in der Öffentlichkeit zu untergraben, obwohl er im Privaten meistens auf ihre Einschätzung hörte. Doch wenn etwas schiefging, würde er genauso viel Kraft von Ola abschöpfen können wie von einem Stein.

Grey schluckte. »Es ist nur«, setzte sie an, »damit wir genug Leute haben, um unseren … Gast zu beschützen.«

»Wie immer hat meine Hand recht«, sagte Kier elegant. »Ola, du bleibst hier. Grey, du hast das Kommando.«

Grey wollte schon protestieren, doch Kiers Blick ließ sie verstummen. Jedes weitere Gezänk würde sie verdächtig machen.

Trotzdem gefiel es ihr überhaupt nicht, ihn aus den Augen zu lassen, und obwohl Eron ein guter Kämpfer war – nein, ein *fantastischer* Kämpfer –, fühlte sie sich nicht vollends sicher mit der Lösung.

»Irgendwelche medizinischen Vorräte?«, fragte Kier und schickte ihr einen warmen Impuls durch die Verbindung. *Alles wird gut.*

»Verbandsmaterial vielleicht«, sagte Grey und gab nach. Denn er hatte schließlich recht. Sie war erschöpft, hatte Krämpfe und war unleidlich. »Nur für den Fall.«

Nachdem das Essen beendet war, gingen sie nach oben auf ihre zwei Zimmer. Grey ärgerte sich insgeheim darüber, wie dankbar sie war, als Kier seinen Plan verkündete: »Ich will zwei Leute als Wache im Zimmer mit Sela, einer schläft bei ihr im Bett. Tut mir leid, Sela, das ist nichts Persönliches …«

»Von wegen«, murmelte sie.

»Du hast auf Kier *eingestochen*«, mahnte Grey, für den Fall, dass es irgendjemand vergessen hatte, und erntete einen entnervten Blick von ihrem Magier.

»… und die anderen beiden sind nicht im Dienst und schlafen nebenan. *Schlafen.* Das hier ist nicht die verdammte Armee.«

»Doch, es ist die verdammte Armee«, konterte Ola.

»Ich verlasse euch jetzt alle«, verkündete Kier und tat einige Münzen in einen kleineren Beutel, »und laufe direkt ins Meer.«

»Das lässt sich arrangieren«, sagte Brit aus der Ecke, wo they sich hingesetzt, an die Wand gelehnt und sofort begonnen hatte, das Schwert einzufetten.

Grey gab ihr Bestes, um nicht zu grinsen. Nach mehreren Tagen der Reise wurde es immer schwieriger, Distanz zur Entourage zu wahren, wie sie es sonst tat, wenn sie andere Soldaten befehligte – es wurde immer schwieriger, sie nicht zu *mögen.*

Sie zu mögen, sich um sie zu kümmern – diese Art der Verletzlichkeit konnte sie sich nicht leisten.

Kier warf noch einen vernichtenden Blick in die Runde, bevor er in das andere Zimmer ging, um sein Gepäck abzuladen und abzuschließen. Ohne sich bremsen zu können, folgte ihm Grey und blieb im Türrahmen stehen.

»Wir übernehmen wieder die erste Wache«, sagte er. »Wenn dir das passt.«

»Wirst du vorsichtig sein?«

Etwas an ihrer Stimme ließ ihn die Suche in seinem Sack unterbrechen. »Natürlich«, sagte er. »Ich bin immer vorsichtig.«

Eine weitere Lüge, aber sie schluckte sie.

Auf dem Weg aus dem Zimmer kam er ihr nahe. Seine Fingerspitzen berührten ihre Hand. »Zwei Wochen«, versprach er, »und dann haben wir es hinter uns. Wir können gehen, wohin wir wollen. Tun, was wir wollen.«

Sie nickte und ignorierte die vielen Fragen, die angesichts dieser Aussage in ihrem Herzen emporsprudelten.

Er nickte auch, ließ einen Mundwinkel ein Stück nach oben wandern, und dann war er fort.

Es gab nur eine begrenzte Anzahl Klingen, die eingefettet und geschärft werden mussten, aber Grey und Brit knöpften sie sich alle vor und prüften die Schneiden an Kleidung, die sie verbrennen wollten, wenn sie diesen Ort verließen. Ola hatte sich die Erlaubnis der Wirtin geholt, Wäsche zu waschen, und sie pendelte zwischen dem Zimmer und dem Waschhaus auf der gegenüberliegenden Seite des Hofs. Zum Dank für die Erlaubnis wusch sie einige Bettdecken der Schenke mit. Sela saß auf einem Stuhl in der Ecke und beobachtete abwechselnd sie und Ola durchs Fenster, aber ihr Blick wanderte immer wieder zu Grey.

»Wie alt seid Ihr?«, fragte sie plötzlich, als sie zur Hälfte fertig waren.

»Wer?«, fragte Brit.

»Beide. Oder einer?«

»Geheimsache«, erwiderte Grey.

»Neunundzwanzig«, sagte Brit und warf Grey einen genervten Blick zu.

»Hier ist übrigens das Messer, das du Kier in den Bauch gerammt hast«, sagte Grey fröhlich und hielt eine der kurzen Klingen hoch, sodass sie im Licht schimmerte.

Sela wurde rot und kaute auf ihrer Lippe. »Ich glaube, das ist es nicht«, sagte sie leise. »Das Messer hatte einen schwarzen Griff, und dieser ist dunkelblau.«

»Mein Fehler. Dann muss das hier das Messer für *deinen* Bauch sein.«

»Hand … Grey«, mahnte Brit.

Grey legte das Messer beiseite und lehnte sich ans Bett. Sie saßen alle im hinteren Teil des Zimmers, weit weg von der Tür, Sela in der hintersten Ecke. Ohne Kier fiel es Grey schwer, nicht in Rastlosigkeit zu verfallen, aber sie gab sich alle Mühe und zählte die Minuten: etwas unter einer Stunde bis nach Pista, dann eine Stunde für alle Einkäufe und der Marsch zurück. Eron und Kier waren ausgebildete Soldaten, tödlich, bewaffnet und aufmerksam.

»Ich werde nach Ola sehen und Wasser besorgen«, sagte sie. »Kommst du hier solange zurecht?«

Brit, ebenfalls trainiert, tödlich, bewaffnet und aufmerksam, verdrehte die Augen. »Ja.«

Grey schnallte sich das Schwert um, ohne hinzusehen, und sperrte hinter sich die Tür ab. Den Schlüssel nahm sie mit, nur für alle Fälle. Sie fühlte sich … seltsam. Unbehaglich. Und wusste nicht, wieso. Ja, sie war fast eine Woche lang ununterbrochen mit Kier verbunden gewesen, selbst wenn er keine Kraft von ihr bezogen hatte, und das war länger gewesen als sonst. Doch die Abwesenheit der Verbindung bedeutete noch mehr. Ihre Reichweite war viel größer als die anderer Paare und betrug etwa die Größe des Feldlagers Mecketer; höchstens eine halbe Meile. Kier war jetzt auf sich allein gestellt. Und sie auch.

Sie fand Ola schwitzend an der Wasserpumpe des Waschzubers. Sie war so laut, dass Grey rufen musste, um sie zu fragen, ob sie irgendetwas brauchte, und Ola winkte mit einem schiefen Grinsen ab. Grey lief zurück über den Hof und wusste nun genau, wie weit das Waschhaus von der Schenke entfernt war.

Sie ging in den Schankraum und lehnte sich gegen den Tresen. Zwei Männer waren dort, die ebenfalls am Tresen lehnten und sich wegen eines kleinen Beutels stritten. Grey seufzte und krallte die Fingernägel ins Holz. Sie wünschte sich, dass einfach Wasser bereitstehen würde, das sie mitnehmen konnte, um schnell wieder nach oben zu gehen, weg von den Männern und den Münzen, die sie auf den Tresen legten …

Akzente. Die beiden Männer sprachen Idistrianisch, die Sprache, die in allen Nationen auf der Insel gesprochen wurde, aber ihr Akzent war luthrisch.

Grey erstarrte. Unauffällig versuchte sie, genauer hinzusehen, und verfluchte sich selbst dafür, nicht besser aufgepasst zu haben.

Die Münzen auf dem Tresen waren Auros – Goldmünzen aus Luthar. Als die Nationen noch vereint waren, hatte man mit Auros genauso bezahlen können wie mit scaelanischen Ornen, im Wechselkurs eins zu eins. Aber seit den Kriegen akzeptierte niemand in Scaela mehr luthrische Auros. Man hatte sie in Scaela noch nicht einmal dabei, geschweige denn legte man sie in der Öffentlichkeit auf den Tisch. Sie mussten direkt aus Luthar kommen.

Und ihren Berechnungen zufolge waren sie viele Tagesmärsche von Luthar entfernt, wenn der Ort, auf den Kier auf der Karte gezeigt hatte, stimmte. Vielleicht waren es Händler, aber dies war eine verschlafene Schenke ohne ein Dorf, und es gab keinen Grund für sie, hier zu sein, es sei denn …

Es sei denn, jemand hatte alle Wege von Mecketer nach Grislar ermittelt und seine Leute auf die Jagd geschickt.

Es sei denn, demjenigen war aufgefallen, dass Pista das letzte Dorf mit einem großen Markt war, bevor man den ersten Bergpass erreichte, und er hatte sich überlegt, dass ein schnell reisender Tross sich dasselbe Ziel aussuchen würde.

Einer der Männer sah sie an, bemerkte die Anspannung in ihrem Kiefer, ihren festen Griff um den Tresen. Grey wusste, was ihnen sofort auffallen würde: ihr Alter, ihr Auftreten, die Narben. Unbewusst wanderte ihre Hand zu ihrer Hüfte – und sie begriff, dass sie das Schwert dort trug wie eine Soldatin, nicht auf dem Rücken wie eine Händlerin oder eine Reisende. Muskelgedächtnis.

So viel zum unerkannten Reisen.

Die Wirtin kehrte mit zwei Bierkrügen zurück und nahm das scaelanische Geld der Männer – Grey entging nicht, wie einer von ihnen die luthrischen Münzen einstrich.

»Euer Mann hat die Rechnung noch nicht bezahlt«, sagte die Frau fröhlich und wandte sich Grey zu. »Kann ich Euch etwas bringen?«

Einer der Männer sagte etwas zum anderen. Sie gingen zu einem dritten und vierten, die an einem Tisch saßen.

»Nur Wasser«, sagte Grey. Ihre Stimme war piepsig und eigenartig. »Bitte.«

Die Wirtin nickte und ging, um Becher zu holen. »Heute ist einiges los«, sagte sie zu Grey oder zu niemandem im Speziellen. »So viele Reisende gibt es sonst nicht zu dieser Jahreszeit. Wohin wart Ihr noch unterwegs? An die Küste, hat Euer Mann gesagt?«

Greys Finger gruben sich in den Tresen. Die Männer hörten offensichtlich zu. Sie wollte so schnell wie möglich weg hier. »Nein«, sagte sie und lächelte die Wirtin an, die ihr eine Kanne und Becher reichte.

Die Wirtin packte sie am Handgelenk. »Ah, schade, die Herren sagten nämlich, sie seien nach Grislar unterwegs. Sie haben herumgefragt, ob noch jemand an die Küste reist, um sich zusammenzutun. Ich wusste nicht mehr, ob Ihr auch in diese Richtung unterwegs seid.«

Irgendetwas an ihrer Stimme war seltsam. Ihr war Greys Schwert aufgefallen, vermutlich genauso wie Kiers. Vielleicht hatte sie sogar gehört, wie Sela ihn *Captain* genannt hatte. Was auch immer sie mitbekommen hatte, sie traute den Männern in der Ecke nicht über den Weg, und Grey ging es genauso.

Hinter sich spürte sie eine winzige Veränderung, ein Zischen, einen Wechsel, als einer der Magier sich mit seiner Quelle verband.

»Danke«, sagte Grey. Sie machte auf dem Absatz kehrt und ging durch die Tür, die zu den Zimmern führte. Es gab keine Zeit, um Ola zu warnen oder gar zu holen. Sobald die Tür hinter ihr zugefallen war, hechtete Grey die Stufen hinauf.

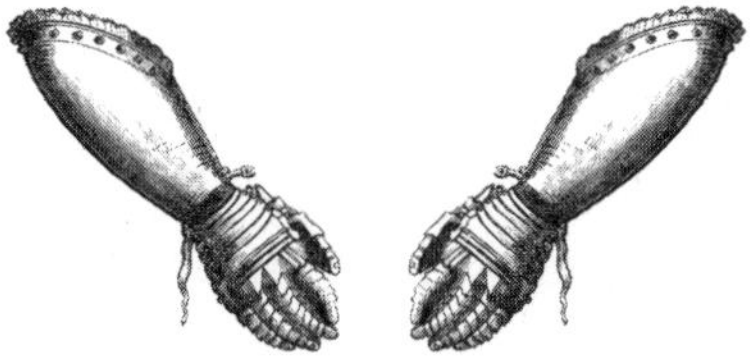

Lektion eins, wie man seinen Magier beschützt: Du hast keinen natürlichen Vorteil. Lerne so zu kämpfen, als gäbe es keinen Unterschied zwischen dir und einem magielosen Soldaten. In einer Schlacht hat dein Magier Fähigkeiten, du aber nur deine Klinge, deine Körperkraft, deine Kampffertigkeiten. Drücke dich nicht vor diesem Training.

Vom Umgang mit der Macht,
Band 1: Dritte Ausgabe, überarbeitet nach der Vernichtung

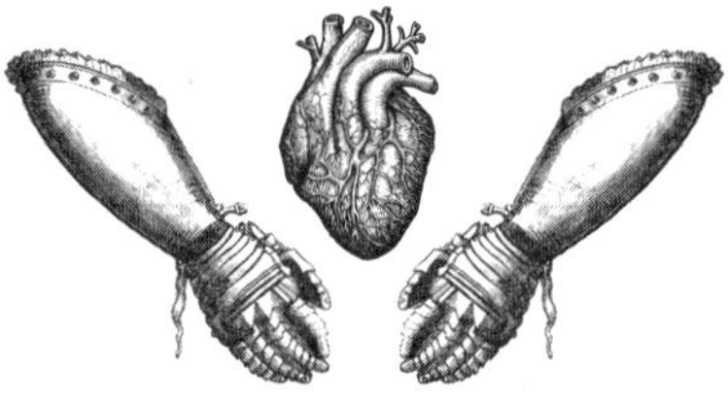

Elf

Luthrische Spürhunde im Schankraum«, sagte sie, platzte durch die Tür und bespritzte sich überall mit Wasser. Brit sah mit gerunzelter Stirn von their Klinge auf.

»Was?«

»Los, schnell«, sagte Grey. Sie verriegelte die Tür und zog den klapprigen Wandschrank davor. Wäre er doch nur schwerer, stabiler – so hielt er niemanden auf. »Wenn wir nicht verschwinden können, müssen wir kämpfen.«

Brit sprang auf und half ihr. »Woher weißt du das?«, fragte they.

»Ihre Sprache. Das Geld. Die Wirtin hat mir einen Tipp gegeben«, zischte sie durch die Zähne. »Mir ist egal, ob ich paranoid bin – das Risiko gehe ich nicht ein.« Sie sah aus dem Fenster, schätzte die Entfernung zum Boden ein, aber der Garten war überall eingezäunt, und nirgendwo war ein Tor in Sicht. Außerdem, wenn sie flohen, konnte sie nicht mit Gewissheit sagen, dass sie sie zu Kier führen konnte.

Es war besser zu kämpfen. Keine Überlebenden zu hinterlassen.

»Sind sie wegen uns hier?«, fragte Sela. Sie stand nutzlos auf der anderen Seite des Zimmers und wedelte mit den Händen, als wüsste sie nicht, was sie damit tun sollte.

Sie ist ein Kind, ermahnte sich Grey. Trotz all ihres Verdrusses lag ihr diese Tatsache schwer im Magen. Wer auch immer Sela war, *was* auch immer sie war, sie war nur ein Kind.

»Keine Sorge«, sagte sie. »Wir kümmern uns darum. Und jetzt runter. Weg vom Fenster. In die Ecke, unter den Schreibtisch.«

Sela nickte, aber Grey sah ihr die Panik an. Grey warf den Tisch um, damit die Platte Sela verdeckte und sie sich dahinter einrollen konnte, um von allen Seiten geschützt zu sein. Die Waffen, die sie nicht brauchten, versteckte sie bei dem Mädchen. Die kühlen blauen Augen sahen zu ihr hinauf, und ihrem Blick fehlte die Arroganz, die sie im Lager an den Tag gelegt hatte. Dieses Mal hatte Sela Angst.

Nur weil sie intensiv lauschte, hörte sie die Stiefelschritte auf der Treppe.

»Captain?«, murmelte Brit.

»Verbinde dich mit Ola.«

Brit sah weg. »Sie ist nicht bereit, und ich kann die Verbindung auf diese Entfernung nicht selbst initiieren. Ich muss mich mit dir verbinden.«

Grey fluchte – sie *durfte* keine Verbindung mit Brit herstellen. Sie stieß das Fenster auf und rief nach Ola. Keine Antwort. Erneut fluchte sie.

»Schwerter«, sagte Grey. Sie beide zogen ihre Waffen, und Grey schnappte sich zur Sicherheit noch einen Dolch. Das Zimmer war nicht besonders groß, und Schwerter waren im Nahkampf nicht immer geeignet. Brit bewaffnete sich mit irgendetwas aus Metall; Grey hinterfragte es nicht.

Es klopfte an der Tür. »Gnädigste?«, sagte eine Stimme. Nicht die der Wirtin.

Brit und Grey warfen sich einen langen Blick zu. Auch Brit zog ein Messer.

Es klopfte wieder. Jemand drehte am Türknauf. »Wir würden gern die Reiserouten vergleichen. Wir sind vermutlich in der gleichen Richtung unterwegs.« Die Stimme war angenehm, mit einem harten Unterton. In jedem Wort konnte man die Anspannung und den unterdrückten Akzent hören.

»Nein, danke!«, rief Grey laut.

»Ich kann eine Verbindung herstellen«, sagte Brit, und Grey spürte ein seltsames Bohren, als wäre ihr Magen die verschlossene Tür des Zimmers, an die Brit klopfte. Ein seltsamer Ausdruck huschte über Brits Gesicht.

Irgendjemand rammte gegen die Tür. Sie hielt stand. Leise Stimmen unterhielten sich auf der anderen Seite.

»Hand Captain?«, fragte Brit.

Greys Angst war kalt und unnachgiebig. »Ich … kann nicht«, sagte sie.

»Ich werde mich zurückhalten …«

»Nein«, sagte Grey und stellte sich der Wahrheit – der Wahrheit dessen, was sie getan hatten. »Brit, Kier und ich sind gebunden. Ich *kann* meine Kraft niemand anderem geben.«

Brits Blick war für einen furchtbaren Augenblick leer. »Oh, *fuck*«, murmelte they. »Ich dachte es mir schon kurz, als du Ola nicht … *fuck*.«

Irgendetwas schlug wieder gegen die Tür, und Grey konnte hören, wie Holz splitterte. Sie überlegte, noch einmal nach Ola zu rufen, verwarf es dann aber wieder. »Ich hoffe, du bist genauso gut mit deinem Schwert«, sagte sie und ging in Position. »Wir werden es ohne deine Magie aus dieser Patsche schaffen müssen.«

»Wenn der Captain wieder zurück ist«, fauchte Brit, »werden wir eine lange Diskussion über das Thema Vertrauen haben.«

»Wenn wir dann noch leben, bin ich gern dabei.«

Grey brauchte keine Verbindung, um zu wissen, dass Brit stinkwütend war. Es war nicht so, dass they nicht kämpfen konnte – aber Magiern *gefiel* dieser Vorteil der Magie, und sie hatten gelernt, sie wie einen weiteren Schwertarm zu benutzen. Für Brit würde es seltsam und unangenehm sein, darauf zu verzichten.

Aber ihnen fehlte die Zeit. Beim nächsten Hieb gegen die Tür brach diese endgültig auf. Brit machte einen Satz zurück, als ein Stiefeltritt den Schrank beiseite beförderte, schaffte es jedoch, den ersten Schlag zu führen, und stach denjenigen, der in den Raum eindringen wollte. Ein Schmerzensschrei erfüllte den Flur.

»Ihr habt zwei Minuten«, rief eine Stimme. »Gebt das Mädchen heraus oder ihr seid des Todes.«

»Welches Mädchen?«, rief Grey.

Wieder gab es Gemurmel im Korridor. Grey spürte, wie Magie sich aufbaute, und bevor sie Brit warnen konnte, explodierten die Tür und der Schrank in einem Splitterregen. Grey hielt sich schnell eine Hand vors Gesicht, um die Augen zu schützen.

»Verfluchte *Materialisten*«, stöhnte Brit – was ironisch war, denn Brit war selbst von dieser Sorte.

Grey konnte gerade noch die Hand herunternehmen und einer Klinge ausweichen. Die Luft war vom Geräusch von Metall auf Metall und dem aschigen Geruch nach Magie erfüllt. Sie waren zu viert, vermutlich zwei Magier und zwei Quellen, und sie war so ausgesprochen wütend, dass sie Ola nicht dazu gebracht hatte, bei ihnen zu bleiben, und dass sie sich so sehr mit der Trennung von Kier beschäftigt und dabei die Verbindung der anderen außer Acht gelassen hatte. Dass sie nicht *nachgedacht* hatte. Neben ihr wich Brit einem Treffer aus, rollte über das Bett und holte mit dem Schwert zu einem Schlag aus, der den Gegner in die Schulter traf.

Grey biss die Zähne zusammen, stemmte sich gegen den Schlag, der auf sie niederging, und stieß mit ihrer nicht dominanten Hand zu. Sie traf den Mann in die Rippen, ein tiefer Treffer, der ihn nach Luft schnappen ließ. Er stolperte zurück. Grey sprang hinterher, setzte den Folgeschlag tiefer als erwartet und erwischte ihn in der Bauchgegend. Er fiel auf die Knie, hatte das drohende Verhängnis in den Augen, und sie spürte, wie eine Verbindung zerriss.

»*Flynn!*«

Sie fuhr gerade noch rechtzeitig herum, um die Schnittwunde auf dem Arm zu kassieren, nicht dem Rücken, was *unfassbar* schmerzte, sie aber nicht umbringen würde.

»Das hier wäre verdammt noch mal einfacher«, fauchte Brit, selbst auf der Stirn blutend, »mit *Magie*.«

Grey blockte einen weiteren Hieb ab und wagte einen Blick auf den Magier, der in eine Ecke gedrängt worden war.

»Verbindung!«

Die feine Stimme überraschte sie so, dass Grey fast bei ihrem Block versagte und Brit es tatsächlich tat – aber das machte nichts, denn Grey spürte den unbekannten magischen Faden, als Sela ihre Kräfte mobilisierte und Brit sich mit ihr verband.

»Runter!«, rief they, und dann flogen die Metallspäne, die they in der Faust hatte, mit tödlicher Geschwindigkeit durch den Raum. Grey ließ sich auf den Boden fallen, das Gesicht nach unten, und schirmte ihren Kopf mit beiden Händen ab, während das Metall gegen alles im Umkreis prasselte und mindestens noch zwei Gegner zu Boden gingen.

Stille breitete sich aus. Grey roch Blut und spürte dieses süßliche Nachbeben ausgelaugter Kraft, während ihre Quelle vor Adrenalin fast überschwappte.

Sie öffnete die Augen. Ein luthrischer Soldat lag neben ihr, das halbe Gesicht von den Metallteilen weggesprengt. Um diese Explosionsstärke zu erreichen, diese Projektion, hatte Sela vermutlich all ihre Kraft aufgebraucht.

Grey setzte sich auf, wischte sich das Blut vom Gesicht und machte eine gründliche Bestandsaufnahme. Die vier Soldaten waren tot. Der Schreibtisch, hinter dem sich Sela versteckt hatte, war nur noch ein Holzhaufen, aber sie konnte das Mädchen weinen hören, also musste Sela noch leben. Sie konzentrierte sich auf Brit. They stützte sich aufs Bett und atmete schwer.

»Brit?« Grey rappelte sich auf und stieg über eine Leiche. Sie drehte den Magier auf den Rücken – in their Augen tobten die Schmerzen. Blut lief them über die Stirn; eine andere Wunde durchnässte den Ärmel, und irgendwo bei den Rippen musste noch eine Verletzung sein.

»Du hast es uns nicht gesagt.« Brit starrte an die Decke.

Grey weinte nicht – sie hatte diesen Impuls, bei Gefahr zu weinen, schon vor Jahren verloren –, aber sie fluchte erstklassig. Dann nahm sie ihr blutiges Messer zu Hilfe, trennte die Knöpfe von

Brits Hemd auf und betrachtete die Verletzungen. Der Stich in Brits Rippen war tief, aber sie ging davon aus, dass nichts Lebenswichtiges getroffen worden war; neben dem Bauchnabel war eine weitere Stichwunde, nicht tief genug, um den Darm zu verletzen, doch ohne weitere Untersuchung konnte sie das nicht mit Sicherheit sagen.

»Sela«, sagte sie sehr vorsichtig. »Alles in Ordnung?«

»Ähm.« Das Mädchen schniefte und versuchte trotz seines Schluchzens normal zu atmen. »Ich … es hat nicht … ich blute nicht.«

»Gut. Sela, hör zu, kannst du etwas für mich tun?« Grey musste eine Entscheidung treffen: sich auf Brit konzentrieren oder auf Sela. Wenn das Mädchen fliehen wollte – Pech. Sie machte mehr Schwierigkeiten, als sie wert war. Und obwohl ihr eigener Ruhestand auf dem Spiel stand, obwohl Kier sie vermutlich umbrachte, wenn die Gefangene verschwunden war, wollte sie Brit nicht einfach sterben lassen. Sie drückte fest auf die schwerwiegendste Wunde, um die Blutung zu hemmen.

»Ich denke schon«, sagte Sela. Grey sah zu ihr hinüber. Sie stand mittlerweile, atmete schwer und hatte vermutlich gerade eine Panikattacke. Als ihr Blick auf Brit landete, halb bewusstlos unter Grey, und dann auf einem der toten Soldaten am Boden, wurde sie bleich.

Grey hielt ihr einen Schlüssel hin. »Nicht hinsehen. Sela, im Nebenzimmer liegt mein Sack auf dem Bett. Ich brauche meinen Arzneibeutel. Den mit Salben, Kräutern und Gegenmitteln – du erkennst ihn schon, wenn du ihn siehst. Bring ruhig den ganzen Sack her. Ich habe noch ein paar weitere Aufgaben für dich, und dann holst du Ola, in Ordnung?«

»Okay«, sagte Sela. Sie nahm den Schlüssel. Grey fragte sich, die Gedanken vor Schmerz und Adrenalin zerfasert, ob sie das noch bereuen würde.

Darüber durfte sie jetzt nicht nachdenken.

Während das Mädchen ihren Arzneibeutel holte, machte sich Grey an die Arbeit. Sie bewegte sich um Brit herum und nahm alles bis auf das Laken vom Bett herunter, um eine ebene Arbeitsfläche zu haben. Dann zerrte sie die Leichen in eine Ecke und fluchte über die Blutschwalle, die ihr das Hemd dabei durchnässten. Sie legte eine Decke über die Toten – die anderen konnten sich später um sie kümmern. Grey eilte nach unten und machte sich dabei keine Gedanken über den Lärm, den ihre Stiefel machten. Die Schenke war seltsam still und leer – die Eingangstür war mit einem schweren Querbalken verriegelt. Grey entdeckte die Wirtin zusammengesackt hinter dem Tresen. Kurz überprüfte sie Puls und Atmung der Frau; sie wachte auch nicht auf, als Grey sie mit der Stiefelspitze gegen den Arm trat, also war sie vermutlich vergiftet worden oder hatte ein Schlafmittel verabreicht bekommen.

Sie hatte keine Zeit, um sich darum zu kümmern. Grey zerrte die Frau in ein Hinterzimmer, stahl die Schlüssel hinter dem Tresen hervor und schloss die Wirtin für alle Fälle ein.

Dann wappnete sie sich und kehrte in ihr Zimmer zurück, wo Brit lag.

Erstaunlicherweise hatten Brits improvisierte Geschosse den Wasserkrug nicht beschädigt. Grey zog die Kissen ab und tauchte die Bezüge ins Wasser, um Brits Wunden zu reinigen. They atmete mittlerweile nur noch flach und hatte die Augen geschlossen.

Sela brachte den Arzneibeutel und setzte sich still auf den Nachttisch in der Ecke, so weit wie möglich entfernt von den Leichen, obwohl ihr Blick immer wieder dorthin wanderte – das weiße Laken fing stellenweise an, sich rot zu färben.

»Sela?« Grey wusch sich die Hände gründlich mit Wasser und Seifenpulver.

»Ja?«

»Atmen nicht vergessen.« Grey versuchte, so ruhig wie möglich zu klingen und das Zittern in ihrer eigenen Stimme zu unterdrücken. Sie zog ein Gefäß mit Betäubungssalbe aus ihrem Beutel. »Einatmen und bis fünf zählen, dann ausatmen und bis fünf zählen. Schaffst du das?«

»Ja«, sagte das Mädchen. Grey hörte zu und passte ihre eigene

Atmung Selas an, während sie die Bereiche um Brits Verletzungen einstrich.

»Wie fühlst du dich?«

»Ich habe Bauchschmerzen.«

Greys Hände erstarrten halb in ihrem Arzneibeutel. »Du bist nicht trainiert worden, oder? Du bist eine Quelle, aber du weißt nicht, wie man vorgeht.«

Das Schweigen war so laut, dass Grey aufsehen musste, um zu prüfen, ob das Mädchen nicht ohnmächtig geworden war. »Ja«, kam es schließlich von ihm.

Grey nickte. Sie widmete sich wieder Brit. They atmete noch, und nichts hatte die Atemwege blockiert.

»Okay. Jetzt musst du Ola für mich holen. Wenn sie hier ist, kannst du bei uns bleiben oder dich auf die Treppe setzen und auf die anderen warten, um sie hereinzulassen. Alles klar?«

»Ja«, krächzte Sela. Dann zögerte sie. »Wird Brit überleben?«

Grey sah auf. Sela stand da, die Hände an die Brust gedrückt, als wäre sie verletzt worden. Sie hatte einen Kratzer auf der Wange, aber der Verursacher hatte das Auge verfehlt.

»Wenn ich das mitentscheiden darf, dann ja.« Sie zwang sich zu einem weniger scharfen Ton. »Es wird schon alles gut werden, Kleine. Und jetzt hol Ola.«

Eine Sekunde später war Sela aus der Tür. Grey warf einen Blick über die Schulter, um zu sehen, ob sie tatsächlich über den Hof zum Waschhaus rannte. Dann verbrachte sie eine quälende Minute damit, sich alles auszumalen, was schiefgehen konnte.

Einen Augenblick später hastete Ola über den Hof. Sela folgte ihr mit etwas Abstand auf wackligen Beinen.

Grey machte sich wieder an die Arbeit.

Die schlimmste Verletzung war die Schnittwunde auf Brits Rippen, dann die Bauchwunde. Der Arm war kein schöner Anblick, aber insgesamt noch in Ordnung, und die Kopfverletzung sah viel schlimmer aus, als sie war. Grey konnte sich über eine Gehirnerschütterung Gedanken machen, nachdem sie sichergestellt hatte, dass Brits Eingeweide nicht zu Ausgeweiden wurden.

»Was zur *Hölle …?*«

Ola stand in der Tür, aber Grey musste sich konzentrieren. Ihre Hände zitterten, zur Hälfte vom sinkenden Adrenalinspiegel. Obwohl sie schon oft im Lazarett ausgeholfen hatte, war es schon eine Weile her, dass sie jemand anderen als Kier operiert hatte. Sie zwang sich, ruhig zu bleiben, nur an ihre Erfahrung zu denken und an die endlosen Tage des Operierens, als sie noch Heilerin gewesen war. Ihr fehlte es an der Ausrüstung, um Brit bewusstlos zu halten, und sie verfluchte sich selbst dafür, aber sie musste mit dem arbeiten, was sie hatte.

»Du musst dich bitte verbinden«, sagte Grey behutsam.

»*Bei Lockes Knochen*, Captain …«

»*Sofort*«, zischte Grey. Sie bemerkte Sela, die hinter Ola ins Zimmer trat. Das Mädchen ging still zum Nachttisch, setzte sich und zog die Knie an.

Olas Augen wurden schmal, aber Grey spürte grüne neue magische Energie, als die Verbindung hergestellt wurde. »Jawohl, Hand Captain.«

Brit seufzte erleichtert. Their Miene entspannte sich ein wenig. Ola setzte sich an Brits Kopfende und drückte die Hand auf den unverletzten Arm.

»Kannst du die Verbindung aufrechterhalten und unten sichern?«, fragte Grey so neutral wie möglich. »Ich hatte nicht die Zeit für eine gründliche Überprüfung.«

Eine Pause. »Jawohl, Hand Captain«, sagte Ola. Grey konnte ihr die Wut ansehen.

Keine der Wunden hatte die inneren Organe verletzt, aber sie waren trotzdem ernst. Grey säuberte sie und führte die Fäden von Olas Magie, um zu heilen, was sie konnte. Dann vernähte sie sorgfältig die Wunde an Brits Bauch. Ola kehrte zurück, als sie gerade das Fadenende verknotete, und setzte sich wieder neben Brit.

»Wieso hat sich Brit nicht gleich mit Sela verbunden?«, fragte Ola vorwurfsvoll. »Soll Locke nicht eine unfassbar starke Quelle sein? Irgendeine unglaubliche Macht?«

Grey erstarrte und vergaß zu atmen. Sie sah Sela an – aber das Mädchen verbarg nur sein Gesicht.

»Das kann ich nicht beantworten.« Sie machte sich wieder an die Arbeit, und ihr Herz hämmerte wegen des Lügengebäudes, das sie aufrechterhalten musste.

Als sie fertig war, machte sie sich an die Wunde zwischen Brits Rippen. Sie konzentrierte sich darauf, den Muskel wieder zusammenzubringen, dann das Gewebe. Dabei zwang sie sich, nur daran zu denken und nicht an Sela, die in der Ecke schluchzte, oder an Olas strengen, unversöhnlichen Blick.

Wenn sie aufhörte, würde sie entweder zusammenbrechen oder sich übergeben. Sie hatte selbst so viel Blut verloren und konnte nicht einmal sagen, ob Brit hier unter ihren Händen starb.

»Was ist hier los?«

Grey hob den Kopf und sah Eron in der Tür. Der Schock stand ihm ins Gesicht geschrieben. Aber sie konnte sich damit jetzt nicht auseinandersetzen.

»Wo ist Kier?«, fragte sie, machte einen Knoten und begutachtete ihr Werk.

»Unten.« Er verzog das Gesicht, und Grey musste an die Wirtin denken; ob sie wach war oder überhaupt noch lebte, konnte sie nicht sagen.

»Ich begreife nicht … was zum *Teufel* …?«, wiederholte Eron, als hätten sie ihn nicht schon beim ersten Mal gehört, als hätte Grey gerade Zeit für eine Antwort. Sie klebte Brit Verbandsmull auf die Stirn.

»Kannst du Sela ins andere Zimmer bringen? Und Kier – ich brauche Kier.«

Erst da brach ihre Stimme. Als hätte er es gespürt, fand der feine Magiefaden, den sie ausgelegt hatte, sein Ziel. Kier verband sich mit ihr, und bevor sie es sich anders überlegen konnte, schickte sie ein verzweifeltes Signal. *Hilfe.*

Eilige Stiefel waren auf der Treppe zu hören, dann im Korridor. Ein leises Einatmen ertönte im Türrahmen. »Eron, hilfst du mir bitte mit den Leichen?«

Es war Kiers Stimme, gefasst und sicher. Kier war stets so viel besser in Notfällen als sie. Grey beendete die Wundversorgung auf Brits Stirn und schnitt die Jacke auf, um an den Schnitt am Arm zu kommen. Er war zum Glück nicht tief genug, um eine Naht zu rechtfertigen, sondern eher eine Schramme.

Eine Hand legte sich ihr auf die Schulter. »Alles in Ordnung?«

Sie sah ihn nicht an. Wenn sie ihn ansah, würde alles vorbei sein. »Ja. Die Schlüssel sind auf dem Nachttisch bei Sela. Ich weiß nicht, ob die Wirtin tot ist oder nur bewusstlos.«

»Ich kümmere mich darum.«

Er strich ihr die Haare aus der Stirn. Sie tupfte vorsichtig das verkrustete Blut um Brits Wunde ab. Ola war näher an den Kopf gerückt und summte leise, während sie Brit stetig Kraft zufließen ließ.

Grey war ungefähr zum selben Zeitpunkt fertig, als Kier und Eron die letzte Leiche beseitigt und Eron Sela nach nebenan gebracht hatte. Sie sah auf. Olas Blick war hart wie Stahl.

»Wieso hast du Brit nicht deine Kraft gegeben?«, zischte sie.

»Jetzt ist der falsche Zeitpunkt«, ging Kier vom Türrahmen aus dazwischen. »Kannst du hier für einen Augenblick Wache halten?«

Olas Mund wurde zu einer schmalen Linie. »Jawohl, Captain«, sagte sie sehr leise.

»Gut. Hand, nimm deine Utensilien mit.«

Grey nahm mit zitternden Händen ihren Arzneibeutel. Kier war bereits im Flur verschwunden, aber die Tür zu einem anderen Zimmer stand offen. Da sie nur zu sechst waren, kam sie zu dem Schluss, dass er sie in ein leeres Zimmer geführt hatte. Sie ging hinein, wo er auf einem Stuhl saß, den er an ein Bett gestellt hatte.

»Bist du verletzt?«, fragte er und sah auf ihren blutnassen Ärmel.

»Nicht tödlich.«

»Zieh deinen Umhang aus«, sagte er voll Autorität. »Und das Hemd. Bitte.«

Grey wusste nicht, was sie tun sollte – was sie sagen sollte. Die Verbindung zwischen ihnen stand, doch er zog keine Energie und schickte auch kein Signal. Sie lastete nur schwer auf ihrer Brust, und ihre Kraft blieb unangetastet.

Also tat sie, was er von ihr wollte. Sie schlüpfte aus dem Umhang, verkniff sich einen schmerzerfüllten Seufzer wegen ihres Arms und knöpfte ihr Hemd mit einer Hand auf. Dann zog sie es aus. Er sah ihr nicht ins Gesicht, als sie im Wams vor ihm saß.

»Ich … Du kennst dich besser aus als ich«, sagte Kier. »Was brauchst du? Muss etwas genäht werden?«

Grey zwang sich, ihre Wunde zu betrachten, durch den Mund ein- und durch die Nase auszuatmen. »Sie ist tief«, sagte sie. »Da ist Verbandsmull – ja genau, und noch die Seife.« Ihre Stimme klang weit entfernt, während Kier den Arzneibeutel durchwühlte und herausnahm, was sie verlangte. »Wasch dir die Hände und dann meine Wunde. Das wird wehtun.«

»Okay.« Er verschwand kurz und holte einen Wasserkrug und eine Schüssel. Sie konzentrierte sich auf ihre Atmung, während er sich die Hände wusch und sich dann daranmachte, ihre Haut zu säubern. Als er über die Wunde rieb, biss sie die Zähne zusammen, damit ihr kein Geräusch entfuhr – die Welt versank in einem weißen, schmerzhaften Zischen. Als sie wieder zu sich kam, hatten sich ihre Finger tief in Kiers Oberschenkel gekrallt. Im Mund schmeckte sie Blut – sie hatte sich die Lippe aufgebissen.

Trotz ihrer Reaktion hatte Kier nicht aufgehört. Sein Gesicht war nah an ihrer Wunde; es sickerte noch immer Blut heraus. Er wischte es weg und hinterließ einen rosafarbenen Schmierfleck aus Salbe und Blut.

»Lass mich mal sehen«, sagte sie.

»Ich fürchte, ein Kuss wird da nicht genügen.«

Ihr Lachen war durch den Kloß in ihrem Hals alles andere als frei. Sie betrachtete die Wunde. Jetzt, da sie gesäubert war, sah sie nicht mehr so tief aus. »Ich glaube, es genügt, wenn du sie fest verbindest.«

Endlich sah er sie an, und ihr fiel auf, wie schuldig sein Blick war. Er war überhaupt nicht wütend auf sie. »Wenn ich diese Wunde hätte, würdest du sie mir dann auch nur verbinden?«

Sie kaute auf der Innenseite ihrer Lippe. »Nein.«

Kier nickte. Er suchte sich eine unbenutzte Nadel und Faden. Er hatte sie schon oft verarztet, hatte Wunden verbunden, an die sie selbst nicht reichte, hatte antiseptische Salben und Heilpasten aufgetragen, sie stabilisiert, wenn es während eines Kampfes nötig war, was fast nie vorkam. Aber für alles Ernstere hatte sie sich stets ans Feldlazarett gewandt. Es hatte nichts mit Kiers Erfahrung oder seinem Mangel daran zu tun; er hatte schon so oft dabei zugesehen, wenn sie eine Wunde nähte, und beherrschte es vermutlich genauso gut wie sie.

»Anästhesie, bitte – diese graugrünliche Salbe in dem Topf mit dem blauen Deckel«, sagte Grey und sah zur Wand. Er trug die Salbe auf die Wundränder auf, und seine raue Haut ließ sie vor Schmerzen zischen.

»Entschuldigung«, murmelte er. Sie sah nicht hin, als er sich vorbereitete, aber sie *spürte* den ersten Nadelstich.

Es war nicht seine Schuld – oder doch: Es war *absolut* seine Schuld, dass es so sehr wehtat. Sie sog scharf die Luft ein, krallte sich in seinen Oberschenkel und spürte jeden einzelnen Stich, jedes Ziehen am Faden.

»Du machst das wirklich tapfer«, sagte er leise und wischte ihr eine Träne von der Wange.

»Mach weiter«, knurrte sie. »Bring es zu Ende. Schnell.«

Nach der Hälfte ließ sie den Kopf gegen seine Schulter sinken und merkte, wie sie wegen der unablässigen Schmerzen taub wurde. Irgendwann endlich verknotete er das Ende des Fadens und schlang die Arme um sie.

»Du Scheißkerl«, sagte sie an seinem Hals, der von ihren Tränen nass war.

»Es tut mir leid. Es tut mir so verdammt leid.«

Seine Arme wurden fester, einer um ihren Rücken, der andere in ihren mit Schweiß und Blut verfitzten Haaren.

»Ich hätte niemals losgehen dürfen«, sagte er. »Ich hätte hierbleiben sollen.«

Mit ihrem gesunden Arm schmiegte sie sich noch enger an ihn.

Er zog sie vom Bett auf den Stuhl, dann auf seinen Schoß. Dann drückte er sie an sich.

»Brit und Sela sind meinetwegen fast gestorben.«

»Das war nicht deine Schuld«, sagte Kier.

Das änderte nichts; es betäubte nicht den Schmerz. Sie konnte sich nicht daran erinnern, wann sie das letzte Mal geweint hatte; und sie tat es jetzt auch nicht. Sie vergrub nur ihr Gesicht an Kiers Hals, als wäre es die Lösung für alles.

Sie konnte sich nicht daran erinnern, eingeschlafen zu sein. Als sie aufwachte, lag sie im zweiten Zimmer zusammengerollt im Bett, Rücken an Rücken mit Sela. Grey drehte sich um und entdeckte Brit auf einer Matratze am Boden. Ola lag daneben.

Sie setzte sich auf. Sie trug ein sauberes Hemd, das nach Kier roch. Ihr Arm schmerzte. Der Captain selbst saß am Fenster und sah nach draußen. Eron saß im Schneidersitz an der Tür.

Kier sah sie an. Das Morgenlicht erhellte die dunklen Schatten unter seinen Augen.

»Wie lange habe ich geschlafen?«, fragte sie leise, um die anderen nicht zu wecken.

»Eine ganze Weile. Du hast es gebraucht.«

Sie schlüpfte aus dem Bett. Er hatte ihr auch die Hose ausgezogen, die mit Blut befleckt war – sie trug nur das Hemd und ihre Unterhose. »Gib mir einen Augenblick, um mich frisch zu machen, dann übernehme ich die Wache.«

»Du solltest dich lieber ausruhen.«

Grey warf ihm einen strafenden Blick zu. Sie hatten das bereits besprochen. »Du brauchst Schlaf. Du auch, Eron. Ich schaffe das schon.«

Sie wartete nicht darauf, dass sie Einwände vorbrachten. Sie schnappte sich ihren Waschbeutel und ihren Sack und ging in den kleinen Waschraum im ersten Stock. Die Tür zu dem Zimmer, wo Kier sie verarztet hatte, war nur angelehnt; der Raum, wo der Kampf stattgefunden hatte, hatte überhaupt keine Tür mehr. Grey blieb kurz im Türrahmen stehen, ließ den Blick über die Blutspuren auf dem Bett schweifen, wo sie Brit versorgt hatte. Dort, wo die Leichen gelegen hatten, blieben auf dem Holzfußboden dunkle Flecken. Grey erschauderte und lief weiter.

Im Waschraum wechselte sie ihre Binde – nach all dem Theater von gestern war es ein Aberwitz, dass sie noch immer blutete – und betrachtete Kiers Naht. Sie war nicht besonders sauber, und die Narbe würde vermutlich grauenhaft aussehen, aber sie tat ihren Dienst. Grey betrachtete ihr Gesicht im Spiegelglas, sah das Durcheinander ihrer Haare und die getrockneten Blutspritzer auf ihrer Haut.

Ich bin die High Lady von Locke, dachte sie, als sie sich ansah, und bekam fast einen hysterischen Lachanfall.

Sie wusch sich das Gesicht und versuchte, den Kamm durch die verfitzten Haare zu treiben, gab dann aber auf. Sie brauchte ein ordentliches Bad, doch dafür würde noch Zeit sein, wenn alle ausgeruht waren.

Zurück im Zimmer fand sie Eron auf dem Bett neben Sela, während Kier in der Ecke lag, zusammengerollt in einem Nest aus Decken.

»Bist du sicher, dass alles in Ordnung ist?«, fragte Kier. Er stand auf und reichte ihr eine Hose vom Kleiderstapel an der Tür. Irgendjemand musste Olas Wäsche aufgehängt haben. Sie war noch etwas feucht und zu groß. Grey machte sie mit ihrem Schwertgürtel fest.

»Ich brauche Zeit«, sagte sie. Noch ehrlicher zu sein, ertrug sie im Augenblick nicht. Sie verriegelte die Tür hinter sich und überprüfte es zweimal.

Aus ihrem Stapel zog sie ihr Schwert und die blutbefleckte Kleidung. Sie setzte sich auf den Stuhl, den Kier frei gemacht hatte, und legte sich alles auf die Knie.

»Nicht zu viel«, sagte Kier, während ihm die Augen zufielen.

»Wie Ihr meint, Captain.«

Keine Quelle darf ohne ausdrückliche, schriftliche Erlaubnis des High Lord den Prozess der Vereinigung vollenden, der gemeinhin als Bindung bekannt ist. Wird bei einem Magier und seiner Quelle eine unrechtmäßige Bindung festgestellt, werden sie einem Gerichtsverfahren vor ihresgleichen unterzogen und verurteilt. Das empfohlene Strafmaß ist je nach vorliegenden Umständen eine Freiheitsstrafe, eine Zwangstrennung oder, im Extremfall, die Hinrichtung.

Diplomatische Regelungen Scaelas,
Artikel 3, Zusatz 8

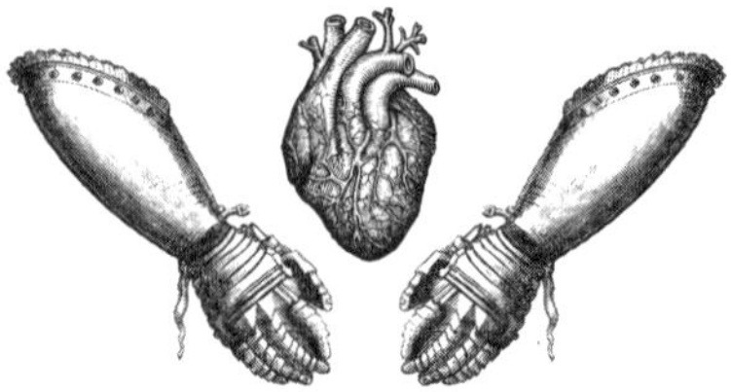

Zwölf

Grey war zwanzig gewesen, als Kier zum ersten und einzigen Mal zu viel von ihr genommen hatte. Sie hatten sich im Osten befunden und sowohl gegen Eprain als auch gegen Luthar gekämpft. Die Eprainer waren ein besonders bösartiger Haufen: Sie trainierten ihre Magier darauf, so viel inneren Schaden anzurichten wie nur möglich. Wenn man also gegen sie in den Kampf zog, werteten sie das als Einladung, einem die Eingeweide herauszureißen. Kier war aufgrund seiner Begabung sehr gefragt, wie ein bissiger Hund an der Leine, und ihr Befehlshaber hatte darauf bestanden, ihn immer weiter und weiter zu treiben.

Sie führten eine Truppe von zwölf weiteren Kämpfern an, sechs Magier und sechs Hände, die im ständigen Wechsel eingesetzt wurden, weil sich Verletzungen nicht vermeiden ließen. Sie hatte Kier noch nie so wütend gesehen wie in jener Zeit, in der er lange Stunden auf dem Schlachtfeld verbrachte, um ihre Stellung zu halten, um dann Ewigkeiten in Besprechungen zu sitzen, mit Befehlshabern, die seit Jahren nicht mehr selbst in den Kampf gezogen waren, dafür aber umso lauter irgendetwas über Strategie brüllten. In dieser Zeit hatten sie beide aufgehört, Tränen zu viel Bedeutung beizumessen, und wenn sie abends trainierten, ignorierte sie Kiers feuchte Augen, weil sie Tag um Tag um Tag nur von Tod umgeben waren.

»Mit wie vielen könnt ihr es aufnehmen? Schnell?«, fragte sie der Captain, ein rauer und vernarbter Mann mit einem gewissen Hang zum Schnaps, nach jeder Besprechung.

»Durch Magie oder Körperkraft?«

»Magie. Treibt keine Spielchen mit mir, Seward.«

»Vier«, antwortete Kier, so gelassen wie immer. »Fünf, wenn es sein muss.«

»Nicht gut genug«, knurrte der Captain, obwohl sich die Antwort nie änderte. »Wenn acht zu viel für Euch sind, dann solltet Ihr kein Lieutenant sein.«

Sie trainierten, wann immer sie Zeit hatten: Kier nahm sich ihre Kraft, bis der Schmerz der Leere ihr Tränen in die Augen trieb. Irgendwann begann die Macht schließlich, in breiten, soliden Strängen von ihr auszuströmen. Sie überstanden Schlachten, in denen Kier sechs Herzen gleichzeitig vernichtete, dann sieben. Grey fühlte jedes einzelne davon wie eine stumme Supernova in sich, die sie von innen zu zerreißen schien.

Es geschah, nachdem Kier zu viel von ihr genommen hatte, nachdem er zu viele Herzen zerstört und dabei fast ihr eigenes zerfetzt hatte. Sie kämpften an einem Steilhang, mit dem Rücken zur Wand gegen zu viele Feinde. Die Hälfte ihrer Magier war tot, und sie standen einer Übermacht gegenüber. Und sie hatte das Eis in ihrem Bauch gefühlt, so kalt und tief wie das Meer unter den Klippen der Insel.

Sie drehte sich im Kreis, versuchte, ihn zu decken, versuchte, ihn zu beschützen, versuchte, lebend dort rauszukommen. Doch er war nicht mehr da. Wenn er nicht immer noch mit ihr verbunden gewesen wäre, hätte sie ihn für tot gehalten.

An seiner Stelle stand ein anderer Magier vor ihr, einer der Eprainer, und sein halbes Gesicht bestand nur noch aus Blut. Sobald er die schwarze Borte um das Wappen Scaelas sah, das sie auf der Brust trug, schlug er ohne Zögern zu. Er ließ sein Schwert sinken, packte sie am Hals und rammte sie mit dem Rücken gegen die Felswand. Er hob sie hoch, bis ihre Füße wild durch die Luft ruderten und sie ihr Schwert fallen ließ, um zu versuchen, seinen Griff um ihre Kehle zu lösen.

»Verdammte *Schlampe*«, knurrte er, und da fühlte sie es, eine Verbindung, die ihr aufgezwungen wurde. Sie wollte sie wegstoßen, doch sie bekam keine Luft mehr und hatte Kier nun vollständig verloren. Als sie versuchte, sich wieder mit ihm zu verbinden, blind vor Panik, es könnte vorbei, er könnte tot sein, war einfach alles zu verworren, und sie konnte sich nicht konzentrieren. Sie fand eine Verbindung und packte zu.

Das Grinsen des Magiers vor ihr wurde breiter. Doch dann flackerte etwas in seinem Blick auf: Wiedererkennen. Verstehen. Er begann, von ihr zu zehren, nahm sich Macht, die sie nicht preisgeben wollte, und der Schmerz war so gewaltig, dass sie fast das Bewusstsein verlor. Wieder rammte er sie gegen den Felsen, und Grey fühlte, wie alles in ihr einfach aufgab, herunterfuhr.

Severin, dachte sie verzweifelt. *Severin, ich sterbe.*

Maryse, sagte jemand von sehr weit weg.

Sie kämpfte, zog den Dolch aus ihrem Gürtel und versuchte, auf den Arm des Mannes einzustechen, doch sie war zu schwach, und alles war schattig und unsicher. Dann war sie plötzlich voller Blut, warm und metallisch, und das Gesicht des Magiers veränderte sich. Sie begriff gerade noch, dass ihm jemand die Kehle aufgeschlitzt hatte und dass es *sein* Blut war, das ihr über die Haut lief. Sein Griff erschlaffte, und sie glitt an der Felswand hinab und brach auf dem Boden zusammen. Die ungewollte Verbindung zerriss.

Kier trat die Leiche beiseite. Vor ihr fiel er auf die Knie und umfasste ihren Kopf. Alles tat weh. Es tat so weh, dass sie nicht an den Schmerzen vorbeidenken konnte.

»Grey?«, fragte er, bebend und voller Angst.

Sie packte sein Surcot, und ihre Finger hinterließen blutige Spuren auf dem rauen Stoff. »Nimm«, murmelte sie, verband sich mit ihm und schob ihm so viel Kraft zu, wie sie nur konnte. Die Woge erfasste sie mit einer solchen Kraft, dass sie hustete und würgte. Durch zusammengebissene Zähne brachte sie heraus: »Nimm alles. Bring uns nach Hause.«

Und das tat er.

Grey wusste nicht, was danach passiert war oder wie Kier sie zurück ins Lager geschafft hatte, doch sie schlief drei Tage durch, wobei sie jedoch häufig von den Heilern geweckt wurde, die eine Gehirnerschütterung vermuteten. Danach verbrachte sie noch zwei weitere Tage unter sorgsamer Aufsicht im Lazarett.

Am Abend des zweiten Tages kam er zu ihr, seine Augen waren dunkel vor Trauer und noch etwas, was sie nicht einordnen konnte. Es dauerte einen Moment, bis sie begriff, dass er sich schämte. »Ich habe eine Versetzung beantragt«, sagte er.

»Wohin gehen wir?«, fragte Grey, und ihre Kehle war so eng, dass sie kaum sprechen konnte. Sie hatte ein einziges Mal in den Spiegel geschaut und wäre angesichts der Blutergüsse fast in Tränen ausgebrochen. Sie hasste es, wie er sie ansah, als würde er erwarten, sie könnte zurückzucken oder sich vor ihm fürchten – als hätte er selbst ihr das angetan.

»Wir gehen nirgendwo hin«, erklärte er geschlagen. »Ich habe darum gebeten, umtrainiert zu werden. Und ich habe um eine neue Hand gebeten.«

Grey setzte sich so schnell auf, dass sich alles um sie zu drehen begann und sie mit dem Kopf gegen sein Kinn schlug. Bei dem plötzlichen Schmerz sog sie scharf die Luft ein.

»Hand Lieutenant!«, rief einer der Heiler in der Nähe. »Seid vorsichtig.«

Grey winkte ab. »Was habe ich falsch gemacht?«, fragte sie ihn, ohne dabei die Verzweiflung aus ihrer Stimme verbannen zu können. »Schick mich auch zum Umtrainieren, oder … ich weiß nicht, Kier, du musst …«

»Es liegt nicht an dir.« Rasch sah er sich um und hob die Hände zu ihren Schultern, als wüsste er nicht, ob er sie berühren sollte, könnte sich selbst aber auch nicht davon abhalten. »Herrgott, Hand …« Er verzog das Gesicht, als würde ihm bei der Erwähnung ihres Titels wieder bewusst werden, was sie alles für ihn geopfert hatte. Dann wandte er den Blick ab. »Grey«, erklärte er bebend. »Es liegt nicht an dir. Ich kann so nicht weitermachen.«

Sie schüttelte den Kopf und umfasste seine immer noch ziellos umherwandernden Hände. »Nein, tu das nicht. Du bist nicht …«

»Ich habe beantragt, dass du aus gesundheitlichen Gründen vom Dienst freigestellt wirst. Geh nach Hause, Grey. Und komm nicht zurück.«

»Kier …«

»Geh zu unserer Mutter, ich schicke euch meinen Lohn, und sobald ich meinen Vertrag auflösen kann, komme ich nach.«

Es war ihr egal, ob ihnen jemand zusah, sie packte seinen Kopf, fest wie ein Schraubstock, und zog seine Stirn an ihre. Nase an Nase saßen sie so da. Ihr Haar war strähnig und fettig, aber er schob es ihr so sanft hinter die Ohren wie immer. Er war immer so vorsichtig mit ihr.

»Du wärst viel sicherer«, sagte er, »wenn du nicht bei mir wärst.«

»Verlang das nicht von mir.«

Nun umfasste er ihre Taille, schloss die Fäuste um den rauen Stoff ihres Hemds. »Er hat deine Macht gestohlen, Grey. Wenn ich nur daran denke, was das für ein Missbrauch ist, könnte ich …« Sie hörte den Zorn in seiner Stimme. Er atmete tief durch, dann fuhr er fort: »Er wusste, wer du bist, was du bist, sobald er dir die Verbindung aufgezwungen hatte. Ich werde dein Leben *nicht* noch mal aufs Spiel setzen. All die Dinge, dich ich dir so gern sagen würde …« Wieder unterbrach er sich. »Dich zu verlieren, ohne dich leben zu müssen, wäre ein schlimmeres Schicksal als der Tod.«

Sie schüttelte den Kopf. Sie durfte nicht daran denken, an das gewaltsame Eindringen der fremden Verbindung. Bei dieser Vorstellung wurde ihr schlecht. »Ich werde nicht … Ich kann nicht. Es ist nur so, manchmal ist unsere Verbindung so glitschig, dass ich sie nicht richtig zu fassen bekomme. Es ist schwer, damit umzugehen. Manchmal bist du dort, aber die Macht schießt irgendwo anders hin, weil ich sie in der Schlacht nicht zurückhalten kann – aber Kier, wenn *nur du* da wärst, wenn ich garantieren könnte, dass …«

Er war unter ihren Händen sehr, sehr still geworden. »Du willst dich an mich binden.«

Sie biss sich auf die Unterlippe. Sie hatten schon früher darüber gesprochen, bei anderen Einsätzen, bei denen nicht alles so auf der Kippe gestanden hatte – sich an einen einzigen Magier zu binden, die Macht derartig zu begrenzen, war gefährlich … aber es veränderte das Wesen der Magie vollkommen. Sie könnte ihm so viel mehr geben, und er könnte alles nehmen. Es gab noch weitere Gerüchte über die Macht eines Bundes: Sie würden in der Lage sein, sich ohne Worte miteinander zu verständigen, Gefühle durch die Verbindung zu schicken. Es würde sich nicht mehr anfühlen wie eine ausfransende Schnur, sondern wie ein starkes Seil, ein Knoten.

Aber …

Wenn sie gebunden waren, würde sie ihre Kraft keinem anderen Magier mehr schicken können – alle anderen Verbindungen würden ihr verschlossen bleiben, bis Kier starb. Und er würde niemals wieder eine andere Quelle nutzen können. Seine Verbindung würde nur bei ihr funktionieren, nur nach ihr suchen. Und daran würde auch ihr Tod nichts ändern – er würde immer nur sie als Quelle nutzen können. Wenn sie vor ihm starb, in der Schlacht oder im hohen Alter, dann würde er nie wieder Magie wirken können.

Er lehnte sich zurück und berührte ihr Gesicht.

»Das kannst du nicht wirklich wollen.«

»Es wäre ein Schutz«, entgegnete Grey leise. »Für mich.«

Kier musterte sie. Sie wussten beide, dass sie es nicht aussprechen durfte, nicht in der Öffentlichkeit: Wenn er sich an sie band, würde er auch an Locke gebunden sein.

»Du würdest es wirklich tun.«

Ihre Stimme klang eindringlich, fest, als sie die Finger zwischen seine schob. »Es gibt nichts, was ich mehr will. Nur dich, Kier. Keine andere Zuteilung. Kein Umtraining. Binde dich an mich, nimm, was ich habe. Lass mich wirklich deine Hand sein.«

»Und was ist mit dir?«, sagte er leise.

Sie drückte seine Hand. »Verlang nie wieder von mir, dich zu verlassen.« Ihre Stimme brach. »Benutze meinen Machtbrunnen. Beschütze mich. So war es immer. Es waren immer nur wir. Lass es immer nur uns sein, bis der Krieg endet oder wir sterben – was eben zuerst kommt.«

Als sie das Lazarett verlassen durfte und sie allein in ihrer kleinen Unterkunft waren – es war der erste Einsatz, bei dem sie nicht in einem der langen Gemeinschaftszelte schlafen mussten, und Grey war geradezu absurd dankbar für die Privatsphäre –, saßen sie im Schneidersitz voreinander auf dem Boden, Knie an Knie. Es war ein Bund von Blut und Macht und wahren Namen, und als er den Namen von Locke in sein Herz nahm, schwoll in ihr eine so gewaltige Macht an, dass das Magielicht zwischen ihnen in einem reinen, warmen Gold zu glühen begann.

Damals waren sie so dumm gewesen: So oft am Rande des Todes, so verzweifelt darauf aus, dass jemand gemeinsam mit ihnen in diesen Abgrund stürzte; als würden die Zähne des Schnitters sie nicht zu Staub zermalmen, solange sie nur zusammenblieben.

Als sich die Sonne über den gar nicht mehr so fernen Bergen erhob, hielt Grey allein Wache. Niemand kam die Straße zum Gasthaus hinauf. Schließlich fühlte sie eine Berührung am Knöchel, jemand rieb sanft darüber. Als sie den Blick senkte, erkannte sie, dass Kier die Augen geöffnet hatte.

»Wir müssen weiter«, sagte er leise.

Grey sah sich um. Bis jetzt war außer ihnen noch niemand wach. »Ich weiß nicht, ob Brit transportfähig ist. Das muss ich erst noch einschätzen.«

Kier setzte sich auf und rieb sich übers Gesicht. »Es gibt eine Farm in der Nähe. Ich schaue nach, ob ich dort vielleicht ein Pferd kaufen kann. Je früher wir wieder unterwegs sind, desto besser.« Er sagte nicht, dass sie schon viel zu lange hier waren. Wenn eine Gruppe von Spionen sie bereits hatte finden können, dann würden die anderen nicht lange auf sich warten lassen.

Er rutschte näher an sie heran und legte den Kopf auf ihren Oberschenkel. Sie streichelte ihm übers Haar. »Die Gastwirtin«, sagte er leise. »Was würdest du mit ihr machen?«

Sie hielt inne, die Finger in seinem seidigen Haar. Sie wusste, was ihre Mutter getan hätte: Die letzte High Lady von Locke war bekannt für ihre Erbarmungslosigkeit gewesen, die der Blutlust ihrer Vorfahren in nichts nachgestanden hatte. Die beste, die sicherste Wahl wäre, die Wirtin zu töten.

Doch hier und jetzt drehte sich Grey der Magen um bei dem Gedanken an noch mehr Blut. Noch mehr Morde. Ein weiteres Leben auf ihrem Gewissen, das Leben einer Person, die ihr nichts getan hatte.

»Betäub sie noch einmal«, antwortete sie. »Ich kann etwas zusammenrühren – es wird sie ein paar Tage lang krank machen, aber gleichzeitig auch ihre Erinnerungen verschleiern.«

»Wenn du dir sicher bist«, sagte Kier. *Wenn du sicher bist, dass wir sie am Leben lassen können.* Doch Letzteres sprach er nicht aus.

»Ich bin sicher.«

Kier weckte Ola, die sich reichlich verschlafen dazu bereit erklärte, Wache zu halten. Allerdings war sie offenbar nicht zu erschöpft, um Grey mit einem weiteren unnachgiebig bösen Blick zu bedenken.

»Das dürfte kein guter Morgen werden«, murmelte Grey, als sie das Zimmer verließen und auf Socken in den Gang hinausschlichen.

Kier seufzte. »Wir halten später eine taktische Besprechung ab. Aber erst wenn wir diesen Ort hinter uns gelassen haben.« Greys Magen knurrte. »Am besten beim Frühstück.«

»Solange Eron nicht kocht«, warf sie ein.

Sie fand ihre Arzneitasche und ging die Kräuterpäckchen durch, die allesamt Etiketten mit Leonies Handschrift trugen. Sie wählte die passenden und vermischte sie in einem Mörser, dann fügte sie Wasser hinzu, bis eine Paste entstand. Sie schnupperte daran und verzog prompt das Gesicht, als sofort Kopfschmerzen einsetzten. Dann reichte sie Kier die Mischung.

»Sie muss das Zeug schlucken«, erklärte sie.

»Ich lasse mir was einfallen.« Er zog einen schweren Schlüsselbund aus der Tasche, blieb jedoch zögernd vor der Tür stehen. »Du bist immer noch … Grey, nimm's mir nicht übel, aber du siehst aus, als hättest du nur mit knapper Not einen Kampf überlebt. Ich glaube, ich gehe besser allein rein.«

Grey schürzte die Lippen und verschränkte die Arme vor der Brust. »Ich bin dir also nicht hübsch genug, Captain?«

Er grinste, doch es reichte nicht ganz bis zu seinen Augen. »Du bist eine Erscheinung, sogar mit Blutklumpen im Haar. Aber ich weiß nicht, ob andere meinen abartigen Geschmack in diesem Punkt teilen.«

Sie seufzte, gab jedoch nach und kehrte mit ihrer Arzneitasche ins Zimmer zurück, während Kier sein Möglichstes versuchte, um die Wirtin zu vergiften.

Es dauerte nur ein paar Minuten, doch Grey kam es vor wie eine Ewigkeit. Sie nutzte die Zeit, um ihre Arzneitasche zu ordnen, und versuchte, sich keine Sorgen zu machen. Sie hörte, wie unten eine Tür geschlossen wurde, dann Schritte. Er kehrte zurück und blieb im Türrahmen stehen.

»Hat es funktioniert?«, fragte sie, schloss die Tasche und verstaute sie wieder in ihrem Reisebeutel.

»Sie schläft«, antwortete Kier. »Wir lassen ihr eine großzügige Bezahlung für ihre Unannehmlichkeiten zurück, aber jetzt müssen wir los.«

»Nachdem ich Brit untersucht habe.«

»Falls Ola dich nah genug ranlässt. Sie ist … nicht glücklich.«

Grey war noch nicht bereit, darüber nachzudenken. »Wo sind die Leichen?«

»Verbrannt. Im Wald. Eron und ich haben uns darum gekümmert.«

»Hm.«

»Da drin sind neue Kleider für dich«, erklärte Kier und nickte zu einer graugrünen Satteltasche hinüber, die sie im Dorf gekauft haben mussten. »Und … ich will ja nicht pedantisch sein, aber vielleicht wäre es eine gute Idee, wenn du dich ein bisschen sauber machst. Das mit dem Blut in deinen Haaren war kein Scherz.«

Sie machte eine sehr rüde Geste in seine Richtung, und er schloss die Tür und ließ nur sein Lachen zurück, das ihr in den Ohren hallte.

Sie hatte nicht den Luxus, sich Zeit lassen zu können, also schrubbte sie sich in der Wanne nur rasch ab und wusch sich das Blut aus dem Haar und von der Haut, wobei sie vorsichtig war, um die Nähte nicht aufzureißen. Die Kleider, die Kier ihr besorgt hatte, waren zwar unauffällig, aber weicher als das, was sie sonst trug: ein lockeres schwarzes Hemd und eine schwarze enge Hose, dicke Wollsocken und eine Lederweste mit Gürtelschnalle. Die Weste gefiel ihr. Sie erinnerte sie daran, dass ihre Mutter einmal eine ganz ähnliche besessen hatte, und außerdem fühlte sie sich eng und schwer an wie eine Rüstung.

Er hatte ihr auch einen neuen Mantel besorgt: dicker dunkler Stoff, schwarz abgesetzt, mit breiten Aufschlägen und tiefen Taschen. Er war ihr zu groß, was ihr aber so ganz recht war. Sie faltete den Mantel zusammen und ließ ihn auf dem Bett liegen. Dann holte sie sich ihre Arzneitasche und machte sich auf, um nach Brit zu sehen.

Als sie das andere Zimmer betrat, waren nur Ola und Brit da. Ola hatte Brit aufs Bett manövriert und wechselte gerade den Verband am Arm.

»Ich muss die Wunde untersuchen«, sagte Grey vorsichtig.

»Ach? Auf einmal kümmert dich das?«

Sie war zu müde für so etwas. »Natürlich kümmert es mich«, fauchte sie.

»Sie hat ihr Bestes getan«, murmelte Brit mit geschlossenen Augen. »Jedenfalls, was die Naht angeht.«

»Ich will euch nicht an euren Rang erinnern«, sagte Grey, auch wenn sie damit natürlich genau das tat, »aber lasst das. Und hört zu. Ola, du musst dich mit Brit verbinden …«

»Ach, weil du keine Kraft mehr hast, was?«

»Hört mir *verdammt* noch mal zu«, knurrte Grey.

Ola antwortete nicht, sie funkelte sie nur mit einer Wut an, die Grey merkwürdig traurig stimmte – aber sie hörte zu. Grey spürte, wie sich die Verbindung aufbaute, das Fließen der Magie von Quelle zu Magier. Sie konnte Brit ihre eigene Kraft nicht geben, doch sie war immer noch eine Locke, immer noch eine Tochter jenes Ortes, von dem die Macht stammte.

Außerdem spürte sie, wie diese Verbindung beschaffen war, und fragte sich wie so oft, wie andere Magier und Quellen mit einer so glitschigen, unsteten Verbindung zurechtkamen. Sie war an den dicken Knoten ihrer Verbindung zu Kier gewöhnt. Sie zupfte an der Verbindung, richtete Olas überbordende Kraft auf die Wunde in Brits Bauch und drängte sie dazu, Fleisch und Haut zusammenzufügen.

Brit schlug zischend eine Hand über die Wunde. *»Bei Salzwasser und Knochen,* Ol, was in Lockes Namen …«

»Ich mache gar nichts!«, versicherte Ola.

Grey spürte die Hitze einer beginnenden Infektion in Brit – »Konzentrier dich, Ola, ich brauche mehr« – und holte sie an die Oberfläche. Rosaweißer Eiter sickerte durch Brits Haut, und Grey wischte ihn fort, dann trug sie noch mehr antiseptische Salbe auf. Grey suchte die Wunde ab, die ansonsten jedoch sauber und im Vergleich zu gestern schon deutlich verheilt war.

»Ihr könnt die Verbindung lösen«, sagte Grey.

Brit stemmte sich auf die Ellbogen hoch und stieß dabei einen Schmerzenslaut aus. Aus großen Augen starrte Ola zu Grey hinüber. Kier war an das Stechen gewöhnt, wenn sie seine Wunden wieder zusammenfügte, doch normalerweise tat Grey so etwas nicht bei anderen, es sei denn, der Magier war bewusstlos und merkte nichts davon – aber es hatte keinen Sinn mehr, sich noch zu verstecken. Ola hatte recht: Sie mussten ehrlich miteinander sein, denn sie mussten sich aufeinander verlassen können. Ihr Leben hing davon ab. Was sollte sie tun? Sie würde nie über ihre Schuldgefühle hinwegkommen, weil sie Brit um ein Haar hätte sterben lassen, weil sie keine Verbindung hatte aufbauen können.

Und sie würde die Qual in Olas Augen nie vergessen, als sie zurückgekehrt war und Brit halb tot vorgefunden hatte.

Wenn es Kier gewesen wäre …

Sie sammelte ihre Sachen zusammen, und bevor sie jemand aufhalten konnte, ging sie nach unten. Wo Eron und Sela an einem Tisch vor zwei dampfenden Teetassen saßen. Auf dem Tisch lagen in Stoff eingewickelte Bündel: das Frühstück, wie Grey annahm. Es war dunkel im Schankraum, die Vorhänge waren zugezogen.

»Wo ist Kier?«, fragte sie.

»Der trifft sich mit jemandem wegen einem Pferd«, antwortete Eron. »Irgendwo in der Nähe – kein Grund, sich aufzuregen, Hand.«

»Das sehe ich anders«, brummte Grey. Sie musterte Sela. Obwohl sie wusste, dass das Mädchen geschlafen hatte, wirkte es immer noch blass und ausgezehrt. »Alles in Ordnung mit dir?«, fragte sie in sanfterem Tonfall. Sie registrierte, dass Sela ihre Handschellen nicht trug, doch da sie nun einen Magier weniger hatten und Ola ihrer Kraft misstraute, überraschte Grey das nicht.

»Ich glaube schon«, antwortete Sela wenig überzeugend.

Kurz darauf kehrte Kier zurück. Er roch nach der Kälte draußen, und dann half Ola auch Brit die Treppe herunter. Sie versammelten sich um den Tisch und … warteten.

»Wir müssen aufbrechen«, sagte Kier.

Ola verschränkte die Arme. »Ich gehe erst, wenn ich Antworten habe.«

Grey biss die Zähne zusammen. »Du gefährdest unsere Mission.«

Ola sah sie an. *Genau wie du,* sagte sie nicht.

Kier seufzte. Sie fühlte das Zupfen, als er Verbindung zu ihr aufnahm, dann knackte es in ihren Ohren, was ihr verriet, dass er ein Schallschutzschild um sie aufgebaut hatte. »Du hast zehn Minuten«, sagte er, und es klang, als würde seine Stimme von tief unter Wasser kommen. Dann hörte sie ihn wieder ganz normal und deutlich. »Und wir essen unterwegs, wir haben Proviant dabei.«

»Ein Picknick. Wie idyllisch.« Mit verschränkten Armen lehnte sich Ola zurück – aber immerhin funkelte sie Grey nicht mehr wütend an. »Und jetzt, Entschuldigung, Captain, müssen wir über Eure Hand reden. Und über dich.« Sie wandte sich an Sela. »Du hast dich auch erst im allerletzten Moment mit Brit verbunden. Solltet Ihr das nicht, ich weiß nicht, *kontrollieren,* Captain?«

Grey holte tief Luft. Ola starrte Kier über den Tisch hinweg unverwandt an. Brit saß blass in der Mitte und sagte: »Falls es Informationen gibt, die wir nach Meinung des Captains nicht erfahren sollten ...«

»Diese Informationen haben dich fast umgebracht«, fauchte Ola. »Mein Erinnerungsvermögen ist genauso gut wie das Eurer Hand, Captain. Sela hat Euch vielleicht verletzt, aber Eure Quelle hat sich nicht mit meinem Magier verbunden, und das in einem Notfall, und das finde ich, offen gesagt, abscheulich.«

Grey zuckte zurück, konnte dagegen aber kaum etwas einwenden.

»Was Hand Captain Flynn für nötig hält und was nicht, unterliegt meiner Entscheidung ...«

»Und Ihr würdet einen Magier *sterben* lassen?«, rief Ola im selben Moment, in dem Grey »Kier« zischte. Er sah sie nicht an, doch seine Kiefermuskeln spannten sich. Spannung pulsierte in der Luft. Auf einmal wusste sie nicht mehr, ob ihr dieser Bart wirklich gefiel – er machte es schwerer, Kiers Miene zu lesen.

Wenigstens hatten sie es aufgegeben, so zu tun, als wären sie nicht in der Armee.

Grey faltete die Hände auf ihren Berichten. »Es gibt da ein paar Dinge, über die wir sprechen müssen.«

»Entweder bist du ein herzloses Miststück, das nur an seinen eigenen Magier denkt«, sagte Ola und beugte sich zu ihr vor, »oder der Captain und du seid gebunden.«

»Das sind wir.«

Ola blinzelte wie eine Eule, als hätte sie nicht erwartet, dass Grey es tatsächlich zugeben würde – es war fast schon komisch, wie genau Brit diesen Ausdruck spiegelte, wie ähnlich die beiden sich waren. Trotzdem hatte Brit nicht an Ola weitergegeben, dass Grey und Kier gebunden waren. Was Grey nicht erwartet hatte. Eron verschluckte sich an seinem Tee und hustete. »Seit *wann*?«

»Seit einer ganzen Weile«, gab Grey knapp zurück.

»Entschuldigung«, warf Sela ein, »aber was bedeutet das?«

Boshaft antwortete Ola: »Wenn sich Mommy Quelle und Daddy Magier sehr lieb haben …«

»Ach, halt die Klappe, Ol«, schnitt Brit ihr das Wort ab. Grey hob die Brauen, bevor sie sich wieder in den Griff bekam und rasch eine neutrale Miene aufsetzte. »Das geht zu weit.«

»Entschuldigung«, blaffte Ola. »Ich würde annehmen, dass das eine notwendige Information ist! Wir befinden uns in einem hochgefährlichen Einsatz, und das Mindeste – das Allermindeste –, was ich erwarte, ist das Wissen, ob wir im Notfall über zwei austauschbare Quellen und Magier verfügen, aber nicht mal das bekommen wir? Ganz zu schweigen davon, dass ein solcher Bund streng verboten ist. Was für ein Spiel läuft hier, Captain?«

»Ich bin an Grey gebunden«, bestätigte Kier. »Was bisher noch nie ein Nachteil war. Ich entschuldige mich dafür, dass ich es euch nicht gesagt habe – keinem von euch –, aber es war ein Sicherheitsaspekt.«

»Ich will ja nicht nerven«, meldete sich Sela wieder zu Wort, »aber warum ist das wichtig?«

»Wie kann es sein, dass du nicht weißt, was ein Bund ist?«, fragte Eron. »Scheiße, ist das nicht Regel Nummer eins im Handbuch für Quellen und Magier, die nicht sterben wollen?«

»Sie ist keine Soldatin«, murmelte Grey. »Nicht jeder gehört zum Militär, Fastria.«

Aber auch Ola runzelte nun die Stirn – genau wie Brit.

Wieder seufzte Kier und rieb sich über die Augen. »Lass es, Grey.«

Grey ließ es nicht. »Sie wüsste es, wenn sie nicht noch ein verdammtes Kind wäre. Wie alt bist du? Dreizehn?«

»Ich bin fünfzehn«, gab Sela so beleidigt zurück, wie es nur ein unterschätzter Teenager konnte.

»Moment mal«, setzte Eron an, und Brit fragte im selben Moment: »Fünfzehn? Das kann nicht sein. Das …«

Alles Blut wich aus Selas Gesicht.

»Wie alt war Maryse?«, fragte Eron.

»Das kann nicht sein«, sagte Ola sehr vorsichtig, »weil Locke vor sechzehn Jahren verschwunden ist. Und du hast dich nicht früher mit Brit verbunden, weil …«

»… weil sie es nicht konnte«, schloss Grey. »Weil sie nicht ausgebildet ist.«

»Glückwunsch, Ola«, sagte Kier, und es klang sehr leidgeprüft. Grey ignorierte er einfach. »Du hast es begriffen.« Und an Sela gewandt, fügte er hinzu: »Du bist nicht Maryse of Locke. Also, wer bist du dann? Und *warum*?«

»Moment«, warf Ola ein, jetzt sogar noch ärgerlicher. »Ihr zwei habt es *gewusst*?«

Selas Gesicht hatte einen sehr interessanten grüngelben Elfenbeinton angenommen. Grey, die eine Menge Zeit mit den Kranken und Sterbenden verbracht hatte, brachte diesen ganz speziellen Hautton nicht mit einem Lebenden in Verbindung. »Wenn ich es euch sage …« Ängstlich zupfte das Mädchen am Stoff des Kleides herum. »Versprecht ihr dann, mich nicht zu töten?«

»Nein«, gab Grey zurück, wenn auch nicht sonderlich überzeugend. Als das Mädchen sie trotzdem wie vom Donner gerührt anstarrte, fuhr sie fort: »Entschuldige, Sela. Wir versprechen es. Du warst gestern … sehr hilfreich, als ich es nicht sein konnte, und dafür bin ich dir dankbar. Dir ist vergeben, dass du Kier erstechen wolltest.«

»Ich glaube nicht, dass *du* jemandem dafür vergeben kannst, dass er *mich* erstechen wollte«, mischte sich Kier ein. »Aber … Entschuldigung. Was genau war denn gestern?«

»Darüber reden wir später«, sagte Grey und wandte sich wieder an Sela. »Wir werden dich nicht töten. Aber wir müssen es wissen – weil eine Menge Leute hinter uns her sind, und wenn du nur ein einfaches Bauernmädchen bist, das sich irgendwie in eine Lüge verstrickt hat, dann wird das sehr schwer zu erklären. Sela, wer bist du?«

Einen Moment lang sah das Mädchen aus, als würde es sich gleich quer über den Tisch übergeben. Dann stützte Sela die Ellbogen auf die Tischplatte und ließ den Kopf in die Hände sinken. Ihr dunkles Haar fiel ihr wie ein wogender Vorhang vors Gesicht. »Ich heiße Wilisela Naudé.«

»Naudé?«, wiederholte Eron und schien darüber nachzudenken. »Warum kommt mir das so bekannt vor?«

Doch Kier starrte Grey an und schickte ihr über die Verbindung einen verwirrenden Strudel aus Frustration und Erschöpfung. Sie fing alles auf und schickte es mit genauso viel Verärgerung zurück. Im Grunde vermittelte er ihr, dass er es ihr doch gleich gesagt hatte – sie hätten desertieren sollen. Sie hätten gehen und diese verdammte Mission nicht mal in Betracht ziehen sollen.

Er hob die Hände zum Himmel. »Ich leide und ich leide«, murmelte er. »Und trotzdem. Und *trotzdem.*«

Und zu seinen Gunsten musste gesagt werden … Der Schrecken war durchdringend und beständig. Aus ferner Vergangenheit stieg die Erinnerung daran in ihr auf, wie sie mit dem Finger über diesen geschriebenen Namen gestrichen und dabei schwungvoll den Akzent auf dem *e* nachgezeichnet hatte. Sie erinnerte sich daran, wie ihr Vater den Namen ausgesprochen hatte, eine Hand an der Taille ihrer Mutter, während er sagte: *Da liegt ein Brief für dich auf dem Schreibtisch. Naudé – der neue Cleoc – hat dir ein Angebot geschickt.* Und sie war wieder auf der Insel, bestaunte wieder den Wind in Severins Haar, und ihre Mutter beugte sich vor, um ihr einen Gutenachtkuss auf die Stirn zu geben, wobei ihre kühle Silberkette über Greys Nase strich, und ihr Vater trug sie auf seinen Schultern hinauf zum höchsten Turm der Festung, immer weiter und weiter hoch, und dann deutete er auf die verschiedenen Umrisse des Festlands vor ihnen und sagte: *Schau. Du musst sie alle kennen, Maryse. Du musst sie alle verstehen, um entscheiden zu können, wem du trauen kannst.*

»Eron«, sagte Kier, »dir kommt der Name bekannt vor, weil die Naudés die Herrscherfamilie von Cleoc Strata sind. Und wenn mein unvollständiges Wissen über politische Erbschaftsstrukturen korrekt ist – und ich kann *verdammt noch mal* nur hoffen, dass es das nicht ist –, dann ist Sela die Erstgeborene von Cleoc Strata und damit die Erbin unserer Feinde.«

Tut mir leid, dass es so lange her ist, dass ich dir geschrieben habe. Wir befinden uns an der Nordküste, in der Nähe von Cleoc Strata. Dem Meer so nah zu sein, macht mich nervös. Ich glaube nicht, dass es Kier aufgefallen ist, den Göttern sei Dank. Ich will nicht, dass er sich neben allem anderen auch noch Sorgen um mich macht.

Brief von Hand Captain Grey Flynn an Imarta Flynn, undatiert

Grey hat wieder Albträume. Sie wacht davon nicht auf, aber ihre Angst hält mich die ganze Nacht wach.

Brief von Captain Kiernan Seward an Imarta Flynn, vierzehn Jahre nach der Vernichtung

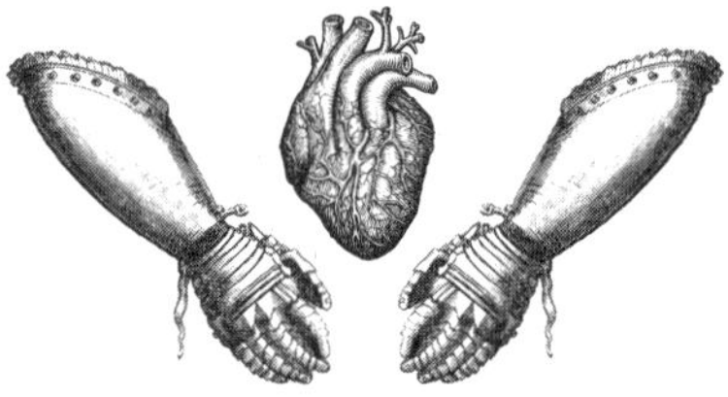

Dreizehn

Bei Salzwasser und Knochen«, fluchte Ola, die sich als Erste wieder fing. »Das soll wohl ein Scherz sein.«

Doch Kier hatte sich bereits in Bewegung gesetzt. »Okay, hört zu: Lasst uns das unterwegs besprechen – wir sind schon zu lange hier. Packt eure Sachen. Brit, du und Sela, ihr werdet reiten.«

Im Laufe der Jahre war Grey sehr gut darin geworden, sich auf eins nach dem anderen zu konzentrieren. Und nur deshalb brachte sie es jetzt fertig, aufzustehen, Ordnung im Raum zu schaffen, ihr eigenes und Kiers Gepäck zu holen, sich den neuen grauen Mantel auszuziehen und an der Tür bereitzustehen, ohne die Beherrschung zu verlieren.

Die Erstgeborene von Cleoc Strata. Sie konnte es einfach nicht fassen, sie konnte es nicht verstehen – *wie*? Warum? Weshalb war sie in die Gefangenschaft Luthars geraten, und hatte man sie dort auch für Maryse von Locke gehalten oder hatte man die Wahrheit gekannt?

Und leider wusste Grey besser als alle anderen, was es bedeutete, die verlorene Tochter einer Nation zu sein. Mit Übelkeit erregender Verzweiflung begriff sie aufs Neue, was passieren würde, wenn man ihr Geheimnis aufdeckte.

Sie schickte einen Impuls der Sorge durch die Verbindung. Kier antwortete mit zaghaftem Trost, der jedoch nicht stark genug war, um glaubwürdig zu wirken.

Sobald sie sich wieder auf der Straße befanden und das Gasthaus hinter ihnen in der Ferne verschwand, entspannte sich ihr Magier wieder. Vor ihnen ragten die Berge auf. Sela und Brit ritten auf dem Pferd, das Kier gekauft hatte, und Brit saß hinter dem Mädchen und rahmte es mit den Armen ein, auf eine Weise, die nicht unbedingt so wirkte, als würde Sela gefangen gehalten, aber irgendwie eben doch.

»Captain«, setzte Ola an, doch Kier gab leise zurück: »Warte. Dafür ist später Zeit genug. Erst will ich hier weg.«

Schweigend gingen sie weiter. Jedes Mal, wenn einer von ihnen auf das Thema zu sprechen kommen wollte, brachte Kier ihn zum Verstummen. Der Captain schien sich mit sich selbst zu beratschlagen und kaute auf seiner Unterlippe, eindeutig vollkommen mit sich selbst beschäftigt. Mehr als einmal sah Grey zu ihm hinüber, um zu erkennen, dass er sie von der Seite musterte. Seine Miene blieb jedoch unleserlich.

Und er vertraute sich ihr nicht an. Grey wusste nicht, was sie davon halten sollte.

Also konzentrierte sie sich stattdessen aufs Laufen. Die Landschaft veränderte sich, als sie die Ausläufer des Gebirges erreichten. Aus dem Wald wurden grasige Hügel, dann felsige Pfade, die sich an Klippen entlang immer höher hinaufschwangen. Sie hielten sich nun strikt an den Weg, und immer wieder blieb Ola stehen, um sich die Karte und den Kompass vorzunehmen. Manchmal zog sie auch Kier zurate. Außerdem wurde es immer kälter. Greys Atem bildete Wolken in der Luft, und wieder war sie dankbar für ihren neuen Mantel. Sie vergrub die Finger tief in den Taschen und fand darin Fussel und ein, zwei Münzen vom vorherigen Besitzer. Sie verlor sich in der Monotonie des Ganzen, bis Kier rief: »Also gut. Lasst uns etwas essen und reden.«

Sie hielten an, und Brit zügelte das Pferd. Es stieß weißgraue Dampfwolken aus und scharrte auf dem steinigen Boden. Grey wusste nicht, wie das Tier hieß, aber sie hob die Hand, um ihm sanft über die Nase zu streicheln, die von seinem eigenen kondensierten Atem ganz feucht war.

Brit und Sela glitten von seinem Rücken, und Kier nahm es an den Zügeln. Er nickte zu ein paar Felsen am Wegesrand hinüber. Sie setzten sich in einen lockeren Kreis und warteten, während er das Pferd an einen anderen Felsen neben einem Grasflecken band, damit es grasen konnte. Eron verteilte ihre Nachmittagsrationen aus Käse und getrocknetem Fisch, und endlich schien Kier zu einer Entscheidung gelangt zu sein – mit der er möglicherweise den ganzen bisherigen Tag gerungen hatte. Grey fühlte das Zupfen der Verbindung, als er sich ihre Kraft nahm, und kurz darauf war da das Knacken in ihren Ohren, als er einen Schutzschild über die Gruppe legte.

»Sela«, sagte er. »Ich habe zwei Fragen an dich: Warum hält man dich für Maryse von Locke? Und wie bist du als Gefangene in Luthar gelandet?«

Das Mädchen hielt den Kopf gesenkt und drückte sich das Kinn an die Brust. Grey fiel wieder ein, wie sie Sela zum ersten Mal gesehen hatte, gefesselt und verschnürt in dieser Kutsche. Unwillkommenes Mitleid regte sich in ihr.

»Ich habe bei einer Adelsfamilie in Lindan gelebt, um dort ausgebildet zu werden.« Lindan lag auf dem Kontinent, und wie alle anderen Mächte hatte es sich bisher aus den Kämpfen in Idistra herausgehalten. Allerdings erlaubte man Kindern aus Sicherheitsgründen, auf den Kontinent zu reisen, besonders jenen aus Adelsfamilien. Eine der Universitäten in Lindan hatte Severin damals, in Friedenszeiten, einen Platz angeboten, doch da Grey noch ein Kind gewesen war, hatte er die Insel nicht verlassen und das Angebot nicht annehmen können.

»Da ist es schöner als hier«, brummte Brit und stieß mit dem Stiefel gegen einen der Felsen. Grey fiel auf, wie blass Brits ohnehin schon alabasterweiße Haut war, und sie nahm sich vor, ihm ein Schmerzmittel zu verabreichen, bevor sie weiterzogen.

»Ich weiß auch nicht, warum ich es getan habe«, gestand Sela.

»Vielleicht aus Heimweh? Ich … ich habe so getan, als wäre ich krank, und habe mich vom Unterricht weggeschlichen. Dann bin ich zum Hafen gelaufen und an Bord des erstbesten Schiffs nach Idistra gegangen.«

Trotz allem streckte Grey die Hand aus und legte sie auf Selas Finger. Das Mädchen sah auf, ihre Augen waren riesig, und darin schimmerten Tränen.

»Mit fünfzehn haben wir alle schlechte Entscheidungen getroffen«, kommentierte Grey gelassen.

»Du kannst nur für dich selbst sprechen, Flynn«, murmelte Ola.

Trotzdem schien es Sela ein bisschen Mut zu machen – oder vielleicht war sie genau wie Grey bloß froh, dass Ola nicht mehr ganz so mörderisch dreinsah, wann immer Grey den Mund aufmachte. »Ich wollte zurück. Ich wusste, wie dumm das war, aber es war mir egal.«

»Weiß irgendjemand, dass du abgereist bist?«, fragte Kier mit verschränkten Armen. Die Narbe zog seine Lippe auf einer Seite stärker nach unten und ließ diese Hälfte seines Gesichts noch grimmiger wirken.

»Ich weiß es nicht. Aber falls ja, weiß ich nicht, ob es überhaupt jemanden dort kümmert. Lindan war nie … freundlich zu mir.«

»Ah.« Kiers Blick huschte kurz zu Grey, dann wieder weg. »Also bist du auf ein Schiff zurück nach Hause gestiegen. Und dann?«

»Ich habe nicht erwartet …« Sela verstummte. Grey wusste nicht, was sie nicht erwartet hatte. Dass sie in ein vom Krieg zerrissenes Land zurückkehren würde? Dass jemand auf ein Mädchen achten würde, das vom Festland herüberkam? Nervös zerrupfte sie mit der Hand, die Grey nicht umfasst hielt, ein Stück Brot. »Das Schiff sollte in Scaela einlaufen, wurde aber zuvor durchsucht, und ich stand nicht auf der Passagierliste, weshalb sie wussten, dass ich eigentlich gar nicht dort sein sollte. Sie haben meine Papiere verlangt, die ich aber nicht hatte. Also haben sie …« Sela verstummte und presste die Lippen aufeinander.

Grey drückte ihre Hand. Das Mädchen wandte den Blick ab.

»Sie wollten mich ertränken. Ich wusste, wenn ich ihnen sage, wer ich bin, würden sie mich töten. Also habe ich stattdessen behauptet, ich wäre eine Locke.«

Grey tat so, als wäre sie auf einmal sehr interessiert an ihrem Fisch, um sich keine Reaktion anmerken zu lassen. Was sie sofort bereute. Das Zeug schmeckte wie altes, schlachterprobtes Leder. »Warum?«, fragte sie schließlich und sprach damit aus, was alle zu denken schienen.

Sela sah sie an, nur sie. Diese großen Augen versuchten, sehr ernst zu wirken, was Grey ihr jedoch keinen Moment abnahm. Sie war bloß ein Kind. Grey war mit sechzehn selbst weggelaufen und hatte sich auf die Suche nach einem Ort gemacht, der ihr das Gefühl gab, jemand zu sein. Ganz zufällig *war* sie allerdings tatsächlich die lange verschollene Erbin eines toten Hauses, und Sela war es nicht.

»Weil ich nicht sterben wollte, und ich wusste, dass Locke wichtig ist«, erkläre Sela. »Niemand hat Severin jemals gefunden – also was, wenn er doch nicht derjenige war, der überlebt hat? Was, wenn ich es wäre?«

»Aber du bist grade mal zwölf«, warf Eron fassungslos ein.

»Fünfzehn«, korrigierte Sela.

Kier war irgendwann aufgestanden und lief auf und ab. »Iss, Captain«, tadelte Grey, und widerwillig biss er die Hälfte seines Trockenfischs ab und kaute sichtlich angestrengt darauf herum, während er angewidert das Gesicht verzog. »Okay«, sagte er, nachdem er sich erholt hatte. »Das Problem ist, selbst wenn du die Wahrheit sagst, wird es so aussehen, als hätten *wir* dich entführt, wenn wir dich nach Cleoc Strata zurückbringen. Außerdem ist es nach Cleoc Strata viel weiter als nach Grislar, und wahrscheinlich würde man uns an der Grenze töten. Zu viele Komplikationen.«

»Warum sollten wir sie überhaupt nach Cleoc bringen?«, fragte Grey. »Warum bringen wir die High Lady nicht zu uns?« Kier bedachte sie mit einem vernichtenden Blick, doch sie war seine Hand und oft seine Vernunft. Sie fuhr fort: »Wenn wir nach Grislar gehen wie geplant und eine Nachricht vorausschicken, damit wir eine Flagge von Cleoc bekommen – dann können wir um

Frieden verhandeln, Kier. Wenn Sela aussagt, dass wir sie vor Luthar gerettet haben, dann stehen wir unter Schutz …«

»Aber unsere Anerkennungsschreiben«, warf Brit traurig ein. »Wir sollten doch eigentlich Maryse von Locke überbringen.«

»Wir haben nur den Auftrag erhalten, die *Gefangene* zu überbringen«, hielt Grey dagegen. »Wenn wir unterwegs gefangen werden, sind wir am Arsch, aber wenn wir es schaffen, wenn wir dort ankommen? Das ist doch auch etwas wert, oder? Vielleicht entsteht daraus sogar eine Allianz an der Front?«

Kier sah sie lange an und schickte ihr etwas über die Verbindung, das sie nicht ganz einordnen konnte. Das war das Problem, wenn man die Emotionen eines anderen fühlte, selbst wenn man sich so nahestand wie Kier und sie: Es gab nicht immer eine direkte Übersetzung zwischen seinem Herzen und ihrem.

»Was, wenn es nicht funktioniert?«, fragte er.

Grey zuckte mit den Schultern. »Dann überlegen wir uns etwas anderes.«

Er sah sie an, und in seiner Miene konnte sie klar und deutlich lesen, was er dachte: *Was, wenn sie herausfinden, wer du bist?* Sie versuchte, ihre eigenen Züge zu einem Ausdruck zu ordnen, der *Darum kümmern wir uns, wenn es so weit ist* bedeuten sollte.

Ola stieß einen langen Atemzug aus und zog an einem ihrer Zöpfe. »Es wäre schön, wenn man sich wenigstens um eine Grenze weniger Sorgen machen müsste.«

»Ich kann das«, versicherte Sela, auch wenn sie überhaupt niemand gefragt hatte. »Ich kann eine Waffenruhe aushandeln. Ich werde darauf drängen. In ein paar Jahren soll ich sowieso die Regierung übernehmen. Meine Mutter muss mir zuhören.« Sie drückte immer noch Greys Hand und hatte ihr Brot mittlerweile rettungslos zerquetscht und zerkrümelt. Sie war immer noch nur ein Mädchen, das aus einem sicheren Zuhause weggelaufen und in einer Situation gelandet war, die sie nicht verstand, doch Grey wusste besser als alle anderen, dass kleine Mädchen irgendwann erwachsen wurden. Kleine Mädchen mit Titeln wurden zu mächtigen Herrscherinnen.

Grey wandte den Blick ab, spähte an den Bergen vorbei in Richtung Meer, und so etwas wie Sehnsucht regte sich in ihr.

Auf halbem Weg eines weiteren Aufstiegs schlugen sie ihr Lager für die Nacht auf, in einer Senke, die von allen Seiten von hohen Bergkämmen geschützt wurde. Die Klippen über ihnen hatten gerade begonnen, den ersten Schnee anzusammeln. »Von jetzt an wird es nur noch kälter werden«, warnte Kier, während sie ihre Decken und Schlafsäcke ausbreiteten. »Bleibt dicht beieinander.«

Sie saßen zusammen, und Eron kochte irgendeine neue Version seiner beigen Pampe. Grey wechselte die Verbände ihrer eigenen Verletzungen und sah dann nach Brits Wunden. Kier saß ein Stück abseits an eine Felswand gelehnt und las ein Buch. Sela hielt sich in Greys Nähe und streichelte das Pferd. Wie sie erfahren hatte, hieß es »Täubchen«, was überhaupt keinen Sinn ergab. Wie so oft bei Pferdenamen.

»Eron«, sagte Ola. »Ich kann *hören*, wie es in deinem Kopf rattert. Worüber denkst du nach?«

Eron sah auf und stieß dabei um ein Haar den Topf um. »Tut mir leid.« Er räusperte sich. »Woher wissen wir überhaupt mit Sicherheit, dass jemand von Locke überlebt hat? Was, wenn diese ganze Geschichte um den Überlebenden nur eine Lüge ist? Ist die gesamte Insel nicht … explodiert?«

»Wenn alle tot wären«, sagte Ola, »dann gäbe es überhaupt keine Magie mehr.«

Darüber dachte Eron nach, während er mehr Wasser in den Brei goss. »Und woher wissen wir *das*?«, fragte er schließlich. »Es wäre doch immerhin möglich, dass der Brief von Severin gefälscht war, und außerdem wurden seit der Vernichtung der Insel keine Quellen mehr geboren. Woher wissen wir, dass das nicht daran liegt, dass Locke wirklich und wahrhaftig tot ist?«

»Weil Locke die Wurzel und das Fundament der Macht ist«, antwortete Sela leise. Grey konzentrierte sich ganz auf Brits Haut und auf ihre Aufgabe. »Ohne Locke gibt es keine Macht.«

»Und warum wurdest *du* dann als Quelle geboren, obwohl du nach Lockes Untergang auf die Welt gekommen bist?«

»Cleoc war mit mir schwanger, als Locke verschwunden ist«, sagte Sela, als wäre das Allgemeinwissen. »Ich wurde nur ein paar Monate später geboren. Wahrscheinlich habe ich deshalb … kaum etwas zu geben. Ich bin kaum eine richtige Quelle.«

Grey wollte nicht mehr darüber nachdenken. Weil Sela recht hatte: Locke *war* die Macht. *Grey* war die Macht. Wenn sie ihr Geheimnis mit ins Grab nahm, wenn sie immer weiter kämpfte, bis sie schließlich in der Schlacht starb, dann würde die gesamte Macht Idistras mit ihr sterben.

Wenn sie sich Locke vor ihrem Tod nicht zurückholte, dann würde die Magie des Landes verschwinden. Endgültig.

Dies war es, woran sie dachte, wenn sie spät in der Nacht wach lag. Die eine Sache, über die sie nicht richtig mit Kier reden konnte. Er würde ihre Sicherheit über alles andere stellen. Selbst über die Magie.

Und wenn sie ehrlich war? Sie hatte Angst. Sie wusste, wie jedes einzelne Mitglied ihrer Familie gestorben war – sie erinnerte sich noch daran, wie sie vom Tod ihrer geliebten Tante Wren erfahren hatte, die in Nestria abgeschlachtet worden war. Damals hatte sie verstanden, warum ihr Patenonkel Scaelas sofort gegen Nestria in den Krieg gezogen war, um Vergeltung zu üben – wenn Grey damals Herrscherin gewesen wäre und kein achtjähriges Mädchen, dann hätte sie das ganze Meer in Flammen gesetzt, um Wrens Tod zu rächen.

Sie wusste von ihren Cousins und Cousinen, von ihren Onkeln und Tanten, die nie Erbe der Macht gewesen waren und deshalb mit den Herrscherfamilien anderer Nationen verheiratet worden waren, um Allianzen zu stärken. All das galt nicht mehr, nachdem Locke verschwunden war. Keiner von ihnen war mehr sicher, am wenigsten Grey selbst.

Letztendlich war sie ein Feigling, bereit, das ganze System sterben zu lassen, anstatt sich selbst in Gefahr zu bringen.

Sie versuchte, die Gespräche der anderen auszublenden, beendete ihre Behandlung und tippte Brit auf den Arm als Zeichen, dass sie fertig war. Brit nickte, zog das Hemd wieder nach unten und warf sich den Mantel über.

Inzwischen war die Diskussion über dieses Thema beendet. Kier markierte seine Seite und legte sein Buch aufgeschlagen beiseite, mit dem Buchrücken nach oben. Dann starrte er hinaus ins Leere. Grey entfernte sich vom Feuer und setzte sich zu ihm.

Sie legte ihm den Kopf an die Schulter, und einen Moment später schlang er einen Arm um sie und zog sie an sich. »Wie schlägst du dich?«, fragte er.

»Alles super.«

»Keine zwei Wochen mehr, Flynn. Dann erwartet uns der Rest unseres Lebens.«

Sie seufzte.

Leise, nur für sie, fügte er noch hinzu: »Macht durch Tapferkeit.« Das war das Motto ihrer Familie, ihres Hauses, ihrer Insel. Es war, als wüsste er, woran sie gerade gedacht hatte. Manchmal fragte sie sich, ob ihm ein Blick in ihr Gesicht genügte, um jeden Gedanken in ihrem Kopf lesen zu können.

»Ich fühle mich aber nicht besonders tapfer«, gab sie zu. »Oder mächtig.«

»Ich auch nicht.«

Sie lehnte sich enger an ihn und schlang ihm einen Arm um die Knie. Die Felswand schirmte sie von dem wirbelnden Schnee ab, der zu fallen begonnen hatte, doch der Stein war eiskalt in ihrem Rücken, und der Wind heulte so laut, dass sie die anderen nicht hören konnten. Sie beide waren hier genauso effektiv abgeschirmt wie unter einer Schutzkuppel.

»Der Wind«, sagte sie. »Er erinnert mich an zu Hause.«

Darauf folgte kurzes Schweigen. »Ach ja?«

»Das andere Zuhause.«

»Ah.« Er drückte sie noch etwas fester an sich. »Du hast heute Nacht von ihnen geträumt.«

»Ist das eine Feststellung oder eine Frage?«

»Eine Feststellung. Dein Atem verändert sich, wenn du von

ihnen träumst.« Er nahm ihre Hand, die auf seinem Knie gelegen hatte, und die Macht durchströmte sie beide in einem ungebrochenen Kreislauf. »Weckt das hier Erinnerungen?«

»Ab und zu«, räumte Grey ein. »Damit komme ich schon klar.«

»Möchtest du darüber reden?«

»Weißt du noch, als wir in ihrem Alter waren?«

Er schwieg einen Moment. »Ja«, sagte er dann und drückte ihre Hand.

Es war die letzte brenzlige Situation, die sie in Leota erlebt hatten – und es hatte sie zu Tode erschreckt. Im Sommer davor war Lot zu seiner Ausbildung aufgebrochen, und er hatte sie in einer Situation zurückgelassen, die sich irgendwie falsch anfühlte und noch durch die Tatsache verschlimmert wurde, dass sie sich nicht länger vor ihrer Zuneigung zu Kier verstecken konnte.

Es war Winter, und ein brutaler Sturm hatte das Meer unter den Klippen zu schaumigen Wellen aufgepeitscht. Kier und sie saßen in Leota auf dem Dorfplatz, den neuesten Brief von Lot und einen Becher mit heißem Tee in den Händen. Da schlenderte Mika, der Vogt des Dorfes, mit ein paar Freunden vorbei. Grey hatte sich immer gefragt, wie es ihm gelang, seinen Posten trotz seiner Neigung zum Alkohol zu behalten – im Allgemeinen ging sie ihm und seinen Leuten lieber aus dem Weg.

Sie hatte sich gegen Kier gelehnt, eine Wange an seiner Schulter, während sie den Brief lasen, als das Gelächter der bewaffneten Soldaten an ihr Ohr drang.

»Ich sage es ja nur«, scholl Mikas Stimme über den Platz, und seine Worte klangen leicht verwaschen, da er offenbar getrunken hatte. »Dieser Junge kann sich nicht ewig verstecken. Irgendwann findet ihn irgendjemand. Und wenn ich ihn in die Finger kriege …«

Erst dachte Grey, er würde über einen der Dorfjungen reden. Stirnrunzelnd sah sie auf und fragte sich, was da wohl los war.

»Man könnte Lösegeld für ihn verlangen«, warf einer von Mikas Freunden ein. »Stell dir nur mal vor, was dabei rausspringen könnte.«

»Scaelas würde es rausfinden«, argumentierte ein anderer.

»Nee«, gab Mika zurück. »Nee, nee, nee. Ihr seht das total falsch. Wisst ihr, was ich tun würde? Ihn einen Kopf kürzer machen. Und damit wäre diese ganze verdammte Geschichte vorbei. Keine Macht mehr, keine Magie mehr, keine eingebildeten Magier und der ganze Mist. Und dann würde ich ihn zerstückeln und die Einzelteile verkaufen.«

Grey erstarrte – nicht mal der heiße Tee in ihrer Hand konnte etwas gegen die Kälte in ihren Knochen ausrichten.

Einer seiner Kumpel schnaubte. »Tja, so kann man's auch machen. Glaubst du wirklich, wenn man den Jungen tötet, klappt das ganze System zusammen?«

»Ich glaube, wenn ich die Chance hätte, würde ich's rausfinden. Scheiß auf Scaelas und scheiß auf seinen Krieg. Die sollen mich mal machen lassen, was?«

Grölendes Gelächter hallte über den Platz, doch Grey hörte es kaum. Bittere Galle stieg ihr in die Kehle. Kier hatte den Arm fest um sie geschlungen und sie an sich gezogen, um sie abzuschirmen – weil er es schon mit siebzehn gewusst hatte.

Sie ließen den Dorfplatz hinter sich und riskierten ihr Leben auf dem eisigen Klippenpfad zum Kiesstrand hinunter. In ihrer Lieblingshöhle dort unten bestand keine Gefahr, dass sie jemand belauschte. Greys Panik war wie ein lebendiges Wesen in ihrer Brust, und ihr Atem ging unregelmäßig.

»Glaubst du, dass andere das auch so sehen?« Ruhelos lief sie in der Höhle auf und ab. »Dass es leichter ist, mich umzubringen, als Locke zurückzuholen?«

»Ich weiß es nicht«, gab Kier zu. Er lehnte mit dem Rücken am feuchten, kalten Stein und ließ sie nicht aus den Augen. »Aber sie suchen nicht nach dir. Sie glauben immer noch, dass es Severin ist.«

Grey schüttelte den Kopf. »Darauf können wir uns nicht ewig verlassen. Irgendwann finden sie es raus.«

»Würde das wirklich ausreichen? Wenn dich jemand umbringt, würde das dann alle Macht vernichten? Könnte nicht irgendjemand eine andere Quelle finden oder sie erschaffen oder so?«

»Nein«, sagte Grey bitter und rieb sich die Augen. »Es würde die Macht töten, wenn jemand die Quelle umbringt. Die einzige Möglichkeit, mir die Kontrolle über die Macht wegzunehmen, besteht darin, dass ich einen Erben bekomme. Eine neue Blutlinie des Vermächtnisses, die sie kontrollieren können. Ich bin inzwischen alt genug, um ein Kind zu bekommen, und ich bin sicher, dass sie mich töten würden, nachdem ich ihnen eine neue Quelle der Macht gegeben habe …«

»Hör auf, Grey.« Kier hielt sie am Arm fest. Ihre Stimme war seltsam schrill geworden vor Angst. Er war blass, weil sie ihn mit ihren schlimmsten Befürchtungen konfrontiert hatte. »Das ist barbarisch.«

Sie lachte, ein kurzer harscher Laut. »Dann glaubst du also nicht, dass sie das tun würden?«

Er presste die Lippen zusammen, und an seinem Kiefer zuckte ein Muskel. Es war nicht das erste Mal, dass er ihretwegen wütend war, und sie hatte den schlimmen Verdacht, dass es auch nicht das letzte Mal sein würde. »Das würde ich niemals zulassen.«

»Du hast keine Kontrolle darüber, was mit mir passiert.« Sie ließ sich von ihm in die Arme nehmen, einhüllen. Sie drückte ihre kalte Nase an seinen Hals und versuchte, ihre Atmung seiner anzupassen. »Wenn Mika jemals herausfindet …«

»Das wird er nicht, und wenn, würde ich ihn töten, bevor er dir zu nahe kommen kann. Aber wir können nicht hierbleiben und einfach darauf warten, dass dich jemand findet.« Kurzes Zögern. »Willst du … *willst* du Locke sein?«

»Nein«, sagte Grey sofort und dachte an das Blut, den Rauch, die Flammen. Sie löste sich von ihm, brachte Abstand zwischen sie beide – er wollte sie nur trösten, wie es jeder Freund tun würde. »Lieber würde ich sterben.«

»Dann finden wir einen Weg, um dich vor ihnen zu verstecken. An irgendeinem Ort, an dem sie dich nicht finden.«

»So einen Ort gibt es nicht.« Sie schlug die Hände vors Gesicht, und die Wahrheit fühlte sich an wie ein schweres Gewicht in ihrem Magen. »Wo wir auch hingehen, sie werden nach mir suchen.«

»Es sei denn …« Kier wandte den Blick von ihr ab. »… du wärst selbst eine von ihnen.«

Sie sah zu ihm auf. Er schien keine Angst zu haben, doch da war auch keine Spur dieses spitzbübischen Lächelns, das er immer zeigte, wenn sie etwas herrlich Impulsives und Unvernünftiges taten. Er wirkte vollkommen ernst.

»Ich soll zur Armee gehen, meinst du«, schloss sie. »Lot in die Ausbildung folgen.«

»Wir könnten es zusammen tun. Wahrscheinlich dürften wir sogar zusammenbleiben.«

Sie nickte, und Bitterkeit erblühte in ihrer Brust. »Wenn die Patrouillen nächsten Sommer zurückkommen«, sie verschränkte die Arme vor der Brust und lehnte sich an den salzverkrusteten Felsen, »dann werden wir uns als Freiwillige melden.«

»Dafür bist du nächsten Sommer noch zu jung. Aber wenn wir noch ein paar Jahre warten und weiter trainieren …«

»Dann lügen wir eben.«

»Grey …«

Sie schüttelte heftig den Kopf. »Ich werde nicht hier sitzen und darauf warten, dass mich irgendjemand findet und mich tötet. Mein Vater hat Scaelas vielleicht vertraut, aber ich …« Sie verstummte, und die Tränen schnürten ihr die Kehle zu. »Ich weiß nicht, ob ich das kann. Ich weiß nicht, ob ich überhaupt jemandem trauen kann.«

»Du kannst mir trauen«, sagte Kier, streckte den Arm aus und strich über ihre Hand. »Grey, egal, was passiert, mir kannst du immer trauen.«

Also hatte er für sie gelogen, und sie waren zusammen davongelaufen, und er hatte ihretwegen mit Imarta und seinen beiden Müttern gestritten. Als Lot davon erfuhr, hatte er ihr einen freundlichen Brief über die Gefahren der Schlacht geschrieben. Sein Brief an Kier war deutlich wütender, und er hatte kein Blatt vor den

Mund genommen, als es um Greys Sicherheit gegangen war, doch am Ende hatte er seinem Bruder gesagt, wie stolz er auf ihn war. Vor Kurzem hatte Grey diesen Brief wiedergefunden, immer noch sicher verstaut in Kiers Gepäck.

Nun holte Kier tief Luft, und Grey ahnte seine nächste Frage voraus, weil er sie immer lesen konnte, besonders wenn sie es am wenigstens wollte – *Willst du Locke sein?* Schon wieder dieselbe Frage, fast ein Jahrzehnt später – weshalb es sie wirklich überraschte, als er stattdessen fragte: »Willst du nach Lindan gehen?«

»Was?«

»Vielleicht ist es da ganz schön«, überlegte er laut und strich dabei über die Stelle zwischen ihrem Daumen und ihrem Zeigefinger. »In Lindan ist die Magie anders. Keine Quellen, keine Magier. Ein paar von ihnen sind einfach … Zauberkünstler. Sie lernen es wie ein Handwerk. Wie Mathematik.«

Grey wusste das alles, und Kier wusste, dass sie es wusste. Genau wie Idistra gründete Lindan auf einem komplizierten System, doch die magische Begabung war etwas, mit dem die Lindaner geboren wurden. Anders als in Idistra hatten in Lindan *alle* Zugang zur Magie, auch wenn es viel Übung erforderte, damit umgehen zu können. »Wahrscheinlich hätten wir dort überhaupt keine Magie mehr«, merkte Grey vorsichtig an, »so weit von Locke entfernt.«

»Hm, vielleicht.« Er sagte nicht: *Aber du* bist *Locke. Du musst uns nicht retten und dabei deine eigene Freiheit opfern.*

»Glaubst du manchmal …«, setzte Grey an und sah zu den anderen hinüber. Eron hatte Sela damit beauftragt, im Topf herumzurühren, während er Trockenfleisch hackte, um dieser Beleidigung von einem Abendessen etwas Geschmack zu verleihen, und Britt flocht sorgfältig Olas Haar. Sie saßen neben dem warmen Magielicht, das Olas dunklen Locken einen roten Schimmer verlieh. »Glaubst du manchmal, wir wären besser dran, wenn wir aufhören wegzulaufen?«

»Wenn wir aufhören, wovor wegzulaufen?«, fragte Kier.

»Locke.« Es war kaum mehr als ein Atemhauch, doch Kier erstarrte – offenbar überraschten sie sich an diesem Abend gegenseitig.

»Das halte ich für keine gute Idee«, sagte er.

»Genau genommen ist es sogar eine schreckliche Idee«, stimmte sie zu. Doch dann hielt sie inne und lauschte auf das Heulen des Windes – manchmal lastete sie so schwer auf ihrem Herzen, die Familie, die sie verloren hatte. Der Ort, den sie nie ganz hatte kennenlernen dürfen. Manchmal, wenn sie die Augen schloss, war sie dort, im Geisterwald, und wenn sie die Lider wieder hob, tat ihr der Bauch weh, aber nicht wegen der Macht, sondern wegen der Leere.

»Du weißt, was das bedeuten würde«, sagte Kier. »Was dir passieren könnte.«

Und genau das war die Krux dabei, nicht wahr? Kier wusste genauso gut wie Grey, warum ihre Familie ermordet worden war: um die Macht zu kontrollieren. Wer Locke kontrollierte, der kontrollierte auch die Magie in Idistra. Eine schlichte Fehleinschätzung hatte zu ihrer aller Untergang geführt: Sie hatten nicht gewusst, dass Locke lieber sterben wollte, als sich beherrschen zu lassen. Dass Locke lieber alles mit sich in den Abgrund riss, als zuzulassen, dass der Erbe gestohlen wurde.

»Du glaubst, sie würden mich töten.«

»Oder Schlimmeres«, bestätigte er. »Wir können uns nicht sicher sein, welche Ziele Scaelas verfolgt. Es steht zu viel auf dem Spiel.«

»Wir brauchen Scaelas nicht«, sagte Grey. »Wir brauchen niemanden.«

»Wir brauchen Verbündete«, widersprach er. »Du und ich sind keine Armee.«

»Wo bleibt denn da das Selbstvertrauen, das ich kenne und liebe?«

Er lächelte, aber nur sehr kurz. »Ich werde hingehen, wo auch immer du willst. Doch wir sollten keine überhasteten Entscheidungen treffen oder etwas tun, weil wir uns in die Ecke gedrängt fühlen.« Er drückte ihre Hand, zwei kurze Impulse. »Wenn du gehen willst, dann sollte es eine aufrichtige Entscheidung sein. Nichts, was du nur tust, weil du nicht anders kannst.«

»Ich weiß«, sagte Grey.

»Diese Entscheidung könntest du nie wieder rückgängig machen.«

Sie schnaubte. »Wie das Ausscheiden aus dem Dienst?«

»Wir können uns jederzeit wieder einschreiben.«

»Götter, bloß nicht!«

Einen Moment saßen sie schweigend da, dann sagte Kier: »Wenn du diese Kiste einmal geöffnet hast, kannst du nie wieder zurück. Damit würdest du die Wahrheit über dich enthüllen.«

Grey stieß sacht mit dem Kopf gegen sein Kinn. »Du kennst die Wahrheit über mich.« Manchmal war es leicht, so zu tun, als wäre da mehr zwischen ihnen als Freundschaft und die Verbindung der Macht.

Er lachte und hob ihre Hand an seine Lippen. Sie fühlte das Kratzen seines neuen Barts. »Stimmt. Obwohl ich mir da manchmal nicht so sicher bin.«

»Kommt ihr zwei zum Essen, oder wollt ihr dahinten einfach weiter rumknutschen?«, rief Ola.

Grey seufzte und löste sich von Kier. »Wir knutschen nicht rum«, brummte sie, spürte dabei aber, dass sie rot wurde. Sie kletterte über die Felsen zurück in die Wärme des Feuers und des Magielichts, und Sela reichte ihr zaghaft lächelnd eine Schale.

»Captain Flynn?«, fragte sie und rutschte mit ihrer eigenen Schale näher an Grey heran. Aus ihrem Tonfall schloss Grey sofort, dass dem Mädchen etwas auf dem Herzen lag.

»Sag ruhig Grey, Kleine. Was brauchst du denn?« Im Kopf ging sie bereits die Liste ihrer Aufgaben durch, die sie vor dem Schlafengehen noch zu erledigen hatte. Kier hatte sich auf der anderen Seite des Magielichts mit Ola zusammengesetzt, um die morgige Route zu besprechen.

»Grey. Kannst du mir erklären, was genau ein Bund ist?«

Das schon wieder! Grey zwang sich dazu, schnell hintereinander drei Löffel von der Pampe zu schlucken, während sie nachdachte. »Vielleicht, wenn du älter bist«, sagte sie schließlich. Was ihr einen Schmollmund eintrug, mit dem Sela nur noch jünger aussah.

»Ich glaube nicht, dass das etwas *damit* zu tun hat«, bemerkte Sela pikiert. »Aber der Captain und du, ihr seid gebunden. Warum?«

Grey nickte. Es hatte keinen Sinn, diesem Thema auszuweichen: Die Fakten lagen auf dem Tisch. »Warum wurdest du nicht als Quelle ausgebildet?«, fragte sie zurück. Sie wusste, dass das Mädchen Macht hatte – und wie wenig es damit umgehen konnte.

Sela hob eine Schulter. »Ich habe es ein paarmal versucht, aber ich bin einfach nicht gut darin. Also haben wir beschlossen, uns stattdessen auf meine Ausbildung zu konzentrieren. Diplomatie, Geschichte der Magie, Geografie. So was eben.«

Grey hörte ihr zu. Ihr fiel wieder ein, dass Sela zuvor gesagt hatte, sie sei kaum eine richtige Quelle. Vielleicht war sie für das Training einfach zu schwach – aber sie hatte sich im Kampf mit Brit verbunden, also musste *etwas* da sein.

Davon abgesehen, wünschte sie, jemand hätte eine solche Entscheidung auch für sie getroffen. Es gab so viele Lücken in ihrer Bildung. Löcher, die sie vermutlich niemals würde stopfen können: Geschichte und Geografie, Mathematik und die Sprachen des Kontinents. Ihre Ausbildung hatte sie einzig und allein auf ein Leben im Krieg vorbereitet, auf ein Leben als Werkzeug eines anderen, ein Leben als Quelle und Heilerin. Und manchmal wusste sie nicht, wer sie eigentlich gern geworden wäre, wenn sie die Wahl gehabt hätte.

»Warum bist du zurückgekommen?«, fragte sie das Mädchen.

Sela seufzte schwer und stocherte mit ihrem Löffel in der Pampe herum, die sie offenbar nicht aufessen wollte trotz ihrer ausschweifenden Versicherungen, Eron sei doch ein ganz passabler Koch. »Ich weiß nicht, ob ich das erklären kann«, sagte sie. »Vermisst du deine Heimat denn nie? Diese Vertrautheit? Den Ort, den du besser kennst als alle anderen?«

Grey zuckte mit den Schultern. Seit ihrem sechzehnten Lebensjahr reiste sie ständig herum, und obwohl sie jahrelang in Leota gelebt hatte, dem Zuhause des Großteils ihrer Kindheit, war es nicht Leota, woran sie dachte, wenn sie die salzige Brise des Meeres roch.

»Ich schätze mal, das beantwortet deine Frage«, sagte sie langsam und wählte dabei jedes Wort sorgfältig. »Über Kier und mich. Mit der Macht – mit deinem Magier – ist es manchmal genauso. Man findet jemanden, der sich wie dein Zuhause anfühlt, und alles ist stärker. Ich glaube, so soll es sein für einige von uns. Nicht dieser Wechsel von einem Magier zum anderen bei jedem neuen Einsatz. Ich kenne Kier genauso gut wie mich selbst.«

»Liebst du ihn?«, fragte Sela mit all der Schamlosigkeit eines Teenagers.

»Natürlich«, antwortet Grey. Sie sparte es sich, klarzustellen, auf welche Weise sie ihn liebte und auf welchen Ebenen diese Liebe nicht erwidert wurde. »Aber … dahintersteckt mehr als Liebe.«

»Ola hat gesagt, es wäre dumm, so etwas zu tun«, gab Sela zu. Ganz kurz glaubte Grey, sie würden immer noch über die Liebe reden und Ola und Sela hätten ein bisschen getratscht, doch dann stellte Sela klar: »Sich binden, meine ich. Sie hat gesagt, Kier wäre nutzlos ohne dich, und wenn du stirbst, kann er nie wieder Magie ausüben.«

»Ohne mich wäre er sowieso nutzlos«, versuchte sich Grey an einem Scherz, der ihr jedoch bitter auf der Zunge lag. Sie zuckte mit den Schultern. Ein Bund konnte nicht gebrochen, nicht rückgängig gemacht werden, und sie hatten das beide vor vier Jahren gewusst, als er ihren wahren Namen geflüstert und sein Blut an ihre Lippen gedrückt hatte. »Aber wir können eine Menge erreichen, weil wir gebunden sind. Es hat seine Vorteile. Es macht uns beide stärker.«

Sie musterte Selas halb volle Schale, ihr nach oben gewandtes Gesicht. Sie tat nicht mal mehr so, als würde sie essen. Grey versetzte ihr einen gutmütigen Ellbogenstoß in die Rippen. »Iss etwas«, sagte sie. »Vor uns liegt ein Gebirge, Kleine.«

Sela seufzte, tat jedoch, was man von ihr verlangte. Kurz darauf, nachdem sie das widerliche Zeug in sich hineingeschaufelt hatten – man bekam es nur runter, wenn man möglichst schnell schluckte –, sagte sie: »Kannst du mich trainieren?«

Grey hatte so etwas erwartet. Sie hielt den Blick auf das stetige Glühen des Magielichts gerichtet und fühlte die Wärme auf ihren Fingern. »Ich kann es versuchen«, antwortete sie. »Aber wahrscheinlich bin ich keine besonders gute Lehrerin.«

»Ein Versuch kann nicht schaden.«

»Und Brit muss einverstanden sein und uns helfen.«

»Wenn ich nett frage, klappt das bestimmt.«

Grey widersprach nicht. Sie spürte, dass ein Schatten auf sie fiel, dann trat Kier vor sie. »Wir sollten uns lieber etwas ausruhen«, sagte er. Den anderen hatte er eindeutig schon dasselbe gesagt, denn Brit und Ola rollten bereits ihre Schlafsäcke aus. »Eron übernimmt die erste Wache.«

»Danke«, sagte Grey. Sie sah ihm nach, dann breitete auch sie ihren Schlafsack aus und überließ dabei Sela den Platz, der dem warmen Magielicht am nächsten war. »Dann probieren wir es«, sagte sie zu dem Mädchen.

Ich habe von dieser Ehe eine Menge erwartet, nur keine Liebe. Daran ist Isaak schuld, weil er mich zuerst geliebt hat, und ich war so dumm, es zuzulassen. Die Tatsache, dass die Liebe mich gefunden hat, schwächt mich und macht mich unfassbar zornig. Ich denke immer nur an ihn, und nichts könnte mich wütender machen.

Brief von Alma, High Lady von Locke,
an ihre Schwester Wren Locke Teinek,
achtzehn Jahre vor der Vernichtung

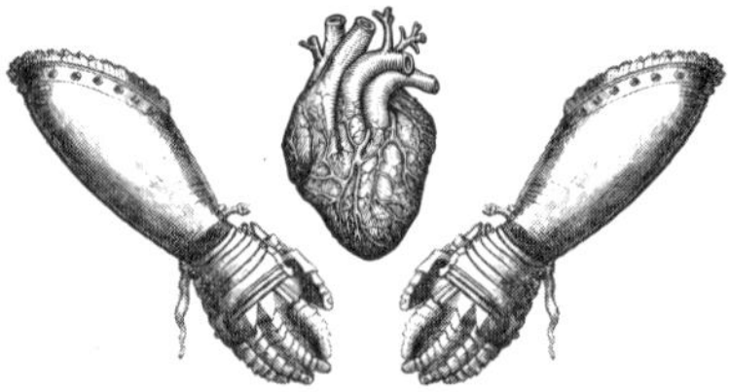

Vierzehn

Es war kein leichtes Unterfangen, die Berge bei Einbruch des Winters zu überqueren. Grey behielt die Hände so oft wie möglich in den Manteltaschen, bis Kier schließlich nachgab und für jeden von ihnen ein winziges Magielicht herstellte, wofür er konstant von Grey zehren musste, um zu verhindern, dass sie Erfrierungen bekamen. Alle paar Stunden mussten sie anhalten, um ihre Füße aufzuwärmen, etwas zu essen oder Täubchen ausruhen oder auf einem der immer seltener werdenden Gras- oder Moosflecken grasen zu lassen. Vier Tage verbrachten sie in den Bergen, schliefen immer nur kurz, eng zusammengedrängt, jeder in zwei Schlafsäcke gewickelt, während sie drei weitere über sich breiteten. Nachts heulte der Wind so laut, dass sie kaum noch wusste, was real war und was zu ihren Albträumen gehörte. Oft erwachte sie eingewickelt in Kiers Mantel, in seinen Armen, die Beine mit Brits oder Selas verschlungen, und dann waren die Augen des Captains offen, und er starrte in die Nacht hinaus.

»Hör auf, dir Sorgen zu machen«, murmelte sie ihm jedes Mal zu, doch er seufzte nur und streichelte ihr übers Haar, bis sie wieder einschlief. Sie unterbrachen ihren Schlaf immer wieder, um

Wache zu halten, frierend und auf und ab gehend, um die Blutzirkulation aufrechtzuerhalten.

Während sie durch die Berge zogen, tat Grey ihr Bestes, um Sela zu unterrichten. »Ich möchte, dass du es dir wie ein Wollknäuel vorstellst«, sagte sie, so wie ihre eigene Mutter es ihr erklärt hatte. »Finde einen Faden und binde ihn an Brit, und dann lass das Knäuel ganz langsam abwickeln. Nicht wie einen Ball, den du wirfst – ein Wollfaden, Sela. Mehr brauchen sie nicht.« Sie übten, bis Sela in der Lage war, sich ohne Greys korrigierende Hilfen mit Brit zu verbinden. Sie war bestenfalls eine schwache Quelle, aber sie war eine Quelle. Und die Tatsache, dass sie ungebunden war, machte sie wertvoller als Grey selbst. Sie war eine Rückversicherung, falls sie einmal eine brauchen sollten.

Sie kamen der anderen Seite des Gebirges immer näher, bis Grey begriff, dass sie den größten Teil des Nachmittags damit verbracht hatten, bergab statt bergauf zu gehen. Als es allmählich Abend wurde, beschleunigte sie ihre Schritte und ging erst an Eron, dann an Täubchen vorbei, um zu Kier aufzuschließen.

»Wo sind wir?«

Er zog die Karte hervor. »Wir ziehen östlich an den Aloducan-Gipfeln vorbei.«

»Kier«, beschwerte sie sich und versuchte nicht mal, den nörgelnden Tonfall zu unterdrücken. Sie könnte die unbeschrifteten Aloducan-Gipfel auf der Karte nicht mal dann erkennen, wenn sie ihr ins Gesicht springen würden. Er seufzte bloß und deutete kurz auf ihre Position. Sie strich mit dem Finger über die Karte und betrachtete die Entfernung zwischen dort und Grislar, und so etwas wie Hoffnung schwoll in ihr an.

»Was, meinst du, sollen wir als Nächstes machen?«

Er sah zum Himmel. Die Wolken waren stahlgrau und schwer und versprachen frischen Schnee. Grey konnte das Zeug nicht mehr sehen, aber wenigstens ging es sich auf dem hart gefrorenen Boden besser als durch Schlamm. »Mit dieser Entscheidung richte ich mich nach dir«, sagte er. »Ich finde, wir sollten aus dem nächsten Dorf, durch das wir kommen, Briefe losschicken.

Es ist noch etwa eine fünftägige Reise, und ich brauche diese Zeit.«

Fünf Tage. Der Gedanke war fast unvorstellbar.

»Lasst uns hier unser Lager aufschlagen«, sagte er lauter, damit alle ihn hörten. Er nickte zu einem windgeschützten Grasfleck hinüber, ein Stück abseits vom Weg.

Grey setzte sich auf einen Felsen und legte ihre Utensilien bereit, während Eron begann, das Essen vorzubereiten. »Brit«, rief sie. »Der große Tag ist gekommen.«

Brit kam zu ihr, ein zaghaftes Lächeln auf dem Gesicht. »Zeit, die Fäden zu ziehen?«

Grey nickte. Während sie alles bereit machte und sich die Hände säuberte, zog sich Brit das Hemd aus und streckte sich zitternd vor Kälte auf dem Boden aus. Kier positionierte sich in der Nähe, bereit, wenn nötig zu helfen.

Grey konzentrierte sich ganz auf ihre Arbeit und summte dabei leise vor sich hin. Im Lager herrschte eine stille Zufriedenheit – es dauerte einen Moment, bis Grey begriff, dass Eron Geschichten erzählte, während er kochte.

»So kenne ich das aber nicht«, protestierte Ola.

»Du kommst ja auch aus dem Südwesten, die können da nichts richtig machen«, schoss Eron zurück.

»Und was versteht ein Farmer von Volkssagen?«

Grey hatte keine Ahnung, wovon sie sprachen. Sie zog den letzten Faden und trug mehr Salbe auf Brits Wunden auf, dann legte sie neue Verbände an. Schließlich zog sich Brit wieder an, und nun legte Grey selbst erst ihren Mantel und dann ihr Hemd ab und verzog bei der Kälte des Windes das Gesicht. Kier setzte sich neben sie und nahm ihren Arm in beide Hände. Sie zwang sich dazu, sich zur Ablenkung ganz auf Eron zu konzentrieren und sonst auf nichts, während Kier seine Arbeit begann.

»Man sagt, die Magie ist ein Geschenk der Götter«, verkündete Eron mit großer Geste. »Man sagt, alle Götter sind herabgestiegen und haben eine Nation gewählt und sie so gesegnet, wie sie es für richtig gehalten haben. Und wir hier in Idistra wurden am meisten gesegnet von unseren eigenen Göttern: Denn wir müssen nichts allein durchleiden.«

»So ein Blödsinn«, mischte sich Ola wieder ein. Sie saß auf einem Felsen und streichelte Täubchens Nase. Sela saß zu ihren Füßen und hatte den Kopf in den Schoß der Quelle gelegt. »Überhaupt niemand sagt das.«

»Tja, dann erklär du es doch.«

»In Lindan«, warf Sela ein, »glaubt man, die Magie ist eine große Verantwortung, und sie muss erlernt werden.«

»Gut, dass wir hier nicht in Lindan sind«, murmelte Brit. »Eron, da wärst du echt am Arsch.«

»Ich *muss* dich nicht füttern, weißt du?«, gab Eron zurück. »Und außerdem ... kann ich Arkunische Magie wirken, und mein Vater hat mir ein paar seiner Zaubersteine hinterlassen.«

»Funktionieren die hier?«, fragte Kier, ehrlich interessiert. Er liebte es, so viel wie möglich darüber zu lernen, wie andere Magiesysteme funktionierten.

»Nicht besonders gut«, gab Eron zu. »Und außerdem will ich ja nicht über meinen Vater meckern, aber er hat mir nur die echt bescheuerten hinterlassen. Sie sind sehr spezialisiert. Also kann ich zwar wirklich nützlich sein, aber nur, wenn ihr ein verstopftes Rohr habt oder einen Pullover, bei dem sich ständig ein Faden löst.«

»Tja, habe ich leider nicht.«

Sela ignorierte dies und sagte: »Und wusstet ihr, dass die Magier in Ruska Dämonen sind?«

Kier schnaubte. Grey sah zu ihm auf, erkannte die umsichtige Konzentration in seiner Miene, mit der er sich ihrer Wunde widmete. »Fairerweise sollte man sagen, dass manche dir auch ein paar ... dämonische Attribute zuschreiben würden.«

Er grinste und zog den letzten Faden. Grey erklärte ihm, welche Salbe er auftragen sollte, und dann verband er die Wunde, während die anderen sich über die fraglichen Vorzüge anderer Magieformen stritten.

»Captain«, rief Eron, als er sah, dass Kier und Grey aufstanden.

Im ersten Moment glaubte Grey, er würde Kier meinen, aber er sah sie an. »Ihr beide seid doch an der Küste aufgewachsen. Was erzählt man sich dort für Geschichten? Darüber, woher unsere Magie kommt?«

»Oh … ähm.« Grey kaute an einem ihrer Fingernägel. Sie kannte die Geschichten, die Variationen, die in Locke abends am Feuer erzählt wurden. Sie sah Kier an, doch er lächelte ihr nur zu. Bastard.

Sie nahm die Schale entgegen, die Eron ihr reichte, und hielt sie zwischen den Händen, um sich daran zu wärmen. Dann setzte sie sich neben Brit. Kier suchte sich einen Platz ihr gegenüber, näher bei Eron.

»Ein *paar* Geschichten wirst du doch wohl kennen«, sagte Eron und begann zu essen.

Grey schob ihren Löffel in der Schale herum. »Tja, man sagt, dieses Land hat schon lange vor uns existiert, nicht wahr? Vor Jahrhunderten, als hier noch keine Menschenseele gelebt hat – wirklich niemand, es war eine Insel voller Schafe –, ging ein Schiff auf hoher See verloren. Darauf befanden sich Forschungsreisende aus dem Teil der Welt, den man heute Lindan nennt und in dem die Magie freier fließt. Unbeschränkter. Doch als sie hier landeten, stellten sie fest, dass ihre Magie so weit fern von zu Hause nicht mehr so funktionierte wie früher.« Sie hielt inne und sah auf. »Habt ihr die schon mal gehört?«

Ola zog die Nase kraus. »Ich glaube schon.«

Brit und Eron schüttelten den Kopf.

Grey biss sich auf die Unterlippe, fuhr dann jedoch fort: »Schließlich, nach einem harten Winter, waren nur noch zwei der Entdecker übrig. Zwei Frauen. Doch sie hatten nichts mehr zu essen, und obwohl sie sich, um geschützter zu sein, auf eine kleine Insel zurückgezogen und sich ein Haus darauf gebaut hatten, konnten sie keinen weiteren Winter allein dort überstehen. Also schlug eine der beiden vor, sich auf dem nahen Festland auf die Suche nach Vorräten zu machen. Die andere Frau befürchtete, ihre Gefährtin würde nie zu ihr zurückkommen, also stahl sie ihr eines Nachts das Herz und damit ihre Magie. Die unerschrockene Forscherin machte sich auf die Suche nach Nahrung und fand sie, doch sie fühlte sich nicht mehr vollständig – und sie konnte auf sich allein gestellt keine Magie mehr wirken. Als sie mit den Vorräten auf die Insel zurückkehrte, stellte sie begeistert fest, dass sie ihre Magie wieder einsetzen konnte, aber nur, solange sie bei ihrer Geliebten war, bei der Frau, die sie verraten hatte. Und aus diesem Grund brauchen wir beides: einen, der liebt, und einen, der verrät.«

Darauf folgte ein langer Moment des Schweigens. Sie wusste, dass Kier sie ansah, doch sie erwiderte seinen Blick nicht, bis er sich räusperte und sagte: »Ich kenne eine andere Version der Geschichte.«

»Götter, das hoffe ich doch«, brummte Ola. »Das war ganz schön trist.«

»In der Version, die ich gehört habe, hat sie ihr Herz freiwillig gegeben als Versprechen, dass sie zurückkehren würde.«

Grey fühlte ihre Wangen warm werden. Sie sah auf und begegnete Kiers Blick. »Wer hat dir diese Version erzählt?«

»Mum«, antwortete er.

»Hoffnungslose Romantikerin.«

Er schüttelte den Kopf, konnte sein Lächeln jedoch nicht verbergen – die Grübchen in seinen Wangen waren dunkel im sterbenden Licht des Abends. Seine Mutter musste diese Version der Geschichte von Imarta gehört haben, die sie wiederum von Grey selbst hatte. Und beide Versionen stammten von Greys eigener Mutter, die ihren Kindern mal die eine, mal die andere Version erzählt hatte, je nachdem, wie gut sich Grey und ihr Bruder benommen hatten.

Sie erzählten einander noch weitere Geschichten, doch Grey beteiligte sich nicht mehr daran. Es wäre zu leicht, dabei einen Fehler zu machen und etwas zu sagen, das sie eigentlich nicht wissen sollte. In dieser Nacht, als Kier und sie Wache hielten, spähte sie ins Tal unter ihnen hinab und dachte an die Reste des Tempels, der mit Locke untergegangen war. Der Tempel für die Göttin der

Liebe und des Verrats – oder der Liebe und der Hingabe, je nachdem, wer ihr ein Opfer darbrachte. Retarik, Lockes Göttin der Vergebung, war ebenfalls die Göttin der Hingabe, die erste Magierin.

Grey begriff, dass sie viele Jahre lang nicht mehr an Retariks Tempel gedacht hatte. Teilweise aus voller Absicht, da der Tempel auch als Festsaal genutzt worden war – der Ort, an dem die Insel ihr Ende gefunden hatte.

Sogar das machte sie traurig: Es gab so viele Dinge über Locke, so viele Details, und sie war die Einzige, die noch davon wusste, die sich noch daran erinnerte, obwohl alles verloren war.

Sie hatte nie an die Götter geglaubt, nicht richtig, obwohl sie nach einer Göttin benannt worden war. Gremaryse, die Göttin des Meeres. Manchmal fragte sie sich, ob das die Erklärung dafür war, dass sie das Meer in der Nacht nach Lockes Untergang überlebt hatte. Ob es ihre Namensgeberin gewesen war, die sie immer weiter und weiter in Richtung der Strände Scaelas geschoben hatte.

Sie zog die Knie an, legte das Kinn darauf und dachte an die Ruinen am Rande des Geisterwalds, mit Blick auf das Meer. Ihre Mutter Alma war nach der anderen Person in der Ursprungsgeschichte benannt: Kitalma, die erste Quelle, die Schutzgöttin von Locke. *Was sie aber auch nicht retten konnte,* dachte Grey bitter.

In Scaela hatte es früher noch weitere Klöster und Altäre gegeben, die den Göttern von Locke gewidmet waren, doch die Hälfte davon war von Eprain und Nestria zerstört worden, die keinen Respekt vor dem Glauben der Insel hatten. Grey hatte auf dem Festland nur einen einzigen dieser Altäre besucht, den in Grislar, der Kitalma gewidmet war. Sie war dort hingegangen, um nachzudenken und aufs Meer hinauszustarren, doch hauptsächlich, um die Göttin zu fragen, ob sie die Bürde ihres Vermächtnisses von ihr nehmen könnte. Ob sie Grey, die letzte ihrer Töchter, mit der Gnade des Vergessens segnen könnte.

Als die Sonne unterging, entdeckten sie die verlassene Ruine einer alten Schäferhütte. In diesem Teil des Landes fand man solche Hütten überall in den Hügeln, verlassen zu dieser Jahreszeit und verschlossen, um auf das nächste Jahr zu warten. Kier untersuchte alles gründlich im Schein des Magielichts und durchlief den gleichen Prozess wie in der Hütte, in der sie vorgestern übernachtet hatten, die allerdings viel hübscher und weniger schuppenmäßig gewesen war.

Grey stand in der Tür, die Hände vor sich verschränkt, und lehnte sich in die Macht, die durch ihre Verbindung floss. Sie hatte in letzter Zeit so wenig davon verbraucht, denn Kier zehrte nur von ihr, wenn er ein Magielicht erschuf oder Gestrüpp aus dem Weg wischte oder auf dem Pfad vor ihnen nach einem Herzschlag suchte. Was dazu führte, dass sich Grey unruhig und übervoll fühlte von ihrem Machtvorrat.

Vorsichtig arbeitete er sich durch die zwei kleinen Räume und den Dachboden darüber. Der Boden war halb verrottet, und die Fenster, durch die man über das Tal sehen konnte, hatten kein Glas mehr. Früher war es vielleicht einmal eine hübsche Hütte gewesen, dachte sie. Von den Stangen über den Fenstern hingen noch einzelne Stoffstreifen mit einem kaum noch sichtbaren Blumenmuster herab. An einer Wand gab es einen Kamin, in dem immer noch Asche war und der sich nach oben zu einem Schornstein in der dunklen Nacht öffnete. Vielleicht war es einmal gemütlich hier gewesen. Idyllisch.

Sie lehnte sich gegen die Wand und sah zu, wie Kier die Schrift auf dem Türbogen zwischen den Räumen zu entziffern versuchte. Es hatte etwas, ihn einfach nur zu beobachten. Sie wurde es nie leid, die Vertrautheit seiner Schultern zu betrachten, das Haselnussbraun seiner Augen. Er hatte eine Hand an die Wand gelegt, und der Ring seines Bruders schimmerte in dumpfem Silber – wie viele Geister sie doch mit sich trugen, sie beide –, und wehmütig stellte sie sich vor, wie sich diese Hand wohl auf ihrer Haut anfühlen würde.

»Was denkst du, Flynn?«, fragte Kier mit sanfter Stimme. Sie begriff, dass ihre Verbindung aktiv war und sie dadurch mehr von sich preisgab, als sie wollte. Manchmal passierte es, dass ihre Emotionen bei ihm ankamen, obwohl Grey sie nicht geschickt hatte.

»Nur dass so etwas wie das hier vielleicht nett wäre. In den Hügeln. Fern von allem. Wenn wir aus dem Dienst ausgeschieden sind, meine ich.«

Er sah sie an, und einer seiner Mundwinkel hob sich. »Wir leben schon seit Jahren auf engstem Raum miteinander. Bist du mich nicht langsam leid?«

»Niemals«, antwortete sie, bevor sie es sich anders überlegen konnte. »Und ich würde mich niemals über dich lustig machen, selbst wenn du dir ein ganzes Heer Kartografinnen in dein Bett holen würdest.«

Schnaubend richtete er den Blick aus dem Fenster. »Du musst dir keine Sorgen darum machen, ich könnte irgendjemanden sonst in unser Bett holen.« Er nahm ihre Hand und drückte ihr einen Kuss auf die Rückseite der Finger.

Grey rollte mit den Augen und zog sich zurück, bevor er spürte, wie schnell ihr Herz pochte. »Träum weiter«, murmelte sie, weil es das war, was er von ihr erwartete. Weil sie ständig flirteten, ohne dass jemals etwas daraus wurde. Weil er nicht wusste, wie sehr sie sich wünschte, er würde es ernst meinen.

Sein Lächeln wurde breiter. »Die Luft ist rein«, rief er den anderen zu.

Der Reihe nach kamen sie durch die Tür herein. Sela und Brit legten die Schlafsäcke aus, während Ola die Leiter erklomm, um den winzigen Dachboden zu erkunden. Eron nahm die Wassereimer mit zu dem Bach hinter der Hütte, ließ einen davon bei Täubchen stehen und brachte den Rest zurück. Grey wandte sich von den seltsam heimelig wirkenden Aktivitäten ab und lehnte sich ans offene Fenster. Nur noch ein paar Tage, dann würden ihr Magier und sie … ja, was? Was würden sie dann sein? Nur zwei gute Freunde, die sich irgendwo ein Häuschen teilten? Ein gemütliches Bett für sie und Kier und alle seine zukünftigen Geliebten, was gerade noch genug Platz für ihr gebrochenes Herz ließ?

Sie kaute auf ihren Nägeln herum. Tausendmal, Millionen Mal hatte sie daran gedacht, ihm zu sagen, was sie empfand. Doch er war einfach … Es gab so viele Gelegenheiten. Auf irgendeine Art musste er es *wissen*, und die schlichte Tatsache, dass er nie ernsthaft mit ihr darüber geredet hatte, war für Grey die Bestätigung dafür, dass er nicht dasselbe für sie empfand.

Sie liebte ihn, auf jede nur mögliche Art, auf die man jemanden lieben konnte. Und sie wusste, dass auch er sie liebte, auf seine eigene Art – doch während sie nun in die Leere der Berge hinausstarrte, fragte sie sich zum ersten Mal, ob das genügen würde.

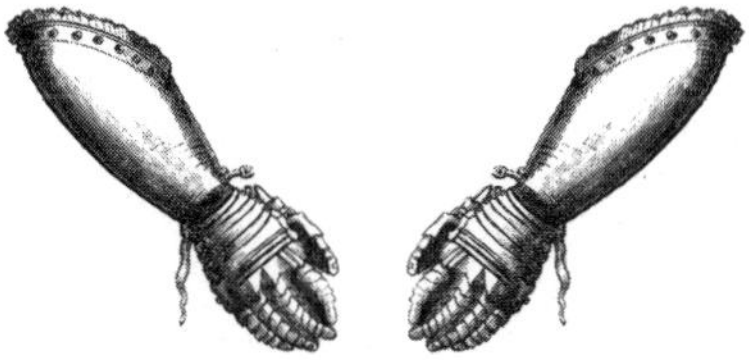

Die meisten Rituale der Insel sind nur der Herrscherfamilie und ihren engsten Vertrauten bekannt, doch kein Ritus wird so sehr verschleiert wie die Wahl des Erben. Sie richtet sich nicht nach einem bestimmten Alter. Falls es irgendein göttliches Recht gibt, eine vorherbestimmte Wahl der alten Götter, die auf der Insel immer noch verehrt werden, dann bleibt der Rest von Idistra darüber im Ungewissen.

»Sogar die Meere brannten«: Eine kurze Abhandlung über Aufstieg und Fall der Obsidianinsel
von Bell Ownding, Universität von Isidar

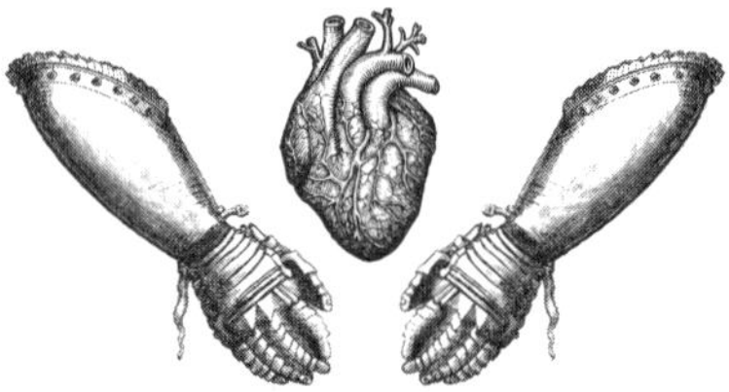

Fünfzehn

Ihre tägliche Routine war so gut einstudiert, dass Grey kaum noch nachdenken musste. Sie aßen, was auch immer Eron kreierte, auch wenn niemand wusste, was genau es war, dann wuschen Sela und Brit das Geschirr in den Eimern mit Wasser vom Bach, während Ola dem Schlaflager den letzten Schliff gab und Kier die Karte studierte.

»Wenn wir ein Dorf sehen, werden wir dort haltmachen müssen«, bemerkte Eron, packte ihre Vorräte aus und teilte sie sorgfältig neu ein. »Den Proviant haben wir gut eingeschätzt, Captain.«

»Freut mich zu hören«, sagte Kier und rollte die Karte wieder zusammen. »Grey, kannst du mir hier mal zur Hand gehen?«

»Eine zur Hand gehende Hand«, murmelte Eron vor sich hin, dann seufzte er schwer. »Ich glaube, ich brauche eine Pause.«

»Sechs Monate Urlaub«, rief Kier ihm in Erinnerung.

Grey setzte sich neben ihn auf den Boden. Er lehnte in einer Ecke an der Wand, hatte ein Knie angewinkelt und seine Papiere auf seinen Oberschenkel gelegt, während er das andere Bein vor sich ausstreckte. Auf seinem Schoß balancierte er ein hellblaues Magielicht, das ein geisterhaftes Leuchten auf die Unterlagen warf und die Schatten auf Kiers Gesicht vertiefte. Immer wieder rieb er sich über das ausgestreckte Knie, und die Falten um seinen Mund verrieten, dass er Schmerzen hatte. Bei einem Gefecht vor drei Jahren hatte er sich eine Sehne gerissen, was ihm bis heute Probleme machte, wenn es kalt war oder wenn er zu weite Strecken zu Fuß hinter sich bringen musste. Grey legte ihm die flache Hand aufs Knie und schob ihm eine Welle der Macht zu. Sie genoss sein erleichtertes Aufseufzen.

»Danke«, murmelte er. Brit und Sela kamen aus der Kälte herein und schlossen die schiefe Tür hinter sich. Kier sah kaum auf. »Kannst du das mal lesen? Ich bin nicht sicher, ob ich es richtig formuliert habe.«

Grey nahm das Schriftstück entgegen. Keiner von ihnen war ungebildet, und Teil ihrer Ausbildung war auch ein gewisses Maß an Kenntnis über Diplomatie gewesen – außerdem war jede Beförderung von weiterem Training begleitet gewesen, damit sie sich ihren Befehlshabern gegenüber angemessen ausdrücken konnten. Es gab jedoch einen Unterschied zwischen »So verfasst man ein Schreiben für einen seiner Befehlshaber« und »So schlägt man einen Waffenstillstand zwischen zwei Nationen vor, die einander seit fast zwei Jahrzehnten bekämpfen«.

Sie lehnte sich gegen seine Schulter, näher zum Magielicht, und überflog die Zeilen, wobei Olas und Erons Scherze sie ein wenig ablenkten. Ihr Bauch war warm vor Macht, sogar etwas zu warm, und sie schob Kier eine große Woge davon zu.

Er gab ein tiefes Grollen aus der Kehle von sich und schloss die Hand über ihrem Knie. »Du machst mich *sehr* hellhörig, Flynn«, brummte er.

»Ich finde, es ist ein Anfang«, erklärte sie vorsichtig. »Aber ich kenne mich mit Diplomatie so wenig aus, also sollte vielleicht Sela ...« Kiers Hand schloss sich so fest um ihr Knie, dass sich seine Finger in ihre Haut gruben. Er sah sie nicht an – eigentlich sah er *überhaupt nichts* an. Sein Blick war starr geradeaus gerichtet, und seine Lippen schienen etwas zu formen, was er nicht aussprach.

»Seid mal einen Moment still«, rief Grey den anderen zu und schob Kier noch mehr Macht zu. »Was ist los?«

Einen Moment später war er aufgesprungen und zog sein Schwert, wobei er ein herrliches Durcheinander von Flüchen ausstieß. »Herzschläge«, antwortete er und eilte zur Hinterseite des Raums. Dort gab es kein Fenster, doch er zog sich die Leiter zum Dachboden hinauf. Grey eilte ihm nach, und auch die anderen schienen ihnen folgen zu wollen, was Grey mit einer knappen Handbewegung verhinderte. Eron zog Sela in eine Ecke des Raums, fort von der Tür und dem Fenster. Ola und Brit postierten sich mit gezogenen Schwertern hinter der Tür.

Kier erklomm die letzte Stufe zum Dachboden und stieß einen Rauchabzug auf, den er zuvor gefunden haben musste. Grey zögerte und sah zu, wie er die Luke im Dach öffnete und hinauskletterte, dann folgte sie ihm.

»Wir werden durchs Dach krachen, ganz sicher«, brummte sie, und das Herz schlug ihr bis zum Hals. Kier wirkte, als würde er … Sie konnte es nicht sagen, ihr fehlten dafür die Worte. Also schob sie ihm noch mehr Macht zu, und er verzog das Gesicht.

»Was spürst du?«, fragte sie und spähte aus schmalen Augen in die kalte Nacht hinaus. Die Dunkelheit war eisig und klar, der Himmel über ihnen wolkenlos, doch weil der Mond gerade erst wieder zunahm, war es auch sehr dunkel, und da sie sich nicht mehr sonderlich hoch in den Bergen befanden, blieb auch der erhellende Effekt des Schnees aus.

»Ich hoffe, dass ich mich irre«, raunte Kier. Er streckte blind den Arm aus, tastete nach ihrer Hand und drückte sie fest. Bebend holte er Atem, und die Macht strömte dick und fest durch die Verbindung zwischen ihnen. »Da sind Herzschläge, Grey. Menschliche Herzen. Überall um uns herum.«

Sie drehte sich um, spähte hinter sie, den Hang hinauf, dann auf die andere Seite. Dort, in einem Wäldchen hinter Kiers Rücken, konnte sie das kaum wahrnehmbare Glimmen eines Magielichts erkennen.

»Kier.« Sie nickte in die entsprechende Richtung. Er reckte den Hals und sog scharf die Luft durch die Zähne.

»Wie viele kannst du fühlen?«, fragte sie.

Flackernd schlossen sich seine Lider, und sie fühlte das Zischeln der Magie. »Dreißig, mindestens«, sagte er geschlagen. »Vielleicht mehr. Wir sind der Grenze so nah – ich wollte die noch höheren Gipfel umgehen. *Scheiße,* Grey.«

»Hey, hey.« Sie drückte seine Hand. »Wir haben schon Schlimmeres überstanden.«

»Sie umzingeln uns.« Kiers Magie erfasste die Lage um sie herum, die Grey nicht sehen konnte. »Ich glaube nicht, dass wir sie abwehren können. Nicht, solange Brit noch nicht mitkämpfen kann. Wir sind nur fünf und Sela.«

»Keine Panik«, beschwor sie ihn, was jedoch, weil auch sie die Panik in sich aufsteigen spürte, wenig hilfreich war.

Kiers Blick war in die Ferne gerichtet, in die entgegensetzte Richtung der Berge – der Ausdruck auf seinem Gesicht gefiel ihr überhaupt nicht. »Du könntest sie hier rausbringen, weißt du?«, sagte er leise.

»Kier, ich verlasse dich nicht.«

»Lass mich wenigstens versuchen, dich zu beschützen«, gab er frustriert zurück.

Sie schüttelte den Kopf. Sie würde nicht schon wieder die Überlebende sein, nicht, wenn es Kier war, den sie zu verlieren drohte. »Warte mit dem Märtyrergetue noch ein bisschen. Was, wenn … Glaubst du, wir könnten es schaffen? Du und ich?«

Er fuhr zu ihr herum und hob die Brauen. »Dreißig? Vierzig? Eine ganze Kompanie? Keine Chance.«

»Wir könnten es versuchen.«

Er schüttelte den Kopf. »Dort draußen sind auch Quellen. Selbst wenn wir die Magier und Soldaten ausschalten, wird uns danach nicht genug Kraft bleiben, auch gegen die Hände zu kämpfen.«

Sie biss sich auf die Unterlippe und tastete nach der Quelle in ihr. Aus Angst hatte sie ihm nie gesagt, was es wirklich bedeutete, Locke zu sein. Was es wirklich bedeutete, der Anfang und das Ende der Macht zu sein und über das Schicksal aller Quellen zu gebieten.

Sie hatte ihm nie gesagt – die ganzen sechzehn Jahre lang nicht, die sie ihn schon liebte –, was sie getan hatte. Wozu sie in der Lage war. Denn es war möglich, dass er sie, wenn er es erfuhr, nicht mehr lieben würde.

Er erkannte, dass sie über etwas nachdachte, und drückte ihre Finger. Die Macht floss noch stärker zwischen ihnen. »Wir können sie nicht allein aufhalten«, beschwor er sie.

Sie erhaschte eine Bewegung hinter seinem Rücken – die erste Reihe von Soldaten schlich den Hang hinab auf die kleine Hütte zu –, doch vermutlich hatte man sie auf dem Dach nicht gesehen.

»Nicht allein«, sagte sie leise. Die Realität der Situation senkte sich auf sie herab, während sie zusah, wie sich die Soldaten langsam, aber gleichmäßig näherten. Kier hob den Kopf, und Grey nahm an, dass sich ihm hinter ihrem Rücken das gleiche Schauspiel bot.

»Captain«, rief Eron von unten herauf. »Dort draußen bewegt sich etwas.«

»Vertraust du mir?«, fragte Grey.

Er erwiderte ihren Blick so ernst, wie sie ihn noch nie gesehen hatte. Sie hatte keine Ahnung, was in seinem Kopf vorging, als er antwortete: »Ganz und gar.«

Wenn sie dies tat, wenn sie ihm dies *zeigte*, würde sie es nie wieder zurücknehmen können.

Sehr vorsichtig streckte sie den Arm aus und berührte sacht seine Wange. »Du und ich«, sagte sie so leise, als wäre ihr Herz bereits gebrochen.

»Du und ich«, stimmte er zu. »Meine letzte Zählung ergibt dreiundvierzig.«

Sie nickte und fühlte, wie diese seltsame Macht sie durchströmte, so ruhig wie immer. Als sie ihm durch die Luke hinab folgte, kam sie sich wieder vor wie das kleine Mädchen, das Severin in den Keller folgte. Kiers Stiefel trafen auf dem Boden auf, und das Bild flackerte: das Feuer, das alles verbrannte.

»Hört gut zu und passt gut auf«, wies Kier die anderen an. »Uns bleibt nicht mehr viel Zeit.«

Die anderen standen da, sichtlich beunruhigt, die Waffen bereit, Verwirrung im Blick.

»Wir sind vollständig umzingelt«, erklärte Kier mit jener grimmigen Sorglosigkeit, die sich so oft vor tödlichen oder beinahe tödlichen Situationen einstellte. »Grey und ich werden tun, was wir können. Brit, Ola, in dem Moment, in dem ihr etwas hört, will ich, dass ihr durch die Haustür hinaus und den Hang hinab in Richtung Meer rennt. Eron und Sela, ihr reitet Täubchen und sucht euch ein Versteck. Die anderen werden euch dann einholen. Bringt so viel Abstand zwischen euch und diese Hütte, wie ihr nur könnt. Wenn wir es schaffen, werden wir euch finden. Habt ihr verstanden?«

»Aber Captain …«, begann Brit.

»Das ist ein Befehl«, blaffte Kier. Er zögerte und ließ den Blick kurz über die anderen schweifen. »Ich kann nicht in Worte fassen, was für eine Ehre es mir war, euch anzuführen.« Grey konnte ihn nicht ansehen, denn wenn Kier so weich, so offen war – tja, dann war es wohl wirklich das Ende, nicht wahr?

Die anderen zogen ihre Mäntel an. Grey steckte das Schwert in die Scheide an ihrem Gürtel – sie brauchte freie Hände. »Kannst du sie unterscheiden?«, flüsterte sie Kier zu, als sie den vorderen Raum durchquerten.

»Ja«, sagte er. »Vertraust *du* mir?«

Sie schenkte ihm einen langen Blick. Wenn sie ihm nicht vertrauen würde, dann wären sie schon längst tot.

Nirgendwo regte sich etwas, als sie die Hütte verließen und die Tür hinter sich schlossen. Ihr kam diese nächtliche Stille irgendwie künstlich vor: keine Vögel, die riefen, keine kleinen Wesen, die durchs Gras raschelten. Drei Schritte vor der Tür blieben sie stehen.

Grey wandte sich an Kier. Der Wind peitschte ihm das Haar in die Stirn und zerrte am Saum seines Mantels.

»Wenn wir das hier überstehen«, sagte sie leise, »dann will ich Locke zurückholen.« Sie wusste mit unausweichlicher Gewissheit, dass ihre Chancen auf ein Überleben verschwindend gering waren.

Sein Mundwinkel hob sich zu einem Lächeln, das halb Narbe, aber ganz ihres war. »Wir treffen uns dort«, sagte er.

Da bewegte sich etwas im Gras vor ihnen. Es gab ein Signal, gefolgt von immer lauter werdendem Rascheln. Ihnen blieb nicht viel Zeit. Grey holte tief Luft, doch sie wandte den Blick nicht von ihrem Magier ab. In sich fühlte sie ihre eigene Macht, und nun griff sie danach.

Es hatte immer so sein sollen, das erkannte sie jetzt, als sie zu Kier aufblickte und er ihr in die Augen sah. Sie beide zusammen. So würden sie sterben, einander so nah, dass man ihre Knochen in ein paar Jahren ineinander verschlungen hier finden würde.

Nun, selbst am Rande des Todes, fragte sie sich, was aus der Leiche ihres Bruders geworden war. *Severin,* dachte sie. *Severin, wie könnte ich dich jemals vergessen.*

Sie beugte sich vor, bevor sie sich selbst verlor, und fühlte bereits das Ziehen in ihrer Mitte. Sie legte Kier eine Hand auf die Wange, um sich selbst Halt zu geben, dann stellte sie sich auf die Zehenspitzen und küsste ihn, einmal, ihr Mund auf seinem. Eine fast keusche Berührung. Es war das einzige Lebewohl, zu dem sie imstande war.

Sie löste sich von ihm – doch da fühlte sie seine Hand an ihrer Taille, und er zog sie hart an sich. Seine Hand in ihrem Haar, er breitete die Finger aus und strich mit dem Daumen über ihre Schläfe. Und dann küsste er sie. Küsste sie *richtig,* als hätte er noch nie jemanden geküsst, und ihr tat das Herz weh wegen all der Dinge, die sie nie haben würde.

Vielleicht wusste er es. Vielleicht war dies nach all der Zeit der einzige Trost, den er ihr geben konnte.

Als sie sich voneinander lösten, sah er sie an und strich ihr eine Strähne aus der Stirn. »Macht durch Tapferkeit«, raunte er.

Dann hob er die Arme und hielt seine Handflächen nach oben. Grey legte ihre Finger hinein und fühlte die Sicherheit eines geschlossenen Kreises. Ihre Macht floss in ihn und wuchs, wuchs, wuchs. Sie nahm alle Gefühle, die sie noch mächtiger machten, und schluckte sie, ohne darauf zu achten, ob sie durch die Verbindung dringen würden. Sie stellte sich der Bewunderung und der Hingabe und der Liebe, der Eifersucht, der Qual und der Sehnsucht. Es gab keine Worte, um dies alles zu beschreiben. Sechzehn Jahre an seiner Seite und die Verzweiflung, nicht noch mehr haben zu können.

Sie zwang sich dazu, sich auf die pulsierende Quelle in sich zu konzentrieren. Sie streckte sich, weiter und noch weiter, fand die anderen Herzschläge um sie herum – und *zog*.

Ein Keuchen drang von irgendwoher, dann ein Schrei. Ein Brüllen. Kier riss die Augen auf – seine Iriden waren nicht mehr haselnussbraun, sie glühten in dem Gold, das von ihren Handflächen aufstieg. Ein weiterer Schrei, zu nah. Und dann öffnete er den Mund: »Grey …«

Sie fühlte, wie die Macht aus den Quellen um sie herum gesogen wurde, die entsetzten Schreie, als sie vollständig ausgesaugt und leer zurückgelassen wurden. Es war zu viel. Die Macht füllte sie, während sie immer stärker zog und sie alle so schutzlos zurückließ wie einfache Soldaten, Kiers Macht wehrlos ausgeliefert.

Sie nahm diese ganze Kraft und schob sie Kier zu.

Die Verbindung ballte sich in ihrer Mitte zusammen, so fest, dass sie glaubte, zerrissen zu werden. Sie biss die Zähne gegen den Schmerz zusammen, Tränen quollen ihr aus den Augen und rollten ihre Wangen hinab. Sie hatte vergessen, wie weh es tat, so viel Macht zu entwurzeln und zu sich zu ziehen.

Es war, als wäre man betrunken. So viel auf einmal zu haben, zu beherrschen.

»Nimm es, alles«, sagte sie.

Kier gehorchte. Grey fühlte, wie die Macht in einer brachialen Welle aus ihr herausströmte, nur um sofort von einer weiteren Woge frischer Macht ersetzt zu werden, und dann hörte sie noch mehr Schreie, lauter, von überall um sie herum. Vielleicht schrie auch sie selbst und vielleicht sogar Kier.

Grey explodierte.

Sie fiel auf die Knie, auf die Erde. Da war Blut in ihrem Mund. Da war Blut in ihrem Mund, doch sie war noch nicht ganz am Boden, denn da war etwas. Etwas, das sie auffing und festhielt, als das Schreien um sie herum mit einem Schlag verstummte.

Severins Griff um sie, so fest, dass es wehtat …

Da war nichts mehr. Sie war ein leeres Gefäß, und sie wurde auf den Rücken gelegt. Sie starrte hinauf in den Nachthimmel, ohne zu wissen, wie viel Zeit verstrich, und würgte an ihrem eigenen Blut.

Sie fühlte es in ihrem Bauch, die Veränderung der Macht, der Moment, in dem ihre Mutter starb.

Macht durch Tapferkeit. Greys Sicht verschwamm, und sie war sich nur halb bewusst, dass jemand ihren Namen rief. Still glitt sie davon.

Dritter Teil

Ein eisernes Ver-sprechen

Zwischenspiel

Als das Schiff in den Hafen einlief, war es auf Locke gerade erst dunkel geworden.

In früheren Zeiten – die in Wahrheit noch gar nicht so lange her waren – wurde das Kind der Insel, das nicht als Erbe auserwählt wurde, aufgrund von Briefen, geheimen Treffen und Gesprächen über Machtaustausch und Erneuerung verheiratet. Das war das Schicksal von Lady Wren gewesen, die eine Woche nach ihrem achtzehnten Geburtstag nach Nestria geschickt worden war, um zu heiraten; das war das Schicksal von Lockes Tanten und Onkeln und Großtanten und Großonkeln gewesen. Diese Entscheidung, so hatten es ihnen ihre Mütter und Väter beigebracht, war eine Illusion. Auch wenn die Leute auf dem Festland oder in den Dörfern einander umwerben, sich in Liebeleien stürzen oder aus Liebe heiraten konnten, war dies nicht der Weg der Insel und nicht die Rolle seiner Familie.

Niemand war so dumm, von Liebe zu reden. Vor allem, wenn diejenige, die Severin heiraten würde, nicht wissen konnte, ob sie den Erben der Insel und seine Macht oder nur das Geschwisterkind heiratete.

»Diese Entscheidung«, sagte Isaak zu seinem Sohn und wischte

Sev ein paar erfundene Schuppen von der Schulter, »ist dein Recht.«

Sie standen in der Burg in einem der oberen Räume der Suite, die die Familie bewohnte. Die Kerzen verströmten warmes Licht gegen die eisige Dunkelheit – es war fast Frühling, aber auf der Insel machte das keinen Unterschied, bis der Sommer für ungefähr drei Wochen durch Osar und Maerin, durch den Geisterwald und das Ödland rauschen würde, bevor er sich schleunigst wieder vom Acker machte. Isaak hatte seinen Erstgeborenen bereits in eins seiner Wamse gekleidet, bestickt mit golden schimmernden Fäden in Form von Birnen und Kirschen.

Aus ihrer Ecke, wo sie saß, sagte Maryse: »Das ist langweilig.«

Severin warf ihr einen strengen Blick zu. Sie stritten sich nicht häufiger als unter Kindern üblich – und da schließlich sieben Jahre zwischen ihnen lagen, gab es auch nicht allzu viel Grund dazu.

»*Gremaryse*«, seufzte Isaak. »Wollte nicht deine Mutter mit dir sprechen?«

»Hat sie schon«, erwiderte Maryse und ließ sich wieder auf das Polster am Boden fallen. Es gehörte eigentlich Markit, Severins großem Hund, aber Markit war für den Abend in die Ställe verbannt worden. Sie reagierte nicht so gut auf Besuch, was normalerweise niemanden störte, weil sich fast nie jemand auf der Insel ankündigte – bis vor Kurzem.

»Und?«, fragte Isaak. Er sah seine Tochter an, und Maryse war sich sicher, dass er dabei bemerkte, wie sich ihre Zöpfe bereits anfingen aufzulösen, und dass sie gerade nicht nur ihr neues Kleid zerknitterte, sondern jetzt auch noch überall Hundehaare hatte.

»Sie hat mir gesagt, ich soll mich benehmen«, sagte sie dünnhäutig.

Severin und sein Vater sahen sich an. Maryse sank tiefer ins Polster, schloss die Augen und ließ sich vom Geruch nach Feuerholz und von der leisen Stimme ihres Vaters einlullen.

»Du musst keine Entscheidung treffen«, sagte Isaak und wandte sich wieder Severin zu. »Darum geht es nicht, jedenfalls noch nicht. Ich möchte nur wissen, ob du sie sympathisch findest und dich noch einmal mit ihr unterhalten möchtest.« Er zog Severins Kleidung glatt, nahm eine Kette aus seiner mitgebrachten Sammlung und befestigte sie auf seiner Brust. Maryse konnte mit einiger Sicherheit sagen, dass es ein Geschenk von Torrin an ihren Vater gewesen war – die kleinen steinbesetzten Nadeln auf jeder Seite leuchteten hellblau. Scaelanische Farben.

»Ist es wegen Tante Wren?«, fragte Severin. »Weil Onkel Pol ein Hundesohn ist, ein Rohling und ein Tyrann.«

Isaak räusperte sich. Er sah zu Maryse, die die beiden durch ihre Wimpern hindurch beobachtete und so tat, als würde sie schlafen. Sie hatte das Gefühl, dass sie bei diesem kleinen Austausch nicht erwünscht war, also kuschelte sie sich noch tiefer in Markits Bett und ließ ein zufriedenes Lächeln über ihr Gesicht huschen.

»Du hast dir nicht ausgesucht, in diese Situation hineingeboren zu sein«, sagte Isaak. »Du hast dir nicht ausgesucht, ein Locke zu sein, ein Magier noch dazu, und auch kein Spielstein auf einem Brett. Also kann ich dir wenigstens die Freiheit geben, auch wenn deine Mutter mir das sehr übel nehmen wird.«

»Das sagt sie vielleicht«, erwiderte Severin und trat von seinem Vater zurück. »Aber sie tut es nicht. Schließlich hat sie dich aus Liebe geheiratet.«

»Sie hat mich aus Pflichtgefühl geheiratet«, korrigierte Isaak. »Wir hatten nur Glück, dass sich Pflicht und Liebe nicht ausschließen.«

Das Komplott war Isaaks Idee gewesen. Maryse hatte sich im Flur herumgedrückt, während ihre Eltern mit gedämpfter Stimme (was unüblich für sie war) über die Zukunft ihrer Kinder diskutierten. Isaak war Scaelaner und hatte auf die Insel geheiratet; Lockes Bräuche kamen ihm daher vermutlich noch kalt und gefühllos vor. Nach fast einer Woche dieser leisen Streits und einer weiteren Woche, in der Maryse das eiserne Schweigen zwischen Isaak, Locke und Severin bei den Mahlzeiten beobachtet hatte, hatten sie eine Einigung erzielt.

Als ein Kind der Insel, das nicht deren Erbnachfolger war, sollte Severin eine Adlige aus einer der anderen Nationen Idistras heiraten, um die Allianzen zwischen den Nationen zu schützen und ihre Macht auszubauen. Doch Isaak gefiel die Vorstellung einer arrangierten Ehe nicht, egal, wie oft seine Frau ihn an die Bräuche der Insel erinnerte.

Stattdessen bat er um einen Kompromiss: Von Severins fünfzehntem Geburtstag an bis zu dem Tag, an dem er sich für eine Frau entschied, sollte für eine Woche pro Monat eine heiratswürdige Adlige eingeladen werden. Damit konnte Severin sie kennenlernen, bevor er alt genug war, um zu heiraten, und per Brieffreundschaft im Lauf der Zeit eine Beziehung zu ihnen aufbauen. Er würde somit nicht in eine lieblose Ehe gezwungen werden, wie es Maryses geliebter Tante zu ihrer Jugendzeit geschehen war. Er würde im Sinne des Machterhalts heiraten und den Bräuchen der Insel folgen – aber aufgrund seiner eigenen Entscheidung.

Als ihre Großmutter von dieser Vereinbarung hörte, war sie wochenlang außer sich. Das Einzige, was sie aus ihrem Zimmer lockte, als die erste Adlige aus Nestria eintraf, war ihre Neugierde – was Maryse gut verstehen konnte, schließlich hielt sie wenig anderes davon ab, sich danebenzubenehmen.

Nun, am Abend des dritten Besuchs fing Maryse an, sich zu langweilen. Wie viele Mädchen sollte es schon in Idistra geben, die so jemanden wie *Severin* heiraten wollten? Maryse hatte ihren Bruder lieb, aber sie konnte nicht verstehen, wieso jemand anderes ihn lieben sollte, es sei denn, er wurde gezwungen.

»Maryse«, sagte Isaak leise. Sie spürte seine Hand auf ihrer Wange und öffnete die Augen. Ihr Vater stand vor ihr, roch nach Pinie und der Kälte der Insel wie immer (es sei denn, Onkel Torrin kam zu Besuch, was dazu führte, dass er nach Wein roch und manchmal nach Torrins geliebtem dunklen Schnaps). Seine Haare waren inzwischen fast vollständig ergraut, die Augen von Falten umgeben, aber noch immer freudig. Wenn sie an ihren Vater dachte, dann sah sie ihn lachen. Sie warf einen Blick über die Schulter, wo Severin sein Spiegelbild betrachtete und einen Ohrring auswählte.

»Ja?«

Er nahm sie an den Händen und brachte sie in eine sitzende Position. Dabei hockte er sich vor sie. Maryse ergriff ihrerseits seine Hände und spürte wie immer seine Ringe unter ihren Fingerspitzen: der eine, der seine Ehe mit Locke besiegelte; der andere, auf dem das Wappen der Insel und sein eigenes Siegel als Lord Consort prangte, und der, bei dem ihre Großmutter die Augen verdrehte: ein Geschenk von Scaelas als Zeichen der Dankbarkeit.

»Was hat dir deine Mutter noch gesagt?«, fragte er, die Stimme etwas strenger, etwas drängender.

Maryse sah auf ihre verschränkten Hände, auf die Sommersprossen auf der Haut ihres Vaters unter seinen Manschetten. »Sie hat mich daran erinnert, was ich zu tun habe, wenn Besuch da ist«, sagte sie leise.

»Dann wiederhole es bitte«, kam Severins Stimme. Er lehnte an der Kommode, die Arme verschränkt, und starrte auf seine Stiefel. Manchmal, wenn er so dastand, wenn sie zu ihm aufsah, war er noch der kleine Junge; aber manchmal fiel ihr auf, dass sie noch ein Kind war und er längst nicht mehr.

Sie kaute auf ihrer Lippe. Sie wünschte sich den Tag herbei, an dem sie das hier schafften, diese Bewegungen ausführen konnten, ohne sie an das Schlimmste zu erinnern.

»Wenn der Besuch die Waffen zieht«, sagte sie mit hoher und nervöser Stimme, »dann soll ich in den Keller laufen – nicht den schönen Keller, den Rübenkeller – und die Tür zusperren. Dort soll ich auf meine Wache warten. Ich soll warten, egal, was passiert, bis jemand mich holt.«

»Und?«, fragte Severin mit hochgezogener Augenbraue.

»Wer auch immer kommt, muss die heiligen Verse der Insel aufsagen können«, sagte Maryse. »Und ich darf nicht immer den siebenundzwanzigsten Vers aussuchen, nur weil ich ihn am liebsten mag, weil das zu einfach ist.«

»Sehr gut«, sagte Isaak. Er zog an ihren Haaren. »Deine Bänder?«

Sie wandte den Blick ab und schluckte. Ihre Mutter selbst hatte ihr die Haare gemacht. Isaak fuhr mit dem Finger über die Bänder und die aufgefädelten Perlen, die in Wahrheit keine Perlen waren, sondern Gift.

»Und deine Stiefel?«

Sie stand auf, stützte sich bei ihrem Vater ab und hob die Füße, um ihm erst einen Stiefelabsatz zu zeigen, dann den anderen. Er klopfte darauf und überprüfte die Messer.

»Und Maryse«, sagte Severin. »Wenn dich jemand entführen will?«

Diese Frage hasste sie am meisten. »Dann wird er keinen Erfolg haben«, antwortete sie leise.

»Sehr gut«, sagte Isaak und küsste sie auf die Fingerknöchel. Er stand auf. Seine Knie knackten. Ihre Hand hatte er noch nicht losgelassen. »Und Severin? Wenn du bei ihr bist? Wenn du sie retten kannst?«

Ein Muskel in Severins Kiefer arbeitete. »Dann weiß ich, was ich zu tun habe.«

Sie kamen nicht im dritten Monat, um sie zu holen, nicht im vierten, nicht im fünften. Es war der siebte Monat, Wochen vor den Festlichkeiten zu Maryses neuntem Geburtstag, als Isaaks Wunsch, seinem Sohn eine Wahl zu geben, den Untergang der Insel besiegelte.

Im Retariktempel in Osar, inzwischen eine große Halle, saßen Severin und Maryse an der Spitze der Tafel und warteten auf ihre Gesellschaft. Maryse konnte die kühle, riesige Halle nicht leiden und hatte diese monatlichen Empfänge satt. Außerdem hatte Severin ihr den letzten Honigkuchen gemopst. Sie schmollte, die Arme verschränkt, während die Höflinge vor ihr tanzten. Dabei vermied sie Lockes Blick bewusst; ihre Mutter sah sie bestimmt streng an, damit sie sich ihrem Rang entsprechend benahm. Wie die Erbin der Insel.

Bevor diese monatlichen Feste eingerichtet wurden, hatte Locke sehr selten große Festgesellschaften wie diese gegeben, hatte so selten alle Inseleinwohner zu einem Fest zusammengerufen – aber nun, im siebten Monat, tanzten auch diese, als wären sie der Sache überdrüssig geworden.

Maryse trat gegen einen Holzbalken unter dem Tisch und fragte sich, wie lange diese Heimtücke noch dauern konnte.

Neben ihr lümmelte ihr Bruder auf seinem Stuhl, ein Bein hochgestellt, um seinen Ellbogen darauf zu stützen. Ihr Vater warf ihm immer wieder tadelnde Blicke zu, die Sev eifrig ignorierte.

Es war der siebte Monat – aber das erste Mal, dass die Bewerberin zum Wiederholungsbesuch antrat, auf Severins ausdrücklichen Wunsch hin.

Es war keine Hochzeit, aber es war auch kein unbedeutendes Ereignis. Maryse sah immer wieder zu Severin hinüber. Er war erst fünfzehn, würde aber wohl mit achtzehn heiraten müssen, was nicht mehr lange hin war – doch zumindest konnte er eine Frau heiraten, die er kannte. Die er ausgewählt hatte. Wenn sie jemanden heiraten müsste, den sie noch nie zuvor gesehen hatte, genau wie Tante Wren, wäre sie entsetzt. Vermutlich würde sie auch drei Jahre langweiliger monatlicher Gesellschaften ertragen, um etwas so Abscheuliches zu vermeiden.

Wenn Severin sich jetzt entscheiden und auf die Brautwerbung konzentrieren konnte, anstatt immer neue Bewerberinnen kennenzulernen, würden die Partys vielleicht aufhören oder zumindest seltener stattfinden.

Wenn in dieser Nacht noch irgendjemand in Maerin gewesen wäre, hätten sie die schimmernden Schilde gesehen, die sich um die Schiffe bogen, und die Soldaten, die herausströmten, nachdem die Dame freigegeben und zum Tempel hinaufgebracht worden war. Sie hätten bemerkt, wie die feindlichen Kräfte sich schnell durch Maerin arbeiteten, dann durch die kleinen Häuser zwischen Maerin und Osar, wie sie kurzen Prozess mit allen machten, die nicht an den Festivitäten teilnahmen. Sie hätten den süßlichen Geruch bemerkt – irgendeine Droge, die gerade erst auf dem Festland entdeckt worden war und die die Verbindung zwischen einem Magier und seiner Quelle störte. Eine, die das Warnsystem der Magie zwischen den Wachen und ihrer High Lady nutzlos machte. Sie hätten bemerkt, wenn die ersten Häuser in Flammen aufgingen.

In der großen Halle blieben die Feiernden stehen, als die Türen aufgingen. Die Bewohner der Insel eilten in Richtung der Wände und ließen einen breiten Gang zwischen den Türen und der Herrschertafel.

Neben Maryse hörte Severin auf herumzuzappeln. Er sah nicht weniger gelangweilt aus, aber das war nur eine Maske.

Die Ritter kamen in Reihen zu je Vieren. Auf ihren Surcots prangte das Wappen von Eprain: Ein Eber, von Speeren durchbohrt, über einem Feld aus Pfeilen. Als sie die Tafel erreichten, öffnete sich die Reihe und gab den Blick auf das Mädchen frei. Beim letzten Mal war sie mit ihrem Vater, Eprains Befehlshaber und Epras jüngerem Bruder gekommen; dieses Mal stand sie allein da. Sie war in blassrosafarbene Seide gekleidet. Das blonde Haar war so geflochten, dass ihr Gesicht frei war. Für Maryse schien sie vor Edelsteinen nur so zu strotzen, von den schweren Saphiren an ihrem Hals und den Ohren bis zu dem Netz aus Perlen und Diamanten, das auf ihren Haaren lag, als wäre sie ins Meer getaucht worden und hätte die leuchtenden Überreste seines tiefen Blaus mitgebracht.

Maryse fragte sich, ob sie auch Gift in ihren Steinen hatte.

Das Mädchen ging vor der Tafel auf die Knie und senkte das Haupt. »Euer Majestät«, sagte sie zu Locke, eine Geste der Ehrerbietung. »Mylord«, fügte sie leise hinzu.

Locke erhob sich. »Lady Polenna«, erwiderte sie und sprach das Mädchen an, bevor sie den Rittern zunickte. »Wie schön, Euch wiederzusehen.«

Das war eine Lüge. Das letzte Mal hatten Maryse und ihre Mutter nach Polennas Abreise einen energischen Ritt durch den Wald gemacht, um Maryses magische Verbindung unter Druck und mit Distanz zu trainieren.

Ich mag sie nicht, hatte Maryse zugegeben, als sie mit ihrer Mutter durch den Wald pflügte. *Ich finde sie langweilig.*

Locke hatte die Stirn gerunzelt und ihre Tochter angesehen, und Maryse hatte sich auf einen Tadel vorbereitet – aber dann war da ein Funkeln in den Augen ihrer Mutter gewesen, und sie hatte nur den Kopf geschüttelt. *Ich könnte nicht sagen, dass ich es anders sehe,* hatte sie schließlich erwidert. *Aber eine langweilige Frau ist noch immer besser als eine gefährliche.*

Danach sah es im Augenblick überhaupt nicht aus. Wie üblich begrüßte Locke Fremdlinge mit kühlem, überheblichem Desinteresse – vielleicht sogar mit Überlegenheit –, das Maryse niemals an den Tag legen konnte, egal, wie oft sie den Blick und den Tonfall vorm Spiegel übte.

»Lord Epras bittet für seine Abwesenheit um Entschuldigung, Euer Majestät«, sagte einer der Ritter.

»Ich bin bestürzt zu hören, dass er seine Nichte nicht begleiten konnte«, sagte Locke. Maryse beobachtete ihre Hand am Weinkelch. Der silberne Siegelring klackerte gegen das Metall, als sie ihn zu den Lippen führte.

Irgendetwas stimmte nicht. Anders als Maryse waren ihre Finger *nie* unruhig.

»Genau wie er, das kann ich Euch versichern.«

Locke legte den Kopf schief.

Maryse rutschte in ihrem prachtvollen Staat hin und her. Ihr gefiel der Blick ihrer Mutter nicht – da war Ärger, der unter der Oberfläche brodelte. So, wie wenn Maryse sich vor Fremden danebenbenahm und Locke sich zusammenreißen und sie nicht schelten konnte, bis sie allein waren. Maryse war sehr froh, dass dieser Blick nicht ihr galt.

»Ihr habt ein großes Aufgebot an Kräften mitgebracht«, sagte Locke. »Vor allem für ein zweites Treffen.«

Der Ritter sagte nichts.

Das Mädchen, das bisher ignoriert worden war, ging bis zur Tafel vor und verbeugte sich vor Severin. Auch Severin neigte seinen Kopf, nicht so tief, wie die Etikette verlangt hätte, aber tief genug, um sie anzuerkennen. Maryse sah, dass er seine Hand an der Seite dabei zur Faust geballt hatte.

»Habt Ihr meinen letzten Brief bekommen?«, fragte das Mädchen mit lieblicher Stimme.

»Habe ich«, entgegnete Severin. Maryse wusste nicht, wovon sie sprachen. Sie hatte gesehen, wie ihr Bruder rot geworden war, als er in der Bibliothek des Bergfrieds gelesen hatte, aber er hatte die Briefe stets zusammengefaltet und sie weggeschoben, wenn sie ihm zu nah kam. *Geht dich nichts an,* hatte er geantwortet, als sie wissen wollte, was er las. Er hatte viele Stunden in seinem Zimmer verbracht, nachdem die Briefe gekommen waren, die Finger immer häufiger voller Tintenflecke.

Er war so nervös, dass seine Stimme bebte. Maryse sah ihn verwundert an. Severin hob eine Hand und berührte das Gesicht des Mädchens; dabei wurde seine Miene weich. Locke selbst sah das Pärchen nicht an, genauso wenig wie Isaak. Beide starrten geradeaus, als würden sie dem Hofstaat sagen wollen, er solle sich unterstehen, das zu kommentieren.

»Wie war die Reise?«, fragte Severin leise.

Das Mädchen öffnete den Mund für eine Antwort – als draußen die Glocken zu läuten begannen. Das Läuten, so viel wusste Maryse, war der Alarm, wenn alle anderen Schutzzauber versagt hatten.

Vor der Halle ertönte ein Ruf. Maryse, wieder hellwach, vernahm ein heftiges Ziehen im Magen, als die Drogen aufhörten zu wirken und sie die Verwüstung spüren konnte, die sich ohne ihr Wissen auf der Insel ausgebreitet hatte.

Ein Ruck ging durch die Menge. Maryse hörte jemanden rufen, dann war Locke auf den Beinen. »Wachen!«

Maryse riss den Blick von Severin los – überall im Saal fielen Leute um, Magier brachen zusammen, ihre Quellen standen schockiert da. Sie sah, wie einer der Soldaten des Mädchens sich umdrehte und jemanden sein Schwert in den Bauch rammte.

Severin bewegte sich so schnell, dass Maryse es nicht mitbekam. In einem Augenblick stand er still neben dem Mädchen; im nächsten steckte sein Dolch in ihrem Herzen, und sie fiel mit schockiertem Blick vor ihm auf die Knie.

Maryse sah mit offenem Mund zu. Neben all ihren Lektionen, all ihren giftigen Perlen und Stiefeln voller Messer hatte Severin seine eigenen Schutzregeln für die Insel und seine Schwester verinnerlicht.

Severin hatte gelernt, nicht zu zögern.

»Nimm sie«, sagte Locke in dringlichem Ton und bewegte sich um Severin herum zu Isaak, der sich gerade erhob.

Severin packte Maryse, die Hände noch glitschig vom Blut. Es dauerte einen Augenblick, bis Maryse merkte, dass sie schluchzte, dass sich markerschütternde Schreie aus ihrer Kehle lösten. Sev brachte sie zum Schweigen und floh mit ihr an der Hand durch die Küche und durch einen Geheimgang in den Keller. Es gab eine weitere Treppe, die bis zum Meer führte, aber als er die Tür aufdrückte, wurden sie von einer Wand aus Flammen empfangen. Er schlug die Tür zu und hustete vom Rauch.

Sie hörten Schritte von Stiefeln über sich. Er zögerte.

»Ich dachte, du hast sie lieb«, weinte Maryse und konnte das alles nicht begreifen. Oben rief jemand – einer der Köche.

»Aber dich habe ich lieber«, antwortete Severin erbittert. Er setzte sie auf den Boden und lief vor ihr auf und ab. Dabei raufte er sich die Haare. »Es ist nur … bei Retariks Knochen, so sollte es nicht laufen. Was machen wir jetzt? Was *machen* wir?«

Maryse zuckte zusammen, als Sev bei den Göttern schwor. Sie zog die Knie an die Brust. Über sich konnte sie das Ziehen und Schieben der Magie fühlen; sie spürte, wie die Quellen wie Flammen erloschen. Maryse konnte sich nicht dazu bringen, nach ihren Perlen zu greifen oder ihren Messern – nicht, weil sie nicht allein hier war, nicht, weil Severin auch fliehen konnte, nicht, weil es tatsächlich passierte.

»Ist Locke am Leben?«, fragte Severin und ging vor ihr auf die Knie.

Sie streckte ihren magischen Fühler aus – sie war nicht gut darin, noch ungeübt, aber sie versuchte es mit Nachdruck. Sie versuchte ihre Mutter im Kampf über ihnen zu spüren. In der Mitte war eine große Flamme, doch sie schwand dahin.

»Ja«, sagte sie. *Aber nicht mehr lange*, flüsterte es in ihrem Kopf. Severin musste ihren Gesichtsausdruck erkannt haben.

Er packte sie an beiden Händen. »Ich kann dich nicht davor schützen«, sagte er. Er drückte ihr Gesicht an sich, gab ihr einen Kuss auf die Stirn. »Hab keine Angst, Maryse.«

»Habe ich nicht.«

Er holte tief Luft, und die Panik auf seinem Gesicht verschwand, wurde zu einer Ruhe, die sie nicht verstand. Es machte ihr Angst, wie ähnlich er jetzt ihrem Vater sah. »Du musst etwas für mich tun.«

Sie sah ihn entsetzt an. Auf der Treppe waren Schritte zu hören, dann donnerten Fäuste gegen die Tür. Severin sah über ihre Schulter. »Wir haben nicht viel Zeit.«

Qualen durchfuhren sie. Maryse schnappte nach Luft und hielt sich den Bauch. Eine große Macht war verloschen. Sie schrie, versuchte sich gegen die Schmerzen zu stemmen, aber es war unmöglich. Sie fiel auf ihre Hände. Severin fing sie auf und drückte sie an sich. Sein ganzer Körper bebte, und als sie aufsah, merkte sie, dass ihr Bruder weinte.

»Locke ist gefallen«, las er aus ihrer Miene. Er schloss kurz die Augen. Maryse konnte das Schluchzen nicht aufhalten, das Wehklagen, das seinen Ursprung tief in ihrer Brust hatte. Hinter ihnen ertönte ein Knistern. Ihr Schluchzen wurde noch stärker, als die Tür hinter Severin zu qualmen, dann zu brennen begann.

Er schüttelte den Kopf. »Beruhige dich.«

Sie beruhigte sich. Er positionierte sich so, dass er ihr gegenübersaß. Sie wollte sich die Nase abwischen, doch er nahm ihre Hände und hielt sie fest. Ein geschlossener Kreis.

Über ihnen donnerte es, hinter ihr donnerte es, und hinter ihm prasselten die Flammen.

»Du bist jetzt Locke«, sagte Severin sehr leise. »Hast du das verstanden?«

Sie schüttelte den Kopf.

»Du musst es tun, Maryse.« Er erklärte nichts, aber das war auch nicht nötig. Er wollte, dass sie die Sache tat, die man ihr eingebläut hatte, nur zu tun, wenn die ganze Insel auf dem Spiel stand. Sie sollte die Sache tun, die mehr wehtat als alles andere, die sich so gut anfühlte wie nichts anderes.

»Ich kann nicht.«

»Du *musst.*«

»Ich …«

»Maryse, wenn sie dich finden, wenn sie dich mitnehmen, dann haben sie alle Macht von Locke. Sie werden einen Weg finden, sie zu kontrollieren.« Er redete schnell, so schnell, dass er sich verhaspelte, aber sie verstand trotzdem. Es war dasselbe, was ihre Mutter ihr immer gesagt hatte. Wovor sie sie gewarnt hatte, es würde eines Tages geschehen.

»Wir können fliehen. Zusammen.«

»Können wir *nicht*«, sagte Severin, und jetzt flossen ihm die Tränen ungehindert über die Wangen. »Wenn sie dich fangen und du dich weigerst, dich von ihnen kontrollieren zu lassen, werden sie dich dazu zwingen, einen Erben auf die Welt zu bringen, sobald du körperlich dazu in der Lage bist. Einen, der ihnen die ganze Macht übergeben wird, den sie kontrollieren können – und dann werden sie dich töten. Ich kann dich nicht retten. Du musst deine Macht retten, Maryse – du musst dich selbst retten.«

Sie wusste es. Sie wusste das alles, und auch was mit ihr geschehen würde, wenn sie ihre Macht nicht einsetzte. Maryse konnte vor Tränen kaum atmen.

»Wenn es getan ist, musst du fliehen. Du wirst leben, Maryse, wenn du uns vergisst.«

»Nein.«

»Versprichst du«, flüsterte Severin, »uns loszulassen?«

»Nein«, wimmerte sie. Sie schlang die Arme nicht um ihn; sie unterbrach den Kreislauf nicht. Er drückte ihr die Hände, bis es wehtat.

»Du musst aber«, sagte er.

In ihr Schluchzen hinein zerbarst die Tür hinter Severin in einem Funkenregen. Sie duckten sich beide, aber die glühenden Holzstücke regneten auf Sev nieder. Er schrie vor Schmerzen und schirmte sie trotzdem dabei ab. Sie spürte, wie die Verbindung sich aufbaute, das natürlichste Gefühl der Welt.

»*Locke, jetzt!*«, brüllte er.

Maryse gab nach. Sie holte aus, spürte, wie die Insel unter ihr anschwoll, spürte das Anschwellen der Macht, als sie sie jeder anderen Quelle auf der Insel entzog. Sie rauschte in einem gewaltigen Strudel in sie hinein, so viel Macht für einen kleinen Körper, *zu* viel Macht. Sie presste sie in Severins Richtung, obwohl er längst schrie.

Mit geschlossenen Augen, seine Hände fest in ihren, ließen sie Locke und alles darauf explodieren.

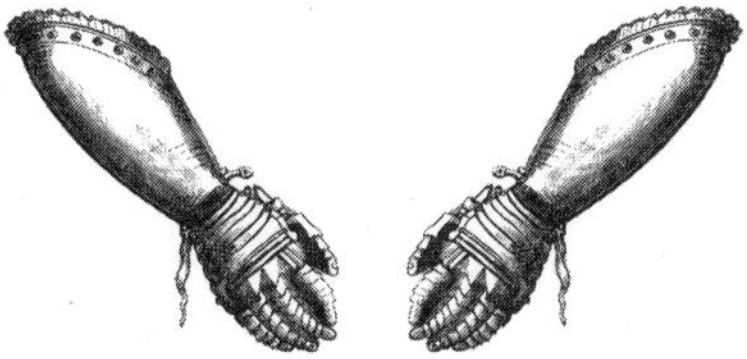

Es ist keine Schwäche, zu lieben, Alma – oder sollte ich dich jetzt Locke nennen? Ich wünschte, meine eigene Verbindung wäre so glücklich gewesen, und um ehrlich zu sein, beneide ich dich. Es ist etwas sehr Mächtiges, wenn jemand deine schlimmsten Fehler kennt (und als Schwester lass dir sagen, es gibt genügend davon), und dich trotzdem mit Haut und Haaren will.

Brief von Wren Locke Teinek an Alma, High Lady von Locke, achtzehn Jahre vor der Vernichtung

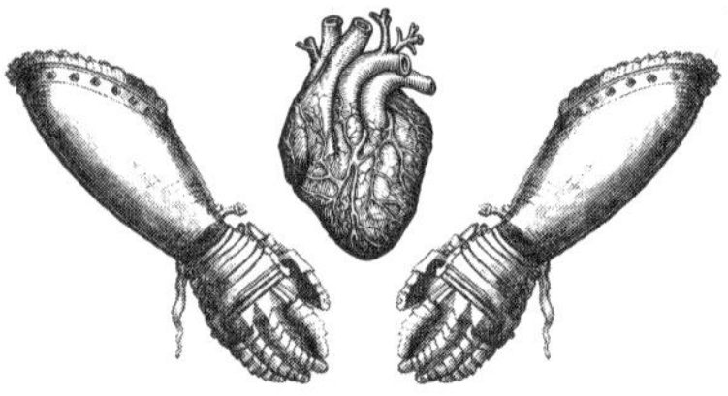

Sechzehn

Ihr Brustkorb fühlte sich an, als würde er in tausend Teile zerspringen. Irgendetwas Warmes drückte ihn nieder, schwer genug, um sie zu zerquetschen. Ihre Augen waren bereits offen, und sie versuchte, die verschwommene Gestalt zu erkennen. Es waren seine Hände auf ihrem Herzen, die es zwangen, weiterzuschlagen.

»Ich habe dich«, sagte er. »Ich lasse dich nicht gehen.«

Er musste nicht. Grey schloss die Augen und versank wieder im Nichts.

»Grey.«

Sie war wieder bei sich, zurück bei ihrem Körper, obwohl sie sich nicht daran erinnern konnte, gegangen oder zurückgekommen zu sein. Ihr Name erklang weich, beharrlich, mit einer Stimme, die sie nicht wirklich erkannte – sie merkte nur, dass ihr Kopf wehtat und ein endloser Schmerz hinter ihren Augen dröhnte. Sie ächzte wegen des Drucks, wegen der feuchten Hitze im Mund, dem Geschmack von Metall. Bewegen konnte sie sich nicht, sagte ihr Kopf – alle Gliedmaßen waren einzementiert und gelähmt, als hätte ihr jemand eine Bleidecke über den Körper gelegt und diese noch am Boden festgebunden.

Eine Hand war auf ihrer Stirn, strich die Haare beiseite – sie spürte etwas Kühles. »Grey«, sagte die Stimme, und dann etwas leiser: »Captain. Sie ist wach.«

»Wir mussten mit unserem Wahnsinnsglück ja auch gleich die Heilerin verlieren«, sagte jemand anderes. Brit.

»Geh und stör woanders«, blaffte Kier zurück.

Bewegung. Schlurfende Füße. Irgendetwas Warmes, Trockenes war auf ihrer Wange, dann schloss sich eine Tür. Alle anderen Stimmen hörten auf – alle Geräusche verstummten. Sie streckte die Hände aus und spürte Stoff darunter; schöner, weicher Stoff, nicht die Schlafsäcke, in denen sie seit zwei Wochen kampierten.

Die Leere in ihr war wie eine klaffende Wunde, als wäre in ihr etwas herausgetrennt worden und sie wäre als blutige Hülle zurückgeblieben. Grey bewegte ihre Hand zum Bauch, als wollte sie überprüfen, dass er noch da war – da hielt jemand ihre Hand fest, und irgendetwas versuchte, in der Leere zum Leben zu erwachen.

Die Migräne flammte auf. Grey stöhnte. Seine Lippen berührten flüchtig ihre Stirn, und sie sank wieder ins Dunkel.

Als sie das nächste Mal wach wurde, fühlte sie sich wie ein kleines Boot auf einem Wellenkamm. Sie schnappte nach Luft, hatte eben noch im Schlaf geschrien und schrie nun einen Augenblick später im Wachzustand, bis ihre Kehle aufbrach und wieder blutete, und die Dunkelheit war so voll und furchtbar und undurchdringbar …

Geräusche erklangen in einem anderen Zimmer. Sie setzte sich auf und war im Nichts. Das Feuer verschwand, und Grey hörte auf zu schreien. Sie öffnete die Augen.

Wo sie war, wusste sie nicht – ein geschlossener Raum, Lehmboden, Strohdach. Sie war in einem kleinen Zimmer, ganz allein, obwohl er versprochen hatte, sie nicht allein zu lassen.

Eine Gestalt verdunkelte den Eingang. Sie kannte sie so gut wie ihr eigenes Herz. Kier trat hinein, ein Magielicht an die Brust gedrückt – nicht seins, nicht ohne sie; dieses war blassgrün –, und kniete sich vor ihr hin.

»Bist du da?«, fragte er, und sie verstand nicht. Sie streckte die Hand nach seinem Gesicht aus, fuhr über den neuen Bart und spürte ein intensives, pochendes Ziehen im Körper. Die Verbindung lag schlaff und leer in ihr.

»Ich kann meine Macht nicht spüren«, sagte sie und konnte die Panik in ihrer Stimme nicht verbergen.

Er setzte sich im Schneidersitz neben sie, zog sie aus der Decke und auf seinen Schoß. »Ist schon gut«, murmelte er. »Ich spüre sie. Es ist nur … fast nichts mehr da. Du brauchst Zeit. Wir haben … sehr viel verbraucht.«

Sie vergrub das Gesicht an seiner Brust, suchte nach Erinnerungen, auch wenn das Grauen wie Galle in ihr aufstieg. »Was habe ich getan?«

Kier zögerte. »Ich weiß nicht, ob es …«

»Sag es.«

Eine Pause. »Wir haben sie getötet.«

»Wie viele?«

Wieder eine Pause. »Dreiundvierzig. Alle. Magier … und Quellen.«

In einem Stoß wurde der ganze Atem aus ihr hinausgedrückt – sie erinnerte sich an den katastrophalen Schmerz im Bauch, die Implosion von dreiundvierzig Herzen auf einmal, den gehäuften Tod, der sie bis auf die Knochen leer gesaugt hatte.

»Ich wusste nicht, dass du zu so etwas fähig bist«, sagte Kier vorsichtig.

»Mmh.« Sie ließ die Augen zufallen und die unausgesprochene Trauer durch die Verbindung fließen. Sein Griff wurde fester. »Gewöhn dich lieber nicht dran.«

»Werde ich nicht.«

Er war einen Augenblick still, und sie lauschte seinem Herzen, hörte die Schläge und zwang sich, nicht an die dreiundvierzig Leben zu denken, die mit einem Wimpernschlag ausradiert worden waren, nicht an die Tausenden von Menschen, die mit ihrer verlorenen Nation untergegangen waren. So viel Zerstörung, so viel *Schmerz*, alles nur wegen ihr.

»Grey.« Seine Stimme klang zögerlich, und sie wollte weinen. Deshalb hatte sie sich so lange versteckt. Sie konnte es nicht ertragen, und jetzt kannte er die Wahrheit. »Sie haben den Erben der Insel nie benannt, bevor sie verschwand. Weil du noch nicht alt genug warst.«

Grey spürte Angst in sich aufkeimen – aber es war Kier, und er wusste es bereits. »Nein«, sagte sie. »Haben sie nicht.«

»Hatte Attis dann überhaupt recht? Ist alles auf dich übergegangen, als Severin starb?«

Grey konnte ihm nicht in die Augen sehen. In ihrer Jugend hatte es für ihre Mutter nur eine Regel gegeben: Verrate nicht, wer der Erbe ist. Verrate nicht, wer ein Magier ist und wer eine Quelle. Verrate nicht, über welche Macht du verfügst. Und selbst jetzt, obwohl es Kier war und sie ihm ihre Seele anvertrauen konnte, wusste sie nicht, wie sie es sagen sollte.

Sie erinnerte sich daran, als sie acht Jahre alt war; Lot und Kier hatten sie angesehen, während sie einen Plan ausheckten. Sie erinnerte sich an die Lüge, die wie Gift in ihrem Mund schmeckte.

Aber weil es Kier war, musste sie nicht lügen.

»Nein«, sagte sie.

»Severin war ein Magier, nicht wahr?«

Grey kniff die Augen zu. »Ja.«

»Er war überhaupt nicht der Erbe von Locke. Du warst es, von Anfang an.«

Du hast mich angelogen, sagte er nicht.

Sie antwortete nicht. Es war nicht nötig. Der Erbe von Locke war immer eine Quelle, und wenn der Erstgeborene ein Magier oder ein Magieloser war, übernahm ein anderes Kind die Herrschaft über die Insel.

»Kann ich dich wieder hinlegen? Ich möchte dein Gesicht sehen.«

Sie wollte nicht, dass er sie sah, aber sie musste seinen Gesichtsausdruck sehen, musste wissen, wie er aussah, jetzt, da er wusste, dass sie ihm das die ganze Zeit vorenthalten hatte: das größte Geheimnis von allen. »Ja.«

Kier legte sie auf den Rücken. Sie sehnte sich sofort nach seiner Wärme – sich allein aufzusetzen, geschweige denn nach ihm zu suchen, schien ihr unmöglich. Ihr Rückgrat fühlte sich seltsam schwammig an.

Er strich ihr sanft über die Wange. »Ist es so passiert?«, fragte er so leise, dass es ihr das Herz brach.

Sie wandte den Blick ab. Auch wenn sie es nicht wollte, kamen ihr die Tränen. Er musste nicht erklären, was er meinte. *Hast du sie so alle getötet?,* diese Frage stellte er nicht. *Hast du Locke so vernichtet?*

»Ja«, sagte sie mit brüchiger Stimme. Sie schloss die Augen und wünschte, die Wahrheit wäre nicht da. »Sie dachten … sie dachten, dass sie die Macht kontrollieren könnten, wenn sie Severin unter ihrer Kontrolle hätten. Und sie haben versucht, ihn zu fangen. Aber es ging nie um meinen Bruder. Sie brauchten die Kontrolle über *mich.*«

Kier hielt die Luft an. Dann nickte er und küsste sie auf die Stirn. Es dauerte einen Augenblick, dann spürte sie etwas Seltsames, ein kleines Lichtsignal, das in ihrem magischen Anker heraufkroch – wie ein kleines bisschen Wärme, die sich in der leeren Höhle einnistete, wo ihre Macht normalerweise wohnte. Sie spürte sie, die Wärme, ihr Leuchten, eine neue Art von Macht, und ihre Knochen fühlten sich etwas weniger so an, als wären sie nicht mehr da, wo sie sein sollten. Sie öffnete die Augen.

»Was war das?«

Kier sah sie lange an. Sie spürte die Wand an ihrem Arm und zog sich nach oben, damit sie sich anlehnen konnte.

»Wo sind wir?«, wechselte sie das Thema und rieb sich die Augen. Sie trug nicht mehr ihr Hemd, sondern war über ihrem Wams in eine große Decke gewickelt.

»Tut mir leid«, sagte er. »Du hast alles andere vollgeblutet oder vollgekotzt, also hat Ola es aufgegeben, dich anzuziehen. Wir sind in einer anderen Hirtenkate, weiter unten im Tal. Sie kam uns … sicherer vor.«

Grey nickte und ließ den Blick durch den kleinen Raum schweifen. An einer Wand stand ein Bettrahmen aus Metall ohne Matratze. Diese Kate hatte eine echte Holztür, aber sie war geschlossen.

»Wissen sie, wer ich bin?«

Kier wand sich. »Sie vermuten es«, sagte er.

Es hatte keinen Sinn, sich darüber Sorgen zu machen, also zwang sich Grey, es hinter sich zu lassen, auch wenn sie das Gefühl hatte, dass ihr die Geheimnisse entglitten. »Wie lange habe ich geschlafen?«

»Fast zwei Tage. Du hast dich nicht mal mehr bewegt, als wir dich getragen haben. Brit hat sich fast in die Hose gemacht – they dachte, du wärst tot, wenn du nicht so viele Geräusche gemacht hättest.« Er verzog das Gesicht. »Nicht gerade die sicherste Art zu reisen.«

Sie nickte. »Es tut mir leid. Ich wollte gar nicht … gehen.«

Kier rückte zu ihren Beinen und streckte sie aus. Er fing an, ihre Wade zu massieren, und fand wie immer genau den Punkt, wo es wehtat. »Wir verdanken dir alle unser Leben.«

»Das ist nicht wahr. Du hast die Magie bewirkt.«

Er schüttelte langsam und bedächtig den Kopf. »Das ist nicht … Grey, du weißt hoffentlich, wie unglaublich deine Macht ist.«

»Offensichtlich nicht«, sagte sie und lehnte den Kopf an die Wand. »Du weißt, was ich bin. Was das bedeutet. Wozu mich das macht.« Sie wollte die Augen schließen und noch drei Tage schlafen oder gleich für immer. Kiers Hand stockte, als könnte er den Selbsthass fühlen, der ihr aus jeder Pore drang. Ja, sie lebten – aber *wofür*?

»Grey.«

Sie öffnete die Augen. Er saß auf eine Art still da, die sie niemals hinbekam – sie musste sich immerzu bewegen. Selbst jetzt hatte sie die Decke in den Fingern und spielte mit ihrem Rand. Er schluckte schwer, und sie beobachtete die Bewegung seines Adamsapfels. Er war zur Hälfte noch der Junge, den sie kannte, mit dem sie aufgewachsen war, nur etwas modifiziert mit mindestens einem Viertel Narbengewebe, einer neuen gebrochenen Nase und Bart, und doch … und doch war er derselbe wie eh und je. Derselbe und doch anders, und sie spürte nur Traurigkeit, wenn sie daran dachte, wie er älter werden würde. Sie wollte jede Veränderung in ihm auswendig kennen.

»Du bist fast gestorben«, sagte er.

»Ja.« Es half nichts, es zu leugnen. Selbst jetzt hatte sie bei jeder Bewegung das Gefühl, nur einen Fehltritt vom Grab entfernt zu sein.

»Und ich …«

Grey versuchte, den Kloß im Hals hinunterzuschlucken. Jetzt musste es kommen: Jetzt würde er ihr sagen, dass sie sich mit ihrer eigenen Macht verdorben hatte. »Ja?«

»Ich kann mir nicht vorstellen … ohne dich zu sein.«

Sie schmunzelte. Leichte Verbitterung keimte in ihr auf – sie fragte sich, ob er nicht ohne sie oder ohne ihre Macht sein wollte. »Der Ruhestand kommt bald, Captain«, sagte sie. »Du hast immer noch nicht die Nase von mir voll?«

»So habe ich das überhaupt nicht gemeint.«

Sie lachte, und das Geräusch allein verursachte ihr Schmerzen. »Ich bin deine Macht. *Viel zu viel* Macht. Wenn du mich verlierst, wirst du nie wieder Magie wirken.« Sie wusste nicht, wieso sie das sagte, wieso es so wehtat. Sie wollte sich zusammenrollen und allein gelassen werden, damit ihre Scham sie endgültig verschlang.

»Du sagst es, als wäre das alles, was da ist.«

Sie starrte die Decke an, das dicke Stroh, den Lehm. »Ist es nicht so? Egal, was wir sind – du bist mein Magier. Ich bin deine Hand. Vielleicht waren wir einfach dumm vor all den Jahren. Es ist doch erbärmlich, für alle Ewigkeiten alles nur von einer Person zu beziehen und zu erwarten, dass das funktioniert.«

Er stockte. »Was soll das werden?«, fragte er. »Glaubst du das wirklich? Meinst du wirklich, dass *ich* das glaube?«

Sie wusste nicht genau, woher all die Verbitterung kam – vielleicht davon, dass sie dem Tod so nahe war, dass sie seinen kalten Griff noch immer um ihren Hals spürte; vielleicht war es die Erinnerung an Locke, wenn sie die Augen schloss, der Druck von Severins Händen in den letzten Augenblicken, bevor alles dunkel wurde. Er war erst fünfzehn gewesen, als er starb, noch immer ein Junge. Er war nie zu irgendetwas herangewachsen, weil er so sehr versucht hatte, sie zu retten, und was hatte sie getan? Sie hatte ihn getötet, genau wie alle anderen, denen sie jemals etwas bedeutet hatte. Die gesamte Macht von Locke, und sie hatte sie vergeudet – und wofür?

Vielleicht lag es daran, dass sie insgeheim längst wusste, sie würden sich niemals auf dem Land niederlassen. Dass in ihrer Zukunft kein friedliches Glück auf sie wartete. Dieser Tatsache war sie sich noch nie so bewusst gewesen wie jetzt, und sie betrauerte diesen Verlust mit einer nackten Verzweiflung, die sie kaum erfassen konnte.

Sie war die Erbin von Locke, und sie war mit Kier verbunden. Sie würde ihn mit sich in die Tiefe ziehen.

»Geh weg, Kier«, sagte sie.

»Glaubst du wirklich«, sagte Kier, »dass ich es bereue, mich mit dir gebunden zu haben? Dass ich bereue, dich als meine Hand auserwählt zu haben? Dass ich all die Leben bereue, die wir genommen haben, damit wir überleben konnten? Glaubst du nicht, dass ich weiß, was es bedeutet, dir zu gehören?«

Sie öffnete die Augen und erwiderte seinen Blick. Da war wieder dieser Ärger, so schön in seiner Lebendigkeit. Sie war so verloren und er so verflucht lebendig.

»Nein«, sagte sie. Sie versuchte nach irgendetwas zu greifen, spürte verzweifelt das Gewicht all dieser Herzen, denen sie den Schlag genommen hatte. Sie begriff nicht, was er mit dem letzten Teil sagen wollte – es konnte ihr Untergang sein. »Du hast das Schlimmste von mir gesehen. Du kannst unmöglich …« Sie konnte den Satz nicht beenden.

Kier sah sie an, und da spürte sie, wie etwas in ihr aufbrach; eine Wärme, die in ihrer Brust aufblühte und diesen Keim der Verbitterung erstickte. Es dauerte einen Augenblick, bis sie begriff, dass das Gefühl von ihm kam und aus ihrer Verbindung strömte. Es war dasselbe Gefühl wie vorhin, diese Wärme, nur um ein Vielfaches stärker. So *viel* stärker.

Sie dachte daran, wie er seine Lippen auf ihre gepresst hatte, die Verzweiflung in seinem Kuss, als sie sicher war, dass ihre letzte Stunde geschlagen hatte.

»Kier?«

»Grey, Geliebte, du Vollidiotin – wenn das dein Schlimmstes war, dann bist du die wandelnde Heilige unter uns.« Er schüttelte verblüfft den Kopf. »Und ich hoffe seit geschlagenen sechs Jahren, dass du endlich mehr in mir siehst als nur deinen Magier.«

Sie konnte es nicht glauben. Das Glühen seiner Wangen, das Strahlen seiner Augen, sie begriff nicht. Er war so weit weg von ihr, die gesamte Länge ihres Körpers, und es fühlte sich an wie Meilen. Selbst wenn sie den Abstand zwischen ihnen verringern wollte, wusste sie nicht, ob ihre Knochen derselben Meinung waren, also blieb sie in sicherer Distanz. Sie musste herausfinden, ob sie es richtig verstanden oder ob sie ihn zu einer Beichte gedrängt hatte, die nicht stimmte, weil er jetzt wusste, wozu sie in der Lage war.

»Ich vergöttere dich«, sagte er überschwänglich. »Nein – nein. Hör zu. Ich … ich liebe dich. Ich liebe dich schon seit Jahren, vielleicht schon seit immer. Manchmal ist das alles, woran ich denken kann, und dann kann ich nicht atmen, weil es mir so schwer auf der Brust liegt, dass ich … dass nur ich so fühle. Es ist das Einzige, wo ich mir bei dir nicht sicher bin. Und dieses Nichtwissen, Grey, es ist die reinste Qual.«

Sie konnte ihn nur mit leerem Blick anstarren, während die Worte vergeblich Einlass in ihr Gehirn verlangten. Es war außerhalb ihrer Vorstellung, dass er das zu ihr sagte, dass er glaubte, sie würde womöglich seine Gefühle nicht erwidern.

Kier atmete durch. »Okay. Vergiss es. Vergiss es einfach. Ich … gehe.«

Er stand unbeholfen auf; das Knie machte ihm Schwierigkeiten, und obwohl sich ihr Rücken noch immer nicht richtig anfühlte, sprang Grey nach vorn und packte ihn an der Taille.

»Captain Seward«, sagte sie und ließ ihn nicht los, bis er auf die

Knie ging und sich ihr zuwandte. Seine andere Hand lag an ihren Rippen, um sie zu stützen – sie war dankbar dafür, denn sie wusste nicht, wie sie sonst aufrecht bleiben sollte. »Du verfluchter Idiot.« Panik huschte ihm übers Gesicht. »Wieso hast du mir nichts gesagt?«

Er lachte, aber es klang eher spöttisch, barsch, enttäuscht und vielleicht sogar ungläubig. »Du hast nie zurückgeküsst«, sagte er.

Sie schnappte nach Luft, als die Erkenntnis sie in der Bauchgegend traf. Er war schon immer liebevoll und zärtlich gewesen – und sie hatte sich nichts dabei gedacht. Aber jedes Mal, wenn er sie berührt hatte, wenn er sie auf die Stirn, auf die Schläfe oder den Handrücken geküsst hatte, wenn er sich um sie gerollt hatte … vielleicht war jeder dieser Augenblicke eine Beichte für sich gewesen.

Und sie, in ihrer endlosen Überzeugung von *Ich wette, das sagst du zu allen Frauen und mindestens der Hälfte der Männer*, hatte es einfach ignoriert. Sie hatte sich eingeredet, dass selbst das deutlichste Zeichen nur wieder eine Zuneigung war, die sie nicht verdient hatte.

»Bei allen verfluchten Weltmeeren, Kiernan«, knurrte sie. Grey streckte die Arme über den Abgrund zwischen ihnen, packte ihn am Revers seines abgewetzten Mantels und zog seinen Mund bis zu ihrem.

Sie hatten sich schon früher geküsst – nicht so, noch nie so, noch nicht einmal neulich –, aber seine Lippen auf ihren, das war stets eine Geste gewesen, die sie als keusch abtat. Nach der Schlacht, wenn sie wieder allein und noch am Leben waren, oder hin und wieder vor dem Schlafengehen hatte er sie zuerst auf die Schläfe geküsst und dann auf den Mund. Vielleicht waren es für ihn heimlich echte Küsse gewesen, dachte Grey verzweifelt, bevor ihre Berauschtheit von ihm alle Gedanken aus ihrem Kopf löschte.

Er zog sie an sich, als wollte er in ihre Haut sinken und mit ihr zu einem Körper werden. Seine Hände waren auf ihrer Taille, die Daumen gruben sich in ihre Rippen, die Finger in ihren Rücken. Sie war mit einer Hand in seine Haare gefahren; die andere lag auf seiner Schulter, hauptsächlich, um sich zu stützen. Ihre Haut hatte so viel Kontakt mit seinem Hemd und so wenig mit seiner Haut. Sie zog daran, bis es aus der Hose kam und sie seine gut definierten Bauchmuskeln spüren konnte. Dabei streifte ihr Daumen seine neueste Narbe. Sie stöhnte leise, als seine Lippen zu ihrem Hals wanderten. Irgendetwas in ihr riss auf, wie durch einen Schnitt mit einem Messer im Unterbauch, und sie spürte, wie das winzige Rauschen neuer Macht wieder einsetzte.

Sie vergrub die Finger in ihm und zog ihn an sich. Er knabberte an ihrem Schlüsselbein. »Nicht übertreiben«, murmelte er und küsste sie am Unterkiefer, auf die Spitze ihres Wangenknochens. »Es geht dir noch sehr schlecht.« Er löste sich, um sie anzuschauen, und der plötzliche Verlust von Körperwärme ließ sie erschaudern. »Und alle machen sich Sorgen – ich sollte dich nicht nur für mich behalten.«

Sie legte ihm die Hände auf die Schultern. »Aber du könntest, wenn du willst.«

Er lachte und drückte ihr mit einer übersprudelnden Freude, die sie durch ihre Verbindung spüren konnte, einen Kuss auf. »Unsere Zeit wird kommen«, versprach er.

Aber es gab keine Garantie dafür, wie der Hinterhalt vor wenigen Tagen gezeigt hatte. Grey verdrängte die Welle unbestimmter Traurigkeit und schaffte es, zu schmunzeln. »Ich bin schon erstaunt, dass wir so lange ungestört geblieben sind.«

»Ach, ich habe *sehr* genaue Instruktionen erteilt.«

Er half ihr, sich wieder an die Wand zu lehnen, und legte ihr die Decke über die Schultern.

»Kier«, sagte sie.

»Ja?«

»Und du hasst mich wirklich nicht?«

»Ich könnte dich niemals hassen«, sagte er mit einem solchen Ernst, dass es ihr körperliche Schmerzen bereitete.

»Ich meine, obwohl du jetzt weißt, wer ich bin.«

Er schwieg einen langen Augenblick und betrachtete ihr Gesicht. »Ich wusste *immer*, wer du bist«, sagte er schließlich. »Vielleicht wusste ich nicht immer, was das bedeutet, wozu du in der Lage bist, aber das verändert überhaupt nichts.«

Grey nickte und erlaubte sich lockerzulassen. Wenn ausgerechnet Kier das sagte, dann glaubte sie ihm.

Er strich ihr zärtlich über die Haare, dann stockte er, und ein Lächeln erhellte sein Gesicht. »Hand«, sagte er erschöpft, »hast du auch irgendwann mal *kein* Blut in den Haaren?«

Sie reckte die Nase vor und griff nach seiner Hand. »Ich könnte mich überzeugen lassen, mehr darauf zu achten. Vielleicht, wenn wir uns zur Ruhe gesetzt haben?«

Er beugte sich vor und küsste sie noch einmal. Es war ein Vorgeschmack auf das, was noch kam. »Lieber heute als morgen«, sagte er.

Ola kam als Erste ins Zimmer. Sie hatte Greys Arzneibeutel dabei. Ihr Mund war ein grimmiger Strich, und sie hatte Dreck auf der Wange.

»Bitte hinlegen, Captain«, sagte sie. Grey tat es und rutschte auf dem Deckenknäuel nach unten. Nachdem Kier gegangen war, hatte sie bemerkt, dass ein Stapel aus Umhängen sie vor dem harten Holzfußboden schützte, und in einem Rausch aus Gefühlen war ihr bewusst geworden, dass alle trotz der Kälte ihren Umhang abgegeben hatten, damit sie nicht fror.

Sie presste die Lippen aufeinander, als Ola ihren Bauch abtastete. »Wurde noch jemand verletzt? Ich kann …«

»*Captain.*« Ola kniff sie in die Seite. »Hör auf, die Heldin zu spielen, und lass uns dir helfen.«

Grey gehorchte. Sie starrte an die Strohdecke, während Ola ihr einen Tee gegen die Schmerzen machte.

»Wieso *Captain*?«

»Hm?«

Sie stützte sich auf die Ellbogen, verzog das Gesicht und ignorierte den strengen Blick, den Ola ihr zuwarf. »Du nennst mich Captain, nicht Hand. Schon seit der Schenke. Das ist Kiers Titel, nicht meiner.«

Ola blinzelte sie wie eine Eule an und reichte ihr die heiße Tasse. Grey lehnte sich an die Wand, um trinken zu können. »Ich schätze, dass wir euch als ebenbürtig betrachten«, sagte Ola schließlich. »Dich und Kier.«

Der salzige Geschmack des Tees ließ Grey würgen. »Haben wir nicht irgendetwas, das nicht so scheußlich schmeckt?«, murmelte sie.

»Sei froh, dass du das Abendessen verpasst hast. Eron hat versucht, kreativ zu werden, damit es uns besser geht.«

Grey seufzte und zwang sich das Gebräu hinein. Es klopfte leise an der Tür. Sela steckte den Kopf hinein.

»Komm rein«, sagte Ola. »Wir können Greys Privatsphäre vermutlich sowieso nicht noch mehr verletzen.«

Grey zuckte die Achseln. Nach Jahren in Zelten war von Privatsphäre ohnehin nicht mehr viel übrig. »Kier hat etwas von Kleidung erwähnt«, sagte sie und sah an sich herunter. Das Wams sah anders aus, und an diese Hose konnte sie sich auch nicht erinnern – es war jedenfalls nicht die schwarze, die sie auf der Reise getragen hatte.

Ola und Sela tauschten Blicke. Drei Quellen in einem Raum, dachte Grey, und zwei davon so gut wie nutzlos.

»Deine Kleider sind in Flammen aufgegangen«, sagte Sela.

»Nicht wirklich *Flammen*, aber …«

»Was?«

Ola warf Grey einen strengen Blick zu. Die Gescholtene widmete sich wieder ihrem Tee. »Wir haben nicht alles gesehen«, sagte sie, »und der Captain verschweigt uns die Details. Aber es gab einen großen Lichtblitz, und dann hast du geschrien – Brit ist noch rausgerannt, um dir zu helfen, weil they sich mal wieder nicht an Befehle halten konnte.«

»Du standest in Flammen«, sagte Brit von der Wand. Grey hatte nicht einmal mitbekommen, wie they reingekommen war. »Verzeihung – ich soll nur sagen, dass Kier Eron bei der Wache abgelöst hat.«

»Das sollte er doch nicht«, sagte Grey grimmig. Sie stellte die leere Tasse ab und zog sich in eine aufrechte Sitzposition. Es ging ihr schon ein wenig besser, und dieses Wenig nervte sie. Ola nahm die Tasse und machte sich daran, eine neue Mischung aus Tee und Kräutern aufzubrühen.

»Er war in letzter Zeit …« Ola suchte nach einem Wort.

»Widerspenstig?«, warf Brit ein.

»Wankelmütig?«, sagte Sela.

»*Gestresst*«, sagte Ola. »Er hat sich Sorgen um dich gemacht. Zu Recht. Brit ist rausgerannt und hat dich reingetragen, schwelend und nackt. Du hast Blut gespuckt, und eine ganze Kompanie lag tot am Boden. Magier *und* Quellen.«

Grey zuckte zusammen. Sie nahm die volle Tasse entgegen und versuchte, einen kleinen Schluck zu trinken, ohne eine Grimasse zu ziehen. »Es tut mir leid«, sagte sie schließlich. »Ich wollte nicht, dass … es so endet.«

Ola seufzte. »Sela, Schätzchen. Könntest du etwas Brot für Grey holen?«

Sela nickte und ging. Kaum war die Tür hinter ihr geschlossen, beugte sich Ola vor. Brit stellte sich vor die Tür und drückte die Schulter dagegen, sodass sie mitbekamen, wenn Sela zurückkam.

»Das ist keine normale Macht«, sagte Ola.

Grey war zu müde für diese Diskussion. »Kier und ich sind gebunden«, sagte sie, als würde das zur Erklärung genügen.

Ola schüttelte den Kopf. »Magie kann keine Quellen töten, Captain.«

Ihre Blicke trafen sich. Grey fühlte sich halb tot und erschöpft, aber Kiers Offenheit hatte ihr neuen Auftrieb gegeben. Vielleicht war sie doch bereit, sich auf ein Spielchen einzulassen.

»Wenn du irgendetwas sagen willst, dann lieber raus damit.«

»Du wusstest, dass Sela nicht Maryse von Locke ist.«

Das hier zumindest war einfach. »Leonie hat mir Notizen mitgegeben. Ich wusste, dass sie zu jung ist.«

Ola verzog das Gesicht. »Clever. Aber woher wusstest du *mit Sicherheit*, dass sie keine Locke war? Woher hattest du so viel Macht?«

Brit verschränkte die Arme. »Da sind so einige Dinge, die keinen Sinn ergeben. Nichts gegen dich, Captain, aber ich habe Ola noch nie in Flammen aufgehen sehen, bis ihr die Kleider verbrennen.«

»Hättest du wohl gern«, murmelte Ola.

»Es war eine große Menge Macht auf einmal«, sagte Grey. »Ich will gar nicht so tun, als wüsste ich, was passiert, wenn man so schnell so viel Macht verbraucht.«

Brit und Ola sahen sich an, als würden sie eine unausgesprochene Diskussion führen. Brit zog eine Augenbraue hoch, und Ola schüttelte den Kopf. Brit schien ihren Rat nicht zu befolgen. »Und wieso hast du nach Severin von Locke gerufen?«

»Was?«

»Severin. Er war der Erbe, oder nicht?«

Grey presste die Kiefer aufeinander. Ihr fiel ein, was Kier zu ihr gesagt hatte, nachdem sie aufgewacht war. *Bist du da?*

Wo war sie gewesen? Oder, genauer gesagt, *wann*?

Sie schüttelte den Kopf. »Darf ich bitte ein Hemd haben?«

»Verzeihung«, sagte Ola und reichte ihr ein weiches graues Exemplar aus Kiers Tasche, das zu groß war. »Aber Grey …«

»Ich werde euch nichts verraten, das euch oder diesen Auftrag in Gefahr bringt«, sagte Grey und mühte sich, in das Hemd zu schlüpfen. Es tat weh, sich etwas über den Kopf zu ziehen und die Arme so zu bewegen. Tief drinnen wusste sie, dass sie eigentlich noch viel alarmierter sein müsste: Es konnte nichts Gutes bedeuten, wenn andere ihre Identität kannten, und wenn Brit und Ola es wussten, dann vermutlich auch Eron und möglicherweise sogar Sela. Sechzehn Jahre des Versteckens, alles für die Katz.

Aber es kümmerte sie nicht. Sie konnte die Sorge einfach nicht heraufbeschwören. Alles, was sie fühlte, war diese Leere, wo ihre Macht sonst saß, und die Nervosität, Kier aus den Augen gelassen zu haben. »Wir reden später. Wenn das hier vorbei ist«, sagte sie schließlich, als keiner der beiden sich von seiner angespannten Haltung löste. »Ist das Antwort genug?«

Ola und Brit sahen sich lange an. »Ja«, sagte Brit irgendwann.

»Gut.« Grey ließ sich in ihr Nest aus Umhängen sinken. »Ich werde jetzt schlafen. Wieder. Ich habe genug von euch allen für einen Tag.«

Niemand protestierte. Grey schloss die Augen, schob den Schmerz ihrer leeren Quelle von sich und zwang sich, in den Schlaf zu sinken.

Sie erwachte in den frühen Morgenstunden des nächsten Tages. In der Hütte war es stockdunkel. Sie setzte sich auf und stellte erleichtert fest, dass ihre Knochen sich wieder normal anfühlten und ihre Haut nicht mehr so empfindlich war. Das Einzige, was noch schmerzte, war ihr Kopf, und das war nicht ungewöhnlich, wenn man fast zwei Tage bewusstlos gewesen war.

Sie spähte ins Dunkel und meinte, zwei Gestalten neben sich auszumachen: Sela und Eron, also hielten Brit und Ola vermutlich Wache, und Kier war …

Nervös versuchte sie, eine Verbindung herzustellen, aber sie fand ihn nicht. Sie stand auf, taumelte und stützte sich an der Wand ab. Als sie die Tür erreichte, die leicht angelehnt stand, fühlte sie sich schon stabiler. Sie drückte sie auf.

Der vordere Raum war noch kleiner als der hintere. Ein Tisch an der einen Seite unter dem Fenster; zugezogene Vorhänge, zwei Stühle. Kier saß auf einem Stuhl, beugte sich über den Tisch und schrieb. Eine halb abgebrannte Kerze neben ihm verströmte schwaches, flackerndes Licht.

»Ein Magielicht wäre effektiver«, sagte Grey leise.

Er sah auf, und die widerspenstige Locke fiel ihm in die Stirn. Sein Blick wurde weich, als er sah, dass sie stand, als wäre das eine gewaltige, phänomenale Sache.

»Ich bin eben für neue Technik«, sagte er. Es war eine glatte Lüge, und sie wusste es – er konnte ohne sie kein Magielicht erzeugen, und im Augenblick unterstand er sich, von ihr Macht zu beziehen. Sie fühlte in sich hinein. Ihr Magieanker schlief.

»Das haben wir damals zu Hause auch gemacht«, sagte sie. »Kerzen. Feuer im Herd.«

Er zog eine Augenbraue hoch. »So viel Macht, und ihr habt sie nicht benutzt?«

Es war ihr als Kind nicht unnormal vorgekommen. In Wahrheit war die Isle of Locke ein kalter und brutaler Ort: Feuer wärmte so viel effizienter als Magielichter, und sie würde das Flackern einer Kerze immer dem flachen, gleichmäßigen Glimmen eines Magielichts vorziehen. Ihre Mutter und auch ihre Großmutter hatten das sicher genauso gesehen. Ihre Großmutter, Lockes Mutter und damit die vorhergehende Locke, hatte noch gelebt, als die Insel erobert worden war. Grey hatte die alte Frau nicht sterben sehen. Jetzt erinnerte sie sich an ihre alten, runzligen Hände, die eine brennende Kerze hielten und sie so ankippten, dass das Wachs genau auf die Mitte des Pergaments tropfte. Sie war diejenige gewesen, die Grey die Ahnenreihe mütterlicherseits beigebracht hatte. Sie hatte Greys Finger über die Linien des Stammbaums geführt. Ihr Mann, Lockes Vater, stammte aus Luthar, genau wie Lockes Mann aus Scaela kam; es war Usus, dass die Herrscherin in die anderen Nationen einheiratete, um dort ihre Macht zu festigen.

Grey schob die Erinnerungen weg. Diese staubigen Bücher, die Stammbäume – alles war dem Meer zum Opfer gefallen.

»Du kannst Macht von mir nehmen«, sagte sie sanft. »Es geht mir wieder gut.«

»Das sah zuerst ganz anders aus.«

Sie zuckte die Achseln und ließ es zu.

Frisch auf den Beinen und außerhalb ihres gemütlichen Kokons fühlte sie sich regelrecht schmutzig. Kier hatte nicht gelogen, als er ihr vorgeworfen hatte, Blut in den Haaren zu haben. Sie war überrascht, dass er sie überhaupt küssen wollte, aber vielleicht war Liebe so. Ihr machte es nichts aus, wenn er nach einer Schlacht dreckig war. Der Schweiß, der Dreck, das Blut – all das bedeutete, dass er noch lebte.

Sie entdeckte Fässer mit Wasser an der Tür, eins voll, das andere fast leer. Grey nahm einen Becher, füllte ihn und spülte sich den Mund aus. In einer der Taschen fand sie eine Packung Zahntabletten und kaute auf dem kreidigen Pulver, bis es zu einer Paste geworden war.

»Was machst du da?«, wollte sie von Kier wissen, nachdem sie sich den Mund noch einmal ausgespült hatte. Sie fühlte sich jetzt schon wieder etwas mehr wie ein Mensch. In einer Ecke stand ein Eimer, der vermutlich für Wasser oder Futter genutzt wurde, wenn die Hütte bewohnt war. Grey prüfte, ob er sauber war.

Kier seufzte und lehnte sich zurück. »Ich schreibe an Scaelas. Eigentlich wollte ich das schon gestern machen, aber du warst …« Er beendete den Satz nicht und überließ es ihr, ihren Zustand zu beurteilen. »Ich streiche andauernd Sachen durch und formuliere sie um.«

Grey zog das Hemd aus, damit es nicht nass wurde. Dann nahm sie die Seife aus Kiers Rasierbeutel (sein Gepäck war viel näher als ihres, und außerdem roch seine Seife sowieso besser) und beugte sich über den Eimer. Sie goss sich einen Becher mit Wasser über den Kopf. Als ihre Haare zum größten Teil nass waren, fing sie an, die Seife hineinzumassieren. Sie machte ein schreckliches Chaos, aber wenigstens konnte sie so den Schmutz ihres Krankenbetts loswerden.

»Was machst *du* da?«

»Meine Haare waschen.«

Er ließ ein leidgeprüftes Seufzen vernehmen. »Du verteilst die Seife und das Wasser überall. Grey – lass mich das machen, und du revanchierst dich, indem du das hier einmal durchliest? Oder es selbst verfasst? Du bist doch sicher viel besser darin als ich.«

Sie sah von ihrem Eimer auf. Das Blut von vor Tagen rann ihr übers Gesicht. »Ich bin eine Lady«, sagte sie zimperlich, »in jeder Hinsicht.«

Das genügte, um ihm ein Lächeln zu entlocken. Er kniete sich auf der anderen Seite des Eimers hin und nahm diesen zwischen die Beine. »Und jetzt einfach das Kinn hier drauf«, murmelte er und positionierte ihren Kopf. Grey genoss den Schmerz im Rücken, die Feuchtigkeit an ihren Knien durch die wachsende Pfütze, die Kälte des Wassers und die Wärme von Kiers Händen: All das bedeutete, dass sie gegen alle Widrigkeiten überlebt hatte.

Kier massierte ihr mit flinken und festen Fingern die Seife in die Haare. Sie unterdrückte ein Stöhnen, legte den Kopf schief und kaute auf ihrer Lippe.

»Weißt du«, sagte er und goss ihr mit dem Becher kaltes, sauberes Wasser über die Haare, »ich habe mir tausendmal und auf tausend unterschiedliche Arten vorgestellt, wie ich dir meine Gefühle gestehe. Aber auf die Version, wo der Abend damit endet, dass du den Kopf in einen Eimer steckst, bin ich nicht gekommen.«

Sie zuckte zusammen. »Tut mir leid.«

»Grey, wenn ich nicht den Rest meines Lebens damit verbringe, dir das Blut aus den Haaren zu waschen, dann war es nicht wert, gelebt zu werden.«

Sie musste lachen und schloss die Augen, um sich auf seine Hände an ihrem Kopf zu konzentrieren.

»Halt mal still«, sagte er und kramte herum. Dann wrang er den größten Teil des Wassers aus und legte ihr etwas um den Kopf und die Haare. Als ihr ein Ärmel auf die Schulter fiel, bemerkte sie, dass er ihre Haare in ein Hemd gewickelt hatte.

»Brauchen wir das nicht?«

Er zuckte die Achseln. »Ich habe wegen dir auf dieser Mission schon mehr Kleidung eingebüßt als während des ganzen Krieges«, sagte er resigniert, und ihr wurde mit etwas Schadenfreude bewusst, dass er offensichtlich nicht bemerkt hatte, wie viele Hemden sie ihm geklaut hatte.

»Kier«, sagte sie, bevor er gehen konnte, auch wenn ein Eimer mit dreckigem Wasser zwischen ihnen stand und sie sich noch weiter waschen sollte, bevor sie sich zu irgendwelchen Bekenntnissen verstieg. »Hast du das ernst gemeint?«

Er hörte auf, ihr die Haare zu frottieren, und sah sie an. »Welchen Teil?«

Grey biss sich auf die Lippen. Dieser ganze Nachmittag fühlte sich an wie ein Fiebertraum, und sie konnte sich nicht ganz von dem Gedanken verabschieden, dass es *tatsächlich* einer gewesen war. »Dass du das ganze Leben damit verbringen willst, mir Eingeweide aus den Haaren zu waschen.«

Er lachte, warm und sicher und vertraut, und drückte ihr einen Kuss auf die Stirn. »Ich kann mir keinen besseren Weg vorstellen, unseren Ruhestand zu verbringen.«

»Aber … unser Ruhestand.« Sie wandte den Blick ab und war auf einmal scheu. »Du weißt, was das bedeutet.«

Er lächelte, aber sein Lächeln hatte etwas Trauriges an sich und das Gewicht von Verständnis. »Wir haben noch genug Zeit, um herauszufinden, was die Zukunft bereithält. Und jetzt auf, Mylady. Du tollkühnes, tapferes Mädchen. Sieh dir den Brief an.«

Grey atmete aus. Wenn er jetzt nicht über Locke reden wollte und darüber, was sie tun musste, dann machte es ihr nichts aus, es aufzuschieben.

Sie las den Brief wieder und wieder, von Anfang bis Ende, bis seine Worte verschwammen. Sie machte Korrekturen mit seiner Schreibfeder. »Gib mir ein neues Blatt«, sagte sie irgendwann. »Meine Handschrift ist besser.« Er gehorchte augenblicklich.

Bei der Hälfte des Briefs, als sie gerade an einer Formulierung feilte, sagte sie: »Brit und Ola ahnen die Wahrheit.«

Er sah von einem anderen Brief auf – als sie die Diplomatie übernommen hatte, hatte er begonnen, seinen Müttern zu schreiben. »Ich fürchte, Eron auch. Er hat beim Wachwechsel etwas dazu gesagt.«

Grey zuckte zusammen. »Offensichtlich habe ich … es ziemlich herausposaunt.«

»Ich habe noch versucht, es zu unterdrücken«, sagte Kier. »Deine Schreie, meine ich. Ich habe dich getragen, als es zu schlimm wurde und sich sogar Täubchen weigerte, mit dir auf dem Rücken weiterzulaufen, weil du so einen Lärm gemacht hast.« Er seufzte und legte die Feder ab. »Es tut mir leid. Ich hätte mir eine bessere Erklärung einfallen lassen sollen als überhaupt keine.«

»Das ist doch nicht deine Schuld.« Ihr Gehirn registrierte gerade die Worte *Ich habe dich getragen*. Wie weit? Wie lange? »Nutzloser Gaul.«

»Hm.«

»Was sollen wir tun?« Sie konnte die Ungewissheit nicht abschütteln, egal, wie sehr sie es wollte.

»Das ist deine Sache«, sagte er. Grey warf ihm einen vernichtenden Blick zu. »Nein, ganz im Ernst – Grey, es ist dein Leben, deine Identität. Das ist nicht meine Mission, und selbst wenn sie es wäre, würde ich tun, was du sagst.«

Grey seufzte und betrachtete ihren Brief. Es war ihr nicht leichtgefallen, ihn zu formulieren, bis sie an ihre Mutter und ihre Großmutter gedacht hatte, an die hochtrabende Art, wie sie ihr als Kind Geschichten vorgelesen hatten, und dann war es nur so aus ihr herausgeflossen. »Ich denke, ich sollte aufhören wegzulaufen«, sagte sie vorsichtig. »Aber ich will diese Entscheidung nicht mit einer Armee im Nacken treffen.«

Kier überlegte. »Dann bleiben wir bei unserem Plan. Wir versuchen Frieden zwischen Scaela und Cleoc Strata herzustellen. Und dann werden du und ich – und die anderen, wenn du das willst und sie auch wollen – herauskriegen, wie man die Insel wiederbelebt.«

Sie lehnte sich zurück und sah in das flackernde Kerzenlicht. Seine Nervosität übertrug sich auf ihr Herz, aber auch so etwas wie Hoffnung. »In Ordnung«, sagte sie.

»Hast du eine Ahnung, wie man vorgehen könnte? Wie man sie zurückbringt?«

»Nicht wirklich«, wich sie ihm aus.

Er zog eine Augenbraue hoch.

»Es kann nicht so einfach sein, dass ich … einfach ins Meer wate. Und dabei blute. Eben irgendein Opfer bringe. Wir sind doch beide an der Küste groß geworden, und die Götter wissen, wie oft Lot und ich uns gegenseitig wehgetan haben. Ich habe schon tausendmal ins Meer geblutet, und dabei ist keine Insel entstanden.«

»Nicht dass ich wüsste. Es muss einen anderen Weg geben.«

»Vermutlich.«

Unter dem Tisch trafen sich ihre Knie. »Heißt das, ich kriege die Staatsbürgerschaft?«

Sie zerknüllte eins der aussortierten Papiere und warf es ihm an den Kopf. »Nur wenn du sehr, *sehr* gut im Bett bist.«

Sein Blick verdunkelte sich, und das Grinsen hatte etwas an sich, das ihren magischen Faden zum Leben erweckte. Sie flirteten schon seit Ewigkeiten miteinander … aber zum ersten Mal mit dem Potenzial, den Worten Taten folgen zu lassen. »Mylady«, sagte er, griff nach ihrer Hand und küsste sie. »Ich freue mich auf die Gelegenheit, Euch das zu beweisen.«

Sie versetzte ihm unterm Tisch einen Tritt. Er lachte nur und hielt ihre Hand fest, während er sich wieder seinem Brief widmete.

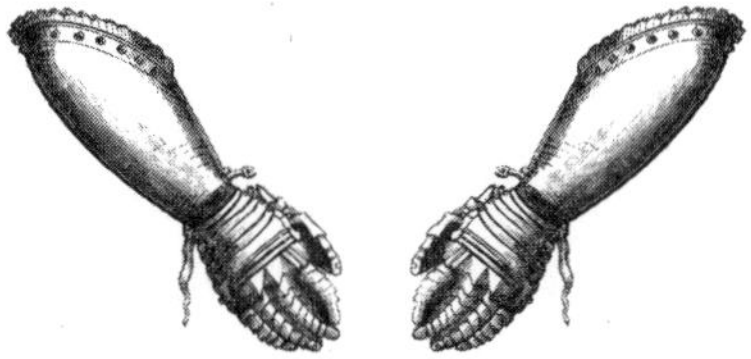

Das Wesen von Locke ist die Einsamkeit. Obwohl es die einzige Nation ist, in der Herrscherin und Herrscher sich hin und wieder den Herrschertitel teilen, erstrecken sich die warmen Gefühle der Einigkeit nicht auf den Rest von Idistra: Die Insel hütet ihre eigenen Geheimnisse.

»Sogar die Meere brannten«: Eine kurze Abhandlung über Aufstieg und Fall der Obsidianinsel
von Bell Ownding, Universität von Isidar

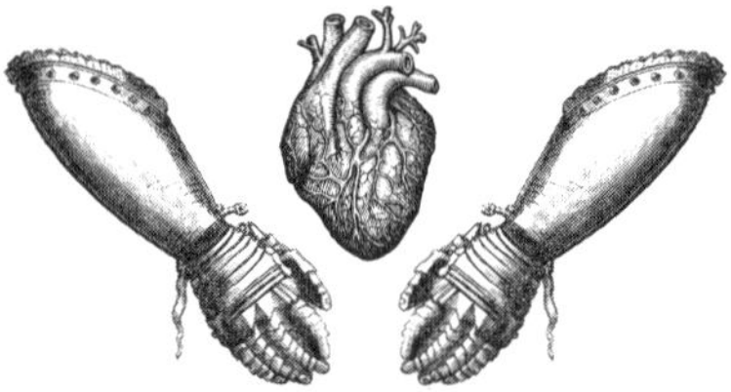

Siebzehn

Obwohl Grey noch wacklig auf den Beinen war, stimmte sogar Kier am nächsten Morgen zu, dass es unklug wäre, noch einen weiteren Tag zu bleiben. Nachdem sie sich also bei Sonnenaufgang im kalten Bach gewaschen hatten, zogen sie den kümmerlichen Rest an Kleidung an, der nicht von ihrem Blut, Schweiß oder Erbrochenen besudelt war, aßen ein schnelles, trostloses Frühstück aus Dörrfleisch und getrockneten Früchten und bereiteten sich auf die Abreise vor. Grey verteilte die Umhänge aus ihrem Nest und wünschte, sie könnte jedem das ganze Ausmaß ihrer Dankbarkeit vermitteln.

Kier stand am Tisch und faltete die Briefe dreifach. »Moment noch«, sagte Sela und schnappte sich die zwei Schriftstücke, die sie verfasst hatte: den ersten an Cleoc, ihre Mutter, den zweiten an Scaelas. Sela fügte einige schnelle Linien neben den Namen hinzu.

Grey spähte ihr über die Schulter; Kier tat dasselbe bei Grey. »Was ist das?«

»Diplomatische Symbole«, sagte Grey. »Um sicherzustellen, dass die wichtigen Briefe den Hof so schnell wie möglich erreichen. Wenn ein Reiter diese Symbole sieht, muss er alle anderen Pflichten hintanstellen und direkt zum Empfänger reiten.«

»Woher wusstest du das?«, fragte Sela.

»Ich hab's ja gesagt«, murmelte Eron hinter ihr. Kier warf ihm einen vernichtenden Blick zu, bevor er Sela die Umschläge abnahm und sie sich in den Umhang steckte.

»Wir sollten aufbrechen«, sagte er. »Bei diesem Tempo noch fünf Tage bis nach Grislar, und ich habe verlangt, dass uns im Feldlager ein anderer Trupp erwartet. Diese Briefe werden schneller dort sein als wir.«

Sie brachen auf, erschöpft und nicht mehr so gut in Form. Eron und Brit übernahmen die Spitze, Sela und Ola die Nachhut. Kier bestand darauf, dass Grey auf Täubchen ritt, was sie unter minimalem Protest hinnahm. Kier lief neben ihr, und Grey vermutete, dass es etwas mit ihrem unsteten Heilungsverlauf und der Art zu tun hatte, wie er sie ansah.

Am Vormittag erblickten sie die Ausläufer einer Stadt am Fuß der Berge. Kier nahm Täubchen und die Briefe und ritt davon, während der Rest sich Trockenfrüchte einverleibte und über den Nieselregen schimpfte. Er kehrte nach einer knappen Stunde zurück und bestätigte, dass die Briefe als Eilpost verschickt worden waren.

Die Landschaft veränderte sich zum Nachmittag hin, als die Berge hinter ihnen sich immer weiter entfernten. Dies war das Land, an das Grey gewöhnt war, sanfte Hügel und karge Bäume, sich kreuzende Feldwege mit Grasnarben zwischen den Spuren. Sie liefen und liefen und hielten nur auf Kiers Drängen hin öfter als nötig an, um sich Wasser und Essen zu besorgen. Sie taten es, damit Grey die Reise nicht zu sehr strapazierte, erkannte sie, oder um sie zurück auf Täubchen zu zwingen, nachdem sie eine Weile gelaufen war.

Bei Sonnenuntergang kampierten sie am Rande eines Wäldchens und kauerten sich gegen ein aufkommendes Unwetter aneinander. Es war ungemütlich und nasskalt, aber Grey hatte das seltsame Gefühl, dass es das letzte Mal war, dass sie so zusammen waren. Sie versuchte sich alles einzuprägen, von Erons jämmerlichem Fraß bis hin zu Selas Gesicht, als Grey ihr etwas beibringen wollte, während Brit sich mit ihr verband und ein blassgrünes Magielicht mit ihrer Macht heraufbeschwor. Sie speicherte Olas Lachen ab, Kiers bärtiges Grinsen (dass er seinen Bart noch immer hatte, verwunderte sie, aber vielleicht half es gegen die Kälte) und ihre stolzgeschwellte Brust, wenn sie die anderen ansah und Gewissheit hatte, auch wenn es unausgesprochen blieb, dass sie wussten, wer sie war.

Die nächsten Tage verliefen ähnlich und noch ereignisloser. Am dritten Tag konnten sie schon die salzige Luft riechen, und am nächsten Morgen erblickten sie das dunkle Meer am Horizont. Es kostete sie Mühe, den Städten und Dörfern aus dem Weg zu gehen, aber jetzt, da die Menge der Reisenden auf den Straßen zugenommen hatte, fiel es ihnen leichter, sich unter sie zu mischen. Bei Nacht erzählten sie sich Geschichten und stellten Grey versteckte Fragen über die Insel, die sie einst gekannt hatte, und ließen das offene Geheimnis zwischen ihnen im Raum stehen, bis auch Sela begriffen hatte.

»Ich habe gehört, dass der Pate der Kinder sich auf die Suche nach dem Sohn machte. Dass er einen Brief von dem Jungen bekam«, sagte Eron eines Abends und spitzte mit einem seiner Messer einen Stock an. »Alle waren davon überzeugt, dass eins der Kinder überlebt hatte.«

»Das stimmt«, sagte Grey. Sie lag auf dem Rücken und hatte den Kopf in Kiers Schoß gelegt. »Niemand kam auf die Idee, der Brief könnte eine Fälschung sein.« So nah war sie einer Beichte noch nie gekommen.

Eron brummte und nickte, als wäre es nur vernünftig gewesen, so zu handeln.

An einem anderen Abend sagte Ola: »Es soll ja Tradition gewesen sein, so viele wie möglich in andere Nationen zu verheiraten. So sind die Quellen dort erneuert worden.«

»Der letzte Ehemann von Locke war ja Scaelaner«, sagte Kier. »Deswegen war auch ihr Pate von dort. Und deshalb hatten wir mehr Quellen als die anderen Nationen, als die Insel verschwand.«

Grey nickte nur. Manchmal war es gut, Kier die Antworten auf

Fragen geben zu lassen, die sie nicht ertrug. Sie merkte, wie ihre Gedanken zu ihrem Vater Isaak abschweiften. Sie erinnerte sich noch, als Severin sie mit sich zerrte, dass ein Schwert ihn am Arm getroffen hatte und ihm das Blut schwallartig aus seinen Wunden drang.

So wollte sie sich nicht an ihn erinnern, aber es war das letzte Bild von ihm, das sie hatte.

Sie setzten ihre Fragerunden am Lagerfeuer fort, und sie ließ es geschehen. Oft griff Kier dann nach ihrer Hand und drückte sie, oder er schickte ihr mentale Unterstützung durch ihre Verbindung: Er wusste besser als jeder andere, wie sorgsam sie ihre Geheimnisse hütete und wie verletzlich sie sich dabei fühlte, wenn sie sich anderen offenbarte.

Am schlimmsten war jedoch die Veränderung, die sie in sich spürte. Sie hörte auf, die anderen auf Abstand zu halten.

Sie wusste nun genau, dass Brit drei verschiedene Arten hatte zu lachen, abhängig davon, wie schicklich der Witz war; dass they erst seit zwei Jahren zu Ola gehörte, nachdem die vorherige Quelle in Brits Armen gestorben war; und dass Brit das erste Kind von vier Geschwistern war und die schwierigeren Aufträge angenommen hatte, um ihnen den Krieg zu ersparen. Sie wusste, dass Ola die beste Schwertkämpferin der Gruppe war – in Trainingskämpfen aus Langeweile am Lagerfeuer hatte Ola sie schon mehrfach auf die Bretter geschickt; und dass ihre bissige Art die Tatsache überdeckte, dass sie eigentlich extrem liebenswert war und auf die Menschen, die ihr wichtig waren, nichts kommen ließ, wozu die Gruppe gehörte, in der jetzt auch Grey einen Platz gefunden hatte. Sie entdeckte, dass Eron früher Fiedel gespielt hatte; dass sein Vater Arkunier war und nie von einem Besuch auf dem Kontinent zurückgekehrt war, als Eron dreizehn war; dass er vor drei Jahren beschlossen hatte, sein Geschlecht zu ändern, und sich mittlerweile auf eine Art leiden konnte und selbst verstand, die er sich nie hätte träumen lassen.

Sie wusste sogar, dass Sela keine Geschwister hatte, sondern einen Haufen Cousins und Cousinen, die alle damit gedroht hatten, sie umzubringen, um selbst Cleoc zu werden – aus Spaß, wie sie hartnäckig behauptete, nachdem Olas Blick sofort gen Norden geschnellt war.

Bei allem, was sie herausfand, merkte sie, dass die anderen sie genauso aufmerksam beobachteten und kennenlernten. Ihr wurde fast unwohl dabei – aber dann reichte Eron Kier eines Abends am Feuer eine warme Kompresse, ohne dass er darum gebeten hatte, und Grey beschloss, dass es Unsinn war, gegen ihre Zuneigung zu diesen Leuten zu kämpfen, wenn sie ohnehin mit ihr verbunden waren.

Eine Stunde vor Sonnenuntergang am vierten Tag ließ Kier die Gruppe an einem Fluss Rast machen, weil er »keine dreckige Bande von Dieben in die Kaserne« bringen wollte. Also planschten sie zu Selas grimmiger Miene wegen ihres mangelnden Anstands im Wasser; anschließend drehten sich alle um, trockneten sich ab und kämmten sich die Haare, während sie ein Bad nahm. Grey sah zu Kier hinüber, der sich in seinem Spiegelbild im Wasser rasierte, und seufzte über das Ende einer Ära.

In dieser Nacht lagen sie Nase an Nase in ihren Schlafsäcken. Alle anderen schliefen schon. Nach dem Abendessen hatte Sela ein Licht im Tal entdeckt, und Kier hatte sie mit ernstem Blick darüber informiert, dass sich dort die Kaserne befand; Grislar war in Sichtweite.

»Erinnerst du dich daran, als wir das letzte Mal hier waren?«, fragte Grey. Sie platzierte einen Arm in den winzigen Zwischenraum zwischen ihnen. Kier legte seine Hand darauf.

»Natürlich«, sagte er. »Unsere erste gemeinsame Mission.«

»Ich hatte solche Angst.«

»Ich weiß. Schon damals konnte ich das spüren.« Er gab ihr einen Kuss auf die Nase, dann sehr zärtlich auf den Mund. »Dieses Mal müssen wir vor nichts Angst haben.«

»Hm. Bist du dir da sicher?«

»Nein«, sagte er und überlegte. »Was wäre das Schlimmste, was passieren könnte?«

Grey seufzte. »Sie könnten sofort herausfinden, dass ich Locke bin.«

»Und wie?«

Sie wusste nicht, wie sie es erklären sollte. Niemand konnte sagen, ob die Kunde von der Kompanie, die sie abgeschlachtet hatten, schon Grislar erreicht hatte, aber wenn ja, war eine solche Macht für eine normale Quelle unerreichbar.

»Weil ich deine Hand bin«, sagte sie, was nur teilweise überzeugend klang. »Ich weiß es nicht. Ich sehe meiner Mutter ähnlich. Wenn mich jemand sieht und mit dieser Macht in Verbindung bringt … Ich weiß nicht, wie ich es verbergen soll, Kier. Wenn das überhaupt geht.«

»Alles wird gut«, sagte er. »Wir werden dich beschützen.«

Sie fuhr mit den Fingerspitzen über seine Kieferlinie. »Du kannst mich nicht vor allem beschützen.«

»Ja, mag sein. Aber ich habe da noch ein paar Asse im Ärmel, wenn es um deine Sicherheit geht. Selbst wenn … ein paar unsaubere Tricks gefragt sind.« Er legte ihr eine Hand auf die Taille. Seit seiner Liebeserklärung hatte sie eine neue, persönliche Obsession für alle Arten entwickelt, wie er sie im Lauf des Tages berührte, diese beiläufige Zuneigung, die sich nicht verändert hatte, aber jetzt mit so viel Bedeutung aufgeladen war. Sie dachte wieder an seine Ankündigung – sein *Versprechen* – und zitterte vor Erwartung. Fast ging es als Resultat der Kälte durch.

»Ihr weckt mit jedem Wort Vertrauen, Captain Seward.«

Er grinste, und seine Zähne leuchteten weiß im Dunkeln. »Ich tue nur meine Vaterlandspflicht, Euer Majestät.« Seine Hand wanderte tiefer – *frecher Mistkerl*, dachte sie –, und sie schubste ihn mit einem leisen Lachen fort. Es war so einfach mit ihm, so zu tun, als ob.

Der Mittag des nächsten Tages nahte, als sie die Ausläufer der Stadt erreichten. Grislar war ein alter Ort voller Gebäude aus Stein, die bis zur steilen Felsküste immer enger und enger standen. Die Kaserne war am anderen Ende der Stadt, in der Nähe der Festung, die Scaelas als Sommerresidenz nutzte, direkt an der See. Sie hatten Täubchen kurz nach Sonnenaufgang an einen freundlichen Bauern verkauft und liefen zu Fuß in einem losen Knäuel um Sela herum in die Stadt.

Es gab wenig Aufsehen, als sie die Kaserne erreichten, aber dafür viele Blicke. In der Stadt kursierten Gerüchte über den unangekündigten Besuch des High Lords am Tag zuvor. Noch mehr Gerüchte waren über eine Reisegruppe mit diplomatischer Immunität im Umlauf, die von Cleoc Strata auf dem Weg war, und über einen Waffenstillstand zwischen den Nationen, während der High Lord in Grislar residierte.

Grislar war eine besser ausgebaute Festung als andere: echte Steinmauern und ein hoher Turm mit Blick auf das Meer, von dem ein Licht in Richtung Eprain ausging, das den Handelsschiffen den Weg in die Bucht von Locke wies. Grey blieb auf dem Hügel stehen, der hinab in die Kommandozentrale führte, und starrte hinaus in die Bucht.

Zuhause. Sie spürte das Ziehen, den Ruf des Meeres, der Insel, die einst dort gewesen war.

Kiers Hand berührte flüchtig ihren Arm. Sein Blick war bedeutungsschwer, als wollte er sie fragen, ob alles in Ordnung war. Grey nickte und ging weiter.

Sie wurden durch Korridore und Flure geführt, bis sie in einem hübsch eingerichteten Büro standen, das üblicherweise dem Offizier mit dem höchsten Rang gehörte, der jedoch vorübergehend versetzt worden war.

»Commander Reggin wird gleich bei Euch sein«, sagte der Lieutenant, bevor er sie allein ließ.

»Commander?«, raunte Brit, als die Tür hinter ihm zugegangen war.

Kier stand am Fenster und wirkte entspannt. Grey merkte, dass sie seine Lockerheit nicht übernehmen konnte. »Ich vermute, dass ihnen die Tragweite dessen, was hier passiert, bewusst geworden ist«, sagte er.

»Aber ein Commander?«

Er zuckte die Achseln. Scaelas hatte zwei Commander, einen für den Osten, den anderen für den Westen, die doppelköpfige Spitze seines Militärs. Commander Reggin, der östliche Befehlshaber, arbeitete für gewöhnlich von der Hauptstadt aus.

Grey beobachtete Sela, deren Blick immer wieder nervös zwischen Tür und Fenster hin- und herwanderte. Vom Fenster aus konnte man das Meer sehen. Sela setzte sich auf die breite Fensterbank und lehnte sich an den Fensterrahmen, als könnte sie die Steilküste von Cleoc Strata sehen, wenn sie nur genau hinguckte.

Grey lehnte sich neben ihr an die Wand. Dann nahm sie Selas Hand und verschränkte die Finger mit ihr. »Du musst keine Angst haben«, sagte sie leise. »Ich werde nicht zulassen, dass dir etwas geschieht.«

Sela sah sie für einen langen Moment an, und Grey rechnete schon damit, dass sie behaupten würde, keine Angst zu haben. Doch dann rückte sie ein Stück näher und legte den Kopf auf Greys Schulter. »Versprochen?«

Grey legte den Arm fester um sie. »Ich schwöre es.«

Kier kam näher. »Wird Scaelas dich erkennen? Wenn du deiner Mutter so ähnlich siehst?«

Grey kaute auf ihrer Lippe. »Möglich.«

»Hmm.« Er sah finster drein. Bevor sie reagieren konnte, zog er ihr das Band vom Zopf und legte ihre Haare so, dass sie ihr über die Schultern fielen und teilweise das Gesicht verdeckten.

»Kier …«

Er ließ sich auf keine Diskussion ein, sondern ging wieder zu den anderen drei hinüber. Grey blieb blinzelnd zurück. Sie hörte nicht, was er zu ihnen sagte.

Wenige nervöse Minuten später wurde die Tür wieder geöffnet, und ein großer, ernster Mann trat ein. Die versammelten Wachen standen augenblicklich gerade; Sela bewegte sich nicht, sondern drückte Greys Hand bloß noch fester.

»Lasst uns allein«, sagte Reggin zu den Wachen, die ihm sofort gehorchten.

Grey betrachtete ihn, von den glänzend polierten Stiefeln bis zu den teilweise ergrauten Haaren, dem ernsten Ausdruck seines Mundes und der Abwesenheit eines Schwerts. Seine Hand folgte nur wenige Schritte hinter ihm, eine junge Person mit kurz geschorenen rostbraunen Haaren. Der Commander nickte dem Tross zu, lief um den Schreibtisch herum und nahm Platz. Grey beobachtete, wie er sie in Augenschein nahm und wie seine Hand geradeaus starrte, die Hände hinterm Rücken, der Körper in Rührt-euch-Stellung. Sie fragte sich, wie man es als junge Quelle schon an die Seite eines Commanders schaffte.

»Captain Seward«, sagte der Commander schließlich und verschränkte die Hände auf dem Tisch. »Ich habe … interessante Berichte von Eurer Reise erhalten.«

»Wir haben nur unsere Befehle befolgt«, sagte Kier und war wieder in der Rolle des Captains. Ihr war entfallen, wie viel Autorität er bei solchen Treffen ausstrahlte, aber es war alles eine Frage der Haltung. Sogar jetzt noch, in abgewetzter Reisekleidung, sah er genauso vornehm aus wie der Commander.

Reggin nickte in Richtung des Stuhls vor dem Schreibtisch. Kier setzte sich. Bevor sich Grey an ihren Platz hinter ihm stellen konnte, trat Eron mit leerer Miene vor. Grey erstarrte. Angespannt sah sie zu, wie er sich hinter Kier platzierte und ihm eine Hand auf die Schulter legte.

Niemand bewegte sich. Niemand sah überrascht aus. Grey sah von einem Gesicht zum anderen und begriff, dass die Sache *geplant* war. Sie kannte Kier gut genug, um zu verstehen: Auch vor dem High Lord würde Kier Eron als seine Hand präsentieren, damit Grey sich im Hintergrund halten und als einfache Soldatin durchgehen konnte.

»Hand Captain«, sagte Reggin und nickte Eron zu. Eron begrüßte den Commander auf formelle Weise in der perfekten Haltung einer Hand. Grey erwiderte Selas Händedruck.

Es war ihr sonst nie vergönnt, Kiers Gesicht in diesen Sitzungen zu sehen, da sie meistens hinter ihm stand und ihm eine Hand auf die Schulter legte. Jetzt beobachtete sie Eron – ihr war vorher nie aufgefallen, wie sehr sie sich ähnelten, auch wenn Eron mittelbraune Haut hatte und Grey blass war, seine Haare schwarz und lockig, ihre aber brünett waren.

Aber mit nur einem Namen, einem Rang und einigen Zahlen, wer sollte den Unterschied erkennen?

»Ihr habt den richtigen Zeitpunkt für den Aufbruch gewählt«, sagte der Commander und lehnte sich zurück. »Mecketer wurde kurz nach Eurer Abreise angegriffen.«

Grey rutschte das Herz in die Hose. Die anderen warfen sich nervöse Blicke zu. Sie hatten alle Freunde in Mecketer, und obwohl sie nicht vorhatten, dort wieder hinzugehen … »Was ist passiert?«, fragte Kier, offensichtlich besorgt. »Ich habe Lieutenant Chappelle dort gelassen …«

»Chappelle ist am Leben«, sagte der Commander. »Und der Großteil Eurer Kompanie. Sie haben gut gekämpft.«

Kier sagte nichts. *Der Großteil* bedeutete *nicht alle*. Selbst jetzt folgte ihnen noch der Tod und verdunkelte jeden Ort, an dem sie gewesen waren.

»Ich habe Nachricht von Scaelas erhalten, dass wir einen Konvoi aus Cleoc Strata aufnehmen sollen – und Ihr versteht sicher, wie viel Mühe es bedeutet, sich für solch eine Planänderung vorzubereiten –, und obwohl es ein Jammer ist, dass wir Locke noch nicht gefunden haben, ist Eure Diplomatie in dieser Situation positiv aufgefallen.«

»Danke, Commander.«

Reggin wusste also, dass sie nicht Locke hatten. Grey schickte einen Impuls der Erleichterung an Kier.

»Übergebt mir das Mädchen, und wir werden dafür sorgen, dass es ihr an nichts fehlt, bis die Gesandtschaft aus Cleoc eintrifft.«

Sela drückte Greys Hand so fest, dass sich ihre Fingernägel in Greys Handfläche bohrten. Grey legte ihr einen Arm um die Taille.

»Ich bitte um Verzeihung, Commander«, sagte sie – sie war noch nie gut darin gewesen, ihren Mund zu halten, aber Kier wollte bestimmt, dass sie das Wort ergriff –, »doch wenn es keine Umstände bedeutet, würden wir gern bis dahin bei ihr bleiben.«

Der Commander musterte sie mit hochgezogenen Augenbrauen. »Und Ihr seid?«

»Offizier Eron Fastria«, sagte sie. *Das* war Befehlsverweigerung, aber sie war sowieso dabei, aus dem Militärdienst auszuscheiden. Was sollten sie tun?

»Fastria«, wiederholte er. Grey sah die anderen nicht an, spürte jedoch einen warnenden Impuls durch ihre magische Verbindung. Die Muskeln in Kiers Kiefer arbeiteten wieder. »Vertraut Ihr etwa meinen Wachen nicht? Ich habe sie persönlich für diese Aufgabe ausgewählt.«

Grey schüttelte den Kopf. »Das ist es nicht, Commander. Aber wir haben alle geschworen, für Selas Sicherheit zu sorgen, bis wir sie persönlich in die Obhut ihrer Nation übergeben haben. Es wäre meinen Göttern gegenüber unehrerbietig, sie jetzt zu verlassen.«

Es war eine Lüge, aber das war ihr ganzes Leben sowieso schon.

»Euren … Göttern«, wiederholte Reggin bedächtig. Religion war in Scaela nicht weitverbreitet, aber andere Soldaten hatten ihr Leben auf Messers Schneide den Göttern gewidmet und blieben regelmäßig für ein Gebet bei Altären stehen, weil sie sich sicher waren, dass göttliches Eingreifen sie gerettet hatte. Vielleicht hielt er sie für so töricht.

Sie zuckte die Achseln. »Und außerdem geht es um die Ehre des Captains.«

Kier seufzte nur.

»Treu bis zum Ende, Captain«, sagte Reggin milde.

»Ich fürchte, Fastria hat recht. Es wäre uns eine Ehre, wenn Ihr uns gestattet, weiterhin die Bewachung von Sela zu übernehmen, bis wir sie übergeben können. Und wir werden natürlich für ihre Sicherheit sorgen.«

»Da bin ich mir sicher«, sagte Reggin und blätterte in den Unterlagen auf seinem Schreibtisch. »Ich gestatte es. Und jetzt, da das geklärt ist, gibt es nur noch eine andere Angelegenheit: Captain Seward, Ihr seid für die Beförderung zum Master vorgemerkt worden.«

Schweigen breitete sich im Raum aus, und jetzt *wusste* Grey, dass die anderen sie beobachteten. Sie sah nur Kier an, merkte, dass seine Hand zuckte – das war der einzige Aussetzer seiner Selbstbeherrschung. »Das ist nicht das, was vereinbart wurde«, sagte Kier.

Reggin runzelte die Stirn. »Und was habt Ihr vereinbart?«

»Das Schreiben, bitte.«

Grey griff in die Tasche ihres Umhangs, wo sie am Morgen noch die Papiere überprüft hatte. Sie reichte sie Eron, der sie an Kier weitergab. »Die unterzeichneten Befehle«, sagte er und legte sie etwas zu schwungvoll vor den Commander. »Hand Captain Flynn und mir hat man das Ausscheiden aus dem Militärdienst in Aussicht gestellt.«

Es würde nicht einfach werden, zurückzutauschen, dachte Grey grimmig – aber es war zweifelhaft, dass der Commander sie oder Eron je wieder zu Gesicht bekommen würde; und selbst wenn, wäre ihre Lage mit Sicherheit deutlich anders.

Erons und ihr Blick trafen sich. Er hatte ein Zwinkern in den Augen, und ein winziges Lächeln umspielte seine Lippen. Grey war sich einigermaßen sicher, dass er es ihr nicht übel nahm, seinen makellosen Ruf durch den Dreck zu ziehen.

Der Commander las die Schreiben und seufzte. Er sah Kier an – genau wie Grey. Wenn er einwilligte, wäre er der jüngste Master in Scaela. Vielleicht sogar der jüngste Master, den es *jemals* in Scaela gegeben hatte.

»Kann ich irgendetwas tun, um Eure Meinung zu ändern?«, fragte Reggin.

»Hand?«, fragte Kier. Er warf Eron einen Blick zu, aber Erons Blick wanderte mit hochgezogenen Augenbrauen zu Grey.

Sie nickte, die Bewegung ihres Kinns war nur minimal sichtbar. Selbst das war vermutlich verdächtig, aber im Augenblick war es ihr egal.

»Nein«, sagte Eron und sprach für Grey. »Der Captain und ich sind bereit, nach Hause zu gehen.«

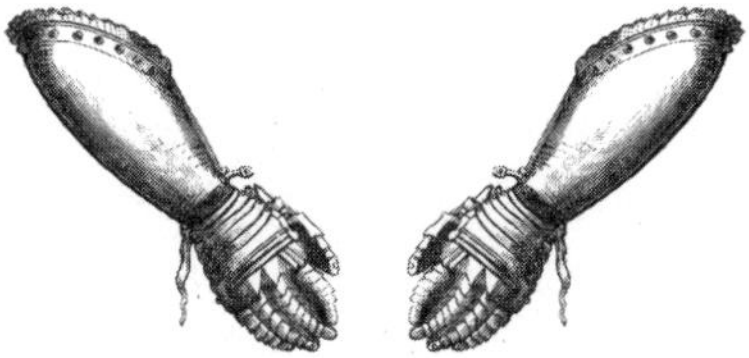

Ihre Großmutter tötete ihre eigenen Söhne, um Cleocs Mutter in direkte Erbfolge zum Thron zu bringen. Ihre Mutter tötete ihren Vater, als herauskam, dass er die Staatskasse betrog. Cleoc hat den Thron bewahrt, einen Bürgerkrieg abgewendet und sogar mit einer der fünf Nationen Frieden geschlossen. Ist es daher eine Überraschung, dass sie sie genauso fürchten, wie sie sie lieben?

Bericht von Merrick Porter,
scaelanischer Spion in Cleoc Strata, undatiert

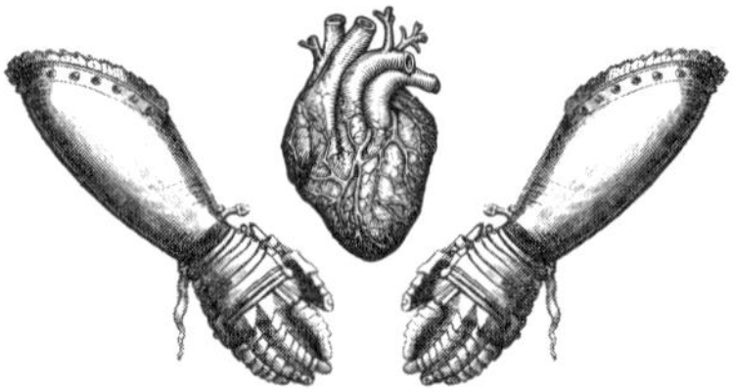

Achtzehn

Sie beschlossen, den Urlaub vom Krieg am nächsten Tag zu beginnen – zuerst sollte es ein Festmahl zu ihren Ehren geben, um ihnen für die Rettung von Cleocs Erbin zu danken. In der Taverne, in die man sie führte, fanden sie heraus, dass für alle Einzelzimmer gebucht worden waren. Ola und Brit boten an, bei Sela zu bleiben, zusammen mit den zwei Wachen, auf denen der Commander bestanden hatte. Eron ging in das Zimmer, das Grey zugewiesen worden war. Niemand sagte etwas, als Grey die Kleider holte, die man für sie in Erons Zimmer deponiert hatte, und in Kiers brachte.

Nur Olas große Augen sagten mehr als Worte.

Sobald alle mehr oder weniger dort waren, wo sie sein sollten, schloss Kier die Tür hinter ihnen. Sie starrten einander einen Augenblick an. Das Schweigen war ohrenbetäubend.

»Wie viel Zeit haben wir?«

»Nicht viel«, sagte er und bewegte sich nicht. »Gewaschen, umgezogen und im Schankraum bereit für unsere Eskorte in weniger als einer Stunde.«

Grey schlüpfte aus ihrem Mantel. Er zog eine Augenbraue hoch. Drei Schritte später war sie bei ihm und drückte ihn gegen die Tür.

Sie ging auf die Zehenspitzen, lehnte sich gegen ihn und küsste ihn so zärtlich, wie sie konnte.

»Und dann«, murmelte sie, »nach dem Essen?«

Er lachte, warm und vertraut, und seine Hände wanderten zu ihrer Taille. »Ich denke, dann wird es eine Vorführung für die Nation Locke geben.«

Sie knabberte an seinem Ohrläppchen. »Doch sicher nicht für die ganze Nation.«

Er bewegte sich schnell, rutschte mit den Händen tiefer und packte sie an den Oberschenkeln. Dann hob er sie hoch und drehte sich um, sodass sie diejenige an der Tür war. Beide erstarrten sie, als das Holz im Türrahmen klapperte, und warteten darauf, dass jemand kam, um nachzusehen – aber nichts geschah.

Grey seufzte, ließ sich gegen die Tür sinken und schlang die Beine um Kiers Taille. Es fühlte sich so sicher an in diesem unnachgiebigen Kreis seiner Arme, mit seinem Gewicht an ihr, mit seinem Blick fest auf die kleine Hautpartie gerichtet, wo sich ihr Hals und ihre Schulter trafen und das Schlüsselbein war …

»Kier«, sagte sie und legte den Kopf nach hinten, um ihm noch mehr Fläche zu bieten. Dennoch.

»Hm?«

»Bist du sicher, dass du kein Master sein willst?«

Er zuckte so schnell zurück, dass sich ihr Rücken von der Wand löste – aber sie war sicher in seinen Armen. Er würde sie niemals fallen lassen. Vorsichtig setzte er sie ab.

»Ja.«

»Aber du wolltest das doch immer. Titel, Beförderungen … ein Commander werden. Zu unbekannten Ufern aufbrechen. Die Welt sehen.«

Er lachte und sah sie mit einer Ungläubigkeit an, die ihr bizarr vorkam. »Was ich immer wollte, warst *du*«, sagte er. »Und ich kann es noch immer kaum glauben … dass du mir gehörst. Hoffe ich zumindest.«

»Tue ich«, sagte sie und war unter dem Gewicht seines Blicks plötzlich schüchtern.

Er strich ihr die Haare hinters Ohr. »Wir können die Welt zusammen bereisen«, sagte er und küsste sie auf die Stirn. »Wir können zusammen frei sein.« Dann küsste er sie auf die Nasenspitze.

»Ist das die Freiheit?«, fragte Grey.

Er legte ihr die Hände ans Gesicht, sie ihm ihre auf die Brust. Grey genoss die Wärme seiner Haut durch das Hemd, den Schlag seines Herzens an ihrer Handfläche.

»Es ist eine eigene Art von Freiheit«, sagte Kier.

Sie war sich dessen nicht so sicher, aber es war unwichtig, weil er sich nach vorn lehnte, um sie zu küssen, und ihr dabei eine ungestüme Art von Sicherheit zukommen ließ. »Wir sollten uns lieber frisch machen«, sagte er wenige Augenblicke später. »Wir können später reden.«

Grey sah ihn erwartungsvoll an. »Aber dann. Wir haben Pläne, Seward.«

»Aber dann«, pflichtete er ihr bei.

Sie trennten sich. Er ließ einen Badezuber kommen, dann ging Grey zuerst in das kleine Bad und blieb eine unmäßig lange Zeit dort, weil heißes Wasser Luxus war. Sie bereute es, Kier nicht mit eingeladen zu haben, aber es tat gut, etwas Zeit für sich zu haben, um an nichts zu denken und die Wand mit einem unbestimmten Gefühl von Frieden anzustarren, während das Wasser ihr die kalten Knochen wärmte.

In Handtücher gewickelt und etwas schüchtern ging sie zurück in den anderen Raum, was seltsam war, weil sie gerade ziemlich explizite Gedanken über ihn gehegt hatte und weil sie auf nicht romantische Art bereits jeden Zentimeter des anderen kannten (sie hatte seine *Eingeweide berührt*, zur Seeschlange noch mal); aber Kier saß auf einem Stuhl am Fenster, halb nackt, und blätterte in einem Buch. Grey blieb stehen und trat von einem Bein aufs andere. Sie konnte sich nicht erinnern, jemals in einer Taverne genächtigt zu haben, wo in jedem Raum ein Bücherregal bereitstand. Der High Lord hatte offensichtlich weder Kosten noch Mühen gescheut.

»Was liest du?«, fragte sie. »Hat Scaelas irgendwas Frivoles im Angebot?«

»Es ist tatsächlich mein Exemplar.« Zu ihrer Überraschung wurde er rot. »Ich … ähm … habe es bei einem Händler gefunden. In Pista.«

»Was ist es?«

Er hielt es hoch, und Grey kniff die Augen zusammen, um den Titel lesen zu können. Es war ein Buch über Geschichte und Brauchtum der Isle of Locke.

»Kier …«

»Ich wollte alles wissen, was ich wissen kann«, sagte er leise und vermied es, sie anzusehen. »Und ich wollte dir die Bürde ersparen, mir alles erzählen zu müssen.«

Sie lehnte sich gegen die Tür. »Und hast du irgendwas gelernt?«

»Eine Unmenge. Aber den Teil, wie erstaunlich du bist, haben sie ausgelassen.«

»Schön zu sehen, dass du noch immer genau der alte Charmeur bist wie eh und je, Seward.« Sie sah an sich herunter und rückte das Handtuch zurecht. »Ich habe allerdings auch einige erstaunliche Gerüchte über dich gehört. Bist du bereit, den Beweis anzutreten?«

Er lachte, legte jedoch das Buch aufs Fensterbrett. Dann stand er auf. Er hatte die geschmeidige Eleganz von jemandem, der genau wusste, wie jeder Muskel in seinem Körper funktionierte. Als er vor ihr stand, hob er ihr Kinn. »Wir haben dreißig Minuten, Flynn, und für das, was ich vorhabe, brauche ich mehr Zeit als das.«

Sie legte ihm eine Hand flach auf die Brust, die Finger gespreizt, direkt über sein Herz.

Kier ging in den Badezuber, und Grey versuchte derweil, etwas zum Anziehen zu finden. Scaelas hatte freundlicherweise eine Truhe mit Gesellschaftskleidung hinstellen lassen, in geschätzter Größe, und so hatte sie genügend Auswahl. Sie kniete sich neben die Truhe und durchstöberte Seidenhemden, Samtwesten, Hosen und Kleider. Ihr fiel ein dunkelblaues Kleid in die Hände, und obwohl es sonst nicht ihre erste Wahl gewesen wäre, erinnerte sie das Blätter- und Rankenmuster an ein Kleid, das ihre Tante Wren auf einem der vielen Anlässe getragen hatte, als sie ihre drei Jungs von Nestria mit nach Locke genommen hatte, damit sie Zeit mit ihrem Cousin und ihrer Cousine verbringen konnten.

Irgendwann tauchte Kier in einer Dampfwolke wieder auf, und sie versuchte angestrengt, ihn beim Anziehen nicht zu beobachten.

Das hielt ihn nicht davon ab, sie in ihrem Unterhemd anzusehen, und sein Blick wanderte über ihre nackten Schultern. »Das passt gar nicht zu dir«, sagte er und nickte zu dem Kleid, das auf dem Bett bereitlag.

»Besondere Zeiten verlangen nach besonderer Kleidung«, sagte Grey fröhlich und schnallte sich einen Dolchhalfter um den Oberschenkel.

»In der Tat«, bekräftigte Kier und stellte sich kurz hinter sie, küsste ihre Schulter und fuhr mit der Hand über den Lederriemen, den sie gerade festgezogen hatte.

»Bist du immer so forsch bei deinen Liebhaberinnen?« Grey schlug ihm spielerisch gegen die Brust und entwand sich seinem Griff.

Er fing sie ein und zog sie an sich. »Nein«, sagte er und knabberte an ihrer Unterlippe. »Ich habe noch nie mit jemandem etwas gehabt, den ich liebe.«

Sie würde sich niemals daran gewöhnen können. Kurz ließ sie es zu, und ihr Herz wurde hell und warm – aber dann löste sie sich, weil er recht hatte: Sie hatten keine Zeit, um sich mitreißen zu lassen.

Vielleicht hatte sich überhaupt nichts verändert – vielleicht fiel es ihr nur stärker auf. Aber seine Finger berührten flüchtig ihren Arm, als er nach seiner Hose griff, die am Schrank hing, und er ging nicht an ihr vorbei, ohne sie an der Taille zu berühren oder ihr einen Kuss auf die Stirn zu geben. Vielleicht war es die ganze Zeit so gewesen, ein zarter Tanz aus heimlichen Berührungen, die sie als unstillbares Bedürfnis nach Zuneigung abgetan hatte.

Aber jetzt konnte sie ihn unbekümmert beobachten, ohne die Angst, dass er sie dabei erwischen würde – und um ehrlich zu sein, könnte sie den Rest ihrer Tage damit verbringen, Kier bei den alltäglichsten Dingen zuzusehen, und trotzdem glücklich sterben. Er hatte seine Behelfsrasur vom Tag zuvor überarbeitet, und sein Kiefer war rosa und kantig; sie sehnte sich danach, die Lippen genau auf die Verbindungsstelle zu drücken, den sanften Schatten, wo Unterkiefer und Hals sich trafen. Sie speicherte es für später ab. Dann lehnte sie sich an den Schrank, verschränkte die Arme und sah zu, wie er in sein Jackett schlüpfte. Er hatte den Hinweis verstanden und sich ebenfalls in Dunkelblau gekleidet, sein Hemd hatte er nach der Mode der Adligen am Hof nicht ganz zugeknöpft.

Er war sorgfältig, richtete die Manschetten und glättete die Falten am Hemd, detailorientiert bis ins Letzte. Als sie noch Kinder waren, hatte er die Ecken ihres Bettlakens gerade gezogen, weil sie ihm nicht glatt genug waren.

Sie wollte mit den Händen über sein Werk fahren, alles durcheinanderbringen. Sie wollte ihn völlig *ruinieren*.

»Wir kommen noch zu spät, Hand«, sagte er und sah dabei nicht von seiner Arbeit auf, »wenn du dir nicht bald das Kleid anziehst.«

Sie seufzte und schlüpfte in das blaue Samtkleid. Dann drehte sie sich zum Spiegel um und betrachtete ihr Spiegelbild, während sie sich die Haare flocht. Kier kam, ohne dass sie darum gebeten hatte, und schnürte ihr das Kleid von hinten zu. Grey betrachtete seinen ernsten Gesichtsausdruck. Sie presste die Lippen aufeinander – es kam sehr selten vor, dass sie sich im Spiegel sah, und noch seltener, wenn sie dabei sauber und fein eingekleidet war; erschrocken und zugleich nicht überrascht merkte sie, dass ihre Mutter ihr aus dem Spiegel entgegensah.

»Da hast du dich aber herausgeputzt, Fastria«, sagte Kier und schnürte sich mit unterdrücktem Grinsen die Stiefel.

Grey verdrehte die Augen und glättete ihre Röcke. Er hielt sie ein letztes Mal fest, bevor sie das Zimmer verließen. »Noch eine Nacht«, versprach er.

»Noch eine Nacht«, wiederholte sie und verwuschelte ihm die Haare.

Sie hatte bereits an formellen Anlässen teilgenommen, hatte Commander und Master geehrt und hohe Feiertage begangen, aber sie hatte stets mit Kier an einem der abgelegenen Tische gesessen und ihre Soldaten mit Argusaugen beaufsichtigt, damit sie sich nicht danebenbenahmen. Sie waren noch nie selbst die Ehrengäste gewesen, und das Gefühl war erschreckend, um genau zu sein.

Sie waren auch noch nie Teil eines diplomatischen Treffens mit dazugehöriger Geiselnahme gewesen. Grey fühlte sich regelrecht in Szene gesetzt, so wie sie und Kier Sela flankierten. Eron, der noch immer als Kiers Hand posierte, stand auf Kiers anderer Seite. Brit und Ola standen unruhig neben Grey.

Sie warteten in einem Empfangsraum in Scaelas Sommerresidenz mit Blick aufs Meer. Grey stand nah am Fenster und sog den Anblick mit einer Verzweiflung ein, die sie überraschte. Sie hielt Ausschau nach irgendetwas Bekanntem auf dem sich stets wandelnden Meer.

Es war besser, als nach Vertrautem in diesem Raum zu suchen. Sie war erst einmal in dieser Festungsanlage gewesen, als sie noch ein sehr kleines Mädchen gewesen war. Sie erinnerte sich noch daran, dass sie den größten Teil der Zeit auf den Schultern ihres Vaters verbracht hatte, der mit Scaelas scherzte, während Locke, ihre Mutter, sie gescholten hatte, endlich mal wieder ernst zu werden; *ihr seid doch keine Jungs mehr.* Sie hörte immer wieder sein Lachen, das aus den Ecken des Raums schallte. Wenn sie es durch diesen Abend schaffen wollte, ohne sich zu verraten, war es wohl besser, überhaupt nicht daran zu denken.

Hätten sie dieses Treffen doch bloß in der Kaserne abgehalten, dachte Grey. Dort gab es nichts, das sie in Gefahr brachte – sie und Kier hatten fast ein ganzes Jahr in Grislar gedient. Sie hatten so viele Nächte auf der Brustwehr Wache gehalten, wo der Wind ihnen die Haare zerzauste, dem Ruf der Möwen gelauscht und auf die leeren Wellen gestarrt.

Der Teppich war für ihre Stiefel zu weich, zu nachgiebig und instabil. Sie trat nervös von einem Fuß auf den anderen, bis Kier sie über Selas Kopf hinweg ansah. Der Tross stand in Rührt-euch-Stellung, die Hände ineinandergelegt.

Immer wieder sah Grey zu dem Beamten hinüber. Er saß am anderen Ende des Raums und las in einem Buch. Pergamente und Schreibfedern lagen vor ihm ausgebreitet. Er sollte protokollieren, was auch immer sich zwischen den Nationen ereignen würde – schließlich ging es noch immer um eine Geiselnahme, wenn auch diplomatischer Natur, selbst wenn sie als Gesellschaft getarnt war. Zwei bewaffnete Soldaten flankierten die Tür und starrten geradeaus.

Grey sah Sela an. »Alles in Ordnung?«, murmelte sie.

»Ja«, sagte Sela, aber auch wenn ihre Haltung normal war, verriet ihre Stimme sie. Sie sah völlig verändert aus, jetzt, da ihre dunklen Haare gewaschen waren und ihr nicht mehr ins Gesicht hingen. Sie trug Rouge auf den Wangen und Kohlepuder um die Augen. Ein Kleid, das ihrem Rang entsprach, schmiegte sich an ihren Körper, schiefergrau und mit Struktur auf den Schultern und an der Hüfte auf eine Art tailliert, dass es fast wie eine Rüstung wirkte. Es ließ sie aussehen wie eine Kriegsheldin in spe, mit den Schultern straff und dem Kinn nach vorn gereckt – Grey erinnerte es an die Nacht im Feldlager, als sie zu ihrem Zelt gegangen war, um sie einzuschüchtern.

Sie veränderte die Stellung und drückte Sela die Hand.

»Und was, wenn sie mich nicht zurückwill?«, fragte Sela so leise, dass es die Soldaten am anderen Ende des großen Raums nicht hörten.

Grey verließ die Stellung endgültig und drehte ihr den Kopf zu. »Natürlich will sie dich zurück.«

»Aber als ich nach Lindan gegangen bin … da hat sie mich geschickt. Sie wollte nicht, dass ich hier bin.«

Grey dachte an ihre eigene Mutter. Nicht an die kühlen Hände, die silberne Halskette, nicht an die zarten Küsschen, die sie ihr auf die Schläfe drückte. Sie dachte an die Klingen, die Locke stets bei sich trug, das Gift, das sie in ihre Haarreifen einnähen ließ. Sie dachte an all die Arten, wie sie ihr von klein auf beigebracht hatte, auf der Hut zu sein.

Das Vermächtnis von Locke, hatte ihre Mutter gesagt, während sie Grey abends die Haare kämmte, *ist Blut und Verrat.*

»Sie wollte dich nur beschützen«, sagte Grey. »Das kannst du mir wirklich glauben.«

Es klopfte an der Tür, zweimal schnell hintereinander, und Grey drückte dem Mädchen noch einmal die Hand, bevor sie wieder in die Stellung zurückkehrte. Die Tür ging auf, und eine Reihe von Wachen trat ein, gefolgt von einer kleinen, ernsten Frau mit tintenschwarzen Haaren und einem Bären von einem Mann mit rotem Bart und rostbraunen Haaren. Es folgten acht weitere Soldaten, die sich im Raum aufstellten, die Hälfte von ihnen bei der Frau, die andere Hälfte bei dem Mann. Die Frau lief drei Schritte in den Raum und blieb stehen, holte einmal unstet Luft und straffte die Schultern. Sie sah aus, als wollte sie losrennen.

Sela hielt es als Erste nicht mehr aus, taumelte vorwärts und warf sich dann ihrer Mutter in die Arme. Die Soldaten wollten es noch verhindern, aber Cleoc warf ihnen einen derart barbarischen Blick zu, dass Grey sich vornahm, später herauszufinden, wie sie diesen Ausdruck selbst hinbekommen konnte. Die High Lady von Cleoc Strata drückte ihre Tochter an sich, eine Hand fest an ihrem Kopf.

Grey fiel auf, dass Commander Reggin neben dem bärenhaften Mann stand – Scaelas, das wusste sie; Scaelas, der High Lord, mit seinen roten Haaren.

Sie hörte die Stimme ihres Vaters: *So, als würden alle Blätter auf einmal fallen. Wir waren als Kinder zusammen, weißt du – bevor ich deine Mutter kennenlernte.*

Grey konnte der Erinnerung nicht entkommen. Seit sie ihr Herz der Vergangenheit von Locke geöffnet hatte, hörten die Erinnerungen nicht mehr auf. Sie war davon ausgegangen, dass sie verschwunden waren, nachdem sie sie die ganze Kindheit über auf Abstand gehalten hatte, aber beim ersten Anblick von jemandem, der sie gekannt hatte, waren sie wieder über sie gekommen.

Scaelas, ihr eigener Patenonkel, als sie noch Gremaryse von Locke gewesen war; der sie vom Augenblick ihrer Geburt bis zu dem Tag gekannt hatte, als Locke vernichtet worden war.

Doch er achtete nicht auf sie. Sie sagte sich, dass sie dankbar dafür sein sollte – was passieren würde, wenn er ihr direkt ins Gesicht sah, wusste sie nicht. Sie konnte das Gefühl nicht abschütteln, ein Schauspiel abzuliefern.

»Ist sie auch unversehrt?«, fragte Scaelas die High Lady. Sie löste sich genug, um Sela anzuschauen, und legte ihr die Hände ans Gesicht. »Ich hoffe, Ihr findet sie vor wie versprochen.«

Cleoc sagte etwas zu Sela, das Grey nicht verstand, aber das Mädchen nickte. »Sie ist unversehrt«, sagte sie und wandte sich Scaelas zu, hielt Sela aber weiter in ihrer Umarmung, als könnte sie es nicht ertragen, sie loszulassen. »Wir können wie vereinbart fortfahren.«

»Ausgezeichnet. Ich werde die Vereinbarungen aufsetzen lassen. Ich erwarte Euch im Ratssaal. Ihr wollt sicher einen Augenblick mit den Rettern Eurer To…«

Er stockte. Er stockte und sah Grey direkt an. Grey drehte sich der Magen um. Sie erwiderte zögerlich seinen Blick und wartete, während ihr das Herz bis zum Hals schlug.

»Verzeihung«, sagte Scaelas. Er hatte sich wieder unter Kontrolle und riss den Blick von ihr los. »Wo bin ich nur mit meinen Gedanken? Immer schon der nächsten Sache auf der Spur.« Er wandte sich direkt Cleoc zu. »Lasst Euch von meinem Commander in den Saal führen, wenn Ihr hier fertig seid, und dann können wir diesen glücklichen Tag mit Speis und Trank und Heiterkeit beenden.«

»Danke. Ich hoffe, wir werden in Kürze zu einer Einigung kommen«, sagte Cleoc. Wenn ihr der Aussetzer des High Lords aufgefallen war, sagte sie zumindest nichts dazu.

Aber Kier war er nicht entgangen. Sobald Scaelas und seine Wachen den Raum verlassen hatten und nur noch die zwei Soldaten an der Tür sowie der Commander mit Cleoc und ihren Wachen verblieben waren, sah er Grey mit hochgezogener Augenbraue an.

Sie schickte ihm ein schnelles Signal der Beruhigung.

Nun blieb noch die Angelegenheit mit Cleoc zu klären. Sie drehte sich mit weicherem Blick zu ihnen um, als der High Lord gegangen war. »Ihr habt ihr nichts getan«, sagte sie. Eine Feststellung, keine Frage.

Kier neigte den Kopf und übernahm mit Leichtigkeit das Kommando. »Das würde ich nie tun.«

Ein Lächeln umspielte ihre Lippen, doch es reichte nicht bis zu ihren Augen. »Dennoch hätte es in Eurer Macht gelegen, ihr das heimzuzahlen, was sie Euch zugefügt hat, Captain Seward«, sagte sie milde. »Ich weiß, dass dies eine Situation ist, die … niemand von uns erwartet hat. Und Ihr seht mich womöglich als Eure Feindin.«

»Genau wie Ihr uns«, erwiderte Kier.

»Aber das soll sich nun ändern. Von diesem Tag an – ganz gleich, was zwischen unseren Nationen geschieht – habt Ihr einen Platz an meinem Tisch. Cleoc Strata wird Euch für das, was Ihr für meine Tochter getan habt, mit offenen Armen empfangen.«

»Es war uns eine Ehre«, sagte Grey. Dabei verkniff sie sich, *obwohl Eure Tochter meinen Magier niedergestochen hat* hinzuzufügen, weil sie vergeben und vergessen konnte – jedenfalls fast. Sela warf ihr ein schmales Lächeln zu, als hätte sie ihre Gedanken gelesen.

Cleoc arbeitete sich die Reihe entlang, drückte jedem einen Kuss auf den Handrücken und überreichte ihnen eine silberne Nadel mit einem Mond aus Obsidian, der zum Wappen von Cleoc Strata passte. »Eine Ehrengabe unserer Nation«, sagte sie, »für wahre Tapferkeit.«

Grey zögerte nicht. Sie heftete sich den kleinen Mond an die Brust.

»Vielen Dank für Eure Freundlichkeit und Güte«, sagte Kier.

Cleoc nickte und ging zur Tür. Sela blieb noch einen Augenblick stehen. Ihre Augen waren feucht, der Kohlepuder verlaufen. Grey beugte sich vor, um die Streifen wegzuwischen.

»Tut mir leid wegen all des Ärgers mit mir«, sagte Sela.

»Du hast mir einen früheren Ausstieg aus dem Militär eingebracht.«

»Und sechs Monate Fronturlaub«, sagte Ola vom Ende der Reihe.

»Und endlich raus aus diesem verfluchten Mistlager«, fügte Brit hinzu.

»Wortwahl«, seufzte Kier und verdrehte die Augen.

»Kommt ihr mich besuchen?«

Alle um Grey zögerten. Sie kämpften seit Anfang des Krieges gegen ihre Landsleute – aber vielleicht gab es einen Weg, das hinter sich zu lassen.

»Ja«, sagte Grey, bevor die anderen ablehnen konnten. Sie gab Sela einen Kuss auf die Wange und nahm sie in die Arme.

So nah, dass niemand anderes es hören konnte, flüsterte Sela an Greys Hals: »Werde ich dich auf Locke sehen?«

Grey vergrub die Finger im Rücken des Mädchens, Warnung und Dank zugleich. »Vielleicht, wenn du älter bist«, murmelte sie.

Sie wurden für das Treffen von Scaelas und Cleoc nicht gebraucht und nicht dazu eingeladen. Einer der Soldaten führte sie in den Ballsaal, wo die Gesellschaft bereits in vollem Gang war. Der Raum war voll mit Offizieren und hohen Tieren aus Grislar und umliegenden Lagern, dazu Höflinge, von denen Grey nur vage die Titel kannte. Obwohl die ganze Entourage der Anlass für die Gesellschaft war, wollten die Leute nur mit Kier reden, also hielt sie sich mit Eron im Hintergrund, während Kier von einer kleinen Traube umringt wurde.

»Der Captain sieht gut aus heute Abend«, sagte Eron, nippte an seinem Wein und lehnte sich bei ihr an, damit niemand zwischen sie treten konnte.

»Er sieht *immer* gut aus«, raunte Grey in ihr Glas. Sie sah über dessen Rand gerade noch, wie Kier lachte und das Grübchen in seiner Wange wuchs. Grey seufzte.

»Tut mir leid, wenn ich deine Akte etwas beschmutzt habe«, sagte sie kurze Zeit später.

Eron zuckte die Achseln. »Habe ich wahrscheinlich verdient, wenn man an das Gift denkt, das ich euch drei Wochen lang vorgesetzt habe.«

»Touché.«

Er sah sich um, vermutlich, um zu prüfen, wer sich in der Nähe befand; dabei bemerkte er nicht, dass ein voller Ballsaal der beste Ort für Geheimnisse sein konnte. »Grey, wirst du Hilfe brauchen?«

»Ich bin immer noch Eron.«

»Ändert nichts an meiner Frage.«

Sie zuckte die Achseln. »Ich weiß es nicht. Ich weiß nicht, was wir tun werden oder wie, um ehrlich zu sein.« Es war seltsam, so frei über Locke zu reden, auch wenn niemand wusste, dass es darum ging. Aber vor den anderen drei brauchte sie sich nicht mehr zu verstecken; sie wussten, wer sie war, *was* sie war, selbst wenn sie es nie aussprechen würde.

»Du weißt, du hast mein Schwert«, sagte Eron leise, »wenn du es brauchst.«

Grey sah ihn an und bemerkte seine geröteten Wangen. »Versprich mir das lieber nicht«, sagte sie und verschränkte ihre Hand mit seiner. »Nimm lieber deinen Urlaub, Eron. Du schuldest mir nichts – niemand von euch.«

Er wollte etwas sagen, doch da wurden sie von einer Ansage des Zeremonienmeisters unterbrochen, der die Ankunft des High Court und den Anfang des Gelages verkündete.

Sie eilten zu ihren Ehrenplätzen an der Tafel. Grey saß zwischen Ola und Kier und gegenüber von Eron und Brit. Scaelas' Platz war auf der anderen Seite von Kier, gefolgt von Cleoc und Sela.

»Irgendwas Spannendes gehört?«, fragte Grey ihren Magier.

»Nein. Aber mindestens drei Heiratsanträge. Unterhaltener Mann zu werden, das ist schon ein verlockendes Angebot.« Kier nahm einen großen Schluck Wein. Grey kniff ihn unterm Tisch in den Oberschenkel.

»Sei nicht so unverschämt.«

»Unverschämt *gutaussehend*, meinst du.«

Sie konnte kaum ihr Schmunzeln verbergen und warf ihm einen Seitenblick zu. Es war nur … er war derselbe wie immer, ihr Lieblingsmensch, ihr *Geliebter*, und sie konnte nicht fassen, dass er auch nur im Geringsten so fühlte wie sie für ihn, egal, wie sehr er darauf bestand.

Sie versuchte es zu verstecken, die Hitze in ihrem Bauch zu verdrängen. Nach kurzem Nachdenken jedoch verband sie sich mit Kier und schob sie ihm zu.

Er wurde sofort rot und verschluckte sich am Wein. In seinem Blick erwachte ein neues, dunkles Verlangen.

»Schlechter Zeitpunkt?«, raunte er. Unterm Tisch streifte er ihren Handrücken.

»Du darfst den High Lord nicht ignorieren«, sagte Grey und setzte ein unschuldiges Lächeln auf. Damit beendete sie das Gespräch und überließ ihn wieder seinem anderen Sitznachbarn. Kier seufzte und wandte sich Scaelas zu.

Auf der anderen Seite redete Commander Reggin mit Eron, den er für Grey hielt. »Ich habe bereits Versetzungsanfragen für Euch bekommen, Hand Captain Flynn«, sagte er beiläufig, während die Bediensteten herumeilten, um das Essen zu verteilen, solange es noch heiß war.

Grey bekam große Ohren. Kier verhaspelte sich in seinem Satz.

»Wenn Ihr Interesse daran habt, weiterhin zu dienen, wird Captain Seward sicher Verständnis dafür haben.«

»Denkt darüber nach, Hand Captain«, sagte Brit voller Heiterkeit. They hatte vermutlich eins über den Durst getrunken. Grey versetzte Brit einen Tritt unter dem Tisch.

»Nein, nein, ich brauche eine Pause«, sagte Eron. Er sah Grey an, und sie seufzte – wenn sie seine Bilanz ruiniert hätte, hätte er sie direkt mit sich gerissen. »Außerdem bin ich eine Niete im Schwertkampf.«

Die Augenbrauen des Commanders schnellten nach oben. »Eure Leistungen sprechen eine ganz andere Sprache. Und ich habe einige sehr verlockende Angebote …«

Scaelas musste sich wieder Cleoc zugewandt haben, denn Kier schaltete sich in das Gespräch ein, während vor ihnen die Teller platziert wurden. »So leid es mir tut, Commander«, sagte er mit aller angemessenen Höflichkeit, »Ihr werdet meine Hand nicht bekommen.« Sein Arm wanderte auf Greys Knie, geschützt von der langen Tischdecke. »Wir haben den aktiven Dienst hinter uns gelassen.«

Hast du es Grape endlich geschrieben und gebeichtet? Wenn ihr zwei so weitermacht, dann wirst du es noch an ihrem Grab tun müssen.

Brief von Lieutenant Lotrain Seward an Lieutenant Kiernan Seward, neun Jahre nach der Vernichtung

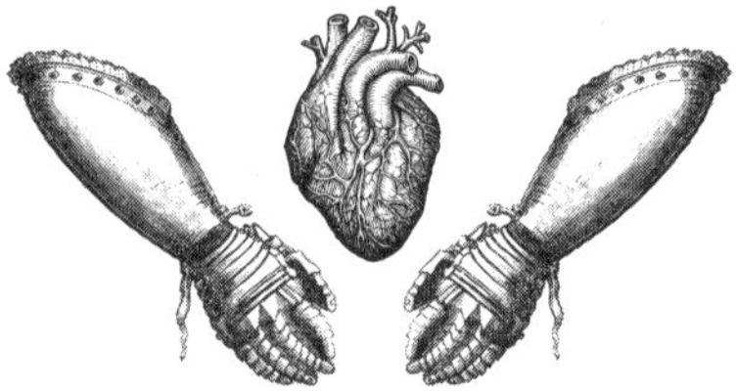

Neunzehn

Nach dem Abendessen ertrug Grey eine ganz besonders langweilige (und vielleicht auch etwas spitzzüngige) Unterhaltung mit dem Commander darüber, wie wichtig Anstand war, und tat dabei ihr Bestes, um Master Pickett aus dem Weg zu gehen, der einem anderen Befehlshaber gegenüber kommentierte, er müsse die verehrte Hand von Captain Seward wohl, was Erscheinung, Haarfarbe und Geschlecht betraf, in falscher Erinnerung haben – obwohl sich zwei dieser drei Merkmale natürlich verändert haben könnten, wie er bemerkte. Mehr als einmal sah sie auf und erkannte, dass der High Lord den Blick auf sie gerichtet hatte, den Mund hinter seinem roten Bart zu einer grimmigen Linie verzogen. Als der Tanz begann, hatte sie es satt – sie quälte sich durch einen Walzer mit Eron, bevor sie alle Vorsicht in den Wind schlug und zu Kier ging, um ihn vor seinen Verehrerinnen zu retten.

Es dauerte einen Moment, bis sie den Kreis durchbrochen hatte und ihn in der Mitte vorfand, in jeder Hand ein Glas mit perlendem Wein. »Captain«, rief sie, die Augen respektvoll niedergeschlagen.

»Officer Fastria«, sagte Kier. Er reichte ihr eines der beiden halb ausgetrunkenen Gläser, und als sie es entgegennahm, strich sie sanft über seine Fingerknöchel und ließ den Blick kurz zur Tür huschen.

»Ich glaube, Ihr habt noch etwas für die High Lady zu erledigen?«

»Ach ja«, sagte er und löste sich aalglatt aus der Konversation um ihn herum. »Ich habe versprochen, mit ihr zu sprechen. Wenn Ihr mich entschuldigen würdet …«

Sie entkamen aus dem Getümmel, und Kier legte sich Greys Hand in die Armbeuge. Sie fanden Ola und Eron, betrunken in einer Ecke, die zusahen, wie sich Brit mit einem Magier aus einem anderen Lager auf der Tanzfläche im Kreis drehte. Jedem von ihnen war die Sehnsucht ins Gesicht geschrieben, verschieden und doch vollkommen gleich, und Grey merkte sich dieses Detail für später.

Sie umfasste Erons Kinn. »Bitte blamier mich nicht«, flehte sie, bevor sie ihm einen Kuss auf die Wange gab.

»Das würde ich *niemals* wagen.«

»Seid vorsichtig«, lallte Ola mit ernstem Blick, als Grey wieder an Kiers Seite trat. »In jeder Hinsicht.«

»Das geht dich immer noch nichts an«, kommentierte Kier fröhlich. »Aber ich werde deinen Vorschlag in Erwägung ziehen.«

Sie glitten in die feuchte Kühle der Nacht hinaus, in der Dutzende von Kutschen warteten. Kier nannte dem Fahrer den Namen des Gasthauses, und sie ließen sich einander gegenüber in der Kabine der Kutsche nieder, die sich mit einem Ruck in Bewegung setzte. Am liebsten hätte Grey ihn an den Mantelaufschlägen gepackt und an sich gezogen, doch die Kutschkabine hatte Fenster. Oder vielleicht wollte sie ihn auch einfach noch etwas länger ansehen. Seine Miene spiegelte die Emotionen, die sie durch die Verbindung wahrnahm, etwas wie ehrfürchtiges Staunen und widerstrebende Ungeduld. Das Blut pochte ihr wild in den Wangen und im Bauch; ihr ganzer Körper war rastlos und wie elektrisiert.

Als sie das Gasthaus erreichten, stolperte Grey ins Freie, berauscht von etwas anderem als Alkohol. Es gelang ihr, die Fassung zu wahren, bis sie oben vor ihrem Zimmer standen, wo sie ungeschickt mit dem Schlüssel hantierte, bis Kier ihn ihr abnahm und ins Schloss schob.

Als sie im Zimmer waren und die Tür hinter sich abgeschlossen hatten, sahen sie einander an.

»Also«, sagte er und hängte den Schlüssel sorgfältig an den Garderobenschrank.

»Also«, sagte sie und musterte jede seiner Bewegungen.

Sie blieben voreinander stehen, und sie verstand diese Schüchternheit nicht (immerhin hatte sie schon in seinen Eingeweiden herumgewühlt und so weiter), doch nun, da sie allein waren, konnte sie dieses Gefühl einfach nicht abschütteln. Sie schnappte nach Luft, als er sich vorbeugte, um ihre Hand zu nehmen. Um sie an die Lippen zu heben und ihr einen Kuss auf die Knöchel zu hauchen.

»Ist das eher so, wie du es dir vorgestellt hast?«, fragte sie.

Kier lachte. »Grey, du bist ein Schatz jenseits aller Vorstellungskraft.«

Sie hob eine Augenbraue. »Captain Seward«, sagte sie, denn wenn sie sich erlaubte, ihm zu glauben, würde sie sich davon nicht wieder erholen. »Und dabei habe ich immer noch alle meine Kleider an.« Er wollte sie an sich ziehen, doch sie schüttelte den Kopf. »Halt still.«

Sie schob die Hände unter sein Jackett und ließ es von seinen Schultern gleiten. Grey beugte sich vor, um diese zarte Stelle an der Kante seines Kinns zu küssen, die sie vorhin so fasziniert hatte. Sie genoss sein scharfes Luftholen. Schließlich zog sie ihm das Jackett ganz aus und warf es hinter sich aufs Bett.

»Grey«, raunte er und hob die Hände an ihren Rücken, um sich an der Schnürung ihres Kleides zu schaffen zu machen.

»Hm, nein.« Sie schob ihn fort. Sie war fest entschlossen, das hier zu genießen, denn sie träumte seit Jahren davon, Kiers Körper unter ihren Händen zu fühlen. Sie würde sich die Freude, ihn ein bisschen zu quälen, nicht nehmen lassen.

Er blieb ganz still stehen, nur sein Atem ging immer schneller, als sie begann, die Knöpfe seines Hemds zu lösen. Sie strich über den Obsidianmond. Hungrig sah er sie an, die Hände an seinen Seiten zu Fäusten geballt. Er wollte sie berühren, das wusste sie genau, doch noch mehr wollte er, dass sie bekam, was sie sich wünschte.

Sie zog ihm das Hemd aus, und er spannte die Bauchmuskeln an, als sie darüber streichelte. Sie zog eine Spur aus Küssen über sein Schlüsselbein, ließ die Zunge in die Kuhle unter seiner Kehle schnellen und genoss den Laut, den er von sich gab. Jedes einzelne ihrer Gefechte war in seine festen Muskeln geschrieben, jede Schlacht zeigte sich auf seiner Haut. Sie schluckte schwer, während sie sich dies alles in Erinnerung rief, tausend Bilder seines Bluts, seiner Magie und ihrer Macht. Das alles hatte aus dem Jungen, den sie einst geliebt hatte, den Mann gemacht, den sie nun unter ihren Händen spürte.

»Bin ich auch mal dran?«, fragte er amüsiert, als sie über seine breite Brust strich, die Spur der feinen dunklen Härchen unter seinem Nabel nachzeichnete, die Narben auf seinem Bauch.

»Wenn du brav bist«, sagte sie und strich mit dem Daumen über seine Brustwarze, um sein Keuchen im selben Moment mit einem Kuss zu verschlucken. Wie kostbar es war, diesen Laut von ihm hören zu dürfen – zu wissen, dass er sie wollte und nur sie allein.

»Grey«, murmelte er, den Mund ganz dicht an ihrem.

Sie biss ihm in die Unterlippe. »Du bist dran.«

Kier verlor keine Zeit und drückte sie fest an sich. Mit großer Entschiedenheit löste er die Schnürung ihres Kleides in Rekordzeit, dann schob er es ihr über die Schultern, woraufhin der Stoff hinabglitt und sich um ihre Füße bauschte. Sie vergrub eine Hand in seinem Haar und legte ihm die andere auf die Schulter, zum Teil, um sich irgendwo festzuhalten, denn ihre Knie wurden immer weicher, je aufreizender seine Zunge über ihre strich.

Er trug immer noch zu viele Kleider, was wirklich einer Katastrophe gleichkam, also machte sie sich an der Schnürung seiner Hose zu schaffen, während er sie aus ihrem Unterkleid befreite.

Lachend unterbrach er den Kuss, dann sah er sie wieder an, und die reine Bewunderung auf seinem Gesicht verschlug ihr den Atem.

Sie kämpfte den instinktiven Impuls nieder, sich zu bedecken, stattdessen straffte sie die Schultern und legte ihm die Arme um den Hals. Er betrachtete sie, als hätte er ihre nackte Haut nicht schon tausendmal gesehen, jeden Tag, unter den verschiedensten Umständen. Als wäre das alles neu – als wüsste er nicht, welche Form die Narbe unter ihren Rippen hatte oder wie die Linien ihres Körpers verliefen. Fast ehrfürchtig legte er die Hand um eine ihrer Brüste und strich mit dem Daumen darüber, hin und her, bis sich eine fast schmerzliche Spannung in ihr aufbaute.

Als sie ihn dieses Mal küsste, lag eine neue Form der Dringlichkeit darin. Er taumelte, schob sie in Richtung Fenster – dessen Vorhänge er dankenswerterweise zugezogen hatte, bevor sie gegangen waren, denn sonst hätte jeder, der sich gerade im Garten aufhielt, eine ziemlich eindrucksvolle Vorstellung geliefert bekommen – und hob sie auf die breite Fensterbank. Ihr Rücken drückte gegen den Vorhangstoff. Er rollte mit der Hüfte nach vorn, stieß gegen sie, obwohl immer noch zu viele Stoffschichten zwischen ihnen waren. Doch sie fühlte seine Härte an ihrem Körper, und sie stöhnte, die Lippen fest auf seinen Mund gedrückt.

Er hielt inne und löste sich gerade weit genug von ihr, um sie sehen zu können. Mit beiden Händen umschloss er ihr Gesicht. »Ist es das, was du willst?«

Sie zog seinen Kopf zu sich herunter, damit sie ihm zart ins Ohr beißen konnte. »Es ist das *Einzige,* was ich will.«

Er lachte, und es klang warm und erleichtert, dann zögerte er jedoch einen Moment, und gerade als sie ihn fragen wollte, ob alles in Ordnung war, wandte er sich ihrer Tasche zu, um darin herumzukramen, ihren Arzneibeutel herauszuholen und aus schmalen Augen die Etiketten auf den Fläschchen und Tiegeln zu lesen. Schließlich schüttete er etwas von den Kräutern zur Empfängnisverhütung in seine Hand, schluckte sie und trank etwas Wasser hinterher. Bei dem bitteren Geschmack verzog er das Gesicht. Sie nahm seine Hand und holte ihn wieder zu sich, wobei sie nur kurz innehielt, um ihn ins Schlüsselbein zu beißen. »Danke.«

»Ola hat mich daran erinnert«, sagte er und streichelte ihr mit beiden Händen über den Rücken, was sie am ganzen Körper erbeben ließ.

»Bitte« – sie küsste ihn auf den Mund – »lass Ola hier aus dem Spiel.«

Wieder lachte er warm und offen, dann strich er über den Saum ihrer Unterwäsche. »Darf ich?«

»Bitte.«

Er hakte den Daumen ein und zog ihr das Höschen hinunter, wobei er ihr über die Beine streichelte. Einen Moment lang ruhten seine Handfläche auf ihren Schenkeln, dann spreizte er sie vorsichtig.

»Kier …« Sie griff nach ihm, doch er ließ sich vor ihr auf die Knie sinken und küsste die Innenseite ihrer Schenkel. Sie keuchte und schob eine Hand in sein Haar.

»Davon habe ich früher immer geträumt«, murmelte er gegen ihre Haut und legte sich ihre Beine über die Schultern.

»Früher?«, brachte sie mühsam heraus, während er eine Hand von den Knien bis zu ihrer Hüfte gleiten ließ. Sie ließ unerwähnt, dass auch sie sich dies vorgestellt hatte – sie konnte ihre Schüchternheit immer noch nicht abschütteln, obwohl sie das Verlangen in seinen Augen gelesen hatte. Doch es war schwer zu glauben, dass er jahrelang an ihrer Seite geschlafen hatte und immer in ihrer Nähe gewesen war, während er auf diese Art an sie gedacht, sogar von ihr *geträumt* hatte. Und trotzdem hatte sich zwischen ihnen nie etwas verändert – bis jetzt.

»Mmh. Als ich noch jünger war und dachte, ich könnte mir vorstellen, wie du schmeckst.«

Grey errötete, trotz allem verlegen. Mit ihren früheren Geliebten hatte sie nie groß geredet – dabei war es eher um Erleichterung gegangen, eine Form der gegenseitigen Bedürfnisbefriedigung, keine echte Liebe oder Zuneigung. Keinem von ihnen war sie sonderlich wichtig gewesen – nicht so. »Wie lange?«

Er strich mit der Nase über ihre Haut und seufzte. »Ach, nur fast zehn Jahre.«

Was für furchtbare Dummköpfe sie doch waren! Diese ganze Zeit über hätten sie mit *dem hier* verbringen können.

Zischend sog sie die Luft ein, als er sie zwischen den Beinen küsste, sie zärtlich biss und nicht aufhörte, bis sie den Kopf nach hinten sinken ließ.

»Wie ist der Vergleich?«, brachte sie irgendwie heraus, obwohl eine lautlose Supernova ihren Verstand fortzufegen drohte. Es war … es war so magisch wie die Macht in ihr. Es fühlte sich besser an als die aufsteigende Hitze, wenn sie die Macht um sich herum fühlte und durch die Verbindung an sich zog.

Kier lehnte sich leicht zurück und küsste sie auf die Hüfte. »Im echten Leben ist es unendlich viel besser.«

Es war einfach … Da senkte er den Kopf erneut, während er weiter ihre Hüfte umfasst hielt. Er reagierte auf jedes Keuchen, jedes Atemholen. Er war so selbstbewusst, sich seiner Sache so sicher. Er war noch nie auf diese Art mit ihr zusammen gewesen, doch er *kannte* sie. Er kannte sie besser als sie sich selbst. Jede seiner Bewegungen war genau richtig in genau dem richtigen Moment, als hätten ihn all seine Träume über seinen Mund und seine Hände auf ihrem Körper perfekt darauf vorbereitet, ihr so viel Lust wie nur möglich zu bereiten. Grey wurde davon erfasst wie von einer Flutwelle. Der Griff seiner Hände und das sanfte Raunen seiner Stimme, seine Verehrung, während die Spannung in ihrem Bauch unter seiner Berührung immer weiter wuchs. Sie spürte, wie sich die Lust aufbaute, immer weiter, wie sich der Abgrund vor ihr auftat, bis Kier etwas sehr Cleveres mit seiner Zunge anstellte und sie damit über die Klippe trieb. Sie ballte die Hände in seinem Haar zu Fäusten, doch er ließ sie nicht los.

Es war einfach … Mit stählerner Entschlossenheit erhob er sich vor ihr, und da begriff sie, dass er immer noch seine Hose anhatte – was wirklich ein *Verbrechen* war –, und als sie ihn berühren wollte, sagte er »Bitte« in einem so wunderschönen Tonfall, doch sie stieß ihn zurück, um aufstehen zu können. Dann machte sie kurzen Prozess mit seinen verbliebenen Kleidern und drückte ihn auf den Stuhl, auf dem er vorhin gesessen hatte. Sie fühlte seinen Blick, glühend wie Lava, auf sich, als sie sich über ihn stellte. Kier mochte seine eigenen Fantasien gehabt haben, doch sie hatte von *dem* hier geträumt: ihn zu erobern, zuzusehen, wie das Braun seiner Augen warm wurde und zu zerfließen schien, während er in aufgeladenem Schweigen darauf wartete, bis sie ihn nahm.

Langsam ließ sie sich rittlings auf seinem Schoß nieder, rahmte mit den Knien seine Hüften ein. Flatternd schlossen sich seine Lider, als sie ihn streichelte, als sie sich die samtige Weichheit seiner Haut einprägte, seine Wärme.

»Bitte«, keuchte er wieder, die Augen fast schwarz, als er sie wieder öffnete und sie ansah.

Es war einfach … Als sie ihn mit einer Hand positionierte und sich mit der anderen auf seiner Schulter abstützte, als sie sich langsam auf ihn sinken ließ und er begann, sich in ihr zu bewegen, war es, als würde sich die Verdingung zwischen ihnen straffen, verdoppeln, als würde sie explodieren und nur ein goldenes Flackern zurücklassen.

»Grey«, seufzte er. Ihr Name, kaum mehr als ein Atemhauch. Sie fühlte, wie ihre Macht durch die Verbindung floss, ohne dass sie etwas daran ändern konnte. Sie beherrschte und hatte zugleich alle Kontrolle verloren, sie war vollkommen ausgefüllt und brauchte doch immer mehr von ihm, so viel, wie sie nur kriegen konnte, so schnell wie möglich.

Sie bewegte sich auf ihm, langsam zuerst, um sich an das Gefühl, ihn in sich zu spüren, zu gewöhnen. Er umfasste ihre Taille, ohne den Blick jemals von ihrem Gesicht zu nehmen, als könnte er sich an ihr nicht sattsehen. Grey konnte kaum noch denken, als er die Bewegung übernahm, von unten heraufstieß. Sie beugte sich vor, um ihn zu küssen, nahm seine Unterlippe zwischen die Zähne. Sein Griff wurde fester, und sie ließ die Hüfte gegen ihn rollen, wurde allmählich schneller.

»Du bist alles, was ich jemals wollte.« Er drückte seine Stirn an ihre.

Sie verlagerte ihr Gewicht, gab sich selbst mehr Raum, um sich zu bewegen, und er schmiegte das Gesicht an ihren Hals und küsste ihre Schulter, bis nicht einmal das nah genug war. Sie schickte ihm eine Welle der Macht, fühlte das Echo seiner Magie über ihre Haut prickeln. Er packte ihre Hüfte, hob sie von seinem Schoß, stand auf und trieb sie rückwärts zur Fensterbank. Sie keuchte, als er wieder in sie eindrang, aus einem anderen Winkel dieses Mal, und er hielt inne, damit sie sich an dieses Gefühl gewöhnen konnte.

»*Ja*«, stöhnte sie und biss ihn in die Schulter. Sie schlang ihm die Beine um die Taille, und er schob eine Hand zwischen ihre Schenkel, um dort mit dem Daumen zu kreisen. Sie fühlte die Verbindung in sich, die sie zu verschlingen, zu verbrennen schien. »Kier, ich …«

»Lass mich«, flüsterte er in ihr Haar.

Er verstärkte den Druck, bis sie nicht mehr denken konnte: Sie bestand nur noch aus Lust und Verlangen und sonst nichts. Dann schlug die Welle über ihr zusammen, zog sie in die Tiefe, und sie zerbarst mit fast so etwas wie einem Schluchzen. Kier gab einen tiefen kehligen Laut von sich, als er den Rhythmus unterbrach und in ihr kam.

Sie rührte sich nicht. Sie *konnte* es nicht. Seine Fingerspitzen strichen sacht über ihren Rücken, und ihr beider Atem ging unregelmäßig und zugleich synchron, während sie langsam wieder zu sich kamen.

Sie küsste ihn auf die Schläfe, eindringlich, rau. »Antrag angenommen«, murmelte sie in sein feuchtes Haar.

»Was?«

Sie lehnte sich zurück, um sein Gesicht sehen zu können – er war immer noch in ihr, und sie fühlte immer noch das Nachbeben dessen, was er mit ihr gemacht hatte. »Herzlichen Glückwunsch. Du bist der erste Bürger von Locke.«

Er lachte und ließ den Kopf wieder an ihre Schulter sinken. »Es ist mir eine Ehre«, versicherte er und beugte sich vor, um zärtlich in die rosa Knospe ihrer Brust zu beißen. »Ich gehöre Euch, Mylady.«

Die Zeit schien träge wie Sirup dahinzufließen. Sie wuschen sich im Badezimmer, dann zog sie sich sein Hemd an und kroch ins Bett. Er streckte sich neben ihr aus, immer noch nackt und ungeniert. Er streichelte ihr über die Hüfte, die Taille, den Oberschenkel, als wollte er versuchen, sich durch diese Berührung jeden Teil von ihr einzuprägen. Sie redeten über alles und nichts wie an jedem anderen Tag, doch dann beugte sie sich vor und küsste ihn, und er war da, warm und sicher und genauso begierig. Kurz darauf war er über ihr, auf die Ellbogen gestützt, und sie schlang die Beine um seine Hüfte, während er wieder in sie sank.

Es war nicht so, wie sie es sich vorgestellt hatte – wenn sie sich erlaubt hatte, es sich auszumalen. Er war selbstsicherer, als sie erwartet hatte, gleichzeitig überließ er ihr mehr als gern die Führung, ließ sich von ihr tief in die Kissen drücken und passte sich ihrem Rhythmus an. Es war kein Kampf um Vorherrschaft, es war eher eine Art Verstehen. Er war so tief in ihr, wie es nur ging, bis sie sein Kinn umfasste und ihm eine weitere Woge der Macht schickte. Obwohl sie früher mit anderen Partnern nie die Führung übernommen hatte, liebte sie es, ihn zu kontrollieren. Sie liebte das Wissen, dass jedes leise Keuchen, jedes scharfe Nach-Luft-Schnappen ihr Werk war. Dass jedes noch so profane Wort von seinen Lippen ihr gehörte.

Danach lagen sie einander zugewandt still nebeneinander. Sie war so träge und zufrieden, dass sie kaum noch die Augen offen halten konnte. Er war zu warm, als dass sie sich an ihn hätte kuscheln können – Kiers Haut fühlte sich immer ziemlich heiß an –, doch zwischen ihnen lagen ihre ineinander verschränkten Hände. Ihm schien es nichts auszumachen, dass sie einfach nicht stillhalten konnte und sich ständig aus dem Griff löste, nur um die Finger gleich wieder zwischen seine zu schieben.

»Wohin gehen wir zuerst?«, fragte sie. Mittlerweile war es längst dunkel, doch keiner von ihnen beiden hatte sich die Mühe gemacht, ein Licht anzuzünden, abgesehen von dem kleinen goldenen Magielicht, das Kier heraufbeschworen hatte und das den Großteil des Raums den Schatten überließ. Trotzdem konnte sie jede Linie seines Gesichts erkennen, wenn auch hauptsächlich deswegen, weil sie es so gut kannte. Sie hob die freie Hand, um mit dem kleinen Finger über die Narbe zu streichen, die seinen Mund immer Dinge tun ließ, die er eigentlich nicht tun sollte. Er wandte den Kopf, um ihre Handfläche zu küssen.

»Erst nach Hause, denke ich«, antwortete er. »Wenn es dir nichts ausmacht. Es ist schon eine Weile her. Ich würde Lot gern besuchen.«

Sie nickte. Jedes Mal, wenn sie nach Hause kamen, küsste Kier seine Ma und seine Mum und ging dann schweigend hinaus in den Garten, um sich am Fuß des Baums hinzuknien und die Hand auf Lots Namen auf dem Stamm zu legen. So verharrte er endlos lange, redete leise mit seinem Bruder und erzählte ihm alles, was in den Monaten seit seinem letzten Besuch geschehen war. Von ihrem ersten Besuch an Lots Grab damals wusste Grey, dass Kier bei dieser Gelegenheit allein sein musste, um sich alles von der Seele zu reden. In den darauffolgenden Tagen saß sie neben ihm und streichelte sacht durch das Gras, während sie mit Lot sprachen, so wie sie sonst durch Kiers Haar streichelte, wenn sie zusammen in der Sonne lagen.

»Und außerdem hat Mum mich darum gebeten«, sagte er. »Ma geht es nicht gut – wir sollten wenigstens ein paar Wochen dort verbringen. Uns ein bisschen erholen. Pläne schmieden.«

»Ich wollte Imarta schreiben.« Die altbekannten Schuldgefühle stiegen in Grey auf – doch es war leicht, ihre Beziehung wieder aufzunehmen, wenn sie einander wiedersahen. Jedes Mal, wenn Grey zurückkehrte, sah ihre Adoptivmutter auf, sobald Grey eintrat, und sagte nur: »Und? Wie geht es dir? Keine Beschönigungen, bitte« (obwohl es natürlich immer Beschönigungen gab, sie waren notwendig). Und dann überschüttete sie Grey mit Fürsorge, bis sie wieder ging.

»Ich habe ihr einen Brief geschickt«, sagte Kier. »Bevor wir das Lager verlassen haben.«

»Natürlich.« Er war schon immer das bessere Adoptivkind gewesen.

»Und dann?« Ehrliche Neugier schwang in seiner Stimme mit.

Grey seufzte. *Und dann.* Sie rollte sich auf den Rücken und starrte zur Decke hinauf. »Und dann werden wir wohl ein Boot brauchen.«

»Ich glaube, wir werden mehr als ein Boot brauchen«, warf Kier vorsichtig ein.

»Ich weiß nicht, was genau wir tun müssen«, gestand Grey.

»Das ist mir klar. Aber wir haben Zeit, um es herauszufinden«, versicherte Kier. »Du bist doch sicher, dass die Insel wirklich nicht einfach komplett … explodiert ist?«

»Es gab ein paar Explosionen. Von der schieren Wucht der Macht. Aber nein, ich glaube nicht. Locke ist irgendwo dort draußen im Meer und wartet darauf, dass ich zurückkomme.«

Darüber dachte Kier nach. »Vielleicht wird sich irgendetwas richtig anfühlen, wenn wir erst dort sind. Oder vielleicht werden dir deine Götter die Antwort geben.«

»Vielleicht.« Sie schloss die Augen, doch jede Schläfrigkeit wurde von den Bildern vertrieben, die nun in ihrer Erinnerung an die Oberfläche stiegen. Sie bezweifelte ernsthaft, dass ihre Götter noch irgendetwas mit ihr zu tun haben wollten. »Du hast mich nie gefragt, wie es passiert ist. Nicht mal, seit du weißt … zu was ich fähig bin. Du hast nie gefragt, wie ich es getan habe.«

Er schwieg einen Moment. »Ich dachte nicht, dass mir das zusteht.«

»Und es hat für dich nichts verändert? Das Wissen, dass ich es war, die Locke vernichtet hat?« Sie schlug die Augen auf und starrte zur Decke hinauf, erinnerte sich daran, wie sie Severins Hand gepackt, wie sie beide gerannt waren. Gerannt, gerannt.

»Ich glaube, ich habe es immer gewusst.«

Sie erinnerte sich an den Schweiß auf ihrem Rücken und an den Geruch von brennendem Holz, brennendem Fleisch, brennendem Haar – alles hatte in Flammen gestanden, auf dem Weg hinauf in den Geisterwald. Dann waren sie im Keller gewesen, und sie hatte das Feuer nicht mehr sehen können.

»Du hast mich immer schon für so niederträchtig gehalten?

Genug, um meine ganze Familie zu töten? Mein Zuhause zu vernichten?«

Er rollte sich ebenfalls auf den Rücken und zog sie an seine Brust. Federleicht streichelte er über ihre Wange. »Nein«, widersprach er. »Ich wusste, dass du eine Überlebenskämpferin bist.«

Sie musterte sein Gesicht, unsicher, wonach sie eigentlich suchte. »Mein Vater wollte, dass Severin eine Wahl hat«, erklärte sie, und die Worte gingen ihr schwer über die Lippen. »Sie haben versucht, uns zu beschützen, unsere Eltern zu beschützen, als alles so furchtbar schiefgegangen ist … Eprain hat eine Bewerberin geschickt, aber sie war nur ein verschleierter Tod. Ich erinnere mich noch an sie. Serverin hat sie eigenhändig getötet, und ich kann mir gar nicht vorstellen, wie …« Bebend holte sie Luft. »Locke, meine Mutter, sie hat sich erhoben wie ein Sturm, um sich ihnen entgegenzustellen, doch es war zu spät, sie haben Bruchlilien verwendet, um die Verbindungen zu trennen.«

»Grey.« Er sagte es so zärtlich, dass es wehtat. »Du musst mir das alles nicht erzählen.«

Sie fühlte die Tränen auf ihren Wangen, heiß und unaufhörlich. Sie wusste nicht mehr, wann sie das letzte Mal geweint hatte. »Ich erinnere mich noch an den Klang. Ihre Stiefel. Ich erinnere mich an ihr Blut. An Sevs Hände – er hat mich so fest gehalten, dass ich blaue Flecken davon bekommen habe. Das Einzige, was mir von ihm geblieben ist, nachdem ich es bis nach Scaela geschafft hatte. Ich weiß, dass alle glauben, es wäre meine Mutter gewesen, die Locke vernichtet hat, aber mein Vater und sie waren da längst tot. Ich habe es gespürt, als sie gestorben sind, als würden helle lodernde Fackeln erlöschen. Und ich glaube … ich glaube, Sev wusste, was er da tat. Was es kosten würde.«

»Du warst bereits Locke«, begriff Kier.

Sie nickte. »Und Severin wusste, was wir zusammen ausrichten konnten. Also hat er mich angewiesen, den Quellen um mich herum und der Insel selbst so viel Macht zu entziehen, wie ich nur konnte. Er hat mich abgeschirmt, und ich habe die Macht explodieren lassen. Es war die einzige Möglichkeit, Locke zu retten:

es vollkommen unterzutauchen. Sie alle – Severin, Mam, Pa und meine Großmutter –, sie sind alle gestorben, damit ich leben konnte.«

Kier wischte ihr die Tränen fort, bevor sie sich in ihrem Haar sammeln konnten. »Sie haben es getan, weil sie dich geliebt haben, Grey.«

Sie sah auf, in sein Gesicht, und streichelte ihm über die Schläfe. »Aber das ist nicht die Art von Liebe, die ich will. Ich will kein Opfer. Ich will nicht, dass noch jemand für mich stirbt.«

Ich will nicht, dass du für mich stirbst, sagte sie nicht.

Er beugte sich vor, um sie zu küssen, zart und süß. »Ich würde mich mit Freude für dich opfern, Flynn. Jederzeit.« Er hatte sie durchschaut.

Sie legte ihm die Hand in den Nacken, umfasste seinen Kopf. »Du Dummkopf«, sagte sie behutsam. »Aber wenn du dich unbedingt für mich in Gefahr bringen willst … Ich will nicht, dass du mein Magier bist.« Seine Miene wurde argwöhnisch. »Nein – nicht so.«

»Grey?«

Sie rutschte näher an ihn heran und legte ihm ein Bein über die Hüfte, woraufhin er ihren Oberschenkel umfasste. »Ich will, dass du mein Commander wirst, Kier. Falls wir die Insel wiederauferstehen lassen können, dann will ich dafür sorgen, dass sie wieder sicher ist, und ich will, dass du das übernimmst.«

Er betrachtete ihr Gesicht. »Du könntest dir jeden Commander oder Master aussuchen, den du willst, sie werden kommen«, sagte er vorsichtig. »Wenn du sie nimmst. Du könntest dir deine Leute aus Cleoc Strata aussuchen, aus Scaela – Götter, sogar aus Nestria, wenn es einen Vertrag bedeuten würde.«

Sie schüttelte den Kopf. »Das ist mir egal. Ich traue ihnen nicht. Ich traue niemandem auf der Welt so sehr wie dir.«

Er beugte sich vor, um sie zu küssen. »Ich trage deinen Namen bereits in meinem Herzen, Locke«, sagte er. »Es wäre mir eine große Ehre, auch dein Banner tragen zu dürfen.«

»Willst du nicht erst darüber nachdenken?«

»Nein.«

Sie rieb die Nase sacht über seine Brust und genoss es, dass sie einfach hier sein konnte, bei ihm, Haut an Haut, seine Arme um sie. »Wahrscheinlich ist das nicht gerade die Idealvorstellung eines Lebens nach dem Dienst.«

Er seufzte, leidgeprüft wie immer, dann zog er ihren Kopf an seine Brust. »Wir wussten beide, dass unsere Freiheit nicht lange andauern würde.«

»Ein Held und ein Genie, Seward.«

»Ich habe noch andere Talente, abgesehen von meiner Tapferkeit und meinem Intellekt, weißt du?«

Verspielt biss ihm Grey ins Schlüsselbein. »Ach? Kannst du mir das demonstrieren?«

Er zögerte, als würde er darüber nachdenken. »Bekomme ich eine Gehaltserhöhung?«

»Wir haben ja noch nicht mal ein Gehalt vereinbart.«

Er strich ihr über die Hüfte. »*Noch* nicht.«

Sie schnaubte. »Bestechung hat dir noch nie gut gestanden.« Aber im Grunde hatte sie gegen seine Methoden nichts einzuwenden.

Es tut mir leid, Mylord. Wir sind zu spät gekommen – sie hatten Lady Wren schon gefunden und getötet. Sie und ihre Jungen und ihren ganzen Haushalt. Mit diesem Brief schicke ich Euch ihren Mantel mit dem Wappen ihres Hauses. Ich werde dafür sorgen, dass ihr Leichnam sicher überbracht und zur Ruhe gebettet wird, so wie es ihrem Brauch entspricht.

Brief von Ikaaron Plides, scaelischer Botschafter in Nestria, an Scaelas, zwei Tage nach der Vernichtung

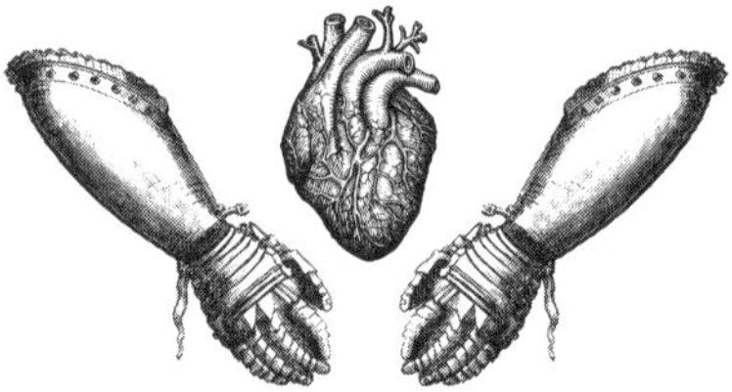

Zwanzig

In den frühen Morgenstunden wurde Grey grob aus dem Schlaf gerissen, weil ihr etwas Raues und Nasses ins Gesicht gedrückt wurde. Sie schnappte nach Luft und riss den Kopf zurück, doch dann packte eine Hand ihr Haar, und sie roch etwas Grässliches wie Galle.

Sie kannte diesen Gestank. Es roch nach dem Tod der Insel, nach Schreien in ihren Ohren, nach dem Ende.

»Kier?«, wollte sie rufen.

Irgendwo im Raum gab es ein Geräusch, einen gedämpften Aufschrei – sie konnte nichts erkennen, nur Umrisse im Dunkeln, und einer davon drückte ihr das Tuch auf den Mund. Der Geruch ließ etwas Animalisches und Wütendes in ihr aufsteigen. Sie kämpfte, doch die Hände, die sie hielten, waren stark. Sie biss zu, ihre Zähne sanken durch den Stoff in etwas Fleischiges. Sie hörte jemanden fluchen, dann wurde die Hand zurückgerissen. Sie setzte sich auf, schlug um sich, tastete nach ihrem Dolch unter dem Kissen, bis sich ihre Finger um den Griff schlossen. Sie wütete und tobte.

Ihre Augen tränten, sie sah alles verschwommen, konnte nichts erkennen – und sie konnte Kier nicht fühlen. Sie konnte ihn nicht neben sich spüren, und er tastete auch nicht durch die Verbindung nach ihrer Macht. Die Verbindung, die sie mit derselben Selbstverständlichkeit verband, mit der sie atmete.

Sie ließ den Dolch durch die Luft zischen und traf auf Fleisch, heißes Blut lief ihr über die Hände. Es waren drei Schatten, die groß über ihr aufragten. Und da waren noch mehr im Raum, die sie nicht sehen konnte.

»Sie ist bewaffnet«, rief einer von ihnen.

»Niemand hat gesagt, dass sie *zusammen* sind«, zischte ein anderer wütend. Sie hörte einen abgewürgten Laut, ein halbes Keuchen, dann etwas Hartes, das auf Haut und Knochen traf. Sie kannte das Timbre dieser Stimme, auch wenn sie noch niemals ein solches Geräusch von ihm vernommen hatte. *Kier.*

Grey wehrte sich. Sie schwang das Messer, traf mehr als einmal, bejubelte das Blut, das sie ihre Angreifer kostete. Das Tuch vor ihrem Gesicht war verschwunden, doch der Schaden war längst angerichtet – sosehr sie es auch versuchte, sie konnte die Verbindung nicht aufbauen, sie konnte Kier nicht fühlen, auch wenn sie ihn kämpfen hörte, genauso, wie sie kämpfte.

Sie kannte diesen Geruch. Man hatte sie mit Bruchlilien außer Gefecht gesetzt, Blumen, die man in Eprain entdeckt hatte und wegen ihrer Eigenschaft anbaute, Magie zu dämpfen, was es einem Magier unmöglich machte, aus seiner Quelle zu schöpfen.

Genau mit dieser Droge, mit diesem *Gift* hatte Eprain damals auf Locke sämtliche Verbindungen zwischen Magiern und Quellen gekappt. Genau mit diesem Gift hatten sie verhindert, dass die High Lady die Zerstörung spürte, die sie brachten.

Doch die Männer um sie herum sprachen weder mit dem schnellen, knappen Akzent der Eprainer noch mit dem Singsang der Scaelaner – ihre Aussprache klang breit und flach. Wie in Luthar oder Cleoc Strata, aber Grey wusste nicht, was von beidem. Die anderen im Raum waren entweder magisch unbegabt und blieben deshalb unbeeindruckt von dem schwindelerregenden Geruch, oder sie waren auch ohne ihre Kräfte starke Kämpfer – ein Hauch von Bruchlilie reichte aus, um jede Verbindung in der näheren Umgebung wenigstens ein paar Minuten lang zu unterbrechen. Diese Droge war für Extremsituationen reserviert.

Vielleicht war das ein Trost, dachte Grey, während sie sich verzweifelt wehrte, dass man Kier und sie als Extremsituation betrachtete.

Dann spürte sie ein Knie in ihrem Rücken, das sie schwer nach unten drückte. Finger an dieser empfindlichen Stelle an ihrem Hals, woraufhin ihr Punkte vor den Augen tanzten. Jemand packte ihre Handgelenke.

»Hör auf zu kämpfen«, knurrte ihr jemand ins Ohr. »Oder ich töte dich.«

Sie schmeckte Blut und Bitterkeit. »Dann töte mich«, fauchte sie und holte wieder mit dem Dolch aus. Das Letzte, was sie sah, war ein grimmiges Gesicht durch ihre strömenden Tränen und den Umriss ihres Magiers auf den Knien in einer Ecke des Raums, mit einem Messer an der Kehle.

Dann wurde alles schwarz.

Als Grey wieder zu sich kam, wusste sie nicht, wie viel Zeit vergangen war. Der Geruch der Bruchlilien klebte ihr auf der Zunge. Ihre Sinne waren gedämpft, und sie konnte Kier immer noch nicht fühlen. Aber wenigstens konnte sie etwas sehen. Sie würgte an dem Knebel in ihrem Mund, der ihr auf die Zunge drückte. In ihrem Mund war zu viel Speichel, und ihr Kinn war nass von Spucke und Blut. Der Knebel selbst war mit der bitteren Blumenlösung durchtränkt worden.

Man hatte ihr die Hände auf dem Rücken gefesselt, und das Seil schnitt ihr in die Haut. Auch ihre Füße waren gefesselt, doch darin hatte sie schon längst kein Gefühl mehr. Sie saß seltsam schief da, den Kopf auf eine Schulter gelegt. Jetzt fuhr sie mit einem Ruck hoch und wurde richtig wach.

»Mmph.« Sie versuchte, diesen Laut zuzuordnen. Er kam von Ola, die neben ihr saß, ebenfalls gefesselt, mit einem üblen Kratzer, der sich von ihrer Schläfe bis zu ihrem Scheitel hinaufzog, gezackt und blutig. Ihre Augenbrauen waren blutverkrustet, genau wie eine Seite ihres Gesichts. Hinter Ola sah sie Brit. Sie befanden sich in einem schmalen steinernen Raum. Kalt und feucht. Sie ließ den Blick umherschweifen – Eron saß direkt vor ihr, und da war Kier …

Kier.

Er lag auf der Seite und war ebenfalls gefesselt. Er trug nur seine Hose. Sein Gesicht war erschlafft, und er war über und über voll Blut – einen schrecklichen Moment lang fürchtete sie schon, er wäre tot, bis er rasselnd und ruckartig einatmete. Aus den Blutergüssen an seinem Oberkörper schloss sie, dass er sich mindestens eine Rippe gebrochen hatte.

Grey selbst trug Kiers Hemd und ihre eigene Unterwäsche – ihre Entführer hatten sich nicht die Mühe gemacht, ihnen Mäntel oder Decken zu geben, obwohl ihnen die Kälte in diesem Steinverlies bis auf die Knochen drang.

Da sie nun einmal Heilerin war, versuchte sie sich an einer Diagnose: Olas Wunde war hässlich, aber hoffentlich nicht lebensbedrohlich; Eron blutete aus einer Wunde am Arm und hatte ein blaues Auge, doch sonst nichts. Brit schien es abgesehen von ein paar Kratzern gut zu gehen. Sie konnte nicht erkennen, warum Kier bewusstlos war, was ihr Sorgen machte – wenn man ihn getreten hatte, bis er zusammengebrochen war, dann bestand die Gefahr einer Gehirnerschütterung oder eines Hirnschadens, und diesen Gedanken ertrug sie nicht, ohne in Panik zu geraten. Es war auch möglich, dass man ihn auf andere Weise außer Gefecht gesetzt hatte, doch sie konnte es nicht mit Sicherheit sagen, ohne ihn untersucht zu haben.

Was sie selbst betraf, blieb ihre Untersuchung kurz: Etwas hatte sie hart auf die Wange getroffen, und sie fühlte eine heiße, wütende Schwellung auf der linken Seite ihres Gesichts. Die Bruchlilie lag ihr schwer im Magen und bitter auf der Zunge, aber abgesehen davon war sie in Ordnung. Als sie die Hände zu Fäusten ballte, fühlte sie die Blutkruste darauf aufreißen, doch sie glaubte nicht, dass es ihr eigenes Blut war.

Es gelang ihr, sich genauer umzusehen. In einer Ecke gab es

eine in Dunkelheit gehüllte Tür, die zu beiden Seiten von still dastehenden Wächtern flankiert wurden. Ein hohes Fenster ließ etwas Licht in den Raum, doch es war unmöglich zu erreichen und außerdem vergittert.

Sie sah Ola an, die ihren Blick erwiderte, als könnte sie Greys Gedanken lesen, dann schüttelte sie den Kopf. Hier gab es kein Entkommen. Mit Bruchlilie auf der Zunge konnte sich keine von ihnen verbinden – und dass Kier bewusstlos war, machte Grey ohnehin nutzlos.

Kier. Sie konnte den Blick einfach nicht von ihm abwenden, und ihr Schrecken wuchs.

Sie wusste nicht, wie lange sie schon gefesselt in diesem feuchten, dunklen Raum lagen. Sie versuchte, näher an Ola heranzurücken, um die Fesseln der anderen Quelle lösen zu können, doch sie waren so festgezogen, dass sich dies als unmöglich erwies. Und als einer der Soldaten an der Tür sah, wie sie sich bewegte, kam er zu ihr und trat sie in die Rippen.

Sie steckte den Schlag ein und versuchte es kein weiteres Mal. Sie verfluchte sich selbst dafür, dass sie in ihrer Achtsamkeit nachgelassen hatte. Dass sie mit nur einem einzigen Dolch unter dem Kissen eingeschlafen war, dass sie nicht aufgewacht war, als man Kier neben ihr aus dem Bett gerissen haben musste. In ihrem ganzen Leben hatte sie noch nie so tief geschlafen – Kiers Arme mussten sie in ein falsches, tödliches Gefühl der Sicherheit gelullt haben.

Einige Zeit später erwachte er mit einem lauten Keuchen und brach sofort in Panik aus – es war qualvoll, dies mit ansehen zu müssen, ohne sich bewegen oder ihm Trost zusprechen zu können. Trotz allem versuchte sie, weiter zu ihm zu rutschen. Als sich ihre Blicke trafen, las sie alles, was er nicht sagen konnte, in seinen Augen, und sie versuchte, ihre Miene so ruhig wie möglich wirken zu lassen. *Ich lebe,* versuchte sie ihm vergeblich zu schicken. *Ich lebe, und du tust es auch, und ich kann dich zwar nicht fühlen, dafür aber sehen, und wir werden schon bald einen Weg finden …*

Die Tür schwang auf, und das schwere Holz traf gegen die Wand. Eine Gruppe von Soldaten kam herein, mit gezogenen Schwertern, aufmerksam. Keine Wappenröcke. Überhaupt keine Wappen. Keine Möglichkeit, zu erkennen, für welche Nation sie kämpften.

Es strömten so viele Soldaten herein, dass auf jeden Gefangenen zwei von ihnen kamen. Obwohl Grey nichts lieber getan hätte, als zu kämpfen, hielt sie es für das Beste, sich nicht zu wehren, noch nicht. Sie konnte nicht garantieren, dass sie alle in Sicherheit bringen könnte, wenn sie einen Angriff wagte, und es hatte keinen Sinn, sich völlig grundlos umbringen zu lassen. Also leistete sie keinen Widerstand, als zwei der Soldaten sie an den Armen packten und einen langen Steinkorridor entlangschleiften, auf ein großes Atrium zu. Sie stolperte hinter Ola her und lauschte dabei auf Erons rauen Atem hinter ihr. Kier konnte sie gerade noch fühlen. Verbinden konnte sie sich immer noch nicht, nicht mit dem mit Bruchlilie getränkten Knebel, aber sie konnte die stumpfen Enden spüren, dort, wo sonst die Verbindung war, und ihre Kopfschmerzen ließen ein kleines bisschen nach.

Sie tastete nach ihrer Quelle, wartete auf den Moment, in dem sie den Knebel entfernten, und fand die Macht unversehrt und vollständig. Zornig biss sie auf den Stoff. Falls irgendetwas schiefging … Sie erinnerte sich daran, wie Severin ihre Hände genommen hatte. Damals war er neun Jahre jünger gewesen als sie heute und trotzdem so viel mutiger.

Im Atrium wurden sie mit ein paar Metern Abstand voneinander an die Wand gekettet. Die Wachen schienen sich leise zu beraten – ihr Akzent klang, als würden sie aus Luthar stammen, doch sicher war sie sich nicht. Sie trat von einem Bein aufs andere, um nicht völlig auszukühlen. Der Stein an ihrem Rücken war nass, da Rinnsale daran herabliefen.

Trotzdem ließ sie den Kopf dagegen sinken – neben ihr, knapp außerhalb ihrer Reichweite, war Kier gefesselt. Die Seite seines Kopfes, die sie bisher nicht hatte sehen können, war blutverkrustet. Irgendetwas hatte ihn dort erwischt – wahrscheinlich ein

Schwertknauf –, und die Wunde sah aus, als müsste sie furchtbar wehtun.

Wenn sie sich nur mit ihm verbinden, ihm etwas Macht zuschieben könnte, dann könnte sie die schlimmsten Auswirkungen abmildern – wenn es ihr irgendwie gelang, ihn zu berühren, dann könnte sie versuchen, die Verbindung durch diesen Kontakt herzustellen und ihn so zu stabilisieren. Doch mit der Bruchlilie auf ihrer Zunge war es vollkommen aussichtslos.

Ein Soldat in Rüstung kam herein. Nicht irgendein Soldat, begriff Grey und betrachtete die bestickte Schärpe, die er quer über Brustplatte und Waffenrock trug: Dies hier musste mindestens ein Master sein, vielleicht sogar ein Commander. Sie wusste nicht mehr genau, wie viele davon es in Luthar gab, und sie wusste auch nicht, warum Luthar sie gefangen nehmen sollte.

Nein, nicht Luthar. Grey verengte die Augen zu Schlitzen. Auch wenn das Wappen des Commanders eprainisch war, trugen die Soldaten, die ihn begleiteten, eine Mischung aus eprainischen und luthrischen Wappen auf ihren Wappenröcken.

Eprain und Luthar hatten sich also zusammengetan. Grey konnte nicht mal ansatzweise begreifen, was das zu bedeuten hatte: Wenn sich beide mit vereinten Kräften gegen Scaelas wandten …

Sie war nicht sicher, ob eine Allianz mit Cleoc Strata genug war, um sie davor zu retten.

Der Commander hielt inne und musterte die Reihe der Gefangenen. Grey fühlte, wie sich unwillkürlich ihre Muskeln spannten. Ein Zittern in ihren Schenkeln, ein Stocken ihres Atems. Kier sah zu ihr herüber, und sie fühlte seinen nutzlosen Versuch, sich mit ihrer Macht zu verbinden. Es gelang ihm nicht.

»Und dies«, sagte der Commander endlich, »ist also die Entourage, die unsere falsche Maryse von Locke quer durchs Land begleitet hat.«

Sie schwiegen – mit den Knebeln konnten sie ohnehin nichts sagen. Doch Grey musterte Eron und Ola, Brit und Kier. Vielleicht war es dumm von ihnen gewesen, sich so einfach gefangen nehmen zu lassen, doch dies waren immer noch *ihre* Leute, geschlagen, aber erbittert. Sie würde für jeden von ihnen sterben.

»Wer leitet diesen Einsatz?«, wollte der Commander wissen.

»Der Große mit den dunklen Haaren«, antwortete einer der Soldaten. Greys Kopf ruckte in seine Richtung, was ihr sofort einen stechenden Schmerz durch die Schläfen jagte, doch sie kannte den Mann, der da gesprochen hatte. Obwohl er nun luthrische Kleidung trug, war sie fast sicher, dass er am Abend zuvor auf dem Ball gewesen war. Und da Eron nun alles Blut aus dem Gesicht wich, musste wohl auch er ihn erkannt haben. Ihr fiel wieder ein, wie betrunken Eron gewesen war, als Kier und sie den Ball verlassen hatten – falls der Mann ein Spion war, der es auf Informationen abgesehen hatte, dann konnte niemand wissen, was Eron vielleicht ausgeplaudert hatte.

Sie musste darauf vertrauen, dass er selbst in seinem nicht mehr zurechnungsfähigen Zustand sein Wissen für sich behalten hatte.

Neben ihr richtete sich Kier auf und straffte die Schultern – es war schon bemerkenswert, dass er so Respekt einflößend wirken konnte, obwohl er nur eine Hose trug und getrocknetes braunes Blut auf seiner Haut klebte – und hob trotzig das Kinn. Der Commander nickte einem seiner Soldaten zu, der mit gezogener Klinge vortrat. Gegen ihren Willen gab Grey einen Laut von sich und kämpfte gegen ihre Fesseln, um zu ihm zu gelangen – doch sie schnitten ihm nur den Knebel ab. Sobald der Knebel aus seinem Mund war, spuckte Kier einen dicken Klumpen getrocknetes Blut aus. Er musste noch weitere Verletzungen haben, die Grey nicht sehen konnte.

»Und Ihr seid?«, fragte der Commander.

Doch Kier starrte ihn bloß trotzig an, unbeeindruckt bis zum Schluss. Grey liebte ihn mit einer wilden, ruchlosen Verzweiflung – mehr als alles andere wünschte sie sich, er könnte von ihrer Macht zehren und jeden Soldaten im Raum vernichten.

Nachdem Kier zu lange geschwiegen hatte, meldete sich einer der Soldaten der Truppe zu Wort. »Das ist Captain Kier Seward, Sir.«

»Seward.« Der Commander verschränkte die Arme vor der Brust und trat bedacht einen Schritt vor. »Seid Ihr das?«

Keine Antwort von Kier, und auch der Soldat versuchte nicht zu antworten. Die Mundwinkel des Commanders zuckten nach oben. »Also schön«, sagte er. »Machen wir es auf Eure Art.«

Bevor Grey reagieren konnte, setzte sich der Soldat neben Kier in Bewegung und versetzte ihm einen Schlag auf die Schulter. Grey sah, wie er schmerzvoll aufkeuchte, und schnappte selbst nach Luft, als sie sein Schlüsselbein brechen hörte. Sie gab einen Laut von sich wie ein Tier in einer Falle – und sofort huschte der Blick des Commanders zu ihr.

»Man hat euch beide zusammen gefunden«, sagte er, und Grey versuchte, so viel Hass wie möglich in ihren Blick zu legen. Hätten die Götter ihr doch nur die Fähigkeit verliehen, etwas mit ihrer Macht *anzufangen,* dann würde sie ihn hier und jetzt zerschmettern.

»Wer ist sie?«

Mit dem Knebel im Mund konnte Grey natürlich nicht antworten. Auch Kier sagte nichts.

Der Commander seufzte. »Bringt die Gefangene her«, rief er über eine Schulter, woraufhin einige der Soldaten loseilten, um seinen Befehl auszuführen. Für den Bruchteil einer Sekunde geriet Grey in Panik – hatten sie auch Sela gefunden? Grey hatte es für unmöglich gehalten, dass jemand an sie herankam, aber …

Der Commander ging vor ihnen auf und ab. »Ich werde es kurz machen. Das Mädchen, das nach Grislar gebracht wurde, war nicht Maryse von Locke, aber das wisst ihr ja längst. Was *ich* weiß, ist, dass es euch gelungen ist, eine ganze Kompanie mitsamt ausgebildeten Magiern und Quellen auszulöschen, und das, ohne auch nur ein Schwert zu ziehen, was offen gestanden unmöglich ist. Es sei denn, einer von *euch* ist Locke.« Er musterte sie, einen nach dem anderen. »Also, wer ist es?«

Grey versuchte zu atmen, schmeckte jedoch nur Gift. Sie hätten diesen Auftrag niemals annehmen dürfen. Kier und sie hätten nicht über Nacht bleiben sollen. Sie hätten in dem Moment verschwinden müssen, in dem sie Sela überreicht hatten. Sie hätten ihre Papiere nehmen und *abhauen* sollen.

Die Soldaten kehrten mit einer weiteren Person zwischen ihnen zurück, deren Kopf unter einer dunklen Haube verborgen war. Die Person trug schlichte Kleider und ein gepolstertes Hemd, das eigentlich unter eine Rüstung gehörte, alles war schlammverkrustet und voller getrocknetem Blut.

»Wie nett, dass Ihr Euch zu uns gesellt«, sagte der Commander jovial, als wäre die Gefangene aus freien Stücken zu ihnen gekommen und nicht aus irgendeiner Zelle gezerrt worden.

Es kam keine Antwort. Einer der Wachen zog der Person die Haube vom Kopf und enthüllte ihr Gesicht. Hand Master Mare Concord stand vor ihnen, verwirrt und geknebelt wie sie alle. Grey hörte Ola scharf die Luft einsaugen.

Mecketer wurde kurz nach Eurer Abreise angegriffen.

Das hatte Reggin ihnen berichtet – doch keiner von ihnen hatte daran gedacht, nach einer Verlustliste zu fragen oder sich zu vergewissern, dass Concord oder Attis, die beide über ihren Einsatz, ihre Route und die Details ihrer Ankunft Bescheid wussten, in Sicherheit waren.

Mare musterte die Gruppe vor ihr, und es war, als würde sie aller Mut verlassen: Ihre Knie gaben nach, und sie wäre zu Boden gesackt, hätten die Soldaten sie nicht an den Armen festgehalten.

»Wurde sie unter Drogen gesetzt?«, fragte der Commander.

»Ja«, antwortete einer der Soldaten.

»Nehmt ihr den Knebel raus.«

Ein Soldat schnitt den Stoff durch, und Mare holte schwer Luft, während ihr Blick immer wieder mit wachsendem Entsetzen über die Gruppe vor ihr glitt. Einen kurzen Moment hielt sie bei Grey inne, wandte sich dann jedoch wieder ab. Ihre Oberlippe war geschwollen und aufgeplatzt, genau wie ihre linke Augenbraue. Grey schloss daraus, dass sich unter ihren Kleidern eine wilde Sammlung von Blutergüssen verbergen musste, denn man hatte sie eindeutig verprügelt.

»Ist das Eure Entourage?«, fragte der Commander.

»Ja«, antwortete Mare rau. Grey erinnerte sich an ihre Augen, als sie Mare vor ein paar Jahren vor dem Tod bewahrt hatte, wild vor Angst.

»Sie sind … unkooperativ. Würdet Ihr mir den Gefallen tun, die Beteiligten zu benennen und mir zu verraten, worauf sie spezialisiert sind?«

Mare leckte sich über die Lippen. Sie ließ den Blick über die Reihe schweifen. »Ich weiß nicht …«

»Spielt nicht mit mir, Concord.«

»Das tue ich nicht. Ich weiß nur, worin Sewards und Flynns Fähigkeiten bestehen. Captain Seward verfügt über eine internistische Affinität.«

Der Commander musterte Kier lange und zog die Brauen zusammen. »Internistische Affinität. In dem Bericht über unsere Kompanie wurde erwähnt, dass es saubere Arbeit war, die unsere Männer getötet hat. Irgendetwas, das die Herzen beeinflusst und sie alle dazu gebracht hat, stehen zu bleiben. Kommt Euch das bekannt vor?«

»Ich weiß es nicht«, log Mare. Der Commander rollte mit den Augen und gab einem der Soldaten einen Wink, der sie daraufhin so hart ins Gesicht schlug, dass ihr Kopf zur Seite flog. Hustend spuckte sie einen Zahn auf den Boden. Als sie wieder aufsah, lief ihr Blut übers Kinn. Grey zwang sich dazu, hinzusehen, trotz ihrer wachsenden Panik. Es war das Mindeste, was sie für Mare tun konnte.

»Ja«, antwortete Mare schwach. »Er ist auf das Herz spezialisiert.«

»Und Flynn?«

»Seine Quelle.«

»Dort drüben, Sir«, sagte der Mann vom Ball, und Grey wurde eiskalt. Eron hatte sie nicht verraten, keinen von ihnen, doch nun würde er für sie fallen, und das konnte sie nicht ertragen. Einer der Soldaten packte Erons Arm und zog ihn nach vorn.

»Ihr seid Hand Captain Flynn?«, fragte der Commander.

Ohne Zögern nickte Eron. Grey wollte sie *alle* töten. Sie warf sich gegen ihre Fesseln, versuchte den Knebel auszuspucken, machte eine Szene. Einer der Soldaten trat zu ihr, packte ihr Haar und riss ihren Kopf zurück. Sie knurrte und versuchte, ihm das Knie zwischen die Beine zu rammen, doch er boxte ihr in den Magen. Vor ihren Augen blitzte es weiß auf, und sie krümmte sich um den Schmerz zusammen, wartete eine, zwei Sekunden darauf, dass er nachließ.

»Und wen haben wir *hier*?«

»Officer Erin Fastria«, antwortete Kier, dieser verdammte *Bastard.* »Sie ist eine einfache Soldatin.«

Mit erhobener Braue nickte der Commander. Grey sah Kier an, verzweifelt. Er schüttelte kaum merklich den Kopf.

Nicht. Sie las den Befehl klar und deutlich in seiner Miene, und mehr als alles andere wollte sie ihn missachten. Doch sie wusste es besser. Sie wusste, was auf dem Spiel stand.

»Auch wenn das alles recht … erhellend ist, bin ich nicht deswegen hier.«

Der Commander begann wieder, vor ihnen auf und ab zu schreiten, und Grey wollte ihn töten, unbedingt. »Wer ist Locke?«

Kier hob das Kinn noch etwas weiter. Und die anderen … Obwohl Grey jeden von ihnen ansah, erwiderte keiner ihren Blick. Sie starrten nur stur geradeaus.

»Wer ist es?«, donnerte der Commander. Greys Kopf hämmerte. Sie sah, wie die Soldaten zu Kier traten, der ihr einen so mörderischen Blick zuwarf, dass sie nur schockstarr und entsetzt dort stehen konnte. *Zum Teufel …* Einer der Soldaten trat vor und ließ sein Schwert durch die Luft zischen. Die Seite von Kiers Gesicht, die bereits blutverkrustet war, färbte sich rot, und etwas Nasses fiel zu Boden – Grey konnte ihr Schluchzen nicht unterdrücken, als sie erkannte, dass es ein Teil seines Ohrs war. Und er … er gab nur einen dumpfen Laut von sich, und ein Schauer durchlief seinen ganzen Körper.

»Wenn Ihr mir Locke nicht aushändigt«, sagte der Commander bedächtig, »dann werde ich sie alle töten und ihre Leichen ins Meer werfen, bis die Insel wiederaufersteht.«

»Ich glaube nicht, dass das so funktioniert«, gab Kier zurück, wenn auch mit etwas wackliger Stimme. Unverbesserliche Nervensäge.

»Das ist mir egal. Ich werde es trotzdem tun, und dann werden wir eben überhaupt keine Macht mehr haben.«

Grey schmeckte bittere Galle, die sich mit der Bruchlilie mischte, und sie bekam keine Luft mehr. Dann sah Kier sie an, so wunderschön, trotz des Bluts, obwohl er ihr wehtun würde. Erst letzte Nacht hatte er ihr ins Ohr geflüstert: *Du bist noch mein Untergang.*

Und er hatte recht.

»Als Nächstes das Mädchen«, befahl der Commander, und die Soldaten traten auf sie zu. Grey wappnete sich für den Schmerz, doch da bewegte sich Kier – nicht weit, nicht mit seinen Fesseln, doch er richtete sich so aus, dass er vor ihr stand.

»Wartet«, sagte er, und sie erkannte seine Stimme kaum – da war Blut darin und Angst, und sie tastete vergeblich nach der Verbindung. »Wartet.«

Die Soldaten hielten inne. Grey bemerkte Olas gequälten Blick, den sie auf Kier gerichtet hatte. Dann straffte Kier die Schultern, obwohl er dabei vor Schmerz das Gesicht verzog. Grey versuchte, sich dazwischenzuwerfen, ihn zu erreichen, auf irgendeine Art zu berühren, doch es hatte keinen Sinn.

»Ihr sucht nicht nach Maryse«, sagte er.

Greys Gedanken standen einfach still. Mares Gesicht war eine unlesbare Maske.

Der Commander reagierte fast träge, verschränkte die Arme vor der Brust und trat näher an Kier heran, um zu demonstrieren, dass er keine Angst vor ihm hatte. »Ach?«

Das Vermächtnis von Locke ist Blut und Verrat.

Grey versuchte, Luft zu holen und schmeckte Blut und Gift. Sie wusste nicht … Sie wusste nicht, wie das möglich war, doch sie konnte Kiers Worte hören, bevor er sie aussprach. Sie konnte seine Entschuldigung fühlen durch die schwache, glitschige Verbindung, die sie trotz der Bruchlilie aufzubauen versuchte. Vergeblich. *Tu es nicht,* wollte sie schreien, doch durch den Knebel drang nur ein gedämpftes Stöhnen. *Tu mir das nicht an.*

»Ich bin es«, sagte Kier ruhig und gefasst. »Ich bin Severin, Erbe der Quelle, Lord von Locke, Erster Magier der Insel. Ich bin der einzige Überlebende des Untergangs von Locke.«

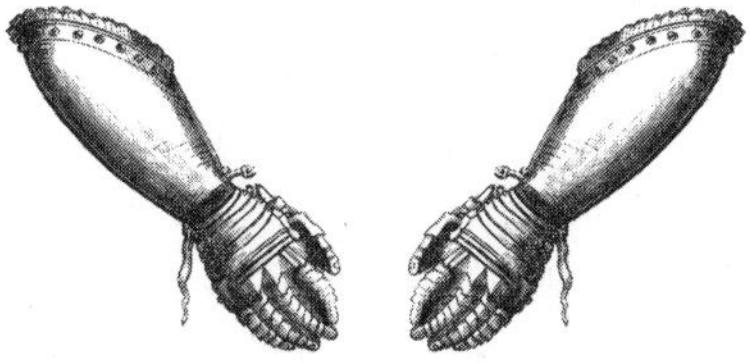

Deiner Mutter geht es nicht gut. Stundenlang sitzt sie im Garten, unter dem Baum, unter dem er liegt. Imarta und ich haben alles versucht, aber sie ist untröstlich. Die Erde bildet immer noch einen schwarzen Flecken im Gras, so als würde dort nie wieder etwas wachsen wollen.

Bitte, Kier. Wenn du jemals auf mich hören willst, dann tu es jetzt: Komm nach Hause. Ich kann euch nicht beide beerdigen.

Brief von Laurella Seward an Lieutenant Kieran Seward, neun Jahre nach der Vernichtung

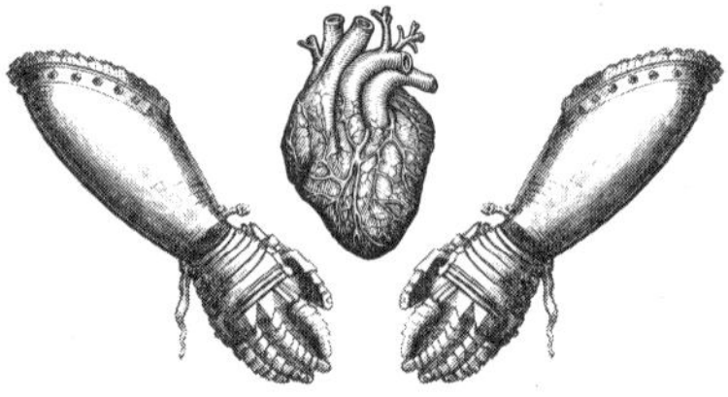

Einundzwanzig

Grey kämpfte.

Es gelang ihr, dem Wachmann, der ihr am nächsten war, ein Knie zwischen die Beine zu rammen, dann benutzte sie sein Kinn, um sich daran den Knebel abzustreifen. Mehr konnte sie nicht tun, denn schon traf sie einer der Soldaten mit seinem Schwertgriff an der Schulter, während ein anderer ihr die Beine wegtrat, sodass sie auf die Knie fiel. Dann packte jemand ihr Haar, riss ihren Kopf zurück und setzte ihr eine Klinge an die Kehle.

Sie erstarrte, atmete schwer und sah hasserfüllt zum Commander auf. Langsam kam er auf sie zu und ging vor ihr in die Hocke. Sie spuckte ihn an, doch er zog ein Schutzschild hoch – er war also ein Magier, und irgendjemand in diesem Raum war eine Quelle. Nun verstand sie, warum die Bruchlilie nur in ihren Knebeln verwendet wurde.

»Ihr mögt ihn, was? Haltet Ihr Euch für seine Ritterin? Seine Beschützerin?« Er streckte die Hand aus und zog an ihrem Haar. »Oder steckt noch etwas anderes dahinter?«

»Das Mädchen ist ein Dummkopf. Sie ist wie besessen von Captain Seward, das war sie schon immer«, erklärte Mare mit vollkommen ausdrucksloser Stimme. »Vernarrt.«

Der Commander lachte, als würde ihm das gefallen. Er schob Grey den Knebel wieder in den Mund und umfasste dann ihr Kinn. »Und seid Ihr genauso vernarrt, Seward?«

Kurzes Schweigen. »Sie bedeutet mir nichts«, sagte er schließlich.

»Und doch haben wir sie in Eurem Bett gefunden.«

»Seid Ihr in alle vernarrt, die Ihr Euch ins Bett holt?«, fragte Kier, und diese grässliche, trügerische Sorglosigkeit schlich sich wieder in seinen Tonfall.

Blut und Verrat. Sie wusste, dass er es tat, um sie zu retten, dieser *verdammte Mistkerl,* aber es tat trotzdem weh.

»Und doch würde sie für Euch sterben, wie es aussieht.« Der Commander richtete sich wieder auf und wischte sich die Hände an der Hose ab, als hätte es ihn beschmutzt, Grey angefasst zu haben. Sie fühlte, wie ihr die Klinge von der Kehle genommen wurde, doch eine Hand hielt immer noch ihr Haar gepackt, während eine weitere auf ihrer Schulter lag und sie nach unten drückte.

»Sie ist dumm, von Anfang an hat sie nichts als Ärger gemacht«, sagte Kier, und da – da war ein kaum wahrnehmbares Abgleiten in Zärtlichkeit in seiner Stimme.

»Dann genug von dem Mädchen.« Über die Schulter hinweg sah der Commander sie an, und sein Blick troff vor Abscheu. »Wenn Ihr noch einmal aus der Reihe tanzt, werde ich Euch töten, Soldatin. Und das ist ein Versprechen.«

»Bitte«, sagte Kier sehr leise, nur für sie. »Nicht.«

Sie wollte es – Götter, wie sehr sie es wollte –, doch wenn sie tot war, würde sie niemandem mehr nützen. Sie erschlaffte im Griff ihrer Entführer.

Der Commander wandte seine Aufmerksamkeit wieder Kier zu. »Also, Severin. Wie kann ich sicher sein, dass Ihr nicht nur ein weiterer Hochstapler seid? Dass Ihr wirklich der Erbe seid?«

»Ich mag ein Magier sein, doch ich trage die schlafende Macht der Linie meiner Mutter in mir. Ich kann es Euch demonstrieren, wenn Ihr gestattet.«

»Auf keinen Fall.« Der Commander verschränkte die Arme.

»Ihr werdet unter Drogeneinfluss und machtlos bleiben, bis ich sicher sein kann, dass Ihr mich nicht umbringen werdet, und ich glaube, das wird noch eine Weile dauern.«

»Wie kann ich dann beweisen, wer ich bin?«

»Da fällt Euch bestimmt etwas ein.« Der Commander machte eine knappe Geste, und Grey hörte Bewegung und ein gedämpftes Keuchen. Als sie sich umsah, erkannte sie, dass die Soldaten vorgetreten waren und ihren Gefährten die Schwerter an die Kehlen hielten, bereit, einen tödlichen Streich zu führen.

Kier fing ihren Blick auf und hielt ihn. »Es war Eprain«, sagte er leise. »Die Angreifer, die ihre Schiffe geschickt haben. Die den Tod der Insel verursacht haben, als sie die Kontrolle über Locke und seine Macht an sich reißen wollten.«

Grey versuchte, tief einzuatmen, doch da war immer noch nur die Bitterkeit der Bruchlilie. Sie bereute es, Kier überhaupt irgendwas erzählt zu haben. Einer der Soldaten keuchte. Die Soldaten auf der anderen Seite des Raums musterten ihren Commander verunsichert. Sogar Mare wirkte überrascht. Sie hatte die Brauen zusammengezogen, als wäre sie nicht mehr sicher, dass es die richtige Entscheidung gewesen war, Grey zu schützen.

Doch der Commander schmunzelte nur und musterte Kier abschätzig. Grey hatte keine Ahnung, wonach er suchte – Kier war fünf Jahre jünger als Severin, doch mit den grauen Strähnen an den Schläfen und den Spuren der Schlachten sah er älter aus als sechsundzwanzig. Sie war nicht sicher, ob irgendjemand sie kannte: Severin und sie hatten die Insel nur ein paarmal verlassen, und ihre Eltern waren sehr vorsichtig gewesen, was Besucher auf der Insel betraf.

Leider nicht vorsichtig genug.

»Alle dachten, der ältere Locke wäre die Quelle gewesen«, sagte der Commander nach einem Moment. »Niemand außer den Vertrauten der Insel wusste, dass er ein Magier war, wie immer, wenn es mehr als einen möglichen Erben gab. Habt ihr das gewusst?« Er richtete die Frage mit erhobener Stimme an alle im Raum. Ein paar der Soldaten schüttelten den Kopf, jetzt sichtlich beunruhigt.

Der Commander neigte den Kopf, und sein Schmunzeln wurde zu einem breiten, grausamen Lächeln. »Mylord«, sagte er, und seine Stimme troff vor falscher Unterwürfigkeit, »erinnert Ihr Euch an mich? Aus Eurem früheren Leben?«

Aus schmalen Augen musterte Grey ihn, konnte ihn jedoch nicht einordnen.

Er trat einen Schritt auf Kier zu, eine Hand auf dem Schwert. Etwas leiser fügte er hinzu: »Erinnert Ihr Euch an meine Tochter?«

Ihr krampfte sich der Magen zusammen, als sie begriff: Lady Polenna. Das Mädchen, das mit den Schiffen gekommen war. Severin hatte sie getötet als letzte Tat, bevor er Grey in Sicherheit brachte. Das Mädchen, das nicht hatte sterben sollen – das nur als Lockvogel gedacht war.

Dies war ihre Chance. Wenn Kier die falsche Antwort gab, würden sie wissen, dass er nicht Severin war. Aber natürlich war er dafür zu klug, weil er ihre andere Hälfte war und sie ihm zu viel erzählt hatte.

»Ich erinnere mich an ihren Tod.« Nun klang seine Stimme fest, er hatte zu seiner gewohnten Manier als Captain zurückgefunden. »Ihr denkt vielleicht, dass ihr Blut an meinen Händen klebt, aber Ihr wart es, der die Insel unterschätzt hat. Ihr Blut lastet auf *Eurem* Gewissen.«

Die Hand des Commanders hatte gezuckt, fast zu schnell für Greys Augen – doch sie hörte, wie Fleisch auf Fleisch traf, und sie sah, wie Kiers Kopf zur Seite flog. Der Ring des Commanders hatte in seine Wange geschnitten und einen Riss auf der geröteten Haut hinterlassen.

»Ihr wisst, wozu ich fähig bin«, sagte Kier, einen tödlichen Unterton in der Stimme.

Der Commander trat einen Schritt nach hinten und gewann seine Fassung zurück. Tonlos sagte er: »Allerdings.«

»Dann wisst Ihr auch, dass ich jeden hier töten kann – und *werde* –, wenn Ihr meine Gefährten nicht freilasst.« Sein Tonfall war vollkommen glatt, tödlich, schön. »Und dann, wenn Ihr tot seid, werde ich Eure Familie finden, Commander. Jeden Einzelnen, den Ihr liebt. Und ich werde ihnen in die Augen sehen und ihnen erklären, warum sie zum Tod verurteilt wurden. Ich werde ihnen erzählen, dass Ihr Eure Tochter zur Schlachtbank geführt habt. Dass Ihr meine Linie so unbedingt auslöschen wolltet, dass Ihr nicht mal sie verschont habt. Ich werde Euren High Lord finden, Commander, und ich werde auch ihm ein Ende machen. Ihr glaubt, die Kompanie, die Ihr entdeckt habt, wäre schon das Schlimmste? Ich werde sie alle leiden lassen, das verspreche ich.«

Der Commander betrachtete ihn. »Hübsche Worte für einen Mann, der seine eigene sterbende Familie im Stich gelassen hat. Ihr seid genauso schuldig, wie ich es bin, und Ihr seid machtlos.«

Grey zuckte zurück.

»Aber nicht mehr lange.« Kier trat vor, bis ihn die Fesseln stoppten. Sie konnte sein Gesicht nicht sehen, doch sie konnte Mare sehen, und die Hand Master machte den Eindruck, als hätte sie Kier noch nie wirklich *erkannt.* »Schon sehr bald werden Eure Wachen versagen.« Irgendwie, unfassbarerweise, spürte Grey einen Faden der Verbindung, den Kier nach ihr ausstreckte und durch die Stumpfheit der Bruchlilie schob. Er trug seinen Knebel nun schon so lange nicht mehr, dass er eine Verbindung aufbauen konnte, aber Grey stand immer noch unter Drogen. Sie hatte keine Kontrolle über ihre Macht …

Sie waren gebunden. Sie waren gebunden, und sie war Locke, und ihre Macht rief nach ihm. Sie fühlte, wie ein hauchzarter Faden einer Verbindung zustande kam, dann das schwache Tröpfeln der Macht, die aus ihrem Bauch floss. Kier *zehrte* von ihr.

Einer der Soldaten in der Ecke schrie auf und fasste sich ans Herz. Bevor irgendjemand ihn packen konnte, stürzte er zu Boden. Kurz darauf fiel ein weiterer, und Grey fühlte den schneidenden Schmerz im Bauch, das schreckliche Ziehen erzwungener Macht, durch den Nebel der Droge in ihrem Körper.

Chaos breitete sich im Raum aus: Der Commander zog ein Schild um sich hoch, die Magie schimmerte in der Düsternis, und zwei der Soldaten neben Kier stießen ihn zu Boden. Jemand schrie: »Flynn!«, und ein weiterer Soldat brachte Eron zu Fall und drückte ihm das Gesicht gegen den feuchten Stein. Einige andere versammelten sich um ihre gefallenen Kameraden und versuchten, sie wiederzubeleben – doch es hatte keinen Sinn.

»Ihr könnt keine Macht von Eurer Quelle ziehen«, knurrte der Commander. »Das sollte *unmöglich* sein.«

»Ich bin Locke«, zischte Kier, dessen blutüberströmtes Gesicht zu Boden gedrückt wurde. »Ich kann von überall her Macht ziehen. Es ist mein *Recht.*«

Was gelogen war. Ein Bluff. Doch er hatte ihnen Angst eingejagt, und Grey war nicht weniger erschrocken. Da Kier nun am Boden lag, war sie ihm fast nah genug, um ihn zu berühren. Sie sackte nach vorn, versuchte ihm näher zu kommen, irgendeinen Kontakt herzustellen, Haut an Haut, der sie beide befreien würde, doch sie war immer noch zu weit entfernt.

»Genug.« Die Stimme des Commanders erhob sich über den Tumult. »Ich werde Eure Gefährten freilassen, wenn es sein muss, aber Ihr werdet bleiben, und Ihr werdet die Insel wiederauferstehen lassen. Wenn Ihr nicht tut, was ich verlange, Locke, dann werde ich Euch ohne zu zögern töten – und ich werde es ohne Magie tun. Habt Ihr verstanden?«

»Ja«, antwortete Kier.

Als Nächstes wandte sich der Commander Mare zu. »Ihr habt mir gesagt, er wäre an seine Quelle gebunden«, knurrte er. »Dass sie ohne einander nutzlos sind.«

Mare schüttelte den Kopf. »Ich … ich weiß nicht. Ich dachte nur …«

»Ihr seid mir nicht mehr von Nutzen.«

Angst trat in Mares Blick. Sie sah Grey an – *sie brauchen dich nie so sehr wie du sie,* hatte sie ihr einmal gesagt.

»Concord …«, setzte Kier an, doch es war schon zu spät.

Einer der Soldaten war vorgetreten, schnell wie eine Viper, und hatte Mare Concord die Kehle durchgeschnitten. Mare hatte den Blick fest auf Greys Gesicht gerichtet und zuckte kaum, als die Klinge ihre tödliche Schneise schnitt.

Jemand schrie, gedämpft vom Knebel. Grey sah zu, und ihr

wurde schlecht vor Angst, als das Blut aus Mares Kehle strömte und ihr Hemd befleckte. Sie fiel. Die Soldaten ließen sie los, und sie sank erst auf die Knie, dann auf die Hände, dann landete sie mit dem Gesicht nach unten auf dem Boden. Die Blutlache um sie herum wuchs und wuchs.

Wir werden in dieser Rüstung sterben. Grey schloss die Augen.

»Ich werde Eure Gefährten freilassen«, sagte der Commander. »Aber wenn Ihr nicht kooperiert, Locke, dann werde ich alle töten, die Ihr liebt. Ihr seid nicht der Einzige, der Drohungen aussprechen kann.«

Sie wurden weggeführt. Grey war schwindlig von der Bruchlilie, von Adrenalin und Angst. Kier wurde mit ihnen den Korridor hinuntergebracht, zu einem kleinen Raum mit einer Tür.

»Ich möchte mich verabschieden«, sagte er.

Der Commander schüttelte den Kopf. »Da verlangt Ihr zu viel.«

Kier sah ihn ungerührt an. »Ich bin der High Lord«, sagte er arrogant und herausfordernd. »Wollt Ihr mich nicht so behandeln, wie es meinem Stand angemessen ist?«

Letztendlich ließen sie zu, dass er sich verabschiedete. Jedem von ihnen wurde eine Dosis Bruchlilie verabreicht, und sie bekamen Zivilkleidung, damit sie sich anziehen konnten. Danach brachte man sie zum Vordereingang, und die überzähligen Soldaten wichen zur Wand zurück, damit der Lord von Locke ihnen Lebewohl sagen konnte.

Grey konnte ihn nur anstarren, stumm vor Wut, während er mit Brit und Ola und Eron sprach, immer flankiert von seinen Bewachern. Was er vorhatte, kam einem Todesurteil gleich. Schließlich wandte er sich an sie, doch sie starrte ihn immer noch nur zornig an.

»Und du«, sagte er so leise und sanft, dass es ihr das Herz brach. »Wärst du einfach gegangen, ohne dich zu verabschieden?«

Er stand drei Schritte vor ihr, und seine Bewacher hielten respektvoll Abstand zu ihm, auch wenn ihre es nicht taten – näher konnten sie einander nicht kommen, ohne angegriffen zu werden.

Auch so waren die Soldaten nervös genug, und in diesem Moment hasste sie Kier, mehr als sie jemals zuvor jemanden gehasst hatte. Es war leicht, ihn so zu hassen, weil er sich für sie opferte. Weil sie ihm nicht ins Gesicht sehen und akzeptieren konnte, dass sie ihn verlieren würde.

Sie wollte ihn verfluchen. Sie wollte gegen ihn kämpfen. Sie wollte ihm mit ihren schweren Stiefeln gegen das Schienbein treten, und sie hätte es auch getan, wenn ihre Knöchel nicht zusammengebunden wären.

»Geliebte«, sagte er, denn er konnte sie nicht anders nennen, ohne die Wahrheit zu enthüllen. Sie wollte sich ihm an die Brust werfen und ihn anflehen, sie nie zu verlassen – sie wollte ihn umso mehr dafür hassen. Sie gab einen Laut von sich, den er als *Wenn du versuchen könntest, eine Verbindung aufzubauen, dann könntest du sie töten* zu interpretieren schien, denn er sagte: »Zu schwach, und sie sind zu viele.«

Grey biss auf den Knebel, ein tiefes und grässliches Geräusch stieg ihre Kehle hinauf.

»Sag Lot, dass wir uns bald wiedersehen werden, und bring meinen Müttern all meine Liebe«, erklärte er leise und ernst.

Sie konnte nicht antworten, also starrte sie ihn nur an und zwang so viel Gefühl, wie sie nur konnte, in ihren Blick, da sie ihm nichts davon durch die Verbindung schicken konnte.

Eine lange Zeit sah er sie an, als würde er versuchen, sich ihr Gesicht einzuprägen. Sie konnte sich nicht dazu bringen, dasselbe zu tun, nicht, wenn sein halbes Gesicht aus Blut bestand; nicht, nachdem er sie verraten hatte.

»Wir können sie entweder gehen lassen oder eben nicht«, rief jemand hinter Kier streng. »Eure Entscheidung, Locke.«

Kier seufzte und beugte sich vor. »Du hast es verdient, zu überleben«, murmelte er ganz leise.

Überleben ist kein Verdienst, Kiernan, dachte sie. Wenn es das wäre, dann müsste Lot noch leben und Severin und ihr Vater und alle, die so viel besser waren als sie.

Dann stolperte er, was überhaupt nicht typisch für ihn war,

und Grey fühlte, wie etwas in ihren Stiefel glitt, als er sich an ihr abstützte. Die Soldaten traten vor, und er sagte: »Es tut mir leid.«

Kurz glaubte sie, er hätte ihr ein Messer in den Stiefel geschmuggelt – doch das Ding war klein und stumpf.

»Locke«, rief der Commander und trat hinter ihn.

Kier nickte. Er richtete sich auf, und ohne den Blick von Grey zu nehmen, sagte er: »Bringt sie weg. Und wenn ihnen etwas zustößt, dann werde ich mein Versprechen halten, Commander, und Ihr wisst, dass das keine leere Drohung ist.«

Und das war alles. Sie führten die Gefangenen weg, doch Grey wehrte sich so wild und erbittert, dass sogar Kier enttäuscht aussah. Sie versuchte, so viel Schaden wie nur möglich anzurichten, bis man sie schließlich betäubte, und als sich ihre Augen langsam schlossen, hielt sie seinen Blick und versuchte, ihm mit aller Macht zu vermitteln, dass sie ihm dies hier niemals vergeben würde.

Als Grey erwachte, fand sie sich in Olas Schoß wieder, den Kopf auf deren Schenkel gelegt. Ola streichelte ihr durchs Haar. Sie fühlte lodernde Panik, dann eine Woge unendlicher Bitterkeit. Ihr ganzer Körper war so schwer, als könnte sie sich nie wieder bewegen. Sie hielt die Augen geschlossen.

Kier.

Über ihr sagte Ola gerade: »… und das nächste Lager ist Grislar, aber ich weiß nicht, wo wir sind, und falls wir uns in Luthar befinden, wäre es nicht besonders klug, wenn wir uns durchfragen.«

»Wer würde den Unterschied schon bemerken?«, fragte Brit irgendwo in der Nähe. »Und wen würde es kümmern? Lasst uns Richtung Osten gehen und der Küste dann nach Norden folgen.«

»Wir können ihn nicht zurücklassen.«

Darauf folgte eine Stille, die Grey nicht ertragen konnte. Sie rührte sich, und sofort wandten die anderen ihre Aufmerksamkeit ihr zu und gaben allerlei beruhigende Laute von sich, die absolut nicht halfen. Als sie die Augen aufschlug, stellte sie fest, dass sie sich auf einer Lichtung befanden, umgeben von einem dichten Wald aus schlanken, hellen Bäumen mitten im Nirgendwo. Eron lief vor einem Magielicht auf und ab, das Ola und Brit befeuerten. Grey fühlte den Schmerz in jedem Teil ihres Körpers. Sie musste etwas sagen, doch die Worte waren zu schwer. Sie konnte sie nicht formen. Sie wollten einfach nicht kommen.

»Grey?«, sagte Brit und ragte über ihr auf. »Hast du mich gehört?«

Nein, hatte sie nicht. Sie konnte es nicht. Sie hörte keinen von ihnen, weil nichts wichtig war, nicht mehr. Nicht, wenn Kier fort und so gut wie tot war. Sie setzte sich, wobei ihr Kopf fast gegen Olas Kinn stieß, und drückte sich die Knie an die Brust. Sofort fühlte sie Olas Hände auf ihrem Rücken, die ihr über die Wirbelsäule streichelten.

»Er hat getan, was er für das Beste gehalten hat«, sagte Eron, und Grey wollte mit irgendetwas um sich werfen, weil dies klang, als wäre Kier schon tot. Bevor sie etwas dagegen tun konnte, kämpfte sich ein Schluchzen aus ihrer Brust. Sie schlug sich eine Hand vor den Mund, bohrte die Nägel in ihre Haut.

Sie würde nicht um ihn weinen. Nicht, nachdem er ihr dies angetan hatte. Nicht, nachdem er sie verlassen, ihren Namen, ihren Titel und ihr Herz mit sich genommen hatte und einfach verschwunden war.

Sie konnte um Mare weinen, die es verdient hatte. Auf Kier würde sie nur wütend sein.

»Zur Hölle mit Kier«, sagte sie zu laut, ihre Zunge war immer noch träge von der Droge. Sie sprang auf, stieß Ola und Brit von sich und krachte fast gegen einen Baum, weil sie so wackelig auf den Beinen war wie ein stinksaures neugeborenes Rehkitz.

»Grey!«, rief Ola ihr nach. »Wohin willst du denn?«

Sie antwortete nicht. Sie konnte keinen von ihnen ansehen, nicht mit all dem Zorn, der in ihr kochte. Sie drängte sich durch die Bäume, unsicher taumelnd und schwer atmend, wobei sie nach der Verbindung in ihrer Mitte tastete, die sonst immer zu Kier führte. Sie fühlte *nichts.*

Jemand schlang einen Arm um sie und drückte auf die Blutergüsse auf ihrem Bauch, dann wurde sie an eine Brust gezogen –

Eron, begriff sie. *»Nein«,* keuchte sie und wehrte sich gegen seinen Klammergriff, doch er sagte: »Wir brauchen dich.«

Sie sah zu ihm auf. »Was zum Teufel *sollte* das?« Mit Zähnen und Klauen schienen sich die Worte aus ihr herauszukämpfen. Er packte ihr Handgelenk, damit sie ihn nicht schlagen konnte, wobei er versehentlich die blauen Flecken quetschte, die ihre Fesseln hinterlassen hatten. »Ihr habt ihn einfach gehen lassen.«

»Wir dürfen dich nicht verlieren, Grey«, sagte Ola über Erons Schulter.

Grey schüttelte den Kopf. »Ihr hättet mich gehen lassen sollen. Ihr hättet sie *mich* mitnehmen lassen sollen.«

»Kier braucht dich lebendig und einsatzfähig«, sagte Eron fest, »und im Moment erfüllst du nur die Hälfte dieser Voraussetzungen.«

Sie sah ihn an, und die Wut brannte in ihrem ganzen Körper, obwohl es nicht Eron war, dem dieser Zorn galt. Sie wünschte, Kier würde vor ihr stehen und wenn auch nur, damit sie ihn anbrüllen konnte. Dieser Gedanke war so niederschmetternd und überwältigend, dass sie nicht wusste, wohin mit diesen ganzen Gefühlen, die einfach zu viel für sie waren.

»*Ich* bin Locke«, sagte sie so laut, dass es alle hören konnten. Ihre Gefährten sahen sie an, sie wirkten besorgt.

»Das *wissen* wir«, gab Eron zurück. »Und was willst du verdammt noch mal deswegen unternehmen?«

Wortlos starrte sie ihn an. Kier war fort – Kier hatte ihren Platz eingenommen. Doch *sie* war Locke, und Locke war sie, und sie war eine Quelle mit der Macht, tatsächlich etwas auszurichten. Sogar jetzt fühlte sie die Macht, die sich in ihr zusammenrollte, tiefgründig und tobend vor Zorn wie ein verwundetes Tier, bereit zum Angriff. Sie drückte sich eine Hand auf den Bauch, als könnte sie die Faust um die Macht ballen und sie aus sich herausziehen.

Schwer ließ sie sich auf den Waldboden plumpsen. Dabei drückte etwas in ihrem Stiefel gegen ihr Schienbein. Sie schob die Finger hinein und zog Kiers Ring heraus. Wortlos starrte sie das Silberding auf ihrer Handfläche an, und alles tat ihr weh.

Nicht Kiers Ring, zuerst nicht. Lots Ring. Lot, der für sie gelogen hatte, der in dem Krieg gestorben war, den die Herrscher begonnen hatten, weil sie nicht stark genug war, die Wahrheit zu sagen und ihre Insel für sich zu beanspruchen. Lot, der gestorben war, weil sie alles vermasselt hatte.

»Sie sind alle tot«, sagte sie zu den anderen, zu Kier, zu niemandem. »Wisst ihr, wie das ist? Alle, denen ich je etwas bedeutet habe, sind tot.«

»Du bist es nicht«, widersprach Ola. »Und wir sind es auch nicht.«

»Noch nicht, aber die Chancen stehen nicht gut«, kommentierte Brit, handelte sich damit einen derben Knuff ein und fluchte.

Grey sah zum Himmel hoch über ihnen hinauf. Es war unmöglich zu sagen, wo sie sich befanden. Ihr Herz, gebrochen und zerschlagen, hatte sich tief in sie zurückgezogen.

»Locke«, sagte Eron und ging vor ihr in die Hocke, damit er ihr ins Gesicht sehen konnte. Er hatte so gütige Augen. Sie hatte die Soldaten immer beneidet, denen es gelungen war, sich trotz all des Blutvergießens ihre Güte zu bewahren. »Was machen wir jetzt?«

Grey seufzte. Sich zu opfern, war nicht schwer. Wenn es darum ging, in vollem Lauf über eine Klippe zu rennen, waren Kier und sie schon immer gut gewesen. Vielleicht war das Überleben schlimmer. Sie erinnerte sich an sein Gesicht an dem Abend, an dem sie ihm all die Macht gegeben hatte, über die sie verfügte, das Aufblitzen, bevor er diese Macht benutzt hatte. Sie erinnerte sich an seinen Blick letzte Nacht, seit der so viel Zeit vergangen zu sein schien, die Art, wie er sie festgehalten und *Du bist alles, was ich jemals wollte* gesagt hatte.

Sie schob sich Lots Ring auf den Daumen, da er für alle anderen Finger zu groß war. Dann stand sie auf. Sie straffte die Schultern und zuckte zusammen, als sie wieder zu hören glaubte, wie Kiers Schlüsselbein brach, das Echo des Schmerzes, das sie durch die Verbindung gespürt hatte.

»Und?«, fragte Brit. »Marschieren wir Richtung Meer?«

Grey schwieg einen langen Moment, dachte über Gerüchte und ihre Erinnerungen nach, untersuchte jede davon. Die Wahrheit lautete: Sie war nur eine einzelne Person, eine Herrscherin ohne Reich, und sie hatte lange so weitergemacht, ohne sich jemals zu fragen, was das bedeutete. Sie dachte an Cleoc und diesen kleinen Obsidianmond, an ihre Hand in Scaelas, als sie noch ein kleines Mädchen gewesen war.

»Ich glaube, ich muss mit meinem Patenonkel sprechen«, sagte sie. »Denn es gibt einen Hochstapler, der meinen Titel für sich beansprucht, und mein Commander wurde gefangen genommen, und vielleicht haben wir immer noch Verbündete.«

»Wer ist denn dieser Patenonkel?«, fragte Brit.

»Aus dem Kontext würde ich schließen, dass es Scaelas ist, du Kretin«, brummte Ola.

Grey beachtete sie nicht, streckte die Hände aus und musterte die Narben, die sie davongetragen hatte, während sie Scaelas Schlachten geschlagen hatte. »Ich habe ihm den Großteil meines Lebens gegeben. Das Mindeste, was er mir zurückgeben kann, ist sein Schutz.«

Sie ging los, in den Wald, ohne sich darum zu kümmern, in welche Richtung – sie würde ihr Zuhause finden. Locke war immer dort, in Reichweite, wenn sie danach suchte. »Kier hat einen Fehler gemacht, als er versucht hat, mich zu retten. Und wir werden ihn finden und ihn auf die Knie zwingen und ihn um Vergebung winseln lassen.«

»Na also«, sagte Eron leise. »Das ist unser Mädchen.«

»Du gehst in die falsche Richtung, Locke«, rief Ola nicht unfreundlich.

Es war schwer, die High Lady von Locke zu sein, wenn man orientierungslos in geliehenen Stiefeln durch den Schlamm stapfte, doch Grey machte das Beste daraus. Im nächsten Dorf begriffen sie, dass sie sich knapp hinter der luthrischen Grenze befanden, und obwohl sie ein-, zweimal fast einer Patrouille über den Weg liefen, gelangten sie unversehrt nach Scaela.

Wie sie nach Grislar hineinkommen sollten, war eine ganz andere Frage.

»Ich bin Hand Captain Grey Flynn«, zischte Grey eine der Wachen vor den Stadttoren an. Weil sich sowohl Cleoc als auch Scaelas in der Stadt befanden, war sie abgeriegelt worden, an allen Toren standen Wachen, und die Türme waren voller Soldaten. Grey sah die Straßen, das Lager, das sich in der Ferne erstreckte, die sanften Hügel, die abrupt an den Klippen endeten. »Wir müssen mit Commander Reggin sprechen.«

Doch der Junge – denn er war nur ein Junge, verdammt noch mal, vermutlich kaum älter als Sela – sagte nur: »Ich habe Anweisungen, niemanden in die Stadt zu lassen, der sich nicht ausweisen kann.«

Fast hätte Grey ihm eine reingehauen. Rasch schob sich Ola vor sie und insistierte: »Hast du eine Ahnung, mit wem du da sprichst? Captain Flynn hat die Entourage angeführt, die Cleocs Tochter gerettet hat.«

»Dann sollte sie sich *ausweisen* können«, gab der Junge halb verzweifelt zurück.

Ola richtete sich zu voller Größe auf, war allerdings immer noch kleiner als der Wachsoldat, und deutete auf Grey. »Sie ist eine *Kriegsheldin*. In zwei Nationen.« Eisiges Schweigen breitete sich zwischen Ola und dem Wachsoldaten aus. »Und ehrlich gesagt, wenn ich *meine* Ausweispapiere dabeihätte, dann würde ich sie dir jetzt in den Arsch schieben.«

»So nah dran«, brummte Brit. »So gut, fast bis zum Schluss.«

»Ich habe meine Befehle«, sagte der Junge.

Frustration stieg heftig und nachdrücklich in Grey auf und … Wenn sie das wirklich tun wollte, wirklich *sie selbst* sein wollte, dann würde sie doch verdammt noch mal durch dieses Tor kommen. »Ich bringe eine Botschaft der Isle of Locke«, knurrte sie. »Und ich verlange eine Audienz. Es geht um Leben und Tod, und Euer Commander muss sofort davon erfahren.«

Die anderen sahen sie mit einer Mischung aus Stolz (Ola) und Bestürzung (Eron) an. Sie fragte sich, wie oft sie sich hinter Kier versteckt, ihm die Führung überlassen und still im Hintergrund gewirkt hatte.

Der Junge zögerte, und etwas, was sie nicht einordnen konnte, flackerte über sein Gesicht. »Ich kann meinen Captain holen«, sagte er schließlich. »Mehr kann ich Euch nicht anbieten.«

»Dann geht und *holt Euren Captain*«, brachte Grey durch zusammengebissene Zähne heraus.

»Grey«, wandte sich Brit an sie, sobald der Junge im Wachturm verschwunden war. »Bist du sicher, dass du das willst?«

»Jetzt gibt es kein Zurück mehr«, sagte Grey. Und mehr als das: Sie hatte zugelassen, dass die Macht sie einnahm, die Stärke der Blutlinie ihrer Mutter, die ihr schwer durch die Adern floss. Sie waren die einzige Nation, in der die Gründerfamilie immer noch die Herrscher stellte, sogar nach all der Zeit, und sie würde diese Tradition jetzt nicht brechen. Sie war immer schon eine Locke gewesen. Sie würde immer eine Locke bleiben. »Es wird nur noch mehr Wirbel geben, wenn ich eine tote Insel wiederauferstehen lasse, ohne sie vorher für mich beansprucht zu haben.«

Es lief nicht so glatt wie erhofft: Man brachte sie zum Captain des Jungen, der einwilligte, sie zum Commander zu bringen, weil Grey sowohl einen hohen Rang bekleidete als auch Teil der Entourage dieses Mädchens aus Strata gewesen war, allerdings seufzte er nur, als der Junge ihm ausrichtete, sie habe eine Botschaft von Locke. Er sah erst sie, dann den Jungen an und sagte: »Dafür, dass es die Insel nicht mehr gibt, höre ich im Moment verdammt oft von ihr.«

Der Commander, vor den man sie brachte, wirkte äußerst gut gelaunt. Allerdings verdüsterte sich seine Miene beträchtlich, als er sie musterte, ihre Kleidung, das Blut darauf und die offenkundige Tatsache, dass Kier nicht bei ihnen war. »Ich habe Captain Seward erwartet«, erklärte er fast traurig. »Ich dachte, er hätte über mein Angebot nachgedacht.«

»Captain Seward ist indisponiert«, gab Grey zähneknirschend hervor. Seinen Namen auszusprechen, tat weh.

Der Commander ging die Papiere auf seinem Schreibtisch

durch. Seine Hand stand resolut hinter ihm. Grey konnte nicht verhindern, dass ihr Blick immer wieder zu ihm huschte, und traurig dachte sie an Mare Concord. Wie sie sich alle damit abgefunden hatten, stets ergeben zu sein und sich benutzen zu lassen.

Aber war sie nicht genauso? Hier war sie und rannte Kier hinterher, immer tiefer in die Gefahr hinein. Der Unterschied bestand vermutlich darin, dass Kier nicht von ihr verlangt hatte, dies zu tun. Tatsächlich hatte er explizit von ihr gefordert, es *nicht* zu tun. Wenn es nach ihm ginge, dann befände sie sich jetzt schon auf halbem Weg nach Lindan.

»Ah ja. Wohin seid Ihr denn gestern Nacht verschwunden? Ich habe Captain Sewards Bericht noch nicht erhalten.«

»Commander.«

Reggin sah sie an, dann wurden seine Augen schmal. »Was ist mit Eurem Gesicht passiert, Fastria?«

Oh, in was für einen schrecklichen Schlamassel sie sich doch hineingeritten hatten! Sie müssten schon großes Glück haben, wenn man ihnen eine Audienz gestattete, dachte Grey grimmig. Oder wenn man sie wieder aus Grislar hinausließ, ohne einen vorherigen Abstecher im Gefängnis.

»Flynn«, korrigierte Eron.

»Wie bitte?« Reggin hob den Blick, jetzt schon ungeduldig, als hätte er wirklich keine Zeit für so was.

Schwer ließ sich Grey auf den Stuhl vor seinem Schreibtisch sinken. Sie spürte, wie Ola und Brit vortraten, um sie zu flankieren. Eron stellte sich hinter sie. Einer von ihnen berührte federleicht ihren Rücken, ohne dass Reggin es sehen konnte. Sie war dankbar dafür, dankbar, dass sie ihr zur Seite standen, während sie nach Worten suchte. Sie ließen sie auf ihre eigene Art die Führung übernehmen. Jetzt hieß es alles oder nichts – es gab kein Zurück.

»Captain Seward wurde von einer vereinten luthrischen und eprainischen Einsatztruppe gefangen genommen. Ich glaube, dass diese beiden Nationen verbündet sind, und sie sind überzeugt davon, dass Kier niemand anderes als Severin von Locke ist.«

Es war ihr gelungen, den Commander vollkommen zu überrumpeln. Wie eine Eule blinzelte er sie an. »Und wie kommt Ihr auf so eine Idee? Er ist ein Magier, ja, und ein sehr mächtiger, aber …«

Grey streckte die Hände auf ihren Knien aus und drehte an dem Silberring an ihrem Daumen. »Damit liegt Ihr nicht ganz falsch. Kier ist ein mächtiger Magier, aber nur, weil ich eine mächtige Quelle bin.«

»Aber Ihr seid keine Quelle«, widersprach Reggin. Grey sah, wie seine eigene Quelle ihm die Schulter drückte. »Flynn?«, fragte er, an Eron gewandt.

Eron lächelte grimmig. »Es tut mir leid. Ich bin nicht Hand Captain Flynn – sie ist es.«

Blinzelnd sah Reggin sie an, Verwirrung auf dem Gesicht, die sich rasch in Ärger verwandelte. Er würde ihnen nicht mehr lange seine Aufmerksamkeit schenken, bevor er sie wegen Insubordination bestrafte.

Rasch sprach Grey weiter: »Die Sache ist die: Kier ist nicht Locke. Ich bin es. Und ich ersuche um eine Audienz bei Scaelas unter dem Banner meiner Nation.«

»Wenn Ihr erwartet, dass ich das glaube …« Nun kochte Reggins Wut über.

Grey, die nach dem Nachlassen der Wirkung der Bruchlilien wieder im Besitz ihrer vollen Macht war, schüttelte den Kopf. »Glaubt es oder nicht. Wenn Ihr Euch weigert, werde ich zu Cleoc gehen, denn sie *wird* mir glauben. Und wenn Ihr Euch nicht wieder im Krieg befinden wollt, dann schlage ich vor, dass Ihr mir zuhört.«

Angewidert musterte er sie einen langen Moment, so lange, dass Grey sich schon zu fragen begann, ob diese Idee wirklich so gut gewesen war. »Ich kann nicht mehr tun, als nachzufragen. Ich kann Euch nicht garantieren, dass Scaelas diese Audienz gewähren wird, Hand Captain Flynn.« Er spuckte ihren Namen aus wie eine Beleidigung.

Zum ersten Mal seit Kiers Entführung lächelte Grey, und es war eher ein Zähnefletschen. »Das wird er.«

Du *musst* sie nicht heiraten, du Märtyrer. Du könntest einfach wieder heimkommen, an meine Seite. Wir könnten weiter als Abenteurer durchs Land ziehen. Wenn sie wirklich so Furcht einflößend ist, wie du sagst, dann wäre das doch sicher die bessere Option.

Brief von Vearn Torrin an Isaak Masidic, achtzehn Jahre vor der Vernichtung

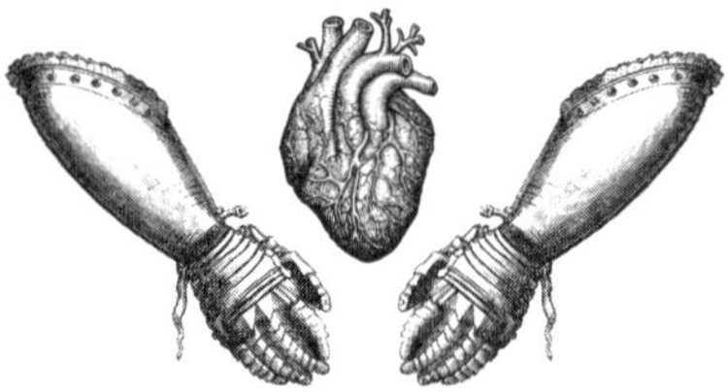

Zweiundzwanzig

Ola bestand darauf, dass sich Grey das Gesicht wusch, bevor sie sich mit dem High Lord traf, weil es sich für die High Lady einer Nation nicht schickte, sich mit altem Blut verkrustet zu präsentieren, also wusch sie sich das Gesicht. Außerdem kämmte und flocht sie sich das Haar, doch gegen den dunklen Bluterguss um ihr Auge oder ihre geplatzte Lippe konnte sie nichts tun. Sie zog sich frische Kleider an, die ihr eine der jüngeren Wachsoldatinnen schüchtern angeboten hatte, und ließ zu, dass sich Ola mit allen möglichen Salben an ihr zu schaffen machte, während Brit und Eron zusahen. Dann machte Ola ihre Bemühungen mit dem Zopf wieder zunichte und arrangierte ihr Haar so, dass es ihr über die Schultern fiel. (»Das bringt die braunen Funken in deinen Augen zur Geltung, und außerdem siehst du so eher aus wie eine Lady und weniger wie ein Soldat.« Wogegen Grey nichts einwenden konnte.) Wenigstens verbargen die Haare einen Teil der Blutergüsse.

»Du musst Eindruck machen«, sagte Ola und lief in dem kleinen Arbeitszimmer, in dem man sie platziert hatte, auf und ab.

»Ich muss nur wie ich selbst aussehen«, gab Grey zurück. »Wie … die Tochter meiner Mutter. Und meines Vaters.«

»Und das wird leicht?«

Grey dachte daran, wie Scaelas sie neulich Abend angesehen hatte, und ihr krampfte sich der Magen zusammen angesichts des Schmerzes dieser altvertrauten Wunde. »Ja«, versicherte sie.

Ihr war mit voller Dringlichkeit bewusst, dass jeder Moment, den sie hier verbrachten, ein weiterer Moment war, in dem Kier gefangen gehalten wurde – oder Schlimmeres. Sie waren in einem der Arbeitszimmer in den Türmen, die für hochrangige Befehlshaber reserviert waren, die Grislar besuchten, und ihr Blick schweifte unwillkürlich immer wieder hinaus aufs Meer, auf der Suche nach einem Boot in den fernen Weiten der Bucht.

Als die Tür schließlich aufschwang, standen zu ihrer Überraschung nicht nur Scaelas und seine Wache davor. Cleoc begleitete ihn, mit Sela am Arm.

Sela würde die Wahrheit sagen, und sie würden ihr glauben müssen, und obwohl ihre Bekanntschaft holprig begonnen hatte, wusste Grey, dass auch sie Kier würde retten wollen.

»Hand Captain Flynn«, sagte Scaelas, während die Wachsoldaten eintraten und sich an der Wand aufreihten, bis sich die Tür schließlich hinter ihnen schloss. Gelassen ging Cleoc zu einem der Sessel vor dem Kamin hinüber und setzte sich. Sela stellte sich neben sie. Scaelas selbst blieb in der Mitte des Raums stehen. Schlichter gekleidet als neulich, in einer fein geschnittenen Tunika, einer Weste, Reithose und Stiefeln. In seinem Ohr blitzte ein einzelner Edelstein. An seiner linken Hand trug er den schweren Goldring seiner Nation. »Mir wurde berichtet, dass Ihr eine dringende Angelegenheit mit mir zu besprechen habt.«

Jemand musste ihn über Greys und Erons Tausch informiert haben, oder vielleicht wusste er es auch einfach. Als er sie ansah, sah er sie wirklich an.

»Wo ist Kier?«, fragte Sela und blickte sich um.

Grey erhob sich, ihre ganze Aufmerksamkeit auf den High Lord gerichtet. Sein Name war Vearn Torrin gewesen, bevor er Scaelas geworden war, bevor er eine Nation unter sich gehabt hatte. Greys Vater zufolge hatte ihn seit der Kinderstube niemand mehr Vearn genannt.

Eine ganze Rede lag ihr auf der Zunge, die sie mit den anderen einstudiert hatte, doch als er nun vor ihr stand, verließen sie die Worte. Sie sah ihn an, betrachtete sein rotes Haar und seinen Bart, erinnerte sich daran, wie sich ihre Hand in seiner angefühlt hatte, als sie ihm kaum bis zum Knie gereicht hatte.

»Ich wollte nicht, dass du mich findest.«

Stille breitete sich im Raum aus. Torrin stolperte zurück, als hätte sie ihn geschlagen. »Ich …«

Sie ballte die Hände zu Fäusten, und ihre Fingernägel schnitten ihr in die Handballen. Ihre Stimme schien in ihrer Kehle festzustecken, rau und schmerzlich. Sie fühlte, wie sich das Rollen ihres alten Akzents – ihres *wahren* Akzents – einschlich, wie immer, wenn sie aufgeregt war, als könnte sie die gesungenen scaelanischen Vokale nicht auf der Zunge halten. »Danach. Als der Rauch immer noch in der Luft hing. Man sagt, du hättest fast ein ganzes Jahr lang nach irgendeiner Spur von Überlebenden gesucht, aber ich wollte nicht, dass du mich findest. Severin hat mir gesagt, ich solle es nicht, weil wir einfach nicht sicher sein konnten, dass du mich beschützen würdest.«

Er hob die Hand an die Brust, ließ sie auf seinem Herzen liegen, als hätte sie ihm einen tödlichen Schlag versetzt. Er suchte in ihrem Gesicht.

»Ich hätte es getan«, erwiderte er. »Ich hätte alles in meiner Macht Stehende getan.«

Grey blieb standhaft. »Du hättest es nicht garantieren können.«

»Alma«, sagte er schließlich, und der Schmerz flackerte so rasch über seine Stirn, dass sie ihn fast nicht gesehen hätte. »Du siehst Alma so ähnlich. Aber du hast Isaaks Augen.«

Grey erlaubte ihrem Blick nicht, weich zu werden.

Torrin trat einen Schritt nach vorn, dann noch einen. Zögerlich, als würde er auf ihre Erlaubnis warten, streckte er die Hand aus. Grey neigte den Kopf. Er nahm ihr Kinn zwischen Daumen und Zeigefinger und hob es sanft an, um die unverletzte Seite ihres Gesichts betrachten zu können, dann drehte er es behutsam so, dass er auch ihre Wunden mustern konnte. Sie fühlte seine rauen

Finger an ihrer Haut, seine von Schlachten gezeichneten Finger. Er war selbst einmal Soldat gewesen, das wusste sie – er hatte in der Armee seines Vaters gekämpft, während des Jahrzehnts vor seiner Herrschaft, Seite an Seite mit Greys eigenem Vater, bevor Isaak mit einer Locke verheiratet worden war.

»Jemand hat dir wehgetan«, sagte er leise.

»Nicht zum ersten Mal«, gab sie zurück.

Er hielt ihr Kinn fest, damit sie ihn direkt ansah. »Zuerst habe ich nach dir gesucht«, sagte er. »Dann dieser Brief …« Scharf holte er Luft. »Der Brief. Das warst du, nicht wahr?«

Kein Zögern. »Ja.«

Er wandte den Blick ab, zu dem Fenster hinter ihr. »Grey …«, murmelte er, ins Leere starrend. »Natürlich. Es ist nur ein weiterer Spitzname.«

»Maryse wäre zu auffällig gewesen. Und Gremaryse war unmöglich.«

»Und Flynn?«

Grey zog den Kopf zurück. Torrins Hand sank nach unten, seine Finger zuckten. Sie verschränkte die Arme vor der Brust. »Ich wurde von einer Witwe großgezogen, an der Küste.«

»Du warst hier, in Scaela, die ganze Zeit.«

Sie sah ihn an, ihren High Lord, den einzigen lebenden Menschen, der so etwas wie eine Familie für sie war. »Ich diene dir seit acht Jahren als Quelle und Schwert«, sagte sie. »Ich bin unter deinem Banner marschiert – und mehr als einmal fast darunter gestorben.«

Er wich zurück. »Und jetzt kommst du als eine Nation zu mir. Nicht als meine Patentochter, wie ich annehme.«

Grey nickte langsam und ignorierte das Murmeln der Wachen im Hintergrund. Cleoc sagte kein Wort und rührte sich auch nicht, und Grey fragte sich, ob Sela ihr schon alles erzählt hatte. Wahrscheinlich hatte sie sich Selas Geschichten über ihre Reise angehört und aus eigenen Stücken auf die Wahrheit geschlossen.

»Ich brauche deine Hilfe«, sagte Grey.

Sie warteten in einem der oberen Räume, während Scaelas und Cleoc sich beratschlagten und dabei die Uhr im Auge behielten. Jede verstreichende Sekunde konnte Kiers Ende bedeuten. Sie saß am Schreibtisch, den Blick aus dem Fenster gerichtet, und verfasste zwei Listen. Auf der ersten standen die Namen von Personen, auf die sie sich mit Sicherheit verlassen konnte. Nicht alle von ihnen befanden sich in unmittelbarer Nähe, was ein Problem darstellte, doch wenn sie zurück war und Kier wieder bei sich hatte … Auf der zweiten Liste standen ihre Forderungen.

Hinter ihr sagte Eron: »Attis steht darauf.« Er überflog die Verlustliste aus Mecketer, die gerade eben auf Greys Bitte hin gebracht worden war. Er suchte darauf nach Namen weiterer Vermisster, Verwundeter oder Toter, die sie kannten.

Grey schluckte schwer und hielt im Schreiben inne, als sie sich an das Blut erinnerte, das sich um Mares Körper ausgebreitet hatte. »Ist sie immer noch in Mecketer?«

»Ich weiß es nicht. Wir werden fragen müssen.«

Grey empfand keine Loyalität für Klara Attis, doch sie konnte sich nicht vorstellen, dass sie nicht helfen würde, wenn Kier in Gefahr war. Grey würde wenigstens nach ihr sehen müssen, und sie würde ihr sagen müssen, wie ihre Hand gestorben war.

Ola und Sela setzten sich neben ihr an den Schreibtisch und besprachen irgendwelche Skizzen. Grey hatte im Moment nicht die mentalen Kapazitäten, um zu verstehen, was sie da taten, und dann meldete sich Sela zu Wort: »Grey, steh bitte auf.« Von irgendwoher zog sie ein langes Maßband. Verwirrt blinzelte Grey sie an.

Es hatte sie überrascht, dass Cleoc ihr erlaubt hatte, hierzubleiben, in diesem Raum, in dem Brit, Ola und Eron eifrig damit beschäftigt waren, Greys Anweisungen auszuführen, während sie versuchte, die Anführerin einer Nation zu sein. Doch Sela hatte gesagt: »Ma, sie haben mich wochenlang am Leben gehalten«, weshalb ihrer Mutter keine andere Wahl geblieben war, aber sie hatte verlangt, dass Sela zwei der Wachsoldaten mitnahm, die vor der Tür postiert wurden.

Als das Mädchen sie nun jedoch vom Stuhl hochzog und ihr das Jackett abstreifte, bereute Grey fast, ihr erlaubt zu haben, bei ihnen zu bleiben. Sela begann, Maß zu nehmen, und gab die Zahlen an Ola weiter, die sie pflichtschuldig niederschrieb, unter dem scharfen Blick von Eron und Brit. Sie alle hatten ihre eigenen Aufgaben zu erledigen – Scaelas hatte Brit eine Liste der Ausstattung der Waffenkammer überlassen, mit der Anweisung, was sie möglicherweise für Lockes Ausrüstung brauchen würden, und bevor die Verlustliste eingetroffen war, hatte Eron an der Schätzung gearbeitet, wie viele Soldaten sie brauchen würden, um Kier zurückzuholen. Er hatte Theorien und Strategien entworfen und Greys Meinung mit einbezogen, wenn sie dazu etwas hatte beitragen können. Durch das Fenster im Raum konnten sie die Bucht von Locke gut überblicken, und sie würden auch jedes feindliche Schiff aus Luthar oder Eprain schon früh bemerken.

»Was soll das?«, fragte Grey, während sie sich von Sela hin und her drehen ließ.

»Ich gebe deine Garderobe in Auftrag«, erklärte das Mädchen. »Ein Geschenk für deine neue Stellung.«

»Danke«, sagte Grey schnell, »aber ist das jetzt nicht eher … unwichtig?« Sie ließ die Tatsache unerwähnt, dass Kier verschwunden war und jeden Moment getötet werden konnte und dass ihre Nerven zum Zerreißen gespannt waren, denn Sela wusste das alles. Wahrscheinlich sah sie auch die wachsende Panik auf Greys Gesicht, je länger sie von ihren Aufgaben, die sie immerhin ablenkten, ferngehalten wurde.

Grey wippte auf den Fußballen auf und ab, doch Sela legte ihr schwer die Hände auf die Schultern, damit sie stillhielt, als wäre Grey ein Kind. »Du musst entsprechend aussehen«, erklärte sie.

»Ich weiß doch nicht mal, wie die Lady von Locke aussehen soll.«

»Du bist die *Einzige,* die das weiß«, widersprach Sela, »aber ich kann es wenigstens mit einer Schätzung versuchen.« Sie ließ die Hände von Greys Schultern sinken und griff wieder nach dem Maßband. »Ich habe mir von Scaelas eine Liste verfügbarer Schneider geben lassen – morgen früh sollte ich wenigstens die Hälfte deiner neuen Garderobe fertig haben. Schade, dass wir nicht in Isidar sind – das ist die Hauptstadt von Cleoc Strata, wisst ihr …«

»Ja, *wissen* wir«, brummte Ola. »Weil wir nämlich keine ungebildeten *Rindviecher* sind.«

»… dort könnte ich nämlich ganz sicher eine komplette Garderobe für dich über Nacht anfertigen lassen«, beendete Sela ihren Satz ungerührt. Sie sah Grey an, und das Flackern in ihren Augen bewirkte, dass in Greys Bauch etwas Merkwürdiges geschah und sie sich seltsam verletzlich fühlte. »Abgesehen davon, dass du mich am Leben gehalten hast, warst du auch bereit, mir deine Zeit zu geben, obwohl du das nicht gemusst hättest. Dafür schulde ich dir etwas.«

Grey holte bebend Luft. Vielleicht war es das, was es bedeutete, wenn man die High Lady von Locke war. Das, was es erforderte. Zeit, auch wenn sie nicht gezwungen war, sie zu opfern. Wenn sie jemand anderem mehr bedeutete als ihr selbst.

Kier, dachte sie ein bisschen verzweifelt. *Wenn wir doch nur mehr davon gehabt hätten.* Die Verbindung in ihr, schlafend und reglos, schmerzte, doch wenigstens konnte Grey sie fühlen.

Zeit und ein bisschen Schonungslosigkeit.

»Sela«, sagte sie und ergriff die Hand des Mädchens. »Versprich mir, dass du nicht mit uns kommst. Du bist in Locke willkommen, aber erst, wenn es dort sicher ist.«

Sela zuckte mit den Schultern. »Ich kann nur tun, was man mir aufträgt.«

Ein Klopfen von der Tür ließ sie alle zusammenfahren. Sie waren einfach zu nervös für das hier. Hastig hob Grey die Hand, um den Sitz ihrer Zöpfe zu prüfen, doch da sie das Haar ja offen trug, brachte sie es bloß fertig, sich die verletzte Seite ihres Gesichts zu stoßen.

Die anderen sahen sie an. In einer Stimme, die hoffentlich kühl und königlich klang, rief sie: »Herein.«

Es war einer der Hauswächter des High Lord, den er aus der Hauptstadt mitgebracht haben musste. »Man verlangt nach Euch, Euer Hoheit«, verkündete er mit vollendeter Förmlichkeit. Grey holte tief Luft, und für den Bruchteil einer Sekunde drückte sie Selas Hand fester.

»Danke«, sagte sie, dann wandte sie sich an die anderen. »Kann ich meine Wachen mitbringen?«

Ola hob eine Braue.

»Natürlich«, versicherte der Mann. »Ich werde draußen warten, um Euch zu eskortieren, falls Ihr erst noch Eure Angelegenheiten hier beenden wollt, Euer Hoheit.«

Grey nickte und ließ die Tür hinter ihm zuschwingen, bevor sie geräuschvoll ausatmete. »Ich meinte nicht …«

»Nein«, warf Ola rasch ein. »Aber du *solltest* wirklich Wachen haben.« Sie sah Eron und Brit an, die sich untereinander auszutauschen schienen. »Und es ist durchaus sinnvoll, dass wir das fürs Erste übernehmen, wenn du damit einverstanden bist.«

Grey senkte den Blick auf ihre Hände, auf die kurzen Nägel und die Narben längst vergangener Schlachten. Wer war sie, dass sie sich einbildete, eine Herrscherin sein zu können? Eigene *Wachen* zu haben?

Sie sehnte sich nach Kier. Eine Sehnsucht weit jenseits von Gedanken und Worten. Jedes Mal, wenn ihr einer dieser Einfälle kam, jedes Mal, wenn sie einen Rat brauchte oder einfach nur jemanden, der ihr versicherte, dass sie keine Schande für ihre Namenspatronin war.

»Ich nehme euch«, sagte sie. »Wenn ihr mich nehmt.«

Jemand ergriff ihre Hand, und als sie aufsah, erkannte sie Ola, selbstsicher und grimmig wie immer.

»Du warst unser Captain«, sagte sie. »Es wäre uns eine Ehre, dich als unsere Lady zu haben.«

»Okay.« Grey nahm sich eine Sekunde und musste sich dazu zwingen, ruhig zu bleiben. »Okay.«

Da es nun nichts weiter zu bereden gab, traten sie in den Gang hinaus und folgten dem Wachmann die langen Steinkorridore entlang und die Treppen hinunter. Grey ging neben Sela, während die anderen wie Schatten hinter ihnen blieben, genauso, wie Grey früher Kiers Schatten gewesen war.

Unten angekommen, betraten sie ein kleines, gut ausgestattetes Besprechungszimmer, das von einem großen Tisch dominiert wurde. Es war einer der Ratsräume, oder jedenfalls nahm Grey das an, denn es gab auch ein kleines Vorzimmer, das wohl als Wartebereich für Besucher diente, bis sie vorgelassen wurden. Cleoc und Scaelas hatten bereits Platz genommen, und eine kleine Einheit von Wachsoldaten hielt sich unauffällig im Hintergrund. Die übrigen Ratgeber waren fortgeschickt worden – wahrscheinlich waren die beiden anderen Herrscher noch nicht bereit, Grey öffentlich als Locke zu präsentieren. Sie hatte vorhin einen Blick in einen Spiegel geworfen und verstand das sehr gut.

Sela nickte ihr knapp zu und setzte sich neben ihre Mutter. Obwohl Grey gern stehen geblieben wäre, zog ihr Eron auf Scaelas anderer Seite einen Stuhl heraus. Dabei stellte er irgendetwas mit seinen Augenbrauen an, vermutlich, um sie daran zu erinnern, dass sie nun offiziell die Lady von Locke war und dass sie ihnen allen Ärger ersparen konnte, wenn sie sich auch entsprechend verhielt.

Also setzte sie sich, erlaubte ihm, ihren Stuhl wieder zurechtzurücken, und drehte sich nicht um, als Eron, Ola und Brit wie die anderen Wachen mit den Schatten verschmolzen. Trotzdem war es ein Trost, sie hinter sich zu wissen und ihren vertrauten Atem zu hören.

Cleoc musterte sie mit offener Neugier. Hier, unmaskiert, war sie Locke, unangefochten. Sie faltete die Hände vor sich auf dem Tisch, wobei ihr der eigene Mangel an Eleganz durchaus bewusst war. Sie war schlachtgeformt und verhärmt und ganz und gar nicht so, wie eine High Lady sein sollte.

In einer anderen Welt wäre sie dazu erzogen worden, ihrem Titel gerecht werden zu können. Sobald sie erwachsen gewesen wäre, hatte man verkündet, dass nicht Severin, sondern sie die Erbin war. Der Tradition der Insel nach hätte er von da an die Insel verlassen können, wenn er es gewollt hätte. Bis zu diesem Zeitpunkt hätten ihre Eltern sie zu hartem Stahl geschliffen. Vielleicht wäre sie ein Jahr lang in Lindan ausgebildet worden wie Sela, oder in einer der anderen Nationen auf dem Kontinent. Aber wahrscheinlich nicht, da Locke immer schon eher verschlossen gewesen war. Dafür hätte man sie in Diplomatie und respektvollen Verhandlungstaktiken unterrichtet und ihr beigebracht, wie man an einem feindlichen Hof überlebte. Sie hätte gelernt, welche Worte sie sagen, welche Ausdrücke sie verwenden sollte.

Doch Alma und Isaak waren tot, und das schon seit sechzehn Jahren, so lange, dass sie Grey nicht viel hatten beibringen können. Sie klammerte sich an die Lektionen, die sie trotzdem bekommen hatte und an die sie sich noch erinnerte. Sie straffte die Schultern und saß kerzengerade da, so wie es ihre Mutter immer getan hatte.

»Du sollst wissen, dass ich dir glaube«, sagte Scaelas schließlich und brach damit das Schweigen. »Ich bin nur nicht sicher, wie ich meinen Rat überzeugen soll.«

»Dieses Risiko bist du bereits mit einer Hochstaplerin eingegangen«, entgegnete Grey. »Dieses Mal hättest du wenigstens recht.«

Er neigte den Kopf, um diesen Einwand gelten zu lassen.

Sie sah zwischen Scaelas und Cleoc hin und her. »Was habt Ihr also entschieden?«

»Warum müsst Ihr Captain Seward unbedingt zurückholen?«, fragte Cleoc.

Grey suchte nach einer Möglichkeit, um ihre Beziehung zu Kier zu erklären. »Er ist mein Magier, Euer Majestät.« Sie fühlte die Verbindung in sich, schlaff, aber da. Mit eiserner Gewissheit fühlte sie, dass er nicht tot war. Verletzt vielleicht, aber wenigstens am Leben, und solange er lebte, konnte sie ihn immer noch retten.

»Magier sind ersetzbar«, sagte Cleoc, deren Finger über den Stift vor ihr tanzten. Grey wusste nicht, ob Cleoc selbst eine Magierin oder eine Quelle war. Die meisten Herrscher verbargen diese Tatsache, als wäre es eine Schwäche.

»Dieser Punkt ist nicht verhandelbar. Wenn Ihr Euch mit mir vereint, dann bekommt Ihr mich – und die gesamte wiederhergestellte Macht von Locke – als Eure Verbündete. Das sollte doch verlockend genug sein, selbst wenn Ihr mir nicht ganz glaubt. Ich werde mein Wort halten.«

»Du verlangst von uns, dass wir einen offenen Kampf gegen Luthar und vielleicht auch gegen Eprain führen, wenn du recht hast, was ihre Allianz betrifft«, warf Scaelas ein, ohne ihr in die Augen zu sehen. »Dazu kommen mögliche Verbündete beider Nationen von außerhalb.«

»Ihr führt bereits Krieg, sowohl gegen Luthar als auch gegen Eprain.«

»*Ich* führe keinen Krieg gegen Luthar«, warf Cleoc ein. »Und die Spannungen mit Eprain lassen nach. Warum sollte ich meine Nation erneut in Gefahr bringen für Euren Magier?«

Grey wandte sich ihr zu. Cleoc wollte ein Geständnis, das ahnte sie – sie wollte Greys Schwächen sehen. Wieder war da diese glimmende Wut in ihr. Sie wollte ihre Liebe zu Kier nicht vor ihnen offenlegen, denn sie gehörte allein *ihr*, und sie war nicht bereit dafür, diese Liebe zu einem Verhandlungsargument zu machen. Sie wollte sie tief in ihrer Brust halten, verborgen und beschützt, wo sie niemand sehen oder hören oder fühlen konnte, und sie wollte Kier auf dieselbe Art beschützen.

»Er ist mein Magier«, wiederholte sie. »Ich weiß, dass die alte Bedeutung dieser Tatsache auf dem Festland nicht überdauert hat, aber ich bin eine Locke, und mir ist es wichtig.«

Scharf sah Scaelas sie an, doch bevor er etwas sagen konnte, ergriff Cleoc wieder das Wort: »Ihr könnt nicht gleichzeitig seine Hand und die High Lady sein, Ihr dürft Eure Loyalität nicht zwischen Eurem Magier und Eurer Nation aufteilen. Ihr müsst in diesem Punkt eine Entscheidung treffen. Und es ist leichter, wenn Ihr sie jetzt gleich trefft.«

Grey erhob sich, ihre Füße setzten sich in Bewegung, noch bevor sie sich dazu entschlossen hatte. »Wenn Ihr Euch weigert, dies zu tun, dann werde ich es ganz einfach machen: Ich werde nicht verhandeln, und ich muss mich nicht beweisen. Entweder führt Ihr Eure Streitkräfte in den Kampf, um mir bei Captain Sewards

Rettung zu helfen, oder Ihr tut es nicht. Entweder vereint Ihr Euch wieder mit Locke, um alle Vorteile zu ernten, oder Ihr tut es nicht. Diese Entscheidung kann ich nicht für Euch treffen, aber ich werde nicht hier sitzen und mir Eure Zweifel und Euer Misstrauen anhören.«

»Warte, Locke«, sagte Torrin müde. »So … so ist das nicht gemeint. Wir müssen auch an unsere eigenen Nationen denken.«

»Und ich an meine«, gab Grey zurück.

»Dann helft uns, damit wir Euch helfen können«, sagte Cleoc. »Gebt uns einen Grund.«

Sie setzte sich nicht wieder. Torrin sah sie an, einen seltsamen Ausdruck auf dem Gesicht, bis er schließlich sagte: »Cleoc, wenn Ihr gestattet, würde ich gern meine und Eure Wachen hinausschicken. Damit nur noch wir drei im Raum sind.«

»Grey …«, setzte Ola sofort an.

»Wir haben mehr zu verlieren, falls sie beschließt, uns in Eurer Abwesenheit zu ermorden«, erklärte Torrin vollkommen humorlos. Er wandte seine Aufmerksamkeit wieder Cleoc zu und hob fragend eine Braue. Nach einem aufgeladenen Moment des Schweigens neigte Cleoc den Kopf und gab ihren Wachen einen Wink. Die Soldaten traten von einem Fuß auf den anderen und wirkten nervös, doch schließlich verließen sie mitsamt Scaelas Wachen und Greys eigenen Leuten den Raum. Als Sela sich nicht rührte, wandte sich Torrin an Cleoc. »Eure Tochter?«

»Ich bin …«

»Geh, Liebes.« Cleoc drückte ihre Hand. Mit finsterer Miene und einem langen Blick auf Grey ging Sela hinter Ola hinaus.

Grey setzte sich wieder. Einen langen Moment schwiegen alle drei und musterten einander, bis Scaelas das Wort ergriff.

»Du und dein Magier seid sehr mächtig.«

Kühl erwiderte Grey seinen Blick. »Ich bin Locke«, sagte sie. »Und um mir das zu sagen, hättest du deine Soldaten nicht hinausschicken müssen.«

»Das war es, was ich bis heute geglaubt habe.« Er sprach langsam und bedächtig. »Doch dann ist mir ein Einfall gekommen:

Was, wenn ihr gebunden seid? Ich hoffe, dass ich mich irre, denn als Locke kennst du sicher die damit verbundenen Risiken.«

Grey wurde ganz still. Wenn Torrin sie bestrafen oder wie ein Kind rügen wollte, dann würde sie ihm deutlich machen, dass er seine Grenzen überschritt. Sie war keine scaelanische Soldatin mehr und unterstand nicht mehr seinem Befehl. Locke selbst war es nicht verboten, sich zu binden.

»Ich wüsste nicht, warum das eine Rolle spielt.«

Torrin verzog das Gesicht. »Dann streitest du es nicht ab?«

»Nein«, gab sie ohne Zögern zurück. »Ich bin an Captain Seward gebunden.« Es war eine Erleichterung, es so offen auszusprechen und dazu zu stehen. Zu *Kier* zu stehen.

»Maryse«, sagte Torrin und schloss die Augen. »Nein.«

»Kann sie sich denn nicht binden? Sie *ist* Locke.« Cleoc sah zwischen ihnen beiden hin und her.

»Sprich nicht mit mir, als wäre ich deine Tochter.« Greys Tonfall war kälter, als sie beabsichtigt hatte, aber immer noch nicht kalt genug, um ihre Gefühle zu übermitteln.

Torrin rieb sich über den Nasenrücken. »Wir haben ein Problem«, erklärte er schließlich und hielt Cleocs Blick auf eine Weise, die Grey nicht gefiel. »Wer auch immer Locke kontrolliert, kontrolliert die Macht. Als wir noch dachten, Seward wäre bloß ein einfacher Magier, hat es keine Rolle gespielt, ob er für die Wiederauferstehung der Insel geopfert wird. Wenn sie ihn dazu gezwungen hätten, die Insel wieder aus dem Meer zu rufen, wäre einfach nichts geschehen.«

Grey zuckte innerlich zurück. Es spielte durchaus eine Rolle, allerdings nicht aus den Gründen, die Torrin vorschwebten. »Es *wird* nichts geschehen«, sagte sie. »Kier ist kein Locke. Er ist nicht von meinem Blut.«

»Ah, aber genau in diesem Punkt täuschst du dich«, widersprach Torrin. Erschrocken sah Grey zu Cleoc hinüber, die jedoch ebenso verwirrt wirkte, wie Grey sich fühlte. Ihre Lippen waren zu einer schmalen, grimmigen Linie zusammengepresst. »Wenn du dich als Locke an einen Magier bindest, dann wird deine Macht zu seiner eigenen Macht. Er ist jetzt Blut von deinem Blut. Du und er, ihr seid eins, und ihr teilt die gesamte Macht. So ist die Insel, Maryse. Sich zu binden, ist ein heiliger Akt, eine Vereinigung, noch stärker als die Ehe.«

Wahre Namen sind nur etwas für Hände und Ehemänner.

Greys Herz donnerte zu laut in ihrer Brust. Was wusste sie sonst noch nicht über die Riten ihrer eigenen Nation? »Dann ist Kier …?«

Torrin nickte. »Kier ist jetzt ebenfalls ein Locke, und er hat denselben Anspruch auf die Insel wie du. Er braucht dich nicht. Wenn er herausfindet, wie man die Insel wiederauferstehen lässt, wenn er sie ruft, dann wird sich Locke unter seinem Befehl erheben – und Eprain und Luthar all die dazugehörige Macht zur Verfügung stellen.«

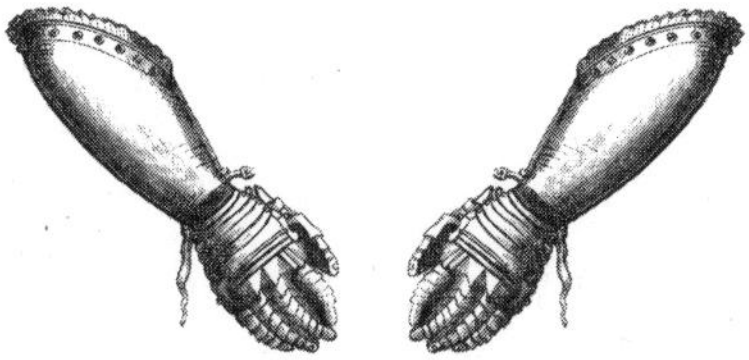

Im Laufe der Jahre habe ich etwas über unsere Feinde gelernt. Nestria kämpft, weil sie es müssen, aber lieber würden sie sich wieder ihren Bällen und Festen widmen. Cleoc Strata ist genauso brutal, wie es die High Lady Gerüchten zufolge ist. Luthar ist gerissen und verwandelt all unsere Strategien einfach in Staub. Und Eprain würde uns lieber vergiften, als sich uns auf dem Schlachtfeld zu stellen. Trotzdem sind wir zwischen ihnen gefangen und gezwungen, gegen sie alle zu kämpfen.

Tagebuch von Hand Master Mare Concord,
sieben Jahre nach der Vernichtung

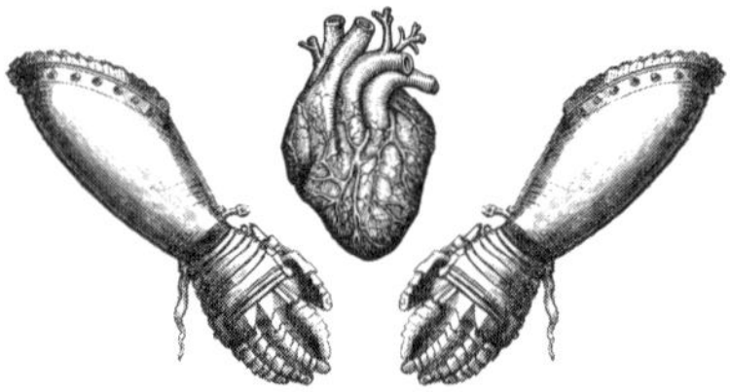

Dreiundzwanzig

Scaelas und Cleoc, die zur Zusammenarbeit bereit waren, nachdem sie die verheerenden möglichen Konsequenzen der Situation erkannt hatten, in der sie steckten, beschlossen, dass es das Beste war, mit offenen Karten zu spielen. Grey half ihnen, so gut es ging, dabei, den Herrschern der anderen drei Nationen zu schreiben und sie zu einem Treffen zu drängen, um die neue Situation mit Locke zu besprechen. Die Briefe an Luthar und Eprain bestanden in einer diplomatischen Drohung, vermutete Grey.

Nachdem die Sendschreiben verschickt waren, brachte Scaelas höchstpersönlich Grey in ein Zimmer im Herrschertrakt der Festung. Es war schon Abend geworden. Sie spürte den Tag in den Knochen und den Schlafmangel der vorhergehenden Nacht. Ola, Brit und Eron schliefen bereits in benachbarten Zimmern; Scaelas hatte ihnen ein Kontingent seiner Wachen zugeteilt.

Im Korridor zögerte Grey. Sie wusste nicht, wie lange es dauern würde, bis sie den High Lord wieder unter vier Augen sehen würde – es war eine seltene Gelegenheit.

»Wieso hast du diesen Brief geschrieben?«, fragte Torrin. »Und behauptet, dass Severin überlebt hat?«

Es gab keinen Grund mehr, ihm etwas vorzumachen. »Ich hatte

Angst«, sagte sie. »Ich war noch ein Mädchen. Die Soldaten, die du ausgesandt hast, waren nicht freundlich oder sanft. Ich wollte nicht, dass du mich findest.«

»Ah«, sagte Torrin so leise, dass sie es fast überhörte.

»Was weißt du über den Tod der Insel?«, fragte Grey.

Zu ihrer Überraschung kam seine Antwort prompt. »Dein Vater«, sagte er. »Er hat mir von der Ausfallsicherung der Insel erzählt. Er sollte eigentlich überhaupt nichts darüber wissen – die Herrscherinnen der Insel hüteten ihre Geheimnisse, sogar in der Ehe. Aber deine Mutter hat deinen Vater geliebt – vermutlich trotz ihrer Erziehung.«

Grey tat so, als würde sie der Wandteppich neben ihr sehr interessieren, und fuhr mit dem Finger über die Schlaufen. »Ich weiß«, sagte sie. »Und er hat sie auch geliebt.«

»Mehr als das Leben«, pflichtete Torrin ihr bei. »Ich habe es nie verstanden – versteh mich nicht falsch, Maryse. Ich habe deine Mutter auch vergöttert, als ich sie kennenlernte, aber immer mit einer großen Portion Angst. Sie war eine bemerkenswerte Frau. Sie hatte diesen Blick, und wenn er auf einen gerichtet war – nun ja. Man wünschte sich lieber den Tod, als diesen Blick zu sehen.«

»Ich erinnere mich«, sagte Grey; sie selbst hatte diesen Blick mehr als einmal geerntet. »Aber er brachte sie zum Lächeln. Sie musste immerzu lachen, wenn sie mit ihm ungestört war.«

»Manche würden das als Schwäche interpretieren.«

Grey zuckte die Achseln. Für sie war es anders. »Aber die Ausfallsicherung«, sagte sie. Sie konnte nicht hier stehen, über die Liebe ihrer Eltern reden und an alle Wege denken, wie die Liebe sie in den Tod geführt hatte.

»Ja«, sagte Torrin. Er nickte in Richtung ihres Zimmers. Sie traten ein, und er verriegelte hinter ihr die Tür. Er ging zum Feuer, das mit hellvioletter Flamme brannte, ein dauerhaftes Werk irgendeines Magiers, lehnte sich an den Kaminsims und starrte in die Flammen. »Eines Abends saßen wir noch spät beisammen und tranken, als er mich besuchte. Wir taten das häufiger, als ich zugeben sollte, nachdem wir uns wiedergefunden hatten. Deine

Mutter war bereits zu Bett gegangen. Severin war noch ein Junge; ich kann mich nicht erinnern, ob du schon auf der Welt warst.

Es ist ein Schutz der Inselgötter. Das Risiko von Macht ist, dass sie begehrt wird. Eines Tages würden sich die anderen gegen die Insel wenden und gegen alles, wofür sie stand, also weihte man jeden direkten Nachkommen in die Wahrheit ein, wenn er alt genug war. Wenn die Insel je besetzt sein würde, wenn alle Hoffnung verloren war, gab es noch eine Möglichkeit: Die Blutlinie konnte weiter bestehen, wenn alle anderen starben, um einen zu retten. Wenn sie ihr Leben, ihre Macht und ihre Magie gaben, konnte derjenige, der die größte Chance darauf hatte, die Linie zu retten, überleben.«

Grey stolperte zurück und rammte den Bettpfosten. Sie hatte schon so etwas vermutet, aber sie war davon ausgegangen, dass nur Severin sein Leben geopfert hatte.

»Alle«, sagte sie.

»Alle auf der Insel«, antwortete Torrin leise, »sind gestorben, damit du leben kannst.«

Sie verschränkte die Arme vorm Bauch, als könnte sie damit verhindern, dass sie zusammenbrach.

»Wünschst du dir, er wäre es gewesen? Nach all dieser Zeit, wünschst du dir, Severin hätte überlebt?«

Torrin sah sie entsetzt an. »Bei den Göttern, Maryse«, sagte er. »Wie kannst du mich das nur fragen?«

Sie wusste es nicht. Sie konnte es nicht sagen. An manchen Tagen wünschte sie sich selbst, dass Severin an ihrer statt überlebt hätte.

Torrin kam auf sie zu und nahm ihre Hand. Er war groß gewachsen, größer, als ihr Vater gewesen war, hatte auch breitere Schultern, aber irgendetwas an ihm und seinem Verhalten ließ sie sofort an Isaak denken.

»Ich werde alles in meiner Macht Stehende tun, um es wiedergutzumachen.«

Grey lehnte sich vor, ohne es zu wollen. »Weißt du, wie man sie zurückbringt? Wie man die Insel wiederbelebt?«

Er seufzte und schloss die Augen. »Nein«, sagte er. »Es tut mir leid.«

Grey nickte und versuchte, das Brennen im Magen zu ignorieren. Er hätte es nicht wissen können, dachte sie, aber das hatte sie nicht davon abgehalten, zu hoffen, irgendjemand anders könnte endlich die Antwort kennen.

»Ich hätte den Brief vergessen sollen«, sagte Torrin. »Ich hätte weitersuchen sollen.«

Grey sah ihn an. Sie hatte sich jahrelang gewünscht, diese Worte einmal zu hören, aber jetzt, da es so weit war, waren sie leer. »Ja, hättest du«, erwiderte sie. Aber wenn es so gewesen wäre, wäre sie nie bei Kier geblieben. Sie wandte den Blick ab und versuchte, den Kloß im Hals hinunterzuschlucken. »Sagst du mir sofort Bescheid, wenn du etwas hörst?«

»Ja«, sagte er. »Und ich werde dir zuliebe Cleoc vertrauen, auch wenn ich ein ungutes Bauchgefühl habe. Wir werden alles tun, um ihn zu finden.«

Grey nickte. Sie hatten keine andere Wahl.

Er verabschiedete sich, und sie schloss die Tür hinter ihm. Obwohl sie erschöpft war, zwang sie sich, zu baden, den restlichen Schmutz abzuwaschen und Salben und Cremes auf ihre Verletzungen aufzutragen. Die Wunde am Bauch war besonders heftig; ihr Gesicht sah schlimmer aus, als es sich anfühlte. Sobald sie gewaschen war, flocht sie sich die Haare und zog das Nachthemd an, das jemand ihr hingelegt hatte, und fiel in tiefen Schlaf.

In dieser Nacht träumte sie vom Tod von Locke, aber es waren Kiers Hände, die ihre festhielten, als die Macht zwischen ihnen floss. Kiers Verletzungen auf ihrer Haut. Kiers Körper, der zerstört wurde, als die Welt explodierte.

Es war noch dunkel, als jemand sie wachrüttelte. Sie blinzelte müde und entdeckte Brit über sich. They war bereits angekleidet, und ein blaues Magielicht glomm zwischen Brits Fingern.

»Wach auf. Es gibt Neuigkeiten.«

Sie zog sich eilig an. Die Haare ließ sie unangetastet. Vor der

Tür wartete Ola. »Wir lassen Eron schlafen, auch wenn er uns dafür umbringen wird«, sagte sie und zog eine Grimasse. Zu dritt folgten sie zwei von Scaelas Wachen in eine größere Ratsstube als die vom Vortag. Cleoc und Scaelas warteten bereits mit ihren Commandern und einer Anzahl hochrangiger Beamter. Grey wünschte sich, sie hätte ihre Haare neu geflochten.

»Es gibt Neuigkeiten?«, sagte sie und nahm den bitteren schwarzen Kaffee, den ihr jemand reichte. Sie warf einen Blick auf die Uhr an der Wand. Es war kurz nach 4 Uhr morgens.

»Epras und Luthos haben einem Treffen zugestimmt«, sagte Cleoc. »Ihr hattet recht. Sie sind eine Allianz eingegangen.«

»Und Nestria?«

»Bisher noch keine Nachricht.«

Grey nickte. Sie spürte die Blicke der anderen Ritter auf sich; sie konnte die Verwirrung von Commander Reggin und seiner Hand geradezu schmecken. Einige bekamen große Augen, als einer von Cleocs Wachen einen Stuhl hervorzog und Grey sich darauf setzte, als hätten sie erwartet, dass Ola oder Brit Platz nehmen würden. Vielleicht lag es daran, dachte Grey finster, dass sie beide älter aussahen, sich die Haare gekämmt hatten und nicht das halbe Gesicht von Schlägen verquollen war.

»Wir sollen Eprain, Luthar und einen Gesandten des Kontinents in zwei Stunden treffen«, sagte Scaelas. »Wir haben Patrouillen auf See, falls sie vorher noch irgendetwas versuchen, und wir haben die Freilassung von Captain Seward verlangt.«

Grey wurde bleich. Gesuche für die Freilassung von Soldaten, die außerhalb des vereinbarten Kontexts gefangen genommen worden waren, gab es häufiger; meistens kehrten sie nicht lebendig zurück. Und wenn Kier für nichts und wieder nichts getötet wurde – wenn er *überhaupt* getötet wurde –, würde sie die gesamte Insel dem Erdboden gleichmachen. Sie würde sie in ihrer Trauer mitsamt dem Meer verschlingen.

»Darf ich, Mylord?«, setzte Commander Reggin an. Scaelas neigte den Kopf. »Eure Hoheit«, sagte Reggin und wandte sich an Grey. Er sprach den Titel aus, als würde er sich dabei die Zunge verbrennen. »Wir haben zwei Kompanien aus Scaela zusammengestellt und zwei weitere aus Cleoc Strata entgegengenommen. Diese Soldaten werden den High Lord und Cleoc begleiten, wenn sie über die Freilassung von Captain Seward verhandeln.«

Grey sah zu Torrin. »Und ich …?«

»Du wirst hinter unseren Streitkräften bleiben«, sagte Torrin bestimmt. »In der Festung und in Sicherheit.«

Grey schnaubte. »Ich gehöre seit *zehn* Jahren zu deinen Streitkräften, und ich lebe noch.«

»Du wirst dich *nicht* in Gefahr begeben«, erwiderte Torrin. Er führte sich wie ihr Vater auf. Wenn er damit glaubte, sechzehn Jahre der verlorenen Zeit aufholen zu können, hatte er sich geschnitten.

Grey spürte Olas schwere Hand auf ihrer Schulter. Die Fingerspitzen gruben sich ihr ins Fleisch.

»Auf gar keinen Fall«, sagte sie. »Wenn ihr euch trefft, werde ich dabei sein. Wenn es um meine Zukunft geht, muss ich es hören.«

»Sie hat nicht unrecht, Scaelas«, sagte Cleoc versöhnlich.

»Ich werde dich nicht als Locke offenbaren«, erwiderte Torrin streng. »Nicht, wenn sie Sewards Tod akzeptieren und dich unversehrt lassen würden.«

Grey dachte gar nicht erst über diese Möglichkeit nach. »Dann tu es nicht«, sagte sie. »Nimm mich als eine deiner Wachen mit. Ich werde hinter dir stehen und nur zuhören, aber ich will dabei sein.«

»Ich werde nicht gestatten, dass …«

»Das ist doch ein annehmbarer Kompromiss«, sagte Cleoc und lehnte sich auf ihrem Stuhl zurück. Ihr Blick zu Torrin wurde zunehmend kühler. »Und wenn er sich weigert, Euch in eine Rüstung zu stecken, dann tretet als eine meiner Wachen auf.«

Torrin sah wütend von einer zur anderen und gab sein Bestes, die Fassung zu bewahren. Es kostete Grey ihre ganze Konzentration, ihm kein zuckersüßes Lächeln zu schenken.

»Dann ist es beschlossene Sache«, sagte er und zuckte die Achseln. »Du wirst mitkommen, aber nicht allein. Wähle eine deiner Wachen, die dich begleitet.« Er nickte Reggin zu und gab ihm das Signal, die Truppenbewegungen auf der Karte zu erläutern.

»In Ordnung«, sagte Grey.

Eine Stunde später ritten Grey und Eron mit dem Rest der Soldaten Scaelas in einer Reihe zum Treffen. Brit und Ola hatten protestiert und sich beide als Begleitung angeboten, aber Grey wollte nicht diejenige sein, die das Paar auseinanderbrachte, wenn einer von den beiden starb. Eron hatte begriffen und ihr nur die Hand gedrückt, nachdem die beiden beleidigt davongegangen waren.

Jetzt, da Greys Haare um den Kopf geflochten waren und sie in scaelanischer Rüstung steckte, sah sie aus wie jede andere Wache. Sie spürte das tröstende Gewicht der Rüstung, das ihr so vertraut war wie ihre eigene Macht.

Trotz ihrer Nervosität konnte sie nicht umhin, auf dem Weg zum Treffpunkt die Schönheit der Küste zu bewundern. Hier, in unmittelbarer Nähe zu Luthar, gab es keine Strände; die Hügellandschaft erstreckte sich bis direkt zur Steilküste. Als sie und Kier noch Kinder waren, hatte Lot sie oft an ähnliche Abschnitte geführt, und sie waren abwechselnd in die wartenden Arme des Meeres gesprungen. Nachdem Imarta davon Wind bekommen hatte, hatte sie sie alle drei wegen des Schrecks, den sie ihr eingejagt hatten, geohrfeigt, aber immerhin den Müttern der Jungen nichts davon erzählt.

»Gremaryse.«

Scaelas Stimme holte sie aus ihren Gedanken. Er hatte sich zurückfallen lassen und ritt neben ihr. Auch er trug eine Rüstung, aber keinen Helm. Sein Wappen war in Gold gestickt.

»Willst du mich weiter ausschimpfen?«, fragte Grey. Eron ritt etwas langsamer, um ihnen Privatsphäre zu verschaffen.

Torrin sah sie finster an. »Ich werde nicht so tun, als ob«, sagte er. »Wenn es nach mir ginge, hätte ich dich in einem Turm weggeschlossen, bis wir einen sicheren Weg gefunden haben, ans Ziel zu kommen.«

»Du könntest versuchen, mich einzusperren, aber es würde dir nicht gelingen.«

»Dein Vater wollte auch nie in einem Turm eingesperrt werden, weißt du?«

Grey kaute auf ihrer Lippe. Sie konnte nicht einschätzen, wie gut er es ertragen würde, über alles zu reden.

»Als er starb«, sagte Torrin, »dachte ich, ich würde es nicht überleben. An jenem ersten Tag, als der Rauch noch schwer in der Luft hing, war ich mir sicher – nun, wir hatten seit fast zwanzig Jahren keine Verbindung mehr zueinander aufgebaut, nicht seit er verheiratet war und sich an deine Mutter gebunden hatte. Aber irgendwie wusste ich es trotzdem.«

Grey kämpfte die Angst nieder, die in ihr aufstieg. »Sagst du mir das, weil du glaubst, dass Kier so gut wie tot ist?«

»Ich sage dir das, weil du mir etwas bedeutest.«

»Du kennst mich doch kaum.«

Er sah sie an. »Macht das einen Unterschied? Vielleicht stimmt es, oder vielleicht kenne ich dich besser, als du dir je vorstellen kannst, weil du ihre Tochter bist, und genauso furchterregend, wie sie es sich für dich hätten wünschen können.«

Sie konnte nicht so über ihre Eltern nachdenken und über all die Facetten, die sie bei ihr nie kennengelernt hatten. Schweigen entstand. Grey sah nach vorn zu Cleoc, die zwischen ihren Soldaten aufrecht auf dem Pferd saß. Sie fragte sich, ob sie jemals ihrem Beispiel nacheifern würde, anstatt ihre schlachterprobte Dickköpfigkeit an den Tag zu legen.

Irgendwann schließlich seufzte Torrin. »Versprichst du mir, beim ersten Anzeichen für Ärger die Flucht zu ergreifen?«

»Auf gar keinen Fall«, sagte Grey. »Nicht ohne Kier.«

»Ich habe befürchtet, dass du das sagen würdest.« Torrin warf ihr einen Seitenblick zu. »Du wirst versuchen, ihn zu retten, nicht wahr?«

»Ich werde alles tun, was in meiner Macht steht, um ihn zu retten«, erwiderte sie. »Es tut mir leid, Torrin. Ich weiß, ich klinge jung oder impulsiv – ich kann nicht von mir sagen, dass ich eine besonnene Verbündete bin. Aber wenn ich zwischen Kier und dieser Scheißnation wählen müsste, würde ich mich immer für Kier entscheiden.«

Torrin runzelte die Stirn. »Also schön. Was auch immer du tust, sei vernünftig. Ich habe schon so viele Verluste in diesem Krieg zu beklagen, Maryse. Und noch etwas: Was auch immer du tust, bitte kein Alleingang.«

»Du wirst mich also nicht aufhalten? Wenn ich versuche, ihn zu retten? Wenn ich etwas Unvernünftiges tue?«

Er schnaubte. »Wenn du auch nur annähernd so bist wie deine Mutter, dann hat es wenig Zweck, es zu versuchen.« Er sah an der Reihe der Soldaten entlang. »Tu mir bloß den Gefallen und sag Cleoc nichts davon. Es wäre das Beste, wenn sie nur davon überzeugt ist, dass *du* eine schlechte Verbündete bist, und du mich da raushältst.«

»Das kann ich tun«, willigte Grey ein.

Sie ritten schweigend einige Minuten weiter. Greys Gedanken drehten sich um Möglichkeiten, um Pläne. Als sie den Gipfel der letzten Anhöhe erreichten, wandte sich Torrin wieder an sie. »Du bist wichtiger als deine Macht, Maryse. Bitte vergiss das nicht.«

Grey nickte und verkniff sich die Antwort, dass sie nicht wichtiger war als Kier. Als sie über den Hügel kamen, sah sie das grasbewachsene Feld, auf dem das Treffen vorbereitet worden war. Gemurmel brandete auf, als sie entdeckten, was sich dahinter befand: Luthar und Eprain hatten fast doppelt so viele Soldaten wie Cleoc und Scaelas aufmarschieren lassen.

»Mylord«, sagte einer der Schildknappen von Scaelas. »Sollen wir nach Verstärkung schicken lassen?«

Torrin stellte sich aufrecht in die Steigbügel und ließ den Blick über die eprainischen und luthrischen Streitkräfte wandern. Er fluchte ausgiebig und seufzte. »Nein«, sagte er. »Beim ersten Anzeichen eines Gefechts ordnet den Rückzug an. Ich werde nicht zulassen, dass es zu einer weiteren sinnlosen Schlacht kommt.« Er sah Grey mit schmalen Lippen an und nickte.

Der Tross um Scaelas, Cleoc und ihre ausgewählten Wachen

trennte sich von den Soldaten und ritt in Richtung einer kleinen Ansammlung in der Mitte des Felds. Scaelas ritt voraus und holte seine Wachen ein, während Eron sich wieder zu Grey gesellte. Es war ein friedliches Treffen – zumindest im Augenblick. Die Wachen waren darauf trainiert, beim ersten Anzeichen eines Angriffs, ob nun mit Stahl oder Magie, den High Lord zu umringen und in Sicherheit zu bringen.

Grey betrachtete die kleine Gruppe. Ihr schlug das Herz bis zum Hals. Es waren ungefähr ein Dutzend, alle beritten – bis auf einen. Er stand zwischen zwei Reitern – Grey hielt sie für Epras und Luthos, ohne Helme wie Scaelas und Cleoc –, die ganz in Schwarz waren. Als sie näher heranritten, sog sie seinen Anblick geradezu auf, den vertrauten Körperbau, den Wind in seinen Haaren. Einen seiner Arme hatte er in einer Schlinge, vermutlich wegen seines gebrochenen Schlüsselbeins, also hatte er zumindest einen Heiler gesehen. Neben ihr seufzte Eron erleichtert.

Kier.

Sie konzentrierte sich auf ihre Macht und versuchte verzweifelt, irgendeine Verbindung herzustellen. Aber sie fühlte nichts, also stand er noch unter Drogen. Wenn sie keine Bruchlilie an ihm befestigt hatten – und Drogen waren innerhalb eines geschützten diplomatischen Treffens verboten, also musste man sie ihm vorher verabreicht haben –, würde es mindestens zwanzig Minuten dauern, vielleicht länger, bis sie ihn fand.

»Er lebt«, krächzte sie.

»Natürlich tut er das«, sagte Eron, als hätte er nie daran gezweifelt. Er lächelte schief.

Es kostete Grey ihren gesamten Willen, sich ein gutes Stück hinter Scaelas mit dem Rest seiner Soldaten aufzustellen; sie wollte vorausstürmen, Kier packen und von hier verschwinden. Er trug keine Rüstung, anders als Epras und Luthos, und war unbewaffnet.

Er sah auf, als Scaelas und Cleoc näher kamen, irgendetwas flackerte über sein Gesicht – und dann wanderte sein Blick über die Soldaten hinter den Herrschern. Als er Grey erblickte, strahlten seine Augen.

Sie versuchte es erneut, aber sie konnte ihn nicht fühlen. Kier machte einen halben Schritt nach vorn, bevor er sich wieder im Griff hatte. Fast unmerklich schüttelte er den Kopf und verzog das Gesicht.

»Luthos«, sagte Cleoc und nickte dem kleineren Mann der beiden zu. Er hatte pechschwarze Haare und lümmelte im Sattel. »Epras.« Epras saß gerader, und sein Pferd tänzelte unter ihm. »Locke.« Sie verriet sich nicht und begrüßte Kier. »Ihr hättet uns eine Menge Schwierigkeiten ersparen können, wenn wir neulich abends darüber gesprochen hätten, unter anderen Bedingungen.«

Es war ein Tadel, der ihr galt, so viel begriff Grey.

Kier zuckte mit seiner gesunden Schulter.

»Es ist schon zu lange her, dass wir uns so getroffen haben«, fuhr Cleoc fort. »Dass wir vernünftig und friedlich miteinander gesprochen haben.«

»Ich habe kein Interesse an Euren Reden«, sagte Luthos knapp.

»Dann nennt uns Eure Bedingungen«, kam von Torrin, »und wir können fortfahren.«

Luthos und Epras tauschten Blicke, und Grey wusste nicht, was sie davon halten sollte. Sie sah zu Kier, doch er starrte mit unveränderter Miene auf den Boden zu ihren Füßen. Sie versuchte, ihn zu fassen zu bekommen, als könnte sie den Effekt der Drogen allein mit purer Willenskraft vertreiben. Ihre Hand lag locker auf dem Schwertknauf, und ihr Herz raste.

»Wir haben Severin gefunden und an uns genommen, den verlorenen Erben von Locke«, sagte Epras. »Als solcher wird der High Lord seine Insel wiederherstellen, eine Gemahlin aus meinem Hof wählen und Lockes Linie im Namen von Epras fortsetzen.«

Torrin sah Luthos an, der viel jünger und erst seit wenigen Jahren auf dem Thron war, wie Grey sich erinnerte. »Und darauf habt Ihr Euch eingelassen?«, fragte er ungläubig. »Ihr seid eine Allianz mit Epras eingegangen und gestattet ihm, die Macht an sich zu reißen?«

»Epras ist in der Lage, Vernunft anzunehmen«, sagte Luthos geradeheraus. »Anders als andere.«

»All die Jahre, und der Erbe war direkt vor Eurer Nase«, sagte Epras verächtlich. »All die Jahre, und die Macht hätte Euch gehören können.«

»Es ging mir nie um die Macht«, sagte Torrin.

»Meine Herren«, schaltete sich Cleoc ein. Sie sah Epras an. »Es steht Euch nicht zu, Locke zu regieren. Er mag jetzt Euer Gefangener sein, aber was, wenn er Eure Braut tötet? Es ist nicht so einfach, die Macht zu kontrollieren.«

»Nicht, wenn er an seine Braut gebunden ist«, erwiderte Epras. »Wie es die Bräuche der Insel verlangen.«

Cleoc seufzte. Grey versuchte erneut, eine Verbindung herzustellen und sich durch die Bruchlilie zu kämpfen, die Kiers Körper vernebelte. Vergeblich.

»Es sieht aus, als hättet Ihr Eure Entscheidung getroffen«, sagte Cleoc. »Locke wird wiederhergestellt werden, und Epras wird die Herrschaft ergreifen. Aber ich werde Eure Insel dem Erdboden gleichmachen. Ich werde Eure Braut töten. Ich werde alles zerstören, was Ihr aufbaut, Epras.«

Cleoc hatte Grey noch nie so sehr an ihre Mutter erinnert. Nicht zum ersten Mal fragte sie sich, ob das die Konsequenz war, wenn Frauen wie sie den Thron bestiegen.

»Dann werde ich Euch die Macht entziehen«, sagte Epras.

Cleoc zog eine Augenbraue hoch. »Und wie wollt Ihr das anstellen?«

Epras lehnte sich mit einem giftigen Grinsen vor. »Indem *ich Locke kontrollieren werde.*«

»Ich befürchte, wir kommen hier vom Thema ab«, sagte Kier leise. »Mylord, Mylady, ich habe eingewilligt, die Frau zu ehelichen, die Epras auserwählt. Ich habe eingewilligt, die Insel wiederherzustellen. Aber ich werde dies nur unter der Bedingung tun, dass der Krieg endet und der gemeinsame Rat sich wieder bildet.« Er schien sich seinem Schicksal endgültig zu fügen. »Es gibt keinen Grund, wieso das Sterben weitergehen sollte.«

»Und werdet Ihr die Macht auf gerechte Art wiederherstellen?«, fragte Scaelas.

Schweigen. »Ich werde Epras und Luthos mit erneuerter Macht ausstatten«, sagte Kier, »da sie mich gerettet und wieder eingesetzt haben.«

Cleos und Scaelas sahen sich an. Grey holte tief Luft – also das war es, was sie wollten. Es stand Locke frei, die Quellen ungleichmäßig zu verteilen; weil Greys Vater Scaelaner gewesen und ihre Allianz am stärksten gewesen war, war zum Zeitpunkt des Untergangs der Insel Scaela die Nation mit der meisten Macht gewesen.

Aber jetzt? Jetzt würde alles in sich zusammenfallen. Und Kier hatte eingewilligt, weil er davon ausging, die nötige Macht für die Erfüllung seiner Versprechen ohnehin nicht zu haben.

»Dem werden wir nicht zustimmen«, sagte Cleoc. Als würde es ihr Unbehagen spüren, fing ihr Pferd zu tänzeln an. »Die Macht sollte zu gleichen Teilen wiederhergestellt werden. Auf diese Farce lassen wir uns nicht ein. Locke ist Euer Gefangener, nicht Euer Verbündeter.«

Epras lächelte schmal. »Das ist Interpretationssache.« Er nickte seinen Soldaten zu. »Und es spielt keine Rolle – wir haben die Feierlichkeiten mitgebracht. Die von uns erwählte Braut wartet bereits. Wir haben diesem Treffen zugestimmt, damit Ihr Zeuge dieser Ehelichung werdet – und unserer Allianz.«

Grey rutschte das Herz in die Hose. Kier sah sie noch immer nicht an, aber es war im Grunde unwichtig. Sie versuchte, ihn zu erreichen. Sie stocherte. Sie *drückte.*

Ein hauchzarter Faden ihrer Macht dockte an und hielt.

Sie sandte ihm so viele Gefühle, wie sie nur konnte: Liebe, Reue, Wut und Erleichterung. Sie war so damit beschäftigt, ihn zu fluten, dass es einen Augenblick dauerte, bis sie bemerkte, dass Kier nur ein Gefühl zurückschickte: kaltes, hoffnungsloses Grauen.

»Eron«, murmelte Grey. »Irgendetwas stimmt nicht.«

»Abgesehen von allem anderen?«, raunte er zurück.

Grey konzentrierte sich auf ihre Verbindung, blendete das Treffen aus, das zu einem Gezänk über Landparzellen und Grenzen verkommen war, wenn es zu einer Allianz kam. Sie konzentrierte sich nur auf Kier und die Angst, die er ihr schickte, und versuchte ihr mit Trost beizukommen.

Sie würde nicht zulassen, dass er nach Epras heiratete. Sie würde nicht zulassen, dass er diese Bürde auf sich nahm – er wusste ja nicht einmal, dass er mittlerweile zu einem echten Spieler in diesem Spiel geworden war.

»Wenn ich etwas Waghalsiges mache«, fragte Grey, »wirst du mir Deckung geben?«

Eron seufzte. »Ja«, sagte er.

Grey widmete sich wieder ihrer Verbindung. Sie konzentrierte sich auf Commander Reggin, auf sein strenges Gesicht, und versuchte, Kier das Bild zu schicken. Kier runzelte die Stirn und sah auf. Er guckte zu Grey, dann zu Reggin. Grey nickte unmerklich.

Einen Augenblick lang passierte nichts. Dann spürte sie, wie er sie anzapfte – nicht so viel, um echten Schaden anzurichten, aber genug, um Aufsehen zu erregen. Hinter Scaelas richtete sich Commander Reggin plötzlich auf – und sackte dann im Sattel zusammen. Nicht tot, aber bewusstlos.

Scaelas drehte sich fassungslos um. »Habt Ihr gerade meinen Commander getötet?«

Grey hielt es nicht mehr an ihrem Ort. »Zu Scaelas!«, schrie Eron und rief die Wachen herbei, damit sie einen Schutzwall um den High Lord bildeten. »Sie haben angegriffen!«

»Zu Scaelas!«, erwiderte jemand seinen Ruf. Das Geräusch von Metall auf Metall schallte durch die Luft, als das ganze Feld im Chaos versank.

Grey nutzte die Verwirrung. Die Soldaten umstellten sie bereits, und Reggins Hand holte den bewusstlosen Commander aus dem Sattel. In größter Eile schleppten die Wachen Cleoc und Scaelas davon, während Luthos' und Epras' Wachen ebenfalls ihre Landesfürsten umstellten – was Grey eine kurze Chance bot.

Sie verband sich mit Kier und schickte ihm Macht. Zwei von Luthos' Soldaten fielen mit einem Schrei einfach um; Grey konnte ihren Tod spüren, während Kier sich bei ihr bediente. Hinter sich hörte sie Scaelas zum Rückzug rufen. »Los, Eron«, drängte sie ihn –

sie wollte sein Leben nicht auch noch riskieren. Er warf ihr nur einen kurzen Blick zu und schüttelte den Kopf. »Ich befehle dir, mir zu vertrauen«, flehte sie. »*Lauf!*«

Er zögerte eine halbe Sekunde, bevor er sich umdrehte und ihrem Befehl Folge leistete.

»*Schnappt euch Locke!*«, rief jemand. Grey wollte sich gerade umdrehen – aber sie meinten Kier.

Kier duckte sich unter einem luthrischen Soldaten hinweg, der ihn packen wollte. Grey ließ ihm eine weitere Machtwelle zukommen und spürte das entsprechende Ziehen von seiner Seite aus. Und dann war sie bei ihm, direkt über ihm – sie reichte ihm die Hand, und er packte zu, fand mit dem Fuß den Steigbügel und schwang sich hinter ihr aufs Pferd.

Sein Arm schlang sich um sie, halb als Umarmung, halb fürs Gleichgewicht, und sie spürte seine Qualen durch die Verbindung.

»*Was zum Teufel tust du?*«, knurrte er an ihrem Hals, während er ihr einen Kuss auf die lederne Schulterplatte gab, weil sie direkt über ihrer Haut war.

»Ich rette dir den Arsch wie sonst auch«, sagte Grey. Er straffte sich und löste sich etwas von ihr, was ihm nun leichter fiel, weil sie Kontakt hatten. Grey schöpfte von den umliegenden Quellen Kraft ab und versuchte sich dabei bloß auf die feindlichen Kräfte zu konzentrieren – was nicht besonders schwer war, denn Luthos und Epras schickten ihre Kompanien nur noch ihr hinterher. Sie ließ das Pferd kehrtmachen und ritt zurück in Richtung Meer und Steilküste; hin zu Scaelas Armee, die sich auf dem Rückzug befand.

»Ich liebe dich«, sagte Kier an ihrer Haut. Dabei riss er einen weiteren Strang ihrer Macht aus ihrer Körpermitte. Grey entfuhr ein Fauchen – so verschwenderisch konnten sie nicht mehr lange mit ihrer Macht umgehen.

»Spar dir deine Liebeserklärungen für später, wenn wir nicht mehr auf dem Schlachtfeld stehen«, sagte sie und zuckte zusammen, als er seine Kräfte auf einen anderen Magier richtete.

Sie konzentrierte sich auf die Quellen, auch wenn ihr Kopf längst schmerzte, und riss ihnen die Macht mit Stumpf und Stiel aus. Sie schmeckte Blut, während Kier die Gegner niedermähte.

»Grey«, sagte Kier düster, »sieh dir das an.«

Vom Kamm des Bergrückens aus sah sie, wie Luthars und Eprains Kompanien sich ausbreiteten und ihnen in einem Bogen alle Fluchtrouten abschnitten. Sie kamen direkt auf sie zu. Grey sah nach links und rechts, doch sie waren eingekesselt, und hinter ihnen wartete die Steilküste. Die Reiter hielten auf sie zu. *Im Galopp.*

»Hast du genug?«, fragte er und testete die Verbindung.

»Nein«, sagte sie. Sie musste schlucken – selbst wenn sie sich bei den anderen Quellen auf dem Schlachtfeld bediente, es würde nicht funktionieren. Sie war zu müde, zu leer. Wenn er versuchte, die Reiter zu töten, die auf sie zuhielten, konnte es passieren, dass er auch ihr das Leben nahm.

Sie sah ihn an. »Vertraust du mir?«

Er grinste, und der Anblick war wie ein glühendes Brandeisen auf ihrem Herzen. »Jederzeit.«

Sie sah zur Steilküste. »Zeit zu verschwinden.«

Kier sprang vom Pferd und schwang Grey an einem Arm herunter. Wie bei Kindern hielt er ihre Hand fest, als sie sich der Steilküste zuwandte. Sie zog ihren Helm ab und warf ihn beiseite. Es war nicht hoch genug, um sie zu töten – nur hoch genug, um sie zu verletzen.

Gremaryse, dachte Grey an ihre Namenspatronin, als sie in einen Lauf verfielen. *Wenn du mich je als die deine haben wolltest, dann ist jetzt der richtige Zeitpunkt.*

Zusammen wurden sie schneller und rannten auf die Steilküste zu. Als der Boden endete, war sie bereit.

Sie fielen und fielen, und als sie auf die Wasseroberfläche prallten, wurde ihnen die Luft aus den Lungen gepresst. Das Meer war gnadenlos und furchtbar. Während sie unterging und in die Tiefe sank, suchte Grey verzweifelt nach irgendeiner Idee, irgendeiner Eingebung ihres Instinkts, was sie tun sollte – aber sie spürte nur diffuse Angst. Und wie das dunkle Meer kam, um sie zu holen, die sie immer noch kilometerweit von der Stelle entfernt war, wo Locke sich einst befunden hatte.

Sie versuchte, an die Oberfläche zu kommen, doch sie konnte sie nicht finden. Panisch entledigte sie sich ihrer Rüstung, die sie immer weiter nach unten zog. Kier konnte sie auch nirgendwo sehen; sie spürte bloß seine Angst und Panik wie den Schrei eines Tiers durch ihre Verbindung. Sie öffnete den Mund, und Wasser schwappte hinein. Sie japste nach Luft, würgte, und dann schwamm sie nicht mehr.

Vergiss uns, hörte sie jemanden in ihrem Kopf rufen.

Sie öffnete die Augen. Das Salzwasser brannte. Sie strampelte verzweifelt nach Luft. »Ich erinnere mich!«, rief sie ins Meer, wo niemand sie hörte, wo niemand sehen würde, wie die High Lady von Locke starb. »Ich werde niemals vergessen.«

Ich habe alles für dich gegeben. Sie hörte Severins Stimme. *Ich habe alles gegeben. Und was gibst du, um sie zurückzuholen?*

Grey kniff die Augen im wilden Wasser wieder zu. *Dann nimm es*, dachte sie voller Panik, während sich das Salzwasser ihrer Lunge bemächtigte. *Was auch immer du willst. Was auch immer du brauchst. Nimm es alles.*

Ihre Hand wurde gepackt, als die See zu tosen begann.

Und Retarik legte ihre Hand auf Kitalmas Brust.
Die Macht zwischen ihnen glühte vor göttlicher, goldener
Hitze. Die Insel erbebte, als Kitalma sprach:
»Du bist mein und ich bin dein, und wir werden
ohne einander nie wieder vollständig sein.«

Folklore der Isle of Locke, undatiert, Autor unbekannt

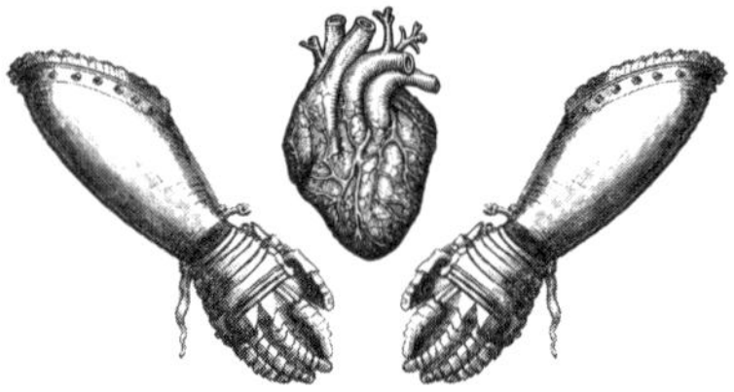

Vierundzwanzig

Als Grey erwachte, war ihr erster Gedanke, dass ihre zänkische Großmutter, die einst Locke gewesen war, recht behalten hatte: Es gab doch ein Leben nach dem Tod. Über sich konnte sie den Himmel nicht sehen; von allen Seiten war sie von weißen Nebelwirbeln umgeben. Unter ihr war felsiges Gestein.

Sie setzte sich auf.

Der Boden unter ihr war fest. Sie war klitschnass und eiskalt vom Meerwasser, aber sie war nicht mehr *im* Meer. Sie befand sich auf einer Felsklippe. Vor ihr war nur Nebel, doch als sie nach vorn rutschte und nach unten sah, konnte sie in der Gischt das schwarze Gestein sehen. Sie war schon vor langer Zeit die Obsidianinsel genannt worden, und Grey spürte, wie der Name in ihr neuen Raum gewann, während sie die tintenschwarze Farbe der Felsen betrachtete.

Sie rutschte zurück. Auf einer Seite konnte sie gerade so die Steinmauern der Festung ausmachen. Hinter ihr zog sich der Nebel zurück und verschwand hinter den dürren Bäumen des Geisterwaldes.

Sie stand auf. Die felsige Küste von Locke war stabil.

Sie drehte sich langsam im Kreis, suchte nach … irgendetwas.

Anders als sie war der Boden trocken, als wäre die Insel nie unter Wasser gewesen.

Dort, am Rand des Waldes, entdeckte sie eine Gestalt. Einen menschlichen Körper, der mit dem Gesicht nach unten auf dem stoppeligen Boden lag. Sie machte zwei Schritte, drei, dann rannte sie los.

Beschütze mich, flehte Grey – sie war keine Magierin, nur eine fast aufgebrauchte Quelle, aber sie merkte, wie die Insel auf ihre Bitte reagierte. Sie spürte die bebende Sicherheit, die sie ihr gab.

Sie konnte jedoch nicht nachdenken; sie konnte kaum atmen. Sie tropfte vor Salzwasser und Schlamm und sprintete in Richtung Wald, hin zu der schwarz gekleideten Gestalt.

Sie warf sich neben ihr auf den Boden und fasste sie an den Schultern. Grey verfluchte sich selbst und suchte nach der magischen Verbindung, aber hier fühlte sich alles anders an. Sie packte die Gestalt fester und rollte sie herum.

Alles erstarrte, wurde zu Stein.

Es war furchtbar – denn es war Kier, und zum ersten Mal in ihrem Leben kam er ihr fremd vor. Seine Haut war von violetten Hämatomen übersät, ein Teil von seinem Ohr fehlte, und sein Auge war blau. Die Schlinge um seinen Arm war verschwunden, und das gebrochene Schlüsselbein beulte die Haut in einem seltsamen Winkel aus.

Wie konnte er das überleben? Wie konnte irgendjemand so etwas überleben?

Er bewegte sich nicht. Er atmete nicht. Ihr blieb das Herz stehen, als sie begriff, dass er es *nicht* überlebt hatte.

Deshalb war er ihr fremd. Unheimlich. Sein Gesicht war leblos, und der Funke, der aus Kier *Kier* machte, war fort, verschlungen vom Meer, den Klippen, der Luft. Grey spürte in sich nach der Verbindung, die zerbrochen war, mitsamt der Wurzel ausgerissen.

»Kier«, flehte sie und hob sein Kinn an. Sie rollte ihn auf die Seite, achtete nicht auf seine Verletzungen und klopfte ihm auf den Rücken. »*Kiernan.* Kier, bitte.«

Nichts. Sie legte einen Finger an seinen Hals. Es gab nicht einmal einen schwachen Puls. Die Verbindung in ihr war abgerissen und hinterließ nur eine wunde, schmerzende Leere. Es war schon Jahre her, dass sie danach greifen wollte und nichts gespürt hatte, noch nicht einmal den Hauch ihrer Existenz. Sie hatte sich nicht mehr so leer gefühlt, seit sie gebunden waren.

»Tu mir das nicht an«, knurrte sie, rollte ihn auf den Rücken und fing mit einer Herzdruckmassage an, als könnte sie sein Herz zwingen, wieder zu schlagen. »Ich werde dich nicht lieben, wenn du mir das antust«, brachte sie die Lüge mühsam über die Lippen, während sich ihr die Kehle vor Angst zuschnürte. »Du kannst mich nicht zwingen, dich zu lieben, wenn du hier einfach …« Ihre Massage kam ins Stocken, und sie drückte fester zu, bis sie merkte, dass die Rippen unter ihren Händen brachen. »Komm zurück, Kier.«

Nichts.

Grey konnte nicht atmen. Sie konnte ihn nicht weiter verletzen, konnte nicht so weitermachen. Kier war tot, und sie konnte nichts tun, um ihn zurückzubringen. Sie fuhr mit den Händen über sein nasses Hemd, über sein Kinn, legte die Hände an sein Gesicht. Seine Haut war kalt und klebrig vom Salzwasser. Mit zitternden Fingern befühlte sie seine Lippen und fuhr die Narbe an seinem Mund nach.

Alles war so vertraut – und in seiner Leblosigkeit so entsetzlich.

Sie war die High Lady von Locke. Die Herrscherin der frisch wiederhergestellten Insel. Das Zentrum und die Meisterin der gesamten Macht, die Idistra zu bieten hatte.

Und doch konnte sie nicht das Geringste damit tun. Nicht allein. Sie konnte sein Herz nicht zwingen, wieder zu schlagen; sie konnte ihn nicht aufschneiden und mit den Fäden ihrer Macht wieder zusammenflicken. Nicht, wenn das Leben selbst ihn schon verlassen hatte; nicht, wenn nichts mehr von ihm da war, wonach sie greifen konnte.

Zum ersten Mal in ihren Leben saß Grey vor Kiers Leiche und merkte, dass sie völlig machtlos war.

»Verlange nicht von mir, dass ich das allein schaffen soll«, sagte sie mit bebender Stimme. »Ich kann das nicht ohne dich.«

Du kannst alles, was du willst, mit oder ohne mich, hätte Kier gesagt. Und sie musste an das denken, was er in der Taverne gesagt hatte: *Ich wusste schon immer, dass du eine Überlebenskämpferin bist.*

Diesmal nicht, Kier. Sie würde das hier nicht überleben. »Bitte«, flehte sie in einem letzten Versuch, ihn vom Tod zurückzuholen.

Doch es kam keine Antwort. Natürlich nicht – es würde nie wieder eine Antwort kommen. Seine Stimme würde nur noch in ihrer Erinnerung weiterleben.

Sie spürte, wie alle vorherigen Versionen von ihr sich auftrennten und wieder vereinten, all die Entscheidungen, die sie getroffen hatte: sie als achtjähriges Mädchen, das ihn an der Hand nahm und ihm von ihrer Macht zuschob; sie, wie sie ihm und Lot mit einem Brief in der Hand in ein Dorf folgte; sie als Jugendliche, wie sie die Finger an die Lippen legte und das Gefühl des Kusses festhalten wollte, den er ihr als Mutprobe gegeben hatte; sie als Fünfzehnjährige, die zusah, wie sich sein Entschluss, sie zu retten, im Gesicht widerspiegelte; sie mit achtzehn, als er die Arme um sie geschlungen hatte, seine heißen Tränen an ihrem Hals. Sie war ein sterbendes Licht, eine entsetzte Hülle ihrer selbst, und sie war an ihn gebunden und hatte ihn für immer verändert.

Jede Entscheidung. Jedes Opfer. Alles hatte hierhergeführt, zu diesem Moment, zu ihr am Rande des Todes und kurz vor dem fünfundzwanzigsten Geburtstag, wie sie seinen Leichnam an sich drückte, als könnte ihn das zurückholen.

In irgendeiner Welt, irgendeiner Realität, musste es eine Version von ihm geben, die noch lebte. Eine Version von ihr, die ihn nicht dazu brachte, sein Leben für sie zu lassen.

Sie wollte alles zurücknehmen, wollte jedes Jahr und jede Entscheidung ungeschehen machen, die sie zu dieser Version gemacht hatten: das Mädchen, das lebte und zu der Frau wurde, die lebte und dabei jeden Menschen, der ihr etwas bedeutete, in den Opfertod zwang.

Sie sackte zusammen, ließ den Kopf schwer auf seine Brust fallen und weinte an seiner Leiche, bis sie in die Dunkelheit sank.

Vierter Teil

Die Lady von Locke

ICH LIEBE DICH, UND ES TUT MIR LEID.

Die letzten Worte von Captain Kiernan Seward,
aufgezeichnet in Mecketer,
sechzehn Jahre nach der Vernichtung

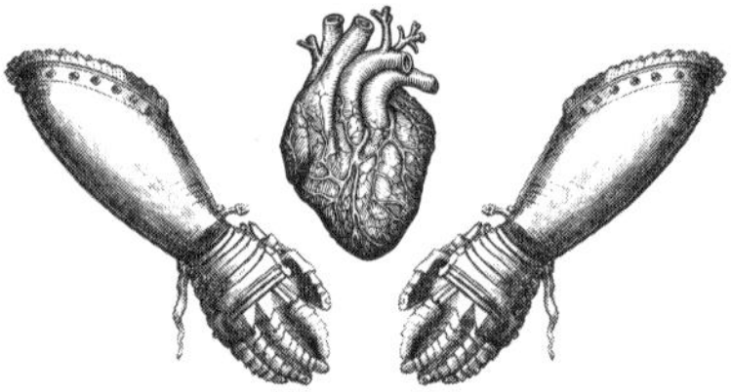

Fünfundzwanzig

Grey merkte nicht, wie sie erwachte, aber ihre Augen waren offen, und sie lag nicht mehr auf Kier. Sie zuckte hoch, suchte nach ihm, doch er war nicht da. Sie war im Geisterwald, umgeben von den kargen Bäumen, ein Stück neben dem Pfad. Sie wusste sofort, wo sie war – wenn sie sich umdrehte und ein Stückchen ging, würde sie die Gräber aller früheren Lockes finden und dahinter das alte Kloster.

Das Erste, was sie überkam, war die Trauer. Sie spürte es überall im Körper, diese schmerzende Leere, dieses Wissen, dass sie mit jeder Sekunde, die verstrich, in einer Zeit lebte, in der es Kier nicht mehr gab. Das Ausmaß der Trauer war unerträglich. Sie wusste nicht, ob sie jemals ein Ende finden würde. Genauso wenig wusste sie, wie sie von seinem Leichnam heruntergekommen war oder wohin man ihn gebracht hatte.

Sie drehte sich um und erstarrte.

Ihre Mutter stand da, gerade und aufrecht wie immer, und Nebel umwallte ihre Röcke. Locke hatte schon immer die unnatürliche, brutale Schönheit eines Menschen gehabt, der sehr früh gelernt hatte, dass Grausamkeit dazugehörte, wenn man unbezwingbar sein wollte. Isaak trat hinter ihr aus dem Nebel und legte seiner Frau die Hand an die Taille. Grey spürte ihre bittere Last in ihrem Herzen.

»Ihr seid hier«, sagte sie.

»Wir haben gewartet«, sagte jemand hinter ihr. Sie drehte sich um – es war Severin. Severin, der in dem Sommer vor seinem Tod fast um fünfzehn Zentimeter gewachsen war; Severin mit seinem Lockenkopf, den er von seinem Vater hatte; Severin, der ihre Hände gehalten und ihr befohlen hatte, zu vergessen. Für einen kurzen Augenblick keimte Hoffnung in Grey auf … aber er war noch immer fünfzehn, genauso alt wie damals, als sie die Insel zerstört hatten.

Er war tot. Wie sie alle.

Langsam stand Grey auf – von dieser Höhe aus hatte sie sie nie gesehen. Sie hatte nicht gewusst, dass sie größer geworden war als ihre Mutter. Sie war jetzt älter, als Severin je werden durfte. Sie rundeten die Vokale ab und rollten das R wie die Inselbewohner, ein Akzent, den sie sich im Lauf der Zeit abtrainiert hatte, vor allem aus Selbstschutz. Sie entdeckte noch weitere Gestalten im Nebel, mehr Verwandte, an die sie sich nur noch vage erinnerte.

»Ihr seid nicht wirklich hier«, sagte sie und legte sich eine Hand aufs Herz. Sie spürte keinen Herzschlag. Vielleicht war das hier der Tod.

»Nein«, sagte ihre Mutter. Sie kam durch den aufwallenden Nebel näher. Tot sah sie nicht aus. Als sie den Arm ausstreckte, um Grey zu berühren, blitzte ihr silberner Siegelring auf. »Du bist jetzt Locke.«

Bevor sie darüber nachdenken konnte, versuchte Grey, die Hand ihrer Mutter zu greifen. Ihre Finger fuhren direkt hindurch. Beide wichen sie zurück, als hätten sie sich verbrannt.

Hinter ihren Eltern klarte der Nebel auf. Dort auf der Wiese, wo man die Lockes beisetzte, sah Grey noch jemand anderen: In der alten Tempelruine saß er auf einem Grab. Er hatte ihr den Rücken zugewandt, und das schwarze Gewand klebte ihm feucht an der Hand.

Nein, begriff sie. Kein Grab. Der Altar.

Er war nicht allein – neben ihm stand eine Frau.

»Kier?«, fragte Grey und machte einen Schritt nach vorn. Aufregung überrollte sie. Isaak warf einen Blick über die Schulter zum Altar und runzelte die Stirn. Grey sah ihre Mutter an. »Ist er …?« Sie schluckte jedes Anzeichen von Schwäche hinunter. Sie war Locke; sie war auf diesen harten schwarzen Klippen und an diesem unbarmherzigen Meer geboren. »Ist er tot?«, fragte sie und zwang sich, ruhig zu bleiben.

Alma sah mit einer Mischung aus Trauer und Reue zum Altar. »Es bedurfte eines Opfers, um die Insel zu retten«, sagte sie langsam. Grey erinnerte sich daran, was Scaelas gesagt hatte. Sie alle mussten sterben, damit sie leben konnte.

»Und es bedurfte eines Opfers, um sie zurückzuholen«, sagte sie mit tauben Lippen.

Alma sah sie nicht an. Grey merkte, wie ihre Knie nachgeben wollten; die Welt selbst wollte zerreißen. Sie starrte seinen Rücken an, doch Kier drehte sich nicht um und schien nichts zu hören.

In diesem Augenblick begriff sie, wie die Zukunft aussehen würde. Sie würde auf dieser Insel erwachen, auf dem wiederhergestellten Locke, und sie würde die Leichen ihrer Familie finden. Grey würde sie begraben. Kiers Leiche würde auch dort sein; er würde im Tod zu ihrer Familie finden, nachdem er sie zu Lebzeiten nicht kennengelernt hatte.

Sie würde die wiederhergestellte Locke sein, und alle Macht dieser Welt würde ihr gehören. Grey konnte sie jetzt schon spüren, stark und dick in ihrem Bauch, wie sie darauf wartete, von ihr eingesetzt zu werden.

Ohne Kier konnte sie mit jedem eine Verbindung eingehen. Sie würde die Soldaten anführen und die Insel verteidigen. Sie würde Armeen mit Macht versorgen.

Sie würde Kier hier begraben, hier auf der Insel. Der Gedanke verfing sich in ihrer Kehle – kurz hatte sie das Gefühl zu ersticken, als würde sie nie wieder einen Atemzug machen.

Was sie geben würde, um sein Gesicht ein letztes Mal lebendig zu sehen. Sein Schmunzeln – wie seine Augen strahlten, wenn er sie sah. Wie sehr hatte sie ihn nur für selbstverständlich erachtet!

Ihr stockte der Atem, und das Herz wurde ihr schwer in der Brust – sie ertrug es nicht. Sie konnte den Gedanken an eine Zukunft nicht aushalten, in der er keine Rolle mehr spielte. Sie konnte es nicht ertragen, auf dieser Insel zu stehen, wo alle, die ihr etwas bedeuteten, für sie gestorben waren und es selbst jetzt gerade noch taten; sie konnte es nicht ertragen, alles *allein* zu tun.

Aber sie war Locke, und das hier war *kompletter Schwachsinn.*

»Nein«, sagte sie. Sie stapfte auf den Weg, durch den Wald, in Richtung Kier.

»Was meinst du mit *Nein*?«

Sie wirbelte herum zu ihrer Mutter, ihrem Vater, ihrem Bruder; den drei Geistern, die hinter ihr beieinanderstanden. »*Nein.* Genau das meine ich. Ich weigere mich. Ich werde nicht zulassen, dass er euer verfluchtes Opfer ist. Behaltet eure Macht – ihr könnt die ganze Insel haben. Aber ich nehme Kier.«

»Du kannst das nicht einfach rückgängig machen«, sagte Severin und streckte die Hand nach ihr aus, als würde das irgendetwas ändern.

»Dann sterbe ich mit ihm«, sagte Grey, und ihre Stimme fing sich wieder.

»Das *darfst du nicht*«, sagte Alma streng. Sie schwebte auf ihre Tochter zu, doch Grey wich zurück.

»Ich bin Locke«, kochte sie und spürte, wie die Macht der Insel in ihr aufstieg. »Ich darf alles, was ich will.«

»Gremaryse Pellatisa, vierunddreißigste Tochter«, ertönte eine Stimme hinter den anderen.

Greys Kopf schnellte hoch. Sie sah, wie eine Gestalt aus den Bäumen trat, die in die alte Rüstung der früheren Insel gekleidet war. Sie war ihr völlig unbekannt. Ihre dunklen Haare waren zu einer aufwendigen Frisur geflochten, die ihr bis über die Schultern fiel. Sie trug eine juwelenbesetzte Klinge in der Hand. Ihre Haut war bleich wie Alabaster, noch blasser als die von Alma; ihre Lippen hingegen waren zu rot, um echt zu sein.

»Und wer seid Ihr?«, blaffte Grey.

»Kennst du mich nicht?«

Grey wollte Nein sagen – aber es stimmte nicht. Sie war ihr nicht vertraut, weil sie echt war und menschlich, weil sie nach Fleisch und Blut aussah und nicht nach einem Geist oder einer Heiligen. Doch als Grey genau hinsah, wurde ihr bewusst, dass sie sie schon auf Bildern und Wandteppichen gesehen hatte, auf den Wandgemälden des zerbröckelnden Klosters, eingemeißelt in die Grabplatten der Gruft.

Sie hatte sie nicht erkannt, weil es unmöglich war, ihre schreckliche, Angst einflößende Schönheit in Gänze zu erfassen, den Farbton ihrer Augen, das strahlende Metall ihrer Rüstung, in die Vögel und Efeuranken eingraviert waren.

Dies war Kitalma, die erste Herrscherin von Locke, ihre Urahnin.

»Wenn Ihr auch gekommen seid, um mir lauter Gründe zu nennen, wieso ich Kier nicht wiederhaben kann, dann könnt Ihr Euch das sparen. Ich werde ihn mir nehmen, und ich werde diese Insel aufgeben und Eure Macht. Das schwöre ich.«

Alma zuckte zusammen. Grey fragte sich, ob sie wie fast alle Töchter ihre Mutter auch enttäuscht hätte, wenn sie unter den Augen ihrer Mutter zur Frau herangewachsen wäre.

»Halte deine Versprechen, Tochter von Locke«, sagte Kitalma mit einem Schmunzeln auf ihren unnatürlichen Lippen.

»Bitte«, flehte Grey und erkannte ihre Stimme kaum wieder.

Kitalmas Miene blieb unverändert. »Was getan ist, ist getan«, sagte sie.

Aber Grey wollte das nicht akzeptieren – sie *konnte* es nicht akzeptieren. »In den alten Geschichten«, setzte sie mit zitternder Stimme an, »die meine Mutter mir früher erzählt hat, von den Göttern und ihrer Macht. Als Ihr und Eure Braut für die Insel gekämpft habt, habt Ihr gewonnen, aber sie starb. Als Retarik fiel – als sie starb –, habt Ihr alles in Eurer Macht Stehende getan, um sie zurückzubringen. Ihr habt das Meer um ihr Leben angefleht, und das Meer hat euch erhört.« Sie versuchte, versöhnlich zu klingen.

»Und ich flehe Euch an, mit all Eurer Macht. Wollt Ihr mich nicht erhören?«

»Ich bin hier, um dir den Mantel der Macht zu geben, und du willst noch mehr?«

»Ich habe *alles* für Euch und Eure Macht gegeben«, sagte Grey mit Verbitterung in der Stimme. »Ich habe unzählige Male bewiesen, dass ich für sie sterben würde. Alle, die mir etwas bedeuten, haben ihr Leben gelassen, um sie zu schützen, um *mich* zu schützen. Sogar Kier. Ihr könnt nicht von mir verlangen, ohne ihn weiterzumachen.« Aber es fühlte sich fruchtlos an, nach einer Ewigkeit des Feilschens, die nie ein Ende nehmen würde. »Bitte. Das ist alles, was ich will. Sein *Leben* ist alles, worum ich bitte.«

Kitalma betrachtete sie entrückt. »Du hast ihn zu einem der Meinen gemacht«, sagte sie schließlich. »Ein Opfer ist gebracht worden, und ein Opfer kann nicht zurückgenommen werden.« Grey öffnete den Mund und suchte schon nach den Worten, doch die Göttin hielt eine Hand hoch. »Aber du tust mir leid, Tochter von Locke – es ist ein traurig Ding, allein auf der Welt zu sein.«

Grey sah sie skeptisch an und war sich nicht sicher, ob sie wirklich verstand. Ihr gebrochenes Herz wagte nicht zu hoffen.

»Als solche werde ich dir drei Wahlmöglichkeiten anbieten, die ich bestimme.«

Greys Schultern sackten nach vorn. Es würde Bedingungen geben – immer gab es Bedingungen. Sie spürte die Last ihrer Erschöpfung, überschattet von Trauer. Sie wollte einfach nur aufwachen. Kier aufwecken. »Natürlich«, sagte sie. »Sagt mir nur, was ich tun soll, und ich werde nicht zögern. Ich würde alles tun, um ihn zurückzuholen.«

»Das Opfer ist gebracht worden. Ich kann ihn dir nicht einfach zurückgeben, ohne einen Ersatz zu bekommen.« Kitalma breitete die Hände aus, und der Dolch und die Edelsteine glänzten im Licht. »Die erste Wahl: Ich behalte das Leben des Jungen und du die Insel, so wie es jetzt ist. Manchmal ist es das Beste, anzunehmen, was geschehen ist, meine Tochter.«

»Ich werde es aber nicht annehmen«, erwiderte Grey.

»Also schön. Die zweite Wahl: Ich behalte den Jungen, doch nur seine Freiheit. Du darfst ihn haben, solange er hierbleibt. Sollte er jemals gehen, ist sein Leben verwirkt.«

Grey starrte sie verständnislos an. »Was … was bedeutet das?«

»Wenn ich ihm wieder Leben einhauche«, sagte Kitalma mit glänzenden Augen – sie waren so schwarz wie die Felsen der Insel, bemerkte Grey, schwarz wie der tiefste Punkt des Meeres –, »dann darf er diese Insel nie wieder verlassen. Er wird sein, wie er war, solange er hierbleibt bis ans Ende seiner Tage.«

Grey sog scharf die Luft ein. Kiers Freiheit – sie durfte so einen Fluch nicht über ihn bringen, ihn zu lebenslanger Haft verurteilen. »Das kann ich Euch nicht geben.«

»Die dritte Wahl: Er darf sein Leben und seine Freiheit wiedererlangen und diesen Ort aus freien Stücken verlassen. Als Gegenleistung überlässt du mir deine Macht. Es ist deine Entscheidung, Gremaryse, Tochter von Locke.«

Grey sank der Mut. Ohne dass sie es wollte, legte sie die Hand aufs Brustbein, dort, wo sie ihre Macht sich entfalten spürte, wahr und stark.

»Maryse …«, sagte Alma.

Aber Isaak sah sie nur traurig an. »Was ist Liebe ohne Freiheit? Ist es überhaupt Liebe?«

Grey kam es so vor, als hätte er die Worte direkt aus ihrem Herzen genommen. »Ich kann meine Macht nicht aufgeben«, sagte sie durch taube Lippen. »Ich bin Locke. Kier ist keine Quelle – er kann nicht … Es wird kein Fundament für die Insel geben.«

Die alte Göttin hob eine Augenbraue. »Du glaubst mir nicht?«

»Nein.«

»Alles wird gut werden, Tochter, dein Nachkomme wird die Reihe der Lockes fortsetzen«, sagte sie, als wäre es eine gegebene Tatsache, dass Grey ein Kind bekommen würde.

»Aber ohne meine Macht …«

»Ich könnte seinen Odem bei mir behalten«, sagte Kitalma nüchtern. »Aber der Junge gehört bereits zu mir, dank deines eigenen Ritus. Wenn er lebt, würde er mit dem Fundament der Insel verbunden sein.«

Grey verlor den Mut. Torrin hatte recht – sie hatte keine Ahnung, was sie getan hatte und wie sie ihn verändert hatte mit ihrer Bindung zu Kier.

»Ich lasse dir die Wahl. Wenn du sein Leben zurückhaben willst, dann gib mir entweder seine Freiheit oder deine Macht. Und denk daran, es ist ein Akt der Barmherzigkeit – ich könnte ihn auch frei und tot lassen und dir deine Macht. Das sind meine Bedingungen.«

Grey zwang sich, weiterzuatmen. Sie stritt tatsächlich mit einer Göttin. Kein Wunder, dass sie stets Ärger wegen Gehorsamsverweigerung bekommen hatte.

»Ich möchte lieber nicht, dass er frei und tot ist«, sagte sie. Macht war nicht alles; sie konnte sich nicht vorstellen, ohne ihn darüber zu verfügen. Allein bei dem Gedanken, sich mit jemand anderem zu verbinden, wurde ihr übel. Sie musste darüber nachdenken, doch sie konnte nicht – wenn sie nur dieses Gespräch überstanden hatte, konnte sie Kier zurückhaben. Was auch immer darauf folgte, ging die Version von ihr etwas an, die sich nicht so fühlte wie sie jetzt. »Und was … Bis wann muss ich mich entscheiden?«

Kitalma sah auf, als könnte sie alles in der Dunkelheit sehen. »Behalte die Insel, Tochter. Du bekommst einen Mondzyklus, und dann werden wir uns wiedersehen, an meinem Altar. Dann wirst du mir deine Antwort geben. Bis dahin gebe ich dir deinen Magier zurück und erwarte deine Entscheidung.«

Grey kaute auf ihrer Lippe, aber was sollte sie machen? Sie konnte abgesehen von ihrer Trauer kaum einen klaren Gedanken fassen – mit seinem Leichnam hier vor ihr konnte sie keine Entscheidung treffen. Wenn sie ihn so ansah, wollte sie nur sterben.

»Danke«, sagte Grey, »für Eure Barmherzigkeit.«

»Wohlan. Und nun geh«, sagte Kitalma und wandte sich ab. »Es ist nicht sicher hier, in dieser Zwischenwelt, für jemanden, der noch so lebendig ist.« Sie warf einen Blick über die Schulter zu

Grey, während der Nebel aufwallte und dichter wurde. »Und sei vorsichtig, meine Tochter. Auch Eisen hat seine Schwachstellen.«

Grey wollte ihre Mutter ansehen, doch sie war schon fort. Alle waren fort. Sie war allein im Nebelwald.

»Grey?«

Ihr stockte der Atem – sie war alles andere als allein. Sie fuhr herum und sah, wie Kier sich vom Altar erhob und bei jeder Bewegung seiner zerstörten Knochen zusammenzuckte. Sie starrte ihn an und konnte nichts sagen.

»Wo sind wir?«

»Im Geisterwald«, kam es wie ein leiser Hauch aus ihr.

Er sah sich um. »Ich … ich kann mich nicht erinnern, wie wir hierhergekommen sind.«

Grey schüttelte den Kopf. Sie legte eine Hand auf die Brust, als könnte sie den Schmerz, ihn zu verlieren, abstellen, als könnte sie ihn sich herausreißen. »Nein«, krächzte sie.

Er sah sie an, der Blick warm und weich, und auf seinen Lippen breitete sich ein erleichtertes Lächeln aus. Kier kam näher. Als er sehr vorsichtig ihr Gesicht berührte, wurde er ernst.

»Meine wunderschöne Locke«, sagte er. Seine Fingerspitzen streiften sacht den blauen Fleck auf ihrer Wange. »Tut es weh?«

Sie konnte den Schmerz nicht aufhalten, nicht einmal jetzt, als er vor ihr stand. »Ja«, sagte sie, und es klang eher wie ein Schluchzen.

Sie warf sich ihm in die Arme und kümmerte sich nicht um Blut und Schmutz und Meerwasser. Ihm entfuhr ein Ächzen – sie tat ihm offensichtlich weh und drückte gegen seine gebrochenen Rippen, doch er ließ es geschehen, ohne sie wegzuschieben. Er legte seinen gesunden Arm um sie und drückte sie an sich, und da war es, als würde die ganze Welt wieder einen Sinn ergeben.

Seine Freiheit oder ihre Macht. Sie drückte ihn noch fester, als könnte sie die Entscheidung mit schierer Willenskraft vertreiben.

»Sind wir zu Hause?«, murmelte er ihr ins Ohr.

Sie kniff die Augen zu. »Ja«, sagte sie mit bittersüßer Stimme. Die Erleichterung war genauso schwer wie die Macht, die zwischen ihnen zu brodeln begann. Sie fand die Verbindung und verknüpfte sich damit. Dann gab sie so viel Macht hinein, dass er zusammenzuckte. Er erschauderte, dann schluckte er sie hinunter. Sie drückte die Hand auf sein Schlüsselbein und brachte es wieder an seine ursprüngliche Position. Er lehnte den Kopf an ihre Schulter und atmete schwer, während sie ihr Werk vollendete und ihm durch die nassen, wilden Haare fuhr. »Wir sind zu Hause.«

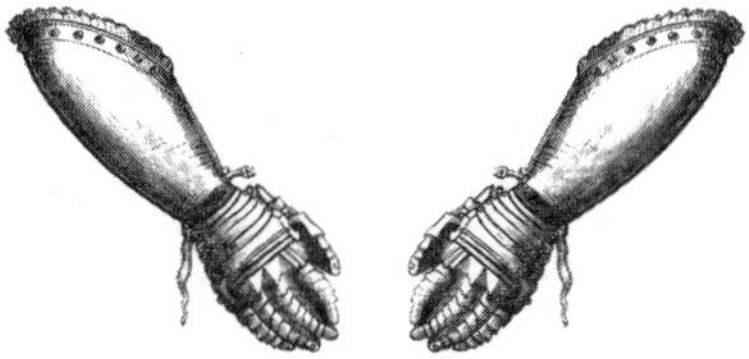

Als Retarik bei dem Versuch, die Insel zu verteidigen, starb, legte Kitalma sich auf ihre Frau und weinte. Sie bettelte bei Gremaryse um ihr Leben und bat die Göttin des Meeres und des Todes um ihre Barmherzigkeit. Nach dreißig Tagen und Nächten voller Tränen erwachte Kitalma neben ihrer wiederhergestellten Frau, die einen Erben in sich trug, um die Blutlinie von Locke fortzuführen.

Folklore der Isle of Locke, undatiert, Autor unbekannt

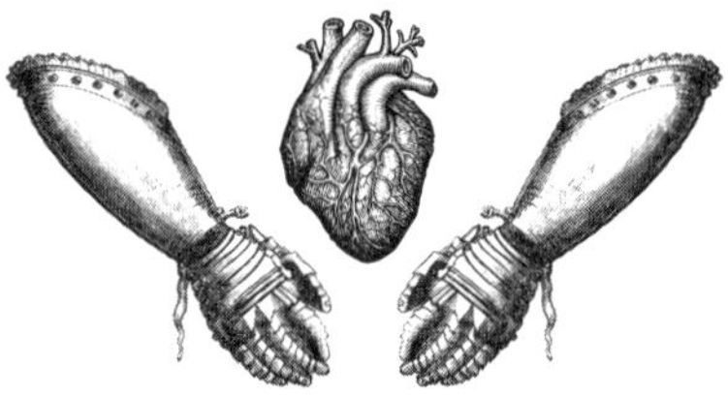

Sechsundzwanzig

Mit einer sicheren Verbindung zu Kier führte Grey ihn zurück zur Festung, die am höchsten Punkt der Insel gelegen war. Ihr Körper bewegte sich, ohne dass sie ihm die Richtung sagen musste. Er ließ sich in das Muskelgedächtnis gleiten, ohne dass sie ihre vagen Erinnerungen bemühen musste. Mit einer Hand hielt sie Kier fest und konnte nicht loslassen; die andere hatte sie ungelenk auf seiner Brust, um sich zu versichern, dass sein Schlüsselbein wirklich wieder intakt war. Auf dem Festland konnte sie ihn mit ihrer Macht allein nicht heilen, aber jetzt spürte sie, wie seine Knochen unter ihrer Hand zusammenwuchsen.

»Wissen die anderen es? Das von dir?«

»Brit, Ola und Eron schon lange.«

»Ich meine den High Lord. Und Cleoc.«

»Oh. Ja.« Grey zuckte nur die Achseln. Es waren einfach zu viele Emotionen im Augenblick, um sich ihnen zu widmen, und allmählich merkte sie, was es bedeutete, auf Locke zu sein.

Sie konnte kaum atmen, so viel Macht wirbelte auf der Insel umher. Es fühlte sich an, als wäre sie von allen Seiten unter Druck – als sie noch jung war, war es wie Bauchschmerzen gewesen, aber das stimmte nicht ganz. Es war, als stünde die Luft unter Strom, knisterte in ihrer Lunge, wenn sie atmete, und war schwül auf ihrer Haut.

Auch Kier blieb davon nicht unberührt. Er sah auf Greys Hand, während sie ihn mit Macht speiste. »Ich glaube …« Er trat aus dem Geisterwald in den feuchten Dunst des Tages und betrachtete die Festung. Vom Meer her zog dichter Nebel auf. Er runzelte die Stirn, und Grey sog jeden Ausdruck auf seinem Gesicht auf, auch wenn sie ihm am liebsten mit dem Daumen über die Lippen fahren und alle Traurigkeit wegstreichen wollte.

»Alles in Ordnung?«

»Es fühlt sich an … als würde *alles* versuchen, mir Kraft zu geben. Aber das ist …« *Unmöglich.* Er sprach es nicht aus.

»Wir müssen über vieles reden.« Grey konnte ihm nicht in die Augen sehen und von seinem Tod erzählen, der noch kalt an seinen Knochen klebte und ihr auf dem Herzen lastete, nicht mit ihm über ihre Entscheidung reden. Zuerst musste sie ihm sagen, dass auch er Locke war.

Sie gingen unter dem offenen Fallgitter durch die Mauern in Richtung des mächtigen Bergfrieds. Grey stand mit offenem Mund vor dem großen Tor.

»Ist es noch so, wie du es in Erinnerung hast?«, fragte Kier. Seine Stimme war vom Meerwasser noch ganz rau.

»Ja.« Kier sah sie an. Sanft nahm er ihre Hand von seiner Brust. Jetzt kam er ihr überhaupt nicht mehr fremdartig vor.

Sie war sich ziemlich sicher, dass seine Rippen stabil genug waren und das Schlüsselbein verheilt war. Die Macht der Insel versetzte sie erneut in Staunen: Es hätte Stunden, womöglich Tage gedauert, um dasselbe in Scaela zu erreichen, wenn überhaupt.

»Gibt es Leichen dort drin?«, fragte Kier und zögerte. Er wirkte nicht, als hätte er Angst, sondern so, als wollte er sich darauf gefasst machen.

»Nein«, sagte Grey und wandte den Blick ab. »Ich weiß nicht, ob etwas von ihnen übrig ist. Das Fest war … in der Stadt. Weiter unten.«

Er nickte. Dann drückte er gegen das feste Holz des Tors. Der

Türklopfer sah aus wie ein Meeresvogel, im Schnabel ein Ring aus Feuer. Die Tür war weder vom Salzwasser in Mitleidenschaft gezogen worden noch verrottet, als hätte sie nicht zwanzig Jahre unter Wasser verbracht.

Kier bot Grey die andere Hand an. Sie verschränkte ihre blutigen, feuchten Finger mit seinen und legte ihre freie Hand ebenfalls an die Holztür. Zusammen schoben sie sie auf.

Das Holz knarzte, bewegte sich und gab den Blick auf einen steinernen Empfangsbereich frei. All die Jahre war das Tor unverschlossen gewesen, als hätte es nur auf sie gewartet. Grey sah sich um, betrachtete die Wandteppiche, denen das Alter nichts hatte anhaben können; die große Steintreppe, auf deren Geländer sie und Sev heruntergerutscht waren, bis ihre Großmutter sie ausgeschimpft hatte. Die Kerzenleuchter an der Wand waren noch immer mit dicken, halb abgebrannten Wachskerzen bestückt. Grey sog die Luft durch die Zähne ein und betrat das Zuhause ihrer Kindheit, als würde sie die Zeit vergessen. Kiers Hand hielt sie fest umklammert, und er folgte einen Schritt hinter ihr.

Sie lief langsam. Ihre nassen Stiefel quietschten auf dem Steinfußboden. Sie führte ihn durch den Eingangsbereich und durch einen Torbogen nach rechts: Hier befand sich der Speisesaal mit seinen großen Fenstern mit Blick aufs Meer. Sie drückte eine Hand an das kühle Glas. Der Nebel umgab sie noch immer von allen Seiten und machte die Welt weiß und formlos.

»Wir werden nicht sehen können, ob jemand kommt«, sagte sie.

»Ich weiß. Was hältst du von diesem Nebel? Ist das normal?«

Grey schüttelte den Kopf und dachte an den Geisterwald. »Ich weiß nicht, ob die Insel schon vollständig wiederhergestellt ist«, sagte sie vorsichtig. »Wir haben aber noch etwas Zeit, bevor wir uns Sorgen machen müssen.«

»Es fühlt sich an, als wären wir bereits hinter einem Schild«, stellte Kier neugierig fest.

Beschütze mich, hatte sie die Insel gebeten, und sie hatte Grey erhört. »Das muss der Nebel sein. Er ist bestimmt bald weg.« Selbst mit ihrer eigenen Macht konnte sie das fühlen.

»Ich kann die Abschirmung einschätzen«, sagte er. Ihm entfuhr ein Keuchen, als er von der Menge an Macht getroffen wurde, die er angezapft hatte. »Ist das nicht zu viel?«

Grey schüttelte den Kopf. Sie war alles andere als erschöpft. »Nicht hier«, sagte sie. »Hier ist nichts zu viel.«

Kier schwieg einen Augenblick. Sie beobachtete sein Gesicht – *Weißt du es etwa? Fühlst du es tief im Herzen? Frierst du angesichts des Todes immer noch bis auf die Knochen?*

»Ich habe so viele Fragen«, murmelte er schließlich. Grey sah, wie sich schimmernd ein zweiter Schild bildete. Sie spürte ihn, stark und unversehrt, eine schützende Blase über der Festung. Vielleicht würde er nicht halten, wenn jemand es wirklich darauf anlegte, aber das Risiko wollte sie eingehen. Er war größer als jeder Schild, den er jemals beschworen hatte – und es schien ihn keine Anstrengung zu kosten.

»Er ist nur von kurzer Dauer«, sagte er.

Sie drehte sich ihm zu. Hier fühlte sie sich seltsam schüchtern, als hätte er noch nicht alles von ihr gesehen. Als wäre dies die einzige Sache, die zu lieben sie ihn nicht überzeugen konnte.

Was ist Liebe ohne Freiheit? Sie verdrängte den Gedanken, bevor er sich festsetzen konnte. Es würde der Zeitpunkt kommen, zu dem sie sich der Entscheidung stellen musste. Aber jetzt wollte sie nur die einfache Tatsache genießen, dass er am Leben war.

»Komm mit«, sagte sie. Sie ging vorbei am hinteren Salon, der Küche und dem Ballsaal – zu viele Erinnerungen warteten darauf, verarbeitet zu werden, und sie war nicht bereit für das, was sie womöglich erwartete. Dumpfe Angst hatte sie gepackt. Sie war nicht bereit. Sie konnte es nicht.

Stattdessen führte sie Kier die Treppe hinauf, höher und höher bis zum Dach des Turms, wo sie und Sev oft den Sonnenaufgang betrachtet hatten. Der Wind zerzauste ihr die Haare, und Kiers Schild war so nah, dass sie meinte, ihn fast berühren zu können.

Grey betrachtete staunend die Insel unter ihnen. Dort war der spärliche Schatten des Geisterwaldes, durch dessen Bäume der Nebel kroch, und auf den Klippen die zerbröckelnden Überreste des alten Klosters. Hinter dem Wald konnte sie die kleinen Häuser und die große Halle von Osar sehen, von denen einige von Epras Streitkräften niedergebrannt worden waren; weiter unten den Hafen und die zur Hälfte niedergebrannte Stadt Maerin und die Überreste der Dörfer zwischen den beiden Städten. Am Ende der Insel sah sie die Barrens, das unbewohnte Ödland mit seinen Bäumen und Bergen. Die Festung war der höchste Punkt der Insel, aber die Barrens folgten bald darauf. Alles war ruhig und still wie Geisterdörfer einer Phantomherrscherin. Von hier oben konnte sie die ganze Insel sehen.

Grey wandte sich ab und sah auf das neblige Meer hinaus. Eine ruinierte Insel, aber immerhin ihre.

»Wir haben noch Zeit«, sagte Kier und berührte sie sanft am Rücken.

Sie ließ ihn sich an der Mauer hinsetzen und zog ihm das Hemd aus. Dort, wo sie die Insel und alles, was sie umgab, sehen konnte, wo sie die ersten Anzeichen für Probleme nicht verpasste, rief sie die Macht zu sich. Sie spürte, wie sie von der Insel in ihre Körpermitte wanderte und sich dann ausbreitete, bis sie sie in den Fingerspitzen spürte. Als sie die Hand auf Kiers halb verheilte Verletzungen legte, zuckte er zusammen.

»Es wird noch eine Weile dauern, bis ich mich daran gewöhne«, sagte er und schloss die Augen.

»Fühlt es sich anders an?«, fragte Grey. Für sie war es so – wenn auch nicht in Bezug auf das Gefühl selbst; Macht war Macht, auch hier auf Locke. Es war das Ausmaß, das sich verändert hatte, und ihre Qualität. Sie glaubte, nie an ein Ende zu stoßen. Ihre Mitte wurde kontinuierlich von der Insel nachgefüllt.

»Sehr sogar«, meinte Kier. Er legte eine Hand auf ihre – Grey hatte sich wieder der Heilung seiner Rippen gewidmet. Dazu wäre sie auf dem Festland nicht in der Lage gewesen, dachte sie, während sie die Rippenknochen in Gedanken rekonstruierte – weder was die Macht noch was die Freiheit oder die Fähigkeit betraf. Sie führte die Fäden der Magie unter seiner Haut. Seine Augen gingen auf, die Pupillen geweitet. Er sah wie betrunken aus.

»Und wie?«

»Es fühlt sich an wie …« Er dachte nach und richtete den Blick auf den nebligen Himmel. Dann zog er die Nase kraus, was nur teilweise misslang, nachdem seine Nase seit dem letzten Bruch etwas schief geworden war. »Es fühlt sich an wie du«, sagte er schließlich. »Und zwar alles. Ich weiß nicht, ob ich es noch besser ausdrücken kann.«

Sie lehnte neben ihm an der Wand, die Finger noch immer fest mit seinen verschränkt. Grey versuchte, nicht an die vor sich hin faulenden Berge aus Knochen und Kleidung zu denken, die sie in Osars Halle erwarten würden – diesen Gedanken zuzulassen, würde bedeuten, daran zu denken, wer diese Knochen einst gewesen waren, und jedes Mal, wenn ihre Gedanken dieser Tatsache auch nur nahe kamen, geschah etwas sehr Seltsames mit ihrem Herzen, der Kehle und dem Magen und den Beziehungen der Organe untereinander.

Sie waren hier und warteten. Sie waren schon immer hier gewesen und hatten gewartet, in jedem einzelnen Augenblick der sechzehn Jahre, die sie fernab dieses Ortes verbracht hatte; bei jedem einzelnen Herzschlag, an dem sie lebendig gewesen war und diese nicht.

Sie schluckte es alles mit einem Mal hinunter, denn wenn sie erst anfing, würde sie kein Ende finden.

»Kannst du es beschreiben?«, fragte sie Kier begierig nach irgendetwas, das sie ablenken konnte.

Er gab ein tiefes Brummen von sich, doch er atmete schon leichter. Sie sah ihn an, überprüfte sein Schlüsselbein und befühlte dann vorsichtig sein linkes Ohr, dessen oberer Teil der Ohrmuschel diagonal abgetrennt worden war.

Sein Blick war nur auf sie gerichtet und geradezu ehrfürchtig. Er sah sie an, als würde alle Magie dieses Universums in ihr ruhen. Sie kannte Kier und wusste auf abstrakte Art und Weise, dass er sie liebte, aber bis zu diesem Moment und diesem Blick hatte sie nie in Erwägung gezogen, er könnte sie mehr lieben als die Magie.

»Ich wusste nicht, was es mit deiner Macht auf sich hat«, sagte er, »bis zu dieser einen Situation, als du nicht da warst. Wir waren noch nicht gebunden, und ich hatte dich immer für selbstverständlich genommen – ich war eben verwöhnt, weil wir zusammen aufgewachsen sind, mit unserem Wissen. Aber … bei dir – hat sie einen eigenen Duft. Ein Gefühl. Sie ist scharf und fein geschliffen. Sie riecht nach der See, nach Mineralien, sauber, mit einem salzigen Beigeschmack. Ich kann sie fast schmecken und hinter den Zähnen spüren.« Er schüttelte den Kopf. »Ich kann es nicht erklären. Die Magie von allen anderen ist verwässert. Wie das Bier in der Schenke, wenn die Rechnungen beglichen werden müssen. Aber du bist wie ein klarer Schnaps. Und hier …« Er holte tief Luft, schloss die Augen und war trunken vor Magie. »Hier liegt sie in der Luft. Im Boden, den Steinen, den Bäumen. Und sie kommt von dir. Alles hier fühlt sich nach *dir* an. Bei den Göttern, Grey, so sicher habe ich mich noch nie in meinem ganzen Leben gefühlt.«

Sie brauchte einen Augenblick, um sich zu sammeln. »Das ist doch etwas«, sagte sie schließlich zögerlich. »Wenn man bedenkt, dass von mindestens vier Nationen Kriegsschiffe auf dem Weg zu uns sind.«

Er öffnete ein Auge. »Aber Scaela ist noch unser Verbündeter, oder?«, fragte er leise und strich mit dem Daumen Kreise auf ihrem Handrücken.

»Und Cleoc Strata. Soweit ich weiß.«

Er nickte und dachte nach. Sie konzentrierte sich auf die Kälte, die durch die Steine kroch, auf das nasse Hemd, das ihr unter dem Wams an der Haut klebte, auf den Wind, der durch die Zauberscharten in den Mauern pfiff.

»Es tut mir so leid«, sagte Kier irgendwann.

»Was denn?«

Er kaute auf der Lippe. »Ich wusste nicht … Ich dachte, du würdest zur Abwechslung einmal auf mich hören. Und mich das hier einfach machen lassen. Ich wusste nicht, dass ich dich damit in Zugzwang bringe, dir Locke wieder zurückzuholen.«

»Du dachtest, ich würde dich sterben lassen?«

»Ich hoffte es, ja«, sagte er mit einem winzigen Lächeln auf den Lippen, und alles in ihr tat weh.

Sie schüttelte den Kopf, verbannte Kitalmas Worte und suchte nach eigenen. »Ich wäre gekommen, um dich zu retten. Ich wäre immer gekommen.«

»Und ich für dich«, sagte Kier.

»Dann hättest du es wissen müssen.«

»Vielleicht. Aber alles, was ich denken konnte, war ... Grey, ich wollte, dass du dich nie wieder wie das Mädchen damals fühlen musst. Allein. Verlassen.«

Grey sah ihn an, seine langen Wimpern, die haselnussbraunen Augen und die Bartstoppeln, die schon wieder an seinem Kiefer wuchsen, die kantigen Wangenknochen, das hartnäckige Grau seiner Schläfen. »Ich muss dir etwas sagen.«

Sie musste ihm eine ganze Menge beichten, aber das spielte keine Rolle, wenn sie schon bei der ersten Kleinigkeit vergeblich nach Worten suchte.

Er nahm ihre Hand. »Du kannst mir alles sagen.«

Sie holte tief Luft und versuchte, ihr Gesicht unter Kontrolle zu bringen. Der Himmel war stahlgrau und glitt an den Rändern schon ins Dunkle ab, ein Sonnenuntergang ohne die Gegenwart der Sonne, ohne Gold und Bernstein. Eine gleichmäßige Variante, als würde jemand ein Magielicht dimmen, bis der letzte Funke verloschen war. Doch das Licht war so, seit sie hier waren; der Himmel hatte sich weder weiter verdunkelt noch erhellt; er blieb in diesem Zwischenstand stehen. Grey wurde unterbewusst klar, wieso die Stille so seltsam war: Es gab keine Vögel.

Sie spürte den konstanten Sog von Kier, das An- und Abschwellen des Stroms, den er in Magie verwandelte. Die vertrauteste Sache der Welt.

Grey öffnete den Mund, um es ihm zu erzählen. Die Sache mit seinem Tod. Von ihrer Entscheidung. Die Worte kamen jedoch nicht – sie blieben ihr im Hals stecken. Kier sah sie erwartungsvoll an, aber sie konnte nicht.

»Ich wusste es nicht, als wir uns banden«, sagte sie stattdessen.

»Dass es von nun an für dich und mich anders sein würde. Aber Kier – es hat dich zu einem Locke gemacht. Deshalb wollten Scaelas und Cleoc dich retten. Wenn sie dich im Stich gelassen hätten und du herausgefunden hättest, wie du Locke aus dem Meer rufen kannst – es hätte funktioniert.«

Dieser wachsame Blick war wieder da. »Aber du bist doch …«

»Ich bin noch immer Locke«, sagte sie. »Ich bin die High Lady. Doch auch du bist ein Teil dieser Insel.«

Er wandte den Blick ab. »Bereust du es?«

»Nein«, sagte sie schnell – *aber ich befürchte, du wirst es tun*, dachte sie. »Mir war nicht bewusst … mir war nicht klar, dass es eine derart intensive Vereinigung ist. Auf mehr Ebenen, als ich dachte.«

Sein Blick wurde weich. Er hatte etwas Unfaires an sich, als wäre sie das Zentrum seines Universums – dabei wusste sie weder mit Worten, Blicken noch Taten, wie sie ihm klarmachen sollte, dass *er* das Zentrum ihres Universums war.

Er ließ ihre Hand los. Dann legte er sie ihr ans Gesicht. »Als wir unseren Bund eingegangen sind, wusste ich, was ich tue. Dass ich mich dir ganz und gar verschreibe. Es ist ein Geschenk, Grey – auf gewisse Art und Weise ist es unausweichlich, dass alles, was ich bin, dir gehört.«

Sie schüttelte den Kopf. Sie konnte ihm nichts von seinem Tod erzählen; sie konnte ihm nicht offenbaren, dass sie ihm auch diesen noch gestohlen hatte. »Aber das ist es nicht. Ich habe dir alles genommen, sogar deinen Nachnamen. Und jetzt hast du meinetwegen eine Zielscheibe auf dem Rücken – sie werden dich genauso töten wollen wie mich.«

Seine Augen strahlten auf, Fröhlichkeit erfasste sein Gesicht, und er sah so unbekümmert aus, wie nur er es immer wieder fertigbrachte. »Sie wollen längst meinen Tod.«

»Aber jetzt ist es *real*.«

»Und du dachtest, Commander von Locke zu sein, würde mir keine Zielscheibe auf dem Rücken einbringen? Und dass es mich nicht zu einer wertvollen Geisel macht, weil ich dir so viel bedeute?«

»Nicht auf dieselbe Art.«

Er zog sie an sich, bis sich ihre Nasenspitzen berührten. »Ich gehöre dir, Grey. Wenn dich das zu einer Seward macht, in Ordnung. Wenn mich das zu Locke macht, auch gut. Ich gehöre dir und das schon seit dem Tag, an dem wir uns gebunden haben, und auch schon davor. Der Name ist mir egal, der Titel, sogar die Macht. Mir geht es nur um *dich*.«

Sie holte zittrig Luft, beugte sich vor und drückte ihm ihre Lippen auf. Kalt – ihnen beiden war kalt, so kalt, dass sie vermutlich schon im Schockzustand und auf direktem Weg in eine Unterkühlung waren, und sie musste sich dem Rest der Festung stellen und in einer der großen Feuerstellen Feuer machen; aber Kier küsste sie, und sie waren unter dem Schild sicher, und für diesen Augenblick war das genug.

Sie musste ihm die Wahrheit sagen. Doch die Insel umgab sie, war gerettet, und sie hatte sich seit Jahren nicht mehr so sicher gefühlt. Sie ließ zu, dass er sie küsste; sie dachte nicht an seine kalten Lippen, an die Kälte seines Leichnams, und versuchte, ihn mit schierer Willenskraft wieder zum Leben zu erwecken.

Er löste sich kurz darauf atemlos. »Und was machen wir jetzt?«

Mit tauben Fingern befühlte sie den geheilten Rand seines Ohrs. »Wir versuchen, irgendwie zu überleben.«

Er küsste sie wieder und schmeckte nach Blut und Salzwasser. »So weit sind wir schon mal gekommen.«

Aber nicht weit genug.

Auch wenn der Nebel ihr Unbehagen bereitete, war sie dankbar für die Augenblicke weit weg vom Rest der Welt. Sie brauchte Zeit für sich, um sich auf das vorzubereiten, was als Nächstes getan werden musste – und weil Kier bereits ihre schlimmsten Seiten kannte, konnte sie zulassen, dass er dabei war.

»Ich denke, wir sollten mit den Leichen anfangen«, sagte sie auf halbem Weg auf der Treppe nach unten.

Ihre Stimme war nicht zu verstehen. Sie sah ihn nicht an. Sie sah nur auf die gefährliche Wendeltreppe und dann kurz aus einem Fenster auf den Geisterwald.

Kier berührte sie an der Schulter. »Lass mich«, bat er.

Sie schüttelte den Kopf. »Ich muss das tun. Aber … vielleicht zuerst etwas zum Anziehen, denke ich.«

Verzögerungstaktik. Sie wusste nicht, ob ihr Körper sie im Stich lassen würde, wenn sie zur Halle in Osar laufen würde, wo die Leichen ihrer Eltern lagen, oder in den Keller darunter, wo Severins verkohlte Überreste liegen mussten. Dann gab es noch die Leibwächter, die sie als Kind auf den Schultern getragen hatten, damit sie die heranrollenden Gewitter beobachten konnte; Kimbra, die Köchin, die ihr Gebäck zuschob, während ihre Mutter sie unterrichtete, ihr Butterbrote mit dicker Brühe zubereitete, wenn sie krank war; die Leute aus Osar und Maerin, die sie immer Kleine Locke nannten und ihr die Hand küssten, wenn sie und Sev durch die Straßen liefen.

Sie alle waren tot. Leichen. Schutt. Knochen und verrottender Stoff.

»Nichts hier hat irgendwelche Wasserschäden«, stellte Kier fest, als sie einen Raum im Obergeschoss durchquerten, den sie noch als Lagerraum kannte. Er fuhr mit den Fingern über die geschnitzte Front einer Kommode. »Das sieht alles völlig unberührt aus.«

»Es muss alles in irgendeiner Blase gewesen sein«, sagte Grey und zog eine Schublade auf. »Vielleicht war die Festung die ganze Zeit unter einem Schild.«

Im Raum stand Gerümpel, alte Möbel und Kisten mit schimmligen, mottenzerfressenen Büchern, mit Kerzenstummeln. Dazu abgestellte tägliche Ausrüstung, die sich bei einer alteingesessenen Familie angesammelt hatte und nicht weggeworfen, sondern nach jahrzehntelanger Nutzung eingemottet worden war.

Sie fühlte sich seltsam nackt, obwohl es nur Kier war. Als Kind hatte sie quasi in seinem Haus gelebt. Pia und Laurella hatten sie so oft neben Kier und Lot ins Bett gebracht, dass sie eine zusätzliche Matratze unter Kiers Bett gelagert hatten für die Fälle, wenn sie nach Sonnenuntergang nicht mehr nach Hause ging. Sie hatte seine Großmütter und Großväter kennengelernt, als sie noch lebten, seine Tanten und Onkel – sie kannte die ganze Familiengeschichte, als wäre es ihre eigene. Vielleicht hatten seine Großmutter und seine Mutter sie ihr erzählt, um sie mit irgendeiner Familie zu versorgen, weil sie offensichtlich keine eigene hatte. Imarta machte das nichts aus: Sie hieß den Einfluss von Kiers Familie willkommen. Sie hatte selbst keine Familie mehr, und für sie als Witwe hatte es nur sie und Grey gegeben.

Aber das hier war echt, die äußeren Zeichen ihres Lebens auf Locke und ihrer vorherigen Familie. Sie zog einen mottenzerfressenen Wandteppich aus einer staubigen Kiste und befühlte das eingestickte Familienwappen.

Würdest du das alles für Kiers Freiheit aufgeben?

Wer würde sie sein ohne ihre Macht, ohne ihr Geburtsrecht?

»Das könnte hier unser Volltreffer sein«, sagte Kier vom anderen Ende des Raums und durchwühlte eine weitere Kiste. Diese war schwer und aus Holz, sah uralt und so viel schöner aus als die Kisten, die sie im Militärdienst bekommen hatten, oder die Kiste, die Imarta in Greys Kinderzimmer aufbewahrt hatte. Das Holz war hell, möglicherweise von Bäumen aus dem Geisterwald oder den Barrens, und hatte folkloristische Motive als Schnitzereien, an die sich niemand anderes erinnern konnte als Grey.

Er zog Kleider heraus, die viel zu groß für sie waren. Sie betrachtete die Hemden, Hosen, Socken, Hosenträger und die Lederrüstung, während Kier sich seiner Kleidung entledigte und umzog. Sie konnte ihn dabei nicht ansehen, denn sonst würde sie die Narben und Verletzungen sehen, die sie noch nicht geheilt hatte, und diesen Anblick konnte sie gerade nicht ertragen. »Es gibt noch Sachen im Zimmer meiner Mutter.«

»Meinst du …« Er beendete den Satz nicht, und sie wusste nicht, ob er *Meinst du, du bist bereit dafür?* oder *Meinst du, du kannst mit ihren Überresten umgehen?* oder *Meinst du, das ist eine gute Idee?* sagen wollte. Alles verblasste, und er sah sie bloß traurig und voller Mitgefühl an.

Sie kaute auf ihrem Daumennagel. »Ich ziehe mir ein anderes Hemd an. Und unten gibt es noch Umhänge und Mäntel. Den Rest gucken wir uns vielleicht später an.«

Er nickte und warf ihr ein Hemd zu. Grey tauschte den durchnässten, blutigen Stoff gegen alten, weichen und trockenen Ersatz. Sie legten ihre nassen Sachen über das Geländer und gingen nach unten. Sie fühlte sich wie ein Kind, das eine Ruine erforscht, obwohl sie auch nach sechzehn Jahren der Trennung diesen Ort so gut kannte wie Kier jeden Winkel ihres Herzens.

Grey zögerte auf jeder Etage. Die Zimmer gingen ihr durch den Kopf wie die Namen der Heiligen auf den Gebetsperlen im alten Kloster am Rand des Geisterwalds, dem Ort, wo Kitalmas Gebeine ihre letzte Ruhestätte hatten.

Im Erdgeschoss ging sie in die Garderobe unter der Treppe und holte zwei der großen Mäntel ihres Vaters und zwei Schwerter. »Ich vermute, wir werden uns auch um die Leichen der Eprainer kümmern müssen«, sagte sie und schnallte sich ein Schwert um, hauptsächlich aus Gewohnheit. Das andere gab sie Kier. »Ich möchte nicht, dass sie mit den Unseren begraben werden, aber sie haben trotzdem eine letzte Ruhestätte verdient.«

Kier nickte und betrachtete einen der Wandteppiche. »In Eprain werden die Toten verbrannt.«

Grey schluckte. Sie konnte sich noch an die Rauchsäulen der Scheiterhaufen nach den Schlachten erinnern, als sie an der Küste stationiert waren.

»Dann werden wir sie verbrennen«, sagte sie. »So ist man traditionell auch auf Locke mit denen umgegangen, die nicht von Locke sind. Ihre Asche wird auf dem Meer verteilt und mit den Göttern wiedervereint.«

»Dann machen wir es so.«

Sie nickte. Der Tradition ihres eigenen Volkes zu folgen, war das Mindeste, was sie tun konnten.

»Gibt es irgendwo ein Lager mit Laken? Damit wir die Gebeine transportieren können?«

»Bestimmt«, sagte Grey und spähte in den Speisesaal. »Ja. Im zweiten und vierten Geschoss. An der Treppe gibt es jeweils einen Wäscheschrank.«

Sie hörte seine Stiefel auf der Treppe. Dann war es still, während er die Wäsche durchging. Sie drückte das Gesicht ans Fenster im Speisesaal, konnte jedoch immer noch nur weißen Nebel sehen. Die Insel blieb verborgen. Grey konnte nicht sehen, ob schon Kriegsschiffe auf sie warteten und welche Nationen sie umzingelt hatten.

Ihre Finger gruben sich ins Holz des Fensterbretts. Obwohl sie in Scaela aufgewachsen war, fast ein Jahrzehnt unter Torrins Banner gekämpft hatte und seine Patentochter war, lösten die Insel und all ihre Macht ein gewisses Misstrauen in ihr aus. Es wäre ein Leichtes für ihn und Cleoc, sie zu hintergehen, sie oder Kier oder sie beide töten zu lassen, die Macht an sich zu reißen und die Insel wieder in Brand zu setzen. Vielleicht war sie dumm, mit all dieser herrlichen Macht in ihr überhaupt jemandem zu vertrauen.

»Grey?«

Er stand da, einen Stapel Laken im Arm, und ihre Gedanken verflogen. Vielleicht konnte sie Scaelas und Cleoc nicht vertrauen, genauso wenig wie den Herrschern von Eprain, Luthar und Nestria, aber in einen konnte sie ihr Vertrauen setzen: Kier.

Sie spürte das Echo davon in sich, eine Rückmeldung voller Hingabe in ihrer magischen Verbindung.

»Weißt du, wie viele es auf der Insel waren?«, fragte er und legte den Stapel auf dem Tisch ab.

Sie nickte, konnte aber nicht reden. Der Mantel ihres Vaters roch nach Holzrauch, Seeluft und ganz leicht nach Schweiß, und das war zu viel. Sie war wieder das kleine Mädchen. Grey starb innerlich. Sie war nie fortgegangen.

Irgendetwas huschte über Kiers Gesicht. Sie fragte sich, ob die Gefühle hier auf der Insel viel stärker über ihre Verbindung transportiert wurden. Plötzlich stand er vor ihr und nahm ihre Hände. Er sagte kein Wort. Er studierte sie wie eine seiner Karten, eins seiner Diagramme der Feindbewegungen, wie einen Befehl, der haargenau befolgt werden musste.

»Du bist hier«, sagte er langsam, »weil du überlebt hast.«

Grey nickte. Zwang sich zu atmen. *Aber du nicht.*

Sie konnte diesen Gedanken nicht zulassen, sonst würde sie endgültig den Verstand verlieren.

In einem der Schuppen draußen fanden sie Handschuhe und einen Karren. So konnten sie es vermeiden, direkt Hand an die Toten legen zu müssen. Grey führte sie auf dem kleinen Pfad in Richtung Osar und umging die breite Straße, die um den Geisterwald führte – die Erinnerung an ihre geisterhafte Familie und Kitalmas Handel war noch zu frisch.

Osar war kein großer Ort. Auf der ganzen Insel lebten weniger als fünftausend Menschen. Grey hatte erst verstanden, wie klein die Bevölkerung war, als sie nach Scaela gekommen war, das Hunderttausende Menschen umfasste. Allein in Mecketer waren über fünftausend Soldaten stationiert gewesen. Aber jetzt, konfrontiert mit der Aufgabe, so viele Leichen zu entsorgen, schien diese Zahl astronomisch.

Sie erreichten die erste der leeren Straßen. Grey sah nicht in die Fenster, lief an allen Schatten ohne einen zweiten Blick vorbei und konzentrierte sich nur auf die große Halle auf der anderen Seite des Ortes, die auf den Klippen thronte.

Einst war sie ein Ort der Anbetung gewesen, ein Kloster für Retarik, Kitalmas Braut. Als es außer Mode kam, die Götter anzubeten, war sie zu einer Ruine verfallen, ganz ähnlich wie ihr Schwesterkloster auf der anderen Seite der Insel. Greys Ururgroßvater hatte es als Versammlungsort wiederaufbauen lassen für Anlässe, wenn die ganze Insel Grund zum Feiern hatte, wie etwa an den hohen Feiertagen, um die Menge zu belustigen und die Schutzzauber der Festung zu schonen.

Kier ließ den Karren am Fuß der Treppe stehen und griff sich einige Laken. Er folgte ihr die steinernen Stufen hinauf; das Geräusch ihrer Stiefel war das einzige weit und breit. Die Möwen waren noch immer nicht da, und wegen des dichten Nebels konnte Grey noch nicht einmal das Rauschen des Meeres unter ihnen hören.

Die schweren Türen waren geschlossen. Dahinter, so viel wusste sie, würden sie ein Massaker vorfinden. Grey blieb auf der obersten Stufe stehen und atmete schwer. Ihr Herz raste.

»Wir müssen das nicht tun«, sagte Kier leise hinter ihr. »*Du* musst das nicht tun.«

Das Motto ihrer Familie, ihres Hauses und der Insel war *Mut durch Tapferkeit*. Sie fühlte sich nicht mutig, auch wenn alle Macht von Idistra in der Luft um sie knisterte.

»Doch, ich muss.«

Kier sagte nichts. Er legte ihr nur eine Hand auf die Schulter.

Grey öffnete die Tür.

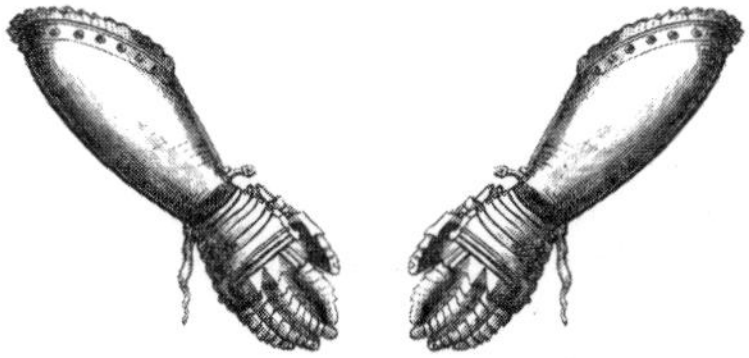

Eisen zu Asche, Asche zu Meer, Meer zu Eisen.
Lasst uns frohlocken
ob der Erinnerung an unsere siegreichen Toten.

Aus dem Beerdigungsritus der Isle of Locke

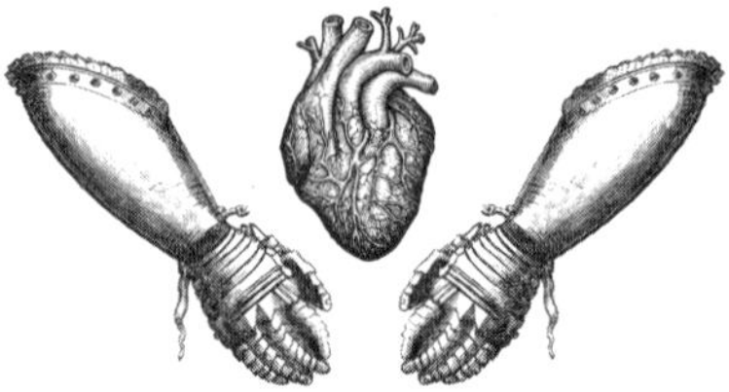

Siebenundzwanzig

Hinter ihr sog Kier scharf die Luft ein. Grey konnte nur mit wild pochendem Herzen zusehen.

Die Tür schwang nach außen auf, was gut war, denn andernfalls hätte der Leichenberg dahinter sie aufgehalten. Doch das war es nicht, was sie starr vor Schock verharren ließ. Durch die hohen Fenster fiel verschleiertes Sonnenlicht herein und ließ Staubmotten durch die Luft tanzen. Die Leichen lagen übereinander auf dem Boden, über den Tischen, zusammengesunken auf den Stühlen. Die meisten von ihnen trugen keine sichtbaren Wunden, nichts verriet, dass sie nicht einfach nur schliefen. Einige von ihnen waren eindeutig in der Schlacht gestorben, von Schwertern durchbohrt und voller getrockneter brauner Blutflecke. Grey sah nicht zum vorderen Teil des Saals hinüber, zum Podest.

Es war alles hier, wurde ihr mit wachsendem Entsetzen klar, als hätte die Zeit die Insel nicht berührt seit dem Moment, in dem ihre Macht sie untergetaucht hatte. Sie war wieder ein kleines Mädchen, acht Jahre alt, und sie wartete darauf, dass der Tod sie fing.

Sie waren keine Gerippe, wie Grey erwartet hatte; kein mottenzerfressener Stoff und Staub. Sie waren Blut und Fleisch, mit offenen Augen und Mündern und Zähnen und Zungen, und sie trugen Masken des Todes und des Schmerzes und der Angst. Es war, als wäre die Insel sechzehn Jahre lang unverändert geblieben, für immer gefangen in jenem grauenvollen Abend.

»Götter«, sagte Kier hinter ihr. Sie hörte das Scharren von Metall, als er sein Schwert zog, doch dafür gab es keinen Grund. Die Gesellschaft vor ihnen schlief nicht einfach nur wie der verlorene Hofstaat in einem Märchen. Sie waren alle tot.

Grauen nistete sich in Greys Herz ein, als sie weiter in den Saal hineinging. Inmitten ihrer eigenen Leute sah sie die Soldaten aus Eprain, in diversen Szenen eines unterbrochenen Kampfes. Die Wahrheit legte sich auf ihre Haut, eine furchtbare Erkenntnis, sechzehn Jahre zu spät.

Die meisten von ihnen waren nicht in der Schlacht gestorben. Nein, trotz der eprainischen Soldaten und obwohl Locke selbst gefallen war, waren viele noch am Leben gewesen. Etwas anderes hatte ihnen ein Ende gemacht – eine Schockwelle, ein Schutzmechanismus. Die Macht der Insel, die sich selbst stillgelegt hatte.

Grey hatte sie getötet. Ihr fiel wieder ein, was Scaelas gesagt hatte: Um sie zu retten, um ihre Linie zu retten, hatten alle anderen geopfert werden müssen.

Sie fiel auf dem Steinboden auf die Knie, knapp neben der ersten Leiche. »Das wusste ich nicht«, flüsterte sie hilflos, denn Kier musste die Wahrheit dessen, was er vor sich hatte, begriffen haben.

Sie hörte ihn hinter sich seufzen, dann steckte er sein Schwert wieder in die Scheide. Und noch etwas hörte sie, ein Rascheln und Scharren, und als sie sich aus ihrer entsetzten Starre lösen konnte, sah sie, dass er sich über eine der gefallenen Frauen beugte, gekleidet in ein schwarzes Gewand, als hätte sie bereits Trauer getragen. Vorsichtig schloss er ihr die Augen, dann hob er sie auf die Arme. Ohne ein weiteres Wort wandte er sich der Tür zu.

»Was machst du da?«, fragte sie, taub vor Qual.

Er sah sie nur an. »So ist es auf Locke Brauch«, erklärte er schließlich. »Wir übergeben ihre Asche wieder dem Meer.« Da war kein

Hass in seinem Blick. Kein Urteil. Damit wandte er sich ab und ging, wobei er seine schreckliche Last so behutsam trug wie seine eigene Braut.

Es fühlte sich an, als würden Stunden vergehen, während sie arbeiteten. Sie teilten die Toten auf zwei Scheiterhaufen auf. Der größere, dicht bei den Klippen, war für die Toten von Locke bestimmt. Der zweite, viel kleinere, für die Eprainer. Kier schloss ihnen die Augen, trug einen Leichnam nach dem anderen aus der Halle und reihte sie ordentlich auf, so wie sie es nach der Schlacht mit ihren Toten getan hatten. Er nutzte seine Magie, um das Gewicht der Toten abzufangen, weshalb es war, als würden sie Steine umhertragen, keine ausgewachsenen Menschen. Grey half, wenn sie konnte, doch sie musste oft weggehen, um sich zu übergeben, wenn das Grauen der Wahrheit dessen, was sie getan hatte, sie wieder überkam.

Dem Podest näherten sie sich immer noch nicht. Sie ahnte, dass Kier darauf wartete, sie würde den ersten Schritt machen, doch sie konnte es nicht. Nicht jetzt. Noch nicht.

Das Zwielicht draußen veränderte sich nicht. Die Sonne ging nicht unter. Es gab keine Möwen und keine Wellen. Nach einer Weile kam Kier auf der Treppe an ihr vorbei und wischte sich mit seinem schmutzigen Ärmel den Schweiß von der Stirn, dann sagte er: »Ich glaube, die Zeit vergeht nicht.«

Grey spähte in den Nebel, betrachtete den schimmernden Schutzschild über ihnen. »Ich glaube, du hast recht.«

»Wie lange?«

»Ich weiß es nicht.«

Beunruhigt sahen sie einander an. Als sie etwa ein Viertel der Leichen aus dem Saal getragen hatten, tat Grey vor Anstrengung jeder Knochen weh. Sie schätzte, dass es mehrere hundert Tote waren, und sie fürchtete sich vor dem Gedanken, was sie in den Häusern erwartete. Vor der Vorstellung, wie grässlich es sein würde, jedes einzelne davon durchzugehen.

»Bist du müde?«, fragte sie.

»Nein.« Kier wirkte verunsichert. »Ich bin nicht sicher, ob ich mich … normal fühle.«

Grey nickte. »Dann lass uns weitermachen.«

Sie verlor sich in ihrer furchtbaren Arbeit. Sie zog die Leichen durch den Saal bis zur Tür, wo Kier sie hochhob und zu den Scheiterhaufen trug, die er errichtete. Es wäre leichter gewesen, die gesamte Kathedrale in Flammen zu setzen, dachte Grey düster.

Vollkommen unerwartet fand sie ihre Großmutter, als sie einen der toten Soldaten Eprains an den Armen zur Seite zog und unter ihm die kleine, zerschmetterte Gestalt einer Frau entdeckte. Keuchend stolperte sie zurück – sofort war Kier da, weil er die Angst durch die Verbindung wahrgenommen und geglaubt hatte, sie würde sich einer unbekannten Bedrohung gegenübersehen anstatt dem klaffenden Abgrund ihrer eigenen Trauer. Bevor sie sich wieder fangen konnte, legte er ihr die Hände auf die Schultern. Sie sah in das blasse, runzlige Gesicht der Frau, auf die Hände, die ihr das Nähen beigebracht hatten. Dann drehte sie sich um und ging hinaus.

Kier fand sie am Rand der Klippe sitzend, die Beine über die Kante baumelnd, Tränen kalt auf ihrem Gesicht. Sie hatte sich wieder übergeben, aber das spielte keine Rolle. Sie glaubte nicht, dass sie jemals wieder aufhören könnte, sich bei dem Gedanken hieran zu übergeben.

Er schwieg, bis er neben ihr saß und die Beine neben ihren über den steilen Abgrund baumeln ließ.

»Habe ich je gesagt, dass ich Höhenangst habe?«, fragte er.

Aus schmalen Augen sah sie ihn an. »Nein.«

»Gut. Hatte ich bis gerade eben auch nicht.« Er starrte in die Leere unter ihnen und die Finsternis darunter und wurde blass.

»Es war ein Fehler, zurückzukommen«, sagte Grey.

Er streckte den Arm aus, um seine Hand auf ihre zu legen. »Jetzt können wir es nicht mehr ändern. Wir bringen das Schlimmste einfach hinter uns, und dann leben wir weiter.«

Sie zuckte zurück. Mit dieser Bemerkung kam er zu nah an ihre eigenen Lügen heran und an die Wahrheit, die sie ihm noch nicht enthüllt hatte. »Sie sind meinetwegen tot.«

Er leugnete es nicht. »In ganz Idistra gibt es viele hundert andere, die meinetwegen tot sind.« *Und deinetwegen*, sagte er nicht.

»Aber was haben diese Menschen verbrochen, außer hier zu leben? Sie haben mir nichts getan, sie haben nicht gegen mich gekämpft. Viele von ihnen hätten *für* mich gekämpft, wenn sie die Chance dazu bekommen hätten.«

Er nickte, und die unheimliche Stille legte sich wie eine Decke über sie. »Du kannst es nicht mehr ändern.«

Sie stieß ein bitteres Lachen aus. »Ich könnte alles einfach niederbrennen. Die ganze Insel.«

»Ja«, sagte er.

Würdest du aber nicht.

Sie starrte in den Nebel hinaus, ins Leere. Nach einer Weile stand Kier auf und machte sich wieder daran, die Leichen aus dem Saal zu tragen. Sie wusste nicht, wie lange sie dort sitzen blieb, reglos, bis er wieder zu ihr kam und sagte: »Ich glaube, ich habe deine Eltern gefunden.«

Sie stand auf und folgte ihm zurück in die Kathedrale. Auf dem Weg sah sie einen einsamen Leichnam, der ein Stück abseits der beiden Scheiterhaufen lag. Es war ihre Großmutter, die im Geisterwald begraben werden sollte. Sie schluckte bittere Galle, fragte Kier jedoch nicht, woher er das wusste.

Als sie die Kathedrale wieder betrat, war sie fast leer. Vorsichtig schritt sie über die blutbefleckten Steine. Der Tisch auf dem Podest war das reinste Chaos: zerschmetterte Kelche und dunkle Weinflecken auf dem Tischtuch, gemischt mit Blut. Grey erklomm die Stufen, Kier hielt sich einen Schritt hinter ihr – dann blieb sie stehen.

Ihre Mutter war es gewesen, die ihr beigebracht hatte, wie sie ihre Macht gebrauchen konnte, wie sie zitternde Fäden daraus spinnen konnte, als sie kaum alt genug gewesen war, um zu laufen oder in vollen Sätzen zu sprechen. Obwohl ihre Mutter den Ruf hatte, in ihrem Urteil hart und schnell zu sein, war sie ihrer eigenen Tochter gegenüber niemals grausam gewesen, und Grey hatte oft an ihrem Rockzipfel gehangen. Und Isaak, der Magier aus der scaelanischen Adelsklasse, der immer Magielichter in Form diverser Sternenkonstellationen an ihre Zimmerdecke geworfen und sich dann neben ihr ins Bett gelegt hatte, um ihr jedes der Sternbilder zu erklären.

Nun waren sie nur noch zwei Leichen, mit geschlossenen Augen, als würden sie bloß schlafen, ineinander verschlungen vor dem Grabmal, das Retariks Knochen bergen sollte. Grey schob sich an den Leichen der Soldaten vorbei, die ihre Eltern in konzentrischen Kreisen umgaben und die in dornige Ranken gehüllt waren, die ihr Fleisch aufgerissen hatten – was auch immer ihr Vater in seinen letzten Momenten getan hatte, es hatte sie alle gefällt. Dann sank Grey behutsam neben ihnen zu Boden. Sie kannte den dunkelgrünen Samt des Kleides, sie erinnerte sich daran, wie er sich unter ihrer Wange angefühlt hatte, wenn ihre Mutter sie ins Bett getragen hatte, unzählige Male. Sie strich über das Schwert ihres Vaters, das er noch immer in der Hand hielt. Seine andere Hand ruhte auf dem dunklen Samt an der Taille ihrer Mutter. Als Greys Blick hinauf zu ihrem Gesicht wanderte, erkannte sie, was ihre Erinnerung ihr nicht hatte zeigen können, was sie beim Anblick des Geists im Wald nicht begriffen hatte: Sie selbst war ein sorgfältig ausgearbeitetes Ebenbild ihrer Mutter.

»Es tut mir leid«, sagte sie, und die Trauer stieg mit einer Heftigkeit in ihr hoch wie niemals zuvor. Sie konnte nicht atmen – alle Magie der Welt war vollkommen unwichtig. Sie war nicht genug. Sie konnte sie nicht zurückbringen.

Grey hörte Kier nicht, bis er sich hinter sie kniete und ihr einen Arm um die Schultern legte. Sie umfasste seinen Unterarm, grub die Fingernägel in seine Haut und lehnte sich an ihn, weil sie sich aus eigener Kraft nicht mehr aufrecht halten konnte. Er schlang ihr den anderen Arm um die Taille, als könnte er sie so vor den furchtbaren Dingen beschützen, die vor so vielen Jahren geschehen waren.

Er sagte kein Wort. Es gab nichts zu sagen. Sie drehte den Kopf zur Seite, verbarg das Gesicht an seinem Hals und schluchzte.

Als sie schließlich erschöpft und ausgelaugt war und keine Tränen mehr hatte, war Kier immer noch da. »Ich muss es tun«, sagte sie bebend und löste sich von ihm.

Er ließ es zu. Er stand neben ihr, als sie eine der Leinentischdecken auf dem Boden ausbreitete. So sanft sie konnte, legte sie die Leichen ihrer Eltern darauf. Sie nahm das Schwert ihres Vaters und legte es beiseite, dann die Silberkette ihrer Mutter, die Ringe, die sie von Almas Eltern geerbt hatten, und den Siegelring von Locke. Schließlich faltete sie das Leinentuch über ihre Eltern, kniete sich hin und starrte das ordentliche weiße Stoffbündel an, zusammengebunden und bereit für das Grab.

»Obsidiangeboren und eisengemacht«, murmelte Kier. Das hatte sie immer zu ihm gesagt wie ein Gebet, während sie nach einer Schlacht seine Wunden zusammengenäht hatte.

Sie sah ihn an, und etwas Unerklärliches erhob sich in ihr. Vielleicht wollte sie nach all der Zeit nichts anders, als endlich weich sein zu dürfen.

Der letzte Leichnam, den sie brauchten, lag unten im Keller. Kier folgte ihr, leise wie ein Gespenst, als sie ihre Schritte zurückverfolgte, die sie als Kind gerannt war. Die steinerne Kammer war eine ausgebrannte Hülle. Dort, wo Severin gewesen war, gab es keine Leiche – nur Fragmente, Knochenstücke in den Wänden, ein Zahn in einer Ecke.

Doch sie spürte seinen Geist hier wie einen Wiedergänger, als hätte er die ganze Zeit auf sie gewartet. Zischend sog sie die Luft durch die Zähne, sicher, dass sie sein Lachen hören konnte, dass sie den Druck einer Hand auf ihrer fühlte.

»Sev?«, fragte sie und drehte sich um die eigene Achse, als könnte sie das Huschen seines Schattens an der Wand erhaschen.

Doch da war nichts. Nur die Tragödie. Nur Asche und Knochen.

Die Scheiterhaufen loderten in einem unnatürlichen Magielicht, als sie sich auf den Weg zurück zum Geisterwald machten, mit ihrer schrecklichen Last auf dem Karren. »Wir sollten die Asche der Eprainer aufbewahren«, sagte Kier. »Damit sie in ihr Land zurückgebracht werden kann.«

Grey nickte nur.

Auf der Lichtung, auf der man die Lockes zur ewigen Ruhe bettete, griff Grey nach einer der Schaufeln, an die Kier noch gedacht hatte. Sie fand eine Stelle, die noch unmarkiert von Steinen war, hinter der Reihe der Gräber, und begann zu graben. Wortlos nahm Kier die andere Schaufel, um ihr zu helfen. Er schien zu begreifen, dass sie diese letzte schmerzliche Aufgabe selbst ausführen musste. Sorgfältig hoben sie das Grab für ihre Eltern, ihre Großmutter und die sterblichen Überreste ihres Bruders aus, für jene, die alles geopfert hatten, damit sie überlebte. Als sie fertig waren, hoben sie das schwere, zusammengebundene Leintuch hoch, spürten das seltsame Gewicht darin und legten die Toten in das offene Grab.

In einem anderen Leben, wenn sie eine andere Wahl getroffen hätte, müsste sie nun auch Kier mit ihnen zur Ruhe betten.

Sie kniete sich an den Rand und sah zu, wie Kier eine Schaufel nach der anderen voll steiniger Erde in das Grab häufte. Für den Bruchteil einer Sekunde war ihre Trauer so überwältigend, dass sie sich am liebsten zu ihnen gelegt hätte.

Sie musste Kier die Wahrheit sagen. Sie musste ihm begreiflich machen, vor welcher Wahl sie stand. Sie öffnete den Mund, suchte nach Worten – und schloss ihn dann wieder. Sie konnte es nicht.

Nachdem er fertig war, streckte er ihr eine Hand hin, voller Schmutz und Erde. »Komm schon, Locke«, sagte er.

Sie nahm seine Hand. Seite an Seite gingen sie nach Hause.

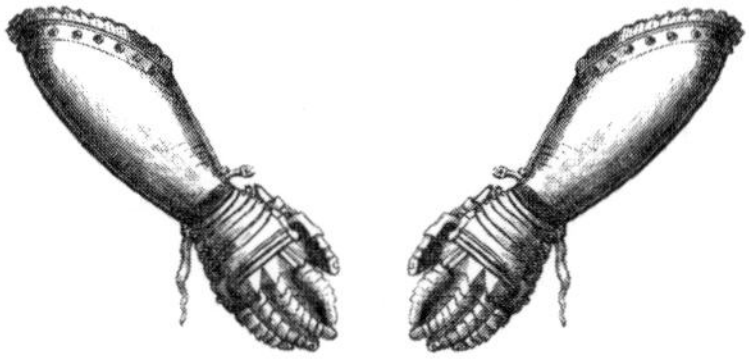

Sie teilen sich den Titel, weißt du? Sie denkt, ich höre nicht, wie sie diesen selbstgefälligen kleinen Festländer bei *unserem* Namen ruft, aber das tue ich. Er gebietet über ihre Macht und versichert ihr, er würde sie lieben, und diese weichherzige Närrin glaubt ihm. Ich mache mir Sorgen, was wohl geschieht, wenn sie sich ihren Kindern gegenüber genauso verhält.

Brief von Pellatisa Locke an ihre Tochter Wren Locke Teinek, sechs Jahre vor der Vernichtung

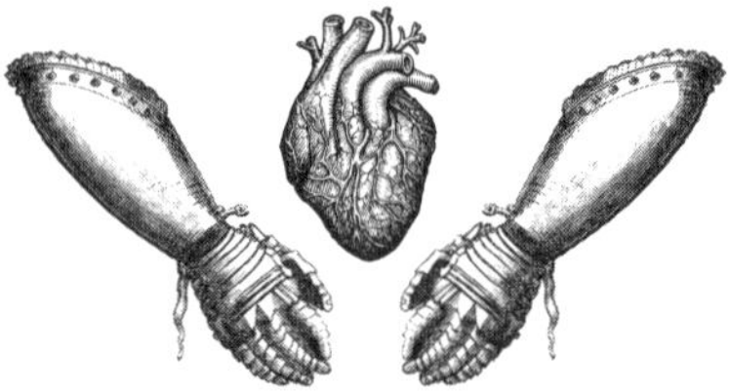

Achtundzwanzig

Grey befand sich allein im oberen Stockwerk, während Kier unten ein Feuer im Kamin entzündete. Sie drehte an einem der Wasserhähne der Badewanne. Dahinter steckte ein ausgeklügeltes Magiesystem, das einer ihrer Großonkel entwickelt hatte. Es filterte das Meerwasser unter der Festung und verwandelte es in dampfend heißes, sauberes Badewasser. In dem Schränkchen unter dem Waschbecken fand sie die Seife – bei dem vertrauten Geruch, der ihr nirgendwo in ganz Scaela begegnet war, musste sie eine Woge der Erinnerungen niederkämpfen. Sie zog sich aus und ließ sich in die Tiefen der Wanne sinken, tauchte einen Moment lang ganz unter. Dann wusch sie sich, ließ das Wasser ab, füllte die Wanne von Neuem und wusch sich ein weiteres Mal. Gerade als sie wieder aus der Wanne stieg und sich in ein flauschiges Badetuch wickelte, das sie in einem der Wäscheschränke gefunden hatte, klopfte Kier an die Tür.

»Alles in Ordnung?«, fragte er durch das Holz.

Bebend holte sie Luft. »Nein, aber das wird schon wieder.« Und so war es. Sie hatte das merkwürdige Gefühl, dass die Leichen in der Kathedrale die einzigen waren, die sie finden würden. Als wollte die Insel selbst sie vor weiteren Verlusten schützen. Es war, als wären alle in diesem Saal des Grauens dort gewesen, um ihren gefallenen Lord und ihre gefallene Lady zu beschützen, sogar im Tod noch. Und nun war die Kleine Locke endlich zurückgekehrt, und alles war wieder sicher.

Trotz ihres vorherigen Entsetzens fühlte sie etwas in sich, wenn sie sich konzentrierte, etwas, das sich fast wie Frieden anfühlte. Als würde die Insel selbst aufatmen, nun, da ihre Toten endlich zur Ruhe gebettet worden waren.

Im Zimmer nebenan, das einmal ihrer Tante Wren gehört hatte, die noch vor Greys Geburt nach Nestria geschickt worden war, um dort zu heiraten, fand sie ein Paar dicker Socken und einen Morgenmantel. Während Kier ein Bad nahm, ging sie nach unten, um nach Vorräten zu suchen. Er hatte im großen Kamin im Speisesaal bereits ein Feuer entzündet, was sie trotz allem zum Lächeln brachte.

Fleisch und Milch in der Speisekammer waren nicht verdorben, das Brot immer noch frisch und weich, doch Grey brachte es nicht über sich, es anzurühren. Stattdessen fand sie ein Glas mit Honig und einen Beutel mit Haferflocken, legte beides mitsamt einiger Gewürze in einen Zinntopf und trug alles in den Speisesaal. Inzwischen war Kier zurück, in sauberen Kleidern und mit ein paar Decken und Kissen aus den Empfangsräumen auf den Armen.

»Was hast du gefunden?«, fragte er.

Sie hielt ihre Beute hoch. »Immerhin besser als ungewürztes Porridge mit Dörrfleischstückchen.«

Er schnaubte. »Ich kann es kaum erwarten, Eron zu erzählen, dass du dich mit einer sechzehn Jahre alten Speisekammer besser geschlagen hast als er sich mit unserem großzügigen Proviant.«

»Eron ist hoffnungslos«, stimmte Grey zu.

Kier ging in die Küche, um den Topf zu füllen, während Grey das Feuer schürte, bis es brüllend loderte. Sobald Kier zurück war, machte sie sich daran, einen dicken Haferbrei mit Honig und Zimt zu kochen. Viel war es nicht, aber immerhin genießbar. Im Schneidersitz saßen sie vor dem Kamin, in eine der großen Strickdecken gewickelt, umgeben von der unheimlichen Stille der Insel.

Sie sehnte sich nach den Klängen des Windes und des Meeres, doch genauso sehr fürchtete sie sich davor. Tief in ihrem Herzen wusste sie, dass mit diesen Geräuschen auch ihre Sorgen und die Welt jenseits von Locke zurückkehren würden.

»Ich frage dich nur noch dieses eine Mal, dann lasse ich es gut sein«, ergriff Kier schließlich das Wort, während er seine leere Schale beiseitestellte. »Ist alles in Ordnung mit dir? Weil wir auch gehen können. Wir müssen nicht hierbleiben. Wir müssen das nicht tun.«

Grey schluckte schwer, und der Haferbrei verwandelte sich in ihrem Mund zu Staub. *Deine Macht oder seine Freiheit.* Nach allem, was sie wusste, würde Kier sterben, wenn er die Insel verließ – und sie war nicht bereit, sich dieser Realität zu stellen. »Mir geht's gut«, sagte sie. »Ich glaube, das Schlimmste haben wir hinter uns.«

Er nickte. »Dann die Magie.« Er rutschte herum, bis er ihr gegenübersaß, so nah, dass seine Knie über ihre strichen. »Ich verstehe nicht richtig, wie du das machst. Es fühlt sich so an, als würde ich ziemlich viel von dir nehmen, was dir aber überhaupt nichts auszumachen scheint.«

Grey stellte ihre eigene Schale neben seine. »Auf Locke … Locke *ist* Macht. Ich bin nicht nur eine Quelle, die versiegen kann. Ich bin ein Wasserhahn, ein Türdurchgang, ein Fluss. Die Macht fließt durch mich hindurch, aber hier ist sie grenzenlos.« Sie hüstelte verlegen. »Deshalb heiratet Locke auch immer einen Magier.«

Was beide unkommentiert ließen.

Er schloss die Augen. Den ganzen Tag über hatte er die Verbindung zwischen ihnen nicht gelöst, und sie erkannte, dass sie sich gar nicht so schlecht fühlte. Vielleicht war auch dies das Problem mit Locke: Wenn man jemanden hatte, mit dem man alles teilen konnte, tat es nicht mehr so weh; wenn sie die Macht, die durch die Insel in ihr aufstieg, weitergeben konnte. »Darf ich?«, fragte er und legte die geöffneten Hände auf ihre Knie.

»Ja«, antwortete Grey und legte ihre eigenen Hände darauf, um den Kreis zu schließen. Er summte tief in der Kehle.

»Es wird eine Weile dauern, bis ich mich daran gewöhnt habe.« Er erschauderte. »Ich weiß nicht, wie ich so viel Macht kontrollieren soll«, gab er zu.

»Dann finde es lieber raus«, entgegnete Grey leise. »Vielleicht bleiben wir eine ganze Weile hier.«

Sein Mundwinkel zuckte nach oben, und er beugte sich vor, gerade genug, um sich einen Kuss zu stehlen, bevor er sich wieder zurücklehnte.

»Kannst du ein paar der Räume sichern?«, fragte sie.

»Natürlich. Grey – wenn es zu viel für dich ist, müssen wir nicht hierbleiben. Wir können uns unseren eigenen Ort suchen und uns dort niederlassen, sobald sich alles beruhigt hat.«

Konnten sie nicht. Nur die Insel hielt Kier noch am Leben. Die Worte lagen ihr schon auf der Zunge, doch sie bekam sie nicht über die Lippen.

Sie schüttelte den Kopf. Außerdem war dies hier ihr Geburtsrecht, ihr Zuhause, der Ort, den sie mit ihrem eigenen Blut erhoben hatte. Es war alles, was sie von ihrer Familie, die ihretwegen gestorben war, noch hatte.

»Dann bleiben wir«, entschied Kier.

»Es ist zwar kein Häuschen in den Hügeln«, erklärte sie zurückhaltend, »aber vielleicht wäre es schön, sich hier zur Ruhe zu setzen.«

Er lachte, und es klang so normal und gut gelaunt, dass sie fühlte, wie die Schatten aus den tiefsten Höhlen ihres Herzens flohen. »Ich glaube, wir sind vom Ruhestand zurückgetreten«, verkündete er. Er kam auf die Füße und hielt ihr eine Hand hin, die Grey nur zu gern annahm. »Und jetzt zeig mir unser neues Zuhause, und ich stelle so viele Zimmer unter Schutz, wie du willst.«

In einem der mittleren Stockwerke, neben dem höchsten der Türme, fanden sie eine Zimmerflucht, die schon seit Ewigkeiten unbewohnt war, mit einem runden Turmschlafzimmer und Blick auf Scaela. Sie riss die Fenster auf, damit die frische Meeresbrise die abgestandene Luft im Raum vertrieb, während Kier ein Feuer im Kamin entfachte. Grey fand saubere Laken und bezog das Bett, und sie schnalzte nur ganz leise mit der Zunge, als Kier die Ecken glatt zog.

»Es gibt noch ein freies Zimmer ein Stück den Gang hinunter«, sagte sie zögernd. »Falls du es möchtest.«

Er hob die Brauen. »Offiziell kann ich es nehmen«, erwiderte er. »Aber wenn es dir nichts ausmacht … bleibe ich lieber bei dir.«

»Dann ist es offiziell deins«, sagte sie, und einer ihrer Mundwinkel hob sich.

Weitere Absprachen waren nicht nötig. Sie zog ein dickes Winterhemd aus einer Kommode voller alter Dinge. In dem kleinen Badezimmer, in dem sie sich fürs Bett bereit machten, fand Kier ein Glas voller Zahntabletten. Er zog die Vorhänge zu, da es immer noch nicht dunkel geworden war: Die Welt war weiterhin neblig weiß, unverändert.

Kier ließ ein blassgoldenes Magielicht über dem Bett schweben, und sie krochen unter die Decke. Sie schlang ihm ein Bein über die Hüfte – und er hob die Hand an ihren Oberschenkel und umfasste ihn fest.

Sie war nicht sicher, was sie auf den Gedanken brachte, sein Griff oder etwas anderes, doch auf einmal fühlte sie den Ring an ihrem Daumen. »Der gehört dir«, sagte sie.

»Hmm.« Er beugte sich hinab, um erst ihre Hand und dann den Ring zu küssen. »Behalte ihn.«

»Aber er hat Lot gehört.«

»Wenn ich dein Commander sein soll, dann besteht für mich ein relativ großes Risiko, die eine oder andere Gliedmaße zu verlieren«, sagte er ernst. »Hat dir das in der Armee denn niemand beigebracht?«

Sie versetzte ihm einen Klaps auf die Schulter. »Hast du denn gar keine Angst? Wir könnten uns morgen im Krieg befinden.«

»Wir befinden uns schon unser ganzes Leben lang im Krieg.«

Was stimmte, trotzdem fühlte sich dies hier anders an. Es war *ihr* Banner, *ihre* Nation, *ihr* Krieg – und sie wollte ihn nicht.

»Ich möchte Frieden, Kiernan«, sagte sie und strich ihm durch sein zu langes Haar, das sich über seinen Ohren lockte.

»Dann werde ich tun, was ich kann, um ihn für dich zu sichern«, raunte er. »Ich werde tun, was ich kann, um dir alles zu geben, was du willst, Locke.«

Darüber dachte Grey nach. »Was, wenn ich nicht weiß, was ich will?«, flüsterte sie.

Sie musste es ihm sagen. Die Worte waren da, sie musste sie nur aussprechen: *Du bist gestorben, Kier. Du bist gestorben, und ich habe für dich mit den Göttern gestritten, und im Moment bist du nicht mal richtig am Leben. Was würdest du wählen? Was würdest du* wollen*?*

Er drückte die Lippen an ihre Schläfe. »Dann werde ich warten, bis du dich entschieden hast«, versicherte er. »Aber wir haben uns so lange nach den Befehlen der anderen gerichtet – ich möchte, dass du eine echte Wahl hast, Grey. Eine Zukunft, die du dir selbst ausgesucht hast.«

Sie dachte daran, wie er sich für sie geopfert hatte, an den Ausdruck auf seinem Gesicht, als er ihr gesagt hatte, sie solle sich für ihn von seinen Müttern verabschieden.

Die Wahrheit lautete: Wenn sie ihm die Wahl überließ, würde Kier sein eigenes Opfer wählen. Er würde seine Freiheit für sie geben, damit sie ihre Macht behalten konnte. Er würde hier auf der Insel bleiben, bis er älter und bitterer wurde, gezwungen, sie zu begleiten bis in ihr Grab.

Sie rollte sich auf den Rücken und starrte zur Decke hinauf, während sein Atem gleichmäßiger wurde und sich sein Griff lockerte. Sie konnte es ihm einfach nicht sagen. Doch es wäre eine ganz eigene Art von Verrat, ihm die Wahrheit vorzuenthalten.

Und doch.

Er war für sie von zu Hause weggelaufen, er war für sie zum Soldaten geworden, war für sie immer weiter in der Rangfolge aufgestiegen, war für sie in die Schlacht gezogen, hatte für sie gelogen, sich für sie entführen und fast umbringen lassen. Er war für sie *gestorben.*

Wenn er die Wahl hätte, dann würde er immer die Entscheidung treffen, die sie rettete, sie unterstützte. Vielleicht wollte sie dieses eine Mal die Entscheidung treffen, etwas für jemand anderen zu opfern, nachdem er einfach alles für sie aufgegeben hatte. Sie konnte es nicht ertragen, noch mehr von ihm zu nehmen.

Scaelas, lasst mich offen sprechen: Ich weiß, dass Ihr leidet, aber wir müssen den Blick nach vorne richten. Wenn Ihr nicht darüber hinwegkommen könnt, was Isaak und der Insel angetan wurde, dann wird es niemals Frieden in Idistra geben. Wir müssen weitermachen und eine echte Lösung finden, sonst wird zwischen uns allen Krieg ausbrechen.

Brief von Cleoc an Scaelas,
vier Tage nach der Vernichtung

Dann wird es Krieg geben.

Brief von Scaelas an Cleoc,
fünf Tage nach der Vernichtung

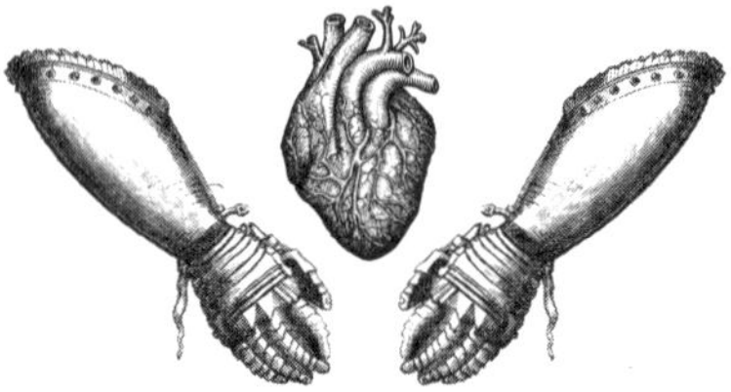

Neunundzwanzig

Grey wusste nicht, wie viel Zeit verstrichen oder nicht verstrichen war, während sie die Insel vorbereitet hatten. Sie maßen die Tage auf ihre eigene Art, arbeiteten, bis sie müde waren, und schliefen dann in ihrem großen Bett, zu erschöpft, um irgendetwas anderes zu tun, als tatsächlich zu schlafen (oder vielleicht hatte Kier auch kein Interesse mehr an dieser Art von Beziehung, allerdings küsste er sie immer noch bei jeder sich bietenden Gelegenheit, also war sie sich nicht sicher). Am ersten Tag gingen sie die Waffenkammer durch und schrieben auf, über welche Waffen und Vorräte sie verfügten. Sie bereiteten sich auf eine Armee vor, die noch nicht eingetroffen war. Am zweiten Tag machte sie mehrere Räume für diplomatische Besucher zurecht, während Kier die Insel abschritt, um sich mit der Umgebung vertraut zu machen und seine eigenen Landkarten anzufertigen. Später richteten sie in einem der Räume mit Blick auf den Rest von Idistra eine Art Kriegsbesprechungsraum ein.

Als Grey am dritten Tag erwachte, fiel fahles Sonnenlicht durch das Fenster herein. Kiers Bettseite war leer, allerdings immer noch warm – sie setzte sich auf und sah seinen Schatten auf der anderen Seite des Raums. Sie rieb sich die Augen, und die Klänge der Möwen und brechenden Wellen beruhigten sie. Das Heulen des Windes, all die vertrauten Geräusche von Locke.

All die vertrauten Geräusche.

Sie erstarrte. »Kier?«

»Ich weiß.«

Als sie zu ihm aufsah, erkannte sie, dass er nicht die Kleider anzog, die er während der vergangenen Tage bei der Arbeit getragen hatte; er legte seine Rüstung an, dunkelgrau wie das Banner von Locke, wie die Felsen und der stürmische Himmel. Er rüstete sich für den Krieg.

»Du kannst ruhig noch ein bisschen schlafen, Liebste«, sagte er leise. »Ich war schon auf den Turm. Wir haben noch Zeit.«

Sie hörte nicht auf ihn, sprang aus dem Bett und lief zum Fenster. Aus schmalen Augen spähte sie zur Bucht hinüber, zum Kontinent: Sie konnte die Küste gerade noch erkennen. Und die Schiffe in der Ferne.

»Ich schätze, uns bleibt noch eine Stunde.« Sie kehrte zum Bett zurück, ließ sich schwer auf die Matratze sinken und sah Kier an. Sein Haar war immer noch feucht von seinem Bad in den frühen Morgenstunden. Der Anblick, wie sich Kier für die Schlacht wappnete, war nicht neu für sie; doch nun war es ihre Rüstung. Ihr Wappen: eine Klinge über zwei miteinander verbundenen Ringen, die auf den über den Stuhl gehängten Waffenrock gestickt war. Es war ihre Schlacht, auf die er sich vorbereitete. »Vielleicht auch noch etwas länger. Sie werden sich Sorgen wegen der Schutzschilde machen. Wir sollten ein Banner für Scaelas und Cleoc hochziehen, um sie wissen zu lassen, dass es sicher ist.«

»Sollten wir«, bestätigte er, doch seine Stimme hatte sich verändert. Grey sah auf – und fühlte das Verlangen durch die Verbindung pulsieren.

Etwas hatte Kier unvorbereitet erwischt, als er zu ihr auf dem Bett hinübergesehen hatte. Er durchquerte das Zimmer und ließ sich vor dem Bett auf die Knie sinken, zwischen ihren Beinen. Er umfasste ihre Waden, wobei er den Blick nie von ihrem Gesicht nahm. Dann küsste er sie knapp über dem Knie.

»Es ist nur … deine *Schenkel*«, gestand er fast wehmütig. Und wie um seinen Punkt zu unterstreichen, strich er mit beiden Händen weiter hinauf, drückte die Daumen in ihre Haut und streichelte mit den Fingerspitzen ihre Kniekehlen. »Ich könnte Oden über deine Schenkel schreiben. Tatsächlich träume ich vielleicht sogar von deinen Schenkeln.«

Sie hob eine Augenbraue. »Ach ja?«

»Sie sind perfekt«, versicherte er eindringlich. Sie erschauerte, während sie zusah, wie seine Finger Kuhlen in ihr Fleisch drückten, und langsam ließ sie sich nach hinten auf die Ellbogen sinken.

»Das hast du noch nie erwähnt.«

»Ein trauriger Fehler meinerseits.« Er beugte sich hinab, um eine Sommersprosse über ihrem linken Knie zu küssen.

»Kier«, hauchte sie und strich ihm mit beiden Händen durchs Haar, obwohl sie wusste, dass dies hier keine gute Idee war – doch sie war seit Grislar nicht mehr mit ihm zusammen gewesen, und trotz ihrer Erschöpfung *wollte* sie ihn. »In ein paar Stunden könnten wir uns im Krieg befinden.«

»Hmm«, summte er gegen ihre Haut. Dann biss er ihr in die Innenseite ihres Schenkels, so sanft, dass es kaum wehtat – und das Gefühl traf sie mitten ins Zentrum ihrer Lust. Mit beiden Händen umfasste er ihre Hüfte. »Das ist mir klar.«

»Bis dahin musst du wie ein echter Commander aussehen«, warf sie ein, ließ dabei jedoch langsam den Kopf nach hinten sinken.

»Das sollte nicht lange dauern. Wie ein echter Captain auszusehen, ist mir ja auch nie schwergefallen.«

»Und *ich* muss aussehen wie die Furcht einflößende Lady einer Eiseninsel.«

»Du *bist* Furcht einflößend, sogar wenn du nur mein Hemd und deine Socken trägst.« Damit schob er ihr besagtes Hemd bis zum Bauch hinauf.

»Wir sollten uns wirklich nicht so ablenken lassen.«

Nun wanderte sein Mund nach oben, und er küsste sie an jener empfindsamen Stelle, an der ihr Schenkel in die Hüfte überging.

»Sag mir, dass ich aufhören soll, dann höre ich auf«, sagte er. »Aber wenn dies der letzte Morgen unseres Lebens ist, dann möchte ich ihn genau so verbringen.«

Sie fuhr mit den Fingernägeln über seine Kopfhaut. »Und wenn ich dir nicht sage, dass du aufhören sollst?«

Sein Lachen war warm und weich auf ihrer Haut, als er ihre Schenkel teilte. »Ist das ein Ja?«

»Ja.«

Nicht viel später erklomm Kier den Turm, um das Banner von Locke hochzuziehen, während Grey das Zimmer ihrer Mutter betrat. Dort fand sie einen scharf geschnittenen Mantel, der mehr nach einer Rüstung als nach einem Kleidungsstück aussah, dazu eine gepanzerte Hose, die sich eng um ihre Beine schmiegte. Sie band sich das Schwert ihres Vaters um die Hüfte, die Schwertscheide schimmerte im frühen Morgenlicht. Bevor sie es sich anders überlegen konnte, schob sie sich den Siegelring von Locke auf den Finger.

Als sie kampfbereit waren, schritten Locke und ihr Commander zusammen zum Hafen in Maerin. Das erste der Schiffe war schon sehr nah, und es hatte die scaelanischen Farben gehisst. Es hatte den Schild fast erreicht. Der Hafen war nicht groß genug für Kriegsschiffe, doch kurz hinter dem schimmernden Blau des äußeren Schilds warf es Anker.

»Sie lassen ein Boot zu Wasser«, murmelte Kier. Sie standen auf einem der langen Docks, und der Wind ließ ihr Haar flattern. Der Himmel über ihnen war stahlgrau.

Grey sah dem kleinen Boot entgegen, während es näher kam. Ihr stockte der Atem, als sie erkannte, um wen es sich bei der Gruppe Ausgesandter handelte: Es war ihr eigenes Gefolge, das dort vom Deck winkte, und Erleichterung erfasste sie. Mittlerweile war das Boot so nah, dass die Jubelrufe zu ihnen herüberschollen, während es unversehrt in Richtung Dock glitt.

»Es geht ihnen gut«, sagte Grey, wie um sich selbst davon zu überzeugen. Kier schritt zum Rand des Docks und ging dort in die Hocke, während Brit ihm ein Tau zuwarf. Er vertäute das Boot und half beim Anlegen. Eron war der Erste, der an Land kam, mithilfe von Brit und Ola auf der einen und Kier auf der anderen Seite. Sein Knie war verbunden, und er trug den Arm in der Schlinge, aber er lebte und atmete, und nun umarmte er Kier fest und wandte sich dann an Grey.

»Was hast du angestellt?«, fragte sie, während sie die Finger in den Stoff an seinem Rücken krallte und seine Umarmung erwiderte.

»Du wirst lachen.«

»Ganz sicher nicht.«

Er seufzte. »Ich bin beim Rückzug vom Pferd gefallen.«

Sie hatte gelogen: Sie lachte. »Tut mir leid!«, versicherte sie angesichts seines vernichtenden Blicks rasch. Doch dann umarmte er sie ein weiteres Mal, *so* wütend schien er also gar nicht zu sein.

»Du verdammte Legende«, rief Brit und küsste Grey auf beide Wangen, sobald sie auch Ola auf das Dock geholfen hatten. »Du absolut machtgeiles Miststück.«

»Was absolut positiv gemeint ist«, stellte Ola klar und schob sich an Brit vorbei. Sie umfasste Greys Gesicht, schob ihr das windzerzauste Haar aus der Stirn und suchte in ihrer Miene nach einem Anzeichen von Kummer. »Wie geht's dir, Liebes?«

Am liebsten hätte sich Grey einfach gegen sie sinken lassen. Es war an sich schon ein Triumph, dass es ihr gelang, aufrecht stehen zu bleiben. »Ich bin hier. Und wir leben noch.«

Olas Lächeln wurde warm, und sie ließ Grey los, um sich Kier zuzuwenden. »Captain«, sagte sie voller Zuneigung.

»Commander«, korrigierte Grey, woraufhin sie seine Berührung an der Taille fühlte. Sie wandte sich wieder dem Meer zu, wo sich mehr Schiffe näherten und vor Anker gingen. Sie tastete nach seiner Hand und drückte sie.

»Bereit, Locke?«, fragte er leise.

»So bereit, wie ich nur sein kann«, antwortete sie.

Boot um Boot wurde zu Wasser gelassen, sie brachten ihre Passagiere an Land und kehrten zu den Schiffen zurück. Commander Reggin kam in Begleitung von Cleocs Commander Dainridge, einer grauhaarigen Frau in den Vierzigern mit eiskaltem Blick, gebräunter Haut und von Wind und Sonne gegerbter Haut. Sie schickten auch ihre Botschafter: Ikaaron aus Scaela und Yearna aus Cleoc.

»Der High Lord plant, heute Abend hier einzutreffen«, informierte Ikaaron sie, nachdem er Grey offiziell vorgestellt worden war. Sie hatten sich von den Docks zu einem befestigten Bereich neben dem Hafen begeben. »Er wollte schon früher kommen, doch wir haben darauf bestanden, dass er wartet, bis die Insel sicher ist.«

»Natürlich wollte er das«, kommentierte Grey trocken. »Commander?«

»Ja, Mylady?«, antwortete Kier.

»Ich werde die Botschafter zu ihren Räumlichkeiten bringen. Würdet Ihr den Befehlshabern unsere Waffenkammer zeigen und sie dann in den Kriegsbesprechungsraum bringen und dafür sorgen, dass die Captains ihre Streitkräfte ordnen können?«

»Ja, Mylady.« Er zögerte, wenn auch nur einen Moment. »Nehmt Ihr Ola und Brit mit Euch?«

»Wenn Ihr Eron mitnehmt?«

Er nickte und ging ohne ein weiteres Wort davon. Ihre neuen Botschafter schienen nicht zu bemerken, dass da etwas zwischen Grey und ihrem Commander war – sie wollte ihre Beziehung nicht verheimlichen, doch sie war nicht sicher, wie sie sich in der Öffentlichkeit verhalten sollte.

Sie machten sich auf den Weg von den Docks hinauf zur Festung. Dort zeigte Grey den Botschaftern den neuen Besprechungsraum und führte sie anschließend in die Zimmer, die Kier und sie für diplomatische Gäste vorbereitet hatten, damit sie sich frisch machen und umziehen konnten.

Sie waren vor Kier und den Commandern im Besprechungsraum, und da sie nun einen Moment allein mit Brit und Ola war, schloss sie die Tür ab und drehte sich zu den beiden um. »Okay«, sagte sie. »Ich weiß nicht, wie viel Zeit wir haben, aber was ist passiert, seit wir gegangen sind? Und wie lange ist es her?«

Ola verzog das Gesicht. »Zwei Tage. Nachdem Kier und du gesprungen seid, gab es ein paar Scharmützel, aber keine echte Schlacht. Ich schätze mal, alle haben darauf gewartet, was als Nächstes passiert.«

Grey nickte. Auf der Insel waren mehr als zwei Tage verstrichen, doch sie war dankbar für den Zeitunterschied und den Aufschub, den ihnen das eingebracht hatte. »Hattet Ihr die Möglichkeit, mit Scaelas zu sprechen?«

»Ja. Er war stinksauer auf dich.«

»Erst wussten sie nicht so richtig, was sie mit uns anstellen sollten«, erklärte Brit und lehnte sich an den Tisch, der bereits mit Karten bedeckt war. »Sela war kurz bei uns und hat uns alles erzählt, was sie wusste, aber abgesehen davon, hat man uns einfach nur … beobachtet. Und alle haben gewartet. Nachdem ihr gesprungen wart, war die Bucht plötzlich in dichten Nebel gehüllt – sowohl Scaelas als auch Epras haben Schiffe ausgeschickt, doch es war wirklich seltsam: Sie sind alle noch in derselben Stunde zurückgekehrt, weil sie irgendwie auf einen neuen Kurs geschickt worden waren. Niemand konnte den Nebel durchdringen.«

Grey nickte. Sie hatte so etwas erwartet: eine Art Schild, ein natürlicher Schutz, während die Insel wieder in die Wirklichkeit zurückgekehrt war.

»Wir dachten, du bist tot«, sagte Ola, ohne ihr in die Augen zu sehen.

»Da kennt ihr mich doch besser.«

Jemand drückte die Türklinke herunter, hielt inne und klopfte dann. Seufzend wandte sich Grey der Tür zu.

»Lass mich das machen«, zischte Ola und scheuchte sie davon. Also setzte sich Grey stattdessen ans Kopfende des Tischs.

Ola öffnete, und Kier, Reggin, Dainridge und ein paar weitere Masters und Captains traten mitsamt ihren Händen ein. Grey sah zu, während sie um den Tisch herum Platz nahmen: Kier zu ihrer

Rechten, Reggin und Dainridge in ihrer Nähe, mit Reggins Hand hinter ihm. In Abwesenheit ihrer jeweiligen Herrscher nahmen Ikaaron und Yearna die Plätze von Scaelas und Cleoc ein. Brit und Ola postierten sich hinter Greys Stuhl. Eron war vermutlich noch unten bei den Docks und organisierte die Streitkräfte, die sich weiterhin im Hafen sammelten.

Sämtliche Blicke ruhten erwartungsvoll auf ihr, und einen Moment später ergriff sie das Wort. »Commander Reggin, Commander Dainridge. Masters. Botschafter. Ich heiße Euch auf Locke willkommen, auch wenn ich mir wünschte, die Umstände wären besser. Dies ist Commander Seward, der Anführer meiner Streitkräfte auf der Insel.«

Fast hätte Kier bei diesen Worten gelächelt, auch wenn sie nicht wusste, ob es daran lag, dass sie ihn mit seinem neuen Titel angesprochen hatte, oder daran, dass ihre gesamten Streitkräfte im Augenblick aus ihm allein bestanden.

»Sobald wir über die Situation in Idistra in Kenntnis gesetzt sind, können wir von diesem Punkt aus fortfahren«, erläuterte sie.

»Lady Maryse«, meldete sich einer der scaelanischen Masters am Ende des Tischs unaufgefordert zu Wort. »Es scheint, als …«

»Locke.«

Stille breitete sich im Raum aus, als sich alle – auch Grey selbst – Kier zuwandten.

»Wie bitte, Commander Seward?«, fragte der Master, der alt genug war, um Kiers Vater sein zu können.

Kier hob eine Braue. »Würdet Ihr Euren eigenen High Lord beim Vornamen nennen?« Die Stille blieb ungebrochen. Grey zwang sich dazu, aufrecht und mit erhobenem Kinn dazusitzen und nicht mit der Wimper zu zucken. »Sie ist Locke, Master.«

Der Master sah sie an, doch zu Greys Überraschung wirkte er nicht wütend – sondern *beschämt.* Sie hassten sie nicht.

Sie fürchteten sie.

»Ich bitte um Verzeihung, Euer Majestät«, sagte er.

»Danke, Master«, gab Grey zurück und schob jede Verlegenheit beiseite. Sie nickte ihren verbündeten Commandern zu. »Eure Berichte, bitte.«

»Euer Majestät.« Ikaaron neigte den Kopf und warf Yearna einen Seitenblick zu, dann stürzte er sich in seine Erklärungen. »Epras und Luthos haben erklärt, dass Captain Kier Seward rechtmäßig von ihren Streitkräften gefangen genommen und unrechtmäßig von Scaelas befreit wurde. Nun, da enthüllt wurde, dass Euer neuer Commander Seward ganz eindeutig nicht Locke ist …«

Grey senkte den Blick auf ihre Hände, korrigierte diese Aussage jedoch nicht.

»… bestehen sie auf einer Entschädigung. Sie haben verkündet, dass die High Lady dieselben Bedingungen akzeptieren sollte, denen Commander Seward zugestimmt hat: nämlich einen Anwärter nach der Wahl von Epras und Luthos zu heiraten und die Macht wiederherzustellen. Sollte diesen Bedingungen zugestimmt werden, erklären sie sich zu einem Vertrag mit der Insel bereit und werden den Krieg gegen Scaelas und Cleoc beenden.«

Grey hob eine Braue und versuchte, so kühl wie nur möglich zu wirken. »Eprain und Luthar wollen mich also *heiraten*?«

»Ja, Mylady«, bestätigte Ikaaron. »Wenn ihr durch die Ehe an ihren Anwärter gefesselt seid, wird ihre Macht einfach durch die Tatsache wiederhergestellt, dass sie mit Euch verbunden sind, und wenn Ihr einen Erben bekommt, werden sie so Teil Eurer Blutlinie. Solange es Locke gibt, war es üblich, aus solch strategischen Gründen zu heiraten.«

Innerlich zuckte Grey zurück. »Und wenn ich ablehne?«

Er nickte Commander Dainridge zu. Grey wandte sich ebenfalls ihr zu.

»Sie haben gedroht, ihre vereinten Kräfte gegen die Insel zu schicken«, erklärte Dainridge. »Entweder um jeden zu töten, der sich noch auf der Insel aufhält, und Euch gefangen zu nehmen, oder um uns zu belagern und auszuhungern.«

»Ah«, sagte Grey nur.

»Ihr habt drei Tage, um Eure Entscheidung zu treffen, und solltet Ihr nach Ablauf dieser Frist nicht bereit sein, eine Ehe einzugehen, werden sie angreifen.«

Sie rieb sich die Schläfen und versuchte, Kier durch die Verbindung zu erreichen, doch da war nur eine seltsame Leere – er hielt seine eigenen Emotionen zurück, damit sie diese Entscheidung ohne seinen Einfluss treffen konnte.

»Das sind die vorgeschlagenen Bedingungen«, sagte Ikaaron und ließ den Blick über die Anwesenden schweifen, wobei er einen Moment an Yearna, Cleocs Botschafter hängen blieb, bevor er fortfuhr: »Ich habe den Auftrag, Euch bei der Verteidigung der Insel zu unterstützen, falls Ihr Euch für den Kampf entscheidet, doch falls Ihr möchtet, könnt Ihr stattdessen die Ehe wählen. Mir ist bewusst, dass ich nur der scaelanische Botschafter und keiner Eurer eigenen Ratgeber bin, doch wenn mein Lord hier wäre, würde er Folgendes zu bedenken geben: Auch wenn die Heirat eine Möglichkeit zu sein scheint, Blutvergießen zu verhindern, würde er Euch davon abraten.«

Allmählich hatte sie von solchen Entscheidungen, die im Grunde keine waren, die Nase voll.

»Ich werde *nicht* heiraten. Für mich klingt dies nach einem sicheren Plan, um mich in meinem eigenen Bett ermorden zu lassen.« Sofort fühlte sie einen deutlichen Anflug von Erleichterung durch die Verbindung.

»Dem würde ich zustimmen, Euer Majestät«, bestätigte Ikaaron. »Mit Eurer Erlaubnis werden wir Boten schicken, die Eure Antwort überbringen.«

»Dann kämpfen wir also«, sagte Kier, »um die Insel zu halten.«

Grey erhob sich und begann, auf und ab zu gehen. Sie konnte Maerin von hier aus nicht sehen, doch sie erkannte, dass die Schiffe auf dem aufgewühlten Meer zu kreisen begonnen hatten.

»Commander, was schlagt Ihr vor?«, fragte sie.

Stundenlang diskutierten sie, über die Karten gebeugt, über Truppenformationen. Falls es Luthar und Eprain gelang, das Ufer zu erreichen, würden sie nicht ruhen, bis Grey tot war, also mussten sie alles in ihrer Macht Stehende tun, um die Insel zu halten und sicherzustellen, dass es nicht so weit kam.

»Gibt es etwas, was wir tun können?«, fragte Reggins Hand, als Greys Kopf schon seit fast einer Stunde schmerzte. »Eine Art Demonstration? Eine Zurschaustellung der Macht?«

Grey schüttelte den Kopf. »Ich weiß nicht, was genau ich ausrichten kann.«

»Kontrolliert Ihr die Macht denn nicht?«

Sie sah ihn an, den Jungen, an dessen Jugend sie schon bei ihrer ersten Begegnung nicht hatte vorbeisehen können. Auch jetzt wunderte sie sich darüber. Sie warf einen Blick auf die Liste vor sich, auf der die Namen derjenigen eingetragen waren, die mit ihr am Tisch saßen: Die Hand des Commander war als *A. Reggin* aufgeführt. Sie würde einen Besen fressen, wenn er nicht irgendwie mit dem Commander verwandt war, und etwas an dieser Tatsache beunruhigte sie.

»Wir könnten Locke nach Scaela zurückschicken«, schlug einer der Captains am unteren Ende des Tischs vor. »Oder nach Cleoc, wenn man dort einverstanden ist. Nur, bis die Insel sicher ist.«

Grey warf Kier einen Blick zu. Er schien dies tatsächlich in Erwägung zu ziehen.

»Nein«, entschied sie. »Ich werde nicht wieder gehen.« Wenn sie es tat, würde sie Kier verlassen müssen – und wer wusste schon, ob sie vor dem nächsten Vollmond zurückkehren konnte, um Kitalma zu sagen, wofür sie sich entschieden hatte? Das durfte sie nicht riskieren.

Sie argumentierten, bis die Sonne hoch am Himmel stand und Grey schließlich eine Pause anordnete. Als sie den Besprechungsraum verließen, stellte sie überrascht fest, wie viel Trubel auf der Insel herrschte. Sie wies Ola und Brit an, etwas zu essen und sich auszuruhen, und machte sich auf den Weg zum höchsten Turm.

Dort hatte bisher noch niemand sein Lager aufgeschlagen. Sie lehnte sich gegen die Zinnen. Der Wind fuhr in ihr Haar und versuchte, es aus ihrem Zopf zu lösen. Die Schiffe kreisten weiter, machten jedoch keine Anstalten anzugreifen.

Sowohl in Osar als auch in Maerin lagerten Soldaten, Zelte tupften die hügeligen Wiesen und die Dörfer dazwischen. Grey beobachtete die Fortschritte am Hafen. Die Arbeiter waren klein wie Ameisen, und die Boote brachten Vorräte an Land, die auf Karren in die Dörfer und zur Festung transportiert wurden. Sie betrachtete die winzigen Menschen und die riesigen Schiffe.

Stiefelschritte erklangen auf der Treppe, doch sie drehte sich nicht um. »Warum willst du nicht zurück nach Scaela?«

Sie schnaubte. »Keine Chance.«

Kier trat hinter sie, legte seine Hände neben ihre auf die Zinnen und ließ das Kinn auf ihrem Scheitel ruhen. »Dort wäre es sicherer«, argumentierte er, auch wenn er schon verloren hatte und dies auch wusste.

»Sicherheit wird überbewertet.«

Er seufzte. »Gesprochen von jemandem, der nie wusste, was Sicherheit ist.«

Sie drehte sich in seinen Armen um und zeichnete die Linie seines Schlüsselbeins nach. Sicherheit war das eine, doch Freiheit war etwas anderes.

Sie begriff, dass sie bei all der hektischen Geschäftigkeit auf der Insel unter ihnen, der heiklen Natur ihrer eigenen Position und der Tatsache, dass ihr eine der anderen Nationen bereits einen Heiratsantrag gemacht hatte, vielleicht keine Zeit mehr allein mit Kier finden würde.

Möglicherweise hatte sie ihre Chance, ihm zu sagen, was los war, bereits verpasst und würde es ihm nie sagen müssen ... Was jedoch von der Entscheidung abhing, die sie noch nicht getroffen hatte.

»Kier«, sagte sie und strich nervös über das Wappen auf ihrem Waffenrock. »Glaubst du, es würde irgendetwas ändern, wenn ich keine Macht mehr hätte?«

Er lachte. »Hat Reggins Hand dich verunsichert?« Er strich ihr übers Haar. »Da mache ich mir keine Sorgen. Du wirst deine Macht nicht verlieren – das ist unmöglich.«

»Aber falls es doch passiert?«

Er rollte mit den Augen. »Wird es nicht. *Kann* es nicht.«

»Und wenn ich mich dafür entscheide, die Macht aufzugeben …«

Nun sah er sie aus schmalen Augen an. »Was willst du mir sagen?«

»Nichts«, antwortete Grey und fühlte, wie ihre Wangen heiß wurden. »Nur ein Gedankenspiel.«

Er beugte sich vor und küsste sie auf die Stirn. »Wie gesagt, mach dir darüber keine Sorgen – deiner Macht wird nichts geschehen. Das lasse ich nicht zu.«

Sie konnte ihm nicht in die Augen sehen.

»Scaelas und Cleoc werden bald eintreffen«, sagte er kurz darauf. »Sollen wir uns bereit machen, sie zu empfangen?«

»Sollten wir wohl.« Damit schob sie die Gedanken an das, was sie so beschäftigte, beiseite.

Sie nahm die Veränderungen auf der Insel in sich auf, das *Leben,* während sie der Straße zwischen den beiden Städten folgten. Sie dachte daran, als sie an einem großen Steinhaus in Maerin vorbeikamen, vor dessen Tür sich Karren reihten. Daran lehnte eine vertraute Gestalt und machte sich Notizen in einem kleinen Buch. Ihr schwarzes Haar war mit einem Stift hochgesteckt.

Abrupt blieb Grey stehen und fühlte, wie sich ihr Herz zusammenkrampfte. »Leonie?«

Die Heilerin sah von ihrem Notizbuch auf. Ganz kurz wirkte sie verwirrt, bis ihr Blick den von Grey traf. Dann legte sie das Buch weg und eilte, so schnell sie konnte, zur Straße. Grey scherte sich nicht um die Regeln des Anstands, sie rannte los.

Leonie umarmte sie stürmisch. Sie duftete nach Kräutern und Seife und Lavendel, und Grey schmiegte das Gesicht an ihren Hals.

»Ich dachte, ich sehe dich nie wieder«, gab sie zu.

»Komisch«, sagte Leonie, »weil ich nämlich explizit auf deiner Liste genannt wurde.«

Grey lachte und wich ein Stück zurück, um Leonie ins Gesicht sehen zu können. Da war eine frische Narbe wie von einem glatten Schnitt an ihrem Kinn. »Ich wusste nicht, ob du nach Mecketer Zeit hättest, herzukommen.«

Leonie schüttelte den Kopf. »Ich wurde nach dem Angriff versetzt, kurz nachdem du gegangen bist.« Da erspähte sie etwas über Greys Kopf hinweg, und ihr Lächeln wurde sogar noch breiter. »Captain Seward – oder heißt es jetzt Commander?«

»Heißt es.« Kier beugte sich vor, um Leonie die Hand zu küssen. »Was für ein Glück für uns, dass wir Euch haben.«

»Ach, es ist jedenfalls besser als der letzte Ort, an dem ich war«, gab Leonie zurück. Sanft löste sie sich aus Greys Armen und widmete sich wieder ihrer Liste. »Eigentlich trifft es sich ziemlich gut, dass du hier bist. Wen kann ich hier nach Vorräten fragen?«

»Ähm … mich?«

»Du bist die High Lady. Mit solchen Trivialitäten solltest du dich nicht abgeben.«

Grey sah Kier an, der jedoch nur mit den Schultern zuckte. »Richte dich direkt an mich«, bekräftigte sie. »Wenn du in die Festung kommst und nach mir fragst, werde ich dafür sorgen, dass man dich zu mir bringt.«

Leonie warf ihr über ihr Notizbuch hinweg einen scharfen Blick zu. »Sei vorsichtig, wem du das sagst, Locke«, kommentierte sie. »Sonst fragt bald die ganze Insel nach dir.«

Grey rollte mit den Augen. »Ich komme zurück, sobald ich kann«, versprach sie.

Scaelas und Cleoc hielten sich nicht lange am Hafen auf, sondern machten sich direkt auf den Weg in den Besprechungsraum, sobald sie die Insel erreicht hatten. Obwohl sie erst vor Kurzem mit Scaelas wiedervereint worden war, genügte Grey ein einziger Blick auf ihn, um mit Sicherheit sagen zu können, dass er stinksauer war, und sie hatte wenig Zweifel daran, auf wen sich seine Wut richtete.

Als der Abend hereinbrach und sie immer noch über Strategien debattierten, wurde ihnen Essen gebracht, und während die Stunden verstrichen, verabschiedeten sich die Captains einer nach dem anderen, um dafür zu sorgen, dass Wachen eingeteilt und die Lager anständig aufgeschlagen wurden. Darauf folgten die Masters, bis schließlich nur noch die Commander anwesend waren. Als Mitternacht näher rückte, sagte Kier schließlich: »Heute Abend werden wir nicht mehr viel ausrichten können. Locke?«

Die Ungewissheit gefiel ihr gar nicht, trotzdem stimmte sie zu.

Reggin, Dainridge und Reggins Hand erhoben sich; Cleoc und Scaelas rührten sich jedoch nicht. »Wenn wir um einen Moment für eine private Unterredung mit der Lady bitten dürfen?«, sagte Scaelas. Auf Kiers vernichtenden Blick hin seufzte er. »Commander, Ihr könnt bleiben.«

Also blieben sie zu viert im Raum zurück. Cleoc war es, die das Wort ergriff. »Es war eine gewagte Entscheidung, einen der Commander Eurer Verbündeten direkt anzugreifen und dann von einer Klippe zu springen.«

Grey verschränkte die Arme. Sie würde sich nicht tadeln lassen wie ein kleines Kind. »Ich habe Euren Soldaten das Leben gerettet.«

»Und dabei Euer eigenes aufs Spiel gesetzt. Als hättet Ihr ein bisschen zu viel von Seward gelernt.«

Grey beugte sich wieder über den Tisch. »Ich habe getan, was ich tun musste.«

»Du wärst fast *gestorben*«, mischte sich Scaelas ein, und kaum unterdrückte Wut schwang in seiner Stimme mit. »Dieser Strategie habe ich mit Sicherheit nicht zugestimmt. Wir haben dich gerade erst zurückbekommen, und schon drohst du uns mit deinem Tod?«

Cleoc warf ihm einen warnenden Blick zu. »Es ist besorgniserregend, wenn ein Verbündeter solche waghalsigen Entscheidungen trifft, ohne sich davor abzusprechen«, erklärte sie. »Ich habe Euch vertraut. Bringt mich nicht dazu, das zu bereuen.«

Bevor Grey antworten konnte, rauschte Cleoc hinaus, und die Tür fiel krachend hinter ihr ins Schloss.

»Commander Seward«, sagte Scaelas leise. »Kann ich kurz unter vier Augen mit der High Lady sprechen?«

»Was auch immer Ihr zu Grey sagen wollt, könnt Ihr auch vor mir sagen.«

Grey seufzte. »Geh, Kier. Ich komme gleich nach.«

Er zögerte einen Moment, zwei, dann, als er begriff, dass er sie nicht umstimmen konnte, ging auch er. Grey wandte sich an Scaelas, die Hände zu Fäusten geballt.

»Ich bin nicht deine Tochter«, begann sie. »Du kannst nicht einfach hier auftauchen und dir anmaßen, mich – eine erwachsene Frau, die Herrscherin über eine Nation – zu tadeln wie ein Vater.«

»Eine *Klippe,* Gremaryse?«, schnaubte Torrin zornig. »Eine *Klippe*?«

»Du hast mir gesagt, ich könnte ihn retten!«

»Ich habe dir auch gesagt, dass du nichts auf eigene Faust unternehmen sollst.«

Sie riss die Hände hoch. »Was sollte ich denn sonst tun? Kier einfach sterben lassen?«

»Du hast mich um Hilfe gebeten, und dann hast du *das* getan! Ich weiß nicht … Du hättest dich dieses eine Mal in deinem Leben an die Regeln halten können. Und wenn du schon unbedingt mit Captain Seward durchbrennen musstest, dann hättest du ihn zurück zum Fort bringen sollen, zu deinen *Verbündeten.* Wir hätten diese Sache angemessen und sicher regeln können.«

»Ich habe getan, was ich für das Beste gehalten habe.«

»Du hast keine Ahnung, wie das hier funktioniert«, knurrte Torrin.

»Du hast deinen Standpunkt mehr als deutlich gemacht. Trotzdem möchte ich Euch noch einmal daran erinnern, Euer Majestät, *dass Ihr nicht mein Vater seid.*«

Langsam schüttelte Torrin den Kopf. »Das bin ich nicht.« Auf einmal schien alle Wut aus ihm zu weichen. Nun beugte auch er sich über den Tisch, und sein Arm berührte ihren. »Fühlst du auch diesen Druck auf dem Herzen, den sie hinterlassen haben, Maryse?«

Unwillkürlich biss sie die Zähne zusammen, als sich das niederschmetternde Gewicht auf sie herabsenkte. »Ja«, antwortete sie schließlich. »Manchmal.«

»Genau wie ich.« Er sah auf sie herab – er war fast einen Kopf größer, gebaut wie die gewaltigen Bäume seiner Nation –, und sie las die Trauer in seinem Blick. »Dein Vater war wie ein Bruder für mich. Der Erste auf dieser Welt, den ich je gekannt habe. In der alten Religion von Scaela heißt es, dass Magier und Quellen eine einzige, in zwei Hälften geteilte Seele sind: Wenn das stimmt, dann war er meine andere Hälfte.«

»Diese Geschichte gibt es auf Locke nicht.«

»Ich weiß. Wahrscheinlich, weil sie beinhaltet, einem anderen zu vertrauen.«

Blut und Verrat. Das ist dein Vermächtnis.

Sie schob diesen Gedanken beiseite. »Du bist eine Quelle«, sagte sie.

»Ja.«

»Und du warst die Hand meines Vaters, bevor er meine Mutter geheiratet hat.«

Torrin wandte den Blick ab. »Ja.«

»Hast du ihn geliebt?«

»Nicht auf die Art, wie du deinen Commander liebst«, antwortete er nachdenklich. »Aber auf meine eigene Weise. So wie es vermutlich bei uns allen ist.«

Grey nickte. Das konnte sie verstehen.

»Dich zu verlieren, wäre so, als müsste ich seinen Tod noch einmal durchstehen«, erklärte Torrin leise. Hinter ihnen knisterte das Feuer im Kamin, von dem bald nur noch glühende Kohlen übrig sein würden. Sie stand nicht auf, um es wieder anzufachen.

»Ich gehöre dir nicht, also kannst du mich auch nicht verlieren«, sagte sie, dieses Mal jedoch sanft.

»Ich weiß«, sagte Torrin. »Aber das macht es nicht leichter.«

Als sie schließlich vom Turm herabstieg, auf dem sie auf und ab gegangen war und aufs Meer hinausgeblickt hatte, regte sich Kier kaum. Sie zog sich aus, fand eines seiner Hemden, zog es über und schlüpfte zu ihm ins Bett. Sofort drehte er sich zu ihr und zog sie an seine Brust.

»Du bist eiskalt«, sagte er, den Mund an ihrer Schulter, und rückte sie so zurecht, dass ihr Rücken an seine Brust gedrückt wurde, seine Beine an ihre.

»Ich konnte noch nicht ans Schlafengehen denken«, gab sie zu. »Hat dich irgendjemand gefragt, warum du in meinen Gemächern bist?«

»Nein. Du hast keine Wachen. Die anderen sind schon vor Stunden ins Bett gegangen.«

»Oh.«

Er drückte ihr einen Kuss hinters Ohr. »War er sehr enttäuscht? Scaelas?«

»Nein«, erwiderte sie und konnte sich diesen Kloß in ihrem Hals selbst nicht ganz erklären. Sie schob ihre Finger zwischen Kiers und zog seine Arme noch enger um sich. »Er hat mir von meinem Vater erzählt.«

Kier schwieg einen Moment. »Vielleicht ist das gut«, sagte er dann. »Einen Teil von ihm zu haben. Von diesen Erinnerungen.«

Grey nickte. »Vielleicht.« Doch danach lag sie noch lange wach im Dunkeln und dachte an ihre Geister.

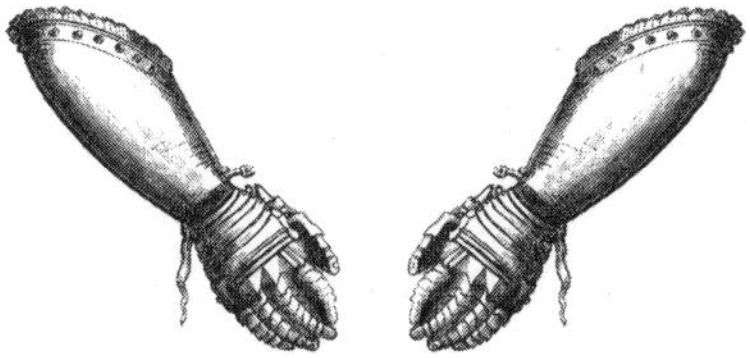

Blut von meinem Blut, Teil meiner Seele,
deine Hand über meinem Herzen. Wenn du leidest,
werde auch ich leiden; wenn du vergehst, werde auch
ich vergehen. Was ich weiß, das weißt auch du.
Lass mich diesen Treueschwur niemals brechen.

Die heiligen Verse der Insel, Vers 27,
oft bei Ritualen verwendet, wenn sich ein Paar bindet
oder verheiratet wird

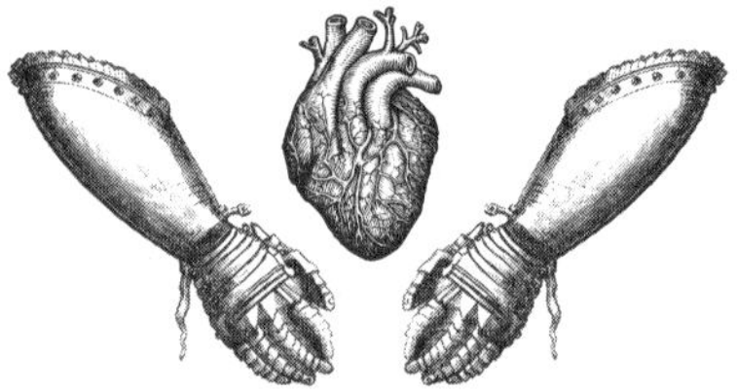

Dreißig

Es wurde entschieden, dass Scaelas und Cleoc genug Soldaten zur Verfügung stellen würden, um die Insel zu sichern und zu halten, bis sie Epras und Luthar zur Kapitulation bewegen konnten – oder bis Grey eine andere Möglichkeit fand, ihren Anspruch auf die Macht der Nation geltend zu machen.

Aus der wachsenden Anzahl der kreisenden eprainischen Schiffe zu schließen, die nur auf ein Zeichen der Schwäche warteten, schloss Grey, dass letztere Möglichkeit die bevorzugte sein sollte.

Während Scaelas und Cleoc mit den Ratgebern diskutierten, überließ Grey die Planungen im Besprechungsraum ihren Commandern, um nachzusehen, wie es mit den Vorbereitungen voranging. Kier schickte ihr einen ermutigenden Impuls durch die Verbindung, den sie jedoch ignorierte.

In einem Nebenzimmer erwartete sie eine von Cleocs Zofen. Als Grey eintrat, knickste sie. »Euer Majestät«, sagte sie. »Bitte nehmt dieses Geschenk meiner Nation an.«

Grey trat vor die schwere Holztruhe, ging in die Hocke und öffnete sie. Darin lagen mehrere Kleider aus edlen dunklen Stoffen in Schwarz und Grau und Marineblau mit ein paar hellen Tupfern elfenbeinweißer Seide. Sie ließ sich nach hinten sinken – dies war die Garderobe, die Sela in Auftrag gegeben hatte. Obenauf lag ein Brief, versiegelt mit einem abgewandelten Wappen Cleoc Stratas, das ins Wachs gedrückt worden war.

»Danke«, sagte sie zu der Zofe und kämpfte gegen die Sprachlosigkeit an. »Ich bin Euch, Eurer Nation und Eurer Lady zutiefst dankbar.« *Und der Tochter Eurer Lady.*

Nachdem die Zofe gegangen war, öffnete sie den Brief.

Meine Furcht einflößende Lady Locke,
es ist mir nicht gestattet, zu Dir auf Deine Insel zu kommen, und ich bin nicht so mutig, wie Du es bist – Du hättest Dich mit Sicherheit auf eines der Schiffe geschlichen, Verbot hin oder her. Ich hoffe, Du denkst nicht schlecht von mir wegen meiner Schwäche.

Grey schnaubte. Wenn sie sich zusätzlich zu allem anderen auch noch Sorgen um Sela machen müsste, würde sie vermutlich einfach platzen. Sie runzelte die Stirn und ärgerte sich über sich selbst, als sie Torrins durchaus begründetet Sorge um ihre Sicherheit endlich verstand.

Ich weiß, es ist nur ein kleines und vielleicht sogar unwichtiges Geschenk. Ich kann Dir weder mein Schwert noch das Versprechen einer Nation anbieten, die ich noch nicht geerbt habe. Ich kann Dir kaum helfen. Aber Du bist die stärkste Person, die ich kenne, und dazu die stärkste Quelle. Du schaffst das schon. Du musst das schaffen.
Danke für Deine Schonungslosigkeit, Grey, denn sie ist auch eine Form der Sicherheit.

Alles Liebe
W. N.

PS: Du darfst nicht sterben, weil ich nämlich schon mit der Planung für Lockes Wiederauferstehungsfeier begonnen habe, und diese Pläne passen überhaupt nicht zu einer Beerdigung.

Sie lachte und drängte die Tränen zurück, die überzufließen drohten. Dann ging sie die Kleider durch, spürte jedoch etwa nach der Hälfte kaltes Metall unter den Fingern. Stirnrunzelnd schob sie die oberste Stoffschicht beiseite und fand eine gekonnt geschmiedete Rüstung darunter. Sie war aus dunklem Silber gefertigt und schimmerte im Sturmlicht, das durch die Fenster hereinfiel. Ein Muster aus Vögeln und Efeu rankte sich darüber, und da begriff Grey ehrfürchtig, dass dies eine Nachbildung jener Rüstung war, die Kitalma auf den Abbildungen trug.

Sie umfasste das Metall so fest, dass es in ihre Finger schnitt. Richtig, Schonungslosigkeit war auch eine Form der Sicherheit.

An diesem Abend, während Kier und Dainridge und Reggin mit ihrer Planung fortfuhren, nahm sich Grey eine Kerze und machte sich auf den Weg durch die dunklen Gänge in den Verwaltungsflügel der Festung. Cleoc und Scaelas und ihre diversen Ratgeber und Schreiber hatten die meisten der Räume bereits beansprucht, doch das Arbeitszimmer von Greys Mutter war – vermutlich auf Scaelas Anweisung hin – für sie freigelassen worden.

An der Tür zögerte sie. Diese war geschützt – was vielleicht der wahre Grund für das Freibleiben des Raums war. Möglicherweise hatte sie Torrin diese Freundlichkeit zu Unrecht unterstellt.

Unter ihrer Berührung schwang die Tür leicht und nur leise knarrend auf. Sie trug eine Ledertasche voller Dokumente über der Schulter, die ihr Cleoc und Scaelas zur Durchsicht überreicht hatten. Diese Tasche legte sie jetzt auf dem hölzernen Schreibtisch ab und sah sich im Raum um: An den Wänden reihten sich Bücherregale, in denen sowohl alte Verträge als auch Folklorebände standen. Es war ein kleines Zimmer, doch es war viel hübscher eingerichtet als jedes andere Studierzimmer, in dem sie sich bisher aufgehalten hatte. Ob es sich jedoch mit Torrins privatem Arbeitsbereich messen konnte, wusste sie nicht, da sie nie dort gewesen war.

Sie entzündete das Feuer im Kamin, dann setzte sie sich hinter den Schreibtisch. In der Mitte lag ein Stapel Briefe, die Siegel gebrochen. Korrespondenz, die nun vollkommen bedeutungslos war. Sie strich über das Papier eines halb fertigen Schreibens an den Hafenmeister von Maerin. Sie las, was ihre Mutter geschrieben hatte, doch es war irrelevant: Vorbereitungen für die Renovierung des Hafens, zu der es nie gekommen war.

Seufzend zog sie die Dokumente aus der Ledertasche und las die Vertragsentwürfe von Scaela und Cleoc Strata, bis ihre Augen schwer waren vor Anstrengung. Schließlich schwang die Tür auf, und Kier trat ein. Sein Umhang war so schattendunkel wie die Nacht selbst.

Er lehnte sich gegen die Schreibtischkante. »Es ist spät«, sagte er und musterte sie sorgfältig. »Morgen ist unser letzter Tag in Frieden, bevor alles zum Teufel geht, und du musst dich ausruhen. Du solltest ins Bett kommen.«

Grey warf einen Blick auf den Zeitmesser an seinem Handgelenk. »So spät ist es doch noch gar nicht.« Noch nicht mal Mitternacht. »Und du kannst mich nicht mehr rumkommandieren.«

Das entlockte ihm ein Lächeln. »Oh, aber ich kann es versuchen.«

Sie lehnte sich zurück und faltete die Hände im Schoß. Ihre Finger waren kalt, weil sie das Feuer im Kamin vernachlässigt hatte. Kier musste bemerkt haben, wie weiß ihre Knöchel waren, denn er nahm ihre Hände in seine und rieb sie, damit sie warm wurden.

»Ist das komisch für dich?«, fragte sie. »Dass niemand mehr davon ausgeht, du könntest über mich bestimmen? Dass sie mich nicht mehr nur als deine Quelle sehen?«

Kier schnaubte. »Ich habe dich nie nur als meine Quelle gesehen.«

»Vielleicht nicht, aber sonst hat mich noch nie jemand nach meiner Meinung gefragt.«

Darüber dachte er einen Moment lang nach, dann hob er erst eine ihrer Hände an die Lippen, dann die andere. »Es war mir nie wichtig, was sie gedacht haben«, sagte er schließlich. »Ich habe dich immer als ebenbürtig betrachtet. Bei jeder Entscheidung habe ich mich mit dir abgestimmt.«

Grey sah weg. Kier interpretierte ihr schlechtes Gewissen falsch – er umfasste ihr Kinn und drehte ihr Gesicht zurück zu ihm. »Nichts hat sich verändert, Grey. Nicht für mich.«

Sie betrachtete ihn, studierte seine Züge. Sie nickte und er nickte zurück.

»Du solltest schlafen, solange du noch kannst«, sagte er.

»Werde ich, wenn ich hier fertig bin. Noch eine halbe Stunde.«

Er seufzte, beugte sich dann jedoch vor, um sie auf die Stirn zu küssen. »Ich stoppe die Zeit, Locke.«

Eine Stunde später öffnete sich die Tür ein weiteres Mal. Grey sah nicht auf. »Ich komme, ich komme«, murmelte sie.

»Diese Art von Beziehung können wir wohl leider nicht mehr genießen.«

Als Grey nun doch den Kopf hob, fiel ihr der Stift aus der Hand, und Tinte spritzte über ihre Notiz über irgendwelche Abgaben, die sie zur Hälfte fertig hatte. Leonie stand in der Tür und stützte sich auf einen Gehstock. Grey runzelte die Stirn – vermutlich war das stürmische Inselwetter hier nicht sonderlich gut für Leonies Knochen.

»Bitte, setz dich doch.« Sie nickte zu einem der Stühle auf der anderen Seite des Schreibtischs. Leonie ließ die Tür angelehnt und kam über den Teppich zu ihr. »Was verschafft mir dieses Vergnügen?«

»Es ist komisch, dich wie eine Adlige sprechen zu hören.« Lächelnd ließ sich Leonie auf dem Stuhl nieder. Über ihrem schwarzen Rock trug sie einen grauen Mantel, und bei diesem Anblick bildete sich ein Kloß in Greys Kehle. »Und du solltest lieber fragen, *wer* dir dieses Vergnügen verschafft. Es ist wie immer, da keiner von euch beiden in der Lage zu sein scheint, auf sich aufzupassen, ohne dass sich der jeweils andere einmischt. Der Commander hat mich geschickt.«

»Ah.«

Dann hob Leonie den Arm, und Grey erkannte, dass sie einen Korb trug, aus dem sie eine Flasche Wein und zwei Gläser zog. »Glaubst du, der ist noch gut?«

Grey schnaubte. Es führte jetzt zu weit, Leonie von der Aufhebung der Zeit zu erzählen, davon, wie unverändert die Insel geblieben war, von den Leichen. »Finden wir's raus.«

Leonies Grinsen wurde breiter. Sie entkorkte die Flasche mit einem schmalen Messer von ihrem Gürtel und schenkte zwei Gläser ein. »Nicht zu viel«, warf Grey rasch ein. »Ich brauche einen klaren Kopf, und Kier findet, ich sollte ins Bett gehen.«

»Ich glaube nicht, dass wir seinem Urteil uneingeschränkt vertrauen sollten. Immerhin hat er auch behauptet, Eron könnte Ola im Zweikampf schlagen, was ganz eindeutig nicht stimmt.«

»Was für ein Zweikampf?«, fragte Grey und nahm das Glas entgegen, das Leonie ihr reichte. Sie stießen miteinander an, dann nippte Grey an ihrem Wein: Er war vollmundig und dunkel, wahrscheinlich aus Pflaumen gemacht. Vermutlich ein Geschenk aus Nestria von vor sechzehn Jahren.

»Ach, du weißt schon. Keine Magie, Faustkampf, das Übliche eben.« Seufzend lehnte sich Leonie zurück. Grey sah, wie die Anspannung aus ihren Schultern wich, und fragte sich, ob sie selbst sich wohl jemals wieder würde entspannen können.

»Du hättest mir nicht hierher folgen müssen.«

Leonie warf einen Blick über die Schulter zum knisternden Feuer. Das war für die Scaelaner vermutlich etwas ganz Neues. Trotz der Vertrautheit war es auch für Grey ungewohnt. Magiefeuer knisterte nicht wie echte Flammen; und es roch nicht nach frischer Kiefer und Holzrauch.

»Ich habe dir doch gesagt, dass ich komme, wenn du mich brauchst.«

Grey schloss die Augen. »Ich möchte niemanden zu mir rufen, wenn ich damit nur ein Todesurteil ausspreche.«

»Glaubst du wirklich, dass es das ist?« Leonie trank noch einen Schluck Wein. Grey wollte alle Vorsicht in den Wind schreiben, das ganze Glas in einem Zug leeren und sich mit offenem, wehendem Haar auf den höchsten Turm ihrer Insel stellen. »Vertraust du so wenig darauf, dass wir überleben könnten?«

Grey schluckte schwer und spülte einen Mundvoll Wein mit hinunter. »Sie erwarten etwas Großes von mir.«

»Natürlich tun sie das. Du hast die Insel allein mit deinem Blut und deinem Willen wiederauferstehen lassen.«

Nicht allein.

»Was?«

Grey sah auf. Sie hatte nicht bemerkt, dass sie dies laut ausgesprochen hatte, doch Leonie musterte sie aufmerksam und bedächtig – und Götter, sie wollte bloß, dass noch jemand anderes von der Entscheidung wusste, die sie treffen musste. Nicht, um ihr helfen zu können, sondern um die Last mit ihr zu teilen.

»Wenn ich dir etwas erzähle«, sie strich über den Rand des Glases, »kann ich mich dann darauf verlassen, dass du es für dich behältst?«

Leonie schnaubte. »Ich weiß seit fast einem Jahr, dass du Locke bist, und ich habe es niemandem verraten.«

Grey musterte sie. Leonie füllte ihr Glas auf. »Wirklich?«

»So, wie du die Macht manipulieren kannst? Wie du die Wunden deines Captains geheilt hast? Natürlich habe ich es gewusst, Grey, ich bin doch nicht dumm.«

»Kier ist tot.«

Leonies Hand rutschte ab, und fast hätte sie die Flasche fallen gelassen, doch sie fing sich rasch wieder. Sie stellte die Flasche ab, so weit wie möglich von den Papieren entfernt, und Grey trank einen großen Schluck. »Grey … ich habe ihn gerade eben gesehen. *Er* hat mich zu dir geschickt. Das habe ich dir doch gesagt.«

Grey schüttelte den Kopf. »Das meine ich nicht.«

Leonie hob eine Braue und beugte sich weiter vor, die Ellbogen auf den Schreibtisch gestützt.

»Als wir Locke wiederauferstehen haben lassen«, erklärte Grey kläglich, da der Schmerz beim leisesten Gedanken daran wieder durch ihre Brust fuhr – sie fragte sich, ob er wohl immer da sein würde, so nah, wenn sie sich daran erinnerte, wie still Kiers Herz gewesen war. »Kier … war nicht mehr am Leben, als wir auf der Insel angekommen sind. Ich habe seinen Puls kontrolliert. Ich habe versucht, ihn wiederzubeleben. Ziemlich *lange,* Leonie.«

Leonie nickte langsam und wandte den Blick ab. Sie wusste, wie gut Grey ausgebildet war: Wenn sie sagte, dass er nicht zu retten gewesen war, wenn sie es aufgegeben hatte, ihn ins Leben zurückholen zu wollen, dann war er mit Sicherheit tot gewesen.

»Meine Mutter ist mir erschienen und mein Vater und mein Bruder und die Göttin Kitalma. Sie haben mir gesagt, dass für die Wiederauferstehung der Insel ein Opfer nötig war.«

»Und dieses Opfer war Kier«, sagte Leonie. »Aber …«

Grey nickte und brachte die Worte kaum heraus, so eng war ihre Brust. »Aber.«

»Er läuft lebendig durch die Gegend.«

»Mir wurde ein Handel angeboten. Von der Göttin.«

»Grey …«

Sie schüttelte den Kopf. Einen Moment lang konnte sie nur stumm Luft holen, dann zwang sie die Worte hinaus: »Noch habe ich Zeit. Entweder ich behalte meine Macht … oder Kier seine Freiheit.«

Leonie sog scharf die Luft durch die Zähne ein. »Und wenn du deine Macht verlierst, wird dann alle Macht verschwinden?«

»Nein«, erklärte Grey nachdenklich. »Die Göttin sagt, dass Kier immer noch in der Lage sein wird, von der Insel zu zehren, und mein eigener Erbe wird die Linie fortsetzen. Also geht es nur um … mich.«

»Und wenn Kier seine Freiheit opfert?«

»Wenn *ich* Kiers Freiheit opfere«, korrigierte Grey, weil sie das Gefühl hatte, dass diese Unterscheidung wichtig war, »dann kann Kier die Insel nie wieder verlassen. Er wird den Rest seines Lebens hier verbringen, und dann wird er hier sterben.«

»Er kann nie wieder nach Hause.«

»Nein«, sagte Grey.

Gedankenverloren nickte Leonie. Sie fuhr mit der Fingerspitze über das ausgefranste Etikett der Flasche. »Und hast du dich schon entschieden?«

Grey rieb sich die Augen. Das war die große Frage, nicht wahr? Jedes Mal, wenn sie den Mund öffnete, um es Kier zu sagen, verhedderten sich die Worte auf ihrer Zunge – denn sie hatte sich entschieden, und die Entscheidung tat ihr weh.

»Er hat schon alles für mich aufgegeben«, brachte sie mühsam heraus. »Ich kann nicht noch mehr von ihm nehmen.«

Leonies Hand erstarrte. »Dann würdest du die Macht also aufgeben. Du würdest alles aufgeben.«

»Es wäre nicht mehr, als er schon aufgegeben hat«, gab Grey zurück, als sich der Knoten in ihr endlich löste. Bebend holte sie Luft und wischte sich die Tränen mit dem Ärmel fort.

Und da sah sie ihn, in den Schatten der Tür. Eine Hand lag immer noch auf der Klinke, erstarrt in der Bewegung.

»Leonie«, sagte Kier. Seine Stimme klang ruhig, doch die Intensität darin ließ Greys Blut zu Eis erstarren. Sie tastete nach der Verbindung – doch Kier kappte sie im selben Moment. »Wenn es geht, würde ich gern allein mit der High Lady sprechen.«

Kaltes Entsetzen packte Grey beim Klang seiner Stimme. Sie wusste mit äußerster Sicherheit, dass es ein schlimmer Fehler gewesen war, es ihm nicht zu sagen – und es gab absolut nichts, was sie jetzt noch tun, keine Verteidigung, die sie vorbringen konnte, keine Zuflucht.

Blass geworden, drehte sich Leonie zu Kier um. Dann wandte sie sich wieder an Grey, doch Grey schüttelte den Kopf. Der Schaden war bereits angerichtet.

»Natürlich«, sagte Leonie und warf Grey noch einen langen Blick zu, bevor sie ihre Flasche und die Gläser einsammelte und hinausging. Kier schloss die Tür hinter ihr.

Dann hob er den Blick endlich zu Greys Gesicht, und erst da erkannte sie, wie wütend er wirklich war. Der Zorn war ihm in sein blasses Gesicht geschrieben, in seinen scharfen Blick, in das

Zucken des Muskels an seinem Kiefer. Diesen Ausdruck hatte sie schon einmal gesehen – doch noch nie war er gegen sie gerichtet gewesen.

Er war immer noch vollständig angezogen, obwohl er sie vorhin ins Bett hatte locken wollen – wahrscheinlich hatte auch er gearbeitet, am Schreibtisch in ihrem Zimmer, um sich auf die bevorstehende Schlacht vorzubereiten. Sie musterte ihn, die Konturen seines Gesichts im Feuerschein, doch sie konnte ihn nicht lesen.

»Was sollte ich denn tun?«, fragte sie, als sie die Stille nicht länger ertrug. Sie wusste nicht, wie lange er schon dort gestanden, wie viel er gehört hatte, doch das Schlimmste hatte er sicher mitbekommen.

»Du hättest es mir *sagen* sollen.« Seine Stimme zitterte vor Wut.

Blut und Verrat. Das ist das Vermächtnis von Locke.

Sie erhob sich wie eine Sturmwolke. »Du kannst nicht ernsthaft wütend auf mich sein, weil ich dir das Leben gerettet habe.«

»Du hast mir nicht das Leben gerettet!«, brüllte Kier. »Ich bin *gestorben,* Grey. Glaubst du nicht, dass ich das hätte erfahren sollen?«

»Ich wollte es dir sagen.« Sie musste sich sehr beherrschen, um nicht laut zu werden. »Nachdem ich entschieden hätte, was ich tun soll.«

»Und du warst nicht der Meinung, dass ich da ein Wörtchen mitzureden hätte?« Er fuhr herum, packte ein Tintenfässchen in einem der Bücherregale und schleuderte es gegen die Steinwand über dem Kamin. Grey zuckte zurück, als es in einer Wolke aus schwarzer Tinte und Glasscherben in tausend Stücke zerbarst. *»Verdammt!«*

»Du hast keinen Grund, wütend zu sein.« Grey krallte die Fingernägel in das Holz des Schreibtischs. »Und wenn du darauf bestehst, dann kannst du nach Hause gehen und im Haus deiner Mütter wütend sein. Wenn diese Schlacht vorbei ist, bist du frei zu gehen, wenn du es wünschst.«

Er fuhr wieder zu ihr herum, und für den Bruchteil eines Augenblicks blieb seine Miene vollkommen ausdruckslos, während er zu verarbeiten versuchte, was sie da gesagt hatte. Dann wurde sein Zorn noch weiß glühender. Er ballte die Hände an seinen Seiten zu Fäusten. *»Du. Wirst. Deine. Macht. Nicht. Aufgeben.«*

Sie starrte ihn an, und ihr Kiefer schmerzte, so fest biss sie die Zähne zusammen. Als deutlich wurde, dass er nichts mehr sagen würde, bevor sie es nicht tat, verkündete sie: »Ich werde dir deine Freiheit nicht nehmen, Kiernan.«

»Diese Wahl überlässt du besser mir«, knurrte er.

»Ich werde dir jede Wahl lassen!«, brüllte Grey zurück. Am liebsten hätte sie selbst mit Tintenfässern um sich geworfen, doch sie tat es nicht.

Er schüttelte den Kopf, und an seiner Schläfe pochte eine Ader. Er ging zum Kamin hinüber, hob eine große tintenfleckige Glasscherbe auf und warf sie ins Feuer. »Ich habe noch nie eine Entscheidung getroffen, ohne dich vorher nach deiner Meinung zu fragen.« Seine Stimme klang so leise, dass Grey ihn kaum verstand. Sie sah, wie ihn alle Streitlust verließ, und er umklammerte das Kaminsims, als wäre es das Einzige, was ihn nach diesem Verrat noch aufrecht hielt.

Sie schluckte schwer und zwang den Schmerz hinab. »Ich liebe dich. Jede Entscheidung, die ich gefällt habe, die ich fällen *werde*, beruht darauf, dass ich dich liebe.«

Er umklammerte das Sims so fest, dass seine Knöchel weiß hervortraten. »Warum musst du dich ständig selbst opfern und das dann Liebe nennen?«

Sie schnappte nach Luft. Es war ein vernichtender Schlag, und das wussten sie beide.

Kier sah sie nicht an. Er sagte nichts, wandte sich nur ab und ging hinaus. Dann schloss er die Tür hinter sich und ließ sie in den Trümmern seiner Zerstörungswut zurück.

Grape –

Pass auf ihn auf. Bitte. Ich weiß, dass er für dich sterben würde, aber ich glaube, es wäre auch in deinem Interesse, wenn du ihn nicht lässt. Er hat alles für dich aufgegeben (und ich unterstütze ihn in dieser Entscheidung), aber ich flehe dich an: Lass nicht zu, dass er auch sein Leben aufgibt.

Brief von Lieutenant Lotrain Seward an Grey Flynn, sieben Jahre nach der Vernichtung

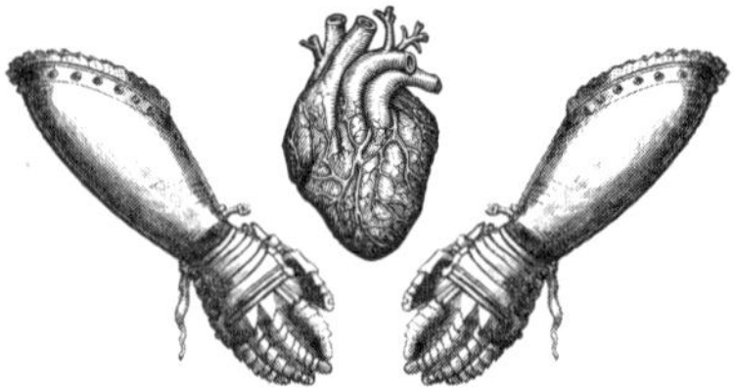

Einunddreißig

In dieser Nacht schlief Grey allein.

Sie erwachte zu früh und kehrte in ihr Arbeitszimmer zurück, wo sie die Verträge durcharbeitete, die nie unterzeichnet werden würden, falls sie starb. Danach floh sie zum Feldlazarett, wo sie Leonie und ihrer Handvoll Heilern dabei half, sich auf die drohende Schlacht vorzubereiten. Kier baute keine Verbindung zu ihr auf und zog auch keine Macht aus ihr. Falls es ihm ungelegen kam, dass er ohne Magie auskommen musste, ließ er es sie nicht wissen.

Am Nachmittag kehrte sie in den Besprechungsraum zurück und nahm ihren Platz zwischen Scaelas und Cleoc ein. Die Karten auf dem Tisch waren ordentlicher, und nun waren die Basislager der verschiedenen Regimenter darauf eingezeichnet und die Angriffspläne vermerkt. Kier stand am anderen Ende des Tischs und beugte sich über die Karten, mit Reggin an seiner Seite. Reggins Hand saß auf dem Platz seines Magiers. Immer wieder huschte Greys Blick zu ihm, während sie nach Kräften versuchte, sich von Kiers Kälte ihr gegenüber abzulenken. Wieder fragte sie sich, welche Beziehung Reggin und seine Hand wohl verband. Hätte ihr eigener Vater oder Onkel oder Bruder sie in einen Krieg gezerrt?

Sie fühlte Torrins Nervosität. Vielleicht war ihre eigene ihr genauso anzumerken und alle missdeuteten die Spannung zwischen ihr und ihrem Commander als Sorge vor der drohenden Schlacht.

»Wenn Ihr glaubt, Ihr seid bereit«, sagte Reggin zu Kier, »dann solltet Ihr diesem Instinkt trauen.« Auf Kiers Nicken hin wandte sich Reggin an die anderen am Tisch. »Wir werden unsere Streitkräfte hier und hier sammeln, wie Commander Seward vorschlägt.« Grey folgte den Erläuterungen auf der Karte.

»Locke?«, fragte Scaelas. »Was denkt Ihr?«

Sie dachte, dass ihr gleich der Kopf platzen würde. Sie war keine gute Strategin. Sie verfügte über ein perfektes Muskelgedächtnis, wenn es darum ging, ein Schwert zu schwingen, zu kämpfen, sich zu verteidigen. Sie konnte Kier nicht ansehen, die Enttäuschung, die unter seiner gefassten Fassade lauerte. Rasch wandte sie sich an Scaelas und verwendete einen Ausdruck, den sie ihn schön öfter hatte sagen hören: »Ich werde mich nach der Erfahrung der Commander richten.«

Einer von Scaelas Mundwinkeln zuckte nach oben. Dainridge, Reggin und Seward waren sich einig: Sobald es so weit war und sie sicher sein konnten, dass Greys Ablehnung des Heiratsersuchens überbracht worden war, würde Kier den Schutzschild der Insel heben, um anzugreifen.

»Bleibt nur noch die Frage«, warf Dainridge ein und schritt hinter dem Tisch auf und ab, »bezüglich Locke.«

Grey fuhr hoch. »In welcher Hinsicht?«

»Wo werdet Ihr Euch während des Kampfes aufhalten, Euer Majestät?«

Sie sah Cleoc an. »*Ich* werde in der Festung bleiben, in Sicherheit«, erklärte Cleoc beiläufig. »Ich bin keine Soldatin.«

Scaelas räusperte sich. »Und ich werde mich bei meinen Streitkräften befinden. Und kämpfen.«

Grey hob eine Braue, wie um ihn herauszufordern, ihr zu sagen, was sie tun sollte – doch er tat es nicht.

»Dann wird auch Locke in der Festung bleiben«, sagte jemand am Ende des Tischs. Einer von Cleocs Masters, nahm Grey an.

»Das werde ich nicht«, fauchte sie. »Ich werde kämpfen mit …«

Sie unterbrach sich, bevor sie den Gedanken zu Ende bringen konnte. *Mit meinem Magier.*

Was hatte Cleoc zu ihr gesagt an dem Tag, an dem sie versucht hatten, sich über den Umgang mit Kiers Gefangennahme einig zu werden? Sie durfte ihre Loyalität nicht zwischen ihrer Insel und ihrem Magier aufteilen.

Sie fing Kiers Blick auf. Er war immer noch wütend – doch sie las auch Akzeptanz darin. Er würde ihr keinen Rat geben, nicht, wenn es um ihr Leben ging. Nicht, wenn so viel auf dem Spiel stand. Er musterte sie genau, doch er würde ihre Entscheidung nicht für sie treffen.

Vielleicht, dachte sie, war dies die Vergeltung dafür, dass sie andere Entscheidungen ohne ihn getroffen hatte.

»Sie sind hinter *Euch* her, Locke«, sagte Commander Reggin mit äußerster Umsicht, als wollte er sie dazu drängen, über ihre Worte nachzudenken, auch wenn ihr eigener Commander schwieg. »Solltet Ihr gefangen genommen werden …«

»Sie sind hier«, ergriff Torrin das Wort, ohne ihr in die Augen zu sehen, »weil sie Euch haben wollen.«

Grey presste die Lippen aufeinander. Sie sah Cleoc an, die kein leichtsinniges, impulsives Mädchen zur Verbündeten wollte und die ihr nicht mehr vertrauen würde, wenn sie aus dem Ruder lief; sie sah Scaelas an, der unter seinem eigenen Banner kämpfen würde, der allerdings bei der Vorstellung, sie könnte dasselbe tun, fast ein bisschen grün um die Nase wirkte.

Und schließlich sah sie Kier an, der nur abwartete. Der schon einmal für sie gestorben war. Ihr tat das Herz weh wegen all der Dinge, die sie hätte anders machen sollen, all der Worte, die sie zu ihm hätte sagen sollen, bevor es so weit gekommen war.

Wenn sie in der Schlacht starb, konnte sie ihn nicht retten.

»Ich werde in der Festung bleiben«, erklärte sie schließlich mit einem bitteren Geschmack in der Kehle. »Und von hier aus helfen, so gut ich kann.«

Kier atmete auf. Sie musste sich nicht mit ihm verbinden, um zu spüren, wie erleichtert er war.

»Aber ich werde mich nicht gefangen nehmen lassen«, erklärte sie und faltete die Hände vor sich. Sie erinnerte sich an das Gefühl in ihrem Bauch, als ihre Mutter in der Schlacht gefallen war. »Wenn ich hierbleibe, dann möchte ich Gift oder ein Schwert. Falls die Insel fällt.«

Scaelas sah ihr nicht die Augen.

Doch Kier tat es. Als sie aufsah, betrachtete er sie ruhig. Es war so dumm gewesen, eine solche Entscheidung ohne ihn treffen zu wollen. Sie wählten immer die Klippe, das Gift, die Klinge, ihr eigenes Opfer – sie wählten immer einander.

Sie erinnerte sich daran, wie ihre Mutter Gift in ihr Haar geflochten, wie ihr Vater die Dolche in ihren Stiefeln überprüft hatte. Severin, der ohne zu zögern das Mädchen tötete, von dem er geglaubt hatte, er würde es heiraten. Sie dachte an Kiers Hand in ihrer, als sie gesprungen waren. Galle stieg in ihrer Kehle auf, als sie sich in Erinnerung rief, wie sie ihm die Wahl zwischen Opfer und Erlösung genommen hatte. Und wieder dachte sie daran, dass sie es nicht ertragen könnte – und dass er, wenn sie ihm die Entscheidungsmöglichkeit nahm, sehr wahrscheinlich trotzdem sein eigenes Opfer wählen würde ohne sie.

»Dann sollt Ihr beides bekommen«, sagte er.

Als es schließlich dunkel wurde und der Abend vor der Schlacht anbrach, fand sie Kier nicht in ihrem Zimmer, als sie nach oben ins Bett ging. Die Tür zu seinem eigenen Zimmer, seinem *offiziellen* Zimmer, war nachdrücklich geschlossen. Es war ihr nicht gelungen, einen Moment allein mit ihm zu erhaschen, bevor sie in unterschiedliche Richtungen davongezogen worden waren – und außerdem wusste sie im Grunde immer noch nicht, was sie sagen sollte.

Sie beließ es dabei. Sie badete und blieb in der Wanne sitzen, die Knie an die Brust gezogen, bis das Wasser kalt wurde. Dann zog sie sich warme Kleider und einen Mantel an und ließ sich das Haar nass über den Rücken hängen, obwohl ihre Großmutter ihr immer prophezeit hatte, das würde noch mal ihr Tod sein. Wie ein

Geist schritt sie durch die Festung, immer höher, höher, höher hinauf.

Allein, auf dem Dach des höchstens Turms von Locke, ließ sie den Blick über die Insel schweifen.

Der Stein der Zinnen war eiskalt unter ihren Händen. Die Fackeln im Hafen leuchteten in einem violetten Magielicht, eine Warnung an die Schiffe, damit sie nicht zu nah kamen. Überall auf der Insel waren vereinzelte Lichter zu sehen, dort, wo die Soldaten in den Lagern Wache hielten. Weit draußen auf dem Meer kreisten die Schiffe weiter. Sie wusste nicht, wie lange sie noch auf Abstand bleiben und sie belauern würden wie ihre Beute.

Sie vernahm Stiefelschritte auf den Stufen hinter ihr und erstarrte, weil sie Kier erwartete – doch es war nur Ola, die in eine Decke gewickelt und mit offenem Haar zu ihr trat. Sie stellte sich neben sie und legte ihr den Kopf auf die Schulter.

»Ich schätze, du bist nicht aus freien Stücken hier?«, fragte Grey bitter.

»Würdest du mir glauben, wenn ich behaupte, dass ich es bin?«

Grey warf ihr einen vernichtenden Blick zu.

Ola seufzte. »Du bist gut, Flynn. Wenn du es unbedingt wissen musst, der Commander ist neulich nachts fuchsteufelswild in mein Zimmer gestürmt und hat von mir verlangt, dafür zu sorgen, dass du heute Nacht auch wirklich schlafen gehst.«

Zum Teufel mit ihm.

»Ihr habt euch gestritten.«

Es war keine Frage, also antwortete Grey auch nicht. »Glaubst du, wir überleben morgen?«, fragte sie stattdessen, weil sie verzweifelt an etwas anderes denken wollte.

»Wer weiß? Aber das habe ich mich schon an sehr vielen Tagen gefragt, also hat sich im Grunde nicht viel verändert.«

Grey schnaubte. »In meinem ganzen Leben habe ich mich noch nie so machtlos gefühlt«, gab sie schließlich zu. »Alle hier scheinen wild entschlossen zu sein, für mich zu sterben. Und ich … ich weiß nicht, Ol. Es muss doch etwas geben, was ich tun kann. Etwas, das sie retten wird.«

»Du bist doch selbst immer wild entschlossen, für alle anderen zu sterben, Grey«, gab Ola ruhig zurück.

»Das ist etwas anderes«, beharrte Grey.

»Ach, wirklich?«

Sie antwortete nicht. Das Einzige, was sie hörte, war das Krachen der Wellen unter ihnen, während sie darüber nachdachte. »Vielleicht verstehe ich, warum Kier so wütend ist«, sagte sie schließlich. »Was aber nicht erklärt, warum alle anderen bereit sind zu sterben.«

Ola kaute auf ihrer Unterlippe. »Wenn es dir eine Hilfe ist, dabei geht es überhaupt nicht um dich. Locke war immer schon das Herzstück in einem System aus komplizierten Verträgen. Scaelas und Cleoc haben ihre Vorteile davon, wenn es wieder so wird.«

Grey stützte die Ellbogen auf den Stein und ließ den Kopf in die Hände sinken. Es half tatsächlich, und sie wusste, dass es so war, auch wenn man es nur zu leicht vergessen konnte. Beinahe war es erleichternd, sich in Erinnerung zu rufen, dass sie ihr nur wegen ihrer politischen Bedeutung und nicht um ihrer selbst willen folgten. »Und von Nestria hört und sieht man nichts. Sie wollen neutral bleiben, um sich dann mit demjenigen zu verbünden, der gewinnt.«

»Die Glückspilze«, sagte Ola schlicht und rieb Greys Rücken. »Ich beneide sie. Wenn *uns* nur auch jemand die Arbeit abnehmen würde …«

Schweigend standen sie da und lauschten auf den Wind, der zunehmend feuchter wurde, als es zu nieseln begann. Grey betrachtete die Kriegsschiffe draußen auf dem Meer.

Sie streckte die Finger, tastete nach ihrer Quelle und nach dem sanften Sog der Macht von der Insel. Nun, nur ein paar Tage nachdem sie ihre Position als Locke wieder eingenommen hatte, verstand sie alles schon viel besser. Es war wie eine Karte aus Licht in ihr: Sie fühlte die stärkste Verbindung zwischen Kier und ihr, leuchtend golden und stark. Doch da war noch eine weitere Machtströmung, eine Art Durchgang zwischen der Insel und ihr.

Allerdings hatte sich etwas verändert, seit die Zeit wieder verstrich. Sie fühlte all die anderen Quellen wie Nadelstiche in sich. Wenn sie zuvor auf dem Schlachtfeld nach der Macht eines anderen gegriffen hatte, um sie ihm zu entreißen, hatte sie zwar gefunden, wonach sie suchte, nun jedoch musste sie nicht einmal mehr suchen. Sie konnte die Verbindungen einfach sehen wie Silberfäden der Macht, die sich von Locke zu denjenigen erstreckten, die Lockes Reichtum in sich trugen.

»Ich glaube, sie erwarten irgendetwas Eindrucksvolles von mir«, sagte sie leise.

Ola schnaubte. »Du bist Locke. Du hast eine ganze *Insel* zurückgebracht. Wie eindrucksvoll musst du denn noch sein?«

Grey seufzte. »Ich weiß es nicht. Und ich weiß nicht, *wie.* Ich habe meine eigene Macht kaum im Griff – ich bin ja erst seit ein paar Tagen hier. Aber ich muss irgendwas tun.«

»Was denn zum Beispiel? Die Insel in die Luft jagen?«

Grey versetzte ihr einen Ellbogenstoß. »Ich weiß auch nicht. Sogar noch größer als das. Sie haben mir nur zwei Wahlmöglichkeiten präsentiert: heiraten oder kämpfen. Aber was, wenn es noch einen dritten Weg gibt? Einen, den ich selbst erschaffen habe? Einen, der nicht so viele Todesopfer fordert?«

»Irgendeine Idee? Wir können gern kreativ werden.«

Grey lachte freudlos. »Ich glaube nicht, dass es so leicht ist.« Sie streckte die Hände aus und fühlte, wie sie die Macht der Insel durchströmte. »Weißt du noch, in diesem Tal, als wir dachten, wir würden sterben?«

»Wie könnte ich das vergessen? Eine der Sternstunden unserer Freundschaft.«

Grey verlagerte ihr Gewicht, als sich allmählich ein Gedanke herauskristallisierte. »Ich habe nachgedacht«, sagte sie. »Damals habe ich … den anderen die Macht einfach entrissen. Es hat wehgetan, aber ich habe es geschafft.«

»Es hat nicht nur wehgetan, Grey. Es hat dich fast umgebracht.«

Sie neigte den Kopf, um diesen Einwand zuzulassen. »Aber was, wenn mir das auch in größerem Maßstab gelingen würde?«

Ola schwieg einen Moment und dachte darüber nach. »Ich glaube«, sagte sie vorsichtig, »wenn du dir so in die Karten schauen lässt und ihnen demonstrierst, welche Kontrolle du über die Macht hast … dann würde dich das in noch größere Gefahr bringen.«

»Da stimme ich dir zu.«

»Und wenn es dich beim letzten Mal fast getötet hat, die Macht von ein paar Dutzend Quellen abzuziehen, dann will ich mir die katastrophalen Auswirkungen auf deinen Körper gar nicht vorstellen, wenn du *Tausenden* die Macht nimmst. Kannst du das überhaupt? Aus der Ferne? Wie würde das funktionieren?«

»Ich weiß es nicht.« Grey presste die Lippen aufeinander. Sie wusste seit Langem, dass es durchaus möglich war, dass dieser Krieg auch ihr eigenes Leben forderte. »Ich habe keine Angst davor, zu sterben«, log sie.

Ola rollte mit den Augen. »Tja, es würde die Dinge aber viel einfacher machen, wenn du *nicht* stirbst.«

»Es würde Leben retten. Wenn ich es tun könnte.«

»Aber was, wenn du es nicht kannst und selbst dabei stirbst?«

Grey zuckte mit den Schultern. Es führte kein Weg daran vorbei, und Ola hatte recht: Es war möglich, dass sie so viel Macht ziehen konnte, aber wenn sie es tat, hatte sie kaum eine Chance auf ihr eigenes Überleben. Außerdem: »Ich glaube, wenn ich es tun würde, wenn ich allen die Macht entziehen würde, würden sie mich hassen. Oder mich zumindest fürchten.« Sie biss sich auf die Unterlippe, und der eisige Wind trieb ihr Tränen in die Augen. »Ich habe kein Verlangen danach, die Hand auszustrecken und die Kontrolle an mich zu reißen.«

»Auch nicht, wenn es Leben rettet?«, gab Ola ihr eigenes Argument an sie zurück.

Darauf hatte Grey keine Antwort.

Ola kuschelte sich enger an sie, um etwas von Greys Wärme abzubekommen. »Weißt du noch, dass ich Nestria beneide? Weil sie zuschauen können, wie sich alles entwickelt, bevor sie sich entscheiden?«

»Ja?« Sie wusste nicht, worauf Ola hinauswollte.

»Tja, dich beneide ich absolut *nicht.*«

Kier hatte keinen Schutzschild über seine Tür gelegt.

Es war zu früh, um sich zu versöhnen, seine Wut loderte vermutlich immer noch hell wie glühende Kohlen, doch sie würden sich sehr bald wieder im Krieg befinden, weshalb sie ihm nicht die Zeit geben konnte, um sich erst abzukühlen.

Wieder dachte sie an nicht getroffene Entscheidungen. Es musste eine dritte Möglichkeit geben, die Insel zu retten. Eine, die nicht verlangte, dass sie ihre Freiheit verlor oder dass alle, die sie liebte, starben.

Allerdings hatte sie bereits drei Wahlmöglichkeiten, um Kiers Leben zu retten oder zu nehmen, und sie glaubte nicht, dass sie ein Schlupfloch finden oder nach einem suchen konnte. Was, wenn sie eben einfach mit den Wahlmöglichkeiten arbeiten musste, die sie hatte – sie musste mit dem einzigen Menschen reden, der sie wirklich kannte.

Er schlief wie immer zusammengerollt auf der Seite. Seine Gestalt wurde von dem sterbenden Feuer im Kamin schwach erleuchtet. Grey schloss die Tür hinter sich, zog sich die Stiefel aus und kroch zu ihm ins Bett, immer noch in ihren feuchten Kleidern. Sofort wachte er auf und zog sie aus reinem Körpergedächtnis an sich, bevor ihm wieder einfiel, wie wütend er war. Misstrauisch blinzelnd ließ er sie los.

»Es tut mir leid«, sagte Grey und kniete sich neben ihn. »Du hast recht. Ich hätte dich fragen sollen.«

Er setzte sich auf und rieb sich die Augen. Die Decke rutschte bis zu seiner Hüfte hinab und enthüllte seinen nackten Bauch, seinen Rücken. »Hättest du«, stimmte er zu.

Unglücklich sah sie ihn an. Während der letzten sechs Jahre waren kaum einmal ein paar Stunden vergangen, ohne dass sie miteinander gesprochen hätten, von Tagen ganz zu schweigen. »Ich will nicht mehr streiten«, sagte sie leise.

Er sah sie an, sah an all ihren Schutzmauern vorbei, wie er es immer tat, dann nickte er, da er zu einer Entscheidung gelangt zu sein schien. Ihr war noch nicht vergeben, doch er war auch nicht mehr zornig.

Zögernd nahm er ihre Hand und hob sie an die Lippen. »Hast du geschlafen?«, fragte er.

»Nein.«

»Solltest du aber.«

»Das hier ist wichtiger.« Sie holte tief Luft. »Kier, ich würde alles auf der Welt für dich geben, ohne darüber nachzudenken.«

Er beugte sich vor und ließ ihre Hand los, um ihre Wange zu umfassen. »Ich weiß«, sagte er ernst, »und trotzdem erlaubst du mir nicht, dasselbe zu tun.« Mit dem Daumen streichelte er ihr über den Wangenknochen. Sie wandte den Kopf, um einen Kuss in seine Handfläche zu drücken.

»Was ist Liebe ohne Freiheit?«, murmelte sie gegen seine Haut.

Er senkte den Kopf, um sie auf die Schulter zu küssen und ihr dann ins Ohr zu flüstern: »Was ist Leben ohne dich?«

Sie schluckte gegen den Kloß in ihrer Kehle an, packte seine Schultern, stark und narbenübersät, und zog ihn an sich. Hastig küsste sie ihn, drückte sich an ihn. Den Bruchteil einer Sekunde zögerte er, dann erwiderte er den Kuss. Sie pries ihn mit Lippen und Zähnen und Zunge und unterbrach den Kuss nur gerade lange genug, damit er ihr das Hemd über den Kopf streifen konnte, dann lag sein Mund wieder auf ihrem, und sie kämpfte sich aus ihren restlichen feuchten Kleidern und versuchte verzweifelt, ihm so nah wie nur möglich zu sein.

Sie konnte kaum noch einen klaren Gedanken fassen, als er sie mit seinem gesamten Gewicht nach hinten aufs Bett drückte. Seine Hand glitt zwischen ihre Schenkel, und sie stöhnte, als sie seine Zähne an ihrer Schulter spürte. Sie schob die Finger in sein Haar und zog.

»Versprich es mir«, verlangte er, als er sich in die richtige Stellung brachte, mit der Hüfte gegen ihre drückte und ihr Knie umfasste.

»Was soll ich dir versprechen?«, keuchte sie, ballte die Hände zu Fäusten und wölbte sich ihm entgegen, als er noch einen kurzen Moment zögerte und dann in sie sank.

Er stützte sich auf einen Ellbogen, sodass er ihr ins Gesicht sehen konnte. »Dass du deine Macht nicht für mich aufgibst«, raunte er, und sie fühlte, wie jeder Muskel in seinem Körper erstarrte, während er auf ihre Antwort wartete.

Hauchzart strich sie mit dem Daumen über die Narbe an seiner Lippe, über seinen krummen Nasenrücken, unter seinem Auge entlang. »Ich werde meine Macht nicht aufgeben.« Die Worte stockten in ihrer Kehle.

Da küsste er sie, drückte sie noch tiefer aufs Bett hinab, und es gab nichts mehr zu sagen.

»Wirst du mir erzählen, wie es passiert ist?«, flüsterte er. Sein Kopf ruhte auf ihrer Brust, und sie streichelte ihm übers Haar. Sie brauchten beide dringend Schlaf, doch sie konnte den Gedanken nicht ertragen, die Augen zu schließen. »Als ich gestorben bin?«

Sie schluckte gegen die sofortige Enge in ihrer Kehle an, doch sie schuldete ihm dies. »Was möchtest du wissen?«

Er streichelte an ihrer Seite entlang, über ihre Taille, ihre Hüfte, ihren Oberschenkel. »Alles, was du mir sagen *kannst.*«

Sie starrte zur Decke hinauf, die Schatten seines Zimmers waren ihr so vertraut wie jeder andere Winkel der Insel – nämlich so vertraut wie ihr eigenes Herz. Schmerzlich vertraut.

»Du hast es verdient, alles zu erfahren«, versicherte sie. Also erzählte sie es ihm – sie erzählte ihm davon, wie das Meer sie auseinandergerissen hatte und wie sie ihre Götter angerufen hatte. Sie erzählte ihm davon, wie sie am Strand wieder zu sich gekommen war und versucht hatte, sein Herz zum Schlagen zu zwingen, welchen Schaden sie seinem Körper dabei zugefügt hatte. Sie brachte ihre Sätze nur zu Ende, weil er sie fest in den Armen hielt und *Ich bin hier, ich bin hier, ich bin hier* in ihr Haar flüsterte und sie den stetigen Rhythmus seines Herzens unter ihren Fingerspitzen und seine geheilten Knochen unter ihren Händen fühlte. Das Echo ihrer Macht, das immer noch in seinem Körper sang. Sie erzählte ihm von Kitalma und dem Geisterwald. Vom Gesicht ihrer Mutter. Der Warnung ihres Vaters. Dem Umriss seines Körpers auf dem Altar.

»Drei Wahlmöglichkeiten«, wiederholte Kier, sobald sie ihren Bericht beendet hatte. »Drei Opfer. Meine Freiheit. Deine Macht. Mein Leben.«

»Ja«, bestätigte Grey. Inzwischen saßen sie aufrecht, er hatte den Rücken an das Kopfteil des Betts gelehnt und hielt Grey fest in den Armen.

Er seufzte und zog sie noch enger an sich. Seine Lippen strichen über ihre Schläfe, als er sagte: »Und ich nehme an, dass du mich nicht … einfach sterben lassen würdest. Zur Normalität zurückkehren.«

Eisiges Grauen senkte sich in ihren Bauch, und sie schickte die geballte Wucht ihrer Trauer durch die Verbindung. Kier sog scharf die Luft ein, als ihn die volle Kraft traf, und verstärkte den Griff um ihre Arme. »Wag es ja nicht, das von mir zu verlangen«, sagte sie. »Du wirst dich nicht zum Märtyrer machen. *Das* ist keine umsetzbare Möglichkeit.«

»Trotzdem könnten wir morgen sterben«, rief er ihr in Erinnerung.

»Dann werden wir das zusammen tun«, gab Grey hitzig zurück. Sie richtete sich auf, drehte sich um und schwang ein Bein über seine Hüfte, sodass sie ihm gegenübersaß. Sie legte beide Hände um sein Kinn, um ihn zu zwingen, sie anzusehen. »Ich werde mich für nichts entscheiden, was deinen Tod garantiert, Kier. Ich habe schon alle anderen verloren. Du kannst nicht von mir verlangen, auch dich noch aufzugeben. Du hast gesagt …« Sie brach ab, da ihre Trauer zu schwer wurde. Kier schloss sie fester in die Arme, wartete jedoch darauf, dass sie den Satz zu Ende brachte.

Grey fasste sich wieder. »Du hast gesagt, die einzige Form der Liebe, die ich kenne, ist das Opfer.«

Er verzog das Gesicht. »Keine meiner Sternstunden.«

»Nein, vielleicht nicht. Trotzdem hast du damit vielleicht recht.

Alle, die ich je geliebt habe, sind für mich gestorben oder haben es zumindest versucht. Aber Kiernan, ich will dich lieben, ohne Angst davor haben zu müssen, du könntest auch sterben. Ich will dich lieben in dem Wissen, dass ich morgens aufwache und du immer noch da bist. Dass du dich nicht in den nächstbesten Kampf stürzen wirst, um mich zu retten, und dich dem nächsten Hindernis ohne mich stellen wirst, weil du versuchst, mich zu beschützen. Wir haben meine *Eltern* begraben. In meiner letzten Erinnerung an diesen Ort habe ich ihn niedergerissen, ich habe Severins Hand in meine genommen und ihn in die Luft gejagt, um mich selbst zu retten. Das ist die Art von Opfer, die im Namen der Liebe für mich gebracht wurden – die ich im Namen der Liebe ertragen musste. Du hast mit eigenen Augen gesehen, was dort unten passiert ist – was ich *getan* habe. Du weißt, dass sie für mich gestorben sind, dass Sev für mich gestorben ist, dass diese ganze Insel ihr Leben gegeben hat, damit ich überleben konnte. Ich kann dich nicht auch noch verlieren. Und wenn ich dafür meine Macht hergeben muss …«

»Nein«, fiel ihr Kier ins Wort. »Das ist auch keine umsetzbare Möglichkeit.«

»Kier …«

»Hör mir zu.« Er nahm ihren Kopf zwischen die Hände und zog sie an seine Brust. »Du *bist* Locke. Diese Nation – ganz Idistra – ist zu instabil, um verkraften zu können, dass du die Kontrolle abgibst. Du musst sie behalten, *unbedingt.* Du bist zu wertvoll für dieses Opfer. Ich würde das niemals von dir verlangen, und wenn du es auf eigene Faust tust, dann werde ich für immer wütend auf dich sein.«

Grey wandte das Gesicht ab.

Weicher fuhr er fort: »Nimm meine Freiheit, Grey. Alles, was ich habe, gehört dir. Alles, was ich *bin,* gehört dir. Nimm meine Freiheit und behalte deine Macht und behalte mein Leben. Wenn du hier bist, dann will ich leben. Selbst wenn das bedeutet, dass ich den Rest meines Lebens auf diesem gottverlassenen Felsen verbringen muss und mich nie weiter als einen Fußmarsch und ein paar Stunden von dir entfernen kann – denn ehrlich gesagt würden wir es sowieso nicht anders machen.«

»Ich kann nicht«, sagte Grey. »Ich kann nicht.«

»Du kannst und du wirst«, beharrte er. »Es gehört dir, Gremaryse Locke, High Lady der Insel und Hüterin meines Herzens, denn auch ich gehöre dir. Nimm es. Nimm alles.«

Sie brachte kein Wort heraus. Sie beugte sich vor, drückte ihre Lippen auf seinen Mund und gab nach, wobei sie allerdings ihre Sorge durch die Verbindung schickte. »Gewinne meine Insel für mich«, sagte sie an seinem Mund. »Dann ist es abgemacht.«

Er löste sich von ihr, nur einen Moment, um ihr Gesicht zu betrachten. Kier, *ihr* Kier, mit seiner rauen Schönheit und dem Funkeln in den Augen und der Sorgenfalte zwischen seinen Brauen, die mit jedem verstreichenden Tag tiefer wurde. Wie schön es war, ihm beim Älterwerden zuzusehen. Ihm beim Leben zuzusehen.

»Dann ist es abgemacht«, stimmte er zu und zog sie wieder an sich.

»Commander?«

Kier regte sich hinter ihr. Sie spürte seine Haut an ihrer, als er in ihr Haar seufzte, und sie fühlte, wie er sich regte und die Decke, die während der Nacht hinuntergerutscht sein musste, wieder hochzog, um sie zu bedecken.

Als sie die Augen aufschlug, erkannte sie, dass blaues Magielicht den Raum erfüllte und die Schatten vertiefte. Sobald sich ihre Augen daran gewöhnt hatten, erkannte sie einen von Kiers neuen Squires, der vollständig bekleidet vor ihnen stand. Er sah Grey nicht an, entweder aus Anstand oder weil ihn die harten Linien von Kiers Körper viel mehr interessierten.

»Was ist los?« Kier setzte sich auf.

»In der Nähe des Strands wurde ein Boot gesichtet, das immer näher kommt, Sir. Die Schiffe lassen weitere Boote zu Wasser. Sie haben Schilde hochgezogen, weshalb wir nicht wissen, wie viele es sind. Wir glauben, dass sie beim ersten Tageslicht angreifen wollen.«

»Also schön. Danke, Nahir. Hast du sonst schon jemanden informiert?«

»Ihr seid der Erste, Sir. Ich wollte Locke noch vor Euch wecken, aber …« Er verstummte, da er wohl nicht aussprechen wollte, dass sich Locke hier befand. Grey biss sich auf die Lippen, um eine ausdruckslose Miene zu wahren.

»Bitte weck Reggin und Dainridge, wenn sie nicht schon wach sind. Und der Vollständigkeit halber auch Scaelas und Cleoc.«

»Ja, Sir.«

Kier war aus dem Bett, noch bevor der Squire den Raum verlassen hatte. Obwohl er in den meisten Nächten in Greys Zimmer schlief, bewahrten sie in weiser Voraussicht auch einige seiner Kleider hier auf. Nun zog er Macht von Grey, um den Raum in helles Magielicht zu tauchen. Rasch zog er sich an.

Sie setzte sich auf und ließ die Decke hinabrutschen. Müde tastete sie nach dem Beutel mit empfängnisverhütenden Kräutern auf dem Nachttisch und schluckte eine große Portion davon trocken hinunter. Wenn sie dies hier überlebten, würde sie Leonie nach einer permanenteren Lösung fragen.

»Gehst du in den Besprechungsraum?«

»Ja«, bestätigte er und schnürte seine Hose zu. Dann goss er ihr ein Glas Wasser aus dem Krug auf der Kommode ein und reichte es ihr. Dankbar nahm sie es entgegen. »Und dann sehen wir weiter, schätze ich.«

Sie nickte. Auch sie würde im Besprechungsraum gebraucht werden. Und dann würde Kier gehen, und sie würde bleiben, und jede Sekunde würde sich wie eine Stunde anfühlen.

Als hätte er ihre Gedanken gelesen, trat er zu ihr und ließ sich neben sie auf die Matratze sinken. Er umfasste ihr Kinn. »Ich werde dir keinen Vorwurf machen, falls du beschließt, die Festung zu verlassen und zu kämpfen, wenn es das ist, was du willst.«

»Ich habe mich noch nicht entschieden«, gab sie zu. Dann: »Hast du Angst?«

»Furchtbare Angst«, antwortete er fröhlich, dann legte er die

Stirn an ihre. »Locke wird kein zweites Mal fallen, Grey. Ich schwöre es dir: Die Insel wird keinen zweiten Tod sterben.«

Sie streichelte mit den Fingerknöcheln über seine Wange und fühlte die rauen Stoppeln auf seinem Kiefer. »Ich vertraue dir.«

Er beugte sich vor, um sie zärtlich zu küssen. Im Besprechungsraum, vor den anderen Herrschenden und den Führenden des Militärs würde es keine Gelegenheit mehr für Abschiede geben. »Bitte, stirb nicht wieder«, wisperte sie, als er den Kuss beendete.

Sie fühlte sein Lächeln an ihren Lippen. »Und die Chance darauf verpassen, mich unerträglich zu machen? Ich glaube nicht.«

Er küsste sie ein weiteres Mal, und dann war er fort.

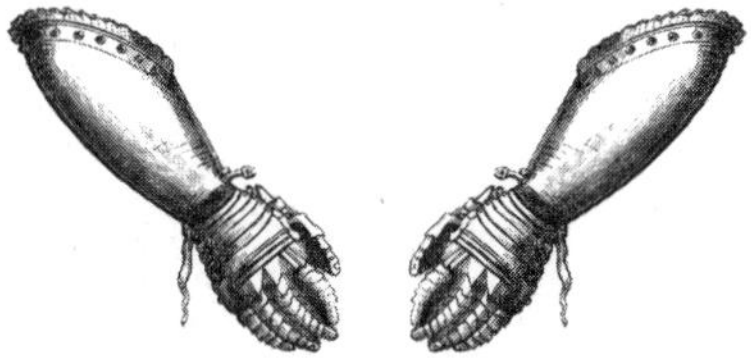

Ihr dürft eure Magier niemals, unter keinen Umständen allein lassen. Ohne euch sind sie so gut wie tot.

Vom Umgang mit der Macht,
Band 1: Dritte Ausgabe, überarbeitet nach der Vernichtung

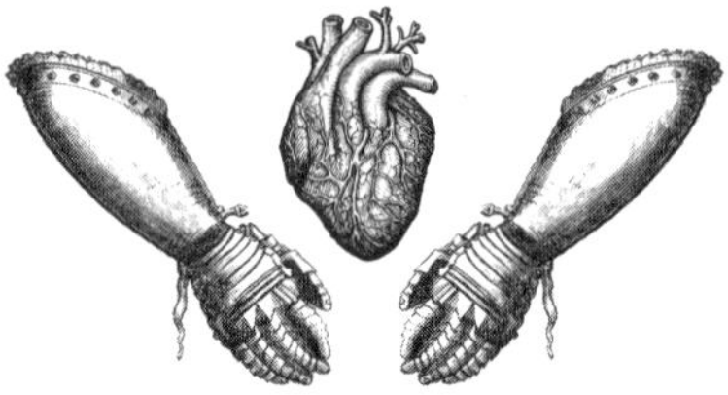

Zweiunddreißig

Sie blieben nur gerade lange genug im Besprechungsraum, um den Spähern Gelegenheit zu geben, Bericht zu erstatten, dann gingen die Commander, um ihre Streitkräfte zu führen. Kier neigte vor ihr den Kopf, küsste ihr die Hand und sagte rau »Mylady«, dann folgte er Scaelas und Reggin und Dainridge in die Schlacht.

Ohne sie.

Ola und Brit befanden sich bereits draußen im Einsatz. Da Eron immer noch verletzt war, hatte Leonie ihm befohlen, sich vom Kampf fernzuhalten – was bedeutete, dass er bei Grey bleiben würde.

Sie dachte unablässig an Kier und schickte ihm ihre Macht, während er zur Insel hinabstieg. Er schickte ihr eine Woge aus Bestärkung und Liebe und dem Versprechen, dass er bald zurückkommen würde.

»Tja, Locke«, sagte Cleoc, als sich außer ihnen beiden nur noch Cleocs Dienerschaft und Eron im Besprechungsraum befanden. Sie nickte zu dem gefütterten Hemd hinüber, das Grey trug. Ein Hemd, das unter eine Rüstung gehörte. »Dann zieht Ihr also doch in den Kampf?«

Grey biss sich auf die Lippen. »Würdet Ihr schlecht von mir denken, wenn ich Euch sage, dass ich mich noch nicht entschieden habe?«

Cleocs scharfer Blick wurde weicher. Da fragte sich Grey, wie alt Cleoc eigentlich war. Alt genug, um Sela zu haben, aber abgesehen davon, wusste Grey kaum etwas über sie. Nicht mal, wer sie gewesen war, bevor sie den Namen ihrer Nation angenommen hatte, oder wie lange sie ihn schon trug.

Cleoc wandte sich an Eron und bot ihm ihren Arm an. Dann verließ sie den Raum mitsamt dem verwirrten Eron, ihre Dienerschaft folgte ihr. »Lasst mich wissen, wenn Ihr Euch entschieden habt«, kommentierte sie vage. »Allerdings würde es meine Tochter sehr enttäuschen, wenn Ihr sterbt. Sie bewundert Euch und den Commander sehr.«

Verdutzt blinzelnd sah Grey ihr nach. Es dauerte eine Weile, bis sie begriff, warum Cleoc auch Eron mit sich genommen hatte: weil sie angenommen hatte, er würde Grey aufhalten, wenn sie etwas Unkluges tat.

Sie war schon halb die Treppe zu ihren Gemächern hinauf, als sie den Zug durch die Verbindung fühlte. Ohne nachzudenken, schob sie Kier ihre Macht zu, und sofort fühlte sie das Blutbad, als er begann, seine Magie zu wirken.

In ihrem Zimmer angekommen, hielt sie sich bloß gerade lange genug dort auf, um ihre Rüstung anzulegen und sich das Schwert ihres Vaters zu schnappen und sich um die Hüfte zu binden. Dann rannte sie zum Turm und stieß die Türen auf, während überall auf der Insel Nadelstiche des Todes aufflammten. Sie fühlte jeden einzelnen davon wie einen Schlag.

Keuchend packte sie den Rand der Zinnen und spähte über die Insel hinaus.

Am Strand unter Osar entdeckte sie Hunderte von Soldaten. Das war es, was sie zuerst sah: dass sich die Kämpfe dort konzentrierten, dass sie selbst von hier oben bereits die ordentlichen Reihen der Toten sehen konnte. Am Hafen brachen weitere Kämpfe aus, während die Boote anlegten und Soldaten in die Stadt strömen ließen. Ein Stück außerhalb des Hafens brannte eines der eprainischen Schiffe in blauem Feuer, das einer von Cleocs Magiern entfacht haben musste.

In irgendeinem fernen Winkel ihres Verstands wusste sie, dass sie sich darauf vorbereitet, dass sie genau dies erwartet hatten. Doch sie kannte auch das Grauen der Schlacht, und sie konnte nicht einfach hier in der Festung bleiben, während andere für sie starben.

Inmitten des Chaos nahm niemand Notiz von ihr. Wie ein Gespenst glitt sie durch den Geisterwald und blieb nur stehen, um das Schwert ihres Vaters durch einen luthrischen Magier zu bohren, der sie andernfalls getötet hätte. Sie rief sich den Pfad in Erinnerung, den Kier hatte nehmen wollen, und versuchte ihr Bestes, um ihm zu folgen. Plötzlich packte sie die schreckliche Angst, er könnte sterben und sie wäre nicht bei ihm.

Wie *dumm* sie gewesen war, ihn gehen zu lassen!

Sie fühlte die Verbindung immer stärker werden, je näher sie der Kompanie kam, die Kier anführte. Fast wäre sie über die erste der Leichen gestolpert, als sie sich dem Kampfgetümmel näherte, wo sich der Geruch nach Blut und Magie und Schweiß mischte. Ein Hand Captain aus Eprain spießte sie beinahe auf, bevor sie ihr eigenes Schwert hob und es durch sein Sternum stieß. Sie fällte drei weitere Gegner und steckte einen Treffer in die Seite ein, der allerdings dank der Rüstung kaum mehr als einen blauen Fleck hinterlassen würde, bevor sich der Kampf verlagerte und sie endlich Kier erblickte. Er wirkte seine Magie umsichtig, fällte einen Soldaten vor ihm, während er gleichzeitig mit einem schimmerndem Goldschild einen Schlag von der Seite abwehrte. Er rief Brit etwas zu. Die beiden kämpften Seite an Seite, während Ola ihnen den Rücken deckte.

All seine Magie war nun golden, wie sie bewundernd feststellte.

Sie schob ihm einen schweren Magieknoten zu, und seine Miene veränderte sich, seine Konzentration geriet für den Bruchteil einer Sekunde ins Wanken, dann fand er sie, und ein verwegenes Lächeln erschien auf seinem Gesicht.

»Deckst du mir den Rücken?«, rief er.

»Immer«, bekräftigte sie und kämpfte sich an seine Seite durch.

»Willkommen auf der Party, Hand Commander«, brummte Ola und duckte sich unter einem Schwerthieb hindurch, bevor Brit dem Angreifer einen Stoß Metallkugeln entgegenschleuderte.

Kier zog eine weitere Welle der Macht von ihr. Sie fühlte sich so lebendig, als würde ihr die warme, goldene Kraft niemals ausgehen. Mit jeder stummen Explosion in ihr stieg noch mehr Macht in ihr auf, um die vorhergehende zu ersetzen.

»Wie schlagen wir uns?«, rief sie während einer leichten Flaute.

Kier gab ein leises Grollen von sich und wich einem Schlag aus. »Könnte besser sein«, gab er durch zusammengebissene Zähne zu. Er drehte den Kopf gerade so weit, dass er sie anschauen konnte. »Grey, ich bin so froh, dich zu sehen, aber du solltest nicht hier sein.«

Ihr Lächeln war so heiß wie lebendiger Stahl. »Dann ist es ja gut, dass du mir keine Befehle erteilen kannst.«

Sie hielten die Stellung, doch Grey brauchte nicht lange, um zu erkennen, dass die Flut von Soldaten vom Strand her endlos weiter anzuwachsen schien und dass ihre eigene Streitkraft aus zehntausend Kämpfern immer weiter schwand. Blut lief Kier aus seiner erneut gebrochenen Nase, als er seinem Regiment schließlich zornig befahl, sich zurückzuziehen, tiefer in den Geisterwald.

»Grey«, rief er irgendwann. Ihre Arme waren müde, jeder Muskel schmerzte von der Anstrengung, sie am Leben zu halten. Sie blutete aus einer aufgeplatzten Lippe und einem Schnitt an der Augenbraue, und sie hatte Ola und Brit aus den Augen verloren. »Wir verlieren an Boden. Wenn sie uns durch den Geisterwald treiben, dann sind wir von den anderen Regimentern abgeschnitten.«

Mit einem Zipfel ihres Waffenrocks wischte sich Grey das Blut aus den Augen. Der Schrecken des Krieges, das Blut und die

Galle, die Angst und der Hass – alles heiß auf ihrer Zunge. Sie wusste nicht mehr, warum sie das hier gewollt, warum sie die Festung überhaupt verlassen hatte. Sie sah, wie einem der Strataner der Bauch aufgeschlitzt wurde, wie er auf die Knie fiel und ihm die Eingeweide aus dem Bauch glitten, glitschig und rot und lila. Dann fuhr der Soldat, der den tödlichen Streich geführt hatte, eine luthrische Hand mit mörderischem Blick, zu Grey herum.

Sie erstarrte. Fühlte, wie die Macht in ihm aufstieg, in diesem Mann vor ihr, der die Kraft ihrer Nation in sich trug. Sie fühlte, wie die Macht durch die Verbindung zu seinem Magier rauschte, der ein Stück von ihm entfernt kämpfte. Sie fühlte, wie eine Welle gegen sie geschleudert wurde, die jedoch einfach von ihr abglitt, denn einer Quelle konnte die Magie nichts anhaben.

Dies war die Wahrheit der Macht.

Grey streckte sich, fühlte die Kraft in der wutschäumenden Quelle vor ihr und zog. Das Gesicht des Mannes wurde starr vor Schock, als er in sich hineingriff – und nichts mehr fühlte.

»Grey!«, rief Kier, der den Zug gefühlt und begriffen hatte, was das bedeutete: Seine Herrin war entlarvt worden. Greys Verstand setzte aus, als sie erkannte, dass sie die Macht mit kaum mehr als einem Gedanken an sich gerissen hatte, wie ein Reflex, so leicht, wie sie ihrem eigenen Magier Kraft schicken konnte.

»Locke!«, brüllte der Soldat und stürzte sich auf sie. Kier riss den Schild, um sie zu schützen, eine halbe Sekunde zu spät hoch: Das Schwert biss sie in die Seite und durchdrang ihre Rüstung. Der Soldat trieb die Klinge weiter, um so viel Schaden wie nur möglich anzurichten, bevor Kiers Schild das Schwert abfing, tief in ihr Fleisch gebohrt. Nicht mal die schöne Rüstung von Kitalma konnte sie retten, als sie in das erschrockene Gesicht des Mannes vor ihr blickte und der Tod ihr entgegenstarrte. Kaum sah sie, wie ihn ein Schwert fällte, als sie auf die Knie fiel.

Es war, als hätte sich die Zeit verlangsamt, ihre ganz eigene Verschiebung.

»Grey.«

Kier fing sie auf, als sie stürzte, schirmte sie beide ab, ohne darüber nachzudenken. Sie legte ihm eine Hand ans Gesicht und hinterließ einen blutigen Abdruck. Schwarze Punkte tanzten vor ihren Augen – hinter ihm glaubte sie, die Göttin am Rand des Geisterwaldes zu sehen, die den Blick über die Zerstörung schweifen ließ, die Grey über ihre eigene Insel gebracht hatte.

Sie fühlte den Tod, jeden einzelnen. Vielleicht war es auch das, was es bedeutete, Locke zu sein: Obwohl ihr eigenes Herz zu versagen drohte, obwohl sie spürte, wie ihre Seele in der Schwebe hing, wusste sie tief in ihrem Bauch, wie es um die Schlacht stand. Sie fühlte es in jedem starken Faden, der ihre Soldaten mit ihren Magiern verband; sie fühlte es in den zerrissenen Verbindungen der Toten und sterbenden Quellen.

Sie gehörten ihr, sie alle. Sie fühlte jedes einzelne Leben an ihren Ufern. Einige dieser Leben waren ihr vertraut, wie Kiers im Zentrum von allem, wie Leonies, deren Machtquelle schwächer wurde, während sie darum kämpfte, Greys Armee am Leben zu halten. Sie fühlte Schmerz von irgendwo ganz in ihrer Nähe, von jemandem, den sie liebte – kurz flackerte Olas Name auf wie ein sterbendes Licht, bevor Grey erneut jeden Halt verlor.

Sie streckte sich nach ihnen aus, nach jenen, die sie liebte, doch es kamen keine Worte zurück, nur ein Rausch des Schmerzes und das Brennen der Entschlossenheit. Sie glaubte, sich außerhalb ihres Körpers zu befinden, und die Lichter in ihr erloschen flackernd, eines nach dem anderen, während sich die Macht der Insel zusammenballte und zurückzog.

Und über allem, um sie herum, sah sie ihn.

»Es tut mir leid.« Sie schmeckte Blut, was für ihre Wunde nichts Gutes heißen konnte.

»Grey.« Kiers Gesicht verschwamm vor ihr. »Nicht …«

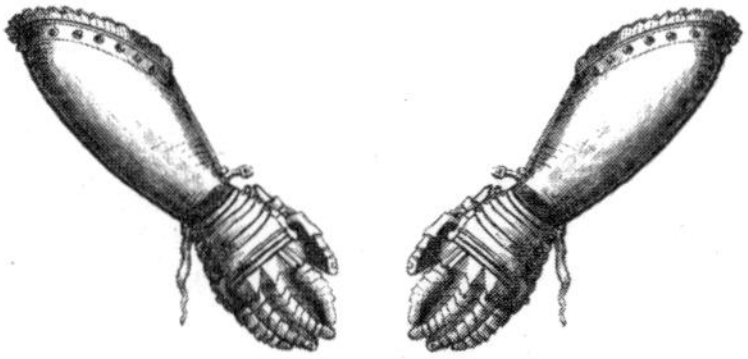

Die Insel ist nicht die Wurzel der Macht –
sie liegt in den Händen von Locke, nicht in der Nation.
Wer die Person kontrolliert,
der kontrolliert auch die Macht.
Tötet den Herrschenden – und nun ja.

Auf Wiedersehen, Macht. Gute Nacht, Magie.
Lebe wohl, Idistra und alles, was du einmal gewesen bist.

Brief von Wren Locke Teinek an Scaelas, undatiert

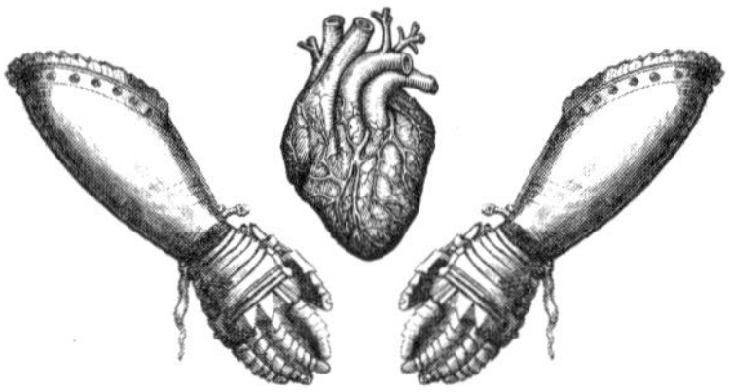

Dreiunddreißig

Gremaryse.«

Ihr eigener Name in den alten Vokalen der Insel, ausgesprochen in seiner wahren Form – die scaelanische Sprache konnte die Vokale und Silben nicht meistern. Nur ihrem Vater war es gelungen, der ihren Namen so oft geübt hatte, bis er ihn genauso gekonnt aussprechen konnte wie ihre Mutter.

Sie öffnete die Augen. Es war genau wie in den Albträumen, die sie von Severin hatte. Dann waren es die Schreie, die in ihren Ohren schrillten, als sie erwachte, der Geruch nach Rauch. Nun fühlte sie das Nachbeben des Kampfes wie ein Echo. Sie befand sich immer noch auf dem Schlachtfeld, lag immer noch dort, wo sie gefallen war, doch es war … leer. Nun ja, nicht genau – ein beunruhigender Nebel kroch durch die Bäume des Geisterwaldes in der Ferne, und die Luft zwischen ihr und dem Wald war durchzogen von bunten Lichtfäden. Der hellste von ihnen, direkt vor ihr, war leuchtend golden, so nah, dass sie ihn fast zwischen den Fingern fühlen konnte. So nah, dass er zu hell leuchtete, um ihn ansehen zu können.

Etwas schmerzte in ihrem Bauch. Erst glaubte sie, es wäre ihre eigene Quelle, die versiegt war, doch das war auf Locke unmöglich. Sie drückte sich eine Hand an die Seite und sah darauf hinab, stirnrunzelnd, als sie das über ihre Finger rinnende Gold sah.

Sie musste die Augen schließen vor dieser Helligkeit.

Jemand ging neben ihr in die Hocke, nahm ihr den Helm ab und strich ihr das schweißfeuchte Haar zurück. Dann beugte sich dieser Jemand vor, um ihre Stirn zu küssen, und sie spürte das kalte Metall einer Halskette über ihre Nase streichen. Sie fing den Hauch eines vertrauten Geruchs auf – holzig und warm wie Nelke und ein Hauch von Talnessel –, die kleinen violetten Blumen, die im Sommer auf der Insel wuchsen.

Es war das Parfüm ihrer Mutter.

Als Grey dieses Mal die Augen öffnete, schwebte das Gesicht ihrer Mutter über ihr.

»Ma«, sagte sie, ließ den Blick über sie schweifen, erkannte das dunkelgrüne Samtkleid, die Kette um ihren Hals, ihr kunstvoll geflochtenes Haar. Sie war genauso angezogen wie am Abend ihres Todes. »Locke«, korrigierte sie sich.

Alma wandte den Blick ab. »Nicht mehr.« Ein kaum wahrnehmbares Lächeln umspielte ihren Mund.

Grey betrachtete die schimmernden Fäden, den Nebel, der vom Geisterwald herankroch. »Bin ich tot?«, fragte sie.

»Nicht ganz.« Unablässig, wie ohne ihr Zutun, strichen Almas Finger durch Greys Haar. Grey erinnerte sich an Tausende von Momenten wie diesen, kurz vor dem Einschlafen, wenn ihre Mutter ihr eine Geschichte erzählt hatte.

Vielleicht war es dies, was der Tod bedeutete. Vielleicht war es eine Gnade, und es würde sein, als würde sie einschlafen, geborgen, in den Armen ihrer Mutter.

»Komm her«, sagte Alma und vertrieb damit die Illusion. Sie nahm Greys Hand in ihre und half ihr beim Aufsetzen. Der Schmerz schoss durch Greys Mitte und strahlte in ihren ganzen Körper aus, und sie keuchte. »Du musst aufstehen, Vögelchen. Schaffst du das?«

Als sie diesen Spitznamen hörte, den einzigen, den ihre Eltern ihr je gegeben hatten, stockte ihr der Atem. Es war immer zu schmerzhaft für sie gewesen, sich auch nur daran zu erinnern, und da wusste sie, dass dies keine Halluzination war.

»Ich kann es versuchen«, brachte sie durch zusammengebissene Zähne heraus. Sie ließ sich von ihrer Mutter hochziehen und erkannte, dass sie beide in diesem seltsamen Gold schimmerten. Zuerst glaubte sie, dies müsste die Macht sein, da das Gold aus ihrem Bauch floss, doch es tat so weh, dass es nur Blut sein konnte. In dieser Version der Zeit leuchtete ihr Blut so golden wie die Magie, die von der Gestalt vor ihr ausging und bei der es sich nur um Kier handeln konnte.

»Was ist das hier?« Sie konnte stehen, musste sich jedoch am Arm ihrer Mutter festhalten, um aufrecht zu bleiben. Alma drehte sie beide in Richtung des Geisterwaldes und führte Grey mit kurzen, stockenden Schritten vorwärts.

»Du hast nur dein halbes Erbe erhalten«, sagte sie. »Ich bin gestorben, bevor ich dir den Rest zeigen konnte.«

Von der Seite sah Grey sie an. Mit hocherhobenem Kopf schritt Alma voran, doch sie wirkte etwas unscharf, halb erinnert, halb erdacht. Grey fiel wieder ein, wie sie versucht hatte, ihre Mutter im Geisterwald zu berühren, als sie um Kiers Leben gefeilscht hatte, und wie ihre Hand direkt durch Alma hindurchgestrichen war.

Es konnte nichts Gutes heißen, dass sie nun Seite an Seite gingen und sie sich auf den Geist ihrer Mutter stützen konnte.

»Was ist der Rest?«, fragte Grey.

Alma machte eine ausladende Geste, mit der sie die Fäden mit einschloss. »Siehst du sie?«

»Die Lichter?«

»Genau«, sagte sie, ohne innezuhalten. »Das ist unsere Macht. Das ist es, wer wir sind und was wir sind, als Locke. Seit Langem weiß man, dass wir der Nation desjenigen, an den wir uns binden und den wir heiraten, Macht übertragen als Zeichen der Gunst und Dankbarkeit. Doch es stimmt auch, dass wir diese Macht genauso leicht wieder nehmen können.« Neben einem Bündel aus Fäden, die sanft in bunten Farben schillerten, blieb sie stehen, streckte die Hand aus und strich mit dem Finger über einen davon. »Als High Lady, Maryse, bist du nicht nur ein Kanal für die Macht. Du bist die Wurzel. Du kannst damit tun, was immer du willst – kannst sie geben, wem du möchtest, und du kannst sie auch wieder nehmen.«

Grey sog scharf die Luft durch die Zähne. »Dann kann ich Epras und Luthos die Macht also wegnehmen.«

Aus ernsten grauen Augen sah Alma sie an. »Du kannst *Eprain* und *Luthar* die Macht nehmen, Gremaryse. Den ganzen Ländern.«

»Aber das ist …«

»Grausam? Tückisch? Ungerecht?« Alma lachte kurz und harsch. Dann ging sie weiter, und Grey musste sich anstrengen, um mitzuhalten. Sie traten unter die ersten Bäume des Geisterwaldes, in den Nebel. »Das ist der Tod auch, Liebes.«

»Ich kann das nicht tun«, erklärte Grey. »Taktisch erkaufen wir uns damit vielleicht etwas Zeit, aber realistisch ist es ein Albtraum für …«

»Es kann vorübergehend sein«, versicherte Alma. »Nimm sie. Hol dir, was du willst. Dann gib sie zurück.« Sie drehte sich um und nahm Greys Hände in ihre; noch nie hatte Grey sie so wild entschlossen gesehen. »*Lebe*, Vögelchen. Das ist es, was wir uns immer für dich gewünscht haben.«

Grey holte tief Luft. Mittlerweile hatten sie den Friedhof des Geisterwaldes fast erreicht, den alten Tempel. Sie ließ sich von Alma durch die Gräber zum Altar führen, zu dem, auf dem während ihrer Begegnung mit der Göttin Kiers Leiche gelegen hatte.

»Hol sie dir«, sagte Alma.

Grey tastete nach den dünnen Lichtfäden. Ganz deutlich nahm sie die Magiestränge wahr, die sich über ihrer ganzen Insel zu einem Netz verwoben, die Verbindungen, die gehalten und eingefangen und verloren und zerrissen wurden. Das Erlöschen der Quellen im Tod überall. Grey fühlte sie auf dem Meer, in ihren Booten, sie fühlte sie weit, weit weg, in ganz Scaela und Luthar und sogar in Nestria, so weit ihre Macht reichte. Sie fühlte sie alle, jeden einzelnen, die Herzen und die Angst, die Freude und die

Liebe und den Hass von Tausenden und Abertausenden, die mit Lockes Macht in Verbindung standen.

Wie viele von ihnen waren für sie gestorben? Wie viele mussten noch sterben?

Schonungslosigkeit war auch eine Form der Sicherheit, wie Sela ihr in Erinnerung gerufen hatte.

Grey schluckte und schmeckte Blut in ihrem Mund. Sie hatte das Gefühl, ihre Zeit hier neige sich dem Ende zu, und sie musste eine Entscheidung treffen – eine Entscheidung, die Kier retten würde und vielleicht auch die anderen Menschen, die sie liebte. Möglicherweise sogar sie selbst. Viel zu langsam legte sie ihre Hand an ihre Seite und drückte auf die Wunde, die das Schwert geschlagen hatte, als wollte sie so verhindern, dass das Leben aus ihr herausströmte.

»Also gut«, willigte sie ein. »Zeig mir, wie es geht.«

Alma führte sie zum Altar und half ihr darauf, half ihr dabei, sich hinzulegen – selbst in diesem Dazwischen schien es Alma Sorgen zu bereiten, dass Greys Kräfte schwanden. Sie umfasste ihre Hand und zeigte ihr, wie sie ihre Macht ausschicken, wie sie die Zugehörigkeiten erspüren, wie sie die Intentionen hinter jedem dieser Fäden lesen konnte.

»Und jetzt«, sagte sie, als Grey sie alle hatte, »jetzt nimmst du alles zurück.«

Grey fühlte die Verbindungen in ihrem Bauch, Tausende und Abertausende, die zu jenen gehörten, die ihren Tod wollten, und sie durchtrennte sie mit einem Schnitt. Es war seltsam leicht, sie auszumachen, jene, die an ihre Küste gekommen waren, um sie zu Fall zu bringen – so leicht, als würde sie eine der Karten mit den Streitkräften in verschiedenen Farben betrachten, über denen Kier in ihrem Kriegsbesprechungsraum gebrütet hatte. Sie nahm die Macht, die unzähligen Fäden, und *zog*. Sie klammerten sich an sie, eine ausgebrannte Wunde.

Grey keuchte und krümmte sich vor Schmerz zusammen. Almas Hände waren da, um sie aufzufangen, sie zu beruhigen, und sie schrie vor Qual, als alles auf einmal zur ihr zurückrauschte.

Als sie wieder etwas wahrnehmen und am Schmerz vorbeisehen konnte, lag sie flach auf dem Altar und ihre Mutter stand mit grimmiger Miene über ihr. »Ich habe es getan.« Greys Stimme war heiser vom Schreien. »Und jetzt?«

»Du hast die Wahl«, sagte Alma.

Grey schloss die Augen. Allmählich hatte sie genug von diesen Entscheidungen. »Erklär es mir«, murmelte sie.

Mit einem Taschentuch in der Hand beugte sich Alma über sie und wischte ihr das Blut von der Stirn. »Du könntest mit mir kommen«, sagte sie sanft. »Du könntest bei uns bleiben.«

Grey traute dieser Sanftheit nicht. Ihre Mutter war vieles gewesen, aber kaum einmal sanft. Sie umfasste Almas Hand und schob ihre Finger zwischen die ihrer Mutter. Alma drückte sie fest, so fest, wie Severin in jener Nacht zugedrückt hatte, in der er sein Leben für ihres gegeben hatte.

Grey öffnete die Augen. »Aber das willst du nicht.«

»Ein Teil von mir schon«, entgegnete Alma. »Niemand sonst weiß, was es bedeutet, Locke zu sein. Die Last dieser Macht, diese zahllosen Entscheidungen – du könntest das alles einfach aufgeben. Beiseiteschieben. Diese Narren mit den Folgen dessen leben lassen, was sie uns angetan haben – was sie uns immer noch antun. Bist du nicht *müde,* Maryse?«

Sie *war* müde. Sie war sogar erschöpft. Sie wollte nicht mehr davonlaufen, kämpfen, opfern.

»Es gibt einen anderen, der die Linie weiterführen kann, dank deiner Hingabe.« Alma sah sie fest an. »Überlass ihm die Insel. Überlass ihm sein Leben. Komm mit mir und ruh dich aus.«

Kier. Grey biss sich auf die Unterlippe und sah weg. »Und was habe ich noch für Wahlmöglichkeiten?«

»Geh zurück und stell dich deinem Schicksal – aber ich kann nicht garantieren, dass du überleben wirst.«

Sie schloss die Augen. So war es, oder? Wenn sie hier war, dann musste sie sich bereits am Rande des Todes befinden. Was ihre Mutter ihr anbot, war keine Gnade, sondern eher die Illusion einer Wahl. »Ich bin schon so gut wie tot«, riet sie.

»Es sei denn, du hast einen sehr talentierten Heiler und eine große Portion Glück«, antwortete Alma leise. »Sonst schon.«

»Und die Schlacht?«

Alma wandte den Blick ab. »Ich weiß es nicht. Ich kann nur hoffen, was du getan hast, war genug. Falls du zurückkehrst, kann ich dir weder einen Sieg noch Frieden garantieren.«

Grey nickte und dachte nach. »Hattest du Angst, als es vorbei war?«

»Natürlich«, sagte Alma. »Aber Angst zu haben ist besser als Hoffnungslosigkeit.«

»Und wird es wehtun? Zurückzugehen?«

Mit dem Daumen strich Alma über ihre Hände. »Ja, das wird es. Das Leben tut immer weh.«

Grey schluckte schwer und kämpfte gegen den Schmerz an. »Und das Sterben?«

»Das bringt seine eigene Art von Schmerz mit sich«, sagte Alma. »Und seine eigene Art von Frieden.«

Grey sah ihre Mutter an, betrachtete ihre kühlen Augen und die Linien ihres Gesichts. Auch sie sah älter aus, als sie den Jahren nach war – und Grey fragte sich, wie es wohl sein mochte, in den Spiegel zu schauen und diese Version von Alma vor sich zu sehen. Was es hieß, älter zu werden.

Sie hatte Kier zurückgebracht, nicht wahr? Wie schrecklich wäre es, wenn sie dies getan hätte, nur um ihn der Trauer um sie auszuliefern. Ihn im Stich zu lassen. Ihn dazu zu verdammen, bei Vollmond vor Kitalma zu treten und die Entscheidung zu verkünden, als wäre es seine eigene gewesen. Oder vielleicht würde ihr Opfer ihn auch vollständig retten.

Aber möglicherweise auch nicht – und vielleicht war sie es auch einfach leid, Entscheidungen ohne ihn zu treffen. Und immerhin hatte sie tatsächlich eine sehr talentierte Heilerin.

Grey hob den Kopf, um Almas Handrücken zu küssen, wobei sie eine goldene Blutschliere auf ihrer Haut hinterließ. »Ich wünschte, ich hätte bei dir aufwachsen und dich besser kennenlernen dürfen.«

»Ich wünschte, ich hätte leben dürfen, um dich aufwachsen zu sehen.«

Grey ließ sich wieder auf den Altar zurücksinken. Alma stand auf, trat zu ihrem Kopf und strich ihr wieder durchs Haar. Dann nahm sie Greys Hände und faltete sie über ihrer Brust wie bei einem Leichnam, der für das Begräbnis vorbereitet wurde.

Sie beugte sich über Grey und küsste ihr ein weiteres Mal die Stirn. »Auf Wiedersehen, Locke«, sagte sie. *»Wach auf.«*

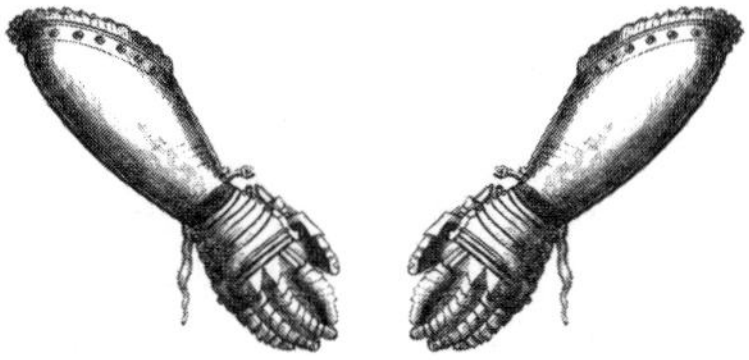

Es fällt mir schwer, alles richtig auszubalancieren:
Als Locke fällt es in meine Entscheidung, wer Macht erhält
und wer nicht. Als Alma möchte ich jene damit segnen,
die ich mag, aber das ist nicht immer gerecht, oder? Ich
weiß nicht, ob es darauf überhaupt eine Antwort gibt.
Ich weiß nicht, ob Gerechtigkeit dabei eine Rolle spielen
sollte. Aber vielleicht sollte nicht alles allein auf meinen
Gedanken und Launen beruhen.

Ich hoffe, wenn ich diesen Titel weitergebe, wird mein Kind
ein besseres Verständnis davon haben. Bisher habe ich
das Gefühl, als würde ich alles nur noch schlimmer machen.

Brief von Alma, High Lady von Locke,
an ihre Schwester Wren Locke Teinek,
achtzehn Jahre vor der Vernichtung

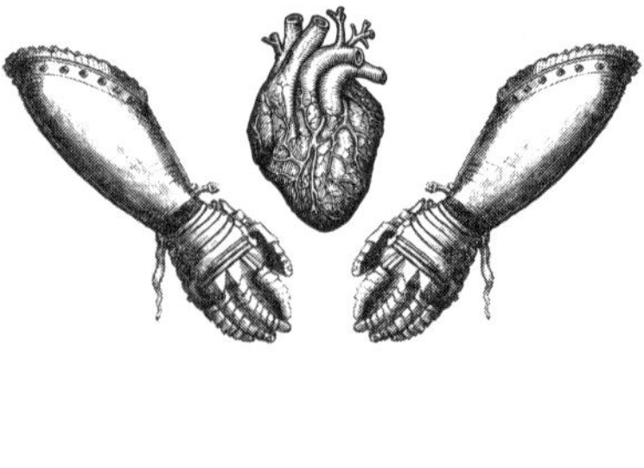

Vierunddreißig

Grey.«

Wieder ihr Name, dieses Mal von Kiers Lippen. Zuerst fühlte sie den Schmerz, die brüllende Agonie, dann die nasse Wärme ihres Bluts. Etwas schien sich in ihr zu bewegen, etwas, das sich eigentlich nicht bewegen sollte.

Sie hörte das Klirren seines Helms, der neben ihr auf den Steinboden fiel, dann sein Schwert. »Grey«, wiederholte er, die Wärme seiner Handflächen auf ihrem Gesicht. Sie zwang sich dazu, die Augen zu öffnen, ihn anzusehen.

»Haben wir gewonnen?« Ihre Stimme war kaum hörbar.

»Du bist verschwunden – du warst einfach *weg* – und die Quellen von Eprain, Luthar, einige unserer eigenen …«

»Kiernan.« Sie versuchte verzweifelt, das alles zu begreifen. Er nahm sie bereits in die Arme, um sie zu Leonie zurückzutragen, in Sicherheit, in eine Welt aus Schmerz, die sie nur erahnen konnte. *»Hat es funktioniert?«*

Er presste die Lippen aufeinander. »Es hat funktioniert«, sagte er. »Was auch immer du getan hast, es hat funktioniert. Sie ziehen sich zurück, und wir sind gerade dabei, Gefangene am Strand zusammenzutreiben.« Er sah auf sie herab – sie fühlte, wie er sich unter ihr bewegte, wie er sie so schnell wie möglich zurück zur Festung trug, ohne ihre Wunden dabei noch schlimmer zu machen. Sie ließ den Kopf gegen seine Schulterplatte sinken, sie war weich, wenn auch ein bisschen blutig.

»Es hat funktioniert«, seufzte sie und ließ zu, dass sich ihre Augen schlossen.

»Ja, aber was, wenn es dein Leben kostet?«, brachte er durch zusammengebissene Zähne heraus. »Das werde ich dir nie verzeihen. Hast du nicht gesagt, dass du dich nicht opfern …«

»Ich überlebe das schon«, murmelte Grey an seiner Schulter. »Nur um dich zu ärgern. Es gibt nichts, was ich lieber tue, als dir zu beweisen, dass du falschliegst.«

Er lachte, doch ein Hauch von Panik schwang darin mit. »Dann *lebe,* Locke«, flehte er. Er sagte noch mehr, doch sosehr Grey es auch hören wollte, es reichte nicht. Sie glitt davon, und dieses Mal fing das Nichts sie auf, als sie in die Dunkelheit fiel.

Sie erwachte in ihrem eigenen Bett.

Sie setzte sich auf, bereute es aber umgehend und keuchte, als der Schmerz in ihrer Mitte explodierte. Sofort lagen Hände auf ihren Schultern und drückten sie nach unten. »Bleib liegen, Locke«, sagte Leonie über ihr.

Wie üblich hörte Grey nicht auf sie. Sie verzog das Gesicht, als sie sich, auf die Ellbogen gestützt, wieder aufrichtete. Sie trug ein lockeres Hemd, darunter konnte sie die Verbände um ihren Bauch sehen. Alles tat weh.

Leonie war allein im Raum mit ihr und sortierte gerade Arzneien auf einem Tisch, der aus Greys Zimmer hereingebracht worden sein musste. Sie strich über einen der Stößel und fragte: »Hast du Schmerzen?«

»Nicht schlimm«, log Grey. »Wasser?«

Sofort war Leonie mit einem Glas bei ihr und schob ihr eine Hand in den Rücken, um sie zu stützen, während sie ihr mit der anderen das Glas an die Lippen hielt, damit Grey trinken konnte. Gierig sog sie das Wasser in sich hinein, wobei die Hälfte auf ihrem Hemd landete, was ihr jedoch egal war. Als sie ausgetrunken hatte, brachte Leonie ihr ein weiteres Glas und stellte es auf dem Nachttisch ab, bevor sie sich neben Greys Bett auf einen Stuhl sinken ließ. »Der Commander wird stinksauer sein, weil du aufgewacht bist, als er nicht da war.« Sie strich ihr das Haar aus der Stirn, und Grey sah das Ende ihres eigenen Zopfs, der auf ihrer Brust lag. Es überraschte sie nicht, dass Schlamm und Blut in den braunen Strähnen klebten.

»Wo ist er?«, fragte sie heiser. Leonie beugte sich vor, um ihre Kissen zurechtzuschieben, damit sie bequemer sitzen konnte.

»Dainridge hat nach ihm geschickt. Es konnte nicht warten.«

Grey nickte, zu viele Fragen drängten sich auf ihrer Zunge. Sie erinnerte sich daran, wie sie geschwebt war, losgelöst von ihrem Körper – sie hatte all diese Seelen gespürt. »Ich habe ihnen die Macht genommen«, sagte sie langsam, »nicht wahr?«

Leonie zögerte.

»Wenn du mir nicht antwortest, frage ich Kier, und *er* wird es mir sicher sagen.«

»Dann ja. Du hast ihnen die Macht genommen. Ganz Eprain und Luthar, wie es aussieht.«

Grey nickte und biss sich auf die Unterlippe.

»Und sie haben sie noch immer nicht zurück.«

Sie drückte sich eine Hand auf den Bauch, der schmerzhaft pochte. »Verstehe.«

»Kannst du …?«

Sie warf Leonie einen Blick zu. »Ja«, sagte sie und fühlte die Last und die Phantomverbindungen, durch die einmal die Macht geflossen war, die sie nun hielt. »Aber so etwas möchte ich nicht noch einmal tun müssen, und deshalb soll es eine effektive Drohung sein.«

Leonie nickte langsam. »Das ist …«

»Schonungslos.«

»Aber klug.«

»Vielleicht.« Sie sah Leonie an und dachte daran, wie angespannt sie während der Schlacht gewirkt hatte. »Aber … wir haben gewonnen.«

»Ja«, sagte Leonie. Sie stellte die Tinktur ab, die sie gerade mischte. Wahrscheinlich etwas Schreckliches, das Grey früher oder später würde trinken müssen. »Die Insel wurde gehalten. Und wegen des totalen Verlusts der Macht und der Magie gibt es Friedensangebote. Vertragsvorschläge.«

Grey konnte jetzt nicht mal an Verträge denken. Sie konnte an gar nichts denken, was über die nächsten paar Sekunden hinausging. Sie schloss die Augen, nur für einen Moment, doch als sie die Lider wieder hob, wusste sie nicht, ob es wirklich nur ein Moment gewesen war. »Und die Verluste?«

»Wir haben zweitausend unserer zehntausend Soldaten verloren. Eprain und Luthar haben viereinhalbtausend verloren, aber sie haben immer mehr geschickt. Cleocs Marine hat für schlimme Verluste in der Bucht gesorgt.«

So viele verlorene Leben, alles nur ihretwegen. Darauf konnte sie sich jetzt nicht konzentrieren, denn wenn sie es tat, würde sie die Beherrschung verlieren, und das konnte sie sich jetzt nicht leisten. »Und … Scaelas? Unsere Verbündeten? Meine Freunde?«

»Wie ich höre, hatten Cleoc und ihre Bediensteten einen wundervollen Nachmittag«, erklärte Leonie trocken. »Eron geht es gut – er ist bei Kier. Scaelas wurde verletzt, aber er wird es überleben. Er hat allerdings damit gedroht, bei dir zu bleiben, bis er wieder gesund ist, damit er dir beibringen kann, wie man sich als High Lady benimmt.«

Grey verzog das Gesicht. Er musste gehört haben, dass sie in die Schlacht gezogen war – trotzdem war er immer noch nicht ihr Vater. »Das nenne ich mal eine Drohung«, sagte sie.

»Brit geht es gut. Ola ist …« Leonie zögerte, und Grey sah ein unsicheres Flackern in ihrem Blick – ihr Magen krampfte sich zusammen. Einen schrecklichen Moment lang erinnerte sie sich an diesen plötzlich zupackenden Schmerz, als sie sich außerhalb ihres Körpers befunden zu haben glaubte, doch dann … »Sie wird es schaffen – jedenfalls, wenn ich etwas dazu zu sagen habe«, sagte

Leonie schließlich, als sie Greys Blick auffing. »Aber sie wird einen Arm verlieren.«

»Ah.« Doch sie lebte. Sie lebte, und sie würde weiterleben. Sobald Grey aufstehen konnte, würde sie zu Ola gehen, auch wenn sie sich gegen Kier und Leonie zugleich durchsetzen musste. »Und unsere Commander?«

»Dainridge hat einige kleinere Verletzungen davongetragen. Commander Reggin ist bei der Verteidigung des Hafens gefallen.«

Grey schloss die Augen. »Und seine Hand?«

»Lebt. Soweit ich weiß.«

»Und Seward geht es gut«, sagte Kier, der gerade hereinkam und Leonie kühl zunickte. Er hatte nicht vergessen, dass sie über seinen Tod Bescheid wusste, begriff Grey. »Auch wenn er ziemlich sauer ist, weil er den ausdrücklichen Befehl erteilt hat, dass sofort nach ihm geschickt wird, wenn Locke aufwacht.«

Leonie rollte mit den Augen. »Ach, halt die Klappe, Kier. Ich wollte nach dir schicken, sobald ich Lockes Fragen beantwortet habe.«

Er seufzte, seine Schultern entspannten sich jedoch etwas. Dann ließ er sich an Greys Bettrand nieder und legte ihr auf der Decke eine Hand aufs Knie. »Du hast schon wieder Eingeweidereste in den Haaren.«

Grey brachte ein Lächeln zustande. »Hast du dir nicht gewünscht, mir für den Rest unseres Lebens das Blut vom Körper waschen zu dürfen?«

Leonie stand auf und sammelte ihre Sachen zusammen. »Ihr führt eine sehr merkwürdige Beziehung.«

Was niemand abstritt.

Sobald ihre Tasche gepackt war, sagte sie: »Kier, ich erwarte, dass du sie im Bett hältst – nicht so, du Perversling. Cleoc und Scaelas werden sie sprechen wollen, aber Scaelas darf ebenfalls nicht aufstehen, also wird Cleoc von einem Krankenbett zum anderen wandern müssen. Und ich schwöre dir, Grey, mir ist völlig egal, ob du meine High Lady bist – ich bringe dich um, wenn du deine Nähte aufreißt.«

Grey hob eine Braue. Normalerweise war es Kier, der Leonies Drohungen zu hören bekam. »Verstanden«, sagte sie.

Sobald Leonie gegangen war, seufzte Grey und drückte sich prüfend eine Hand auf den Bauch. »Wie schlimm war es?«

Kier verzog das Gesicht. »Schlimm.«

»Durchbohrt?«

»Dem Tod von der Schippe gesprungen, Flynn.« Er ließ seine Stimme unbeschwert klingen, drückte jedoch ihr Knie mit einer Angst, die sie verstand. Normalerweise war sie es, die um *sein* Leben fürchtete.

»Hmm.« Sie schwang die Beine über den Bettrand und keuchte vor Schmerz. Sofort war Kier da und versuchte mit fliegenden Händen irgendeine Stelle zu finden, an der er sie aufs Bett zurückdrücken konnte, ohne ihr wehzutun. »Was machst du denn da?«

»Die Insel regiert sich nicht von selbst.« Grey schnitt eine Grimasse vor Schmerz.

Schließlich entschied sich Kier für ihre Schulter, um sie behutsam in die Kissen hinabzuschieben, woraufhin sie aufkeuchte und er sie sofort wieder losließ, als hätte er sich verbrannt. »Ich rufe Leonie zurück«, drohte er.

»Kier …«

»Ich hole dir Cleoc und Ikaaron.« Er wich einen Schritt zurück. »Damit du dich wenigstens nützlich fühlen kannst, aber so wahr mir die Götter helfen, wenn du versuchst, dieses Zimmer zu verlassen, dann werde ich Eron damit beauftragen, für dich zu kochen, bis du wieder gesund bist.«

Greys Augen wurden schmal. »Das würdest du nicht wagen.«

»Stell mich lieber nicht auf die Probe, Locke«, sagte er beim Hinausgehen.

Selbst mit vereinten Kräften gelang es Kier und Leonie nur, Grey zwei Tage lang im Bett zu halten, bevor sie mitten in der Nacht aufstand und sich nach unten in ihr Arbeitszimmer schlich, während Kier schlief. Scaelas' Wachen sahen sie vorübergehen, seufzten jedoch bloß und schüttelten die Köpfe, da ihr eigener High

Lord vor nicht mal einer Stunde ein ganz ähnliches Manöver gewagt hatte. Auch wenn sich Scaelas nicht an einem Commander in seinem Bett hatte vorbeischleichen müssen.

Grey saß seit gerade mal einer halben Stunde hinter ihrem Schreibtisch, als es leise an der Tür klopfte. Sie sah auf, als der High Lord hereinschlich, schwer humpelnd und die gesamte linke Seite entlastend.

»Du auch?«, fragte sie mit erhobenen Brauen.

Er nickte und ließ sich auf dem Stuhl auf der anderen Seite ihres Schreibtischs nieder. »Deine Heilerin ist …« Er verstummte und schien nach einem passenden Ausdruck zu suchen. Schließlich entschied er sich für »hartnäckig«.

»Eigentlich ist sie *deine* Heilerin«, gab Grey zurück und wandte ihre Aufmerksamkeit wieder einem von Cleocs Vertragsentwürfen zu. »Leonie ist Scaelanerin.«

Torrin seufzte. »Oh, das glaube ich nicht. Nicht mehr.«

Kurz sah Grey zu ihm auf. »Ich kann dir doch nicht deine besten Leute abluchsen.«

»Du solltest dich mit Menschen umgeben, denen du vertraust, Maryse«, sagte er leise.

Sie legte den Vertragsentwurf beiseite und kaute auf ihrer Unterlippe herum. »Wir sollten Cleoc holen«, schlug sie vor. »Anders werden sie uns ein Treffen nicht erlauben.«

Scaelas hob eine Braue. »Ich kann nach ihr schicken lassen, wenn du willst.«

»Ich weiß nicht, was ich will.« Sie lehnte sich auf ihrem Stuhl zurück und versuchte, nicht das Gesicht zu verziehen, als ihre Nähte ziepten. »Ich weiß nicht, wie ich alle belohnen kann. Wie ich allen danken soll. Wie ich es wiedergutmachen soll, dass so viele Leben verloren wurden und dass ich ihnen die Macht genommen habe.« Sie rieb sich über die Stirn und wünschte sich, sie könnte die Antworten hinter ihren Augenlidern finden.

»Ah. Epras und Luthos werden unruhig.«

»Sie haben um Verträge gebeten. Um Frieden. Um Allianzen.«

»Dann befindest du dich in einer privilegierten Position. Du hast die Macht, die Kämpfe in Idistra zu beenden, wenn du es wünschst.«

Eine solche Verantwortung konnte sich Grey nicht mal vorstellen. Aber es gab eine Frage, die vor einem möglichen Frieden geklärt werden musste. »Findest du, ich sollte ihnen ihre Macht zurückgeben?«

Torrin zögerte. »Das solltest du nicht mich fragen, Maryse. Noch bin ich nicht offiziell dein Verbündeter. Und ich muss an die Interessen meiner eigenen Nation denken. Und meine eigene Nation hat sehr, sehr lange Krieg gegen Eprain und Luthar geführt.«

»Was würde Cleoc sagen?«

Er schnaubte. »Dasselbe, wahrscheinlich. Allerdings vermute ich, dass sie die Hälfte von ihnen umbringen lassen würde, nur um Gleichstand herzustellen.«

Grey wollte niemanden umbringen lassen. »Dann frage ich dich als meinen Patenonkel«, sagte sie und warf ihm einen raschen Seitenblick zu.

Schweigend saß er einen Moment da. Die Kerzen auf ihrem Schreibtisch verbreiteten flackerndes, gedämpftes Licht. Sie wünschte, sie hätte beim Eintreten Feuer im Kamin gemacht, doch sie hatte nicht zu viel Aufmerksamkeit darauf lenken wollen, dass sie wach war und arbeitete.

»Ich glaube«, sagte er langsam, »du hast deinen Standpunkt ausreichend verdeutlicht. Und gezeigt, dass du deine Macht beherrschst.«

Sie nickte. Das war auch ihr Gedanke gewesen, als sie wach im Bett gelegen und zur Decke hinaufgestarrt hatte. »Ich möchte nicht gefürchtet werden«, sagte sie. »Nur … respektiert.«

Torrin seufzte. »Bring uns Frieden, Locke, dann wirst du vielleicht sogar geliebt.«

Sie brachte ein Lächeln zustande. »Wenn ich das tun soll«, sagte sie, »dann fürchte ich, wir müssen Cleoc wecken.«

Bei Tagesanbruch hatten sie einen Vertragsentwurf fertig. Bis zum Abend waren Friedensbedingungen nach Eprain und Luthar geschickt worden, nach Nestria am nächsten Tag. Innerhalb einer Woche hatten sich alle sechs Nationen widerstrebend geeinigt, und zwei Wochen nach Lockes Wiederauferstehung wachten die Quellen aus Eprain und Luthar eines Morgens auf und stellten fest, dass ihre Macht nicht nur wiederhergestellt, sondern sogar verstärkt worden war. Als wäre sie nie weg gewesen.

An der Küste von Idistra brannten die Scheiterhaufen mehrere Tage lang, um die Toten nach Hause zurückzuschicken. Wenn Grey nicht schlafen konnte, verbrachte sie trotz der Kälte des nahenden Winters mehrere Stunden auf dem Dach der Festung, sah den Rauch aufsteigen und ließ das Grauen einsinken und schließlich verblassen. Meistens war sie nicht allein mit ihrer Trauer. Ola, die versuchte, mit der neuen Form ihres Körpers zurechtzukommen, gesellte sich zu ihr. Oder Brit oder Eron, die je nach Laune mit ihr redeten oder schwiegen. Und manchmal auch Kier, der zufrieden damit war, einfach neben ihr zu stehen.

Auf Locke begann ein neues Leben. Man einigte sich darauf, dass alle, die bereit gewesen waren, die Insel zu verteidigen, mit offenen Armen willkommen geheißen würden, wenn sie bleiben wollten: Fast zweitausend Soldaten und ihre Familien ließen sich hier nieder. Die High Lady von Locke hielt jeden Morgen Hof in einer der alten Markthallen am Hafen, um ihre neuen Landsleute zu begrüßen, während einer ihrer Schreiber die Neuankömmlinge für die Volkszählung erfasste.

In den folgenden Wochen stellte sich eine Art neue Routine ein. Morgens erwachte Grey bei Tagesanbruch und saß eine Weile an Olas Bett, bis diese gesund genug für das Kampftraining war. Von da an trafen sie sich in einem der privaten Gärten im hinteren Teil der Festung. Sie trainierten, und Ola versuchte verbissen, mit der linken Hand zu kämpfen anstatt mit der rechten. Dann badete Grey und ging zum Hafen hinunter. Schließlich traf sie sich am frühen Nachmittag mit ihren Botschaftern und stellte nach und nach ihren Rat zusammen. An einigen Tagen nahm sie Unterricht bei Tutoren, die versuchten, die Lücken in dem Wissen, über das sie als High Lady verfügen sollte, zu füllen. Den restlichen Tag verbrachte sie mit offiziellen Treffen oder sie pendelte zwischen ihrem eigenen Arbeitszimmer und dem daneben, das ihrem Commander gehörte, hin und her. Falls ihre Ratgeber es für bedenklich hielten, dass Lockes Commander über alles Bescheid wusste, was auf dem Schreibtisch der High Lady landete, waren sie klug genug, nicht dagegen zu protestieren.

Gerade saß sie in ihrem Arbeitszimmer und unterschrieb ein Ersuchen um Vorräte, als Cleoc und ihre Bediensteten vor ihrer Tür auftauchten. Sofort erhob sich Grey, wobei sie nicht mehr vor Schmerz zusammenzuckte, da die Fäden ein paar Tage zuvor gezogen worden waren und Leonie ihr bescheinigt hatte, wieder gesund zu sein.

»Ich glaube, es ist Zeit für mich, Euch zu verlassen, Locke«, verkündete Cleoc und neigte den Kopf.

Grey stand einfach da und wusste nach all der Zeit nicht, was sie sagen sollte. »Ich habe keine Ahnung, wie ich Euch danken kann«, sagte sie schließlich.

Cleocs Mundwinkel hoben sich zu einem Lächeln. »Ihr schuldet mir nichts«, sagte sie.

Grey ging um den Schreibtisch herum und griff nach ihrer Hand, doch dann zog Cleoc sie zu ihrer Überraschung in eine stürmische, feste Umarmung.

»Ich werde dir nie vergessen, was du für mein Mädchen getan hast.«

Grey schloss die Augen und lehnte sich in die Umarmung. Seit der Reise mit Sela schien ein ganzes Leben vergangen zu sein.

Als Cleoc sich wieder von ihr löste, drückte sie ihr etwas in die Hand. Grey sah hinab und entdeckte den kleinen Obsidianmond von ihrer ersten Begegnung in Scaela in ihrer Hand. »Ich dachte, er wäre verloren«, sagte sie.

»Pass auf dich auf, Locke«, sagte Cleoc und beugte sich vor, um ihr rasch einen Kuss auf die Wange zu geben. »Ich erwarte deine Briefe.«

Als sich der erste Monat des Friedens dem Ende zuneigte, begannen die Planungen für ein großes Fest auf der Insel, um die erfolgreiche Wiederauferstehung zu feiern. Für Grey war es eine willkommene Ablenkung. Sie versuchte, nicht zu sehr auf die sich verändernden Mondphasen zu achten, während die Tage bis zu ihrem nächsten Treffen mit Kitalma vorüberzogen.

Ola berichtete ihr aufgeregt von den Vorbereitungen in Osar, geleitet von einem überengagierten ehemaligen Captain aus Cleocs Armee. Am selben Abend beschwerten sich sowohl Brit als auch Eron bei Grey darüber, dass sich Ola völlig unerwartet und auf eine sehr nervtötende Art in einen überengagierten ehemaligen Captain aus Cleocs Armee verliebt hatte.

Später im Bett fragte Kier sie, ob sie von den Vorbereitungen gehört hätte. Es war eine der seltenen Nächte, in denen sie sich beide schon vor den frühen Morgenstunden hatten zurückziehen können (woraufhin Kier umgehend in ihr Zimmer geschlichen war). Zwischen ihren Verantwortungen als Locke und seinen Anstrengungen, ihr neues Zuhause zu sichern, blieb ihnen kaum noch Zeit zusammen, geschweige denn Zeit zusammen allein.

»Ja, Ola hat so etwas erwähnt«, sagte sie.

»Und was hältst du davon?«

Sie küsste ihn auf die Brust, dann biss sie ihn zärtlich in die Haut über den Rippen. Er hatte gerade erst aufgehört, sie zu behandeln, als wäre sie aus Glas, und nun hielt er den Blick seiner dunklen Augen auf sie gerichtet, während sie tiefer hinabglitt. »Wenn es eine Party gibt, dann wird uns niemand auf dieser Insel brauchen. Wir könnten unsere eigenen Pläne machen.«

»Sie werden aber bemerken, wenn du nicht da bist«, murmelte er und schloss die Augen, als sie ihn auf die Hüfte küsste. »Immerhin ist es *deine* Wiederauferstehung.«

»Das ist mir egal«, sagte Grey, bevor sie ihm ganz genau zeigte, was sie stattdessen tun konnten.

Grey ließ sich auf dem Stuhl in ihrem Arbeitszimmer nieder und sah aufs Meer vor dem Fenster hinaus. Auf ihrem Schreibtisch stapelten sich die Briefe. Mindestens zwei davon trugen Imartas sorgfältige Handschrift – sie würde aus Scaela herkommen, sobald es auf der Insel etwas sicherer war. Spätestens zu dem Fest, das Grey nach Kiers Meinung nicht schwänzen durfte.

Da schwang die Tür auf, und Grey drehte sich um, in der Erwartung, eine ihrer neuen Köchinnen zu sehen, die Fragen zum Abendessen hatte, oder Eron mit Informationen darüber, welche Ausrüstungsgegenstände in der Waffenkammer noch fehlten, oder Leonie, die mehr Arzneien verlangte. Doch es war Kier, schlicht gekleidet und nach Regen riechend. Er war gerade erst aus der Kälte draußen hereingekommen – wo er mit der heiklen Aufgabe beschäftigt gewesen war, den Schild wieder aufzubauen und ein statisches Warnsystem einzurichten, das nicht mithilfe von Bruchlilien außer Gefecht gesetzt werden konnte. Er fand es leichter, dies allein zu tun, in den Ruinen von Kitalmas Kloster am Rande des Geisterwaldes. Grey versuchte, nicht über die komplizierten Gefühle nachzudenken, die sie jedes Mal überkamen, wenn er dort hinging.

Noch ein Tag, dann würde sie selbst in den Wald gehen und der Göttin ihre Entscheidung überbringen müssen. Noch ein Tag, dann würde Kier kein freier Mann mehr sein.

Auch er war in einen Brief vertieft, und weitere Schreiben stapelten sich auf seinem Schreibtisch, den er vor einer Woche neben ihren gestellt hatte. Obwohl sein eigenes Arbeitszimmer gleich nebenan lag, verbrachte er so viel Zeit damit, über ihre Schulter gebeugt mitzulesen oder auf ihrem Boden zu sitzen, während sie darüber diskutierten, was sie tun sollten, dass Grey ihm schließlich einfach einen Bereich in ihrem eigenen Arbeitszimmer überlassen hatte.

So war es besser, und außerdem konnten sie sich so immerhin im selben Raum aufhalten.

»Ma hat geschrieben«, murmelte er und setzte sich auf die Armlehne ihres Stuhls. Sie küsste ihn auf den Ellbogen, hauptsächlich aus Gewohnheit, auch wenn ihr durchaus nicht entging, welche Wirkung regelmäßige körperliche Zuneigung hatte. »In Scaela wurde eine Quelle geboren.«

»Das können wir nicht überprüfen«, sagte Grey und beugte sich vor, um über seinen Arm hinweg mitzulesen. »Es ist schwierig, eine solche Begabung bei einem Baby festzustellen.«

»Schwierig«, stimmte Kier ihr zu, »aber nicht unmöglich.«

»Und es ist nur ein Gerücht, bis Scaelas es offiziell betätigt.«

»Der langsam in sein eigenes Land zurückkehren sollte«, brummte Kier finster. Dann faltete er den Brief zusammen und warf ihn auf Greys Schreibtisch. »Was liest du da?«

Seufzend wedelte sie mit den Papieren vor seiner Nase herum. »Anfragen von unserem neuen Botschafter aus Nestria, die noch vor seiner Ankunft erfüllt werden sollten. Todlangweilig. Ich bekomme Kopfschmerzen davon.«

»Niemand nimmt genug Rücksicht auf deinen Kopf«, bestätigte Kier und beugte sich über sie, um sie ein bisschen unbeholfen auf besagtes so vernachlässigtes Körperteil zu küssen.

»Sela hat auch geschrieben, sie möchte in Cleoc einen Ball der Einheit organisieren«, erzählte Grey.

»Ah.« Der Laut kam tief aus Kiers Kehle, und sie fühlte, wie er sich sofort am ganzen Körper versteifte. »In Cleoc?«

»Ja. Aber der Brief ist von Sela, nicht von ihrer Mutter.« Sie lehnte sich auf ihrem Stuhl zurück und drehte an dem Siegelring an ihrem Finger. »Kommt mir wie die perfekte Gelegenheit für einen Anschlag vor. Ich habe ihr geantwortet, dass wir wahrscheinlich noch nicht stabil genug für so etwas sind.«

»Durch und durch diplomatisch«, sagte Kier, und sein Atem strich ihr durchs Haar.

Sie zog ihn am Arm zu sich herunter, und nach ein bisschen Schieben und Rutschen gelang es ihm schließlich, sie auf seinen Schoß zu ziehen. Er legte die Arme um sie, sicher und stark wie immer. Sie sah das wogende Meer vor dem Fenster, die krachenden Wellen, die gegen die Klippen unter ihnen schlugen, die steigende Flut.

»Wir haben weitere Anfragen von Leuten, die sich gern hier niederlassen wollen«, sagte er, die Lippen an ihrem Schlüsselbein. »Vielleicht sollten wir uns überlegen, wie wir generell damit umgehen.«

»Sollten wir.« Obwohl sie die Insel am liebsten abriegeln würde, um diejenigen, die bereits hier waren, zu schützen, diejenigen, die sie liebte und die ihr am nächsten standen, wusste sie, dass dies ein Fehler gewesen wäre: Lockes Isolation hatte zu so viel Angst und Verrat geführt. Sie durfte nicht zulassen, dass so etwas noch einmal passierte.

Ein Klopfen kam von der Tür. Grey wollte aufstehen, doch Kier ließ sie nicht los. Vielleicht war es unangemessen, wenn man die Lady of Locke in den Armen des Commanders fand, doch dann dachte Grey, dass jeder, der an den Wachen an ihrer Tür vorbeikam (gegen die sie protestiert hatte, auf die sowohl Kier als auch Scaelas aber vehement bestanden hatten; Kier und Torrin mochten selten einer Meinung sein, doch wenn es um ihre Sicherheit ging, musste man mit der geballten Wucht ihrer vereinten Willenskraft rechnen), längst über ihre Beziehung Bescheid wissen musste.

»Ja?«, rief sie und rutschte auf Kiers Schoß herum, damit sie wenigstens nicht mehr ganz so verschlungen wirkten.

Es war Leonie, die mit einer Liste der benötigten Vorräte hereinkam, mit Brit auf den Fersen. »Es ist keine leichte Aufgabe, ein Krankenhaus wieder aufzubauen«, erklärte sie vollkommen geschäftsmäßig, auch wenn sie beim Anblick der beiden leicht die Brauen hob und ihre Lippen zuckten.

Brit ließ sich in den Sessel vor dem Kamin fallen, winkte auf Greys fragenden Blick hin jedoch ab und brummte finster: »Ola ist mal wieder mit ihrem Captain zusammen.«

Jetzt stemmte sich Grey entschieden hoch, um die Liste von Leonie entgegenzunehmen. Sie überflog sie und kaute dabei auf ihrem Daumennagel herum. »Ich gebe es an Ikaaron weiter. Vielleicht kann Scaelas uns helfen.«

»Und was willst du ihm dafür bieten? Wenn du so weitermachst, ertrinkst du bis zum Jahresende noch in geschuldeten Gefallen«, gab Kier zu bedenken. Er hatte die Augen geschlossen und die Arme auf die Stützen gelegt, als wartete er nur darauf, dass sie sich wieder auf seinen Schoß setzte und er sie an sich ziehen konnte.

»Ich glaube nicht, dass die sechzehn Jahre Wiedergutmachung uns gegenüber schon beglichen wurden«, entgegnete Grey ruhig. Sie legte die Liste auf ihren Schreibtisch und begann, sie abzuschreiben.

»Außerdem«, sagte Leonie, »habe ich Scaelas für gesund genug zum Reisen erklärt. Er kann gehen, sobald er will.«

Grey ignorierte Kiers erleichtertes Seufzen. »Dann reist er also endlich ab?«

»Ja, bald. Wahrscheinlich morgen.«

Langsam richtete sich Grey auf. Ihre Gedanken waren wirr. Obwohl Torrins Gegenwart Kier nervös machte – auch wenn er es ihr gegenüber nicht zugab, wusste sie, dass Kier es ihm übel nahm, dass er die Suche nach seiner Patentochter abgebrochen hatte, einfach, weil es sie verletzt hatte –, war sie traurig darüber, seine Anleitung zu verlieren.

»Ihr könnt ihn begleiten, wenn ihr wollt«, sagte sie.

Brit und Leonie starrten sie nur blinzelnd an. Schließlich sagte Brit: »Was?«

Grey schritt auf und ab, erfüllt von einer ganz neuen Überzeugung. »Ihr müsst nicht bleiben, wenn ihr nicht wollt. Eron und Ola auch nicht. Ihr seid Scaelaner – ich möchte euch nicht dazu zwingen hierzubleiben.«

»Wir sind alle hier, weil wir hier sein wollen«, entgegnete Leonie fest.

»Da kannst du nur für dich selbst sprechen«, kommentierte Kier, den jedoch niemand beachtete. Bloß Grey warf ihm einen finsteren Blick zu.

»Was sind wir eigentlich?«, überlegte Brit. »Lockianer? Lockstrier? Locks?«

»Brit.« Leonie massierte sich die Schläfe.

Brit winkte ab. »Und du kannst Ol und Er natürlich fragen,

aber sie werden dir genau dasselbe sagen. Wir bleiben, Grey. Wenn du Scaelas dafür unsere Kontrakte abkaufen musst, dann ist das eben so. Aber wir bleiben.«

Grey zögerte, immer noch unsicher. Dann fragte sie sich, wann diese Unsicherheit wohl vergehen würde und ob es überhaupt je dazu käme.

»Doch du solltest mich bezahlen«, fuhr Brit fort. »Ich meine ja nur.«

Grey seufzte und nahm sich vor, ihre Schatzkammern zu sichten und mit ihrem Commander ein Gespräch über Löhne zu führen.

Am Abend aßen Scaelas und sie allein. Er teilte so viele Weisheiten mit ihr, wie er konnte, aber am Ende küsste er einfach nur ihre Hände und sagte: »Obsidiangeboren und eisengemacht, Maryse. Götter, sie wären so stolz auf dich.«

Es dauerte lange, bis sie den Kloß in ihrer Kehle wieder hinuntergeschluckt hatte.

Nach dem Abendessen zog sie sich eine unauffällige schwarze Hose, eine blaue Tunika und einen schweren Mantel an, schlich sich an den Wachen vorbei und machte sich auf den Weg zu einem der neu eröffneten Pubs in Osar. Dort, in einer dunklen Nische ganz hinten, wartete eine Frau auf sie. Sie nippte an ihrem Ale, und vor dem freien Platz vor ihr stand ein weiterer Krug bereit. Sie war etwas früher am Tag mit dem Schiff eingetroffen, das gekommen war, um Scaelas mitzunehmen, und sie hatte Grey durch Eron eine Nachricht zukommen lassen.

»Master Attis«, begrüßte Grey sie und glitt auf den freien Platz. »Es freut mich, dass Ihr es einrichten konntet.«

Attis musterte sie. Dunkle Schatten lagen unter ihren Augen wie von tiefer Trauer. Sie öffnete den Mund, um zu sprechen, schluckte und wandte den Blick ab. »Ich möchte nur wissen, dass sie nicht allein war.«

Grey schüttelte den Kopf. »Das war sie nicht.«

Attis schloss die Augen. Sie atmete tief ein, hielt die Luft an und ließ sie dann wieder ausströmen. Sie versuchte offenbar sehr angestrengt, nicht zu weinen.

»Werdet Ihr mir erzählen, was passiert ist?«, fragte sie.

Grey nickte. Auch wenn es so viel Grauen, so viel Schmerz gegeben hatte, war es das Mindeste, was sie tun konnte, damit Mare in Frieden ruhen konnte.

Sie war zu gefangen in ihren Erinnerungen, um schlafen zu gehen, also stieg sie zu ihrem Turm hinauf, wo der Winterwind ihr Haar umherpeitschte. Dieses Mal blickte sie nicht aufs Meer hinaus, sondern auf den Hafen, in dem ein Schiff bereit gemacht wurde, um Torrin zurück nach Scaelas zu bringen. Gerade als sie den Blick doch wieder zum Meer hob, fiel ihr das kleine schwache Leuchten eines goldenen Magielichts auf einer der Klippen auf. Aus schmalen Augen spähte sie hinüber.

Dort gab es einen Pfad, der über die Klippen bis hinab zum Wasser führte. Als sie noch ein kleines Mädchen gewesen war, hatte man ihr erzählt, dieser Pfad sei benutzt worden, um Schiffswracks oder Leichen zu bergen. Sev und sie waren darauf zum Krabbenfischen gegangen. Auf halbem Weg nach unten gab es einen ausladenden Felsvorsprung, von allen Blicken abgeschirmt, außer es stand jemand genau auf diesem Turm. Der Felsvorsprung war etwa so groß wie Greys Garten. Manchmal, als sie noch jünger gewesen war, hatten ihr Vater und sie dort gesessen und zugesehen, wie die Stürme über die Insel zogen, von der Felswand in ihrem Rücken vor dem Wetter geschützt.

Dort konnte man sehr still und ungesehen sein und auf die Küste von Scaela in der Ferne schauen, ohne Urteil.

Sie brauchte zwanzig Minuten, um unten anzukommen, doch als sie den Felsvorsprung erreichte, war Kier immer noch da. Er hatte die Knie an die Brust gezogen und die Arme darum geschlungen. Sie zögerte, als sie erkannte, dass seine Wangen nass waren.

»Bleib ruhig hier«, sagte er rau – natürlich hatte er gespürt, dass sie da war.

Vorsichtig trat sie vor und setzte sich neben ihn auf den Boden.

Sein Magielicht schimmerte schwach golden. Sie waren jetzt immer golden.

Grey stellte keine Fragen. Nachdem sie eine unbestimmte Zeit lang den Wellen gelauscht hatten, die unter ihnen an die Klippen schlugen, sagte Kier: »Ich habe nur daran gedacht, dass ich Lots Grab nie wiedersehen werde oder den Baum dahinter oder unser Haus oder den Dorfplatz. Oder diese grässliche gelbe Küche.«

Grey blieb stockstarr, die Trauer schloss sich wie ein Schraubstock um ihr Herz.

»Ich werde nie nach Lindan reisen, um zu sehen, wie die Magie dort ist«, fuhr er langsam fort. »Oder nach Nisielle. Nicht mal nach Nestria. Oder sonst irgendwohin.«

»Nein«, sagte sie und kämpfte selbst mit den Tränen. Einen langen Moment schwieg er. Der Wind fuhr durch sein zu langes Haar.

»Du willst doch nicht etwa ausreißen?«, fragte Grey.

Er schnaubte. »Ich falle in dem Moment tot um, in dem ich die Insel verlasse, Grey, und deine Götter werden mir mein Leben kein zweites Mal zurückgeben.«

Sie biss sich auf die Unterlippe. Seit jener Nacht vor der Schlacht hatten sie nicht mehr über diese Entscheidung gesprochen, denn jedes Mal, wenn Grey das Thema anschneiden wollte, seufzte Kier nur und versicherte ihr ein weiteres Mal, dass sie die einzig richtige Wahl trafen. Es war keine Kleinigkeit, seine Freiheit aufzugeben – und obwohl sie beide wussten, warum diese Entscheidung so ausfallen musste, tat es furchtbar weh. »Was, wenn du mich irgendwann satthast?«, fragte sie.

»Das passiert schon nicht.« Seine Stimme klang etwas weicher.

»Aber was, wenn doch?«

Er seufzte leidgeprüft. »Dann werde ich vermutlich sterben. Oder du gehst und überlässt mir die Insel.«

»Du wirst nie wieder von mir wegkommen können.«

Sie sah sein aufblitzendes Lächeln, unterbrochen von seiner Narbe. »Ja, das wird schwer, aber ich schätze, ich kann es ertragen.«

»Ich meine es ernst.«

»Ich auch, Grey.« Er rutschte zu ihr, schlang die Arme um sie und zog sie zwischen seine Beine, damit sie sich gegen seine Brust lehnen konnte. Dann drückte er sie an sich. So nah bei ihm, in seinen dicken Mantel gehüllt, war es viel wärmer. »Du hast für mich gegen den Tod und die Götter gekämpft. Ich werde dasselbe für dich tun, auch wenn es hoffentlich nie so weit kommt.«

Sie schwieg lange. Es war nicht fair, was er tun musste, wozu sie ihn zwang. Doch vielleicht erforderte die Liebe nun mal ein gewisses Maß an Aufopferung. Und vielleicht war das auch in Ordnung, solange sie zusammen waren.

»Kier?«

»Ja?«

Auf einmal fehlten ihr die Worte. Also tastete sie nach der Verbindung und schob ihm so viele warme Gefühle der Dankbarkeit und Liebe und Bewunderung zu, wie sie nur konnte. Sie hörte ihn scharf nach Luft schnappen, dann schmiegte er das Gesicht in ihr Haar und küsste sie auf die Schläfe, den Scheitel, den Hals. *Ich liebe dich. Bis ans Ende aller Zeit, ich liebe dich,* dachte sie und zeigte es ihm mit jeder ihrer Emotionen.

»Ich dich auch«, versprach er.

Du würdest ihn mögen, denke ich.
Er würde die ganze Welt für sie opfern –
letztendlich würden wir das wohl alle.

Tagebucheintrag von Vearn Torrin, High Lord von Scaela,
in Gedenken an Isaak Masidic Locke,
nach der Wiederauferstehung der Insel

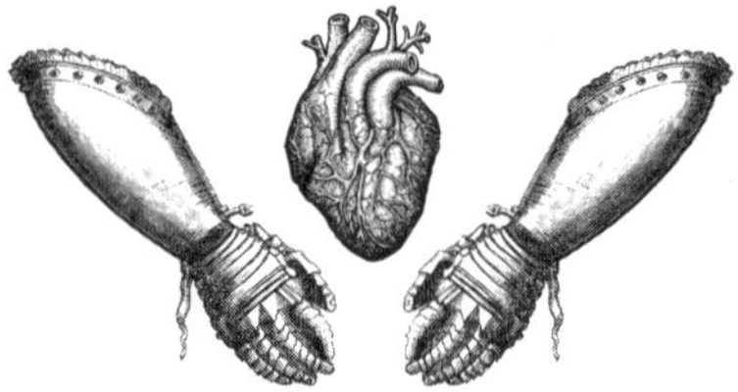

Fünfunddreißig

Der Wind fauchte durch den Geisterwald und heulte in den Bäumen. Dieses Geräusch kannte Grey so gut wie ihren eigenen Herzschlag. So viele Jahre hatte sie versucht, die Klangfarbe wieder heraufzubeschwören und sich an das Hintergrundgeräusch ihrer Kindheit zu erinnern.

Sie trug einen schweren Umhang, der am Hals zugeknöpft war, und hatte die Kapuze ins Gesicht gezogen. Es passierte nicht häufig, dass jemand zum Beten an diesen verlassenen Altar kam, aber wenn doch, wollte sie nicht, dass berichtet wurde, wie sich die Lady von Locke mitten in der Nacht mit ihrem Commander traf.

»Hör auf, so herumzuzappeln«, sagte Kier. »Du machst mich nervös.«

Sie trat vor dem mondbeschienenen Altar von einem Bein aufs andere, versuchte aber, ihrem Körper Gehorsam aufzuzwingen.

»Hast du überhaupt keine Angst?«

Kier verzog das Gesicht. »Wenn ich darüber nachdenke, muss ich mich der Tatsache stellen, dass ich deine Göttin verärgern könnte, die mein Leben in ihrer Hand hält. Also denke ich lieber erst gar nicht darüber nach.«

Es war als Scherz gemeint, aber die Wahrheit in seiner Aussage gab Grey das Gefühl, als wäre ihr Bauch mit Wackersteinen gefüllt. Sie nahm seine Hand. »Sie hat nicht gesagt, dass dein Verhalten irgendeinen Einfluss auf den Handel hat«, sagte sie und versuchte, unbekümmert zu klingen. »Was ganz gut ist, aus offensichtlichen Gründen.«

Kier sagte nichts. Er starrte geradeaus auf den Altar. Dieser sah mehr aus wie ein Grab – und Grey vermutete, dass es stimmte und der steinerne Kasten die letzte Ruhestätte von Kitalmas Gebeinen war. Sie fragte sich, ob auch Retarik hier lag oder ob sie in Wahrheit in den Ruinen ihres eigenen Klosters auf der anderen Seite der Insel begraben worden war. Ob die Götter durch die Entscheidung irgendeines Sterblichen im Tod getrennt worden waren.

Kitalmas Tempel war ebenfalls verfallen. Die Mauer hinter dem Altar, die einst mit dicken Glasfenstern versehen gewesen war, war schon während der Herrschaft von einer von Greys Ahnen teilweise ins Meer gestürzt. Jetzt konnten sie die tosenden Wellen und die Gischt sehen, wenn sie gegen die Klippen schlugen. Es war eine der seltenen klaren Nächte. Der Mond schien über dem Meer und tauchte Kiers Gesicht in schattiges Silber.

»Es ist noch nicht zu spät, um deine Meinung zu ändern.«

Er sah sie von der Seite an. »So leicht wirst du mich nicht los.«

Bevor sie etwas erwidern konnte, veränderte sich die Luft vor ihnen, begann zu schimmern – und dann stand Kitalma vor dem Altar, dort, wo eben nur Mondlicht gewesen war. Sie trug einfache Kleidung und die Rüstung darüber. An ihrem Hals baumelte ein Medaillon. Sie war genauso, wie Grey sie in Erinnerung hatte: eine grimmige Kriegsgöttin, eine Königin aus eigener Kraft. Eine Abrechnung in Person.

»Oh«, entfuhr es Kier – als würde er trotz seines Wissens nicht wirklich an die Göttin glauben.

»Tochter von Locke«, sagte Kitalma und wandte sich Grey zu. Dann sah sie Kier mit unverändertem Gesichtsausdruck an. »Junge.«

Grey biss sich auf die Lippen. Sie neigte in Ehrerbietung den Kopf und machte das Zeichen der Dankbarkeit mit der rechten Hand. Das hatte man ihr als Mädchen beigebracht, wenn auch hauptsächlich aus Spaß – in Greys Kindheit hatte man noch an die Götter geglaubt, war aber ihren Bräuchen nicht mehr gefolgt.

»Habt ihr eure Wahl getroffen?«, fragte die Göttin. Das Mondlicht schien sie zu durchdringen, als wäre sie nicht real. Grey fragte sich, was passieren würde, wenn sie versuchte, sie zu berühren – ob ihre Hand durch das Bild der Göttin fahren oder ob sie sich in nichts auflösen würde.

»Das haben wir«, sagte Grey. Es war an ihr, die Worte zu sagen und von Kier zu nehmen, was er zu geben bereit war. Sie wünschte, ihr Mund wäre nicht so trocken, ihre Kehle nicht so rau. Sie wünschte, es würde sich nicht so anfühlen, als würde sie ihm das Leben ruinieren. »Ich werde meine Macht behalten.«

»Und ich meine Freiheit aufgeben«, fügte Kier hinzu.

Kitalmas Blick wanderte von einem zur andern. Einen kurzen Augenblick hatte Grey das Gefühl, als würde sie sie verurteilen, aber wer konnte schon das Urteil der Götter verstehen? Schließlich war es Kitalma gewesen, die das Herz ihrer Geliebten gestohlen hatte – oder es bekommen hatte, je nachdem, welcher Version der Geschichte Grey glaubte. Vielleicht verstand die Göttin Kiers Opfer und seine Notwendigkeit besser als jede andere.

Kitalma streckte den Arm aus, und ihre Hand wurde immer fester, je näher sie Kier kam, bis sie flach auf seiner Brust lag. Kier schnappte nach Luft. Grey sah zu, wie etwas Goldenes und Formloses von Kiers Körper zu Kitalma floss. Die Göttin glühte einen Augenblick in hellem Licht auf und dann noch heller das Medaillon um ihren Hals. Für einen kurzen Augenblick war Grey der Meinung, hinter ihr noch jemanden zu sehen, eine Hand auf Kitalmas Taille, den Schimmer einer Rüstung und einen dichten Haarschopf roter Locken – aber sie konnte nicht genau sehen, wer es war. Sie sah nur das Bild, ein Lächeln, und dann war die Gestalt wieder fort.

»Dann ist es vollbracht«, sagte Kitalma. Sie nahm Greys Hand und drückte sie auf ihr Medaillon. Es war warm. »Du gehörst der Insel und ihrer Tochter. Möge euer Bund erquicklich sein und viele Jahre währen.«

Bevor einer von ihnen reagieren konnte, verblasste die Göttin so schnell, wie sie gekommen war, und hinterließ bloß den Mond, das Meer und den Altar.

»So«, sagte Kier ausgedehnt. »Das war ziemlich … offiziell.« Er sah Grey an und hatte ein kleines Lächeln im Gesicht. »Hat sich das wie eine Trauung angefühlt oder ging es nur mir so?«

»Ich weiß nicht?«, erwiderte Grey und formulierte es als Frage. Sie dehnte die Finger. Sie fühlte sich seltsam verbunden mit Kier, noch stärker als nach ihrem Bindungsritus. »Geht es dir gut?«

Kier rieb sich die Brust, wo Kitalma ihn berührt und ihm die körperliche Freiheit entzogen hatte. Grey legte ihre Hand auf seine, als könnte sie die unsichtbare Wunde unter der Oberfläche heilen.

»Es geht mir gut«, sagte er, aber da war diese Spur von Traurigkeit. Vielleicht würde das von nun an immer so sein. Grey dachte an all die Jahre, die sie von ihrer Heimat getrennt gewesen war, von der Wurzel gekappt, und wie sie etwas vermisst hatte, was nicht mehr existierte.

»Du bist wirklich erstaunlich.«

Die Traurigkeit verblasste etwas. Kier beschwor ein goldenes Magielicht, das vor dem Meer glomm. »Erstaunlich gutaussehend.«

Grey stieß ihm einen Ellbogen in die Rippen. »Und Tag für Tag eine größere Nervensäge.«

Er lachte auf, und das Geräusch vertrieb die Düsterkeit des Tempels. Er legte ihr einen Arm über die Schulter und führte sie zurück in Richtung Geisterwald, zurück in Richtung Festung, zurück in Richtung des Lebens, das sie erwartete. »Dann gewöhn dich lieber dran«, sagte er. »Mich wirst du nicht wieder los. Auf ewig nicht.«

Grey küsste ihn auf die Schulter und schmiegte sich vor dem eisigen Wind und dem Regen, der auf sie niederprasselte, an ihn.

Das Wetter auf der Insel war schon immer launenhaft gewesen und passte nicht zu der Wärme, die sich in ihrer Brust ausbreitete. »Mit ›ewig‹ kann ich leben.«

Epilog

Drei Monate nach ihrer Wiederauferstehung glitzerte die Insel eines Abends vor blassen goldfarbenen Magielichtern. Die Boote kamen schon seit zwei Tagen und legten vor der Küste einen Stopp ein, damit die Besucher die schimmernden neuen Schilde bewundern konnten, bevor sie im Hafen abgesetzt wurden. Zum ersten Mal in Greys Erinnerung waren Maerin und Osar vollkommen überfüllt und voll von fröhlichem Lärm, Gelächter und Heiterkeit.

Grey war in ihren Gemächern und bereitete sich auf das Fest vor. Es war die zweite große Veranstaltung einer ganzen Festwoche. Sie hatten bereits den größten Teil des Nachmittags in Osar verbracht: Alle wollten sich vor Grey verbeugen oder Kiers Hand oder Wange küssen (eine Reaktion, die sie sehr gut nachvollziehen konnte) und Blumen auf sie und ihre engsten Berater und Wachen werfen.

Pia, Kiers Ma, war hinter ihr und schnürte ihr das Korsett, während Laurella, seine Mutter, ihren Sohn bei einem Kartenspiel vollkommen deklassierte. Imarta saß daneben und kommentierte ihr Blatt auf eine Weise, die Kiers Frust immer weiter steigen ließ.

»Ich habe dir gesagt, fang gegen die beiden lieber gar nicht an zu spielen«, sagte Grey atemlos und fuhr über die Stäbchen ihres

Korsetts, während Pia die letzten Knoten machte. »Du verlierst jedes Mal, und du ärgerst dich jedes Mal.«

»Ich verliere nicht *jedes* Mal«, knurrte Kier.

Es klopfte an der Tür. Pia, die sich mehr Gedanken über Greys Sittsamkeit machte als Grey selbst, warf ihr einen Morgenmantel über die Schultern. Tress, eine von Greys neuen Bediensteten, trat ein. »Das Schiff aus Cleoc ist eingetroffen, Euer Majestät«, sagte sie.

»Oh«, erwiderte Grey erleichtert. »Kannst du nach den anderen schicken lassen? Sie können alle hierherkommen. Ich werde sie in meinem Salon empfangen.«

»Sehr wohl, Euer Majestät.«

»Daran werde ich mich nie gewöhnen«, murmelte Pia, als die junge Frau gegangen war.

»Dann wartet mal ab, wie sie Kier nennen«, sagte Grey.

»*Esel*, wie man in der Stadt so hört«, erwiderte Laurella. Ein genervtes Geräusch vom Tisch signalisierte, dass sie ihn bei einem weiteren Blatt besiegt hatte.

Imarta ging zu Greys Kommode und durchsuchte ihre Sammlung von Ohrringen. Die meisten hatten sie aus den Zimmern ihrer Mutter geholt. Imarta wählte zwei Anhänger mit Granat, die sie an Pia weitergab.

»Ich kann mir die Ohrringe ganz allein anstecken«, sagte Grey und nahm sie an sich. »Und mich anziehen übrigens auch. Ihr seid ja wie lauter Glucken.«

»Ich nicht«, protestierte Laurella.

»Nein, aber ihr macht Kier schlechte Laune, und *ich* bin diejenige, die den Abend an seiner Seite verbringen muss.«

Darauf wusste niemand von ihnen etwas zu erwidern, aber sie ließen auch nicht zu, dass Grey ihre Haare selbst hochsteckte. Irgendwann hatte Grey genug und bat sie, doch *bitte* schon nach Osar zu gehen und dort dafür zu sorgen, dass alles nach ihrem Geschmack war. Imarta blieb noch als Letzte, nachdem Pia und Laurella gegangen waren, und legte Grey eine Hand an die Wange. In den vergangenen zwei Tagen hatte Grey ihr auf langen Spaziergängen auf den Wegen von Locke alles erzählt – ohne Ausnahme.

»Ich lasse mir eine Ausrede für dich einfallen«, sagte sie und gab Grey einen Kuss auf die Stirn.

»Danke«, sagte Grey und drückte Imarta noch einmal die Hand.

Kier stellte sich hinter sie, als sie das schwere Kleid anzog, und schob ihre Hände beiseite, um die kleinen Knöpfe zu schließen. Sie wusste, dass er genervt war, denn er küsste sie weder aufs Schulterblatt noch auf den Hals.

»Ich habe dir gesagt, lass es lieber«, sagte sie und konnte sich ein Grinsen nicht verkneifen.

»Ach, sei doch still.« Jetzt, da die Knopfleiste geschlossen war, gingen seine Hände zu ihrer Taille und schlossen sich darum. »Du siehst heute Abend einmalig aus.«

Sie betrachtete ihn im Spiegel. Sein formeller Anzug, grau und schwarz und ernst, machte ihn zu gleichen Teilen furchterregend und attraktiv; seine haselnussbraunen Augen waren klar und in ihrer Tiefe verblüffend. »Genau wie du«, sagte sie. Sie drehte sich in seinen Armen um und ging auf die Zehenspitzen, legte ihm die Arme um den Hals und zog ihn für einen Kuss heran.

»Das geht nicht«, sagte er kurz darauf und löste sich. »Wir werden erwartet und so weiter.«

»Dann lassen wir es ausfallen«, murmelte Grey und küsste ihn aufs Kinn.

»Lieber nicht. Es ist doch zu deinen Ehren.«

»Und deinen«, protestierte sie. »Wenn ich mich richtig erinnere, feiern wir auch die neuen Schilde. Und die Insel wäre nicht wieder hier und sicher ohne dich.«

»Euer Majestät?« Tress war zurückgekehrt und stand mit gesenktem Blick an der Tür.

Grey ging einen Schritt von Kier weg. Obwohl einige Bedienstete der Festung längst erraten hatten, welche Art von Beziehung zwischen der Lady und ihrem Commander bestand, wollte sie sie schützen und für sich behalten, aus Sorge, jemand könnte irgendwann Kier als ihre Schwäche betrachten.

Es war ein Gefühl, gegen das sie sich mit aller Macht zur Wehr zu setzen versuchte.

»Eure Gäste sind im Salon«, sagte Tress und machte einen Knicks.

»Danke«, sagte Grey und entließ das Mädchen mit einem Nicken. Tress bewegte sich schnell und hielt den Blick auf den Boden gerichtet. Den Gerüchten zufolge fürchtete ein Großteil der Bewohner von Locke Grey wegen ihrer Macht – aber auch das war etwas, was sie überwinden wollte; und spätabends, wenn ihr der Gedanke zu schaffen machte, erklärte Kier ihr wieder und wieder die Gründe, wieso eine gesunde Portion Furcht etwas Gutes war.

Sie gingen in den Salon. Eron hatte bereits den Wein für die Gäste gefunden und schenkte ein; die Gläser reichte er weiter an Brit und Ola. In der Nähe der Tür ging Sela auf und ab; als sie Grey sah, hellte sich ihr Gesicht auf, und sie warf sich ihr in die Arme. Grey fing sie mit einem Ächzen auf, und Sela drückte noch fester, als das Korsett ohnehin schon war.

»Du trägst das Kleid«, sagte sie an Greys Schulter. »Mein Lieblingskleid.«

»Es ist fantastisch«, erwiderte Grey. Sie löste sich und betrachtete das Gesicht des Mädchens. Ihr fielen die dunklen Schatten unter ihren Augen auf. »Die ganze Garderobe war außerordentlich wertvoll.«

»Nur die Rüstung hat leider versagt«, sagte Kier grinsend und löste Selas Umarmung, um sie selbst zu begrüßen.

»Die war nur Dekoration!«, protestierte Sela.

»Erste Lektion bei Flynn? Alles, was so aussieht, als könnte man darin kämpfen, in dem *wird* gekämpft werden.«

Sela seufzte, aber ihr finsterer Blick hielt nicht lange an. Sie setzte sich zwischen Grey und Kier auf eins der vornehmen Sofas und stellte die Füße auf der Kante des kleinen Beistelltischs ab. Grey nahm ihr Weinglas von Eron entgegen und nippte daran. »Wir können nicht lange bleiben«, sagte sie traurig. »Es könnten jeden Augenblick irgendwelche Schreiberlinge, Wachen oder Bedienstete hereinplatzen und nach mir verlangen.«

»Schon klar«, sagte Ola und verlagerte ihr Gewicht. Sie hielt den rechten Arm eng an den Oberkörper gepresst und klemmte ihr Hemd unter dem Ellbogen ein. »Du bist wichtig.«

Grey zwinkerte ihr zu. »Aber niemals zu wichtig für *euch*.«

Ola schnaubte. »Sag das mal deinen Wachen. Ich schwöre, ich wollte dich letztens besuchen, aber dieser Vierschrötige mit den Augenbrauen …«

»Hase?«, bot Kier an.

»Was für ein dämlicher Name ist Hase?«, warf Eron ein.

»Spitzname«, sagte Kier. »Groß wie ein Baum? Krause Haare?«

»Also, dieser verfluchte *Hase* hat mir gesagt, ich hätte nicht die nötigen Rechte. Die nötigen Rechte! Bei den lebendigen Göttern, Grey, dass mich irgend so ein Grobian mit Namen *Hase* abgewimmelt hat …«

Grey seufzte. »Ich werde mit ihm reden«, sagte sie und ließ den Kopf in die Kissen sinken. Noch vor wenigen Monaten waren diese drei ihre einzigen Beschützer gewesen, aber sie hatte sie dazu überredet, ihre sechs Monate Urlaub zu nehmen, die man ihnen für die erfolgreiche Ablieferung von Sela versprochen hatte. Wenn sie sich nun nach dieser Zeit wieder in ihren Dienst stellen wollten? Kier würde schon ein Plätzchen für sie finden.

Und wenn sie lieber etwas anderes tun und woanders hingehen wollten? Das wäre genauso in Ordnung.

In der Zwischenzeit war es einfacher für Grey, sich immer wieder von ihren Wachen loszureißen, wenn sie ihr fremd waren.

Brit wackelte mit den Augenbrauen; Grey gab sich alle Mühe, der Frage aus dem Weg zu gehen, die Brit in den Augen stand.

»Gut. Wenn ich nämlich das nächste Mal deinem Häschen begegne, kann ich nicht dafür garantieren, dass mir nicht die Hand ausrutscht.«

»So schlimm ist er nicht«, sagte Kier. »Und er beschützt Grey.«

»Ach, halt doch den Mund, Kier«, seufzte Ola.

»Eron?«, setzte Grey an. »Willst du dich auch noch beschweren, da wir gerade dabei sind?«

»Absolut nicht«, sagte Eron affektiert. Grey hatte kürzlich herausgefunden, dass er ziemlich viel Zeit in der Küche verbrachte.

Sie wusste nicht, ob es damit zu tun hatte, dass er plötzlich Interesse an der Kochkunst verspürte, oder damit, dass es dort zu allen Uhrzeiten hervorragendes Essen gab.

»Brit?«, sagte sie und verzog vorsorglich das Gesicht.

Brit sah sie nur an und nahm einen großen Schluck Wein. »Ach«, sagte they, »du weißt schon. Mir macht nur ein wenig die … Vorfreude zu schaffen.«

Grey hob eine Augenbraue. »Vielleicht sollten wir morgen darüber reden«, sagte sie langsam. Sie war ein Risiko eingegangen und hatte Brit ein Geheimnis anvertraut – sie vertraute Brit in vielerlei Hinsicht, aber Geheimnisse waren ein ganz eigenes Kaliber – und sie würde nicht zulassen, dass Brit jetzt alles ruinierte, wenige Minuten bevor sie Kier einweihen wollte.

Brit strahlte sie an. »Das sind doch gute Neuigkeiten. Ich werde mich bei Sonnenaufgang bereithalten.«

Grey rieb sich den Nasenrücken. Kier auf der anderen Seite von Sela sah etwas verwirrt aus, doch er schmunzelte wie immer, wenn sie die Last ihrer neuen Rollen gerade nicht so stark spürten.

»Wir sollten aber langsam los«, sagte Eron traurig. »Yearna hatte da ein paar ziemlich deutliche Warnungen für mich parat, wenn wir Sela zu lange entführen.«

Die anderen machten sich fertig, legten ihre Umhänge an und tranken ihre Weingläser aus. Kier wollte ihnen aus der Tür folgen, doch Grey hielt ihn am Arm zurück. »Wir treffen euch dort«, sagte sie zu Ola, die ihr einen fragenden Blick zuwarf. Brit lächelte nur in sich hinein; Ola schüttelte den Kopf und murmelte etwas über irgendwelche Häschen.

»Was ist denn los?«, fragte Kier und richtete einen der Edelsteine, der in Greys Haaren verrutscht war.

»Nichts. Nur eine kleine Überraschung.«

Er zog eine Augenbraue hoch, fragte aber nicht nach.

Grey legte ihren Umhang an und führte ihn nach draußen. Als sie ihre Wachsoldaten entließ und ihnen befahl, ohne sie zum Fest zu gehen, protestierten sie. »Ich habe den Commander bei mir«, sagte sie. »Alles wird gut.«

»Mein Herr?«, fragte einer von ihnen zögerlich nach. Er stellte ihre Entscheidungen nie infrage, doch er sorgte sich um ihre Sicherheit.

Kier zuckte die Achseln. »Von mir aus.« Grey konnte sich ihres finsteren Lächelns nicht mehr erwehren.

Sie zog Kier über einen der Höfe, durch die Festung und auf die Mauern zu. Er ließ das Tor auf magische Weise nach oben gleiten und in seiner Hand ein goldenes Magielicht aufflammen, als Grey ihn auf den Pfad an den Klippen führte. Sie merkte kaum noch, wenn er von ihr Kräfte bezog; in den Tagebüchern ihrer Mutter hatte sie inzwischen verstanden, was Torrin ihr versucht hatte zu erklären. Die Herrscher von Locke waren nicht immer gebunden und verheiratet, aber stets miteinander magisch verbunden. Schließlich war es Kier, der die magischen Schilde aufrechterhielt, Kier, der die goldenen Magielichter brennen ließ, Kier, dessen Schutzzauber ihre Tür abschirmten. Seit der Nacht vor Monaten, als sie vor Kitalmas Altar gestanden und seine Freiheit aufgegeben hatten, floss unaufhörlich Macht durch ihn.

»Ich vermute, ich darf nicht fragen, was es ist«, sagte er und hakte sich bei ihr ein.

»Wir sind fast da«, versprach sie.

Er seufzte und sah auf den Saum ihres Kleides. »Du machst dein Kleid ganz dreckig.«

Sie zuckte die Achseln. Das alles hier war doch ohnehin nur Getue; sie war es gewohnt, mit Schlamm bedeckt zu sein, und fast alle auf der Insel hatten sie schon in viel schlimmerem Zustand erlebt. All dieser Aufputz war eine aktive Unterbrechung in ihrem üblichen Zustand der Unordnung.

Sie kamen um die enge Kurve. Greys Magen war vor Aufregung in Aufruhr. Kier neben ihr stockte und schnappte nach Luft.

»Grey«, sagte er, kaum hörbar in der Dunkelheit. Er blieb stehen. Sie betrachtete sein Gesicht sorgfältig und war plötzlich voller nervöser Angst, sie könnte eine falsche Entscheidung getroffen haben.

»Es gehört dir«, sagte sie.

Kier nickte, aber er ließ sie nicht los; er nahm ihre Hand und ließ das Magielicht noch heller scheinen. Sie blieb einen Schritt hinter ihm auf dem letzten Wegstück zur Felskante, geschützt vor den schlimmsten Böen.

Das kleine Haus war aus blassgrau bläulichen Steinen erbaut worden, genau dieselbe Farbe, die die Schindelhütten an Scaelas Küste hatten, nur war dieses Haus stabiler. Es schmiegte sich mit einer Seite an die Felswand. Kier zögerte eine Sekunde, bevor er die Tür öffnete. Sie traten in eine Küche, blassgelb gemalert. Kier hielt sich staunend an einer Stuhllehne fest.

Grey sagte nichts.

Er ging durch einen Raum nach dem anderen: die Küche, den Salon mit seinem großen Kamin, Polstersesseln und Sofas. Sie hatte alles mit Blick auf Komfort ausgewählt und Laurella und Pia geschrieben, wenn sie nicht weiterkam. In ihrem letzten Brief vor ihrer Anreise hatte Laurella eine Porträtskizze beigelegt, die sie von Lot und Kier angefertigt hatte, als sie noch Kinder gewesen waren. Kier nahm das Bild vom Kaminsims. Er hielt es für einen langen Augenblick in der Hand, der Gesichtsausdruck unlesbar, dann stellte er es zurück und ging die Treppe hinauf.

Er spähte ins Badezimmer, die zwei Schlafzimmer (»Für deine Mütter oder wenn du sonst Besuch bekommst«, sagte sie leise) und das Arbeitszimmer, bevor er in den zweiten Stock ging. Dort fand er ein Schlafzimmer mit einem breiten Bett, eine Truhe und ein großes Fenster mit Blick auf Scaela. Seine Heimat.

Er ließ sich aufs Bett plumpsen. Welch ein Glück, dachte Grey, dass das Bett da war, als seine Knie nachgaben.

Sie setzte sich neben ihm auf den Boden und legte den Kopf auf seine Oberschenkel. Eine sehr locketypische Stille senkte sich nieder, während sie aufs Meer hinausguckten. Selbst die Brandung und der heulende Wind schienen an diesem Zufluchtsort nicht so laut zu sein.

»*Grey*«, sagte Kier, und seine Stimme brach.

Sie sah auf und entdeckte Tränen auf seinen Wangen. Grey ging auf die Knie, legte ihm die Hände ans Gesicht und wischte sie mit den Daumen ab.

»Ist es in Ordnung?«, fragte sie.

Er holte tief Luft und sah aus dem Fenster. »Es ist … Ich fürchte, mir fehlen die Worte.« Er legte die Hände auf ihre. »Wie hast du das alles nur geschafft?«

Grey kaute auf ihrer Lippe. »Brit und Ola«, räumte sie ein. »Ich war mir sicher, sie würden sich verplappern.«

Kier lachte. »Verfluchte Materialisten«, sagte er und sah sich staunend um, betrachtete die dunklen Holzbalken an der Decke und den Quilt auf dem Bett. Sein Lächeln wuchs. Er musste bemerkt haben, dass der Quilt von seinen Müttern stammte, die ihn mitgebracht hatten.

»Niemand sonst weiß, dass es dieses Haus gibt«, sagte Grey.

Er sah sie an und schien zu begreifen. »Also hast du mich gebeten, diesen Pfad mit einem Schild und Schutzzaubern zu versehen, damit du und Ola in Ruhe werkeln konntet …«

»Ja.«

»Damit niemand anderes herkommt.«

»Genau«, sagte sie und lächelte noch breiter.

»Und du hast mich vor herabfallenden Steinen gewarnt, damit ich nicht allein hierhergehe.«

»Tut mir leid. Ich wollte nicht, dass du es schon im unfertigen Zustand entdeckst.«

Kier schüttelte verblüfft den Kopf, lehnte sich zurück und ließ den Blick schweifen. »Ein Haus«, sagte er.

»Ein Landhaus. Eine kleine Entschuldigung dafür, dass ich dir deinen Ruhestand ruiniere.«

»Grey …«

Sie ließ die Hände in seinen Schoß fallen. Er legte seine darüber. »Eins möchte ich klarstellen«, sagte sie. »Das hier ist *dein* Haus, Kier. Nicht meins. Ich werde nicht hierherkommen, es sei denn, du lädst mich ein. Das ist dein Ort und nur deiner. Ich kann dir deine Freiheit nicht wiedergeben, aber zumindest deinen Freiraum.«

Er schwieg. Als sie ihn ansah, merkte sie, dass er ihr Gesicht studierte. Er hob ihr Kinn an und brachte das Magielicht näher, um jedes Detail zu betrachten. Dann kniete er sich vor ihr hin. Er fuhr mit dem Finger an ihrem Kinn entlang – sie konnte einen Schauer nicht unterdrücken – und beugte sich vor, um sie sehr sanft zu küssen.

»Bleibst du über Nacht, wenn ich dich darum bitte?«

»Dann verfehlt dein eigenes Haus aber seinen Zweck.«

Er stupste ihre Nase mit seiner an. »Und wenn ich ganz lieb ›bitte‹ sage?«

»Ja.«

Er küsste sie noch einmal, so sanft wie das goldene Licht, das von ihm ausströmte. »Und wir müssen auch nicht auf deine Party gehen?«

Sie lächelte und spürte, wie auch seine Mundwinkel nach oben gingen. »*Unsere* Party«, sagte sie, während ihre Hände über seinen Oberkörper wanderten und die Einzelheiten seines Umhangs befühlten. »Es könnte sein … dass ich Imarta schon gebeten habe, uns zu entschuldigen, falls wir nicht in einer halben Stunde auftauchen«, sagte sie.

Kier lachte mit funkelnden Augen. »Oh, Locke«, sagte er und ließ seine Hände an ihre Taille gleiten, wo sich seine Finger zwischen die Stäbe ihres Korsetts gruben. »Deine Vorausschau ist wie immer erstaunlich.«

Sie küsste ihn auf die Nase. »Die Nation von Locke heißt Eure Komplimente willkommen, bittet aber darum, dass Ihr Euren Proklamationen auch Taten folgen lasst, Commander.«

Er verschränkte die Finger mit ihren. »Und bin ich nicht auch Locke?«, fragte er mit einem winzigen Zögern in der Stimme.

»Wenn Ihr das wünscht?«, fragte sie und wagte nicht zu hoffen.

Das Zögern blieb. »Wenn *Ihr* es wünscht.«

Unter ihnen brachen sich die Wellen an den Felsen. Das Meer rauschte gegen die dunklen Klippen der Eiseninsel. Sie fuhr mit den Fingern über seine Wange, betrachtete sein Gesicht und merkte, wie ihr Lächeln wuchs, ohne dass sie es aufhalten konnte. »Dann bist du es, Locke«, sagte sie.

Danksagung

Was für eine außergewöhnliche Reise dieses Buch war – und was für eine Freude!

An meine Lektorin Nadia Saward: Danke, dass du in mir, in diesem Buch und in dieser Welt etwas gesehen hast. Es war mir eine Ehre und Freude, mit dir zu arbeiten, und ich kann sehr froh sein, dich nicht nur als Lektorin, sondern auch als Freundin zu haben. Es würde den Platz sprengen, wenn ich meine ganze Dankbarkeit über dir ausschütte, also in keiner bestimmten Reihenfolge: Vielen Dank für die aufschlussreichen Änderungen, die führende Hand, das Mitgefühl, wenn sich alles anfühlte, als würde die Welt einstürzen, und deine unendliche Unterstützung während des ganzen Projekts.

Mein Dank gilt dem gesamten Team von Orbit UK, das dieses Buch überhaupt erst möglich gemacht hat: Anna, Joanna, Nazia, Jenni, Emily, James, Serena, Ella, Madeleine, Tom und allen anderen, die geholfen haben. Danke an Rebecka, die Idistra zum Leben erweckt hat (ich liebe den kleinen Schlangendrachen), und an Jane, die all die Tippfehler gefunden hat. Ein riesiges Dankeschön auch an Anna Moshak, die das kunstvolle Cover entworfen hat.

Danke an Uwe und Amelia, die das Projekt bis ins Ziel gebracht haben, und an das Team von Triada US für ihre Unterstützung.

Ich danke Maddy Belton dafür, dass sie das Wagnis mit mir eingegangen ist, und dem Team von Madeleine Milburn dafür, dass sie dieses Buch zu Leserinnen und Lesern auf der ganzen Welt gebracht haben. An Maddy, Valentina und alle anderen: Ihr habt mein Leben verändert.

Meine Bewunderung und mein Dank gilt den internationalen Verlagen: Il Castoro in Italien, Piper in Deutschland und Umbriel in Spanien. Vielen Dank an Madeleine Colavita, Grace Fischetti und dem ganzen Team bei Grand Central, die dieses Buch in den USA herausgebracht haben: Meine Eltern stehen in eurer Schuld (obwohl sie nur die zensierte Version lesen dürfen).

Die Grundidee für dieses Buch hat sehr von Vorableserinnen profitiert. Ein Riesendankeschön an Caitlin, Debbie, Emma und alle anderen, die die Arbeitsfassungen gelesen und Grey und Kier angefeuert haben. Tasha, danke, dass a) du mir beigebracht hast, wie man für Erwachsene schreibt, b) ich mindestens dreimal auf deinem Sofa einen Nervenzusammenbruch haben durfte, und c) du es ohne Diskussion akzeptiert hast, als ich Buch Nummer zwei in deiner Inbox geschrieben habe (mehr dazu später). Knights, Knights, Knights forever and ever. Georgia, danke, dass du meine Zusammenbrüche ertragen und mit mir darüber diskutiert hast, wie man Love Interests am effektivsten umbringt. An Kat, Saara, Karin, Cherae, Sam, Alice und alle anderen Schreibfreunde und -freundinnen, danke für die Brunches bei Dishoom, die Schreibsessions und all die Diskussionen, die man lieber nicht in der Öffentlichkeit führen sollte, am Ende aber doch führt. Derart kreative Menschen um mich zu haben, hat mein Schreiben rundweg verändert. An Becca und Shakira, danke, dass ich vor euch über das Chaos des Verlagswesens jammern durfte. An Katie Moss und Carly Suri, danke für euer großes Wissen in Sachen Rüstung, Waffenkunde sowie über diverse andere knifflige Themen.

An die Illumicrew: Ihr seid die Allerbesten (ich will hier nur nicht Namen aufzählen und jemanden vergessen)! Dank euch macht die Buchwelt so viel mehr Spaß. Danke für eure Unterstützung und Begeisterung über all die Jahre hinweg. Daphne, du hast mein Leben auf unzählige Weise schöner gemacht – danke vor allem dafür, dass du eine wunderbare Freundin bist. An Davi und Cat, es gibt keine anderen Waschbären, mit denen ich mir lieber einen Regenmantel teilen würde. Und an das Team von Illumicrate: Danke für diese wunderschöne Ausgabe! Katie, Yas und Layla: Ihr seid echte Zauberer. Und Akash, danke, dass du deine Katze nach meinem Buch benannt hast.

An Adam Roberts und Prudence Bussey-Chamberlain: Dieses Buch hätte es ohne euch nicht gegeben (genauso wenig wie das unveröffentlichte Manuskript davor). Danke für eure Geduld und Hilfe in den vergangenen Jahren. Mein Dank gilt auch meinen Schülerinnen und Schülern, die mich dazu bringen, regelmäßig über World-Building und die Gepflogenheiten der Fantasy-Branche nachzudenken (genauer gesagt: intensiv zu grübeln).

Danke an alle Leser*innen, Blogger*innen, Bookstagrammer*innen, TikToker*innen, Rezensent*innen und Menschen aus dem Verlagswesen, die dieses und die Bücher davor unterstützt haben. Es war mir eine echte Freude, euch alle im Lauf der Jahre kennenzulernen. Ein besonderer Gruß geht an Lili, die schon seit dem allerersten Buch dabei und eine Wucht ist, und an Charlotte, die dafür gesorgt hat, dass ich auf der Comic Con an einem der verrücktesten Tage meines Lebens nicht umgekippt bin.

Was wäre ich, wie immer, ohne meine Familie? An Jane und Vic, meine Eltern: Danke, dass ihr mich liebt, unterstützt und zumindest versucht, das Verlagswesen zu begreifen. Mein Dank gilt auch Lex und James, Dana und Tony und allen Mitgliedern meiner erweiterten Familie, die mich all die Jahre immer wieder unterstützt haben. Danke an alle Bovalinos, Robinsons, Stewarts, Andersons, Weavers, Mosses, McKenzies, Mutchells und so einige andere. Sir Gordon, mein kleiner Kater – ich hoffe, du findest meine Arbeit zufriedenstellend wie immer.

Und last, but not least, Matt: Du machst die Welt zu einem schöneren Ort, und das liebe ich an dir. Ohne dich in meinem Leben würde es keine Geschichten über Liebe mehr geben.